ELI

Née aux États-Unis, dans l'Ohio, Elizabeth George est diplômée de littérature anglaise et de psychopédagogie. Elle a enseigné l'anglais pendant treize ans avant de publier *Enquête dans le brouillard*, qui a obtenu le grand prix de Littérature policière en 1990 et l'a imposée d'emblée comme un grand nom du roman « à l'anglaise ». Dans ce premier livre apparaît le duo explosif composé du très aristocratique Thomas Lynley, éminent membre de Scotland Yard, et de son acolyte Barbara Havers, qui évoluera au fil d'une quinzaine d'ouvrages ultérieurs, parmi lesquels *Un goût de cendres* (1995), *Sans l'ombre d'un témoin* (2005), *Anatomie d'un crime* (2007) et *Le Rouge du péché* (2008), tous parus aux Presses de la Cité. En 2009, elle a publié un recueil de nouvelles, *Mortels Péchés*, puis en 2010 *Le Cortège de la mort* chez ce même éditeur. L'incontestable talent de cet écrivain, qui refuse de voir une différence entre « le roman à énigme » et le « vrai roman », lui a valu un succès mondial.

Elizabeth George vit dans l'État de Washington. Elle accueille régulièrement chez elle un petit groupe d'étudiants pour des séminaires d'écriture.

Retrouvez l'actualité de l'auteur sur :
www.elizabethgeorgeonline.com

LE ROUGE DU PÉCHÉ

ELIZABETH GEORGE

LE ROUGE DU PÉCHÉ

Traduit de l'anglais (États-Unis)
par Anouk Neuhoff

PRESSES DE LA CITÉ

Titre original
CARELESS IN RED

© Susan Elizabeth George, 2008

place
des
éditeurs

© Presses de la Cité, un département de place des éditeurs, 2008,
pour la traduction française
ISBN 978-2-266-20659-4

À la mémoire de Stephen Lawrence et du 22 avril 1993,
date de son assassinat à Eltham, au sud-est de Londres,
par cinq hommes demeurés impunis à ce jour
par le système judiciaire britannique

« Si en vérité tu es mon père, alors tu as souillé ton épée dans le sang de ton fils. Et tu l'as fait par ta propre obstination. Car j'ai cherché à te transformer en amour... »

Extrait du *Shahnameh*

1

Il trouva le corps le quarante-troisième jour de sa randonnée. C'était alors la fin avril, mais il n'en avait qu'une très vague idée. Eût-il été en mesure de prêter attention à la nature environnante, l'aspect de la flore le long du littoral lui aurait peut-être indiqué approximativement l'époque de l'année. Au début de son périple, le seul signe de renouveau était la promesse de boutons jaunes sur les ajoncs qui poussaient çà et là au sommet des falaises, mais, avec le mois d'avril, les buissons avaient pris une couleur éclatante et, dans les haies, les rares fois où il s'aventurait dans un village, les tiges des lamiers jaunes s'épanouissaient en multiples inflorescences. Bientôt les digitales se balanceraient doucement sur les bas-côtés, et les têtes flamboyantes des montbrétias surgiraient au pied des haies et des murs de pierres sèches qui délimitaient les champs dans la région. Mais cette végétation renaissante préfigurait l'avenir et, durant ces journées qui étaient devenues des semaines, il avait marché en évitant à toute force d'envisager l'avenir, et de se remémorer le passé.

Il n'avait pratiquement aucun bagage. Un duvet datant de Mathusalem. Un sac à dos contenant quelques vivres, qu'il renouvelait quand il y pensait, ainsi qu'une bouteille qu'il remplissait le matin s'il y avait de l'eau près de son bivouac. Quant au reste, il l'avait sur lui. Une veste en coton huilé. Un chapeau. Une chemise à carreaux. Un pantalon. Des chaussures montantes. Des chaussettes. Des sous-vêtements. Il s'était lancé dans cette randonnée sans préparation et sans se soucier de ce manque de préparation. Il savait juste qu'il devait marcher, faute de quoi il serait resté chez lui à dormir et, dans ce cas, son vœu de ne pas se réveiller aurait peut-être fini par s'accomplir.

Alors il avait marché. Apparemment, il n'y avait pas d'autre solution. Gravir des pentes escarpées jusqu'au sommet de falaises, avec le vent qui lui fouettait le visage et l'air salé qui lui desséchait la peau, cheminer péniblement sur des plages où des récifs jaillissaient du sable à marée basse, sur les cailloux qui essayaient de transpercer ses semelles, le souffle court, les jambes trempées par la pluie... Ces détails lui rappelaient qu'il était en vie et qu'il était censé le rester.

Il avait engagé un pari avec le destin. S'il survivait à cette randonnée, il se ferait une raison. Sinon, il remettrait son sort entre les mains des dieux. Le pluriel était intentionnel. Il n'arrivait pas à croire à un Être suprême unique, pianotant sur un clavier d'ordinateur divin, insérant tel élément ou en supprimant à jamais tel autre.

Sa famille lui avait demandé de ne pas partir. En dignes aristocrates, ils n'avaient fait aucune allusion directe à son état d'esprit. Sa mère s'était bornée à dire : « Je t'en prie, ne fais pas ça, mon chéri. » Son frère, les traits pâles, toujours sous la menace d'une rechute qui les aurait tous affectés, avait suggéré : « Laisse-moi t'accompagner », et sa sœur avait murmuré en lui enlaçant la taille : « Tu vas surmonter ça. Avec le temps… » Mais aucun d'eux n'avait prononcé le prénom de Helen ni le mot fatal, ce mot terrible, éternel et définitif.

Lui non plus, d'ailleurs. Il avait juste invoqué son besoin de marcher.

Le quarante-troisième jour de son périple avait commencé de la même manière que les quarante-deux précédents. Il s'était réveillé à l'endroit où il s'était écroulé la veille au soir, sachant seulement qu'il se trouvait quelque part le long du sentier littoral du Sud-Ouest. Il s'était extrait de son sac de couchage, avait enfilé sa veste et ses grosses chaussures, bu le reste de son eau, puis il s'était mis en route. En milieu d'après-midi, le temps, jusque-là incertain, avait tranché, remplissant le ciel de gros nuages sombres. Poussés par le vent, ils s'accumulaient au-dessus de l'horizon, comme si un barrage invisible les empêchait de fuir, désireux d'honorer sa promesse d'orage.

Il progressait à grand-peine vers le sommet de la falaise dans la tourmente, après avoir quitté une crique en V où il s'était reposé environ une heure, regardant les vagues s'écraser contre les grands ailerons d'ardoise que formaient les récifs à cet endroit. La marée commençait à monter : il en avait pris note. Il avait intérêt à gagner les hauteurs et à trouver un abri.

Non loin du sommet, il s'était assis. Il était à bout de souffle, et il trouvait bizarre que toutes ces journées de marche et les nombreuses montées qui ponctuaient son circuit n'aient pas renforcé son endurance. Il avait alors ressenti un tiraillement à l'estomac : tiens, il avait faim. Profitant de ces quelques minutes de répit, il avait sorti de son sac le reste d'une saucisse sèche achetée dans une bourgade. Après avoir mangé, constatant qu'en plus il avait soif, il s'était relevé pour voir s'il y avait trace d'une occupation humaine dans les parages : hameau, maison de pêcheur, pavillon de vacances ou ferme.

Il n'y avait rien. N'empêche, c'était bon d'avoir soif, se dit-il, résigné. La soif était comme les pierres pointues qui essayaient de transpercer les semelles de ses chaussures, comme le vent, comme la pluie. Ces préoccupations matérielles le rappelaient à la réalité, quand ces rappels s'avéraient nécessaires.

Il se retourna vers la mer. Un surfeur solitaire dansait au large sur les flots, juste après les brisants. En cette saison, sa silhouette était entièrement revêtue de néoprène noir. C'était la seule manière d'apprécier l'eau glaciale.

Il ne connaissait rien au surf, mais il savait reconnaître un autre solitaire quand il en voyait un. Il n'était pas question ici de religion, mais tous deux se trouvaient seuls dans des endroits où ils n'auraient pas dû l'être, et dans des conditions très défavorables à leur entreprise. La pluie – à coup sûr imminente – allait rendre son parcours aussi glissant que dangereux. Quant au surfeur, c'était à se demander ce qu'il faisait là, au milieu des récifs.

Il n'avait pas de réponse et en chercher une l'intéressait peu. Son maigre repas terminé, il reprit sa marche. Au début de son circuit, les falaises étaient principalement constituées de granit. Malgré l'érosion, les intempéries et les assauts de la mer, elles demeuraient solides, et un marcheur pouvait sans risque s'approcher du bord pour observer les flots bouillonnants ou les mouettes cherchant à se poser parmi les rochers. Ici, au contraire, les falaises étaient faites d'ardoise, de schiste et de grès, et les débris qui s'en détachaient régulièrement s'entassaient à leur pied. En s'aventurant près du bord, on s'exposait à une chute certaine. Et une telle chute signifiait de multiples fractures ou la mort.

Le sommet de la falaise s'aplanissait sur une centaine de mètres. Le chemin, bien marqué, s'éloignait du bord et traçait une ligne entre les ajoncs et les œillets marins d'un côté et un pré clôturé de l'autre. Progressant à découvert, il avançait à un rythme régulier, presque courbé en deux à cause du vent. Il avait la gorge affreusement sèche, et un mal de tête sournois commençait à se manifester juste derrière ses yeux. Il éprouva un brusque accès de vertige en atteignant l'extrémité du plateau. Déshydratation, songea-t-il. Il n'irait pas beaucoup plus loin s'il n'y remédiait pas au plus vite.

Il y avait un échalier à la lisière du pré qu'il avait longé ; il l'escalada et attendit que le paysage cesse de danser devant ses yeux, au moins le temps qu'il repère le sentier qui descendait vers la prochaine crique. Il avait perdu le compte de celles qu'il avait rencontrées depuis le début de son périple. Il n'avait aucune idée du nom de celle-ci, pas plus que de celles d'avant.

Quand son vertige fut passé, il aperçut un cottage isolé en bordure d'une large prairie, à environ deux cents mètres dans les terres, près d'un ruisseau sinueux. Qui disait cottage disait eau potable. La maison n'était pas très éloignée du sentier.

Il descendit de l'échalier au moment où tombaient les premières gouttes de pluie. Il retira son sac à dos pour y récupérer la vieille casquette de base-ball, avec MARINERS écrit en travers, qu'il avait empruntée à son frère. Il l'enfonçait sur sa tête quand il entrevit comme un reflet rouge. Il dirigea son regard vers le pied de la falaise qui fermait l'anse en contrebas. Là, une grande tache rouge s'étalait sur une plaque d'ardoise, laquelle constituait l'extrémité d'un récif qui s'avançait dans la mer depuis le bas de la falaise.

Il étudia la tache rouge. Il pouvait s'agir de n'importe quoi – vêtement, détritus –, mais il savait d'instinct que ce n'était pas ça. Si l'ensemble avait un aspect chiffonné, une partie s'étirait le long du récif, tel un bras tendu dans un geste de supplication.

Il attendit une minute entière, en comptant les secondes. Puis, comme la silhouette restait immobile, il attaqua sa descente.

Il tombait une pluie fine quand Daidre Trahair prit le dernier virage du petit chemin menant à Polcare Cove. Elle mit les essuie-glaces en marche et constata qu'elle allait devoir les remplacer sans tarder. Ce n'était pas parce qu'on allait vers l'été qu'ils ne serviraient plus : jusqu'à présent, le mois d'avril s'était montré aussi capricieux que d'habitude, et si mai était en principe agréable, juin pouvait facilement tourner au cauchemar climatique. Elle décida d'acheter de nouveaux essuie-glaces, et réfléchit à l'endroit où elle pourrait s'en procurer. Cette diversion était la bienvenue. Son voyage vers le sud touchait à sa fin, et elle ne ressentait rien. Ni désarroi, ni colère, ni rancœur, ni compassion, et pas une once de chagrin.

Ce dernier point ne l'inquiétait pas. Franchement, comment aurait-elle pu avoir du chagrin ? Mais le fait de n'éprouver aucune émotion dans une telle situation… Ça, c'était préoccupant. Ce détachement lui rappelait un reproche trop souvent entendu, de la part de trop d'amants. D'une certaine manière, il traduisait une régression vers un moi qu'elle pensait avoir laissé derrière elle.

Aussi le va-et-vient inopérant des essuie-glaces et les traces qu'ils laissaient sur le pare-brise la distrayaient-ils. Elle se demanda où elle pourrait en acheter une paire de rechange. À Casvelyn ? Possible. À Alsperyl ? Peu de chances. Peut-être allait-elle devoir pousser jusqu'à Launceston.

Elle s'approcha du cottage en roulant prudemment. Le chemin était étroit et, même si elle ne s'attendait guère à croiser une autre voiture, il était toujours possible qu'un curieux venu voir la crique et son mince ruban de plage jaillisse devant elle, se croyant seul dehors par un temps pareil.

À sa droite s'élevait une colline couverte d'ajoncs et de centaurées jaunes. À sa gauche s'étendait la vallée de Polcare, telle une empreinte de pouce géante, traversée par un ruisseau qui prenait sa source à Stowe Wood, sur les hauteurs. Elle avait choisi ce lieu parce qu'il se distinguait des vallons traditionnels de Cornouailles. À cet endroit, un caprice géologique avait donné naissance à une vallée très large – on aurait pu croire qu'elle datait de l'ère glaciaire –, et non à une sorte de canyon abritant une rivière qui s'obstinait à grignoter une roche presque inattaquable. Elle ne se sentait jamais à l'étroit à Polcare Cove. Si la maison était petite, les grands espaces qui l'entouraient étaient essentiels à sa sérénité.

Un premier indice lui mit la puce à l'oreille quand elle quitta le chemin pour s'engager sur l'étendue de gravier et d'herbe qui lui servait d'allée. Le portail était ouvert. Comme il n'avait pas de cadenas, elle l'avait soigneusement refermé la dernière fois qu'elle était venue. Or, il était entrebâillé.

Daidre resta un moment interdite, puis elle mit ses craintes sur le compte de son imagination. Elle descendit, ouvrit le portail en grand, et rentra la voiture.

Quand elle alla refermer le portail, elle remarqua une empreinte de pas dans la terre meuble où elle avait planté des primevères, en bordure d'allée. Elle semblait avoir été laissée par une grosse chaussure. Une chaussure de randonnée. Ses soupçons étaient justifiés.

Son regard alla de l'empreinte à la maison. La porte bleue de celle-ci ne paraissait pas avoir été fracturée mais, quand elle en fit le tour, cherchant d'autres signes d'effraction, elle remarqua un carreau cassé. La fenêtre en question était voisine de la porte qui donnait sur le ruisseau – porte qui, au demeurant, n'était pas verrouillée. Il y avait de la boue fraîche sur le seuil.

Loin d'être effrayée, Daidre poussa la porte avec indignation et traversa la cuisine d'un pas rageur pour se rendre au salon. Là, elle s'immobilisa. Dans le demi-jour, elle vit quelqu'un sortir de la chambre à coucher. Un homme grand, barbu, et tellement sale qu'elle sentait son odeur depuis l'autre extrémité de la pièce.

— Je ne sais pas du tout qui vous êtes ni ce que vous faites ici, mais vous allez fiche le camp, et tout de suite. Si vous ne partez pas, je vais devenir violente et, je vous assure, il vaut mieux éviter ça.

Elle tendit le bras derrière elle pour atteindre l'interrupteur de la cuisine. Une vive clarté se répandit dans le salon. L'homme fit un pas vers elle et se retrouva en pleine lumière. Elle distingua alors son visage.

— Mon Dieu, s'écria-t-elle, vous êtes blessé ! Je suis médecin. Je peux vous aider ?

Il esquissa un geste en direction de la mer. À cette distance, on entendait en permanence le bruit des vagues. Mais, ce jour-là, le vent soufflait vers l'intérieur des terres, accentuant l'impression de proximité.

— Il y a un corps sur la plage, dit le barbu. Sur les rochers au pied de la falaise. Il est... l'homme est mort. Je suis entré par effraction. Je suis désolé. Je paierai les réparations. Je cherchais un téléphone pour appeler la police. Où sommes-nous ?

— Un corps ? Emmenez-moi le voir.

— Il est mort. Il n'y a rien que...

— Vous êtes médecin ? Non ? Moi si. On perd du temps alors qu'on pourrait être en train de sauver une vie.

L'homme parut sur le point de protester. Peut-être ne la croyait-il pas. Vous ? Médecin ? Bien trop jeune. Puis il ôta sa casquette et s'essuya le front avec la manche de sa veste, étalant une traînée de boue sur sa joue. Elle vit que ses cheveux clairs étaient trop longs, et son teint identique au sien. Tous les deux svelte, tous les deux blonds, ils auraient pu être frère et sœur. Même leurs yeux se ressemblaient. Ceux de l'homme étaient marron. Comme les siens.

— Très bien, dit-il. Venez avec moi.

Il traversa la pièce et passa à côté d'elle, laissant derrière lui une odeur de sueur, de vêtements pas lavés, de dents pas brossées, de sébum, et de quelque chose d'autre, plus intime et plus dérangeant. Elle garda ses distances tandis qu'ils sortaient du cottage et gagnaient le chemin.

Le vent soufflait avec violence. Ils luttaient contre les rafales de pluie tout en se hâtant pour rejoindre la plage. Ils dépassèrent l'endroit où le ruisseau s'élargissait avant de franchir une digue naturelle et de filer vers la mer. C'était le commencement de Polcare

Cove, une étroite bande de sable à marée basse, des pierres et des rochers à marée haute.

— Par ici ! cria l'inconnu dans la tempête.

Il la conduisit vers le côté nord de la crique. À partir de là, elle n'eut plus besoin de ses indications. Le corps était bien visible : l'anorak rouge vif, l'ample pantalon noir, les chaussures extrasouples. L'homme portait un baudrier auquel étaient accrochés une foule d'instruments métalliques ainsi qu'un sac léger d'où s'écoulait une substance blanche. De la magnésie pour les mains, songea-t-elle.

— Mon Dieu. C'est un grimpeur. Regardez, voilà sa corde.

Un tronçon gisait à proximité du corps auquel il était toujours relié, tel un cordon ombilical. Le reste serpentait jusqu'au pied de la falaise, où il formait un tas. Un mousqueton dépassait de l'extrémité de la corde.

Elle chercha un pouls, sachant qu'elle n'en trouverait pas. La falaise à cet endroit était haute d'une soixantaine de mètres. S'il était tombé du sommet – ce qui était certainement le cas –, seul un miracle aurait pu lui sauver la vie.

Il n'y avait pas eu de miracle.

— Vous avez raison, dit-elle à son compagnon. Il est mort. Et avec la marée… On va être obligés de le déplacer, sinon…

— Non ! s'exclama l'inconnu.

Daidre sentit la méfiance l'envahir.

— Pourquoi ?

— Il faut que la police voie les lieux. Nous devons l'appeler. Où se trouve le téléphone le plus proche ? Vous avez un portable ? Il n'y en avait pas dans la maison.

— Je n'emporte jamais mon portable quand je viens ici. Quelle importance ? Il est mort. On voit très bien comment c'est arrivé. La marée monte, et si on ne le déplace pas, l'eau s'en chargera.

— Combien de temps ? demanda-t-il.

— Pardon ?

— La marée… Combien de temps avons-nous ?

— Je ne sais pas. Vingt minutes ? Une demi-heure ? Pas plus.

— Où y a-t-il un téléphone ? Vous avez une voiture.

Il ajouta, comme elle un peu plus tôt :

— Nous perdons du temps. Je peux rester là avec le… Avec lui, si vous préférez.

Elle ne préférait pas. Elle craignait qu'il ne s'évanouisse tel un esprit si elle acceptait, la laissant seule avec… quoi ? Elle avait une idée assez nette de ce qui l'attendait, et celle-ci n'était guère réjouissante.

— Venez avec moi, dit-elle.

Elle l'emmena à la Salthouse Inn, le seul endroit à des kilomètres à la ronde où elle était sûre de trouver un téléphone. L'auberge, une bâtisse blanche et massive du XIIIe siècle, se dressait, solitaire, à la croisée des routes d'Alsperyl, de Shop et de Woodford. Daidre conduisait vite, mais l'homme ne broncha pas. Manifestement, il n'avait pas peur de les voir terminer leur course en bas de la colline ou dans un talus. Il n'avait pas mis sa ceinture, et il ne se cramponnait pas.

Il n'ouvrit pas la bouche. Elle non plus. Outre une gêne bien naturelle chez deux étrangers, il y avait entre eux une tension due aux non-dits. Elle fut soulagée lorsqu'ils atteignirent l'auberge. Respirer le grand air, échapper à l'odeur de cet homme, c'était une forme de bénédiction. Avoir quelque chose à faire – une occupation immédiate – était un don de Dieu.

Il la suivit à travers l'étendue caillouteuse qui servait de parking. Ils se courbèrent pour franchir la porte basse et entrèrent dans un vestibule plein de vestes, d'imperméables et de parapluies dégoulinants. Ils pénétrèrent dans le bar sans enlever leur manteau.

Les buveurs de l'après-midi – les habitués – étaient assis à leurs places coutumières autour des tables éraflées. Un beau feu de charbon flambait dans l'âtre. Il éclairait les visages penchés vers les flammes et baignait d'une douce lumière les murs noircis par la suie.

Daidre salua les buveurs de la tête. Elle fréquentait l'établissement, aussi ne leur était-elle pas inconnue. Ils murmurèrent son nom – docteur Trahair – et l'un d'eux lui lança même :

— Vous êtes venue pour le tournoi ?

Mais le silence se fit lorsqu'ils virent son compagnon. Regards vers lui, regards vers elle. Interrogation et étonnement. On avait l'habitude des étrangers dans la région. Le beau temps les amenait par troupeaux entiers en Cornouailles. Mais ils venaient et repartaient de la même façon – comme des étrangers –, et en général ils ne débarquaient pas avec quelqu'un de connaissance.

Elle alla au comptoir.

— Brian, j'ai besoin de votre téléphone. Il y a eu un terrible accident. Cet homme…

Elle se tourna vers son compagnon et reprit à son intention :

— Je ne sais pas comment vous vous appelez.

— Thomas.

— Thomas comment ?

— Thomas, répéta-t-il.

Elle fronça les sourcils mais dit au patron :

— *Thomas* a trouvé un corps à Polcare Cove. Il faut appeler la police.

Elle baissa la voix avant d'ajouter :

— C'est… Je crois que c'est Santo Kerne.

Le constable Mick McNulty effectuait une patrouille quand sa radio crépita ; les craquètements discordants le réveillèrent en sursaut. Il s'estima heureux d'avoir été dans la voiture pie au moment de l'appel. Il avait profité de sa pause-déjeuner pour faire quelques galipettes avec sa femme, suivies d'un roupillon béat, tous les deux nus sous l'édredon précédemment enlevé (« Pas question de le tacher, Mick. C'est le seul qu'on ait ! »). Cela faisait à peine cinquante minutes qu'il avait recommencé à patrouiller le long de l'A39, à l'affût de malfaiteurs potentiels. Mais la chaleur de l'habitacle, conjuguée au rythme des essuie-glaces et au fait que son fils de deux ans l'avait empêché de dormir la plus grande partie de la nuit, avait eu raison de sa vaillance. Il avait alors cherché une aire de stationnement pour piquer un somme dans la voiture. Il était en pleine sieste quand la radio avait fait irruption dans ses rêves.

Cadavre sur la plage. Polcare Cove. Se rendre immédiatement sur les lieux. Sécuriser la zone et présenter son rapport.

Qui avait prévenu ? s'enquit-il.

Un randonneur et quelqu'un du coin. Ils le retrouveraient à Polcare Cottage.

Et c'était où ?

Putain, mec. Sers-toi de ta cervelle.

Mick fit un doigt d'honneur à la radio. Il démarra puis déboîta. Il allait devoir brancher les gyrophares et la sirène, ce qui n'arrivait d'ordinaire qu'en été, quand un touriste impatient commettait une erreur d'appréciation aux conséquences désastreuses. À cette époque de l'année, pour voir un peu d'action, il fallait qu'un surfeur pressé d'aller à l'eau déboule trop vite sur le parking, freine trop tard, bascule par-dessus bord et se retrouve planté dans le sable de Widemouth Bay. Mais Mick comprenait cette impatience. Il éprouvait la même quand les vagues étaient bonnes et que la seule chose qui le retenait de prendre sa combinaison et sa planche, c'était l'uniforme qu'il portait et la perspective de continuer à le porter, ici même, à Casvelyn, jusqu'à l'âge de la retraite. Gâcher une aubaine pareille ne faisait pas partie de ses plans. Ce n'était pas pour rien que le commissariat de Casvelyn passait pour la planque idéale.

Malgré la sirène et les gyrophares, il lui fallut presque vingt minutes pour atteindre Polcare Cottage, la seule habitation sur la route qui menait à la crique. À vol d'oiseau, la distance n'était pas immense – moins de huit kilomètres –, mais les chemins étaient étroits et serpentaient entre des champs cultivés, des bois, un hameau et un village.

La maison était peinte en jaune moutarde : un vrai fanal dans la grisaille de l'après-midi. Elle faisait figure d'exception dans une région où presque toutes les constructions étaient blanches. Histoire de braver encore davantage la tradition locale, ses deux dépendances étaient respectivement violette et vert-jaune. Elles n'étaient éclairées ni l'une ni l'autre, mais les petites fenêtres du cottage déversaient des flots de lumière sur le jardin qui l'entourait.

Mick coupa la sirène et gara le véhicule de police, mais il laissa les phares et les gyrophares allumés, pour l'effet dramatique. Il franchit le portail et contourna une vieille Vauxhall rangée dans l'allée. Il frappa sèchement à la porte bleu vif. Une femme apparut aussitôt, à croire qu'elle l'attendait. Elle portait un jean moulant et un pull à col roulé ; ses longs pendants d'oreilles se balancèrent lorsqu'elle lui fit signe d'entrer.

— Je suis Daidre Trahair. C'est moi qui ai appelé.

Elle introduisit Mick dans un petit vestibule carré débordant de bottes en caoutchouc, de chaussures de randonnée et de vestes en tout genre. Un grand récipient en métal, dans lequel Mick reconnut un vieux seau de mineur, était garni de cannes et de parapluies. Un banc étroit servait à enfiler ou ôter ses bottes. Il y avait à peine la place de bouger.

Après avoir secoué sa veste trempée, Mick suivit Daidre Trahair dans la salle de séjour, le cœur de la maison. Accroupi près de la cheminée, un barbu à l'aspect négligé, armé d'un tisonnier à tête de canard, s'employait en pure perte à remuer cinq blocs de charbon. Il aurait fallu mettre une bougie sous le charbon pour que le feu prenne. C'était ce que la mère de Mick faisait toujours.

— Où est le corps ? demanda le policier en sortant son calepin. J'aurai aussi besoin de votre version des faits.

— La marée est en train de monter, déclara le barbu. Le corps est sur le… Je ne sais pas si ça fait partie du récif, mais l'eau… Vous voudrez certainement le voir avant. Avant les formalités, j'entends.

Recevoir des instructions d'un civil qui avait sûrement appris les procédures policières dans des téléfilms énerva Mick. Tout comme la voix de l'homme, dont le ton, le timbre et l'accent étaient en complet désaccord avec son apparence physique. S'il ressemblait à un clochard, sa manière de s'exprimer évoquait l'« ancien temps », comme auraient dit les grands-parents de Mick. Une époque antérieure aux voyages internationaux, où les « gens de la haute » débarquaient en Cornouailles dans leurs automobiles de luxe pour séjourner dans de grands hôtels dotés d'immenses vérandas. « Ils étaient généreux en pourboires, ça oui, lui racontait son grand-père. Bien sûr, la vie était moins chère alors : avec deux pence, on allait déjà loin, et avec un shilling, on allait carrément à Londres. » Il fallait toujours qu'il exagère, grand-père. D'après la mère de Mick, ça faisait partie de son charme.

— Je voulais déplacer le corps, expliqua Daidre Trahair. Mais il a dit non, ajouta-t-elle en désignant le barbu. De toute évidence, il s'agit d'un accident. Aussi, je n'ai pas compris pourquoi... Je craignais que le ressac l'emporte.

— Vous savez qui c'est ?

— Je... non. Je n'ai pas bien regardé son visage.

Mick était contrarié de l'admettre, mais ils avaient bien agi.

— Allons voir ça, dit-il en indiquant la porte.

Ils partirent sous la pluie. L'homme sortit une casquette de base-ball décolorée qu'il mit sur sa tête. La femme enfila une parka dont elle rabattit la capuche sur ses cheveux blond-roux.

Mick s'arrêta à la voiture de police pour y prendre le petit appareil photo avec flash qu'il avait acheté précisément pour ce type d'occasion. S'il était obligé de déplacer le corps, ils auraient au moins une trace visuelle de l'état des lieux avant que la mer emporte le cadavre.

Au bord de l'eau, le vent était violent, et les déferlantes arrivaient aussi bien de la gauche que de la droite. C'étaient des lames rapides, qui prenaient naissance au large. Mais elles grossissaient très vite et se brisaient plus vite encore. Tout à fait le genre à attirer et à envoyer ad patres un surfeur inexpérimenté.

Mick eut la surprise de constater que la victime n'était pas un surfeur. Pourtant, il avait supposé… Il se félicita d'avoir gardé ses conclusions pour lui et de ne pas en avoir touché mot au couple qui avait téléphoné.

Daidre Trahair avait raison. Ça avait tout l'air d'un accident. Un jeune grimpeur – indiscutablement mort – gisait sur une dalle d'ardoise au pied de la falaise.

Mick jura à voix basse. Ce n'était pas le meilleur endroit pour faire de l'escalade. Si la paroi présentait des aspérités qui offraient de bonnes prises et des fissures où insérer des pitons, elle était également formée de nappes de grès verticales qui s'effritaient aussi facilement que des scones rassis pour peu qu'on exerce une pression dessus.

De toute évidence, la victime avait tenté une escalade en solo : une descente en rappel depuis le haut de la falaise, suivie d'une ascension depuis le bas. La corde était d'un seul tenant et le mousqueton toujours attaché à son extrémité par un nœud en huit. Le grimpeur lui-même était relié à la corde. La descente n'aurait pas dû lui poser de problème.

Défaillance de matériel au sommet de la falaise, conclut Mick. Quand il en aurait terminé en bas, il devrait prendre le sentier côtier pour monter voir de quoi il retournait.

La mer se rapprochait peu à peu du cadavre. Il photographia celui-ci et ses environs immédiats sous tous les angles possibles, puis, dégrafant la radio fixée à son épaule, il se mit à brailler dans le micro. Des parasites lui répondirent.

— Merde ! fit-il, rejoignant non sans mal le point culminant de la plage, où le couple de témoins attendait. Je vais avoir besoin de vous, lança-t-il à l'homme.

S'étant éloigné de cinq pas, il recommença à crier dans sa radio.

— Appelle le légiste, dit-il au sergent de permanence à Casvelyn. La marée monte à vitesse grand V. Si on ne déplace pas le gars, on va le perdre.

Après quoi ils prirent leur mal en patience, car il n'y avait rien d'autre à faire. Les minutes s'égrenaient, l'eau gagnait du terrain, et enfin la radio grésilla.

— Le légiste... d'accord... l'éloigner... eau... route, croassait la voix désincarnée. Quel... sur place... besoin ?

— Habille-toi pour la pluie et ramène-toi. Trouve quelqu'un pour te remplacer au poste.

— Connais... corps ?

— Un gamin. Je sais pas qui c'est. Quand on l'aura enlevé des rochers, je vérifierai s'il a des papiers.

Mick s'approcha de l'homme et de la femme, chacun recroquevillé pour se protéger du vent et de la pluie.

— Je sais pas du tout qui vous êtes, dit-il à l'homme, mais on a du boulot. Je veux que vous fassiez ce que je vous dirai de faire et rien d'autre. Venez avec moi. Vous aussi, ajouta-t-il à l'intention de la femme.

28

Ils avancèrent avec précaution sur la plage jonchée de cailloux. Il n'y avait plus de sable au bord de l'eau ; la marée l'avait recouvert. Ils s'engagèrent l'un derrière l'autre sur la première dalle d'ardoise. Parvenu au milieu, le barbu s'arrêta et tendit la main à Daidre Trahair. Elle secoua la tête, refusant son aide.

Lorsqu'ils atteignirent le corps, la marée clapotait contre la dalle d'ardoise. Encore dix minutes et ils pourraient lui dire adieu. Mick donna des instructions à ses deux compagnons. L'homme l'aiderait à transporter le cadavre au sec. La femme ramasserait tout ce qui pouvait traîner aux alentours. Ce n'était pas l'idéal, mais il faudrait faire avec. Ils ne pouvaient pas se permettre d'attendre les techniciens.

2

La pluie ne dérangeait pas Cadan Angarrack. Pas plus que le spectacle qu'il avait conscience d'offrir au public restreint de Casvelyn. Il roulait sur son BMX freestyle, les genoux au niveau de la taille et les coudes à angle droit, impatient d'arriver à la maison pour annoncer la nouvelle. Pooh faisait des bonds sur son épaule, poussant des piaillements de protestation et hurlant de temps à autre « Marin d'eau douce ! » à son oreille. C'était un net progrès par rapport à l'époque où l'oiseau le piquait avec son bec, aussi Cadan n'essayait-il pas de le faire taire. Au contraire, il l'encourageait parfois d'un « T'as bien raison, Pooh », à quoi le perroquet répondait « Fais des trous dans le grenier ! », une expression dont l'origine demeurait un mystère pour son maître.

Si Cadan avait pris son vélo pour s'entraîner et non pour se déplacer, le perroquet n'aurait pas été avec lui. Au début, il emmenait Pooh partout et le déposait au bord de la piscine vide pendant qu'il exécutait des figures et élaborait des stratégies non seulement pour s'améliorer, mais aussi pour réaménager le terrain sur lequel il s'exerçait. Mais une institutrice de l'école primaire voisine du centre de loisirs s'était inquiétée

de l'effet du vocabulaire de Pooh sur les petits innocents de sept ans dont elle s'échinait à façonner
l'esprit. Cadan avait reçu un avertissement : s'il
n'était pas capable de faire taire son oiseau et s'il voulait continuer à profiter de la piscine vide, il devrait le
laisser chez lui. Il n'avait pas eu le choix. Jusqu'à
présent, il avait dû se satisfaire de la piscine, car il
n'avait pas progressé d'un iota auprès du conseil
municipal, qu'il avait sollicité pour créer des pistes de
saut sur Binner Down. Les huiles l'avaient regardé
comme ils auraient regardé un psychopathe, et Cadan
savait ce qu'ils pensaient. La même chose que son
père, sauf que son père, lui, le disait carrément :
vingt-deux ans et tu fais encore le guignol sur un
vélo ? Bon sang, qu'est-ce qui ne tourne pas rond
chez toi ?

Cadan, lui, ne voyait pas où était le problème. Tu
crois que c'est facile, ce que je fais ? Le table top ? Le
tailwhip ? T'as qu'à essayer, pour voir.

Mais, bien sûr, ils ne comprenaient pas. Ni les
conseillers municipaux ni son père. Ils se contentaient
de le regarder, l'air de dire : fais quelque chose de ta
vie. Dégote-toi un boulot, nom de Dieu !

C'était précisément ce qu'il lui tardait d'annoncer à
son père : il avait décroché un emploi. Malgré la présence de Pooh sur son épaule, il avait bel et bien
obtenu un nouveau boulot. Son père n'avait pas besoin
de savoir de quelle façon. Il n'avait pas besoin de
savoir que son fils était allé demander à Adventures
Unlimited s'ils avaient réfléchi à l'usage qu'ils pouvaient faire de leur minigolf à l'abandon. Il avait négo-
cié un contrat d'agent d'entretien dans le vieil hôtel en
échange de la jouissance des collines et des vallons du
minigolf – exception faite, naturellement, des moulins,

31

des granges et des autres obstacles en dur – pour mettre au point ses numéros d'acrobatie aérienne. Tout ce que Lew Angarrack avait à savoir, c'était que, malgré ses échecs à répétition dans l'entreprise familiale – merde, qui rêvait de fabriquer des planches de surf, de toute façon ? –, Cadan avait réussi à remplacer un boulot A par un boulot B en l'espace de soixante-douze heures. Un record ! En général, il donnait du grain à moudre à son père pendant cinq ou six semaines.

Il roulait sur le chemin de terre derrière Victoria Road et essuyait la pluie sur son visage quand son père le doubla. Lew Angarrack n'eut pas un regard pour son fils, mais, à son expression dégoûtée, celui-ci comprit qu'il pensait à la raison qui l'obligeait à pédaler sous la pluie au lieu de conduire une voiture.

Cadan vit son père sortir de son 4 × 4 et ouvrir la porte du garage. Il rentra ensuite le Toyota en marche arrière. Quand Cadan franchit le portail, Lew avait déjà rincé sa planche de surf. Il était en train de sortir sa combinaison de la voiture pour la rincer elle aussi, pendant que le tuyau crachait un jet d'eau douce sur le carré de pelouse.

Cadan observa son père un moment. Il savait qu'il lui ressemblait, du moins physiquement. Ils avaient la même silhouette trapue, avec un torse et des épaules larges – une carrure de déménageur –, et la même tignasse brune. Mais son père, de plus en plus poilu, commençait à mériter le surnom de Gorille que la sœur de Cadan lui donnait en cachette. Pour le reste, ils étaient comme le jour et la nuit. Son père était le genre de type à se satisfaire d'une existence bien rangée, sans surprise, tandis que Cadan… Eh bien, Cadan avait une conception de la vie très différente. L'univers de son père se limitait à Casvelyn, et s'il finissait

32

un jour par aller à Hawaï – la côte nord d'Oahu, tu peux toujours rêver, papa – ce serait le plus grand miracle de tous les temps. Cadan, quant à lui, avait des tas de choses à accomplir avant de passer l'arme à gauche, comme remporter des médailles d'or et voir sa bouille tout sourire sur la couverture de *Ride BMX*.

— C'était un vent de mer aujourd'hui. Pourquoi t'es sorti ? demanda-t-il à son père.

Lew ne répondit pas. Il rinça sa combinaison, devant et derrière, puis ses chaussons, sa cagoule et ses gants avant d'accorder son attention à son fils et au perroquet mexicain sur son épaule.

— Tu ferais mieux de mettre cet oiseau à l'abri de la pluie.

— Ça le gêne pas. Il pleut, là d'où il vient. Y avait pas de vagues, si ? La marée commence seulement à monter. T'es allé où ?

— Pas besoin de vagues.

Lew récupéra la combinaison mouillée sur la pelouse et la mit à sécher sur une chaise pliante qui avait accueilli tant de postérieurs que la toile en était toute distendue.

— Je voulais réfléchir. Pas besoin de vagues pour réfléchir, si ?

Dans ce cas, pourquoi prendre la peine de préparer l'équipement et de le trimballer jusqu'à la mer ? Cadan se retint de poser la question car, s'il l'avait fait, son père aurait répondu en lui exposant l'objet de ses réflexions. Il y avait trois possibilités. L'une d'elles étant Cadan lui-même et la liste de ses fautes, il préféra ne pas insister. Il suivit plutôt son père dans la maison, où Lew s'essuya les cheveux avec une serviette accrochée exprès au dos de la porte. Puis il brancha la bouilloire électrique. Il allait se préparer un café instantané (un seul sucre, pas de lait) qu'il boirait dans un mug sur lequel on pouvait lire NEWQUAY INVITATIONAL. Il irait se poster à la fenêtre pour regarder le jardin et, quand il aurait terminé son café, il laverait le mug.

Cadan attendit que Lew se soit approché de la fenêtre, son mug à la main, pour passer au salon et installer Pooh sur son perchoir. En revenant dans la cuisine, il annonça :

— Au fait, papa, j'ai trouvé un boulot.

Son père but son café. Sans faire aucun commentaire. Lorsqu'il parla enfin, ce fut pour demander :

— Où est ta sœur, Cade ?

Cadan ne se laissa pas démonter.

— T'as entendu ce que je t'ai dit ? reprit-il. J'ai un boulot. Un boulot digne de ce nom.

— Et toi, tu as entendu ce que je t'ai demandé ? Où est Madlyn ?

— Je suppose qu'elle est à la boutique.

— Je m'y suis arrêté. Elle n'y était pas.

— Alors, je sais pas où elle est. Sans doute en train de chialer quelque part au lieu de se secouer. On croirait que c'est la fin du monde…

— Est-ce qu'elle est dans sa chambre ?

— Je t'ai déjà dit…

— Où ça ?

Lew continuait à regarder par la fenêtre, ce qui horripilait Cadan. Ça lui donnait envie de siffler six pintes de bière blonde sous son nez, rien que pour attirer son attention.

— Je t'ai dit que je savais pas où…

— Où ça, le boulot ?

Lew se retourna vers lui et s'adossa à la fenêtre. Cadan devina qu'il le jaugeait et qu'il était déçu de ce qu'il voyait. Son père le regardait avec la même expression depuis qu'il avait six ans.

— Adventures Unlimited. Je m'occuperai de l'entretien de l'hôtel en attendant que la saison démarre.

— Et après ?

— Si ça se passe bien, je serai moniteur.

Là, il en rajoutait un peu, mais tout était possible, et la direction avait commencé à recevoir des candidats. Descente en rappel, escalade, kayak, natation, voile... Il pouvait faire tout ça, et même s'ils ne voulaient pas de lui dans ces disciplines-là, il y avait toujours le vélo freestyle et ses projets de transformation du minigolf. Mais il se garda d'en parler à son père. Un seul mot sur le BMX, et Lew lirait ses intentions aussi clairement que si elles étaient tatouées sur son front.

— « Si ça se passe bien »...

Lew souffla par le nez, un bruit plus éloquent qu'une longue tirade.

— Comment tu comptes aller là-bas, dis-moi ? Sur ce machin dehors ? Parce que ne crois pas que je vais te rendre tes clés de voiture, ni ton permis de conduire. Ne va pas t'imaginer qu'un boulot me fera changer d'avis.

— Je te les réclame, mes clés ? Je te le réclame, mon permis ? Non. J'irai à pied. Ou bien à vélo, s'il faut. Je me fiche d'avoir l'air d'un gland. J'y suis bien allé comme ça aujourd'hui, pas vrai ?

Lew souffla à nouveau. Cadan aurait préféré qu'il lui parle franchement au lieu de recourir à des mimiques et des bruitages d'une subtilité relative. Si Lew Angarrack lui avait déclaré sans détour « T'es qu'un loser, mon gars », Cadan aurait au moins eu un motif pour s'engueuler avec lui. Mais Lew empruntait toujours des voies détournées, et celles-ci passaient le plus souvent par des silences, des soupirs et – si nécessaire – des comparaisons entre Cadan et sa sœur. Madlyn était une sainte, bien sûr, une surfeuse de classe internationale, promise à tous les triomphes. Enfin, jusqu'à récemment.

Cadan était triste pour sa sœur, pourtant une infime partie de lui jubilait. Pour une fille aussi petite, elle projetait une ombre immense depuis bien trop longtemps.

— Alors, c'est tout ? demanda-t-il. Pas de « Bravo, Cade », ni de « Félicitations », ni même de « Dis donc, pour une fois, tu m'épates » ? Je dégote un boulot – bien payé, avec ça – mais tu t'en fous complètement parce que… Quoi ? Ce n'est pas assez bien ? Ça n'a rien à voir avec le surf ? C'est…

— Tu avais un boulot, Cade. Et tu as merdé.

Lew avala d'un trait le reste de son café et s'approcha de l'évier. Là, il récura son mug comme il récurait tout. Pas de taches, pas de microbes.

— C'est des conneries, répliqua Cadan. Travailler pour toi a toujours été une mauvaise idée, et on le sait tous les deux, même si tu refuses de l'admettre. Je ne suis pas quelqu'un de minutieux. Je ne l'ai jamais été. Je n'ai pas le… je ne sais pas… la patience et tout ça.

Lew essuya le mug et la cuillère, puis il les rangea. Il passa ensuite l'éponge sur la vieille paillasse en inox rayée, bien qu'il n'y ait pas une miette dessus.

— Ton problème, c'est que tu veux toujours t'amuser. Mais la vie n'est pas comme ça.

Cadan fit un geste vers le jardin et l'équipement de surf que son père venait de rincer.

— Et toi, tu ne t'amuses pas, peut-être ? Ta vie entière, tu as passé tout ton temps libre à faire du surf, mais je suis censé y voir quoi ? Une noble mission, comme trouver un remède au sida ? Supprimer la misère dans le monde ? Tu me reproches de faire ce dont j'ai envie, mais est-ce que tu n'as pas fait exactement la même chose ? Attends. Ne réponds pas. Je sais déjà. Dans ton cas, il s'agit de former une future championne. Toi, tu as un but. Tandis que moi...

— Il n'y a pas de mal à avoir un but.

— Exact. Et j'en ai un. Seulement, ce n'est pas le même que le tien. Ni que celui de Madlyn. Ou du moins celui qu'elle avait.

— Où est-elle ? insista Lew.

— Je t'ai dit...

— Je sais ce que tu m'as dit. Mais tu dois bien avoir une idée de l'endroit où ta sœur a pu aller. Tu la connais. Et lui... Tu le connais aussi, à ce compte-là.

— Hé ! Me mets pas ça sur le dos. Elle connaissait sa réputation. Tout le monde la connaissait. Mais y avait pas moyen de la raisonner. De toute façon, ce qui t'intéresse, c'est pas l'endroit où elle est en ce moment, mais le fait qu'elle ait dévié de sa route. Exactement comme toi.

— Elle n'a pas dévié de sa route.

— Bien sûr que si, putain. Et tu deviens quoi dans tout ça, papa ? Tu as placé tes rêves en elle au lieu de vivre les tiens.

— Elle se remettra au surf.

— Ne te fais pas d'illusions.

— Et toi, ne...

Lew se tut brusquement.

Ils se faisaient face, chacun à un bout de la cuisine. Moins de trois mètres les séparaient, mais c'était comme un gouffre, qui s'élargissait un peu plus chaque année. À force de se tenir tout au bord, Cadan avait le sentiment que l'un d'eux finirait par tomber dedans.

Selevan Penrule prit son temps pour se rendre à la boutique de surf Clean Barrel : il aurait été inconvenant de sortir en trombe de la Salthouse Inn juste après la nouvelle de la mort de Santo Kerne. Il avait à coup sûr de bonnes raisons de filer, mais il savait que son départ serait mal vu. D'ailleurs, il n'avait plus l'âge de foncer où que ce soit. Trop d'années passées à traire les vaches, à emmener ces fichus bestiaux au pâturage et à les en ramener. Son dos était irrémédiablement voûté et ses hanches bousillées. À soixante-huit ans, il avait l'impression d'en avoir quatre-vingts. Il aurait dû vendre et ouvrir le camp de mobile homes trente-cinq ans plus tôt. Il l'aurait fait s'il avait eu le fric, les couilles, le discernement, pas de femme et pas d'enfants. Ils étaient tous partis à présent, la maison démolie, et la ferme reconvertie en parc de caravanes. Sea Dreams – « Rêves Marins » –, il l'avait appelé. Quatre rangées de mobile homes pareils à des boîtes à chaussures, perchés sur la falaise au-dessus de la mer.

Il conduisait prudemment. Il y avait parfois des chiens sur les routes de campagne. Des chats aussi. Des lapins. Des oiseaux. Selevan redoutait de heurter un animal, non pas tant pour la culpabilité qu'il éprouverait de l'avoir tué, mais pour les désagréments que cette mort lui causerait. Il serait obligé de s'arrêter, et il détestait devoir s'arrêter quand il avait une idée en tête. En l'occurrence, il avait décidé de se rendre à Casvelyn, dans le magasin de surf où travaillait sa petite-fille. Il voulait que Tammy apprenne la nouvelle de sa bouche.

Quand il arriva en ville, il se gara sur le quai, l'avant de sa vieille Land Rover pointé vers le canal. Celui-ci reliait jadis Holsworthy et Launceston à la mer. À présent, il serpentait sur une dizaine de kilomètres avant de se terminer brusquement, comme une pensée interrompue. Selevan était donc garé de l'autre côté de la Cas par rapport au centre-ville, où était située la boutique de surf. Mais stationner là-bas était toujours un casse-tête, quel que soit le temps ou l'époque de l'année, et de toute façon il avait envie de marcher. En remontant la rue en arc de cercle qui délimitait la partie sud-ouest de la ville, il aurait le loisir de réfléchir à une approche. Selevan comptait bien étudier la réaction de sa petite-fille quand il lui apprendrait la nouvelle. À ses yeux, il existait une totale contradiction entre ce que Tammy prétendait être et ce qu'elle était réellement, même si elle ne le savait pas encore.

En sortant de voiture, il salua plusieurs pêcheurs qui fumaient debout sous la pluie, leur embarcation amarrée au quai. Ils avaient dû rentrer par l'écluse au bout du canal, et leur allure contrastait vivement avec celle des plaisanciers qui débarquaient à Casvelyn avec les beaux jours. Selevan préférait de beaucoup la population locale. Il avait beau gagner sa vie grâce aux touristes, rien ne l'obligeait à les aimer.

Il se dirigea vers le cœur de la ville, passant devant une suite de commerces. Il s'arrêta pour acheter un gobelet de café chez Jill's Juices, puis un paquet de Dunhill et un rouleau de pastilles de menthe chez Pukkas Pizza Slices Et Cetera (la pizza y était immonde, mais le *et cetera* acceptable…). La rue débouchait sur le Strand, puis montait en pente douce jusqu'en haut de la ville. La boutique de surf se dressait à une intersection à mi-parcours, après un salon de coiffure, une boîte de nuit défraîchie, deux hôtels miteux, et un fish and chips à emporter.

Il termina son café avant d'atteindre le magasin. Comme il n'y avait pas de poubelle aux alentours, il écrasa le gobelet et le fourra dans la poche de sa parka. Au loin, il aperçut un jeune homme aux cheveux coiffés en avant qui discutait d'un air sérieux avec Nigel Coyle, le patron de Tammy. Ce devait être Will Mendick. Selevan avait fondé de grands espoirs sur Will, mais jusqu'ici ils ne s'étaient pas concrétisés.

— Je reconnais que j'ai eu tort, Mr Coyle, disait Will. Je n'aurais même pas dû le suggérer. Vous pouvez me croire, ça ne s'était jamais produit avant.

— Vous ne mentez pas très bien, répondit Coyle avant de s'éloigner en faisant tinter ses clés de voiture.

— Je m'en tape, mec, marmonna Will d'un air sombre. Si tu savais ce que je m'en tape…

Voyant Selevan approcher, il s'écria :

— Tiens, bonjour, Mr Penrule. Tammy est à l'intérieur.

Selevan trouva sa petite-fille en train de recharger un présentoir contenant des brochures en couleurs. Il l'observa comme il le faisait toujours, comme si elle appartenait à une race de mammifères qu'il n'avait encore jamais rencontrée. Il désapprouvait presque tout ce qu'il voyait. Tammy n'avait que la peau sur les os et elle était habillée en noir des pieds à la tête : chaussures noires, collant noir, jupe noire, pull noir… Ses cheveux trop fins étaient coupés trop court et plaqués sur son crâne, sans même une goutte de gel pour leur donner un semblant de mouvement.

Selevan aurait pu s'accommoder de la tenue noire et de la maigreur de la jeune fille si Tammy avait manifesté le moindre signe de normalité. Des yeux cernés de khôl, des anneaux en argent dans les sourcils et les lèvres, voire une perle dans la langue, ça, il pouvait comprendre. Ça ne lui plaisait pas, notez bien, mais il pouvait comprendre. C'était la mode chez certains jeunes, et on pouvait espérer qu'ils retrouveraient leurs esprits avant d'être complètement défigurés. À vingt et un ans, ou peut-être vingt-cinq, quand ils verraient que les emplois rémunérés ne poussaient pas sur les arbres, ils se ressaisiraient. Comme le père de Tammy. Qu'était-il aujourd'hui ? Lieutenant-colonel dans l'armée, affecté en Rhodésie ou Dieu sait où – Selevan avait renoncé à suivre, et la Rhodésie resterait toujours la Rhodésie pour lui, quel que soit le nom qu'elle entendait se donner –, avec la perspective d'une brillante carrière.

Mais Tammy ? « On peut te l'envoyer, papa ? » avait demandé le père de la jeune fille à Selevan. Au téléphone, sa voix était aussi claire que s'il s'était trouvé dans la pièce à côté, et non dans l'hôtel africain où il avait parqué sa fille avant de l'expédier en Angleterre. « On peut te l'envoyer, dis, papa ? » Comme s'il avait eu le choix ! La gamine avait déjà son billet d'avion. « Ici, l'environnement n'est pas bon pour elle. Elle voit trop de choses. À notre avis, c'est ça, le problème. »

Selevan avait bien une idée de la véritable origine du problème, mais il ne détestait pas qu'un fils fasse appel à la sagesse de son père. « Envoie-la-moi, avait-il répondu à David. Mais attention, si elle doit habiter chez moi, pas question qu'elle sème la pagaille. Elle prendra ses repas à table, elle fera la vaisselle et… »

Son fils lui avait assuré que ce ne serait pas un problème.

En effet. C'est à peine si la jeune fille laissait une trace derrière elle. Si Selevan avait craint qu'elle ne lui cause un dérangement, son souci provenait plutôt du fait qu'elle n'en causait aucun. Et ça, ce n'était pas normal. Bon sang de bonsoir, Tammy était sa petite-fille, et sa petite-fille se devait d'être normale.

Ayant mis la dernière brochure en place, elle rectifia la position du présentoir et recula, comme pour admirer le résultat. Au même moment, Will Mendick entra dans la boutique.

— Ça sent le roussi, dit-il à Tammy. Coyle veut pas me reprendre.

Puis, à Selevan :

— Vous êtes là de bonne heure aujourd'hui, Mr Penrule.

Tammy se retourna brusquement vers son grand-père et demanda :

— Tu n'as pas eu mon message ?

— J'étais pas à la maison.

— Ah bon. Je voulais… Will et moi, on pensait aller boire un café après la fermeture.

— C'est vrai ?

Selevan était content. Peut-être s'était-il trompé en imaginant que le jeune homme était indifférent à Tammy.

— Il a dit qu'il me ramènerait après.

Tammy réalisa brusquement qu'il était encore trop tôt pour que son grand-père soit venu la chercher. Elle consulta sa montre-bracelet, qui flottait autour de son poignet trop maigre.

— Je viens de la Salthouse Inn, expliqua Selevan. Il y a eu un accident à Polcare Cove.

— Tu as eu un accrochage en voiture ? s'exclama Tammy. Tu vas bien ?

Elle avait l'air inquiète, ce qui fit plaisir à Selevan. Tammy aimait son vieux grand-père. Il était peut-être brusque avec elle, mais elle ne lui en tenait jamais rigueur.

— Pas moi, dit-il en la fixant avec insistance. C'est Santo Kerne.

— Santo ? Qu'est-ce qui lui est arrivé ?

Avait-elle élevé la voix ? Était-ce la panique ? La crainte d'une mauvaise nouvelle ? Selevan voulait le croire, mais son intonation ne cadrait pas avec le regard qu'elle lança à Will Mendick.

— Tombé de la falaise, d'après ce que j'ai compris. À Polcare Cove. Le Dr Trahair a téléphoné à la police depuis l'auberge. Elle est arrivée avec un type, un randonneur. C'est lui qui a trouvé le garçon.

— Est-ce qu'il va bien ? demanda Will Mendick.

Au même moment, Tammy s'écriait :

— Mais il va bien, n'est-ce pas ?

Selevan se réjouit de la voir affolée, même si Santo Kerne était l'individu le moins digne de l'affection d'une jeune fille qu'il eût jamais rencontré. Si affection il y avait, c'était bon signe. Pour cette raison même, Selevan Penrule avait récemment accordé au petit Kerne le droit de traverser sa propriété. En offrant au gamin un raccourci vers les falaises et la mer, il espérait semer dans le cœur de sa petite-fille une graine qui ne demanderait qu'à germer… Car c'était bien ça le but, non ? Que Tammy s'épanouisse. Qu'elle sorte un peu d'elle-même.

— Tout ce que je sais, reprit-il, c'est que le docteur a dit à Brian qu'on avait trouvé Santo Kerne sur les rochers, à Polcare Cove.

— Ça sent pas bon, déclara Will Mendick.

— Est-ce qu'il faisait du surf ? demanda Tammy à son grand-père.

Elle avait parlé en regardant Will. Selevan étudia alors le jeune homme de plus près. Will respirait bizarrement, un peu comme un coureur, et il avait blêmi. Comme il était naturellement rougeaud, cela se remarquait tout de suite quand il pâlissait.

— J'ignore ce qu'il faisait, répondit Selevan. Ce qui est sûr, c'est qu'il lui est arrivé quelque chose. Et ça a l'air grave.

— Pourquoi ? intervint Will.

— Parce qu'ils ne l'auraient pas laissé tout seul sur les rochers s'il avait simplement été blessé.

— Il est mort ? dit Tammy.

— Mort ? répéta Will.

— Il faut que tu y ailles, Will, décréta la jeune fille.

— Mais comment veux-tu que je… ?

— Tu trouveras **que**lque chose. Vas-y. On prendra un café une autre fois.

Apparemment, Will n'attendait que ça. Après avoir salué Selevan, il se dirigea vers la porte. Au passage, il toucha l'épaule de Tammy et lui dit :

— Merci, Tam. Je t'appelle.

Selevan s'efforça d'y voir un signe positif.

Le jour baissait quand l'inspecteur principal Bea Hannaford arriva à Polcare Cove. Elle achetait des chaussures de foot à son fils quand son portable avait sonné. Elle était passée à la caisse sans laisser à Pete l'occasion d'essayer tous les modèles disponibles, comme il en avait l'habitude. Elle avait dit : « On les achète maintenant, ou tu reviens plus tard avec ton père. » Cette menace avait suffi. Son père l'aurait obligé à prendre la paire la moins chère, sans discussion.

Ils avaient quitté le magasin à toute vitesse et couru sous la pluie jusqu'à la voiture. Elle avait appelé Ray en chemin. Il n'était pas censé accueillir Pete ce soir-là, mais il savait s'adapter aux circonstances. Ray était flic lui aussi, et il connaissait les exigences du métier. Il les retrouverait à Polcare Cove.

« Le mec a sauté ? avait-il demandé.

— Je ne sais pas encore. »

Il n'était pas rare de retrouver des cadavres au pied des falaises. Les gens escaladaient bêtement des parois friables, ils s'aventuraient trop près du bord, ou bien ils sautaient. Si la marée était haute, il arrivait qu'on ne retrouve jamais leur corps. Si elle était basse, la police avait une chance de comprendre comment ils avaient atterri là.

— Je parie qu'il y a du sang partout ! s'écria Pete avec enthousiasme. Je parie que sa tête a explosé comme un œuf pourri et répandu sa cervelle sur les rochers.

— S'il te plaît, Peter, lui lança Bea.

Affalé contre la portière, il serrait ses chaussures neuves sur son ventre, comme s'il craignait qu'on ne les lui vole. Âgé de quatorze ans, il avait des boutons plein le visage et portait un appareil dentaire. Quand sa mère le regardait, elle n'arrivait pas à imaginer l'homme qu'il deviendrait un jour.

— Quoi ? C'est toi qui as dit que quelqu'un était tombé de la falaise. Je parie qu'il…

— Tu n'en parlerais pas comme ça si tu avais déjà vu un corps après une chute.

— Génial, murmura Pete.

Il cherchait l'affrontement. Il était furieux de devoir aller chez son père et encore plus de voir leurs projets tomber à l'eau : exceptionnellement, ce soir-là, ils avaient prévu d'acheter une pizza et de regarder un DVD. Il avait choisi un film sur le foot, que son père n'aurait pas envie de se farcir, contrairement à sa mère. Bea et Pete étaient sur la même longueur d'onde quand il s'agissait de foot.

Elle décida de ne pas entrer dans son jeu. Il fallait qu'il apprenne à accepter les changements. Aucun programme n'était jamais inscrit dans le marbre.

Il pleuvait à verse quand ils atteignirent enfin les abords de Polcare Cove. Le regard fixé devant elle, Bea roulait tout doucement. Le chemin descendait en lacet parmi des arbres en bourgeons, puis il quittait les sous-bois, remontait au milieu des champs, bordé par des talus, avant de redescendre vers la mer. Là, le paysage se déployait en une vaste prairie. Au nord-ouest de celle-ci, on apercevait un cottage jaune moutarde flanqué de dépendances, la seule habitation des environs.

Une voiture pie était garée moitié sur le chemin, moitié dans l'allée du cottage, derrière un autre véhicule de police, lui-même collé à une Vauxhall blanche. Bea ne s'arrêta pas, sachant qu'il allait arriver d'autres véhicules qui auraient besoin d'accéder à la plage avant la tombée de la nuit. Elle continua vers la mer et déboucha sur un carré de terre plein d'ornières qui faisait office de parking.

Pete tendit la main vers la poignée de la portière.

— Tu attends ici, lui ordonna Bea.

— Mais je veux voir…

— Pete, tu m'as entendue. Ton père sera bientôt là. S'il ne te trouve pas dans la voiture… Est-ce que je dois en dire plus ?

Pete se cala dans son siège, l'air boudeur.

— Qu'est-ce que ça peut faire si je jette un coup d'œil ? Et d'abord, c'est pas le soir où je dois aller chez papa.

Voilà qu'il recommençait ! Il était bien le fils de son père.

— La flexibilité, Pete… C'est la clé de tous les jeux, y compris celui de la vie. Bon, tu attends ici.

— Mais, maman…

Elle l'attira vers elle et plaqua un baiser sur sa tempe.

— Tu attends, répéta-t-elle.

Quelqu'un frappa à sa vitre. Un constable en imperméable, les cils brillants de pluie, une torche électrique à la main. Elle n'était pas allumée, mais ils ne tarderaient pas à en avoir besoin. Bea sortit dans la tempête, remonta la fermeture éclair de sa parka et mit sa capuche.

— Inspecteur principal Hannaford, annonça-t-elle. Qu'est-ce qu'on a ?

— Un gamin. Mort.

— Suicide ?

— Non. Il y a une corde attachée au cadavre. Le môme a dû tomber de la falaise pendant une descente en rappel. Son assureur est encore sur la corde.

— Qui est là-bas, au cottage ? J'ai vu une autre voiture pie.

— Le sergent de permanence de Casvelyn. Il est resté avec le couple qui a trouvé le corps.

— Bon, montrez-moi ce qu'on a. Et vous, vous êtes qui, au fait ?

L'homme se présenta : Mick McNulty, constable à Casvelyn. Ils n'étaient que deux au commissariat, lui-même et un sergent. Une situation courante à la campagne.

McNulty ouvrait la marche. Le cadavre gisait à une dizaine de mètres de l'eau, assez loin de la falaise d'où il avait dû tomber. Le constable avait eu la présence d'esprit de le recouvrir d'une bâche en plastique bleu vif, tendue entre les rochers de façon à ne pas toucher le corps.

Sur un signe de Bea, McNulty souleva la bâche pour lui montrer le cadavre tout en le protégeant de la pluie. Le plastique claqua comme une voile bleue sous le vent. Bea s'accroupit, réclama la torche et la braqua sur le jeune homme, étendu sur le dos. Il était blond, avec des boucles plus claires qui lui donnaient l'air d'un chérubin, et des yeux bleus. Son visage était tout écorché d'avoir heurté les rochers dans sa chute. Bea releva également des ecchymoses, dont un œil au beurre noir qui semblait plus ancien. En voie de guérison, l'hématome avait une teinte jaunâtre. Le garçon était équipé pour l'escalade, avec un baudrier auquel étaient accrochés une foule de bidules en métal, et une corde enroulée sur la poitrine. Il y avait un mousqueton au bout de la corde. À quoi était-il attaché avant la chute ?

— Qui est-ce ? demanda Bea. Il a des papiers ?

— Pas sur lui.

Elle regarda vers la falaise.

— Qui a déplacé le corps ?

— Moi et le gars qui l'a trouvé.

Il s'empressa d'ajouter, craignant une réprimande :

— C'était ça ou le traîner. J'y serais pas arrivé tout seul.

— Dans ce cas, on va avoir besoin de vos vêtements, et aussi de ceux de ce type. Il est au cottage, vous dites ?

— Mes vêtements ?

— Qu'est-ce que vous vous figuriez, constable ?

Elle attrapa son portable, l'ouvrit d'un coup sec et soupira. Pas de réseau.

McNulty avait une radio sur lui. C'était déjà ça... Elle lui demanda de faire le nécessaire pour qu'un légiste rapplique dans les plus brefs délais. C'était un vœu pieux, étant donné que le légiste en question devrait venir d'Exeter, à condition qu'il ne soit pas occupé ailleurs. La soirée s'annonçait longue, sans parler de la nuit.

Pendant que McNulty passait le message, Bea examina une nouvelle fois le cadavre. C'était un adolescent, très beau. Athlétique, musclé. Il était équipé pour l'escalade mais, comme beaucoup de grimpeurs de son âge, il n'avait pas mis de casque. Cette protection l'aurait peut-être sauvé. Cela, seule l'autopsie serait à même de le déterminer.

Son regard alla du corps à la falaise. Le sentier – un chemin de randonnée qui reliait Marsland Mouth à Cremyll – sinuait jusqu'au sommet, comme il le faisait sur la quasi-totalité du littoral de Cornouailles. Le mort avait forcément laissé quelque chose là-haut. Ses papiers, avec un peu de chance. Une voiture, une moto, un vélo... Le coin était paumé. Il semblait impossible qu'il soit venu à pied. Ils auraient vite fait de l'identifier. Mais l'un d'eux allait devoir se traîner jusque là-haut.

— Montez voir s'il n'aurait pas laissé quelque chose en haut de la falaise, dit-elle au constable. Mais faites attention... Le sentier doit être meurtrier sous cette pluie.

Leurs regards se croisèrent à cause du mot qu'elle venait d'employer. Il était trop tôt pour dire s'il s'agissait d'un meurtre. Mais ils ne tarderaient pas à le savoir.

3

Vivant seule, Daidre Trahair avait l'habitude du silence, et comme elle travaillait le plus souvent dans un environnement bruyant, elle appréciait le calme et n'éprouvait aucune angoisse à se trouver parmi des gens qui n'avaient rien à se dire. Le soir, elle allumait rarement la radio ou la télévision. Quand le téléphone sonnait chez elle, la plupart du temps elle négligeait de répondre. Par conséquent, le fait qu'il se soit écoulé au moins une heure sans qu'une seule parole ait été prononcée par l'un ou l'autre de ses compagnons ne la dérangeait pas.

Assise près du feu, elle regardait un livre sur les plans de jardins imaginés par Gertrude Jekyll, qui la ravissaient. Les plans étaient de délicates aquarelles, accompagnées de clichés lorsque les jardins pouvaient être photographiés. La paysagiste avait compris tellement de choses sur la forme, la couleur et l'agencement des parcs que la jeune femme lui vouait un véritable culte. L'Idée de Daidre – elle y pensait toujours avec une majuscule – consistait à transformer le terrain autour de Polcare Cottage en un jardin digne de son idole. Ce ne serait pas évident à cause du vent et du climat, et, si ça se trouve, elle finirait par se rabattre sur des plantes grasses, mais Daidre voulait tenter le coup. Elle n'avait pas de jardin chez elle, à Bristol. Or, elle adorait travailler la terre et récolter les fruits de ses efforts. Elle concevait le jardinage comme un exutoire. Ses occupations professionnelles ne suffisaient pas.

Elle leva les yeux de son livre et observa les deux hommes qui se trouvaient dans le salon avec elle. Le policier de Casvelyn était le sergent Paddy Collins, et il cultivait son accent de Belfast pour prouver que son nom n'était pas du chiqué. Il était assis tout raide sur une chaise qu'il était allé chercher dans la cuisine, comme s'il craignait d'enfreindre le règlement en occupant un des fauteuils du salon. Son calepin ouvert sur un genou, il examinait l'autre homme comme il le faisait depuis le début : avec une méfiance non déguisée.

On ne pouvait pas vraiment le lui reprocher. Le randonneur était un personnage énigmatique. Hormis son apparence et son odeur, il y avait sa voix. L'homme était manifestement cultivé et probablement de bonne famille, et Paddy Collins avait tiqué quand il avait prétendu ne pas avoir de papiers d'identité sur lui.

Collins lui avait demandé, sceptique :

« Comment ça, vous n'avez pas de papiers ? Vous n'avez pas de permis de conduire ? Pas de carte bancaire ? Rien ?

— Rien. Je suis désolé.

— Alors vous pourriez être n'importe qui ?

— Je suppose que oui.

— Et je suis censé vous croire sur parole ? »

Thomas avait dû juger la question purement rhétorique, car il n'avait pas répondu. La menace implicite dans le ton du sergent n'avait pas paru le gêner. Il s'était contenté de rejoindre la petite fenêtre et de regarder vers la plage, même si celle-ci n'était pas visible depuis le cottage. Il était resté là, immobile et comme respirant à peine.

Daidre aurait aimé lui demander de quoi il souffrait. Quand elle l'avait surpris dans le cottage, ce n'était pas le sang sur son visage ou ses vêtements, ni aucun signe extérieur, qui l'avait incitée à lui proposer son aide. C'était l'expression de ses yeux. Il était dans un état de souffrance incommensurable : une blessure intérieure et non pas physique.

Quand le sergent Collins bougea, se leva et se rendit dans la cuisine – sans doute pour se préparer une tasse de thé, Daidre lui ayant montré où elle rangeait ses affaires –, elle profita de l'occasion pour s'adresser au randonneur.

— Pourquoi marchiez-vous sur la côte tout seul et sans papiers d'identité, Thomas ?

Il continua à regarder par la fenêtre. Il ne répondit pas malgré une légère oscillation de la tête qui suggérait qu'il écoutait.

— Et s'il vous arrivait quelque chose ? Des gens tombent de ces falaises. Ils font un faux pas, ils glissent, ils…

— Oui, dit Thomas. J'ai vu les mémoriaux, tout le long du chemin.

Il y en avait partout sur la côte, de ces mémoriaux : parfois aussi éphémères qu'un bouquet de fleurs agonisantes posé à l'emplacement d'une chute fatale, parfois un banc gravé d'une formule de circonstance, parfois quelque chose d'aussi durable et permanent qu'une stèle au nom du défunt. Ils témoignaient du passage vers l'éternité de surfeurs, de grimpeurs, de marcheurs et de suicidés. Il était impossible de faire une randonnée sur le sentier du littoral sans en rencontrer.

— J'en ai vu un très sophistiqué, poursuivit Thomas comme si c'était là le principal sujet qu'elle souhaitait aborder avec lui. Une table et un banc, tous les deux en granit. Le granit, c'est le matériau qui s'impose si on veut qu'un monument résiste à l'usure du temps.

— Vous ne m'avez pas répondu.

— Il me semblait que si.

— Si vous étiez tombé…

— Ça peut encore se produire. Quand je reprendrai ma marche. Quand tout sera terminé ici.

— Vous ne voudriez pas que votre famille soit au courant ? Vous avez de la famille, j'imagine.

Elle n'ajouta pas : « Les gens comme vous en ont généralement une », mais la remarque était sous-entendue.

Il garda le silence. Dans la cuisine, la bouilloire s'éteignit avec un déclic. Un bruit d'eau qu'on verse dans une tasse… Elle avait vu juste : un petit thé pour le sergent.

— Et votre femme, Thomas ?

Demeurant immobile, il répéta :

— Ma femme.

— Vous portez une alliance, vous êtes donc marié. Je présume qu'elle voudrait être au courant si quelque chose vous arrivait. Je me trompe ?

Collins sortit de la cuisine à ce moment-là. Mais Daidre eut l'impression que, même si le sergent n'était pas venu les rejoindre, l'homme n'aurait pas répondu.

— J'espère que ça ne vous dérange pas, dit Collins, faisant un geste avec sa tasse et renversant un peu de thé dans la soucoupe.

— Non. Pas de problème, répondit Daidre.

54

— Voilà l'inspecteur, annonça Thomas, toujours à la fenêtre.

Collins alla ouvrir la porte. Depuis le salon, Daidre l'entendit échanger quelques mots avec une femme. Celle-ci, quand elle apparut dans la pièce, avait une dégaine totalement improbable.

Daidre n'avait vu des inspecteurs qu'à la télévision, les rares fois où elle regardait une des séries policières qui avaient envahi l'antenne. Ils étaient toujours froidement professionnels et habillés d'une manière censée refléter soit leur psychologie, soit leur vie privée. Les femmes étaient impeccables – tirées à quatre épingles, sans un cheveu qui dépassait – et les hommes débraillés. Les femmes devaient réussir dans un monde d'hommes. Les hommes devaient trouver une femme bienveillante qui les sauve d'eux-mêmes.

Celle qui se présenta comme l'inspecteur principal Beatrice Hannaford n'entrait pas dans ce moule-là. Elle portait un anorak, des tennis couvertes de boue et un jean. Quant à ses cheveux – d'un roux tellement flamboyant qu'ils semblaient hurler : « Non, ce n'est pas notre couleur naturelle. Ça vous gêne ? » –, ils se dressaient, malgré la pluie, en épis que n'aurait pas désavoués un Mohawk. Remarquant le regard de Daidre, elle déclara :

— Que quelqu'un vous appelle « mamie », et soudain vous n'êtes plus si sûre d'accepter de vieillir…

Daidre hocha la tête d'un air songeur. L'argument tenait la route.

— Vous êtes grand-mère ?

— Eh oui.

L'inspecteur se tourna vers Collins :

— Allez dehors et frappez pour m'avertir de l'arrivée du légiste. Empêchez tout le monde d'approcher ;

non pas que ça risque de se bousculer par un temps pareil, mais on ne sait jamais. J'imagine que la nouvelle s'est répandue ?

Cette question s'adressait à Daidre, qui répondit :

— On a téléphoné de l'auberge. Là-bas, au moins, les gens sont au courant.

— Et sans doute partout ailleurs, à l'heure qu'il est. Vous connaissez la victime ?

Daidre avait prévu qu'on lui poserait à nouveau cette question. Elle décida de fonder sa réponse sur sa définition personnelle du verbe connaître.

— Non. Je n'habite pas vraiment ici, vous comprenez. Le cottage m'appartient, mais c'est mon refuge. Je vis à Bristol. Je viens ici quand j'ai un peu de temps libre.

— Vous faites quoi, à Bristol ?

— Je suis médecin. Enfin, pas vraiment. Je veux dire, je suis bien médecin, mais… j'exerce comme vétérinaire.

Daidre sentit le regard de Thomas sur elle, et le rouge lui monta aux joues. Ce n'était pas qu'elle avait honte d'être vétérinaire – elle en était même très fière, étant donné le mal qu'elle avait eu à atteindre ce but. Non, sa gêne venait de ce qu'elle avait fait croire à Thomas qu'elle était un médecin normal. Elle ne savait pas bien pourquoi elle avait menti, même si elle aurait trouvé ridicule de lui dire qu'elle pouvait soigner ses supposées blessures sous prétexte qu'elle était vétérinaire…

— Je m'occupe surtout des gros animaux.

L'inspecteur principal Hannaford regarda Daidre, puis Thomas. Elle semblait s'interroger sur leurs relations. Ou peut-être sondait-elle la réponse de Daidre.

Malgré sa coiffure grotesque, elle avait l'air de quelqu'un qui savait flairer les mensonges.

— Il y avait un surfeur, dit Thomas. Je n'ai pas pu voir si c'était un homme ou une femme. Je l'ai aperçu du haut de la falaise.

— Au large de Polcare Cove ?

— Sur la crique avant Polcare. Mais il aurait pu venir d'ici, je suppose.

— Il n'y avait pas de voiture, en tout cas, précisa Daidre. Pas sur le parking. Alors il a dû se mettre à l'eau à Buck's Haven. C'est comme ça qu'elle s'appelle. La crique au sud. À moins que vous ne parliez de la crique au nord. Je ne vous ai pas demandé dans quel sens vous marchiez.

— Je venais du sud, répondit Thomas.

Puis il se tourna vers Hannaford :

— Le temps ne me paraissait pas idéal pour surfer. La marée non plus. Les récifs n'étaient pas complètement recouverts. Si un surfeur s'en était rapproché… Il aurait pu se blesser.

— Il y a bien eu un blessé, souligna Hannaford. Il est même mort.

— Mais pas en surfant, objecta Daidre.

Elle se demanda pourquoi elle avait dit cela, car elle donnait l'impression d'intercéder pour Thomas, alors que ce n'était pas son intention.

Hannaford leur lança à tous les deux :

— Vous aimez jouer les détectives, pas vrai ? C'est un hobby pour vous ?

Elle ne semblait pas attendre de réponse. Elle reprit en s'adressant à Thomas :

— Le constable McNulty m'a dit que vous l'aviez aidé à déplacer le corps. Je vais avoir besoin de vos vêtements pour expertise. Vos vêtements de dessus.

Ceux que vous portiez à ce moment-là, c'est-à-dire, je présume, ceux que vous avez toujours sur le dos.

Elle demanda à Daidre :

— Vous avez touché au corps ?

— J'ai cherché un pouls.

— Alors je vais aussi avoir besoin de vos vêtements.

— Je n'ai pas de quoi me changer, déclara Thomas.

— Rien du tout ?

À nouveau, le regard de Hannaford passa de l'homme à Daidre. Celle-ci comprit que l'inspecteur avait supposé que l'inconnu et elle formaient un couple. C'était assez logique. Ils étaient allés chercher de l'aide ensemble. Ils se trouvaient encore ensemble. Et ni l'un ni l'autre n'avait dit quoi que ce soit pour empêcher Hannaford d'arriver à cette conclusion.

— Bon, reprit l'inspecteur, qui êtes-vous exactement tous les deux, et qu'est-ce qui vous amène dans le coin ?

— Nous avons déjà tout expliqué au sergent, soupira Daidre.

— Eh bien, recommencez pour moi.

— Je vous l'ai dit. Je suis vétérinaire.

— Vous exercez où ?

— Au zoo de Bristol. Je suis arrivée cet après-midi, dans l'intention de passer quelques jours ici. Enfin, une semaine.

— Drôle de saison pour des vacances.

— Pour certains, peut-être. Mais je préfère prendre mes vacances quand il n'y a pas la foule.

— À quelle heure êtes-vous partie de Bristol ?

— Je ne sais pas. Je n'ai pas fait attention. C'était le matin. Peut-être neuf heures. Dix heures. Dix heures et demie.

—— Vous vous êtes arrêtée en chemin ?

Daidre tenta de deviner ce que l'inspecteur cherchait à savoir.

— Eh bien… brièvement, oui. Mais ça n'a pas vraiment de lien avec…

— Où ça ?

— Comment ?

— Où vous êtes-vous arrêtée ?

— Pour déjeuner. Je n'avais pas pris de petit déjeuner. En général, je n'en prends pas. De petit déjeuner, je veux dire. J'avais faim, alors je me suis arrêtée quelque part.

— Où ça ?

— Dans un pub. J'avais faim, et une ardoise disait ON SERT À MANGER en devanture, alors je suis entrée. C'était après avoir quitté la M5, il me semble. Je ne me souviens pas de son nom. Le pub. Je regrette. Je ne pense même pas avoir regardé son nom. C'était quelque part aux alentours de Crediton. Je crois.

— Vous croyez. Intéressant. Vous avez mangé quoi ?

— Une assiette de fromage et de pickles.

— Quel genre de fromage ?

—Je ne sais plus. Je n'ai pas fait attention. L'assiette traditionnelle. Fromage, pain, pickles, oignon… Je suis végétarienne.

— Vous m'en direz tant.

Daidre sentit la colère monter. Elle déclara, en s'efforçant de paraître digne :

— De mon point de vue, inspecteur, il est assez difficile de s'occuper des animaux d'un côté et de les manger de l'autre.

— Bien sûr, murmura l'inspecteur principal Hannaford. Vous connaissez la victime ?

— Je crois avoir déjà répondu à cette question.

— J'ai dû oublier. Redites-le-moi.

— Je ne l'ai pas bien regardée, je regrette.

— Et je regrette, mais ce n'est pas ce que je vous ai demandé.

— Je ne suis pas d'ici. Comme je vous l'ai dit, cette maison est un refuge pour moi. Je viens un week-end de temps en temps. Certains jours fériés. Les vacances. D'accord, je connais des gens, mais surtout ceux qui habitent les environs.

— Ce garçon n'habite pas les environs ?

— Je ne le *connais* pas.

Daidre sentait la sueur couler dans son cou et elle se demanda si elle perlait aussi à son front. Elle n'avait pas l'habitude de parler à la police, et parler à la police dans ce genre de circonstances était particulièrement déstabilisant.

Soudain deux coups secs retentirent à la porte d'entrée. Avant que l'un d'eux ait pu esquisser un geste, ils l'entendirent s'ouvrir. Deux voix masculines leur parvinrent du vestibule, dont celle du sergent Collins. Daidre pensait que l'autre homme serait le légiste mentionné par l'inspecteur principal, mais ce n'était apparemment pas le cas. Le nouveau venu – grand, cheveux gris, séduisant – les salua et dit à Hannaford :

— Où tu l'as planqué, dis-moi ?

— Il n'est pas dans la voiture ?

L'homme secoua la tête.

— Ce fichu gamin ! Je te jure. Merci d'être venu au pied levé comme ça, Ray.

Hannaford se tourna ensuite vers Daidre et Thomas. À la première, elle répéta :

— Je vais avoir besoin de vos vêtements, docteur Trahair. Le sergent Collins va les mettre dans un sac, alors débrouillez-vous.

À Thomas :

— Quand les techniciens de scène de crime arriveront, on vous donnera une combinaison pour que vous puissiez vous changer. En attendant, monsieur. À propos, quel est votre nom ?

— Thomas.

— Mr Thomas, donc ? Ou bien est-ce votre prénom ?

Le voyant hésiter, Daidre s'attendit à ce qu'il mente. Vu qu'il n'avait aucun papier sur lui, il était libre de raconter ce qu'il voulait. Il contempla le feu comme s'il réfléchissait. Puis il se tourna à nouveau vers l'inspecteur.

— Lynley. Je m'appelle Thomas Lynley.

Il y eut un silence. Daidre regarda d'abord Thomas, puis l'inspecteur, et elle remarqua que celle-ci avait changé d'expression. Les traits de l'homme qu'elle avait appelé Ray s'étaient également altérés. Bizarrement, ce fut lui qui parla :

— De New Scotland Yard ?

Thomas Lynley hésita à nouveau.

— Jusqu'à récemment, oui.

— Bien sûr que je sais qui c'est, dit Bea Hannaford à son ex-mari. Pour qui tu me prends ?

Cette condescendance, ça ressemblait bien à Ray. Toujours imbu de sa personne, celui-là. Monsieur le directeur adjoint… Un rond-de-cuir, en fait, selon Bea. Jamais une promotion n'avait affecté le comportement de quelqu'un de manière aussi exaspérante.

— La vraie question, reprit-elle, c'est : qu'est-ce qu'il fabrique ici, au fin fond de la Cornouailles ? D'après Collins, il n'a même pas de papiers sur lui. Alors ça pourrait être n'importe qui, non ?

— Ça pourrait. Mais non.

— Comment tu le sais ? Tu l'as déjà rencontré ?

— Pas besoin de l'avoir rencontré.

Encore cette foutue suffisance. Avait-il toujours été comme ça ? Avait-elle été aveuglée par l'amour, ou quel que soit le sentiment qui l'avait poussée à épouser cet homme ? À l'époque, elle avait à peine vingt et un ans, et Ray ne représentait pas sa seule chance de fonder un foyer et d'avoir une famille. Et ils avaient été heureux, non ? Jusqu'à Pete, leur vie était bien en ordre : un enfant unique – une fille –, certes une petite déception, mais Ginny leur avait donné un petit-fils peu après s'être mariée, et elle s'apprêtait à leur en donner d'autres. Ils commençaient à penser à la retraite, et à toutes les choses qu'ils feraient à ce moment-là… Et puis il y avait eu Pete, une surprise totale. Une bonne surprise pour elle, une mauvaise pour Ray. Le reste était de l'histoire ancienne.

— Pour tout dire, précisa Ray avec cette candeur qui faisait qu'elle lui pardonnait toujours ses pires accès d'arrogance, j'ai lu dans le journal qu'il était originaire du coin. Sa famille est de Cornouailles. La région de Penzance.

— Alors il revient au bercail ?

— Hmm, oui. Enfin, après ce qui s'est passé, on n'ira pas lui reprocher de vouloir en finir avec Londres…

— Un peu loin de Penzance, quand même.

— Son entourage ne lui a peut-être pas apporté ce qu'il recherchait. Le pauvre bougre.

Bea jeta un coup d'œil à Ray. Ils avaient quitté le cottage et, se dirigeant vers l'aire de stationnement, ils contournèrent la Porsche de son ex-mari qui débordait sur le chemin – une erreur, d'après elle, mais elle n'était pas responsable de cet engin. La voix de Ray était soucieuse, tout comme son visage. Elle s'en rendit compte dans la lumière déclinante.

— Ça t'a touché, tout ça, pas vrai ? fit-elle.

— Je ne suis pas de pierre, Beatrice.

Hélas, non. Son problème à elle, c'est qu'il était trop humain pour qu'elle le haïsse. Or, elle aurait préféré le haïr.

— Ah ! fit Ray. Je crois que nous avons localisé notre enfant disparu.

Il indiqua la falaise qui s'élevait à leur droite, après le parking de Polcare Cove. Le sentier côtier dessinait un étroit ruban, et ils distinguèrent deux silhouettes qui le descendaient. L'homme marchant en tête portait une torche pour les éclairer dans la pluie et la pénombre. Derrière lui, une silhouette plus petite zigzaguait entre les pierres glissantes qui dépassaient du sol là où le sentier avait été insuffisamment déblayé.

— Ce fichu gamin, dit Bea. Il me tuera ! Ramène-toi tout de suite, Peter ! Je t'avais demandé de rester dans la voiture. Nom d'un chien, j'étais sérieuse. Et vous, constable ! Bon Dieu, qu'est-ce que vous fabriquez, à laisser un enfant…

— Ils ne t'entendent pas, ma chérie. Laisse-moi faire.

Ray beugla le nom de Peter. Peter dévala le reste du sentier en courant comme un dératé. Il avait une excuse toute prête quand il les rejoignit.

— Je ne suis pas allé voir le corps. Tu avais dit que je ne devais pas m'en approcher et j'ai obéi. Mick peut témoigner. Tout ce que j'ai fait, c'est monter le sentier avec lui. Il était…

— Arrête de couper les cheveux en quatre, l'interrompit Ray.

— Tu sais comme ça m'agace quand tu fais ça, Pete, intervint Bea. Maintenant, dis bonjour à ton père et fiche le camp d'ici avant que je te flanque la torgnole que tu mérites.

— Bonjour, dit Pete.

Il tendit sa main pour serrer celle de son père. Ray s'exécuta. Bea détourna le regard. A la place de son ex-mari, elle aurait attrapé le gamin pour l'embrasser.

Mick McNulty arriva derrière eux.

— Désolé, patron. Je ne savais pas…

— Y a pas de mal.

Ray posa les mains sur les épaules de Pete et le fit pivoter fermement vers la Porsche.

— Je me suis dit qu'on pourrait dîner thaï…

Pete avait horreur de la cuisine thaïe, mais Bea les laissa s'arranger entre eux. Elle décocha à Pete un regard qu'il ne pouvait manquer de déchiffrer : Pas ici ! Il grimaça.

— Fais attention à toi, dit Ray en embrassant Bea sur la joue.

— Roulez prudemment. Les routes sont glissantes. Je ne te l'ai pas dit, mais tu es superbe, Ray, ne put-elle s'empêcher d'ajouter.

— Ça me fait une belle jambe, répliqua-t-il avant de s'éloigner avec leur fils.

Pete s'arrêta à la voiture de sa mère pour y prendre ses chaussures de foot. Bea s'abstint de lui crier de les laisser où elles étaient.

— Bon alors, qu'est-ce qu'on a ? demanda-t-elle au constable.

McNulty désigna le sommet de la falaise.

— Un sac à dos, que les techniciens vont embarquer. Je suppose qu'il est au gamin.

— Rien d'autre ?

— Des indices sur la façon dont le pauvre gars a dû tomber. J'ai aussi laissé ça aux techniciens.

— Quels indices ?

— Il y a un échalier là-haut, à environ trois mètres du bord de la falaise. À l'extrémité ouest d'une prairie. Il avait passé une sangle autour : c'est à ça qu'il avait fixé son mousqueton et sa corde pour sa descente en rappel.

— Quel genre, la sangle ?

— Un maillage en nylon. Si on ne sait pas à quoi on a affaire, on peut croire à du filet de pêche. Ça fait comme une longue boucle. On la passe autour d'un objet fixe et chaque bout est relié au mousqueton, de manière que la boucle forme un cercle. On attache sa corde au mousqueton, et hop c'est parti.

— Ça a l'air simple.

— Normalement, oui. Mais là, la sangle a été entourée de ruban adhésif, sans doute pour renforcer un point faible, et c'est à cet endroit qu'elle a pété.

Le regard de McNulty se porta vers le haut de la falaise.

— Quel crétin ! Je ne comprends pas qu'il n'ait pas tout bêtement pris une autre sangle.

— On a utilisé quelle sorte d'adhésif pour la réparation ?

McNulty la regarda comme s'il était étonné par la question.

— Du chatterton.

— Vous avez évité de mettre les doigts dessus ?

— Bien sûr.

— Et le sac à dos ?

— En toile.

— Ça, je l'aurais deviné, dit patiemment Bea. Où était-il ? Pourquoi avez-vous supposé que c'était le sien ? Vous avez jeté un œil à l'intérieur ?

— À côté de l'échalier, alors je pense que oui, c'était bien le sien. Il y rangeait sans doute son matériel. Y a plus rien dedans, à part un trousseau de clés.

— De voiture ?

— J'imagine.

— Vous l'avez cherchée ?

— J'ai pensé qu'il valait mieux venir au rapport.

— Mauvaise idée, constable. Remontez là-haut et trouvez-moi cette voiture.

McNulty leva les yeux vers la falaise. Il n'avait manifestement aucune envie d'y remonter sous la pluie.

— Allez, zou ! lui ordonna-t-elle gentiment. L'exercice vous fera du bien.

— Je ferais peut-être mieux d'y aller par la route. Y a plusieurs kilomètres, mais…

— Zou ! répéta-t-elle. Et regardez bien le sentier. Vous verrez peut-être des empreintes qui n'ont pas encore été effacées par la pluie.

Ou par toi, songea-t-elle.

McNulty n'avait pas l'air enchanté, mais il dit :

— D'accord, patron.

Puis il repartit dans la direction d'où il était arrivé avec Pete.

Kerra Kerne était épuisée et trempée jusqu'aux os car elle avait enfreint sa règle numéro un : pédaler face au vent à l'aller, et le vent dans le dos au retour. Mais elle était si pressée de fuir Casvelyn que, pour la première fois depuis une éternité, elle n'avait pas consulté la météo sur Internet avant de passer sa tenue de cycliste et de sauter sur son vélo. Elle ne portait qu'une combinaison en lycra et un casque. Elle avait enfilé les cale-pieds et pédalé avec une telle fureur qu'elle avait déjà parcouru une bonne quinzaine de kilomètres avant de regarder où elle se trouvait. Elle avait alors uniquement tenu compte du lieu et non du vent, et là avait été son erreur. Elle avait continué à pédaler vaguement vers l'est. Quand le temps s'était gâté, elle était trop loin pour échapper à la tempête autrement qu'en cherchant un abri, ce qu'elle ne voulait pas faire. C'est pourquoi, exténuée et trempée, elle avait galéré à la fin de la cinquantaine de kilomètres qui la séparait de chez elle.

Elle en voulait à cet idiot d'Alan, son soi-disant compagnon, qui avait décidé de n'en faire qu'à sa tête. Et elle en voulait également à son père, qui était aussi aveugle et idiot, quoique dans un autre genre et pour des raisons différentes.

Environ dix mois plus tôt, elle avait dit à Alan : « S'il te plaît, ne fais pas ça. Ça ne marchera pas. Ce sera... »

Il lui avait coupé la parole, ce qu'il faisait rarement. La chose aurait dû lui mettre la puce à l'oreille. « Pourquoi est-ce que ça ne marchera pas ? On se verra à peine, si c'est ce qui t'inquiète. »

Ce n'était pas ce qui l'inquiétait. Elle savait qu'il disait vrai. Il ferait ce qu'on était censé faire dans un service marketing – « service » qui se réduisait à une vieille salle de conférences située derrière l'ancienne réception de l'hôtel – tandis qu'elle encadrerait les moniteurs stagiaires. Et pendant qu'il tenterait d'organiser le chaos provoqué par la mère de Kerra, directrice symbolique d'un service commercial qui restait à créer, elle-même tenterait de recruter des employés à la hauteur. Ils se verraient peut-être au café du matin ou au déjeuner, ou peut-être pas.

Il avait dit : « Il est temps que je trouve enfin un boulot sérieux à Casvelyn. Les emplois ne courent pas les rues, et ton père a été sympa de me proposer ce job. À cheval donné on ne regarde pas les dents. »

Le père de Kerra n'était pas du genre à donner un cheval ni quoi que ce soit d'autre, et ce n'était pas pour être « sympa » qu'il avait offert du travail à Alan. En réalité, il avait besoin de quelqu'un pour promouvoir Adventures Unlimited auprès du grand public, et surtout de quelqu'un de spécial. Or, Alan Cheston semblait correspondre à ce qu'il recherchait.

La décision de son père se fondait sur l'apparence. À ses yeux, Alan avait le type qui convenait. Ou, plus exactement, il n'en avait aucun. D'après le père de Kerra, le type à éviter à Adventures Unlimited était le genre viril : les mains calleuses, à te balancer une nana en travers du lit et à la baiser jusqu'à ce qu'elle voie des étoiles. Ce qu'il ne comprenait pas – et n'avait jamais compris –, c'est qu'en fait le « type » n'importait guère. Malgré ses épaules tombantes, sa pomme d'Adam saillante, ses mains délicates aux longs doigts en spatule, Alan Cheston n'en était pas moins homme. Il pensait comme un homme, agissait de même et, plus important, il réagissait comme un homme. C'est pourquoi Kerra s'était montrée intraitable. Au bout du compte, ça n'avait servi à rien, puisqu'elle s'était refusée à fournir une autre explication que : « Ça ne marchera pas. » En désespoir de cause, elle avait fait la seule chose qu'elle était à même de faire dans cette situation, en lui annonçant qu'ils allaient probablement devoir mettre un terme à leur histoire.

« C'est ce que tu fais quand tu n'obtiens pas ce que tu veux ? avait calmement répondu Alan. Tu largues les gens ?

— Oui, c'est ce que je fais, avait-elle rétorqué. Mais pas quand je n'obtiens pas ce que je veux. Quand les gens n'écoutent pas les conseils que je leur donne pour leur bien.

— Je ne vois pas comment je pourrais refuser ce travail "pour mon bien". Il me procurera de l'argent et un avenir. Ce n'est pas ce que tu veux ?

— On dirait que non. »

Elle n'avait pas été capable de mettre sa menace à exécution : elle n'imaginait pas devoir travailler avec Alan le jour sans l'avoir la nuit à ses côtés. De ce point de vue-là, elle était faible et elle méprisait d'autant plus sa faiblesse qu'elle avait d'abord choisi Alan parce qu'elle le croyait plus faible qu'elle. Elle avait pris ses égards pour de la docilité, et sa délicatesse pour un manque de confiance en soi. Mais depuis qu'il travaillait à Adventures Unlimited, il avait révélé une volonté de fer, et ça lui flanquait une trouille bleue.

La seule façon de venir à bout de sa peur était de l'affronter, autrement dit d'affronter Alan lui-même. Mais comment ? Au début, elle avait enragé, puis elle avait attendu, observé et écouté. Face à l'inévitable, le mieux était de s'endurcir, de se blinder intérieurement tout en simulant l'assurance.

Elle avait joué cette comédie jusqu'à ce jour, mais l'annonce d'Alan – « Je vais sur la côte : je serai absent quelques heures » – avait déclenché les sirènes dans sa tête. Après ça, il ne lui restait plus qu'à foncer sur son vélo, le plus loin possible, à s'épuiser pour ne plus réfléchir, et donc ne plus s'inquiéter. Elle avait alors longé St Mevan Crescent jusqu'à Burn View, descendu Lansdown Close et le Strand, avant de quitter la ville.

Elle avait continué à pédaler vers l'est, alors qu'elle aurait dû rebrousser chemin depuis longtemps. Par conséquent, la nuit était déjà tombée quand elle avait enfin ralenti l'allure pour remonter le Strand. Les boutiques étaient fermées, les restaurants ouverts, mais pas vraiment bondés à cette époque de l'année. De mornes banderoles s'entrecroisaient, dégoulinantes, au-dessus de la rue, et au sommet de la colline, un feu tricolore solitaire projetait une lueur rouge dans sa direction. Il n'y avait personne sur le trottoir détrempé, mais ce serait différent dans deux mois, quand les vacanciers envahiraient Casvelyn pour profiter de ses deux grandes plages, de ses vagues, de sa piscine d'eau de mer, de sa fête foraine et – espérons-le – des services offerts par Adventures Unlimited.

Ce centre de loisirs était le rêve de son père : racheter le vieil hôtel délabré, datant de 1933, juché sur un promontoire au-dessus de St Mevan Beach, et en faire un lieu de vacances consacré aux activités sportives. Si l'affaire ne marchait pas, les Kerne se retrouveraient sans un sou. Mais le père de Kerra avait déjà pris des risques dans le passé, et il en avait été récompensé, car s'il y avait bien une chose qui ne l'effrayait pas, c'était le travail. Quant au reste de la vie de son père… Kerra avait passé trop d'années à poser des questions restées sans réponse.

Au sommet de la colline, elle tourna dans St Mevan Crescent. Après une succession de bed and breakfast et d'hôtels, un traiteur chinois et un marchand de journaux, elle atteignit l'allée de ce qui avait été le Promontory King George Hotel avant de se transformer en Adventures Unlimited. La façade du vieux bâtiment à peine éclairé disparaissait derrière les échafaudages. Des lumières étaient allumées au rez-de-chaussée, mais pas en haut, là où résidait la famille Kerne.

Devant l'entrée était stationnée une voiture de police. Kerra se rembrunit. Elle pensa tout de suite à Alan. Pas un instant elle ne songea à son frère.

Le bureau de Ben Kerne se trouvait au premier étage du vieil hôtel. Il l'avait aménagé dans une pièce qui devait être occupée jadis par une femme de chambre, car elle communiquait alors avec une suite. Celle-ci avait été convertie en appartement afin d'accueillir une des familles de vacanciers dont dépendait l'avenir de son entreprise.

Ben avait jugé le moment opportun pour monter cette opération, sa plus importante à ce jour. Ses enfants étaient adultes et l'un d'eux au moins – Kerra – était autonome et tout à fait capable d'obtenir un emploi ailleurs au cas où l'affaire capoterait. Santo, c'était autre chose, pour des raisons auxquelles Ben préférait ne pas penser. Mais le garçon s'était assagi ces derniers temps – Dieu merci ! –, comme s'il avait enfin pris conscience de la situation. Ben pouvait donc compter sur l'appui de sa famille. La responsabilité ne reposerait pas uniquement sur ses épaules. Ils travaillaient sur ce projet depuis maintenant deux ans : la résidence était prête, mis à part la peinture extérieure et quelques ultimes détails intérieurs. À la mi-juin, ils seraient opérationnels. Les réservations affluaient depuis plusieurs mois.

Ben était occupé à les passer en revue quand la police arriva. Ces réservations étaient le résultat de leurs efforts communs, toutefois ce n'était pas à cela qu'il pensait. Non, il pensait au rouge. Pas comme dans l'expression « être dans le rouge », ce qui serait probablement son cas durant de nombreuses années avant de dégager un bénéfice, mais à la couleur rouge... Le rouge d'un vernis à ongles ou d'un rouge à lèvres, d'une écharpe ou d'un chemisier, le rouge d'une robe qui épousait les formes du corps.

Dellen mettait du rouge depuis cinq jours. D'abord il y avait eu le vernis à ongles. Puis le rouge à lèvres. Ensuite un petit béret sur ses cheveux blonds quand elle sortait. Bientôt, ce serait un pull rouge porté sur un pantalon noir moulant, qui dévoilerait un fragment de sa gorge. Pour finir, elle s'exhiberait dans une robe qui laisserait voir non seulement son décolleté mais aussi ses cuisses. À ce stade, elle serait toutes voiles dehors, et ses enfants le regarderaient comme ils l'avaient toujours fait, avec l'espoir qu'il contrôle une situation qui lui échappait complètement. En dépit de leur âge – dix-huit et vingt-deux ans –, Santo et Kerra persistaient à le croire capable d'influer sur le comportement de leur mère. Comme il n'essayait même plus, ayant échoué quand il était plus jeune qu'eux aujourd'hui, il lisait une question dans leurs yeux, ou du moins dans ceux de Kerra : pourquoi tu la supportes ?

Alors, quand Ben entendit le claquement d'une portière, il pensa à Dellen. En allant à la fenêtre et en constatant que c'était une voiture de police, et non la vieille BMW de sa femme, il pensa encore à Dellen. Plus tard, il se dit qu'il aurait été plus logique de penser à Kerra, étant donné que cela faisait plusieurs heures qu'elle avait disparu sur sa bicyclette, par un temps qui n'avait cessé d'empirer depuis le début de l'après-midi. Mais Dellen était au cœur de ses pensées depuis vingt-huit ans, et comme il ne l'avait pas revue depuis midi, il supposa qu'elle s'était attiré des ennuis.

Il descendit à la réception. Un constable en uniforme attendait que quelqu'un vienne en regardant tout autour de lui, sans doute étonné d'avoir trouvé la porte de l'hôtel ouverte et les lieux pratiquement déserts. Le policier était un homme jeune, à l'air vaguement familier. Il devait être de la ville. Ben commençait à distinguer qui habitait Casvelyn et qui venait de l'extérieur.

Le constable se présenta. Mick McNulty, dit-il. Et vous êtes… ?

Benesek Kerne, lui répondit Ben. Y avait-il un problème ? Ben alluma d'autres lumières. Les lampes automatiques s'étaient mises en marche à la tombée de la nuit, mais elles projetaient des ombres partout, et Ben s'aperçut qu'il voulait dissiper ces ombres.

Ah, fit McNulty. Pourrait-il parler à Mr Kerne ?

Ben comprit que le constable voulait dire : ailleurs qu'à la réception. Il le conduisit alors à l'étage supérieur, dans le salon. La pièce dominait St Mevan Beach, où les vagues se brisaient sur les hauts-fonds dans une succession rapide. Elles arrivaient du sud-ouest mais, à cause du vent, elles ne valaient rien. Personne ne surfait, pas même les plus accros.

Entre la plage et l'hôtel, le paysage n'était plus du tout le même qu'à la grande époque du Promontory King George. La piscine était toujours là, mais à la place du bar et du restaurant en plein air s'élevait à présent un mur d'escalade. Il y avait aussi le mur de cordes, les ponts de singe, ainsi que les poulies, les rouages et les câbles pour les tyroliennes du Parcours Jungle. Une remise proprette abritait les kayaks et une seconde, l'équipement de plongée. Le constable enregistra tous les détails du regard, ou du moins c'est l'impression qu'il donna à Ben. En attendant qu'il se décide à parler, ce dernier repensa à Dellen et à ses touches de rouge, aux routes glissantes et aux intentions de sa femme. Sans doute était-elle sortie de la ville et avait-elle roulé le long de la côte, peut-être jusqu'à une crique. Une entreprise dangereuse par ce temps, surtout si elle avait quitté la grand-route. Évidemment, elle aimait et recherchait le danger, mais pas le genre de danger qui pouvait précipiter une voiture du haut d'une falaise.

Quand la question survint, ce ne fut pas celle qu'attendait Ben.

— Est-ce qu'Alexander Kerne est votre fils ? demanda McNulty.

— Santo ? fit Ben.

Dieu soit loué, pensa-t-il. C'était Santo qui s'était attiré des ennuis. Sans doute l'avait-on arrêté pour violation de propriété, alors que Ben l'avait mis en garde cent fois.

— Qu'est-ce qu'il a fait ?

— Il a eu un accident. Je suis désolé de vous annoncer qu'on a retrouvé un corps. Apparemment, il s'agit d'Alexander. Si vous avez une photo de lui...

Ben entendit le mot « corps », mais il se refusa à en tirer la conclusion qui s'imposait.

— Il est à l'hôpital, alors ? Lequel ? Que s'est-il passé ?

Il se demanda comment il allait annoncer l'accident à Dellen, et comment elle allait réagir.

— ... désolé, disait le constable. Si vous avez une photo, nous...

— Vous dites ?

Le constable eut l'air troublé.

— Il est mort, j'en ai peur. Le corps... Celui qu'on a trouvé.

— Santo ? Mort ? Mais où ? Comment ?

Ben regardait les flots bouillonnants au-dehors. Au même moment, une rafale de vent vint frapper les vitres, les faisant vibrer.

— Bon Dieu, il s'est mis à l'eau par ce temps ! Il surfait...

— Non, il ne surfait pas.

— Alors que s'est-il passé ? S'il vous plaît. Qu'est-il arrivé à Santo ?

— Il a eu un accident d'escalade. Défaillance de matériel. Sur les falaises de Polcare Cove.

— Il faisait de l'escalade ? répéta Ben Kerne, hébété. Santo faisait de *l'escalade* ? Qui était avec lui ? Où...

— Personne, apparemment.

— Personne ? Il grimpait seul ? À Polcare Cove ? Par ce temps ?

Ben se sentait incapable de faire autre chose que de répéter ce qu'on lui disait, tel un automate. Faire autre chose serait revenu à accepter la nouvelle, avec tout ce que cela aurait entraîné.

— Répondez-moi, dit-il au constable. Bon sang, répondez-moi !

— Avez-vous une photo d'Alexander ?

— Je veux le voir. Je dois le voir. Ce n'est peut-être...

— Ce n'est pas possible pour le moment. C'est pour ça que j'ai besoin de la photo. Le corps... On l'a emmené à l'hôpital de Truro.

Ben bondit :

— Donc, il n'est pas mort !

— Mr Kerne, je suis désolé. Il est mort. Le corps...

— Vous avez dit *hôpital*.

— À la morgue, pour l'autopsie. Je suis vraiment désolé.

— Oh, mon Dieu !

La porte de l'hôtel s'ouvrit à l'étage inférieur. Ben sortit du salon et cria :

— Dellen ?

Des pas se firent entendre en bas de l'escalier, mais ce fut Kerra qui apparut. Elle dégoulinait, et elle avait enlevé son casque de vélo. Le sommet de sa tête était la seule partie de son corps à paraître sèche.

Elle regarda le constable, puis elle demanda à Ben :

— Il est arrivé quelque chose ?

— Santo... fit Ben d'une voix rauque. Santo est mort.

— Santo ? répéta Kerra en jetant des regards paniqués autour d'elle. Où est Alan ? Où est maman ?

— Ta mère n'est pas là, répondit Ben en évitant son regard.

— Mais enfin, que s'est-il passé ?

Ben lui expliqua le peu qu'il savait.

— Santo faisait de l'escalade ?

L'expression de son visage comme elle prononçait ces mots traduisait la pensée de son père : si Santo était parti grimper, c'était probablement à cause de lui.

— Je sais, dit Ben. Tu n'as pas besoin de me le dire.

— Vous savez quoi, monsieur ? demanda le constable.

La police accordait certainement une importance capitale aux moments qui suivaient la découverte d'un corps, avant qu'on sache de quoi il retournait. Dans le cas présent, a priori, on pouvait conclure à un accident. Mais si par hasard ce n'en était pas un… Pour l'amour de Dieu, où était donc Dellen ?

Ben se frotta le front. Il se dit, en vain, que tout cela était la faute de la mer, qu'il avait eu tort de revenir près d'elle, lui qui n'était jamais comblé à moins d'entendre le bruit du ressac, qui avait feint d'être satisfait de son sort durant des années interminables, alors même qu'il rêvait de la proximité de la mer, de cette grande masse d'eau en mouvement, de son grondement, de l'exaltation qu'elle lui procurait. C'était sa faute à lui si Santo était mort.

Pas de surf, avait-il décrété. Tu sais le nombre de types qui gaspillent leur vie à attendre les vagues ? C'est de la folie. Du gâchis.

— … serviront de liaison, disait le constable.

— Comment ? fit Ben. De quoi parlez-vous ?

Kerra le fixait de ses yeux bleus, avec un air interrogateur qui lui donnait envie de rentrer sous terre. Elle dit d'un ton circonspect :

— Le constable nous expliquait qu'on allait nous envoyer un officier de liaison. Une fois qu'ils auront la photo de Santo et qu'ils seront certains que c'est lui.

Pourquoi vous faut-il une photo ? demanda-t-elle à McNulty.

— Il n'avait pas de papiers sur lui.

— Alors comment… ?

— On a trouvé sa voiture. Sur une aire de stationnement, près de Stowe Wood. Son permis de conduire se trouvait dans la boîte à gants, et les clés dans son sac à dos ouvraient la portière.

— Alors c'est juste pour la forme, fit remarquer Kerra.

— Essentiellement, oui. Mais c'est indispensable.

— Je vais vous en chercher une, annonça-t-elle avant de sortir.

Ben était sidéré par son sang-froid. L'efficacité incarnée. Elle portait sa compétence comme une armure. Lui, ça lui brisait le cœur.

— Quand pourrai-je le voir ? demanda-t-il.

— Je regrette, mais seulement après l'autopsie.

— Pourquoi ?

— C'est le règlement, Mr Kerne. Ils ne veulent pas qu'on s'approche du… de lui… avant que le labo en ait terminé.

— Ils vont le découper.

— Vous ne verrez rien. Ils le remettront en état ensuite. Ils sont très habiles.

— Bon Dieu, mon fils n'est pas un morceau de viande !

— Bien sûr que non. Je suis désolé, Mr Kerne.

— Vraiment ? Vous avez des enfants ?

— Un garçon, oui. Perdre son enfant est la pire chose qui puisse arriver à un homme. Je le sais, Mr Kerne.

Ben le dévisagea. Le constable était jeune, sans doute moins de vingt-cinq ans. Il croyait connaître le monde, mais il n'avait absolument aucune idée des périls et des catastrophes qui pouvaient survenir. Il ne savait pas qu'il n'y avait aucun moyen de parer à quoi que ce soit. La vie fonce sur vous tel un cheval au galop, et vous n'avez que deux solutions : enfourcher le cheval ou être piétiné. Essayez de trouver un moyen terme et vous êtes fichu...

Kerra revint, une photo à la main. Elle la donna au constable en disant :

— Voici Santo. Voici mon frère.

McNulty regarda l'image.

— Beau garçon, remarqua-t-il.

— Oui, acquiesça Ben, accablé. Il ressemble à sa mère.

4

— « Jusqu'à récemment. »

Daidre avait attendu de se retrouver seule avec Thomas Lynley. Le sergent Collins était retourné dans la cuisine pour se préparer une autre tasse de thé. C'était la quatrième.

Thomas Lynley sortit de la torpeur où l'avait plongé la contemplation des flammes. Il était assis près de la cheminée, dans une position pas très confortable : ses longues jambes étaient étirées comme celles d'un homme qui savoure la chaleur d'un feu, mais il avait les coudes sur les genoux, et ses mains pendaient mollement devant lui.

— Pardon ? fit-il.

— Quand il vous a demandé si vous étiez de New Scotland Yard, vous avez répondu : « Jusqu'à récemment. »

— En effet, confirma-t-il.

— Vous avez démissionné ? C'est pour ça que vous êtes en Cornouailles ?

Il la regarda. Une fois encore, elle lut la souffrance dans ses yeux.

— Je ne sais pas trop. Je pense qu'on peut le dire comme ça, oui.

— Quel genre... Si je puis me permettre, quel genre de policier étiez-vous ?

— Plutôt bon, je crois.

— Excusez-moi, je voulais dire... Il y a différentes catégories dans la police, non ? La division antiterroriste, celle qui protège la famille royale, la brigade des mœurs, la police de quartier...

— La criminelle.

— Vous enquêtiez sur des crimes ?

— Oui. C'est exactement ça.

Il regarda à nouveau le feu.

— Ça devait être... éprouvant.

— De voir la barbarie humaine ? Oui.

— C'est pour ça que vous avez démissionné ? Je suis désolée. Je suis indiscrète. Mais... Vous n'en pouviez plus de toutes ces horreurs ?

Il ne répondit pas.

La porte d'entrée s'ouvrit et Daidre sentit le vent s'engouffrer dans la pièce. Collins apparut sur le seuil du salon avec sa tasse de thé juste au moment où l'inspecteur Hannaford rentrait. Elle avait sur le bras une combinaison blanche qu'elle tendit à Lynley.

— Pantalon, chaussures, veste, dit-elle.

C'était clairement un ordre. Puis à Daidre :

— Et les vôtres, où sont-ils ?

Daidre indiqua le sac en plastique dans lequel elle avait rangé ses vêtements avant d'enfiler un jean et un pull jaune.

— Mais il n'aura plus de chaussures, fit-elle remarquer.

— Ça ne fait rien, dit Lynley.

— Vous ne pouvez pas vous promener...

— Je m'en procurerai une autre paire.

— De toute façon, il n'en aura pas besoin tout de suite, intervint Hannaford. Où peut-il se changer ?

— Dans ma chambre. Ou dans la salle de bains.

— Allez-y, alors.

Lynley s'était levé dès qu'elle était entrée, sans doute moins par impatience que par politesse. Hannaford était une femme. Un homme bien élevé se levait quand une femme pénétrait dans une pièce.

— Les techniciens du labo sont arrivés ? demanda Lynley.

— Et aussi le légiste. On a également une photo de la victime. Il s'appelle Alexander Kerne. Un garçon de Casvelyn. Vous le connaissez ?

Cette question s'adressait à Daidre. Sur le pas de la porte, le sergent Collins hésitait, comme s'il doutait d'avoir le droit de boire du thé pendant son service.

— Kerne ? Ce nom me dit quelque chose, mais je ne pense pas le connaître.

— Vous avez donc de nombreuses relations dans le coin ?

— Comment ça ?

Daidre avait enfoncé ses ongles dans les paumes de ses mains. Elle s'obligea à se détendre. Elle savait que l'inspecteur l'étudiait.

— Vous dites que vous ne pensez pas le connaître. C'est une drôle de formulation. Soit vous le connaissez, soit vous ne le connaissez pas. Vous vous changez ? lança-t-elle à l'adresse de Lynley.

Ce coq-à-l'âne était aussi déconcertant que son regard inquisiteur.

Lynley jeta un rapide coup d'œil à Daidre avant de se détourner.

— Oui, bien sûr.

Il se baissa pour franchir une petite porte donnant sur un couloir au bout duquel on trouvait une minuscule salle de bains et une chambre juste assez grande pour un lit et une armoire. Le cottage était petit, rassurant et douillet. Exactement comme le voulait Daidre.

Celle-ci dit à l'inspecteur :

— Je crois qu'on peut connaître une personne de vue – et même avoir une conversation avec elle – sans connaître obligatoirement son identité. Son nom, où elle habite, et ainsi de suite. Je suis sûre que votre sergent peut en dire autant, et pourtant il est du coin.

Surpris, Collins s'immobilisa alors qu'il portait la tasse à ses lèvres. Il haussa les épaules, pour acquiescer ou démentir, impossible à savoir.

— Donc, vous connaissiez Alexander Kerne de vue ? demanda Hannaford.

— Ça se peut. Mais comme je l'ai dit tout à l'heure, et comme je l'ai expliqué au sergent Collins ici présent ainsi qu'à vous, je n'ai pas bien regardé le garçon quand j'ai tâté son pouls.

Thomas Lynley réapparut sur ces entrefaites, épargnant à Daidre d'autres questions et d'autres regards pénétrants de l'inspecteur Hannaford. Il remit à celle-ci les vêtements qu'elle avait réclamés. Daidre songea qu'il allait attraper la mort à se balader ainsi, sans veste ni chaussures, avec juste cette fine combinaison blanche, comme celles que portent les enquêteurs sur les scènes de crime, pour être sûrs de ne pas laisser de traces derrière eux. C'était ridicule.

— Il va me falloir également vos papiers d'identité, Mr Lynley, dit l'inspecteur Hannaford. Je regrette, mais il n'y a pas moyen d'échapper à cette formalité. Vous pourriez remettre la main dessus ?

— Je vais téléphoner...

— Bien. Demandez à ce qu'on vous les envoie. Vous ne quitterez pas le secteur avant quelques jours, de toute façon. Ça a tout l'air d'un accident, mais tant qu'on n'en a pas la certitude… Enfin, je suppose que vous connaissez la musique. J'aurai besoin de savoir où vous trouver.

— D'accord.

— Il va vous falloir des vêtements de rechange.

— Oui.

Lynley semblait complètement résigné. On aurait dit une chose apportée par le vent. Non pas un être de chair et de sang, mais une créature immatérielle, desséchée et désarmée devant les forces de la nature.

L'inspecteur balaya le salon du regard, comme si elle évaluait sa capacité à produire des vêtements pour Lynley et à lui fournir un toit.

— Il pourra se procurer des vêtements à Casvelyn, s'empressa de dire Daidre. Pas ce soir, bien sûr. Tout sera fermé. Mais demain. Et puis, il peut dormir ici. Ou à la Salthouse Inn. Ils ont des chambres. Pas beaucoup. Rien d'extraordinaire, mais elles sont acceptables. Et c'est plus près de Casvelyn.

— Bien, dit Hannaford. J'irai vous trouver à l'auberge, ajouta-t-elle à l'intention de Lynley. J'aurai d'autres questions à vous poser. Le sergent Collins pourra vous y conduire.

— Je vais m'en charger, proposa Daidre. J'imagine que vous aurez besoin de tous vos hommes. Je sais où est la Salthouse Inn, et s'ils n'ont pas de chambre, je l'emmènerai à Casvelyn.

— Je ne veux pas vous ennuyer, dit Lynley.

— Ça ne m'ennuie pas.

Tout ce qui importait à Daidre, c'était que le sergent Collins et l'inspecteur principal Hannaford quittent sa maison. Pour ça, il fallait qu'elle-même ait une raison de s'absenter.

— Parfait, dit l'inspecteur Hannaford après un silence.

Elle tendit sa carte à Lynley :

— Téléphonez-moi quand vous serez installé. Je viendrai dès que les choses seront réglées ici. Ça va prendre un peu de temps.

— Je sais.

— J'imagine.

Elle les salua de la tête avant de sortir, emportant les sacs qui contenaient leurs vêtements. Le sergent Collins la suivit. Des voitures de police bloquaient l'accès à la Vauxhall de Daidre. Il allait falloir les déplacer si elle devait emmener Lynley à la Salthouse Inn.

Avec le départ de la police, le silence s'installa dans le cottage. Daidre sentait le regard de Lynley sur elle. Songeant qu'elle avait été assez regardée comme ça, elle passa du salon au vestibule, lançant par-dessus son épaule :

— Vous ne pouvez pas sortir sans chaussures. Je dois avoir des bottes en caoutchouc quelque part.

— Je doute qu'elles m'aillent. Peu importe. Je vais enlever mes chaussettes pour l'instant. Je les remettrai en arrivant à l'auberge.

— Vous avez raison. Je n'y avais pas pensé. Si vous êtes prêt, nous pouvons y aller. À moins que vous désiriez manger quelque chose ? Un sandwich ? De la soupe ? Brian sert des repas à l'auberge, mais si vous préférez éviter la salle de restaurant…

Elle n'avait pas envie de lui préparer à dîner, mais il lui semblait normal de le lui proposer. Ils étaient liés, d'une certaine façon : complices dans le mystère, peut-

85

être. Après tout, elle avait des secrets et il semblait en avoir aussi.

— Je pourrai sans doute me faire servir dans ma chambre, dit Lynley. À supposer qu'il leur en reste une.

— Allons-y, dans ce cas.

Étant donné qu'il n'y avait plus d'urgence, ils roulèrent plus doucement que la première fois pour se rendre à l'auberge. En chemin, ils croisèrent deux voitures de police ainsi qu'une ambulance. Ils ne parlaient pas et, quand Daidre jeta un coup d'œil à son compagnon, elle vit qu'il avait fermé les yeux et posé ses mains sur ses cuisses. On aurait dit qu'il dormait. Peut-être était-ce d'ailleurs le cas. Il lui avait paru exténué. Elle se demanda depuis combien de temps il suivait le sentier côtier.

À la Salthouse Inn, elle gara la Vauxhall sur le parking, mais Lynley ne bougea pas. Elle lui toucha doucement l'épaule.

Il ouvrit les yeux et cligna lentement des paupières, comme s'il chassait un rêve.

— Merci. C'est gentil…

— Je ne voulais pas vous laisser entre les griffes de la police. Pardon. J'oubliais que vous étiez policier.

— Plus ou moins, oui.

— Enfin, quoi qu'il en soit… Je me suis dit que vous aimeriez peut-être leur échapper un moment. Même si, d'après ce qu'a dit l'inspecteur, le répit sera sans doute de courte durée.

— Ils vont m'interroger en long et en large ce soir. La première personne à se trouver sur les lieux est toujours suspecte. Ils vont faire en sorte de recueillir le plus d'éléments le plus rapidement possible. C'est ainsi qu'on procède.

Ils se turent. Une rafale de vent plus forte que les autres ébranla la voiture.

Daidre reprit :

— Bon, je passerai vous prendre demain.

Elle avait fait cette proposition sans réfléchir aux conclusions qu'il pouvait en tirer. Une telle audace ne lui ressemblait pas. Elle s'adressa des reproches intérieurement, mais les mots étaient déjà sortis. Tant pis.

— Je veux dire, vous aurez besoin de faire des courses à Casvelyn. Je ne pense pas que vous teniez à vous promener trop longtemps dans cette combinaison. Vous aurez aussi besoin de chaussures, et d'autres bricoles.

— C'est gentil à vous. Mais je ne veux pas vous ennuyer.

— Vous l'avez déjà dit. Non, ce n'est pas gentil, et non, ça ne m'ennuie pas. C'est bizarre, mais j'ai l'impression qu'on est ensemble dans cette affaire. Même si je ne sais pas trop ce que c'est que cette affaire.

— Je vous ai causé un problème, dit-il. Et même plusieurs. Votre carreau, et maintenant la police. Je suis désolé.

— Vous n'aviez pas le choix. Après avoir trouvé le corps, vous pouviez difficilement passer votre chemin.

— Oui, c'est sans doute vrai.

Il resta sur son siège. Il semblait regarder le vent jouer avec l'enseigne au-dessus de la porte de l'auberge.

— Je peux vous demander quelque chose ? dit-il enfin.

— Évidemment.

— Pourquoi avez-vous menti ?

Un bourdonnement intempestif retentit dans les oreilles de Daidre. Elle répéta le dernier mot, comme si elle avait mal compris.

— Quand nous sommes venus ici pour téléphoner, vous avez dit au patron que le garçon de la crique était Santo Kerne. Vous avez dit son nom. Mais quand la police vous a demandé…

Il eut un geste vague, comme pour l'inviter à poursuivre à sa place.

Daidre se rappela tout à coup que ce vagabond crasseux était lui-même policier, et de surcroît enquêteur. Elle allait devoir se montrer extrêmement prudente.

— J'ai dit ça ? s'étonna-t-elle.

— Oui. Et ensuite, vous avez déclaré aux policiers au moins à deux reprises que vous n'aviez pas reconnu le garçon. Quand ils ont dit son nom, vous avez prétendu ne pas le connaître. Je me demande pourquoi.

Il la regarda, et elle regretta aussitôt sa proposition de l'emmener faire des courses à Casvelyn le lendemain matin. Cet homme était plus malin qu'il n'en avait l'air, et elle ne s'en était pas aperçue assez tôt.

— Je suis ici pour me reposer. Sur le moment, il m'a semblé… Si j'ai dit ça à la police, c'était dans l'espoir de sauver mes vacances.

Comme il ne disait rien, elle ajouta :

— Merci de ne pas m'avoir trahie. Bien sûr, rien ne vous empêche de le faire plus tard, quand on vous interrogera à nouveau. Mais je préférerais que vous n'en fassiez rien. Il y a des choses que la police n'a pas à savoir sur moi. Ça ne va pas plus loin, Mr Lynley.

Il ne répondit pas. Mais il ne la quittait pas des yeux et elle sentit la chaleur envahir ses joues. La porte de l'auberge s'ouvrit soudain avec fracas. Un homme et une femme sortirent dans la tourmente en trébuchant. La femme se tordit la cheville, l'homme lui enlaça la taille, puis il l'embrassa. Elle le repoussa. C'était un jeu. Il l'attrapa à nouveau et ils se dirigèrent en titubant vers une rangée de voitures.

Daidre les observait comme Lynley l'observait elle. Elle finit par dire :

— Bon, je viendrai vous chercher à dix heures. Cela vous ira, Mr Lynley ?

Il mit un long moment à réagir. Daidre se dit que ce devait être un excellent policier.

— Thomas, rectifia-t-il. Je vous en prie, appelez-moi Thomas.

On aurait dit un vieux western, songea Lynley. Il se baissa pour entrer dans le pub, où étaient rassemblés les buveurs des environs. Le silence se fit. En Cornouailles, on demeure un touriste tant qu'on n'est pas devenu un résident permanent, et un nouveau venu tant que notre famille n'a pas vécu là depuis deux générations. Aussi le considérait-on comme un étranger, qui plus est un étranger habillé d'une combinaison blanche et qui se déplaçait en chaussettes. Il n'avait pas de manteau pour le protéger des intempéries, et si cela ne suffisait pas à faire de lui un objet de curiosité, il était probablement le seul, à l'exception d'une éventuelle mariée, à avoir jamais, de mémoire de client, pénétré tout de blanc vêtu dans cet établissement.

Taché par la suie et la fumée des cigarettes, et barré de poutres en chêne noir auxquelles étaient cloués des ornements de bride, le plafond s'étendait à moins de vingt centimètres au-dessus de la tête de Lynley. Les murs étaient décorés de vieux outils agricoles, principalement des faux et des fourches, et le sol était en pierre. Un sol inégal, criblé de trous, rayé et récuré. Taillée dans la même roche que le sol, la dalle du seuil avait été creusée par des siècles d'allées et venues. De dimensions modestes, la salle elle-même était séparée en deux par des cheminées, une grande et une petite, qui servaient plus à rendre l'air irrespirable qu'à réchauffer les lieux. Ça, les clients s'en chargeaient.

Lors de sa première visite en compagnie de Daidre Trahair, seuls quelques habitués étaient attablés. Entre-temps, la foule du soir était arrivée, et Lynley dut se faufiler parmi les clients silencieux pour atteindre le comptoir. Il savait qu'il n'y avait pas que son vêtement qui attirait l'attention sur lui. Il ne s'était pas lavé depuis maintenant sept semaines. Ni rasé ni coupé les cheveux.

Le patron – Daidre Trahair l'avait appelé Brian – se souvenait apparemment de lui car il demanda de but en blanc :

— C'était bien Santo Kerne, là-bas sur les falaises ?

— Je regrette, j'ignore son nom. Mais c'était un jeune homme. Un adolescent, ou à peine plus âgé. C'est tout ce que je peux vous dire.

Un murmure s'éleva avant de retomber. Lynley entendit le nom de Santo répété plusieurs fois. Il jeta un coup d'œil par-dessus son épaule. Des dizaines de regards de tous âges étaient fixés sur lui.

— Ce garçon, Santo… les gens le connaissaient bien ? demanda-t-il à Brian.

— Il habite le coin, répondit le patron, qui ne semblait pas disposé à en dire davantage à un inconnu. Bon, alors, vous voulez un verre ?

Quand Lynley déclara qu'il préférait une chambre, il sentit que Brian répugnait à accéder à sa demande. Il était bien naturel qu'il hésitât à confier des draps et des oreillers à un inconnu aussi peu ragoûtant. Imaginez qu'il ait eu la gale ! Mais l'événement inédit que constituait sa présence à la Salthouse Inn jouait en sa faveur. Son apparence était en contradiction absolue avec son accent et sa façon de s'exprimer, et si cela ne suffisait pas à le rendre mystérieux, il y avait le fait qu'il ait découvert le cadavre. Il y avait fort à parier que celui-ci alimentait toutes les conversations avant son entrée.

— J'en ai bien une, mais elle est petite, répondit enfin le patron. Elles le sont toutes. Les gens se contentaient de pas grand-chose, à l'époque où l'auberge a été construite.

Lynley lui assura que la taille de la chambre n'avait pas d'importance et qu'il se satisferait de ce que l'auberge avait à lui offrir. En réalité, ajouta-t-il, il ignorait combien de temps il devrait rester. Apparemment, la police souhaitait qu'il ne quitte pas la ville jusqu'à ce que les doutes qui entouraient les circonstances de la mort du jeune homme aient été levés.

Un murmure s'éleva. Des doutes… C'était donc que l'affaire n'était pas aussi simple qu'il y paraissait.

Brian poussa du pied une porte au bout du comptoir et lança quelques mots en direction de la pièce qu'on devinait derrière. Une femme entre deux âges en émergea – la cuisinière, à en juger par le tablier blanc couvert de taches qu'elle se hâta de retirer. Dessous, elle portait une jupe noire et un chemisier blanc. Aux pieds, elle avait des chaussures confortables.

Elle allait le conduire à sa chambre, annonça-t-elle. Rien dans ses manières n'indiquait qu'elle avait remarqué quoi que ce soit d'anormal chez lui. La chambre, poursuivit-elle, se trouvait au-dessus du restaurant, pas du bar. Il y serait au calme.

Elle n'attendit pas sa réponse. L'opinion de Lynley ne l'intéressait sûrement pas, de toute façon. C'était un client, une espèce plus que rare avant la belle saison. Donc, pas question de faire la fine bouche.

Elle se dirigea vers une autre porte au fond du pub. Celle-ci s'ouvrait sur un couloir en pierre où régnait un froid glacial. La salle de restaurant donnait sur ce passage, mais personne n'y était attablé. Au bout du couloir, un escalier étroit menait à l'étage au-dessus. On avait du mal à concevoir qu'on ait pu monter des meubles par là.

Il y avait trois chambres au premier étage, et Lynley n'eut que l'embarras du choix, même si l'hôtesse – elle s'appelait Siobhan Rourke et semblait partager la vie de Brian depuis de longues années – lui recommanda la plus petite et la plus paisible. La salle de bains était commune à toutes les chambres, l'avertit-elle, mais comme il était l'unique client, cela ne risquait pas de le gêner.

Lynley n'avait pas de préférence, aussi prit-il la première chambre dont Siobhan ouvrit la porte. Celle-là lui convenait parfaitement, affirma-t-il. Guère plus grande qu'une cellule, elle était meublée d'un lit étroit, d'une armoire et d'une coiffeuse casée sous une minuscule fenêtre à vantaux et à croisillons. Sa seule concession au confort moderne était un lavabo d'angle et un téléphone. L'appareil détonnait dans cette chambre qui, deux siècles auparavant, aurait pu être celle d'une servante.

Lynley ne pouvait se tenir droit qu'au centre de la pièce. Voyant cela, Siobhan s'exclama :

— Les gens étaient plus petits dans le temps, pas vrai ? Peut-être que c'est pas le meilleur choix, monsieur… monsieur comment ?

— Lynley. C'est parfait. Ce téléphone fonctionne ?

C'était le cas. Il y avait des serviettes dans l'armoire, ainsi que du savon et du shampooing dans la salle de bains, précisa Siobhan d'un ton encourageant. Et s'il désirait dîner, cela pouvait se faire. Dans sa chambre. Ou, naturellement, dans la salle à manger, s'il y tenait. Elle avait ajouté cela à retardement : apparemment, moins il quitterait sa chambre et plus les gens seraient contents.

Il déclara qu'il n'avait pas faim, ce qui était plus ou moins la vérité. Siobhan se retira. Resté seul, il considéra le lit. Cela faisait presque deux mois qu'il n'avait pas dormi dans un lit. De toute manière, il fuyait le sommeil. Quand il dormait, il rêvait, et il redoutait ses rêves. Non parce qu'ils étaient dérangeants, mais parce qu'ils avaient une fin. Il avait constaté qu'il était plus supportable de ne pas dormir du tout.

Puisqu'il ne rimait à rien de différer cet appel, il s'approcha du téléphone et composa le numéro. Il espérait que personne ne répondrait, seulement une machine sur laquelle il déposerait un bref message. Mais, au bout de cinq sonneries, il entendit sa voix. Il fut bien obligé de parler.

— Maman. Bonjour.

D'abord, elle ne dit rien. Il l'imagina debout à côté du téléphone, dans le salon, ou peut-être le petit salon, ou ailleurs dans l'immense et somptueuse demeure qui était son héritage et plus encore sa malédiction. Elle portait une main à ses lèvres, jetait un regard vers la personne avec elle dans la pièce, sûrement son frère cadet, ou peut-être l'intendant du domaine, ou même sa sœur, dans l'hypothèse peu plausible où celle-ci ne serait pas encore repartie pour le Yorkshire. Les yeux de sa mère communiqueraient alors l'information avant même qu'elle prononce son nom. C'est Tommy. Il a téléphoné. Dieu soit loué. Il va bien.

— Mon chéri, dit-elle. Où es-tu ? Comment vas-tu ?

— Sans le vouloir, je me retrouve mêlé à une affaire. Ici, à Casvelyn.

— Mon Dieu, Tommy. Tu as marché si loin ? Est-ce que tu sais à quel point…

Elle n'acheva pas sa phrase. Elle voulait lui demander s'il savait à quel point ils étaient inquiets. Mais elle l'aimait et ne souhaitait pas l'accabler davantage. Comme il l'aimait aussi, il lui répondit quand même.

— Oui, je sais. S'il te plaît, il faut que tu comprennes. C'est juste que je n'arrive pas à trouver mon chemin.

Elle savait, bien sûr, qu'il ne faisait pas référence à son sens de l'orientation.

— Mon chéri, si je pouvais faire quoi que ce soit pour t'ôter ce poids des épaules…

Il avait du mal à supporter la chaleur de sa voix, sa compassion inépuisable, d'autant qu'elle-même avait connu son lot de tragédies au fil des années.

— Oui. Bien sûr, dit-il en toussant bruyamment.

— Des gens ont téléphoné, reprit-elle. J'ai tenu une liste. Et ils n'ont pas appelé qu'une seule fois, comme on pourrait le penser. Tu vois ce que je veux dire : un coup de fil et voilà, j'ai fait mon devoir. Non. Ils se font du souci pour toi. Ils t'aiment profondément, mon chéri.

Il n'avait pas envie d'entendre cela. Non pas qu'il fût insensible à la sollicitude de ses amis et collègues. Mais leur inquiétude – et, pire, leur manière de l'exprimer – touchait une plaie tellement à vif qu'un simple effleurement tenait de la torture. Il était parti du foyer familial pour cette raison, parce que, sur le sentier du littoral, il n'y avait pas un chat au mois de mars et pas grand monde en avril. Et même s'il rencontrait quelqu'un au cours de sa randonnée, cette personne ne saurait rien de lui, des raisons qui le poussaient à marcher sans désemparer, jour après jour, ni de ce qui l'avait amené à entamer ce périple.

— Maman…

— Mon chéri, excuse-moi. N'en parlons plus.

Elle adopta un ton plus détaché, et il lui en fut reconnaissant.

— Que s'est-il passé ? Tu vas bien, n'est-ce pas ? Tu n'as pas été blessé, au moins ?

Non, il n'était pas blessé. Mais il avait découvert quelqu'un qui l'avait été. Un garçon. Il s'était tué en tombant d'une falaise. La police s'en mêlait. Et étant donné qu'il avait laissé tous ses papiers à la maison… Pouvait-elle lui faire parvenir son portefeuille ?

— C'est une formalité, bien sûr. Ça a l'air d'un accident, mais tant qu'ils n'en sont pas sûrs, ils ne veulent pas me laisser repartir. Et surtout, ils veulent que je prouve que je suis bien celui que je prétends être.

— Ils savent que tu es policier, Tommy ?

— L'un d'eux, apparemment. Sinon, je ne leur ai dit que mon nom.

— C'est tout ?

— Oui.

Autrement, la situation aurait viré au mélodrame victorien : mon brave – ou plutôt ma brave dame –, savez-vous à qui vous avez affaire ? Il aurait commencé par citer son grade, et si son grade n'avait pas suffi à les impressionner, il aurait essayé son titre. Son titre, au moins, aurait produit son effet. Sauf que l'inspecteur principal Hannaford n'était pas du genre à faire des courbettes.

— Ils ne sont pas prêts à me croire sur parole, et on ne peut pas le leur reprocher. J'en ferais autant à leur place. Tu m'enverras le portefeuille ?

— Bien sûr. Tout de suite. Tu veux que Peter te l'apporte en voiture demain matin ?

Il ne pensait pas pouvoir supporter la sollicitude angoissée de son frère.

— Ne l'ennuie pas avec ça. Mets-le simplement à la poste.

Il lui donna son adresse et elle demanda – naturellement – si, au moins, l'auberge était agréable, et sa chambre confortable. Il lui assura que tout était parfait. Il ajouta qu'il était impatient de prendre un bain.

Sa mère fut rassurée, bien que pas totalement satisfaite. Si l'envie d'un bain ne traduisait pas forcément le désir de vivre, elle exprimait cependant la volonté de continuer à avancer. Elle s'en accommoderait. Elle raccrocha après lui avoir conseillé un long bain voluptueux, à quoi il répondit que c'était exactement ce qu'il comptait faire.

Il replaça le téléphone sur la coiffeuse, s'en éloigna et, ne pouvant guère faire autrement, il examina la chambre, le lit, le minuscule lavabo d'angle. Il s'aperçut que ses défenses étaient tombées, à cause de la conversation avec sa mère. Soudain, une voix retentit à ses côtés. Pas celle de sa mère, mais celle de Helen. *C'est un peu monacal ici, hein, Tommy ? J'ai l'impression d'être une bonne sœur. Résolue à être chaste mais confrontée à la tentation absolument* horrible *d'être très, très coquine...*

Il l'entendait avec une clarté parfaite. Son côté si « helenien ». Cette fantaisie qui le sortait de sa coquille quand il éprouvait le besoin de se changer les idées. Lorsqu'il rentrait le soir, au premier coup d'œil elle savait de quoi il avait besoin. Elle possédait un puissant don d'observation, doublé d'une incroyable perspicacité. Parfois, c'était une caresse sur la joue, accompagnée de ces trois mots : *Raconte-moi, chéri*. Parfois, c'était une remarque frivole qui dissipait sa tension et le faisait rire.

Il dit « Helen » dans le silence, mais ce fut tout : il ne pouvait pas – pas encore – exprimer autrement l'immensité de sa peine.

Daidre ne retourna pas au cottage après avoir déposé Thomas Lynley à la Salthouse Inn. Au lieu de cela, elle roula vers l'est. La route qu'elle emprunta se déroulait tel un ruban dans la campagne brumeuse. Elle traversa plusieurs hameaux où des lampes brillaient aux fenêtres dans le crépuscule, avant de s'enfoncer dans deux bois successifs. Elle passa entre une ferme et ses dépendances, pour finalement déboucher sur l'A388. Elle prit la direction du sud et tourna sur une route secondaire qui s'étirait vers l'est, au milieu des pâturages où des moutons et des vaches laitières broutaient paisiblement. Elle finit par atteindre un carrefour où une pancarte indiquait CORNISH GOLD, avec inscrite dessous la mention VISITEURS BIENVENUS.

Cornish Gold était située huit cents mètres plus loin, sur un chemin très étroit. La ferme comprenait de vastes champs de pommiers entourés de pruniers qui servaient de brise-vent. Les vergers commençaient sur la crête d'une colline, pour se déployer en éventail de part et d'autre. En bas se dressaient deux vieilles granges en pierre et, en face de celles-ci, une cidrerie formait un des côtés d'une cour pavée. Au centre de la cour, un enclos dessinait un carré parfait, et à l'intérieur de ce carré reniflait et grognait l'alibi de Daidre, au cas où quelqu'un d'autre que la maîtresse des lieux l'aurait interrogée sur sa présence. L'alibi en question était un cochon, un énorme Gloucester Old Spot au tempérament franchement inamical. L'animal avait joué un rôle-clé dans la rencontre de Daidre avec la patronne de la cidrerie, peu après l'arrivée de cette dernière dans la région. En trente ans, les pérégrinations de cette aventurière l'avaient menée de la Grèce jusqu'à Londres, puis à St Ives et enfin à la cidrerie.

Près de la barrière, le cochon attendait. Il s'appelait Stamos, du nom de l'ex-mari de sa propriétaire. Jamais dupe et résolument optimiste, Stamos, croyant avoir deviné la raison de la visite de Daidre, avait rejoint la clôture de son pas de cochon dès qu'elle était entrée dans la cour. Mais elle n'avait rien pour lui cette fois-ci. Il lui aurait été difficile de glisser des oranges épluchées dans son sac alors que la police se trouvait encore dans les parages, à observer et à noter les mouvements de chacun.

— Désolée, Stamos, dit-elle. Mais regardons quand même cette oreille. Oui, oui. C'est une simple formalité. Tu es tout à fait rétabli, et tu le sais. Tu es trop intelligent, hein, mon coquin ?

Le cochon étant connu pour mordre, elle fit attention. Elle promena son regard autour de la cour pour voir si quelqu'un l'observait, mais il n'y avait personne. Il était tard, et les employés de la ferme étaient certainement tous rentrés chez eux.

— Tu m'as l'air en pleine forme, dit-elle au cochon avant de se diriger vers une arche donnant sur un petit potager détrempé par la pluie.

Elle suivit une allée de brique pleine de mauvaises herbes et de flaques d'eau jusqu'à un joli cottage blanc d'où s'échappait par intermittence le son d'une guitare. Aldara devait être en train de s'exercer. Parfait : elle était sûrement seule.

La musique s'arrêta instantanément quand Daidre frappa à la porte. Des pas s'approchèrent.

— Daidre ! Quel bon vent… ?

Aldara Pappas se tenait à contre-jour, si bien que Daidre ne voyait pas son visage. Toutefois, elle savait que ses grands yeux noirs exprimaient la perplexité, malgré son ton enjoué.

— Entre donc, reprit Aldara en s'écartant. Quelle charmante surprise ! Grâce à toi, la soirée sera moins ennuyeuse. Pourquoi ne pas m'avoir téléphoné depuis Bristol ? Tu es là pour longtemps ?

— Je suis partie sur un coup de tête.

Une douce chaleur régnait à l'intérieur du cottage, comme l'aimait Aldara. Les murs chaulés étaient décorés de tableaux colorés représentant des paysages arides, parsemés de petites maisons blanches avec des toits en tuile, des jardinières qui débordaient de fleurs, des ânes placides et des enfants bruns qui jouaient dans la poussière. Les meubles, très simples, étaient peu nombreux. Quelques fauteuils et un canapé revêtus de bleu et de jaune vif, un tapis rouge recouvrant en partie le sol… Ne manquaient plus que des geckos au corps sinueux, s'agrippant partout avec leurs minuscules pattes munies de ventouses.

Sur une table basse, devant le canapé, Daidre aperçut une coupe de fruits et une assiette contenant des poivrons grillés, des olives grecques et du fromage – de la feta, très certainement. Une bouteille de vin rouge attendait d'être ouverte. Deux verres, deux serviettes, deux assiettes et deux fourchettes soigneusement disposés démentaient les propos d'Aldara. Comme Daidre lui jetait un regard, elle haussa un sourcil, nullement gênée d'avoir été prise en faute.

— Rien qu'un pieux mensonge, dit-elle. Si tu étais entrée et que tu avais vu ça, tu te serais sentie de trop, non ? Or tu es toujours la bienvenue chez moi.

— Quelqu'un d'autre aussi, ce soir.

— Tu es bien plus importante que ce quelqu'un d'autre.

Comme pour appuyer ses dires, Aldara se dirigea vers la cheminée. Grattant une allumette, elle l'approcha du journal froissé qu'elle avait placé sous les bûches. C'était du bois de pommier, bien sec, conservé après la taille des arbres dans le verger.

Les mouvements d'Aldara étaient naturellement sensuels. En la fréquentant, Daidre avait compris qu'Aldara était sensuelle pour la simple raison qu'elle était Aldara. Elle disait en riant : « C'est dans mes gènes. » Mais il n'y avait pas que les gènes qui la rendaient irrésistible. Il y avait l'assurance, l'intelligence et l'absence totale de peur. Cette dernière qualité était celle que Daidre admirait le plus chez elle, avec sa beauté. À quarante-cinq ans, elle en paraissait dix de moins. Daidre avait trente et un ans mais, ne possédant pas le teint mat d'Aldara, elle savait qu'elle n'aurait pas la même chance.

Ayant allumé le feu, Aldara déboucha la bouteille de vin, comme pour certifier à Daidre qu'elle était une invitée aussi précieuse que la personne qu'elle attendait en réalité. Comme elle la servait, elle précisa :

— Il va être un peu âpre. Pas comme ces vins français, tellement suaves. Comme tu le sais, j'aime les vins qui titillent le palais. Prends un peu de fromage avec, sinon il risque de t'arracher l'émail des dents.

Elle tendit son verre à Daidre et coupa un gros morceau de fromage, qu'elle fourra dans sa bouche. Elle se lécha lentement les doigts, puis adressa un clin d'œil à Daidre, en se moquant d'elle-même.

— Délicieux… Maman me l'a envoyé de Londres.

— Comment va-t-elle ?

— Elle cherche toujours quelqu'un pour zigouiller Stamos. Soixante-sept ans et plus rancunière que jamais. Elle me dit : « Des figues ! Je vais envoyer des figues à cette crapule. Il les mangera, d'après toi, Aldara ? Je les bourrerai d'arsenic. Qu'est-ce que tu en penses ? » Je lui conseille de chasser Stamos de ses pensées. Après tout, c'est ce que j'ai fait, moi. « Ne gaspille pas ton énergie avec cet homme. Ça fait neuf ans, maman. » Elle reprend, comme si je n'avais rien dit : « Je vais envoyer tes frères le supprimer. » Ensuite, elle le maudit à n'en plus finir en grec, et c'est moi qui paie, étant donné que c'est moi qui lui téléphone, quatre fois par semaine, comme la fille dévouée que j'ai toujours été. Quand elle a terminé, je lui demande au moins d'envoyer Nikko si elle a vraiment l'intention de liquider Stamos, parce qu'il est le seul de mes frères à savoir manier le couteau et à ne pas se débrouiller trop mal avec un pistolet. Alors elle rit et se lance dans une histoire au sujet d'un des enfants de Nikko, et on en reste là.

Daidre sourit. Aldara se laissa tomber sur le canapé, envoyant promener ses chaussures et repliant ses jambes sous elle. Elle portait une robe couleur acajou sans manches, aussi légère qu'un mouchoir, avec un décolleté en V qui montrait la naissance de ses seins. Un vêtement plus adapté aux étés crétois qu'au printemps cornouaillais. Pas étonnant qu'il fasse si chaud dans la pièce…

Daidre prit un peu de fromage avec son vin, comme le lui avait conseillé Aldara. Effectivement, le vin était râpeux.

— On a dû le laisser vieillir à peine un quart d'heure, confia Aldara. Tu connais les Grecs.

— À part toi, aucun.

— Dommage. Mais les femmes grecques sont bien plus intéressantes que les hommes, et avec moi tu as le nec plus ultra. Tu n'es pas venue pour Stamos, n'est-ce pas ? Je veux dire, Stamos le cochon avec un *c* minuscule. Pas Stamos le Cochon avec un grand *C*.

— J'ai jeté un coup d'œil à ses oreilles en passant. Elles sont guéries.

— Normal, j'ai suivi tes consignes. Il se porte comme un charme. Il réclame une copine, d'ailleurs, même si la dernière chose dont j'aie besoin, c'est une douzaine de petits cochons noir et blanc toujours dans mes jambes. Au fait, tu ne m'as pas répondu.

— Ah non ?

— Non. Je suis ravie de te voir, comme toujours, mais quelque chose me dit que tu es là pour une raison précise.

Elle se resservit du fromage.

— Qui attends-tu ? demanda Daidre.

Aldara s'immobilisa alors qu'elle portait le fromage à sa bouche.

— Cette question ne te ressemble pas, remarqua-t-elle.

— Pardon. Mais…

— Quoi ?

Daidre était mal à l'aise, et elle détestait cette sensation. Comparée à celle d'Aldara, son expérience de la vie – sans parler de sa vie sexuelle et affective – lui paraissait dérisoire. Elle attaqua bille en tête, la brusquerie étant la seule arme dont elle disposait.

— Aldara, Santo Kerne est mort.

— Qu'est-ce que tu dis ?

— Tu me demandes ça parce que tu n'as pas entendu, ou parce que tu veux croire que tu n'as pas entendu ?

— Que lui est-il arrivé ?

Daidre constata non sans plaisir qu'Aldara reposait le morceau de fromage sur l'assiette, intact.

— Apparemment, il faisait de l'escalade.

— Où ça ?

— Sur la falaise de Polcare Cove. Il est tombé et il s'est tué. C'est un randonneur qui l'a découvert. Il a aussitôt rappliqué chez moi.

— Tu étais là quand ça s'est passé ?

— Non. Quand je suis arrivée de Bristol, cet après-midi, l'homme était dans ma maison. Il cherchait un téléphone. Je suis tombée sur lui.

— Tu as trouvé un homme chez toi ? Mon Dieu ! Comment a-t-il fait pour entrer ? Il avait mis la main sur le double de la clé ?

— Il avait cassé un carreau. Il m'a expliqué qu'il y avait un corps sur les rochers et j'y suis descendue avec lui. J'ai dit que j'étais médecin…

— C'est la vérité. Tu aurais pu le…

— Non. Ce n'est pas ça. Enfin, si, d'une certaine façon. Je suppose que j'aurais pu faire quelque chose.

— Ce n'est pas qu'une supposition, Daidre. Tu as fait de bonnes études. Tu as obtenu des diplômes. Tu as décroché un emploi avec d'énormes responsabilités et tu ne peux pas dire…

— D'accord. Je sais. Mais ce n'était pas seulement le désir d'aider. Je voulais voir. J'avais un pressentiment.

Aldara ne dit rien. Une bûche fit entendre un crépitement qui attira son attention sur la cheminée. Elle regarda longuement le feu avant de demander :

— Tu pensais qu'il s'agissait peut-être de Santo Kerne ? Pourquoi ?

— C'est évident, non ?

— Pour quelle raison ?

— Aldara. Tu sais bien.

— Non. Dis-moi.

— Il le faut ?

— Je t'en prie.

— Tu es…

— Je ne suis rien. Explique-moi pourquoi c'était si évident pour toi, Daidre.

— Parce que même quand on croit avoir tout prévu, avoir pris toutes les dispositions possibles…

— Tu deviens assommante.

— Quelqu'un est mort ! s'indigna Daidre. Comment peux-tu parler comme ça ?

— Très bien. « Assommante » était mal choisi. « Hystérique » conviendrait mieux.

— Nous parlons d'un être humain ! D'un adolescent d'à peine dix-neuf ans. Mort sur les rochers.

— C'est ce que je disais, tu es hystérique.

— Comment peux-tu réagir ainsi ? Santo Kerne est mort.

— Et j'en suis désolée. Je n'aime pas me dire qu'un garçon aussi jeune est tombé d'une falaise et que…

— S'il en est tombé, Aldara.

Aldara prit son verre de vin. Daidre remarqua une fois de plus combien ses mains détonnaient avec le reste de sa personne. Aldara elle-même les qualifiait de mains de paysanne, faites pour battre le linge sur les rochers d'un torrent, pétrir le pain, travailler la terre.

— Pourquoi dis-tu ça ? demanda-t-elle.

— Tu connais la réponse.

— Tu disais qu'il faisait de l'escalade. Tu n'imaginais quand même pas que quelqu'un…

— Pas quelqu'un, Aldara. Santo Kerne ? Polcare Cove ? Pas difficile de deviner qui pouvait lui vouloir du mal.

— Tu délires. Tu vas trop au cinéma. Le fait que Santo soit tombé pendant qu'il grimpait…

— Tu ne trouves pas bizarre qu'il ait fait de l'escalade par ce temps ?

Aldara reposa fermement son verre de vin.

— Ça suffit. Je ne suis pas toi, Daidre. Je n'ai jamais eu ce… Comment appeler ça ? Cette « fascination » que tu as pour les hommes. Cette tendance à leur donner plus d'importance qu'ils n'en ont, à les croire essentiels à l'épanouissement d'une femme. Je suis désolée que ce garçon soit mort, mais ça n'a rien à voir avec moi.

— Non ? Et ça… ?

Daidre désigna les deux verres, les deux assiettes, les deux fourchettes. Et puis, il y avait la tenue d'Aldara : la robe vaporeuse qui frôlait ses hanches à chaque mouvement, les talons trop hauts pour une fermière, les boucles d'oreilles qui mettaient son long cou en valeur… Daidre aurait parié qu'elle avait mis des draps propres et parfumés à la lavande dans son lit, et disposé des bougies dans la pièce.

Un homme était en route pour la rejoindre. Il s'imaginait en train de la déshabiller. Il se demandait au bout de combien de temps il pourrait passer aux choses sérieuses. Il réfléchissait à la manière dont il allait la prendre et dans quelle position – avec violence ou tendresse, contre le mur, par terre ou dans un lit –, il se demandait s'il réussirait à l'honorer plus de deux fois, sachant qu'il en fallait plus à une femme comme Aldara Pappas, terrienne, sensuelle, offerte. Il fallait à tout prix qu'il lui donne ce qu'elle réclamait. Sinon il serait mis au rancart, et ça, il ne le voulait pas.

— Je pense que tu vas mesurer ton erreur, Aldara, reprit Daidre. Tu t'apercevras que ce... ce qui est arrivé à Santo...

— N'importe quoi, la coupa Aldara.

— Tu en es sûre ?

Daidre posa sa main à plat sur la table entre elles.

— Qui attends-tu ce soir ? demanda-t-elle à nouveau.

— Ça ne te regarde pas.

— Tu es complètement folle ou quoi ? La police est venue chez moi.

— C'est ce qui t'inquiète ? Pourquoi ?

— Parce que je me sens responsable. Pas toi ?

Aldara parut réfléchir.

— Absolument pas.

— Et c'est tout ?

— Je pense que oui.

— À cause de ça ? Le vin, le fromage, la belle flambée ? Toi et lui ? Qui qu'il soit ?

Aldara se leva.

— Il faut que tu partes. J'ai essayé de t'expliquer je ne sais combien de fois. Mais tu tiens absolument à interpréter mon attitude d'un point de vue moral, alors que c'est juste ma façon de fonctionner. Alors oui, quelqu'un va venir, et non, je ne te dirai pas de qui il s'agit. Et je préférerais de beaucoup que tu sois partie quand il arrivera.

— Tu refuses de te laisser atteindre par quoi que ce soit, pas vrai ?

— Pour le coup, ma chère, c'est l'hôpital qui se fout de la charité.

5

Cadan espérait que les filets de bacon auraient l'effet escompté. Il espérait aussi que Pooh marcherait dans la combine. Le bacon, gourmandise favorite de l'oiseau, était censé l'encourager et le récompenser. Le truc consistait à faire osciller le sachet au bout de ses doigts, de façon à susciter l'intérêt de l'oiseau, avant de lui faire exécuter son numéro. La récompense suivait à tous les coups, et il était inutile de montrer à Pooh le bacon lui-même. C'était peut-être un perroquet mais, en matière de nourriture, ce n'était pas un imbécile.

Pourtant, ce soir, l'oiseau semblait distrait. Cadan et lui n'étaient pas seuls dans le salon, et les trois autres personnes l'intéressaient davantage que la friandise qu'on lui faisait miroiter. Se tenir en équilibre sur une petite balle en caoutchouc et faire rouler ladite balle le long du manteau de la cheminée lui paraissait infiniment moins prometteur qu'un bâton de sucette dans les mains d'une fillette de six ans. Un bâton de sucette soigneusement appliqué sur la tête emplumée du perroquet, frotté délicatement d'avant en arrière dans la région où on imaginait que se situaient ses oreilles, garantissait l'extase. Les filets de bacon, quant à eux, n'engendraient qu'une satisfaction temporaire. Cadan avait beau déployer des efforts héroïques pour que Pooh divertisse un peu Ione Soutar et ses deux petites filles, il n'y avait pas moyen.

— Pourquoi il veut pas le faire, Cade ? demanda Jennie Soutar.

Sa sœur aînée, Leigh – à dix ans, elle portait déjà de l'ombre à paupières scintillante, du rouge à lèvres et des extensions de cheveux –, jouait celle qui n'avait pas cru un instant que le perroquet puisse faire quoi que ce soit d'extraordinaire. De toute façon, quelle importance, puisque l'oiseau n'était ni une pop star ni une pop star en puissance ? Indifférente au spectacle raté, elle feuilletait un magazine de mode, louchant sur les photos car elle refusait de mettre ses lunettes et menait campagne pour avoir droit à des verres de contact.

— C'est le bâton de sucette, dit Cadan. Il sait que tu l'as. Il veut qu'on le caresse encore.

— J'peux le caresser, alors ? J'peux le tenir ?

— Jennifer, tu sais ce que je pense de cet oiseau, intervint sa mère.

Debout près de la fenêtre, Ione Soutar contemplait Victoria Road. Elle faisait cela depuis une demi-heure et ne semblait pas avoir l'intention d'arrêter.

— Les oiseaux sont porteurs de germes et de maladies.

— Mais Cade le touche tout le temps.

Ione décocha un regard à sa fille, l'air de dire : « Tu vois le résultat, non ? »

Jennie interpréta l'expression de sa mère dans le sens voulu par celle-ci. Elle retourna s'asseoir sur le canapé, les jambes tendues à l'horizontale devant elle, avec une moue de déception qui imitait involontairement celle de sa mère.

Cadan aurait voulu dire à Ione Soutar qu'elle n'avait pas fini d'être déçue si elle comptait passer la corde au cou de son père. En surface, on aurait pu croire qu'ils étaient faits l'un pour l'autre – deux chefs d'entreprise dirigeant des ateliers sur Binner Down, tous deux surfeurs, élevant seuls deux enfants chacun, dont deux filles qui s'intéressaient au surf, et une troisième, plus âgée, qui leur servait de modèle et de monitrice. Deux familles très « famille »… En plus, ils s'entendaient sans doute très bien au lit, mais Cadan n'aimait pas réfléchir à ça, car la pensée de son père en train de faire l'amour avec Ione lui donnait comme des picotements. En tout cas, il aurait paru logique qu'après presque trois ans leur association aboutisse à quelque chose qui ressemble à un engagement de la part de Lew Angarrack. Mais il n'en était rien, et Cadan avait surpris assez de conversations téléphoniques entre eux pour savoir que Ione ne se satisfaisait plus de la situation.

Là, par-dessus le marché, elle était contrariée. Deux pizzas à emporter de chez Pukkas avaient eu le temps de refroidir dans la cuisine tandis qu'elle attendait dans le salon le retour de Lew. Cadan jugeait cette attente vaine : son père s'était douché et changé avant de ressortir. Selon lui, il n'était pas près de rentrer.

Cadan avait l'impression que c'était la visite de Will Mendick qui avait provoqué le départ précipité de Lew. Will avait remonté bruyamment Victoria Lane dans sa vieille Coccinelle asthmatique et, quand il avait extrait sa carcasse maigre et nerveuse de la voiture et s'était approché de la porte, Cadan avait deviné à son teint coloré que quelque chose le perturbait.

Il avait tout de suite réclamé Madlyn. Quand Cadan lui avait répondu qu'elle n'était pas là, il avait dit sèchement :

« Alors, où elle est ? Elle était pas à la boulangerie non plus.

— On l'a pas encore sur GPS, avait plaisanté Cadan. Ce sera pour la semaine prochaine, Will. »

Will n'avait pas semblé apprécier son humour.

« Il faut que je la trouve.

— Pourquoi ? »

Will lui avait alors répété ce qu'il avait appris par hasard à la boutique de surf : Santo Kerne était tout ce qu'il y avait de mort, le crâne fracassé ou le corps amoché, comme un gars qui a dégringolé de la falaise en faisant de l'escalade.

« Il faisait de l'escalade tout seul ? »

C'était l'escalade qui intriguait le plus Cadan, car il savait quels étaient les sports préférés de Santo : le surf et la baise, la baise et le surf – deux activités qu'il pratiquait avec une grande aisance.

« J'ai jamais dit qu'il était seul, avait rétorqué Will. Je ne sais pas qui était avec lui, ni même s'il y avait quelqu'un. Pourquoi tu t'imagines qu'il était seul ? »

Cadan n'avait pas eu à répondre, car à ce moment-là Lew avait entendu la voix de Will. Il avait surgi du fond de la maison où il travaillait sur l'ordinateur, et Will l'avait mis au courant.

« Je suis venu l'annoncer à Madlyn. »

Évidemment, avait songé Cadan. La voie menant à Madlyn était libre, et Will n'était pas homme à négliger une porte grande ouverte.

« Merde, fit Lew d'un air pensif. Santo Kerne. »

Aucun d'eux n'était affligé par la nouvelle. Cadan pensait être le plus affecté, sans doute parce qu'il avait le moins à perdre dans l'histoire.

« Je vais essayer de la trouver, avait repris Will Mendick. D'après vous, où est-ce que… ? »

Comment savoir ? Madlyn avait perdu la boule depuis sa rupture avec Santo. Après une phase de désespoir, elle était passée par une colère aussi aveugle qu'insensée. Cadan était résolu à la voir le moins possible tant qu'elle n'en aurait pas terminé avec la dernière phase du cycle – dans son cas, la vengeance. Elle aurait pu se trouver n'importe où : en train de cambrioler une banque, de casser des carreaux, de draguer des hommes dans des pubs, de se faire tatouer les paupières, de tabasser des petits enfants ou de surfer à Pétaouchnock. Avec Madlyn, on ne pouvait jamais savoir.

« On ne l'a pas vue depuis le petit déjeuner, avait déclaré Lew.

— Merde, avait dit Will en se rongeant l'ongle du pouce. N'empêche, il faut bien que quelqu'un lui annonce ce qui est arrivé. »

Pourquoi ? avait songé Cadan. Au lieu de cela, il avait demandé :

« Tu penses que c'est à toi de la prévenir ? Réveille-toi, mec. Quand est-ce que tu vas ouvrir les yeux ? T'es pas son genre. »

Will s'était empourpré et ses boutons s'étaient enflammés.

« Cade ! avait grondé Lew.

— Mais c'est vrai ! Enfin quoi, mec… »

Will n'avait pas attendu la suite. Il avait quitté la pièce et franchi la porte avant que Cadan ait pu achever sa phrase.

« Bon Dieu, Cade ! » s'était exclamé Lew, puis il était monté prendre sa douche.

Cadan avait supposé que son père se rinçait pour faire partir le sable et le sel, comme après chaque séance de surf. Mais il avait quitté la maison et n'était pas revenu. Sa défection avait obligé Cadan à tenter de distraire Ione et ses filles, sans aucun succès.

« Il cherche Madlyn », avait dit Cadan à la copine de son père. Il l'avait mise au parfum pour Santo, sans plus de détails. Ione était déjà au courant de l'affaire Madlyn-Santo. Elle n'aurait pas pu avoir une liaison avec Lew Angarrack sans être avisée de la situation, d'autant que Madlyn avait un sens dramatique très développé.

Ione était allée dans la cuisine, où elle avait déposé les pizzas sur la paillasse, mis le couvert et préparé une salade composée. Elle était ensuite revenue dans le salon. Au bout de quarante minutes, elle avait appelé le portable de Lew. S'il l'avait emporté, il ne l'avait pas allumé.

« C'est vraiment stupide de sa part, avait-elle fait remarquer. Et si Madlyn rentrait pendant qu'il la cherche dehors ? Comment on ferait pour le prévenir ?

— Il n'a pas dû penser à ça, répondit Cadan. Il est parti en quatrième vitesse. »

Ce n'était pas tout à fait la vérité, mais Cadan trouvait, disons, plus vraisemblable qu'un père inquiet soit parti précipitamment. En réalité, Lew était sorti très calmement, comme s'il avait pris une décision sans appel, ou qu'il savait quelque chose que tout le monde à part lui ignorait.

Ayant fini d'éplucher son magazine de mode, Leigh Soutar se manifesta à sa manière habituelle, avec les intonations bizarres des gamines gavées de films pour ados.

— Maman, j'ai *faim* ? Je *meurs* de faim ? T'as vu *l'heure* qu'il est ? Alors quoi, on *dîne* pas ?

— Tu veux un filet de bacon ? lui proposa Cadan.

— Beurk. Cette *cochonnerie* ?

— Et la pizza, c'est pas une cochonnerie ? s'enquit-il poliment.

—La pizza est hautement *nutritive* ? répondit Leigh. Elle contient au moins deux catégories alimentaires et, de toute façon, j'en prends qu'une part, *d'accord* ?

— Très bien, dit Cadan.

Pour avoir déjà vu Leigh à table, il savait que, face à une pizza, elle oubliait automatiquement son projet de devenir la nouvelle Kate Moss. Le jour où elle s'en tiendrait à une part de pizza, les poules auraient trois rangées de dents.

— Moi aussi j'ai faim, dit Jennie. On peut pas manger, maman ?

— Bon, d'accord, fit Ione en jetant un dernier regard angoissé vers la rue.

Elle prit la direction de la cuisine. Jennie sauta du canapé et lui emboîta le pas, se grattant une fesse par la même occasion. Leigh se mit à marcher comme un mannequin dans le sillage de sa sœur, lançant au passage un regard torve à Cadan.

— Crétin d'*oiseau* ? fit-elle. Il *parle* même pas ? Quel genre de perroquet n'est même pas fichu de *parler* ?

— Un perroquet qui garde sa salive pour des conversations importantes, riposta Cadan.

Leigh lui tira la langue et disparut.

Après un morne dîner constitué d'une pizza restée trop longtemps sur le plan de travail et d'une salade laissée aux bons soins d'un chef préoccupé ayant un peu forcé sur le vinaigre, Cadan proposa de faire la vaisselle, espérant que Ione en profiterait pour repartir avec ses gamines. Raté. Elle traîna encore une heure et demie, exposant Cadan aux remarques cinglantes de Leigh sur sa manière de laver et essuyer. Elle appela le mobile de Lew encore quatre fois avant de lever le camp.

Cadan se retrouva dès lors dans la situation qu'il appréhendait le plus : seul avec ses pensées. Il fut donc soulagé de recevoir enfin un coup de fil lui révélant où était Madlyn, mais beaucoup moins en constatant que la personne qui appelait n'était pas son père. Il s'inquiéta franchement quand, à la faveur d'une question anodine, il apprit que celui-ci n'était pas parti à la recherche de sa sœur. Cette inquiétude se transforma aussitôt en malaise, un état que Cadan ne tenait pas à approfondir. Quand son père finit par rappliquer, un peu après minuit, Cadan lui en voulait carrément d'avoir éveillé en lui des sensations qu'il préférait éviter. Il regardait la télé lorsque la porte de la cuisine s'ouvrit et se referma. Lew apparut à l'entrée du salon, parmi les ombres du couloir.

— Elle est avec Jago, dit Cadan d'un ton bref.

— Quoi ? fit Lew en clignant des yeux.

— Madlyn. Elle est chez Jago. Il a téléphoné. Il a dit qu'elle dormait.

Aucune réaction de son père. Cadan ressentit un frisson inexplicable. Il attrapa la télécommande et éteignit le poste.

— Tu la cherchais, non ? Ione est venue. Avec les filles. Punaise, cette Leigh, quel chameau…

Silence. Cadan répéta :

— Tu la cherchais, non ?

Lew fit demi-tour et repartit dans la cuisine. Cadan entendit le réfrigérateur s'ouvrir et quelque chose qu'on versait dans une casserole. Son père devait faire chauffer du lait pour son Ovomaltine du soir. Cadan décida qu'il en voulait aussi – même si, en réalité, il voulait surtout sonder son père – et le rejoignit.

— J'ai demandé à Jago ce qu'elle faisait là-bas, dit-il. Genre : « Bon sang, qu'est-ce qu'elle fabrique chez toi, mon vieux ? » Premièrement, pourquoi elle voudrait passer la nuit chez Jago ? Enfin quoi, il a quel âge, soixante-dix ans ? Ça me fout les jetons, si tu vois ce que je veux dire, même s'il est pas méchant, je pense. Mais c'est pas comme s'il était de la famille... Et deuxièmement...

Mais il n'arrivait pas à se rappeler le deuxièmement. Il jacassait parce que le silence entêté de son père le perturbait encore plus que son absence.

— Et Jago a dit qu'il était à la Salthouse Inn avec Mr Penrule quand un type est entré avec la nana qui a le cottage à Polcare Cove. Elle a dit qu'il y avait un cadavre là-bas, et Jago l'a entendue ajouter qu'elle pensait que c'était Santo. Alors Jago est allé chercher Madlyn à la boulangerie pour lui annoncer la nouvelle. Il a pas téléphoné tout de suite parce que... Je sais pas. Je suppose qu'elle a pété les plombs quand il lui a annoncé et qu'il a dû s'occuper d'elle.

— Il a dit ça ?

Cadan était tellement soulagé que son père parle enfin qu'il bafouilla :

— Qui ? Qui a dit quoi ?

— Est-ce que Jago a dit que Madlyn avait pété les plombs ?

Cadan réfléchit, non au contenu de la question, mais plutôt à la raison pour laquelle son père posait précisément celle-là, parmi toutes celles possibles. Elle était tellement inattendue que Cadan insista :

— Tu la cherchais, pas vrai ? Enfin quoi, c'est ce que j'ai raconté à Ione. Comme je t'ai dit, elle est passée avec les filles. Soirée pizza.

— Ione, fit Lew. J'avais oublié la pizza. Elle devait être dans tous ses états en repartant.

— Elle a essayé de t'appeler. Ton portable…

— Je ne l'avais pas allumé.

Le lait fumait sur la cuisinière. Prenant son mug Newquay, Lew se servit une généreuse quantité d'Ovomaltine. Il passa le bocal à Cadan, qui avait attrapé son propre mug sur l'étagère au-dessus de l'évier.

— Je vais l'appeler, dit Lew.

— Il est plus de minuit.

— Crois-moi, mieux vaut tard que demain.

Lew sortit de la cuisine et alla dans sa chambre. Cadan ressentit un besoin pressant de savoir de quoi il retournait. C'était de la curiosité, mais aussi l'espoir de trouver un moyen raisonnable de se calmer, sans avoir à se demander pourquoi il avait besoin de se calmer. Il grimpa l'escalier à la suite de son père.

Il avait l'intention d'écouter à sa porte, mais il s'aperçut que ce ne serait pas nécessaire. Il avait à peine atteint la dernière marche qu'il entendit le ton de Lew qui montait : la conversation virait à l'aigre. Lew disait : « Ione… S'il te plaît, écoute-moi… Tellement de soucis en tête… Débordé de boulot… Complètement oublié… Parce que je suis en train de confectionner une planche, Ione, et que j'en ai encore presque deux douzaines à faire… Oui, oui. Je suis vraiment

désolé, mais tu ne m'avais pas dit ça clairement...
Ione... »

Ce fut tout. Le silence s'installa. Cadan gagna la porte de son père. Lew était assis au bord du lit. Il avait une main sur le combiné, qu'il venait de reposer sur son socle. Il jeta un coup d'œil à son fils, sans souffler mot. Il se leva pour récupérer son blouson, qu'il avait lancé sur une chaise dans l'angle de la pièce, et entreprit de l'enfiler. Apparemment, il allait ressortir.

— Qu'est-ce qui se passe ? demanda Cadan.

Lew répondit, sans le regarder :

— Elle en a assez. C'est fini.

Il avait l'air... Cadan réfléchit. Plein de regret ? Fatigué ? Le cœur gros ? Résigné devant le fait que tant qu'on refusait de changer, le passé était voué à se reproduire ? Cadan déclara avec philosophie :

— Enfin bon, t'as bien merdé. Oublier qu'elle venait et tout le reste...

Lew tapota ses poches comme s'il cherchait quelque chose.

— D'accord. N'empêche. Elle n'a pas voulu écouter.

— Ecouter quoi ?

— C'était une soirée pizza, Cade. On ne peut quand même pas espérer que je me souvienne d'une soirée pizza.

— C'est pas très sympa, je trouve.

— Ce ne sont pas tes affaires.

Cadan sentit son ventre se contracter.

— Tu as raison. Ce ne sont pas mes affaires. Mais quand tu me laisses distraire ta copine pendant que tu es en vadrouille... À faire je ne sais quoi... Là, oui, ce sont mes affaires.

118

Lew cessa de fouiller ses poches.

— Bon Dieu. Je… je suis désolé, Cade. Je suis à cran. Il se passe tellement de choses. Je ne sais pas comment te faire comprendre.

Justement, songea Cadan. Qu'est-ce qui se passait vraiment ? Ils avaient appris par Will Mendick que Santo Kerne était mort. Bien sûr, c'était pas de bol, mais pourquoi cette nouvelle devait-elle semer le chaos dans leurs vies ?

À Adventures Unlimited, la salle du matériel avait été installée dans une ancienne salle à manger, elle-même jadis un pavillon qui accueillait les thés dansants à la grande époque du Promontory King George Hotel, entre les deux guerres mondiales. Souvent, Ben Kerne essayait d'imaginer la pièce avec un parquet brillant, un plafond étincelant de lustres, et des femmes en robes d'été vaporeuses qui tournoyaient au bras de leurs cavaliers en costumes de lin. Elles dansaient alors avec une bienheureuse insouciance, convaincues que la der des ders avait marqué la fin de tous les conflits. Elles n'avaient pas tardé à déchanter, mais cette évocation apaisait toujours Ben, comme la musique qu'il se figurait entendre. L'orchestre jouait tandis que des serveurs en gants blancs faisaient circuler des amuse-gueules sur des plateaux d'argent. Il lui semblait presque voir les fantômes des danseurs, et l'émotion le saisissait à l'idée du temps qui s'était écoulé depuis. En même temps, il trouvait réconfortant de se dire qu'au Promontory King George les gens venaient et repartaient, et que la vie continuait.

Mais ce jour-là, dans la salle du matériel, l'esprit de Ben Kerne était à mille lieues des danseurs de 1933. Il se tenait devant une rangée de placards ; il en avait ouvert un. À l'intérieur, des accessoires d'escalade, suspendus à des crochets, rangés dans des boîtes en plastique, ou enroulés sur des étagères. Des cordes, des baudriers, des sangles, des descendeurs, des assureurs, des coinceurs, des mousquetons… Tout. Son équipement personnel, il le stockait ailleurs, car il ne voulait pas s'embêter à venir le chercher là quand il avait un après-midi de libre. Mais l'attirail de Santo occupait une place bien en vue et, au-dessus, Ben avait fixé un écriteau disant NE PAS TOUCHER. Les moniteurs comme les élèves devaient savoir que ces accessoires, produit de trois Noëls et de quatre anniversaires, étaient sacro-saints.

Ce jour-là, toutefois, la totalité du matériel avait disparu. Ben savait ce que cela signifiait. L'absence de son équipement constituait l'ultime message de Santo à son père. Ses propres remarques, énoncées sans réfléchir et inspirées par un moralisme obstiné, avaient provoqué ce résultat. Malgré ses efforts incessants, malgré le fait que Santo et lui n'auraient pu être plus différents, au caractère comme au physique, l'histoire s'était répétée, dans la forme sinon dans le fond. Sa propre histoire parlait de jugement erroné, de bannissement et d'années de brouille. Celle de Santo parlait maintenant de dénonciation et de mort. Pas de manière explicite, mais avec une tristesse larvée qui avait poussé Ben à poser une seule et terrible question, équivalant à la pire des condamnations : *Faut-il que tu sois minable pour avoir fait une chose aussi nulle ?*

Santo avait forcément pris cette interrogation pour ce qu'elle était, et n'importe quel fils aurait sans doute réagi avec la même indignation que celle qui l'avait conduit aux falaises. À peu près au même âge, Ben avait réagi de façon à peu près similaire avec son propre père : *Tu parles de virilité ? Je vais t'en donner, moi, de la virilité.*

Mais la cause profonde du conflit entre Ben et Santo n'avait jamais été analysée, même si sa cause superficielle n'avait nul besoin d'être formulée. La cause historique, elle, était bien trop effrayante à envisager. Au lieu de s'interroger, Ben s'était borné à se répéter que Santo était simplement ce qu'il était.

« C'est arrivé comme ça, avait avoué Santo à son père. Écoute, je ne veux pas…

— Toi ? avait dit Ben, incrédule. Je t'arrête tout de suite. Ce que tu veux ne m'intéresse pas. Mais ce que tu as fait… Le résultat de ton bon Dieu d'égoïsme…

— Qu'est-ce que ça peut te faire, bordel ? Quelle importance pour toi ? S'il avait fallu gérer la situation, je l'aurais fait. Mais il n'y a rien eu. Rien ! D'accord ?

— Les êtres humains ne sont pas des choses qu'on peut "gérer". Ce ne sont pas des quartiers de viande qu'on manipule, ni des marchandises.

— Tu déformes mes paroles.

— Tu déformes la vie des gens.

— C'est injuste. Putain, c'est vraiment injuste. »

Ben s'était dit alors que son fils aurait tout le temps d'apprendre combien la vie était injuste. Sauf qu'il n'avait pas vécu assez longtemps pour ça.

La faute à qui, ou à quoi ? À une simple remarque, prononcée sous le coup de la colère mais surtout de la peur : « Ce qui est injuste, c'est d'avoir un sale petit fumier pour fils. » Une fois lâchés, les mots étaient restés là, comme de la peinture noire projetée sur un mur blanc. Son châtiment serait le souvenir du visage blême de Santo, et le fait qu'un père avait tourné le dos à son fils. *Tu veux de la virilité ? Je vais t'en montrer, moi. Et pas qu'un peu...*

Ben ne voulait pas repenser à ses paroles. S'il avait eu le choix, il n'aurait plus jamais pensé à rien. L'esprit vide, il aurait continué à vivre de manière mécanique, jusqu'à ce que son corps lâche et qu'il accède enfin au repos éternel.

Ben referma le placard et remit le cadenas. Il respira lentement par la bouche pour se calmer, puis il se dirigea vers l'ascenseur et appuya sur le bouton. L'engin descendit avec une lenteur et une dignité correspondant à l'aspect antique de sa cage en fer forgé. Il s'immobilisa dans un grincement et Ben l'emprunta pour monter au dernier étage de l'hôtel, où se trouvait l'appartement familial et où Dellen attendait.

Il ne rejoignit pas tout de suite sa femme. Il alla d'abord dans la cuisine, où il trouva Kerra avec Alan Cheston. Kerra tendait l'oreille, la tête inclinée en direction des chambres. Ben savait qu'elle guettait un signe, se demandant comment les choses allaient tourner.

Ben l'interrogea du regard.

— Calme, répondit-elle.

— Parfait.

Il s'approcha de la cuisinière. Sa fille y avait mis une bouilloire à chauffer, et le gaz était toujours allumé dessous, à feu doux, si bien que la vapeur s'en échappait sans bruit et que l'eau restait frémissante. Elle avait sorti quatre mugs, chacun contenant un sachet de thé. Il versa l'eau dans deux d'entre eux et resta planté là, à regarder le thé infuser. Kerra et son amant se taisaient. Pourtant il sentait leurs regards sur lui, et il devinait les questions qu'ils avaient envie de poser. Pas seulement à lui, mais l'un à l'autre. Il restait des points à éclaircir pour tout le monde.

Ben ne supportait pas l'idée de prendre la parole. Quand le thé fut presque noir, il ajouta du lait et du sucre dans une des tasses, mais pas dans l'autre. Sortant de la cuisine avec les deux mugs, il en posa un devant la porte de Santo le temps de l'ouvrir, puis il entra avec les deux tasses, sachant que ni l'un ni l'autre n'auraient la force ou le désir de boire.

Dellen n'avait pas allumé, et la chambre de Santo, située à l'arrière de l'hôtel, se trouvait loin de l'éclairage municipal. Au bout de la courbe formée par St Mevan Beach, les lumières à l'extrémité de la digue et au-dessus de l'embouchure du canal scintillaient dans le vent et la pluie, sans parvenir à dissiper l'obscurité de la pièce. Venu du couloir, un rai laiteux tombait sur le tapis. Dellen était recroquevillée par terre tel un fœtus. Elle avait arraché les draps et les couvertures du lit de Santo pour s'en couvrir. Son visage était en partie dans l'ombre. Ben se demanda si elle ressassait : si seulement j'avais été là... si je n'étais pas partie pour la journée... Il en doutait. Les regrets n'avaient jamais été le genre de Dellen.

Ben repoussa la porte du pied. Dellen remua. Il crut qu'elle allait parler, mais elle remonta les draps sur son visage, respirant l'odeur de Santo. Comme un animal, elle fonctionnait à l'instinct. C'était cette animalité qui l'avait séduit : deux adolescents, lui en rut et elle consentante.

Tout ce qu'elle savait, c'était que Santo était mort, que la police était venue, qu'il était tombé en escaladant la falaise. Ben n'avait pas développé, car elle avait répété : « En escaladant la falaise ? » Puis elle avait scruté le visage de son mari comme elle savait le faire depuis si longtemps, et elle avait déclaré : « C'est toi le responsable. »

Rien de plus. Leur confrontation avait eu lieu dans la réception du vieil hôtel. Dès son retour, elle avait vu que quelque chose n'allait pas et elle avait exigé de savoir, non pour éviter un interrogatoire sur sa propre disparition, mais parce qu'elle soupçonnait des événements autrement plus graves qu'une simple escapade. Il avait essayé de la faire monter au salon, mais elle avait refusé de bouger. Alors il lui avait dit.

Elle s'était dirigée vers l'escalier. Elle s'était arrêtée un instant sur la première marche et avait agrippé la rampe comme pour se maintenir droite. Puis elle était montée.

Ben posa le thé au lait sucré par terre, non loin de sa tête. Il s'assit au bord du lit de Santo.

— Tu penses que c'est ma faute, dit-elle. Ça saute aux yeux, Ben.

— Je ne te fais aucun reproche. Je ne vois pas pourquoi tu vas imaginer ça.

— Parce qu'on est ici, à Casvelyn. Tout ça, c'était à cause de moi.

— Non. C'était pour nous tous. J'en avais assez de Truro moi aussi. Tu le sais.

— Tu serais resté à Truro jusqu'à la fin des temps.

— Ce n'est pas vrai, Dellen.

— Et si tu en avais vraiment assez – ce que je ne crois pas –, ça n'avait rien à voir avec toi. Ni avec Truro. Ni avec n'importe quelle ville. Tu sens la haine à plein nez, Ben. Ça empeste comme un égout.

Il ne dit rien. Une bourrasque fit trembler les fenêtres. Une violente tempête couvait. Ben en reconnaissait les signes avant-coureurs. Le vent soufflait du large, annonçant de fortes pluies. Ils n'étaient pas encore sortis de la saison des tempêtes.

— C'est ma faute, dit-il. Nous avons eu des mots. J'ai dit des choses…

— Oh, je m'en doute. Saint Benesek Kerne…

— Ce n'est pas être un saint que d'aller jusqu'au bout, et d'accepter…

— Ce n'est pas de ça qu'il s'agissait entre Santo et toi. Ne va pas t'imaginer que je ne le sais pas. Espèce de salaud…

Ben posa son mug sur la table de chevet et alluma la lampe. Si Dellen le regardait, il voulait qu'elle puisse voir son visage et lire dans ses yeux. Il voulait qu'elle sache qu'il disait la vérité.

— Je lui ai dit de faire plus attention. Que les gens n'étaient pas ses jouets. Je voulais qu'il sache que la vie, c'est autre chose que la quête de son plaisir personnel.

— Santo n'est pas comme ça !

— Tu sais bien que si. Il est gentil avec les autres. Tous les autres. Mais il ne doit pas laisser ça… laisser ce don qu'il a l'amener à mal se conduire envers eux. Mais il refuse de voir…

— *Refuse* ? Il est mort, Ben. Arrête de parler au présent.

Ben crut qu'elle allait pleurer, mais non.

— Il n'y a pas de honte à montrer où est le bien à ses enfants, Dellen.

— C'est-à-dire leur enseigner ta propre notion du bien, c'est ça ? Pas la sienne. Il était censé te ressembler, pas vrai ? Mais Santo n'était pas toi, Ben. Et rien n'aurait pu faire qu'il te ressemble.

— Je le sais bien. Crois-moi, je le sais.

— Non, tu ne le sais pas. Tu ne le savais pas. Et tu ne pouvais pas l'accepter. Il fallait qu'il soit comme tu voulais qu'il soit.

— Dellen, je sais que je suis responsable. Tu crois que je ne le sais pas ? Je suis aussi responsable que…

— Non !

Elle se redressa et se mit à genoux.

— Je t'interdis ! cria-t-elle. Ne va pas me ressortir ça maintenant, parce que si tu le fais, je te jure que si tu le fais, si tu reparles de ça, si tu remets ça sur le tapis, si tu essaies de, si tu…

À court de mots, elle attrapa le mug qu'il avait posé par terre et le lui lança. Le thé lui brûla la poitrine ; le bord du mug heurta son sternum.

— Je te hais ! dit-elle.

Puis, de plus en plus fort :

— Je te hais, je te hais. Je te hais !

Il se laissa glisser au sol et l'empoigna. Elle hurlait encore sa haine quand il l'attira contre lui. Elle le frappa à la poitrine, au visage, dans le cou, jusqu'à ce qu'il parvienne à l'immobiliser.

— Pourquoi tu ne l'as pas laissé être qui il était ? Il est mort, maintenant. Tout ce que tu avais à faire, c'était le laisser être lui-même. C'était trop demander ?

— Chut… murmura Ben.

Il la serrait dans ses bras, la berçait, passait la main sur son épaisse chevelure blonde.

— Dellen… Dellen… Dell. On peut pleurer. On peut. On doit pleurer.

— Pas question. Lâche-moi. Mais enfin, lâche-moi !

Elle se débattit, mais il la tenait fermement. Il savait qu'il ne pouvait pas la laisser partir. Elle était à bout, et si elle craquait, elle les entraînerait tous dans sa chute, et ça, il n'en était pas question. Pas en plus de Santo.

Il était plus fort qu'elle. Il la plaqua sur le sol et l'y maintint avec le poids de son corps. Elle tenta en vain de le repousser.

Il colla sa bouche sur la sienne. Elle résista un moment, puis elle céda avant de s'en prendre à ses vêtements, tirant sur sa chemise, sur la boucle de sa ceinture, faisant glisser son jean sur ses fesses.

Il se dit : D'accord. Il ne fit montre d'aucune tendresse en lui enlevant son pull. Il remonta son soutien-gorge et s'aplatit sur ses seins. Le souffle coupé, elle descendit la fermeture éclair de son pantalon. D'une claque brutale, il repoussa sa main. C'était à lui de le faire. Il la materait.

Plein de rage, il la déshabilla. Elle s'arqua pour l'accueillir et poussa un cri lorsqu'il la prit.

Après, ils pleurèrent tous les deux.

Kerra entendit tout. Comment faire autrement ? L'appartement familial avait été aménagé à moindres frais à partir de plusieurs chambres du dernier étage de l'hôtel. Dans un souci d'économie, on avait négligé l'isolation sonore. Les cloisons n'étaient pas tout à fait aussi fines que du papier, mais il s'en fallait de peu.

Elle entendit d'abord les voix – celle de son père, douce, et celle de sa mère, de plus en plus forte –, puis les cris, qu'elle ne put ignorer, et enfin le calme. Gloire au héros victorieux, songea-t-elle.

D'un ton morne, elle dit à Alan :

— Il faut que tu y ailles.

Mais, en même temps, elle disait aussi : Tu comprends, maintenant ?

— Non. Il faut qu'on parle.

— Mon frère est mort. Je ne crois pas qu'il *faille* quoi que ce soit.

— Santo, la reprit Alan. Ton frère s'appelait Santo.

Ils se trouvaient toujours dans la cuisine, mais plus à la table où ils étaient assis quand Ben les avait rejoints. Avec le vacarme grandissant dans la chambre de Santo, Kerra était allée se poster devant l'évier. Là, elle avait fait couler de l'eau dans une casserole, même si elle n'avait aucune idée de ce qu'elle en ferait.

Elle était restée là après avoir fermé les robinets. Dehors, elle apercevait les hauteurs de Casvelyn. À la jonction de St Issey Road et de St Mevan Crescent, un supermarché peu attrayant du nom de Blue Star Grocery s'étendait telle une vilaine pensée. Un bunker de brique et de verre qui lui faisait se demander pourquoi les édifices modernes étaient toujours aussi laids. Ses lumières étaient encore allumées pour les clients du soir et, juste derrière, d'autres lumières indiquaient que des voitures se déplaçaient à une allure prudente le long des frontières nord-ouest et sud-est de St Mevan Down. Des travailleurs rentraient chez eux, dans les différents hameaux qui, au fil des siècles, avaient surgi comme des champignons vénéneux le long de la côte. Le paradis des contrebandiers, songea Kerra. La Cornouailles avait toujours été un pays sans loi.

— S'il te plaît, va-t'en, dit-elle.

— Tu veux bien m'expliquer ce qui se passe ?

— Santo, dit-elle en prononçant le prénom avec une lenteur délibérée. Voilà ce qui se passe.

— Toi et moi on est un couple, Kerra. Quand les gens…

— Un couple, persifla-t-elle. Ah, oui. J'oubliais.

Il ne releva pas le sarcasme.

— Quand les gens sont en couple, ils affrontent les épreuves ensemble. Je suis ici. Je reste. Alors, à toi de choisir l'épreuve que tu veux bien affronter avec moi.

Elle lui décocha un regard qu'elle voulait chargé d'ironie. Il n'était pas censé se conduire comme ça, surtout maintenant. Elle ne l'avait pas pris comme compagnon pour qu'il révèle un côté de sa personnalité qui démontrait qu'elle ne le connaissait pas réellement. C'était Alan, non ? Alan Cheston... Un garçon fragile des bronches (il avait toujours du mal à passer l'hiver), d'une prudence souvent exaspérante, croyant et pratiquant, aimant ses parents, pas sportif pour deux sous, suiveur mais pas meneur. Respectueux, aussi. Et respectable. Le genre de type à demander : « Je peux... ? » avant de se risquer à lui tenir la main. Mais aujourd'hui... Elle ne reconnaissait pas l'Alan qui n'avait jamais raté un déjeuner dominical chez ses parents depuis qu'il avait quitté la fac et cette putain de London School of Economics. L'Alan aux cheveux mous, blanc comme un cachet d'aspirine, qui pratiquait le yoga et livrait des repas à domicile aux personnes âgées, et qu'on n'avait jamais, au grand jamais, vu plonger dans la fosse marine, juste au-dessus de St Mevan Beach, sans tremper d'abord ses orteils dans l'eau pour en contrôler la température. Cet homme n'était pas censé lui dire à elle comment les choses allaient se passer.

C'était pourtant ce qu'il était en train de faire. Planté devant le réfrigérateur en inox, il avait l'air... implacable. Kerra sentit son sang se glacer dans ses veines.

— Parle-moi, dit-il d'une voix ferme.

Cette fermeté eut raison d'elle. Elle répondit :

— Je ne peux pas.

Même ça, c'était trop. Mais le regard d'Alan, d'ordinaire si plein de déférence, était plein d'autorité à cet instant. Une autorité qui découlait du pouvoir, de la connaissance des choses et de l'absence de crainte. C'est cela qui poussa Kerra à se détourner de lui. Elle décida de préparer à manger. Tous autant qu'ils étaient, ils devraient bien finir par avaler quelque chose.

— Très bien, dit Alan dans son dos. C'est moi qui parlerai, dans ce cas.

— Il faut que je prépare le dîner. Il faut qu'on mange quelque chose, tous. Ce n'est pas le moment de nous laisser dépérir. Dans les jours qui viennent, il va y avoir tellement à faire… Des décisions à prendre, des coups de fil à passer. Il faut que quelqu'un prévienne mes grands-parents. Je suis l'aînée des petits-enfants – on est vingt-sept… C'est obscène, non, avec la surpopulation et tous ces problèmes-là ? –, mais Santo était leur préféré. Lui et moi, on passait parfois un mois chez eux. Une fois, on est restés trois mois. Il faut les avertir, et ce n'est pas mon père qui le fera. Ils ne se parlent plus, grand-père et lui. À moins d'y être obligés.

Elle attrapa un livre de recettes. Elle en avait toute une collection, rangée au-dessus du plan de travail, depuis qu'elle avait pris des cours de cuisine. Il fallait bien que l'un d'eux sache préparer des plats nourrissants, pas chers et savoureux, pour les clients qui afflueraient bientôt. Ils embaucheraient un cuistot, bien sûr, mais ils économiseraient de l'argent en élaborant eux-mêmes les menus. Kerra s'était portée volontaire. Elle ne s'intéressait pas du tout à la cuisine, mais elle savait qu'ils ne pouvaient pas compter sur Santo, sans parler de Dellen. Le premier aurait fait un cuisinier passable s'il ne s'était pas laissé distraire par n'importe quoi, aussi bien un morceau de musique à la radio qu'un fou de Bassan volant en direction de Sawsneck Down. Quant à la seconde, elle pouvait changer du tout au tout en un clin d'œil, y compris dans sa volonté de s'impliquer dans les projets familiaux.

Kerra ouvrit le livre qu'elle avait pris au hasard. Elle se mit à le feuilleter, cherchant une recette compliquée, qui réclamerait toute sa concentration. La liste des ingrédients devrait être impressionnante. Ceux qu'ils n'auraient pas en stock, elle enverrait Alan les acheter. S'il refusait, elle irait elle-même. Dans un cas comme dans l'autre, elle serait occupée, et c'était tout ce qui comptait.

— Kerra, fit Alan.

Elle ne répondit pas. Elle porta son choix sur un jambalaya avec du riz créole et des haricots verts, accompagné de pudding. La préparation prendrait des heures, et ça lui convenait parfaitement. Du poulet, des saucisses, des crevettes, des poivrons verts, du jus de palourde… La liste n'en finissait pas. Elle en ferait assez pour une semaine, décida-t-elle. L'exercice serait bénéfique, et ils pourraient tous piocher dedans et le faire réchauffer au micro-ondes quand ils en auraient envie. Les micro-ondes n'étaient-ils pas une invention merveilleuse ? N'avaient-ils pas simplifié la vie de tout le monde ? Si seulement il existait un appareil comparable, dans lequel on puisse déposer les gens, pas pour les réchauffer, mais pour les rendre différents… Qui y aurait-elle mis en premier ? Sa mère ? Son père ? Santo ? Alan ?

Santo, bien sûr. Toujours lui. Allez, entre là-dedans, frérot ! Laisse-moi régler le minuteur, tourner le cadran et attendre qu'un être nouveau émerge.

Plus besoin maintenant. Santo avait indubitablement changé. Fini le feu follet, fini les balades insouciantes le long des sentiers qui s'ouvraient devant lui, fini la quête de plaisir effrénée… La vie, c'est autre chose. Tu dois le savoir, à présent, Santo. Tu l'as su à l'instant final. Forcément. Tu es allé te fracasser sur les rochers sans qu'il survienne un miracle de dernière minute et, juste avant que tu t'écrases, tu as enfin su qu'il y avait d'autres personnes dans ton univers, et qu'il te fallait rendre compte des souffrances que tu leur avais causées. Il était trop tard pour que tu t'amendes, mais mieux valait tard que jamais, n'est-ce pas ?

Kerra bouillait intérieurement, comme une casserole d'eau sur le feu, et les bulles qui s'élevaient en elle n'aspiraient qu'à soulever le couvercle et s'échapper. Elle se ressaisit et attrapa un litre d'huile d'olive dans un autre placard, au-dessus du plan de travail. Comme elle cherchait une cuillère, se demandant : Combien d'huile… ? la bouteille lui glissa des doigts et se brisa net en heurtant le sol. L'huile éclaboussa la cuisinière, les placards, ainsi que les vêtements de Kerra avant de se répandre en une flaque visqueuse. La jeune femme fit un bond de côté, mais elle y eut droit quand même.

Elle cria :

— Merde !

Les larmes menaçaient. Elle dit à Alan :

— Tu ne voudrais pas simplement t'en aller, s'il te plaît ?

Elle saisit un rouleau d'essuie-tout et entreprit de le dévider sur la flaque d'huile. Pas du tout à la hauteur de la tâche, le papier absorbant se transforma illico en bouillie.

— Laisse-moi faire, Kerra. Assieds-toi. Laisse-moi faire.

— Non ! C'est moi qui ai sali. C'est moi qui vais nettoyer.

— Kerra…

— Non. J'ai dit non. Je n'ai pas besoin de ton aide. Je ne veux pas de ton aide. Je veux que tu partes. Va-t'en.

Une bonne dizaine d'exemplaires du *Watchman* étaient empilés sur un meuble près de la porte. Alan s'en saisit et fit bon usage du journal de Casvelyn. Kerra regarda l'huile imbiber le papier. Alan fit de même. Ils se tenaient chacun d'un côté de la mare. Là où elle voyait un gouffre, lui n'apercevait qu'un désagrément passager.

Il dit :

— Tu n'as pas à te sentir coupable sous prétexte que tu étais en colère contre Santo. Tu en avais parfaitement le droit. Il trouvait peut-être ça irrationnel, voire stupide de ta part de te préoccuper de quelque chose qui lui semblait sans importance. Mais tu avais raison d'éprouver ce que tu éprouvais. Quoi qu'on ressente, on en a toujours le droit. C'est comme ça.

— Je t'avais demandé de ne pas travailler ici.

Elle avait parlé d'une voix monocorde, toute émotion consumée.

Il sembla déconcerté. Cette remarque, elle le comprit, venait pour lui comme un cheveu sur la soupe, mais en l'occurrence elle résumait tout ce que Kerra ressentait sans pouvoir l'exprimer.

— Kerra, le travail ne tombe pas du ciel. Je suis doué pour ce que je fais. Grâce à moi, on parle de cet endroit. Tu te rappelles l'article du *Mail on Sunday* ? Depuis, on reçoit tous les jours de nouvelles réservations. La région n'est pas évidente. Si on a l'intention de vivre ici, en Cornouailles…

— Non. C'est impossible. Plus maintenant.

— À cause de Santo ?

— Voyons, Alan…

— De quoi as-tu peur ?

— Je n'ai pas peur. Je n'ai jamais peur.

— C'est des conneries. Tu es en colère parce que tu as peur. C'est plus facile, et plus logique, d'être en colère.

— Tu ne sais pas de quoi tu parles.

— Admettons. Alors, explique-moi.

Elle ne pouvait pas. Il y avait trop de choses en jeu… Trop de choses vues et vécues pendant trop d'années. Expliquer tout ça à Alan était au-dessus de ses forces. Il devait la croire sur parole et agir en conséquence.

Qu'il ne l'ait pas fait, qu'il s'obstine de la sorte à refuser de le faire sonnait le glas de leur relation. À cause de ça, rien de ce qui s'était passé ce jour-là n'avait réellement d'importance.

Alors même qu'elle se faisait cette réflexion, Kerra sut qu'elle se mentait. Mais ça non plus, ça n'avait pas d'importance.

Selevan Penrule trouvait ça débile, mais il unit quand même ses mains à celles de sa petite-fille. De chaque côté de la table étroite, ils fermèrent les yeux et Tammy se mit à prier. Selevan n'écoutait pas les paroles, mais il en avait compris la substance. Il examinait plutôt les mains de sa petite-fille. Elles étaient sèches et fraîches, mais si maigres qu'il lui semblait qu'il aurait pu les broyer rien qu'en les serrant un peu brutalement.

« Elle ne mange pas bien, papa Penrule », lui avait expliqué sa belle-fille. Il détestait qu'elle l'appelle « papa Penrule » – ça lui donnait l'impression d'être un dictateur haïtien –, mais il s'était bien gardé de reprendre Sally Joy, car il y avait belle lurette que ni elle ni son mari n'avaient pris la peine de lui adresser la parole. Il avait juste marmonné qu'il engraisserait la gamine. C'est à cause de l'Afrique, mon petit. On n'a pas idée d'embarquer une môme en Rhodésie...

« Au Zimbabwe, papa Penrule. Et en fait nous sommes au...

— Qu'importe le nom de ce fichu pays ! Vous embarquez cette gamine en Rhodésie, vous l'exposez à Dieu sait quoi... Ça tuerait l'appétit de n'importe qui, croyez-moi. »

Selevan avait compris qu'il était allé trop loin, car Sally Joy était restée muette pendant un moment. Il l'imaginait en Rhodésie, ou quel que soit le pays, assise sur la véranda dans un fauteuil en rotin, un verre posé à côté d'elle sur la table... Un verre de citronnade, avec une pointe de... de quoi, Sally Joy ? Qu'est-ce que tu mets dans ton verre pour arriver à supporter la Rhodésie ?

Il avait ronchonné :

« Envoyez-la-moi. Je vais la remettre d'aplomb.

— Vous surveillerez ses apports alimentaires ? »

Comme un faucon pèlerin.

Et il l'avait fait. La gamine avait pris trente-neuf bouchées ce soir. Trente-neuf cuillerées d'un porridge qui aurait incité Oliver Twist à conduire une rébellion armée. Pas de lait, pas de raisins secs, pas de cannelle, pas de sucre. Rien que des flocons d'avoine et un verre d'eau. Pas même tentée par les côtelettes et les légumes qu'avait avalés son grand-père.

— … car Ta Volonté est ce que nous recherchons. Amen, conclut Tammy.

Il rouvrit les yeux et vit qu'elle le regardait avec affection. Il s'empressa de lâcher ses doigts.

— C'est vraiment stupide, dit-il d'un ton bourru. Tu le sais, hein ?

Elle sourit.

— Tu me l'as déjà dit.

Elle attendit patiemment qu'il le lui répète, la joue calée dans le creux de sa main.

— On prie déjà avant le repas, bougonna-t-il. Alors, bon Dieu, pourquoi faut-il qu'on prie aussi à la fin ?

Elle répondit machinalement, sans montrer de lassitude, bien qu'ils aient eu cette discussion au moins deux fois par semaine depuis son arrivée en Cornouailles.

— Nous prononçons une prière pour rendre grâces à Dieu avant de commencer. Nous Le remercions pour la nourriture que nous avons. Et à la fin nous prions pour ceux qui n'ont pas suffisamment à manger pour vivre.

— Bon sang, s'ils sont en vie, c'est qu'ils ont assez à manger pour vivre, non ?

— Tu vois ce que je veux dire, grand-père. Il y a une différence entre être en vie et avoir assez à manger pour vivre. Vivre signifie plus qu'être en vie. Prends le Soudan, par exemple…

— Attendez une seconde, ma petite demoiselle. Et ne bougez pas non plus.

Selevan s'arracha à la banquette. Son assiette à la main, il parcourut la courte distance qui le séparait de l'évier, histoire de simuler une autre occupation, mais, au lieu d'attaquer la vaisselle, il attrapa le sac à dos de Tammy sur la patère, disant :

— Voyons un peu ça.

— Grand-père, fit-elle d'une voix patiente. Tu ne peux pas m'en empêcher, tu le sais.

Il posa le sac sur la table, en vida le contenu et trouva aussitôt ce qu'il cherchait. Sur la couverture, une jeune mère noire en boubou tenait son enfant dans ses bras ; elle était pleine de chagrin et tous les deux, affamés. En arrière-plan, une multitude de silhouettes floues attendaient avec un mélange d'espoir et de scepticisme. Le magazine s'intitulait *Crossroad*. Il en fit un rouleau qu'il frappa contre sa paume.

— Très bien. Un autre bol de bouillie pour toi, alors. Soit ça, soit une côtelette. Tu choisis.

Il fourra le magazine dans la poche arrière de son pantalon informe. Il s'en débarrasserait plus tard, quand elle serait couchée.

— J'ai assez mangé, déclara Tammy. C'est vrai, grand-père. Je me nourris assez pour rester en vie et en bonne santé, et c'est ce que voulait Dieu. Nous ne sommes pas censés être trop gras. Non seulement ce n'est pas bon pour nous mais, en plus, ce n'est pas bien.

— Ah, un péché, c'est ça ?

— Eh bien… oui, c'est possible.

— Alors ton grand-père est un pécheur ? Il ira droit en enfer pour un plat de haricots pendant que tu joue-ras de la harpe avec les anges ?

Elle pouffa.

— Tu sais bien que je ne pense pas ça.

— Ce que tu penses, c'est un tas de conneries. Ce que je sais, c'est que cette phase que tu…

— Une phase ? Et comment tu sais ça, alors que toi et moi on habite ensemble depuis… quoi ? Deux mois ? Avant, tu ne me connaissais même pas. Pas vraiment.

— Je connais les femmes. Et tu es une femme, malgré les efforts que tu fais pour ressembler à une gamine de douze ans.

Elle hocha la tête d'un air songeur. Il devina à son expression qu'elle s'apprêtait à déformer ses paroles et à les retourner contre lui, comme elle ne semblait que trop experte à le faire.

— Voyons, tu as eu quatre fils et une fille. Cette dernière, tante Nan, a quitté la maison à seize ans pour ne jamais revenir, sinon à Noël et un jour férié par-ci par-là. Donc, ça nous laisse grand-mère, et les épouses ou petites amies de tes fils, je me trompe ? Comment ça se fait que tu connaisses aussi bien les femmes en ayant eu si peu de contacts avec elles, grand-père ?

— Ne fais pas la maligne avec moi. J'ai été marié à ta grand-mère pendant quarante-six ans, jusqu'à sa mort, alors j'ai eu tout le temps de connaître votre race.

— Notre quoi ?

— La race féminine. Et ce que je sais, c'est que les femmes ont autant besoin des hommes que les hommes ont besoin des femmes. Tous ceux qui pensent autrement pensent avec leur trou de balle.

— Et les hommes qui ont besoin des hommes et les femmes qui ont besoin des femmes ?

— Pas question de discuter de ça ! Y aura jamais de pervers dans ma famille, ça je te le garantis.

— C'est ce que tu penses, alors. Ce sont des pervers.

— C'est ce que je sais.

138

Il avait rangé les affaires de sa petite-fille dans le sac à dos et raccroché le sac à la patère quand il s'aperçut qu'elle avait réussi à détourner la conversation. Cette foutue gamine était comme un poisson au bout de l'hameçon, qui se tortille dans tous les sens pour éviter l'épuisette. Mais il était au moins aussi rusé qu'elle. La malice dans le sang de Tammy était diluée, puisqu'elle avait Sally Joy pour mère. La sienne était pure.

— Une phase, répéta-t-il. Un point c'est tout. Les filles de ton âge, elles passent toutes par des phases. Celle-ci est peut-être différente de celles que connaissent les autres filles, mais une phase reste une phase. On ne me la fait pas, à moi !

— Tu crois ça ?

— Oh que oui ! Et il y a eu des signes, au cas où tu penserais que je baratine. Je t'ai vue avec lui. Eh oui !

Au lieu de répondre, elle apporta son verre et son bol à l'évier et attaqua la vaisselle. Elle jeta l'os de côtelette à la poubelle, puis elle entassa les casseroles, les assiettes, les couverts et les verres sur le plan de travail dans l'ordre où elle comptait les laver. Elle remplit l'évier. De la vapeur s'éleva. Un de ces soirs, elle allait s'ébouillanter. Mais la chaleur ne semblait jamais l'incommoder.

Attrapant un torchon pour essuyer la vaisselle, il reprit :

— Tu m'entends ? Je t'ai vue avec lui, alors ne me raconte pas que ça ne t'intéresse pas, d'accord ? Je sais ce que j'ai vu, et je sais ce que je sais. Quand une femme regarde un homme comme tu le regardais… Ça me laisse penser que tu ne sais pas ce que tu veux, quoi que tu en dises.

— Et où est-ce que tu nous aurais vus ?

— Quelle importance ? Vous étiez là, tête contre tête, bras dessus bras dessous... Comme des amoureux !

— Et ça t'a inquiété ? Qu'on puisse être amoureux ?

— Ne joue pas ce jeu-là avec moi. Une fois par soir, ça suffit, et ton grand-père n'est pas assez bête pour tomber dans le panneau deux fois de suite.

Elle avait lavé le verre et la chope à bière ; il prit celle-ci et enfonça le torchon dedans en le faisant tourner pour bien l'essuyer.

— Tu étais intéressée. Bon Dieu, oui !

Elle marqua une pause. Elle regardait par la fenêtre les quatre rangées de mobile homes après la leur. Les caravanes s'alignaient jusqu'au bord de la falaise, puis vers la mer. Seule la plus proche de la falaise était occupée à cette époque de l'année. La cuisine était éclairée, et la lumière clignotait dans la nuit à travers la pluie.

— Jago est chez lui, dit Tammy. On devrait l'inviter à dîner. Ce n'est pas bon pour les gens âgés de rester trop souvent seuls. Et Santo **va** beaucoup lui manquer, même si ça m'étonnerait qu'il l'admette.

Enfin ! Le nom avait été prononcé. Selevan pouvait parler librement.

— Tu vas prétendre que c'était rien, pas vrai ? Une... comment t'appelles ça ? Une passade. Un flirt de rien du tout. Mais je t'ai vue, et je sais que tu étais partante. S'il avait tenté le coup...

Elle prit une assiette et la lava avec minutie. Ses mouvements étaient lents. Les gestes de Tammy n'exprimaient jamais l'urgence.

— Grand-père, tu as mal interprété. Santo et moi, nous étions amis. Il se confiait à moi. Il avait besoin de

140

quelqu'un à qui se confier, et c'est moi qu'il avait choisie pour ça.

— Tu parles de lui, là. Pas de toi.

— Non. C'était pareil pour nous deux. Ça me suffisait d'être… Eh bien, d'être la personne vers qui il pouvait se tourner.

— Ne me mens pas.

— Pourquoi je mentirais ? Il parlait, j'écoutais. Et s'il me demandait mon avis, je le lui donnais.

— Je vous ai vus vous tenir par le bras, petite.

Elle inclina la tête en le regardant, puis elle sourit. Elle sortit les mains de l'eau et, les bras tout dégoulinants, elle lui enlaça la taille. Elle l'embrassa alors qu'il se raidissait et tentait de lui résister.

— Cher grand-père… Se donner le bras n'a plus le même sens qu'autrefois. C'est une marque d'amitié. Et c'est la pure vérité.

— Bah !

— Je t'assure. J'essaie toujours de dire la vérité.

— Même à toi ?

— Surtout à moi.

Elle retourna à sa vaisselle et nettoya soigneusement son bol avant de passer aux couverts. Elle attendit d'avoir récuré la dernière casserole pour parler à nouveau, tellement bas que Selevan aurait pu ne pas l'entendre s'il n'avait tendu l'oreille. Quoi qu'il en soit, il attendait un autre aveu que celui qu'elle fit alors :

— Je lui ai conseillé de dire aussi la vérité, murmura-t-elle. Si je ne l'avais pas fait, grand-père… C'est ça qui me tracasse.

6

— Toi et moi, on sait tous les deux que tu peux arranger ça si tu le veux, Ray. Je ne te demande rien d'autre.

Bea Hannaford leva son mug de café du matin et observa son ex-mari tout en buvant : elle essayait de deviner si elle pouvait insister. Ray avait un tas de raisons de se sentir coupable, et Bea n'hésitait jamais à en jouer pour la bonne cause.

— Ce n'est tout bonnement pas possible, dit-il. Et quand bien même, je n'ai pas le bras assez long.

— Oh, je t'en prie !

Elle se retint de rouler des yeux, sachant qu'il avait horreur de ça. Avoir été mariée presque vingt ans à quelqu'un pouvait se révéler très utile…

— Tu ne me feras pas gober ça.

— Tu peux gober ce qui te chante, répliqua Ray. De toute façon, tu ne sais pas encore ce que tu as, et tu ne le sauras pas tant que tu n'auras pas de nouvelles du labo. Autrement dit, tu grilles les étapes. C'est d'ailleurs ta spécialité.

Ça, c'était un coup bas. Une réflexion d'ex-mari, du genre à donner lieu à des disputes émaillées de piques destinées à blesser. Elle refusait d'entrer dans ce jeu-là. Elle alla se resservir du café et montra la verseuse à Ray. Est-ce qu'il en voulait aussi ? Oui. Il buvait son café comme elle, noir, ce qui facilitait les choses autant que possible entre un homme et une femme divorcés depuis presque quinze ans.

Il avait sonné à sa porte à huit heures vingt. Elle était allée répondre, supposant que le coursier de Londres était arrivé plus tôt que prévu, mais c'était son ex-mari qu'elle avait découvert sur le seuil. Il fronçait les sourcils en contemplant sa fenêtre de devant, où une jardinière à trois étages présentait un assortiment de plantes subissant les affres de l'abandon. Au-dessus, un écriteau disait : COLLECTE POUR LES INFIRMIÈRES À DOMICILE. LAISSER L'ARGENT DANS LA BOÎTE. Ces pauvres infirmières à domicile n'allaient pas faire fortune grâce à Bea.

— Je vois que ta main noire n'a pas verdi…

— Ray. Qu'est-ce que tu fais ici ? Où est Pete ?

— En classe. Où veux-tu qu'il soit ? Et très contrarié d'avoir dû manger deux œufs ce matin, au lieu de son petit déjeuner habituel. Depuis quand a-t-il droit à de la pizza froide au saut du lit ?

— Il te pipeaute. Enfin… globalement. Ça ne s'est produit qu'une fois. Le problème, c'est qu'il a une mémoire d'éléphant.

— Au moins une chose qu'il a obtenue honnêtement.

Elle préféra retourner à la cuisine plutôt que de répliquer. Il la suivit. Il avait un sac en plastique à la main, qu'il posa sur la table. Le sac renfermait le motif de sa visite : les chaussures de foot de Pete. Elle ne voulait pas qu'il les laisse chez son père, n'est-ce pas ? Et elle ne voulait pas non plus qu'il les mette au collège ? Donc, il les avait rapportées.

Elle avait bu son café à petites gorgées et lui en avait proposé un. Il savait où étaient les mugs.

Elle avait fait cette proposition sans réfléchir. La cafetière se trouvait à côté du calendrier, lequel indiquait non seulement l'emploi du temps de Pete, mais aussi le sien. D'accord, le sien était assez sibyllin, mais Ray n'était pas idiot.

Il n'avait pu manquer les annotations en face de certaines dates : « Branleur saoulant » ou « Branleur dangereux ». Il y en avait d'autres, comme il l'aurait constaté s'il avait feuilleté les trois mois précédents. Treize semaines de rendez-vous sur le Net. La mer contenait peut-être des millions de poissons, mais Bea Hannaford n'arrivait à attraper que des crabes et des algues.

C'était en grande partie pour prévenir tout commentaire de la part de Ray que Bea avait mis sur le tapis l'idée d'une salle des opérations à Casvelyn. Celle-ci, normalement, aurait dû se trouver à Bodmin, ce qui aurait nécessité de moindres aménagements, mais Bodmin était relié à Casvelyn par des kilomètres de routes à deux voies où la circulation était d'une lenteur infernale. Il lui fallait une salle des opérations plus proche du lieu du crime.

Ray lui resservit le même argument :

— C'est peut-être un tragique accident. Qu'est-ce qui te fait croire que c'est un crime ? Un de tes « pressentiments » ?

Elle s'abstint de riposter. Au fil des années, elle avait appris à éviter les sujets qu'elle ne maîtrisait pas, comme l'opinion que son ex-mari avait d'elle.

— Le corps porte des marques, déclara-t-elle. Le garçon avait un œil au beurre noir. Presque guéri ; il avait dû prendre un coup de poing la semaine précé-

dente, ou même avant. Et puis il y avait la sangle, cette
espèce de courroie qu'on arrime autour d'un arbre ou
d'un objet fixe.

— La reine de la technique, plaisanta Ray.

— Un peu d'indulgence, fit Bea d'une voix patiente.
Je n'y connais rien en escalade.

— Pardon.

— Quoi qu'il en soit, la sangle a cédé, d'où la chute.
Mais elle a pu être trafiquée. Le constable McNulty –
qui, entre parenthèses, n'a aucun avenir dans la police
judiciaire – a indiqué que la sangle avait été entaillée
et rafistolée avec du chatterton, et qu'il n'y avait donc
rien d'étonnant à ce que le pauvre gars ait fait le plon-
geon fatal. Mais voilà, toutes les pièces de son équipement avaient du chatterton à un endroit ou un autre.
D'après moi, il servait à identifier le matériel. J'imagine qu'il n'aurait pas été très difficile de retirer
l'adhésif, de fragiliser la sangle, puis de replacer
l'adhésif sans que le garçon s'en doute…

— Tu as jeté un coup d'œil au reste de son équipement ?

— Tout est au labo, mais j'ai une idée assez claire
de ce qu'ils vont m'annoncer. C'est d'ailleurs ce qui
explique que j'aie besoin d'une salle des opérations.

— Oui, mais pas forcément à Casvelyn.

Bea avala d'un trait le reste de son café et déposa le
mug dans l'évier sans même le rincer. C'était un des
avantages qu'il y avait à vivre sans mari. Si elle n'en
avait pas envie, rien ne l'obligeait à faire la vaisselle.

— Tous les acteurs sont là-bas, Ray, à Casvelyn.
Pas à Bodmin, pas même ici à Holsworthy. Ils ont un
commissariat, petit mais suffisant, avec une salle de
réunion au premier étage.

— Tu as bien révisé.

— J'essaie de te faciliter les choses. Je te donne des éléments pour soutenir ta requête. Je sais que tu peux le faire.

Il la dévisagea. Elle se garda d'en faire autant. C'était un homme séduisant – il perdait un peu ses cheveux, mais ça n'ôtait rien à son charme –, et elle n'avait pas besoin de le comparer à Branleur saoulant ni à aucun des autres. Elle avait juste besoin qu'il coopère ou qu'il s'en aille. Ou qu'il coopère et qu'il s'en aille, ce qui serait encore mieux.

— Et si j'arrange ça pour toi, Beatrice ?

— Oui ?

— J'aurai quoi en contrepartie ?

Debout à côté de la cafetière, il jeta un regard au calendrier.

— « Branleur dangereux ». « Branleur saoulant ». Allons, voyons, Beatrice…

— Merci d'avoir rapporté les chaussures de foot de Pete. Tu as fini ton café ?

Il laissa passer un moment. Il but une dernière gorgée puis il lui tendit le mug, en disant :

— Il y avait sans doute des chaussures moins chères.

— Ce gosse a des goûts de luxe. Comment va la Porsche, à propos ?

— La Porsche est une merveille.

— La Porsche, lui rappela-t-elle, est une voiture.

Elle leva un doigt pour l'empêcher de répliquer.

— Ça me fait penser… La voiture de la victime.

— Eh bien ?

— Une boîte de préservatifs intacte dans la voiture d'un garçon de dix-huit ans, ça t'inspire quoi ?

— C'est une question purement rhétorique ?

— On a aussi trouvé un CD de bluegrass, une facture vierge d'une boîte appelée LiquidEarth, et une affiche roulée d'un festival de musique, l'année dernière à Cheltenham. Plus deux magazines de surf écornés. J'ai tout sous contrôle, à part les préservatifs.

— Dieu merci, fit Ray avec un sourire.

— Je me demande s'il était sur le point de conclure, s'il avait déjà conclu, ou s'il espérait conclure.

— Ou s'il avait simplement dix-huit ans, ajouta Ray. Tous les garçons de cet âge devraient en être munis. Et Lynley ?

— Les préservatifs, Lynley… Quel rapport ?

— Comment s'est passé votre entretien ?

— Bien, je crois. Évidemment, la présence d'un flic ne risquait pas de l'impressionner. J'ai eu beau présenter mes questions de plusieurs façons différentes, ses réponses sont restées cohérentes. Je le crois réglo.

— Mais… ? insista Ray.

Ce ton, cette grimace qu'elle s'efforçait de réprimer… il la connaissait trop bien.

— C'est l'autre qui me préoccupe.

— L'autre… Ah, oui ! La femme du cottage. Comment s'appelle-t-elle ?

— Daidre Trahair. Une vétérinaire de Bristol.

— Et qu'est-ce qui te préoccupe chez cette vétérinaire de Bristol ?

— Je fonctionne beaucoup à l'intuition.

— Je ne le sais que trop. Et que te souffle ta fameuse intuition, cette fois ?

— Qu'elle ment sur un truc. Et je veux savoir quoi.

Daidre gara soigneusement sa Vauxhall sur le parking au bout de St Mevan Crescent, la rue en courbe qui rejoignait St Mevan Beach et l'ancien Promontory King George Hotel. Ce dernier dominait la plage, où s'alignait une rangée de cabines bleues délabrées. Elle avait déposé Lynley au pied de Belle Vue Lane en lui indiquant la direction des boutiques, et ils étaient convenus de se retrouver deux heures plus tard.

Il avait dit poliment : « Je ne vous dérange pas trop, j'espère. »

Pas du tout, avait-elle répondu. Elle avait des choses à faire en ville. Surtout, qu'il prenne son temps pour acheter ce dont il avait besoin.

Quand elle était venue le chercher à la Salthouse Inn, il avait commencé par protester. S'il sentait meilleur que la veille, il portait encore son épouvantable combinaison blanche et n'avait que ses chaussettes aux pieds. Les ayant prudemment retirées pour traverser le terrain boueux jusqu'à la voiture, il avait essayé de la convaincre que l'achat de nouveaux vêtements pouvait attendre, mais elle l'avait obligé à accepter deux cents livres.

« S'il vous plaît. Ne soyez pas ridicule, Thomas. Vous ne pouvez pas continuer à vous balader dans le coin comme… Comme si vous manipuliez des déchets toxiques. Vous me rembourserez plus tard. Et puis, avait-elle ajouté avec un sourire, je suis désolée de vous dire que le blanc ne vous va pas du tout.

— Ah non ? »

Il avait souri à son tour. Il avait un sourire très agréable, et elle se rendit compte qu'elle ne l'avait pas vu sourire auparavant. Non qu'ils aient eu tellement de motifs de se réjouir la veille, mais quand même… Le sourire était un réflexe chez la plupart des gens, une simple manifestation de courtoisie, et il était rare de tomber sur quelqu'un d'aussi grave.

« Non, pas du tout, avait-elle insisté. Tâchez d'acheter quelque chose d'un peu plus seyant.

— Merci. C'est très gentil à vous.

— Je ne suis gentille qu'avec les âmes meurtries. »

Il avait hoché la tête d'un air pensif et regardé un moment à travers le pare-brise avant de dire : « Dans deux heures, alors. » Puis il était sorti, tandis qu'elle se demandait quelles pensées lui trottaient dans la tête.

Elle avait redémarré pendant qu'il se dirigeait pieds nus vers le magasin de sportswear. Elle lui avait fait un signe de la main en le dépassant et avait vu dans son rétroviseur qu'il la suivait du regard tandis qu'elle gravissait la colline et atteignait le virage après lequel la rue se divisait et poursuivait d'un côté vers le parking, de l'autre vers St Mevan Down.

C'était le point le plus élevé de Casvelyn. De là, on pouvait mesurer le manque d'attraits de la petite ville. Elle avait connu son âge d'or soixante-dix ans plus tôt, au temps où les vacances à la mer étaient du dernier chic. Aujourd'hui, elle existait surtout pour le plaisir des surfeurs et autres amateurs de plein air. Les salons de thé avaient depuis longtemps cédé la place à des boutiques de tee-shirts, des magasins de souvenirs et des écoles de surf, et les demeures post-édouardiennes abritaient une population itinérante qui se déplaçait au gré des saisons et des vagues.

De l'autre côté du parking de Belle Vue Lane, le Toes on the Nose Café était très apprécié des surfeurs locaux. Deux d'entre eux avaient laissé leurs voitures en stationnement illégal le long du trottoir, comme s'ils comptaient déguerpir au premier signe de changement climatique. Les surfeurs formaient une communauté très unie. Daidre sentit la douleur de l'absence – si différente de celle du deuil – au moment où elle dépassait le bar. Agglutinés autour des tables, ils se racontaient certainement leurs exploits.

Elle se dirigea vers les locaux du *Watchman*, un vilain cube en stuc bleu au coin de Princes Street et de Queen Street, un quartier de Casvelyn que les gens du pays appelaient en plaisantant le Royal T.

Princes Street servait de barre au T, dont Queen Street formait le pied. Au-dessous de Queen, il y avait King Street, puis Duke Street et Duchy Row. Avant même l'époque victorienne, Casvelyn rêvait d'accoler un *Regis* à son nom, ses rues témoignaient de cette noble ambition.

Elle n'avait pas menti en disant à Thomas Lynley qu'elle avait des choses à faire en ville. Enfin, pas vraiment… Elle devait faire remplacer le carreau cassé du cottage, sans parler de la mort de Santo Kerne… Le *Watchman* parlerait forcément de l'accident. Daidre ne recevant aucun périodique en Cornouailles, il semblait logique qu'elle fasse un saut au journal pour demander quand il comptait publier un article à ce sujet.

Lorsqu'elle entra, elle repéra aussitôt Max Priestley. Étant donné l'exiguïté des lieux – le bureau personnel de Max, la salle de maquette, une minuscule salle de rédaction, une réception qui servait également de salle d'archives –, la chose n'avait rien d'étonnant. Max se trouvait dans la salle de maquette avec un des deux reporters du journal. Ils étaient penchés sur ce qui avait l'air d'une maquette de une : Max voulait apparemment la changer et la journaliste – qui ressemblait à s'y méprendre à une fillette de douze ans en tongs – voulait semblait-il la conserver telle quelle.

— Les gens s'attendent à un grand article, plaidait-elle. Ce journal est un journal local, et Santo Kerne appartenait à la population locale.

— La reine meurt, on lui accorde plusieurs colonnes, répondit Max. Sinon on ne s'emballe pas.

Il releva alors la tête et aperçut Daidre.

Elle lui adressa un petit signe hésitant en le considérant aussi attentivement que possible sans que ça se voie trop. Max Priestley aimait le grand air. Son visage buriné le faisait paraître plus vieux que ses quarante ans. Il avait aussi une épaisse chevelure décolorée par le soleil, et une silhouette svelte entretenue par des randonnées régulières le long de la côte. Il paraissait normal ce jour-là. Elle en fut intriguée.

La réceptionniste – qui faisait également office de secrétaire de rédaction et d'assistante du patron – s'enquérait poliment de ce que désirait la visiteuse quand Max approcha, essuyant ses lunettes à monture dorée sur sa chemise.

— Je viens d'envoyer Steve Teller vous interviewer il n'y a pas cinq minutes. Il serait temps que vous ayez le téléphone comme le reste du monde.

— J'ai un téléphone. Mais il ne se trouve pas en Cornouailles.

— Pas très pratique pour nous, Daidre.

— Vous travaillez sur l'affaire Santo Kerne ?

— Comment y couper et me prétendre journaliste ? Janna, lança-t-il à la réceptionniste, tâchez de joindre Steve sur son portable et dites-lui que le Dr Trahair est en ville. S'il rapplique assez tôt, elle lui accordera peut-être une interview.

— Mais je n'ai rien à lui raconter ! se récria Daidre.

— Le « rien » est justement notre boulot, répliqua le journaliste d'un ton affable en lui faisant signe d'entrer dans son bureau.

Elle s'exécuta. Sous la table, le golden retriever de Max roupillait. Daidre s'accroupit près du chien et caressa sa tête soyeuse.

— Elle a l'air en forme. Les médicaments lui font de l'effet ?

Max Priestley acquiesça avant d'ajouter :

— Il ne s'agit pas d'une visite professionnelle, si ?

Daidre procéda à un examen rapide du ventre de la chienne, plus pour la forme que par réelle nécessité. Plus aucune trace d'eczéma.

— N'attendez pas aussi longtemps la prochaine fois, dit-elle en se relevant. Lily pourrait perdre son pelage par poignées. Ce serait embêtant.

— Il n'y aura pas de prochaine fois. J'apprends vite, malgré mes erreurs passées. Pourquoi êtes-vous là ?

— Vous savez comment Santo Kerne est mort, n'est-ce pas ?

— Daidre, vous savez que je le sais. La vraie question est : pourquoi cette question ? Qu'est-ce que vous voulez ? En quoi puis-je vous être utile ce matin ?

L'agacement perçait dans sa voix. Elle savait ce que cela signifiait. Elle n'était qu'une vacancière occasionnelle à Casvelyn. Elle avait ses entrées dans certains lieux et non dans d'autres. Elle changea son fusil d'épaule.

— J'ai vu Aldara hier soir. Elle attendait quelqu'un.

— Vraiment ?

— J'ai pensé que ça pouvait être vous.

— C'est assez peu probable.

Il balaya la pièce du regard, comme s'il cherchait de quoi s'occuper.

— C'est pour ça que vous êtes venue ? Pour vous renseigner sur Aldara ? Sur moi ? Ça ne vous ressemble pas, mais je ne suis pas très doué pour comprendre les femmes, comme vous le savez.

— Non. Ce n'est pas ça.

— Il y a autre chose ? Sinon, vu que nous aimerions sortir le journal en avance…

— En réalité, je suis venue vous demander un service.

Il devint tout de suite soupçonneux.

— Quel genre de service ?

— L'accès à votre ordinateur. À Internet, en fait. Je préférerais éviter la bibliothèque. J'ai besoin de vérifier…

Elle hésita à poursuivre.

— Quoi donc ?

Elle se creusa les méninges et ne trouva pas mieux que la vérité, ou du moins une partie de la vérité.

— Le corps… Santo a été trouvé par un marcheur.

— Ça, on le sait.

— Un marcheur qui se trouve être un policier de New Scotland Yard. Vous le saviez aussi ?

— Ah bon ?

Max avait l'air intrigué.

— C'est ce qu'il prétend. Je veux savoir si c'est vrai.

— Pourquoi ?

— Pourquoi *?* Eh bien, ma foi, réfléchissez. En disant cela, il s'assurait que les gens n'iraient pas fourrer leur nez dans ses affaires.

— Vous-même, vous pensez entrer dans la police ? Ou venir travailler pour moi ? Sinon, Daidre, je ne vois pas en quoi ça vous regarde.

— J'ai surpris cet homme chez moi. Je voudrais savoir s'il est bien celui qu'il prétend être.

153

Elle expliqua comment elle avait fait la connaissance du prétendu Thomas Lynley, sans préciser qu'il lui avait donné l'impression d'un homme qui portait sur ses épaules un joug hérissé de clous énormes.

Le journaliste parut se satisfaire de son explication.

— Allez-y, dit-il en lui indiquant un ordinateur. Imprimez ce que vous trouverez, ça pourrait nous être utile. Bon, j'ai du boulot. Lily vous tiendra compagnie.

Il fit une halte avant de sortir, une main sur le chambranle.

— Vous ne m'avez pas vu, dit-il.

Déjà installée devant le clavier, Daidre leva la tête et fronça les sourcils.

— Quoi ?

— Si on vous pose la question, vous ne m'avez pas vu. C'est clair ?

— En disant cela, vous êtes conscient de prêter le flanc aux soupçons ?

— Pour être franc, je m'en fous complètement.

Il sortit, la laissant ruminer ses paroles. Il n'y avait que les animaux, conclut-elle, qu'on pouvait aimer sans danger.

Elle se connecta à Internet, puis à un moteur de recherche, et tapa le nom de Thomas Lynley.

Lynley attendait Daidre au bas de Belle Vue Lane. Même s'il était totalement différent de l'étranger barbu qu'elle avait accompagné en ville, elle n'eut aucun mal à le reconnaître. Elle avait passé plus d'une heure à contempler des tas de photos de lui, publiées au moment de l'enquête qu'il avait menée sur des meurtres en série à Londres, et de la tragédie survenue dans sa vie. Mais elle ne savait quoi faire de cette découverte. Ni du reste : qui il était réellement, ses origines familiales, son titre, sa fortune, ces attributs d'un monde si différent du sien qu'ils auraient pu venir tous les deux de planètes différentes, et pas uniquement de milieux différents, dans des régions différentes d'un seul et même pays.

Il s'était fait couper les cheveux et raser la barbe. Il portait une parka par-dessus une chemise sans col et un pull-over. Il avait acheté des chaussures robustes et un pantalon en velours. Il tenait à la main un chapeau de pluie en coton huilé. Pas vraiment habillé comme un comte, songea-t-elle sans joie. C'était pourtant ce qu'il était. Lord Machin-Truc dont la femme avait été assassinée, butée en pleine rue par un môme de douze ans. Et enceinte, par-dessus le marché. Pas étonnant, dans ces conditions, que Lynley lui soit apparu comme un homme blessé. Le miracle, c'était qu'il tienne encore debout.

Elle s'arrêta le long du trottoir et il monta dans la voiture. Il avait acheté aussi quelques articles à la pharmacie, dit-il en sortant un sac de l'immense poche intérieure de sa veste. Rasoir, brosse à dents, dentifrice, crème à raser...

— Vous n'avez pas besoin de me rendre des comptes. Je suis seulement rassurée que vous ayez eu assez d'argent.

Il désigna ses vêtements.

— En solde. Fin de saison. Une véritable affaire. Je me suis même débrouillé pour vous rapporter la monnaie, ajouta-t-il en sortant quelques billets et une poignée de pièces de la poche de son pantalon. Je n'aurais jamais cru que...

Il ne termina pas sa phrase.

Elle fourra les billets et les pièces dans le cendrier qui servait de vide-poche avant de demander :

— Quoi ? Que vous feriez les courses vous-même ?

Il la regarda. De toute évidence, il avait compris le sous-entendu.

— Non, répondit-il. Je n'aurais jamais cru que j'y prendrais plaisir.

— Ah ! Les achats, c'est excellent pour le moral, paraît-il. Ça vous requinque à tous les coups. Les femmes le savent d'instinct. Les hommes, eux, doivent acquérir cette sagesse.

Il resta silencieux, et elle le surprit une nouvelle fois en train de contempler la rue à travers le pare-brise. Comme s'il voyait un autre lieu et une autre époque… Elle se mordit l'intérieur de la joue, repensant à ce qu'elle venait de dire. Elle se dépêcha d'ajouter :

— Et si on poursuivait l'expérience en prenant un café quelque part ?

Il réfléchit à cette proposition, puis répondit lentement :

— Oui. Je pense qu'un petit café ne me déplairait pas.

L'inspecteur principal Hannaford les attendait à la Salthouse Inn. Elle avait dû guetter la voiture de Daidre, car à peine s'étaient-ils engagés sur le parking caillouteux qu'elle sortit de l'auberge. Il avait recommencé à pleuvoir. Le mauvais temps de mars s'était prolongé en avril et à présent en mai. Elle remonta la capuche de sa parka et se dirigea vers eux d'un pas vif.

Elle frappa à la vitre de Daidre. Quand celle-ci la baissa, elle dit :

— J'ai à vous parler. À tous les deux, s'il vous plaît.

Puis elle s'adressa à Lynley :

— Vous avez l'air plus humain aujourd'hui. C'est un progrès.

Elle fit volte-face et regagna l'auberge.

Lynley et Daidre la suivirent. Ils la trouvèrent dans la salle du bar, où elle occupait – comme l'avait soupçonné Lynley – un siège près de la fenêtre. Elle ôta sa parka, qu'elle posa sur un banc, et leur fit signe de l'imiter. Elle les conduisit à une table sur laquelle était ouvert un *A à Z* de la taille d'un magazine.

Elle parla avec chaleur à Lynley, ce qui le rendit tout de suite méfiant. Quand les flics se montraient sympas – il était bien placé pour le savoir –, c'était pour une raison précise, et pas forcément une bonne raison. De quel point de la côte était-il parti la veille ? lui demanda-t-elle en lui montrant une carte. Le sentier était signalé par des pointillés verts. S'il voulait bien avoir l'amabilité de lui indiquer l'endroit… C'était juste histoire de régler les petits détails. Il devait connaître la musique.

Lynley sortit ses lunettes de lecture et se pencha sur l'atlas routier. En réalité, il n'avait pas la moindre idée de l'endroit d'où il était parti la veille. Il se rappelait avoir traversé plusieurs villages et hameaux, mais il n'aurait su dire à quelle heure. Il ne voyait d'ailleurs pas en quoi c'était important, mais l'inspecteur principal Hannaford n'allait pas tarder à l'éclairer. Il indiqua au hasard un point situé à une quinzaine de kilomètres au sud-ouest de Polcare Cove.

— Bien, fit Hannaford sans prendre aucune note, avant d'enchaîner d'un ton badin : Et vous, docteur Trahair ?

La vétérinaire s'agita au côté de Lynley.

— Je vous ai déjà dit que j'étais venue de Bristol.

— En effet. Vous voulez bien m'indiquer votre itinéraire ? Puis-je supposer que vous suivez le même à chaque fois ? Le plus simple et le plus direct ?

— Pas obligatoirement.

Lynley nota que la voix de Daidre avait traîné sur la fin de sa phrase. Hannaford n'avait pu manquer de le remarquer aussi. Cela voulait dire qu'elle réfléchissait tout en répondant. À quoi et pourquoi ? Hannaford chercherait certainement à le découvrir.

Lynley observa les deux femmes. Elles n'auraient pu être plus dissemblables : la crinière flamboyante de Hannaford, les cheveux blonds de Daidre, retenus par une barrette en écaille de façon à dégager son visage. Hannaford en tailleur et escarpins, Daidre en jean, pull-over et boots. Daidre avait un corps souple, comme une femme qui faisait régulièrement de l'exercice et surveillait son alimentation. Hannaford avait l'air de quelqu'un dont la vie mouvementée excluait aussi bien le sport que les repas réguliers. En outre, l'inspecteur aurait pu être la mère de Daidre.

Mais, pour l'heure, elle n'avait rien de maternel. Elle attendait une réponse tandis que Daidre étudiait l'atlas. Lynley savait pourquoi l'inspecteur l'avait questionnée sur son itinéraire. Il se demanda si Daidre l'avait compris aussi.

La M5 jusqu'à Exeter, dit-elle. Puis Okehampton, et ensuite le nord-ouest. Il n'existait aucune route facile pour se rendre à Polcare Cove, précisa-t-elle. Parfois elle passait par Exeter, parfois par Tiverton.

Hannaford fit mine de scruter la carte avant de demander :

— Et après Okehampton ?

— Que voulez-vous dire ?

— On ne peut pas sauter directement d'Okehampton à Polcare Cove, docteur Trahair. Vous n'êtes pas venue en hélicoptère, n'est-ce pas ? Quel itinéraire avez-vous pris ? L'itinéraire exact, s'il vous plaît.

Lynley vit une rougeur apparaître dans le cou de la jeune femme. Elle avait de la chance d'avoir des taches de rousseur. Sinon, son teint aurait viré à la couleur brique.

— Vous me demandez ça parce que vous pensez que j'ai quelque chose à voir avec la mort de ce garçon ?

— C'est le cas ?

— Non.

— Alors, vous ne verrez aucun inconvénient à me montrer votre itinéraire.

Daidre pinça les lèvres. Elle repoussa une mèche rebelle derrière son oreille gauche. Son lobe, remarqua Lynley, était percé trois fois. Elle portait un anneau, un clou, mais rien d'autre.

Elle indiqua son parcours du doigt : A3079, A3072, A39, puis une succession de petites routes jusqu'à Polcare Cove, qui n'avait droit qu'à un point minuscule dans le *A à Z*. Au fur et à mesure, Hannaford prenait des notes. Elle hocha la tête d'un air songeur et remercia Daidre.

Celle-ci faisait visiblement des efforts pour maîtriser sa fureur. Lynley en déduisit qu'elle avait compris ce que l'inspecteur mijotait. Ce qu'il se demandait, c'était contre qui était dirigée sa colère : contre l'inspecteur Hannaford ou contre elle-même.

— Nous pouvons disposer, maintenant ? demanda Daidre.

— Vous, oui, docteur Trahair. Mais Mr Lynley et moi n'en avons pas terminé.

— Vous ne pensez quand même pas qu'il...

Elle s'interrompit. La rougeur était revenue. Elle regarda Lynley, puis détourna les yeux.

— Qu'il quoi ? demanda poliment Hannaford.

— Il n'est pas d'ici. Comment aurait-il pu connaître ce garçon ?

— Êtes-vous en train de me dire que vous, vous le connaissiez, docteur Trahair ? Qui vous dit que ce garçon était du coin ? Quant à ce cher Mr Lynley, il pourrait avoir rappliqué précisément pour balancer ce jeune homme du haut de la falaise. Il s'appelait Santo Kerne, au fait...

— C'est ridicule. Il a dit qu'il était policier.

— Il l'a dit. Mais je n'en ai aucune preuve. Vous en avez, vous ?

— Je... Peu importe.

Elle récupéra son sac à bandoulière sur la chaise où elle l'avait posé.

— Je m'en vais, inspecteur, puisque vous avez dit en avoir fini avec moi.

— Pour l'instant, ajouta aimablement Hannaford.

Ils n'échangèrent que quelques brèves remarques dans la voiture. Lynley demanda à Hannaford où elle le conduisait, et elle répondit qu'elle l'emmenait à Truro, au Royal Cornwall Hospital, pour être exacte. Il dit alors :

— Vous allez vérifier tous les pubs sur le parcours, c'est ça ?

À quoi elle répondit, non sans malice :

— Tous les pubs jusqu'à Truro ? Il y a peu de chances, mon bon monsieur.

— Je ne parlais pas du parcours jusqu'à Truro, inspecteur.

— Je m'en doutais. Et vous croyez que je vais répondre à cette question ? Vous avez trouvé le corps. Vous connaissez la procédure, si vous êtes celui que vous prétendez être.

Elle lui jeta un coup d'œil. Elle avait mis des lunettes noires. Non seulement il n'y avait pas de soleil, mais il continuait à pleuvoir. Devinant sa perplexité, elle précisa :

— Verres correcteurs. Pour conduire. Mon autre paire est à la maison. Si elle n'est pas dans le sac à dos de mon fils, ou si un des chiens ne l'a pas mangée, allez savoir.

— Vous avez des chiens ?

— Trois labradors noirs. Chiens Un, Deux et Trois.

— Intéressants, ces noms…

— J'aime que les choses soient simples à la maison. Pour compenser leur manque de simplicité systématique au boulot.

La conversation s'arrêta là. Ils effectuèrent le reste du trajet en silence, un silence interrompu par le blabla de la radio et deux appels que l'inspecteur prit sur son portable. L'un pour connaître à peu près son heure d'arrivée à Truro, s'il n'y avait pas d'embouteillages, et l'autre un bref message auquel elle répondit sèchement :

— Je leur avais dit de me l'envoyer à moi. Bon sang, qu'est-ce que vous foutez à Exeter ? Et comment je suis censée… Non, ce n'est pas nécessaire. Oui, tu as raison, inutile de le préciser : je ne veux rien te devoir… Génial. Fais comme ça te chante, Ray.

À l'hôpital de Truro, Hannaford guida Lynley jusqu'à la morgue, qui empestait le désinfectant. Un employé armé d'un tuyau arrosait le chariot sur lequel on avait découpé un cadavre. Non loin de là, le médecin légiste, aussi maigre que les chances de passer devant le curé pour une vieille fille sur le retour, avalait un grand jus de tomate au-dessus d'un évier en inox. L'homme, songea Lynley, devait avoir un estomac en acier et être aussi insensible qu'une pierre.

— Je vous présente Gordie Lisle, dit Hannaford à Lynley. Il n'a pas son pareil pour vous inciser un torse, et je ne vous dis pas à quelle vitesse il vous scie les côtes…

— Vous me faites trop d'honneur, dit le médecin.

— Je sais. Je vous présente Thomas Lynley. Qu'est-ce qu'on a ?

Lisle termina son jus de tomate et se dirigea vers un bureau où il prit un document qu'il consulta avant d'entamer son rapport. Il commença par confirmer que les blessures correspondaient bien à une chute. Il entreprit de les énumérer : fracture du bassin et malléole médiale droite en miettes, déclara-t-il, ajoutant :

— La cheville, pour le profane…

Hannaford hocha la tête avec componction.

— Tibia et péroné droits fracturés, poursuivit le légiste. Multiples fractures du cubitus et du radius, à droite également, six côtes cassées, grand tubercule gauche broyé, poumons transpercés, rate éclatée.

— Merde, c'est quoi, un tubercule ? demanda Hannaford.

— L'épaule, expliqua Lisle.

— Pas joli, tout ça, mais est-ce que ça a suffi à le tuer ? Qu'est-ce qui lui a fait passer l'arme à gauche ? L'impact ?

— Je gardais le meilleur pour la fin. Énorme fracture de l'os temporal. Son crâne s'est cassé comme une coquille d'œuf. Voyez ici.

Lisle posa son document sur une paillasse, puis se dirigea nonchalamment vers un mur où était affiché un grand schéma du squelette humain.

— En tombant, il a dû heurter une saillie sur la paroi. Il a rebondi au moins une fois, il a pris de la vitesse en continuant sa descente, il a atterri comme une masse sur le côté droit et s'est fracassé le crâne sur l'ardoise. En se fracturant, l'os a entaillé l'artère méningée, provoquant un grave hématome péridural. Il a dû mourir au bout d'un quart d'heure, même s'il n'était sûrement pas conscient durant cet intervalle. Je suppose que vous n'avez pas trouvé de casque dans les parages ?

— Les mômes... soupira Hannaford. Ils se croient invincibles.

— Celui-**là** ne l'était pas. En tout cas, l'importance de ses blessures suggère qu'il est tombé au tout début de sa descente en rappel.

— Ce qui implique que la sangle a lâché dès qu'elle a dû supporter la totalité de son poids.

— C'est ça.

— Et l'œil au beurre noir ? Il était en voie de guérison, non ? Il vous évoque quoi ?

— Un bon marron. Quelqu'un lui a flanqué une énorme châtaigne qui a dû l'envoyer au tapis. On voit encore l'empreinte des phalanges.

Hannaford jeta un coup d'œil à Lynley, qui se demandait pourquoi Hannaford l'associait à l'enquête. C'était téméraire de sa part, étant donné le rôle qu'il avait joué dans l'affaire. Elle avait une idée derrière la tête, il en aurait mis sa main au feu.

— Quand ? demanda Hannaford.

— Le coup de poing ? Je dirais il y a une semaine.

— Des indices de bagarre ?

Lisle fit non de la tête.

— Pourquoi ?

— Le corps ne porte pas d'autres marques remontant à une semaine, intervint Lynley. Il a pris un gnon en pleine figure et ça s'est arrêté là.

Hannaford le regarda, comme si elle avait oublié qu'elle l'avait amené.

— Je suis d'accord, dit Lisle. Quelqu'un s'est énervé, ou a voulu lui donner une leçon. Soit il l'a mis K-O, soit le garçon n'était pas du genre à céder à la provocation

— Et s'il était maso ? demanda Hannaford.

Lynley objecta :

— Je ne suis pas sûr que les masos aiment prendre des pains dans la figure.

— C'est vrai, acquiesça Lisle. À mon avis, le maso moyen chercherait plutôt à se faire triturer autour des parties intimes. Recevoir des fessées. Se faire fouetter. Mais on n'a rien sur le corps qui corresponde à ça.

Le trio resta un moment à contempler le schéma du squelette, puis Lisle demanda à Hannaford :

— Et comment se passent les rancards ? Grâce à Internet, vos rêves sont devenus réalité ?

— Tous les jours… Vous devriez réessayer, Gordie. Vous avez laissé tomber bien trop vite.

— Fini pour moi, dit-il en secouant la tête.

Il promena un regard mélancolique autour de lui.

— Tout ça, ça fait fuir les femmes en un rien de temps. Dès que je crache le morceau, c'est fichu.

— Qu'est-ce que vous voulez dire ?

Il indiqua la pièce d'un geste. Un autre cadavre attendait non loin, recouvert d'un drap, une étiquette à l'orteil.

— Quand elles apprennent ce que je fais. Y a pas beaucoup d'amateurs pour ça.

Hannaford lui tapota l'épaule.

— Vous en faites pas, Gordie. Vous, ça vous botte. C'est le principal.

— Vous voulez qu'on essaie, tous les deux ?

Il la regarda comme s'il envisageait sérieusement cette éventualité.

— Ne me tentez pas, mon cher. Vous êtes bien trop jeune.

Elle désigna du menton le chariot qu'on venait de rincer.

— Bon, il va me falloir votre compte rendu le plus vite possible.

— Je vais amadouer quelqu'un, répondit Lisle.

En sortant de la morgue, Hannaford étudia un plan de l'hôpital et emmena Lynley à la cafétéria. Il trouvait incroyable qu'elle ait envie de manger après leur visite à la morgue. Elle s'arrêta sur le pas de la porte et balaya la salle du regard. Ayant repéré un homme seul à une table, en train de lire un journal, elle se dirigea vers lui, entraînant Lynley.

Ce dernier reconnut l'homme qui était venu au cottage de Daidre Trahair la veille au soir et qui l'avait interrogé au sujet de Scotland Yard. Hannaford lui présenta le directeur de la police adjoint Ray Hannaford. L'homme se leva et lui tendit courtoisement la main.

— Eh oui, dit l'inspecteur principal Hannaford.

— Oui ? fit Lynley, étonné.

— Ray et moi sommes liés, dans un sens.

— Plus maintenant, dit Ray Hannaford. À mon grand regret.

— Tu me flattes, chéri.

À l'évidence, les liens en question étaient de nature conjugale. Deux flics sous le même toit... Ça n'avait pas dû être facile.

Ray ramassa une enveloppe kraft sur la table.

— Tiens, dit-il à son ex-femme. La prochaine fois que tu réclameras un coursier, Beatrice, n'oublie pas de préciser où tu veux qu'on te livre.

— Je l'avais précisé. Mais le crétin qui a apporté ça de Londres n'avait pas envie d'aller jusqu'à Holsworthy ou jusqu'au commissariat de Casvelyn. À moins, ajouta-t-elle en agitant l'enveloppe, que tu aies fait la même demande ?

— Non. Mais on va devoir discuter compensations. L'ardoise s'allonge. Le trajet depuis Exeter a été un vrai cauchemar. Tu m'es doublement redevable à présent.

— Doublement ? C'est quoi, le premier truc ?

— Je suis venu chercher Pete hier soir. Sans protester, je te rappelle.

— T'aurais-je par hasard arraché aux bras d'une minette de vingt ans ?

— Je crois qu'elle en avait au moins vingt-trois.

Bea Hannaford gloussa. Elle ouvrit l'enveloppe et regarda à l'intérieur.

— Ah, d'accord... J'ai l'impression que tu y as déjà jeté un œil. Je me trompe, Ray ?

— Mea culpa.

Hannaford vida l'enveloppe de son contenu. Lynley reconnut immédiatement sa carte de policier, envoyée par New Scotland Yard.

— Je l'avais restituée. Quand quelqu'un démissionne, on est censé détruire ses papiers, non ?

— Il faut croire qu'ils n'étaient pas disposés à détruire les vôtres, remarqua Ray Hannaford.

— « Prématuré », voilà le mot qu'ils ont employé, renchérit Bea. Une décision hâtive prise à un mauvais moment.

Elle tendit la carte à Lynley. Au lieu de la prendre, il déclara :

— Mes papiers d'identité personnels sont en route. Je vous l'avais dit. Mon portefeuille, avec tout ce qu'il y a dedans, sera ici demain. Ceci, poursuivit-il en désignant sa carte de policier, n'était pas nécessaire.

— Au contraire. Les faux papiers, comme vous le savez, sont aussi répandus que la chaude-pisse. Pour autant que je sache, vous auriez pu passer la matinée à essayer de vous en procurer.

— Pourquoi aurais-je fait ça ?

— Je suppose que vous pouvez trouver la réponse tout seul, commissaire Lynley. À moins que vous ne préfériez votre titre d'aristo ? Bon sang, qu'est-ce qu'un type comme vous fabrique dans la police ?

— Je ne suis plus dans la police.

— Expliquez ça au Yard. Mais vous ne m'avez pas répondu. Vous préférez quoi ? Votre titre personnel ou professionnel ?

— Je préfère Thomas. Et maintenant que vous savez que je suis bien celui que j'ai déclaré être hier soir – mais vous le saviez déjà, sinon vous ne m'auriez pas emmené à la morgue avec vous –, puis-je présumer que je suis libre de reprendre ma randonnée sur la côte ?

— C'est vraiment la dernière chose que vous puissiez présumer. Vous n'irez nulle part tant que je ne vous y aurai pas autorisé. Et si vous envisagiez de décamper à la faveur de la nuit, n'y pensez plus. Vous présentez une certaine utilité maintenant que j'ai la preuve que vous êtes bien celui que vous prétendiez être.

— Une utilité en tant que policier ou en tant que simple citoyen ?

— Le plus efficace, commissaire.

— Efficace pour quoi ?

— Pour notre bon docteur.

— Qui donc ?

— La véto. Le Dr Trahair. Vous et moi, nous savons qu'elle ment comme une arracheuse de dents. Votre boulot consiste à découvrir pourquoi.

— Vous ne pouvez quand même pas me demander…

Le portable de Hannaford sonna. Elle leva une main pour faire taire Lynley, sortit le téléphone de son sac et s'éloigna de quelques pas. Elle ouvrit l'appareil d'un coup sec.

— Allez-y, dit-elle.

Elle penchait la tête et tapait du pied tout en écoutant.

— Elle ne vit que pour ça, commenta Ray. Ce n'était pas le cas, au début. Mais aujourd'hui c'est ce qui la maintient en vie. C'est idiot, hein ?

— Que la mort maintienne quelqu'un en vie ?

— Non. Que je l'aie laissée partir. Elle voulait une chose, j'en voulais une autre.

— Ça arrive.

— On n'en serait pas là si j'avais eu un brin de jugeote.

— Vous pourriez lui parler, suggéra Lynley.

— Je l'ai fait. Mais parfois, quand vous vous abaissez aux yeux de quelqu'un, c'est irrattrapable. N'empêche, j'aimerais pouvoir revenir en arrière.

— Oui, acquiesça Lynley. On est deux.

L'inspecteur principal les rejoignit. Elle avait la mâchoire crispée. Brandissant son portable, elle dit à son ex-mari :

— C'est bien un meurtre. Ray, je veux cette salle des opérations à Casvelyn. Je me fiche de ce que tu seras obligé de faire pour l'obtenir, tout comme je me fiche de la contrepartie que tu réclameras. Je veux l'accès au système HOLMES[1], le soutien de la MCIT[2], et l'affectation d'un officier spécial. D'accord ?

— Pas exigeante du tout, hein, Beatrice ?

— Si, Raymond. Et tu le sais bien.

— On va vous dégoter une voiture, dit Bea à Lynley. Vous en aurez besoin.

Ils se tenaient devant l'entrée du Royal Cornwall Hospital. Ray était parti de son côté, après avoir confié à Bea qu'il ne pouvait rien lui promettre et l'avoir entendue répliquer : « Très juste. » C'était une vacherie, elle le savait, mais elle l'avait quand même lâchée, car elle avait appris depuis longtemps qu'en matière de meurtre la fin consistant à inculper le coupable justi-

---

1. Home Office Large Major Enquiry System : base de données de la police métropolitaine du Grand Londres. *(N.d.T.)*
2. Major Crime Investigation Team : équipe qui enquête sur les meurtres et les morts suspectes, et apporte son soutien aux policiers sur le terrain. *(N.d.T.)*

fiait tous les moyens qu'on pouvait employer pour y parvenir.

Lynley répondit d'un ton qu'elle jugea précautionneux :

— Je ne crois pas que vous puissiez me demander ça.

— Parce que vous avez un grade plus élevé ? Ça ne compte pas dans ces contrées reculées, commissaire.

— Intérimaire.

— Pardon ?

— Commissaire intérimaire. Je n'ai jamais été promu à titre permanent. Je m'étais juste proposé pour combler un manque.

— Comme c'est gentil à vous ! Tout à fait le genre de bon Samaritain qu'il me faut. Vous pouvez vous proposer pour combler un autre manque pressant aujourd'hui.

Elle sentit qu'il la regardait à la dérobée tandis qu'ils se dirigeaient vers la voiture, et elle éclata de rire.

— Pas ce manque-là ! Même si j'imagine que vous n'êtes pas un trop mauvais coup quand une femme vous braque un pistolet sur la tempe… Quel âge avez-vous ?

— Le Yard ne vous l'a pas dit ?

— Faites-moi plaisir.

— Trente-huit ans.

— Signe astrologique ?

— Pardon ?

— Gémeaux, Taureau, Vierge… quoi ?

— C'est si important ?

— Faites-moi plaisir, je vous dis… Ça ne coûte rien de se laisser aller, Thomas.

Il soupira.

— Poissons.

— Dans ce cas, soyez rassuré. Ça ne marcherait jamais entre nous. Et puis, j'ai vingt ans de plus que vous, et j'ai beau aimer les hommes plus jeunes que moi, je ne les aime pas jeunes à ce point. Vous êtes en sécurité avec moi.

— Je ne sais pas pourquoi, mais ça ne me rassure pas tant que ça.

Elle s'esclaffa à nouveau et déverrouilla la portière. Ils grimpèrent dans la voiture, mais elle ne démarra pas tout de suite.

— J'ai besoin que vous fassiez ça pour moi, reprit-elle en le regardant d'un air sérieux. Elle cherche à vous protéger.

— Qui ?

— Vous savez bien. Le Dr Trahair.

— Ça ne tient pas debout. Je suis entré par effraction dans sa maison. Elle veut que je reste pour rembourser les dégâts. Et puis, je lui dois de l'argent pour mes vêtements.

— Ne soyez pas borné. Elle s'est empressée de prendre votre défense, et il y a une raison à ça. Il faut trouver le défaut dans la cuirasse. Je ne sais pas où il se trouve et je n'en connais pas la cause, mais vous allez le découvrir.

— Pourquoi ?

— Parce que vous le pouvez. Parce que c'est une enquête pour meurtre, et que toutes les règles sociales s'envolent par la fenêtre quand il s'agit de chercher un assassin. Vous le savez aussi bien que moi.

Lynley secoua la tête, mais Bea Hannaford y vit moins un signe de refus qu'une résignation attristée devant un fait incontournable : elle le tenait par les couilles. S'il mettait les voiles, elle irait le récupérer et il le savait.

— La sangle a bien été coupée ? finit-il par dire.

— Quoi ?

— Le coup de fil que vous avez reçu... Après avoir raccroché, vous avez dit que c'était un meurtre. Je me demande si la courroie a été coupée, ou si le labo a découvert autre chose.

Bea hésita : comment l'interpréterait-il si elle acceptait de lui répondre ? Si elle savait peu de chose sur cet homme, elle savait aussi quand il fallait prendre le risque de faire confiance aux gens.

— Elle a été coupée.

— De façon évidente ?

— L'examen au microscope a aidé à sauter le pas, si j'ose dire.

— Alors ce n'est pas si évident, du moins à l'œil nu. Pourquoi pensez-vous que c'est un meurtre ?

— Qu'est-ce que ça pourrait être d'autre ?

— Un suicide maquillé en accident pour épargner une douleur supplémentaire à la famille.

— Qu'est-ce qui pourrait nous amener à cette conclusion-là ?

— La victime a été frappée. Il a reçu un coup de poing.

— Et... ?

— C'est un peu tiré par les cheveux, mais peut-être qu'il n'était pas en situation de se défendre. Il ne s'en sentait pas la force, ou du moins le désir, d'où une sensation de vide. Il projetait ce vide sur le reste de sa vie, sur toutes ses relations...

— C'est tout ce que vous avez trouvé ? Je n'y crois pas et vous non plus.

Insérant sa clé dans le contact, Bea réfléchit à ce que révélait ce raisonnement, non pas tant sur la victime que sur Thomas Lynley. Elle lui lança un regard indécis et se demanda si elle s'était trompée sur son compte.

— Vous savez ce qu'est un coinceur à masselotte ?

Il fit non de la tête.

— Je devrais ? Qu'est-ce que c'est ?

— C'est ce qui fait de cette enquête une enquête pour meurtre.

7

La pluie cessa peu après midi. Cadan Angarrack s'en félicita : il peignait des radiateurs dans les chambres d'Adventures Unlimited depuis le matin, et les vapeurs lui donnaient mal au crâne. Il ne comprenait pas pourquoi on lui avait confié ce travail. Qui irait remarquer que les radiateurs avaient été repeints ? Personne, à part, peut-être, un inspecteur des hôtels. Dans ce cas, quelle importance s'il repérait un peu de rouille sur la fonte ? Il n'était pas question de redonner au malheureux hôtel son ancienne gloire, mais de le rendre habitable pour des clients intéressés par des séjours tout compris à la mer, incluant relaxation et repas, sans oublier une initiation à une activité de plein air. Ces gens-là se fichaient pas mal de l'endroit où ils couchaient, du moment que c'était propre, qu'on leur servait des frites, et qu'ils ne dépassaient pas leur budget.

Aussi, quand le ciel s'éclaircit, Cadan décida-t-il qu'un peu d'air frais lui ferait le plus grand bien. Il en profiterait pour jeter un coup d'œil au minigolf, futur emplacement des pistes de BMX, futur site des cours de vélo acrobatique qu'on ne manquerait pas de lui réclamer dès qu'il aurait eu l'occasion de montrer ses exploits à... C'était bien là le problème. Il ne savait pas trop à qui il montrerait quelque chose.

En fait, il n'était pas sûr d'avoir eu raison de venir travailler ce jour-là, tout comme il n'était pas sûr d'avoir encore un boulot après ce qui était arrivé à Santo. D'abord, il s'était dit qu'il n'irait pas bosser. Il laisserait passer quelques jours, puis il téléphonerait pour exprimer de vagues condoléances et demander si on avait toujours besoin de lui. Ensuite, il s'était dit que ce coup de fil donnerait aux Kerne l'occasion de le virer avant même qu'il ait pu leur prouver à quel point il leur était précieux. Alors il avait décidé de se pointer à l'hôtel et de prendre un air aussi affligé que possible s'il venait à croiser l'un ou l'autre membre de la famille.

Cadan n'avait pas encore vu Ben ni Dellen, mais son arrivée avait coïncidé avec celle d'Alan Cheston. Quand Cadan l'avait informé de son embauche, Alan était allé se renseigner sur ce qu'on pouvait lui donner à faire. Après l'avoir fait entrer, il avait empoché les clés avec l'air d'un homme qui sait exactement où est sa place dans le grand ordre des choses.

Le vieil hôtel était aussi silencieux qu'un cimetière. Et aussi froid. Cadan frissonna – Pooh en fit autant sur son épaule –, et il patienta dans la nouvelle zone d'accueil, où un panneau d'affichage annonçait « Vos moniteurs », au-dessus des photos des six membres du personnel recrutés jusqu'ici. Au sommet de la pyramide figurait une photo de Kerra Kerne, identifiée comme « Responsable des moniteurs ».

Cadan jugeait la photo acceptable. Kerra n'était pas une beauté – cheveux châtains quelconques, yeux bleus quelconques, et trop trapue pour une femme, à son goût –, mais il ne faisait aucun doute qu'elle était en meilleure condition physique que toutes les nanas de son âge à Casvelyn. Il était seulement regrettable que le hasard de la génétique ait donné à Kerra le physique de son père et pas celui de sa mère. Santo avait hérité de la beauté de celle-ci, ce que certains pouvaient considérer comme une chance. Pourtant, selon Cadan, la plupart des mecs n'auraient pas aimé être beaux comme Santo. À moins, bien sûr, de savoir exploiter cet avantage.

— Cade ?

Il fit volte-face. Pooh piailla et changea de position.

Kerra venait d'apparaître. Alan l'accompagnait. Cadan savait qu'ils étaient ensemble, mais il avait du mal à s'y habituer. Kerra était tout en muscles avec des chevilles comme des troncs d'arbre. Alan était du genre à ne faire de l'exercice qu'en ultime recours, et encore, à condition d'être menacé d'éviscération.

Quelques mots entre eux avaient réglé la question. Si Alan ne payait pas de mine, il dirigeait quasiment l'hôtel. Avant que Cadan ait eu la présence d'esprit d'inventer une excuse bidon au sujet de ses poumons fragiles qui ne devaient pas être exposés à des émanations de peinture, il se retrouva avec des chiffons et un pinceau dans une main, et un énorme bidon de peinture laquée blanche dans l'autre. Alan lui annonça le programme, et c'était parti mon kiki.

Quatre heures plus tard, Cadan décida qu'il avait mérité une pause dehors. Pooh avait sombré dans un silence inquiétant. Le perroquet avait sans doute la migraine lui aussi.

Le golf miniature était encore tout détrempé, mais il en fallait plus pour décourager Cadan. Poussant son vélo, il gravit la côte jusqu'au trou numéro un, où il constata assez vite que son espoir de faire quelques table tops à cet endroit était pour le moins chimérique. Il rangea le vélo sur le côté, installa Pooh sur le guidon et examina de plus près le minigolf.

Son projet n'allait pas être simple à réaliser. Le terrain semblait avoir soixante ans bien sonnés, dont trente d'abandon quasi total. C'était dommage, car le minigolf aurait pu rapporter une petite fortune à Adventures Unlimited. D'un autre côté, dans l'état où il était, Cadan avait plus de chances de rallier la direction à ses arguments. Mais encore aurait-il fallu qu'il ait un plan, ce qui n'était pas son genre. Il inspecta les cinq premiers trous du parcours en essayant d'imaginer ce qu'il en ferait une fois qu'il l'aurait débarrassé des moulins et des granges miniatures et l'aurait remblayé.

Il y réfléchissait encore quand une voiture pie arrivant de St Mevan Crescent se gara sur le parking du vieil hôtel. Le conducteur – un constable en uniforme – en descendit et pénétra dans le bâtiment. Quelques minutes plus tard, il repartit.

Peu après, Kerra sortit sur le parking. Les mains sur les hanches, elle promena son regard alentour. Accroupi près de la minichaloupe qui faisait office d'obstacle au trou numéro six, Cadan comprit qu'elle cherchait quelqu'un, sans doute lui. Dans ces cas-là, son mode opératoire consistait en général à se cacher. Le plus souvent, quand quelqu'un voulait lui mettre la main dessus, c'était parce qu'il avait déconné et qu'il allait se faire remonter les bretelles. Mais il estimait avoir accompli un travail de premier ordre sur les radiateurs, aussi se redressa-t-il pour se montrer.

Kerra marcha dans sa direction. Elle s'était changée. Cadan reconnut une tenue de coureur cycliste en lycra.

Drôle d'heure pour aller pédaler, songea-t-il, mais la fille du patron édictait ses propres règles.

— J'ai téléphoné à la ferme, mais on m'a dit qu'elle n'y travaillait plus, déclara Kerra de but en blanc. J'ai téléphoné chez vous, mais elle n'y est pas non plus. Est-ce que tu sais où elle est ? J'ai à lui parler.

Pour gagner du temps, Cadan rejoignit son vélo, enleva Pooh du guidon et le jucha sur son épaule.

— Perce des trous dans le grenier ! s'écria l'oiseau.

— Cade, reprit Kerra d'un ton patient qui trahissait néanmoins une certaine nervosité. S'il te plaît, réponds-moi.

— Je trouve bizarre que tu veuilles savoir, c'est tout. Je veux dire, tu n'es plus amie avec Madlyn, alors je me demandais…

Il pencha la tête et caressa le flanc de Pooh avec sa joue. Il aimait le contact des plumes de l'oiseau.

Kerra plissa les yeux.

— Tu te demandais quoi ?

— Santo. Les flics qui rappliquent. Toi qui viens me parler. Me poser des questions sur Madlyn. Est-ce qu'il y a un rapport ?

Les cheveux de Kerra étaient attachés en queue de cheval. Elle les lâcha sur ses épaules, et les secoua avant de remettre l'élastique. Elle cherchait manifestement à gagner du temps, tout comme lui. Soudain elle le considéra avec attention.

— Qu'est-ce qui t'est arrivé à la figure ?

— J'y peux rien. Je suis né avec.

— Sérieusement, Cadan. Tu sais ce que je veux dire. Les bleus, les égratignures.

— J'ai glissé. Les risques du métier. Je faisais un nofoot cancan, et j'ai cogné le bord de la piscine. Au centre de loisirs.

— Tu t'es fait ça en *nageant* ?

— Le bassin est vide. Je m'entraînais. Sur mon vélo.

Cadan se sentit rougir, ce qui le contraria. Il n'avait jamais eu honte de sa passion. Pourquoi cela aurait-il brusquement changé ?

— Qu'est-ce qui se passe ? demanda-t-il avec un signe de tête vers l'hôtel.

— Ce n'était pas une simple chute. Il a été assassiné. C'est ce que la police est venue nous annoncer. Ils ont envoyé leur... comment dit-on, déjà ? Leur agent de liaison. J'imagine qu'il est censé rester là à nous servir du thé et des biscuits, pour nous empêcher de... je ne sais pas... Que font les gens, d'habitude, quand on assassine un de leurs proches ? Ils crient vengeance ? Ils tirent dans tous les sens ? Ils grincent des dents ? Et d'abord, ça veut dire quoi, grincer des dents ? Où est-elle, Cade ?

— Elle sait déjà qu'il est mort.

— Qu'il est mort, ou qu'il a été assassiné ? Où est-elle ? C'était mon frère, et elle était sa... sa petite amie...

— Ton amie aussi, lui rappela Cadan. Du moins à une époque.

— Arrête. S'il te plaît, arrête.

Cadan haussa les épaules et reporta son attention sur le minigolf.

— Il faut le détruire, dit-il. Y a plus rien à en tirer. Vous pourriez le réparer, mais à mon avis, ça vaut pas le coup. Pas à court terme, en tout cas. À long terme, va savoir ?

— Le long terme, c'est le truc d'Alan. Les profits et pertes, les projections à plusieurs années... Il connaît par cœur. Mais il se pourrait qu'on n'ait plus besoin de se tracasser.

— À propos de quoi ?

— À propos d'Adventures Unlimited. Je doute que mon père ait encore envie d'ouvrir après ce qui est arrivé à Santo.

— Qu'est-ce qui se passera, si vous n'ouvrez pas ?

— Alan suggérerait qu'on essaie de trouver un acquéreur pour rentrer dans nos fonds. Mais ça c'est Alan. Il a le sens des chiffres, à défaut d'autre chose.

— Tu as l'air remontée contre lui.

Kerra ne releva pas.

— Elle est à la maison et elle refuse de répondre au téléphone ? Je peux me déplacer, mais autant m'éviter cette peine si elle n'y est pas. Tu peux au moins me dire si elle est chez vous ?

— Je pense qu'elle est toujours chez Jago.

— Jago ?

— Jago Reeth. Il bosse pour mon père. Elle a passé la nuit chez lui. Elle y est toujours, pour autant que je sache.

Kerra eut un rire bref, dépourvu de gaieté.

— Elle est déjà passée à autre chose, on dirait ? Une guérison miraculeuse, après un si grand chagrin. Tant mieux pour elle.

Cadan eut envie de lui demander ce que ça pouvait lui faire, que sa sœur soit passée à un autre homme ou non. Au lieu de ça, il expliqua :

— Jago Reeth est comme... je ne sais pas. Il doit avoir dans les soixante-dix ans. Il est comme un grand-père pour elle, ça te va ?

— Quel boulot il fait pour ton père, à son âge ?

Décidément, elle l'agaçait, avec ses manières de pimbêche.

— Kerra, quelle importance ça a ? Je vois pas pourquoi ça t'intéresse.

D'un seul coup, elle changea d'attitude. Elle eut une drôle de petite toux et il vit des larmes briller dans ses yeux. Ces larmes lui rappelèrent que son frère était mort, pas plus tard que la veille, et qu'elle venait d'apprendre qu'il avait été assassiné.

— Glaceur, dit-il.

Comme elle le regardait sans comprendre, il ajouta :

— Jago Reeth. C'est lui qui fabrique la fibre de verre qu'on met sur les planches. C'est un ancien surfeur que mon père a ramassé… je sais pas… il y a peut-être six mois ? Il est pointilleux, comme papa. Pas comme moi.

— Madlyn a passé la nuit chez un type de soixante-dix ans ?

— Jago a appelé pour prévenir qu'elle était avec lui.

— À quelle heure ?

— Kerra…

— C'est important, Cadan.

— Pourquoi ? Tu crois que c'est elle qui a zigouillé ton frère ? Comment elle s'y serait prise ? Elle l'aurait poussé du haut de la falaise ?

— Son matériel a été trafiqué. C'est ce que nous a raconté le flic.

Cadan écarquilla les yeux.

— Attends un peu, Kerra. C'est impossible… Elle avait peut-être un peu perdu la boule avec tout ce qui s'était passé entre eux, mais ma sœur n'est pas…

Il s'interrompit. Pas à cause de ce qu'il s'apprêtait à dire sur Madlyn, mais parce que, pendant son discours, il avait détaché le regard de Kerra pour le diriger vers la plage en contrebas. Sur cette plage, un surfeur était en train de courir, sa planche sous le bras, traînant son leash derrière lui dans le sable. Il portait une combi intégrale en néoprène, comme il était de rigueur en cette saison. Noire, de la tête aux pieds. À cette distance, on ne pouvait pas dire si le surfeur était un homme ou une femme.

— Quoi ? fit Kerra.

Cadan frissonna et reprit doucement :

— Madlyn était dans tous ses états après ce qui s'est passé entre Santo et elle. Je te l'accorde.

— C'est le moins qu'on puisse dire.

— Mais pas au point de le supprimer, d'accord ? Bon Dieu, Kerra, elle n'arrêtait pas de se répéter qu'il passait par une phase.

— Au début, précisa Kerra.

— Admettons. Pour autant, quand elle a fini par comprendre, ça ne veut pas dire qu'elle ait décidé de le tuer. Ça te paraît logique, à toi ?

— L'amour n'a rien de logique. Les gens font toutes sortes de folies quand ils sont amoureux.

— Ah ouais ? fit Cadan. C'est vrai, ça ? Et toi, alors ?

Elle resta silencieuse.

— Bon, j'insiste pas.

Il ajouta :

— Sea Dreams, si tu tiens à savoir.

— De quoi tu parles ?

— L'endroit où elle est. Jago loue un mobile home dans ce camping. Après Sawsneck Down, à la place de l'ancienne laiterie. Si tu veux la cuisiner, c'est là-bas. Mais, d'après moi, tu perds ton temps.

— Qu'est-ce qui te fait croire que je veux la cuisiner ?

— Ce qui est sûr, c'est que tu veux quelque chose.

Une fois qu'il fut en possession d'une voiture, Bea Hannaford ordonna à Lynley de la suivre.

— Je suppose que ce n'est pas votre tacot habituel, dit-elle en parlant de la Ford, mais elle devrait faire l'affaire.

En d'autres circonstances, Lynley aurait pu lui rétorquer qu'elle se montrait plus que généreuse. En raison de son éducation, ce genre de formule était chez lui une seconde nature. En l'occurrence, il se contenta de lui dire que son véhicule habituel avait été accidenté en février et qu'il ne l'avait pas encore remplacé. La Ford convenait très bien.

Elle lui conseilla d'être prudent. Tant qu'il n'aurait pas reçu son portefeuille, il devrait conduire sans permis.

— Ce sera notre petit secret, ajouta-t-elle avant de lui demander de la suivre.

La chose qu'elle voulait lui montrer se trouvait à Casvelyn. Il roula docilement derrière elle, tâchant de se concentrer sur sa conduite, mais le simple effort qu'il devait fournir pour s'empêcher de penser l'épuisait.

Il s'était juré qu'il en avait fini avec les meurtres. On ne regardait pas une épouse bien-aimée mourir, assassinée dans la rue de manière totalement absurde, pour continuer sa route en se disant que demain était un autre jour. Demain n'était qu'une épreuve supplémentaire. Jusque-là, il avait réussi à endurer la succession sans fin des lendemains en expédiant les affaires courantes, mais rien de plus.

D'abord, il y avait eu Howenstow : s'occuper du domaine qui était son héritage ainsi que de la vaste demeure érigée sur la propriété. Peu importait que sa mère, son frère et un intendant aient géré Howenstow depuis une éternité. Il s'était jeté dans cette tâche à corps perdu pour éviter de se jeter ailleurs, jusqu'à ce que la moitié de ses initiatives aient abouti à une vraie pagaille et l'autre moitié à une catastrophe. Les avertissements voilés de sa mère – « Mon chéri, laisse-moi m'occuper de ça » ou « John Penellin travaille là-dessus depuis des semaines, Tommy » – et tous les conseils de même farine, il les avait écartés par des remarques si brutales que la comtesse douairière avait soupiré et pressé l'épaule de son fils avant de renoncer.

Mais, qu'il le veuille ou non, Howenstow lui rappelait Helen. Il avait fallu disperser les meubles de la chambre d'enfant à moitié terminée, trier les vêtements qu'elle avait laissés dans leur chambre, commander une plaque pour sa tombe dans la chapelle du domaine – une tombe qu'elle partageait avec leur fils jamais né. Sans parler de tous les lieux qui lui évoquaient son souvenir : le sentier menant à la crique à travers bois par lequel ils avaient coutume de passer ensemble, la galerie des portraits, où elle avait un jour plaisanté sur le physique de certains de ses ancêtres peu gâtés par la nature, la bibliothèque où elle avait compulsé des éditions anciennes de *Country Life* et s'était assise en boule avec une épaisse biographie d'Oscar Wilde, pour finir par s'endormir dessus.

C'était pour fuir tout ce qui lui rappelait Helen à Howenstow qu'il avait entrepris de parcourir la totalité du sentier côtier du Sud-Ouest. Une telle randonnée était bien la dernière chose qu'aurait tentée Helen (« Mon Dieu, Tommy, tu es fou ? Les chaussures de marche sont toutes tellement hideuses… »). Rien sur le trajet ne risquait de le faire penser à sa femme.

C'était compter sans les mémoriaux qui jalonnaient le sentier. Rien de ce qu'il avait lu avant de se mettre en route ne l'avait préparé à cela. Depuis les simples bouquets de fleurs agonisantes jusqu'aux bancs gravés aux noms des défunts, la mort le défiait presque tous les jours, au mépris des efforts qu'il déployait pour l'oublier.

Et maintenant, il y avait ce meurtre… L'inspecteur principal Hannaford ne l'impliquait pas exactement dans l'enquête elle-même, mais c'était tout juste. Il ne voulait pas s'en mêler mais, en même temps, il ne voyait pas comment y couper, car l'inspecteur lui donnait l'impression d'être une femme de parole : s'il venait à disparaître, elle partirait à sa recherche jusqu'à ce qu'elle le rattrape.

Quant à ce qu'elle lui demandait de faire… De même que Hannaford, Lynley était persuadé que Daidre Trahair avait menti à propos de son itinéraire entre Bristol et Polcare Cove. Mais, contrairement à elle, il savait que Daidre avait également menti à plusieurs reprises en prétendant ne pas connaître Santo Kerne. Ces différents mensonges obéissaient certainement à des raisons plus compliquées et personnelles que celles qu'elle lui avait fournies, et il n'était pas sûr de vouloir les découvrir. De toute manière, la pauvre fille n'avait pas le profil d'une meurtrière.

Mais pourquoi pensait-il cela ? Il savait mieux que personne que les assassins portaient mille masques différents. Les assassins pouvaient être des hommes, des femmes, voire des enfants. Et nul n'était censé supprimer son prochain, aussi abject soit-il, quels que soient ses motifs pour l'envoyer goûter avant l'heure sa récompense ou son châtiment éternel. Toute la société reposait sur l'idée que le meurtre était répréhensible, et que justice devait être faite. La justice consistait à identifier et à condamner le coupable. Tel était le dû des proches que la victime avait laissés derrière elle.

D'un côté, Lynley considérait que cette affaire ne le concernait pas. D'un autre côté, il savait qu'elle le concernait plus que jamais, et ce pour toujours.

Quand ils arrivèrent à Casvelyn, il était sinon réconcilié avec ce constat, du moins à peu près résigné à son sort. Dans une enquête, il importait d'éclaircir jusqu'aux plus petits détails. Dès lors qu'elle avait menti, Daidre Trahair était devenue un de ces détails.

Le commissariat de Casvelyn se trouvait dans Lansdown Close, au pied de Belle Vue, le point culminant de la ville. Bea Hannaford se gara devant le banal bâtiment gris à deux étages. Lynley pensa d'abord qu'elle voulait entrer et le présenter aux autres policiers, mais au lieu de ça, elle le prit par le coude et l'entraîna dans la direction opposée.

Au croisement de Lansdown Close et de Belle Vue, ils traversèrent une place triangulaire où des bancs, une fontaine et trois arbres offraient par beau temps un lieu de rendez-vous. De là, ils gagnèrent Queen Street, une artère bordée de boutiques pareilles à celles de Belle Vue Lane, et où s'alignaient tous les types de commerces, du marchand de meubles à la pharmacie. Bea Hannaford marqua une pause et scruta la rue. Ayant repéré ce qu'elle cherchait, elle annonça :

— Par là. Je veux que vous voyiez à quoi on a affaire.

« Par là » faisait référence à un magasin d'articles de sport, aussi bien équipement que vêtements. Ayant reconnu les lieux, Hannaford déclara au vendeur qu'ils n'avaient pas besoin d'aide et guida Lynley vers un mur sur lequel étaient accrochés une foule d'accessoires métalliques, la plupart en acier. On devinait aisément qu'ils étaient destinés à l'escalade.

Elle choisit un paquet contenant trois ustensiles composés d'un plomb, d'un lourd câble en acier et d'une gaine en plastique. Le plomb était une cale assez épaisse, accrochée à un câble d'environ cinq millimètres d'épaisseur. À une extrémité, le câble formait une boucle autour de la cale et une deuxième à l'autre extrémité. Entre les deux boucles, une gaine en plastique résistant entourait le câble, maintenant ses deux parties en contact. L'ensemble, d'une grande solidité, était muni d'une masse de plomb à un bout et d'une boucle à l'autre.

— Un coinceur à masselotte, expliqua Hannaford à Lynley. Vous savez comment on l'utilise ?

Lynley secoua la tête. À l'évidence, l'accessoire était destiné à l'escalade, et la boucle servait à relier le coinceur à un autre mécanisme. C'est à peu près tout ce que cela lui inspirait.

— Levez la main, la paume tournée vers vous, ordonna l'inspecteur principal Hannaford. Collez bien les doigts. Je vais vous montrer.

Lynley obtempéra. Hannaford glissa le câble entre son index et son majeur, de sorte que la masse de plomb soit calée contre sa paume et que la boucle retombe vers elle.

— Imaginez : vos doigts sont une fissure dans la paroi de la falaise. Ou une brèche entre deux gros rochers. Vous pigez ?

Comme il acquiesçait, elle poursuivit :

— On enfonce le morceau de plomb – le coinceur à masselotte – dans la fissure ou dans la brèche le plus profond possible, en laissant dépasser le câble...

Elle s'interrompit, cherchant quelque chose sur le mur.

— À la boucle formée par l'extrémité du câble, reprit-elle après avoir trouvé ce qu'elle cherchait, on accroche un mousqueton. Comme ceci. Puis on attache la corde au mousqueton à l'aide d'un nœud spécifique. En montée, on utilise un coinceur environ tous les mètres. Lors d'une descente en rappel, on peut en mettre un au sommet, à la place d'une sangle, pour fixer la corde au point d'amarrage qu'on a choisi.

Elle remit le coinceur à masselotte en place, ainsi que le mousqueton, puis elle se retourna vers Lynley :

— Les grimpeurs marquent distinctement chaque pièce de leur équipement, parce qu'ils opèrent souvent en équipe. Admettons que nous grimpions, vous et moi. J'utilise six coinceurs, ou seize ; vous en utilisez dix. Nous nous servons de mes mousquetons, mais avec vos sangles. Comment éviter les contestations à la fin ? En marquant durablement chaque accessoire, par exemple avec de l'adhésif de couleur vive. Santo Kerne se servait de chatterton noir.

Lynley comprit où elle voulait en venir.

— Alors, si on veut jouer un tour à quelqu'un, il suffit de mettre la main sur le même genre d'adhésif…

— Et sur l'équipement lui-même. Il suffit de le saboter et de dissimuler son méfait avec du ruban identique. Ni vu ni connu !

— La sangle, de toute évidence. Elle était la plus facile à saboter, même si l'entaille risquait de se voir, sinon à l'œil nu, du moins au microscope.

— Et c'est exactement ce qui s'est passé.

— Mais il y a autre chose, n'est-ce pas ? Sans quoi vous ne m'auriez pas montré ça.

— La police scientifique a examiné le matériel de Santo.

Le guidant à nouveau par le coude, Hannaford entraîna Lynley hors du magasin et reprit à voix basse :

— Deux des coinceurs à masselotte ont été trafiqués. Non seulement la gaine en plastique, mais aussi le câble. La première était entaillée ; le second ne tenait plus que par un fil, si j'ose dire. Si le garçon se servait d'un de ces deux coinceurs lors d'une descente en rappel, il était fichu. Même chose pour la sangle. Un condamné dans le couloir de la mort… Ce n'était qu'une question de temps avant qu'il utilise l'accessoire qu'il fallait, au pire moment possible.

— Des empreintes ?

— Des tas. Mais j'ignore dans quelle mesure elles nous seront utiles, étant donné que la plupart des grimpeurs ont l'habitude de faire équipe. C'était probablement le cas de Santo.

— À moins qu'on trouve sur les pièces trafiquées une empreinte qui n'existe pas sur les autres. Celui qui a fait le coup aurait du mal à se justifier.

— Hmm, oui. Mais tout ça me laisse perplexe, Thomas.

— Tout ça ? Qu'entendez-vous par là ?

— Trois pièces sabotées. Ça vous suggère quoi ?

Il réfléchit, puis il déclara d'un air songeur :

— Une seule aurait suffi à le tuer. Or, il y en avait trois. On peut en conclure que le tueur se fichait de savoir quand cela arriverait ou même si la chute serait fatale, étant donné que la victime aurait pu utiliser les coinceurs sabotés au départ d'une ascension, sans se servir de la sangle.

— Autre chose ?

— Si Santo avait l'habitude de commencer par la descente pour remonter ensuite, le fait qu'il ait saboté trois pièces suggère que le tueur était pressé de se débarrasser de lui. Ou alors, aussi incroyable que cela puisse paraître...

Il médita un moment sur cette dernière probabilité, et sur ce qu'elle impliquait.

— Oui ? l'encouragea Hannaford

— On peut aussi en déduire que le tueur voulait que tout le monde sache qu'il s'agissait d'un meurtre.

Elle acquiesça.

— Ce serait dingue, hein ? Mais c'est aussi ce que je me suis dit.

C'était la folie amoureuse qui avait poussé Kerra à quitter l'hôtel et enfourcher son vélo. Elle avait revêtu sa tenue de cycliste en espérant qu'une trentaine de kilomètres suffirait à chasser ce souci de sa tête. Parcourir trente kilomètres ne lui prendrait pas très longtemps, d'ailleurs – pas si le temps continuait à s'améliorer, et pas dans sa condition physique. Les bons jours, elle pouvait rouler une centaine de kilomètres une main attachée dans le dos, alors une trentaine, c'était un jeu d'enfant... Un jeu d'enfant tellement nécessaire qu'elle s'était ruée vers la porte sitôt équipée.

L'arrivée du policier l'avait arrêtée. C'était le même homme que la veille au soir. Le constable McNulty avait une expression tellement lugubre qu'elle avait su qu'il apportait de mauvaises nouvelles avant même qu'il n'ouvre la bouche.

Il avait demandé à voir ses parents.

Elle lui avait répondu que c'était impossible.

« Ils ne sont pas là ? » avait-il insisté.

C'était une question logique.

Ils étaient à la maison, mais pas disponibles.

« Vous pouvez me dire ce que vous êtes venu leur dire. Ils ne veulent pas qu'on les dérange.

— Je regrette, avait repris le policier, mais je dois vous prier d'aller les chercher.

— Je regrette également, mais je refuse. Ils ont demandé qu'on les laisse tranquilles. Ils se reposent. Je suis sûre que vous comprenez. Vous avez des enfants, constable ? Quand on perd un enfant, on est en état de choc. C'est le cas de mes parents. »

Ce n'était pas tout à fait vrai, mais la vérité n'aurait sans doute pas suscité la compassion. L'idée que sa mère et son père s'étaient jetés l'un sur l'autre dans la chambre de Santo comme des adolescents en rut retournait l'estomac de Kerra. Elle ne voulait rien avoir à faire avec eux pour l'instant. Surtout, elle ne voulait rien avoir à faire avec son père, qu'elle méprisait un peu plus d'heure en heure. Elle le méprisait depuis des années, mais rien de ce qu'il avait fait ou non jusqu'ici n'égalait ce qui était en train de se passer.

Le constable McNulty venait de lâcher l'info à contrecœur quand Alan avait surgi de son bureau, où il visionnait une vidéo commerciale.

« Qu'y a-t-il, Kerra ? avait-il demandé. Je peux t'aider ? »

Sa voix était pleine d'assurance, à croire que la métamorphose entamée seize heures plus tôt se poursuivait.

« Je suis le fiancé de Kerra, dit-il au policier. Y a-t-il quelque chose que je puisse faire pour vous ? »

Le *fiancé* de Kerra ? D'où sortait-il ça ?

Avant qu'elle ait eu le temps de le corriger, le flic leur avait donné l'info. Un meurtre. Plusieurs pièces de l'équipement de Santo avaient été sabotées. La sangle, et aussi deux coinceurs à masselotte. La police voudrait interroger la famille en premier.

Alan avait posé la question attendue :

« Vous n'imaginez pas qu'un membre de la famille… ? »

Il parvenait à avoir l'air perplexe et indigné à la fois.

Le constable McNulty leur expliqua que toutes les connaissances de Santo allaient être interrogées. À le voir aussi excité, Kerra s'était dit que la vie du policier à Casvelyn devait être vraiment assommante hors saison. Une fois la population estivale partie, les résidents restaient calfeutrés chez eux pour se protéger des tempêtes de l'Atlantique ou commettaient de simples infractions routières par-ci par-là, histoire de rompre la monotonie. Tous les effets personnels de Santo seraient examinés, poursuivit le policier. On retracerait l'histoire familiale et…

La coupe était pleine pour Kerra. L'histoire familiale ? Ce serait sûrement très éclairant. Araignées au plafond et squelettes dans le placard, brouilles et embrouilles en tous genres…

Raison de plus pour vouloir enfourcher son vélo. Et puis, il y avait eu sa conversation avec Cadan, qui l'avait laissée en proie à la mauvaise conscience.

Comme elle allait chercher son vélo, son père la rejoignit dehors. Alan apparut derrière lui, avec une expression qui indiquait qu'il lui avait répété la nouvelle. Il n'avait aucun besoin de prononcer les mots « il sait », mais il le fit quand même. Kerra fut tentée de lui répliquer qu'il n'était pas autorisé à dire quoi que ce soit à son père. Alan ne faisait pas partie de la famille.

— Où vas-tu ? J'aimerais que tu restes ici, dit Ben Kerne à sa fille.

Sa voix comme son visage trahissaient sa fatigue.

Tu l'as encore baisée ? aurait voulu lui rétorquer Kerra. Il a suffi qu'elle enfile son négligé rouge pour que tu craques, incapable de penser à quoi que ce soit d'autre, même à la mort de ton fils ? Une bonne technique pour oublier, au moins quelques minutes ? Ça avait toujours bien marché.

Kerra ne dit rien de tout ça, même si elle mourait d'envie de frapper son père.

— J'ai besoin de pédaler, expliqua-t-elle. Je dois...

— On a besoin de toi ici.

Kerra lança un coup d'œil à Alan. À sa grande surprise, il lui fit signe de partir, contre la volonté de son père. Malgré elle, elle lui en fut reconnaissante. Sur ce point, au moins, Alan était de son côté.

— *Elle* a besoin de moi ? demanda-t-elle à son père.

Il regarda derrière lui, vers les fenêtres de l'appartement familial. Les rideaux de la chambre principale empêchaient le jour d'entrer. Derrière eux, Dellen faisait front suivant son habitude : au détriment de ses proches.

— Elle est en noir, reprit Ben Kerne.

— Des tas de gens vont sûrement être déçus, répondit Kerra.

Elle lut une telle angoisse dans les yeux de son père qu'elle regretta brièvement ses paroles. Ce n'est pas sa faute, songea-t-elle. N'empêche, il y avait des choses qui étaient bien la faute de son père, ne serait-ce que le fait qu'ils en soient réduits à parler de sa mère à mots couverts, comme deux personnes très éloignées qui communiqueraient au moyen d'un langage secret connu d'elles seules.

Elle soupira, répugnant à s'excuser. Elle en bavait, et peu importait qu'il en bave aussi.

— Alors ?

— Alors quoi ?

— Tu as besoin de moi ? Parce qu'elle, non. Elle te réclamera toi. Et inversement, j'imagine.

Ben regagna l'hôtel sans ajouter un mot. Il contourna Alan, qui semblait aussi désemparé que s'il s'était évertué à décrypter les manuscrits de la mer Morte.

— Tu es un peu dure, Kerra, tu ne crois pas ? dit-il.

Ne voulant surtout pas lui montrer qu'elle lui savait gré de son soutien, Kerra fut ravie de cette critique.

— Si tu as décidé de continuer à bosser ici, tu ferais bien de te familiariser avec le boulot, d'accord ?

Comme Ben plus tôt, Alan parut estomaqué.

— Je comprends que tu sois en colère, dit-il enfin. Mais ce que je ne comprends pas, c'est la peur qui alimente ta colère. J'ai passé la plus grande partie de la nuit sans dormir, à essayer de piger.

— Pauvre petit, persifla-t-elle.

— Kerra, tout ça ne te ressemble pas. De quoi as-tu peur ?

— De rien. Je n'ai pas peur. Tu cherches à discuter de choses que tu ne comprends pas.

— Alors, aide-moi à comprendre.

— C'est pas mon boulot. Je t'avais prévenu.

— Tu m'avais déconseillé de travailler ici. Mais ça – toi, ce qui se passe avec toi et ce qui est arrivé à Santo –, ça ne fait pas partie de mon boulot.

Elle eut un bref sourire.

— Alors, reste. Si ce n'est déjà fait, tu ne vas pas tarder à te rendre compte de ce qui fait partie de ton boulot. Maintenant, si tu veux bien m'excuser, je vais aller pédaler. Je doute de te trouver encore ici quand je reviendrai.

— Tu me rejoindras ce soir ?

Elle haussa les sourcils.

— Je crains que cet aspect-là de notre relation ne soit terminé.

— Qu'est-ce que tu racontes ? Il s'est passé quelque chose depuis hier. En plus de Santo.

— Oh, ça je le sais.

Elle enfourcha son vélo, changeant de vitesse pour attaquer la montée vers la ville.

Elle longea le coteau au sud-est de St Mevan Down. Les herbes sur le bas-côté s'inclinaient sous le poids des gouttes d'eau. Quelques chiens batifolaient, soulagés que la pluie ait cessé. Elle aussi était soulagée, et elle décida de mettre le cap sur Polcare Cove. Elle n'avait aucune intention d'aller sur les lieux où Santo était mort mais, si le hasard l'y conduisait, elle considérerait que c'était le destin. Elle ne prêterait aucune attention à son itinéraire, se contentant de foncer aussi vite qu'elle le pourrait, roulant tout droit ou tournant au gré de ses envies.

Elle savait toutefois qu'il lui fallait un apport calorique pour accomplir le type de course qu'elle prévoyait. Au carrefour de Burn View Lane, elle aperçut sur sa droite Casvelyn of Cornwall (LE MEILLEUR PÂTÉ EN CROÛTE DE TOUT LE COMTÉ !), le fournisseur de tous les restaurants, magasins, pubs et boulangeries de la côte. L'établissement comprenait une cuisine de taille industrielle à l'arrière et une boutique à l'avant, avec dix employés dans une zone et deux vendeuses dans l'autre.

Kerra appuya son vélo contre la vitrine, superbe monument à la gloire des pâtés en croûte, des miches de pain, des pâtisseries et des scones. Quand elle entra, elle avait déjà jeté son dévolu sur une tourte au bœuf et à la bière qu'elle mangerait en sortant de la ville.

Au comptoir, elle passa commande auprès d'une jeune fille dont les cuisses suggéraient qu'elle avait abusé des produits qu'elle vendait. Pendant que Kerra attendait, la deuxième vendeuse surgit avec un plateau de pâtés tout chauds à disposer dans la vitrine. Kerra releva la tête en entendant la porte battante de la cuisine et les regards des deux jeunes femmes se croisèrent. La vendeuse faillit trébucher. Elle demeura sans expression, son plateau tendu devant elle.

— Madlyn… fit Kerra, songeant qu'elle devait paraître stupide. Je ne savais pas que tu travaillais ici.

Madlyn Angarrack s'approcha d'une des vitrines et l'ouvrit pour y placer les pâtés qui garnissaient son plateau. D'une voix coupante, elle demanda à l'autre fille :

— Qu'est-ce qu'elle a pris, Shar ?

Kerra répondit à la place de la vendeuse :

— Bœuf et bière. Madlyn, je demandais de tes nouvelles à Cadan il n'y a pas vingt minutes. Depuis quand…

— Donne-lui un de ceux-là, Shar. Ils sortent du four.

Shar regarda Madlyn, puis Kerra, percevant une tension dont l'origine lui échappait, avant de s'exécuter.

— Depuis quand travailles-tu ici ? reprit Kerra à l'intention de Madlyn.

Celle-ci referma brutalement la vitrine.

— Qu'est-ce que ça peut te faire ?

Avec son poignet, elle écarta une mèche de son visage. Ses cheveux étaient courts, très bruns et bouclés. À cette époque de l'année, ils ne présentaient pas les reflets cuivrés que leur donnait le soleil d'été. Kerra constata à quel point Madlyn ressemblait à Cadan : les mêmes cheveux, le même teint olivâtre, les mêmes yeux sombres, la même forme de visage. Les Angarrack, de ce point de vue, n'étaient pas comme les enfants Kerne. Kerra et Santo n'avaient rien de commun, ni physiquement ni autrement.

Cette soudaine évocation de Santo la força à cligner des yeux, très fort. Elle ne voulait pas de son frère ici : pas dans sa tête, et encore moins près de son cœur. Imputant sa réaction à son attitude hostile, Madlyn enchaîna :

— J'ai appris, pour Santo. Je suis désolée qu'il soit tombé.

On aurait dit une phrase toute faite. Du coup, Kerra déclara plus brutalement qu'elle ne l'aurait fait sans cela :

— Il n'est pas tombé. Il a été assassiné. La police vient de nous l'annoncer. Ils ne le savaient pas au début, quand on l'a retrouvé. Ça ne sautait pas aux yeux.

Madlyn resta bouche bée, puis elle demanda :

— Pourquoi ?

— Ils ont sûrement examiné son matériel d'escalade. Au microscope, ou je ne sais quoi. Tu devines la suite ?

— Je voulais dire : pourquoi quelqu'un irait assassiner Santo ?

— Et c'est toi qui poses cette question ?

— Est-ce que tu sous-entends… ?

Madlyn cala le plateau vide contre sa hanche avant de poursuivre :

— On était amies, Kerra.

— Je crois que vous étiez bien plus que ça.

— Je ne parle pas de Santo, mais de toi et moi. On était des amies proches. On pourrait même dire meilleures amies. Alors comment peux-tu penser que… ?

— Tu as mis fin à notre amitié.

— Je suis sortie avec ton frère. C'est tout ce que j'ai fait.

— Si tu veux, oui.

— C'est là que tu as changé d'attitude envers moi. « On ne fréquente pas mon frère en restant mon amie »… C'était ta position. Sauf que tu ne l'as pas exprimée tout haut, pas vrai ? Tu t'es contentée de couper les ponts.

— C'était pour ton bien.

— Ah, vraiment ? Me retrouver coupée de ma sœur ? C'est ce que tu étais pour moi, tu entends ? Une sœur.

— Tu aurais pu…

Kerra ne savait pas comment poursuivre. Elle non plus ne comprenait pas comment elles en étaient arrivées là. Elle avait eu l'intention de parler à Madlyn ; c'était même pour ça qu'elle était allée trouver Cadan. Mais la conversation qu'elle avait imaginée alors ne ressemblait en rien à celle qu'elles avaient à présent. Pour commencer, dans le film qu'elle s'était fait, il n'y avait pas de deuxième vendeuse pour compter les points.

— Je t'avais prévenue, en tout cas, dit-elle doucement.

— De quoi ?

— De ce qui t'attendait si toi et mon frère...

Kerra jeta un coup d'œil à Shar, dont le regard brillait étrangement.

— Tu sais de quoi je parle. Je t'avais dit comment il était.

— Mais ce que tu ne m'avais pas dit, c'était comment tu étais *toi*. Méchante et vindicative. Regarde-toi, Kerra. Est-ce que tu as seulement pleuré ? Ton frère est mort et te voilà, comme une fleur, à te balader tranquillement sur ton vélo...

— Tu m'as l'air de t'en tirer pas mal non plus.

— Moi, au moins, je n'ai pas voulu sa mort.

— Ah bon ? Et pourquoi tu es là ? Qu'est-ce qui s'est passé à la ferme ?

— J'ai démissionné. D'accord ?

Madlyn avait rougi. Elle serrait si fort le plateau que ses phalanges étaient blanches.

— Tu es contente, maintenant ? Tu sais ce que tu voulais savoir ? J'ai découvert la vérité. Et tu veux savoir comment je m'y suis prise ? Il avait prétendu qu'il serait toujours honnête avec moi, bien sûr. Mais quand il s'est agi de m'avouer ça... Oh, fiche le camp, Kerra ! Fiche le camp !

Elle semblait sur le point de lancer le plateau.

— Mad... fit Shar d'un ton hésitant.

Sans doute ignorait-elle de quoi Madlyn Angarrack était capable sous le coup de la colère. Sans doute Shar n'avait-elle jamais ouvert un colis postal pour trouver à l'intérieur des photos d'elle avec la tête coupée, les yeux troués par la pointe d'un crayon, deux cartes d'anniversaire jadis pieusement conservées et désormais recouvertes de matières fécales, un article de journal consacré à la responsable des moniteurs à Adventures Unlimited, barré par les mots *conneries* et *bobards* écrits au stylo rouge… Aucune adresse d'expéditeur, mais ce n'était pas nécessaire. Pas besoin non plus d'explications. Le contenu du paquet était assez éloquent.

Cette violence de la part de son ancienne amie était l'autre raison pour laquelle Kerra avait voulu parler à Madlyn. Kerra détestait peut-être son frère, mais elle l'aimait aussi. Pas parce que la voix du sang était la plus forte. Mais c'était quand même et toujours une histoire de sang.

8

— Je sais que ce n'est pas le moment idéal pour parler de ça, dit Alan Cheston. Il n'y aura jamais de moment idéal pour parler avant longtemps, nous le savons tous les deux. Mais le fait est que ces types ont un agenda à remplir. Si nous devons nous engager, autant le leur faire savoir tout de suite, sinon nous allons être perdants.

Ben Kerne hocha la tête d'un air hébété. Il n'imaginait pas avoir la moindre discussion rationnelle, et encore moins parler affaires. Il se voyait seulement continuer à arpenter les couloirs de l'hôtel, une épaule contre le mur et la tête penchée pour étudier le sol. Remonter un couloir, passer une porte coupe-feu, gravir l'escalier et attaquer un autre couloir. Sans relâche, comme un fantôme. Repenser de loin en loin à l'argent déjà dépensé pour transformer la vieille bâtisse, se demander à quoi bon en dépenser davantage, puis essayer d'arrêter de penser tout court.

C'était ce qu'il avait fait la nuit précédente. Dellen avait des cachets, mais lui ne voulait pas en prendre.

Ben regarda Alan. Il le voyait à travers un brouillard, comme s'il y avait un voile entre ses yeux et son cerveau. Même s'il n'avait aucune envie d'écouter, il lui dit :

— Vas-y. Je comprends.

Ils se trouvaient dans le bureau du marketing, une ancienne salle de conférences destinée au personnel du temps où l'hôtel fonctionnait encore. Un très vieux tableau noir était encore accroché au mur, recouvert d'une écriture élégante et fantomatique. Sûrement l'œuvre d'un manager galvanisant ses troupes, à en croire le soulignage excessif. Tout autour de la salle, les lambris à rainures étaient surmontés d'un papier peint fané représentant des scènes de chasse. Les Kerne avaient décidé de ne pas toucher à cette pièce. Ils seraient les seuls à l'utiliser, et l'argent pouvait être dépensé à meilleur escient ailleurs.

Les dépenses... C'était l'objet de cette entrevue avec Alan. Prêtant enfin l'oreille aux paroles du jeune homme, Ben entendit :

— ... devons considérer le coût comme un investissement rentable. En outre, c'est un coût ponctuel, mais pour un usage permanent du produit. Ainsi, nous amortirons ce que nous aurons dépensé pour le produire. Si on prend soin d'éviter un visuel qui risque de se démoder, ça ira. Vous voyez ce que je veux dire : ne pas photographier les voitures, écarter les sites susceptibles de paraître anachroniques dans cinq ans au profit de ceux ayant un caractère intemporel... Tenez, cet échantillon est arrivé l'autre jour. Je l'ai déjà montré à Dellen, mais j'imagine que... Sans doute ne vous en a-t-elle pas parlé.

Alan s'écarta de la table de réunion – une table en pin pleine de trous et d'éraflures, avec d'innombrables brûlures de cigarettes – et s'approcha du magnétoscope. Ben s'interrogea une fois de plus sur la relation de sa fille avec cet homme. Il croyait savoir pourquoi Kerra l'avait choisi, et il était quasi certain qu'elle se trompait sur bien des points à son sujet.

Ben n'avait pas eu la force d'annuler leur rendez-vous. Il se demanda lequel des deux était le plus insensible : Alan, qui faisait mine de continuer comme si de rien n'était, ou lui. Dellen, qui travaillait elle aussi au marketing, était censée venir, mais elle n'avait pas quitté son lit.

Sur l'écran vidéo, un film promotionnel pour une station balnéaire des îles Scilly : un hôtel-spa de luxe avec terrain de golf. Il ne visait pas la même clientèle qu'Adventures Unlimited, mais ce n'était pas pour cela qu'Alan montrait le film à Ben.

Une voix suave débitait un boniment à la gloire du centre de remise en forme pendant que défilaient des vues de l'hôtel au milieu d'une immense plage de sable blanc, des images de vacanciers savourant les soins de masseuses bronzées au corps tout en souplesse, de golfeurs frappant des balles avec dextérité, de convives dînant sur des terrasses ou dans des salles de restaurant éclairées aux chandelles. Ce genre de film, disait Alan, était destiné à appâter le client. Ils pouvaient faire la même chose, mais en ratissant beaucoup plus large. C'était donc cela que recherchait Alan : l'autorisation de Ben pour tenter de promouvoir autrement Adventures Unlimited.

— Comme vous l'avez dit, les réservations affluent, déclara Alan quand le film fut terminé. Et c'est formidable, Ben. L'article que le *Mail on Sunday* vous a consacré et ce que vous faites de cet endroit ont beaucoup aidé à sa promotion. Mais il est temps que nous exploitions notre potentiel pour toucher d'autres publics.

Il se mit à compter sur ses doigts.

— Les familles avec enfants de six à seize ans, les classes de mer, les célibataires qui cherchent à rencontrer l'âme sœur, les voyageurs d'âge mûr encore dynamiques qui ne veulent pas passer leurs années de retraite à se balancer sur une véranda. Sans oublier les cures de désintoxication, les programmes de libération anticipée pour jeunes délinquants, ceux pour les jeunes des cités… C'est un marché immense qui nous tend les bras, et je compte bien nous voir l'exploiter.

Alan avait les oreilles rouges et son regard brillait.

— Tu as de grands projets, remarqua Ben.

— J'espère que c'est pour ça que vous m'avez embauché. Avec ce site et vos idées, si vous investissez dans des domaines un peu porteurs, vous tenez la poule aux œufs d'or. Je vous assure.

Alan semblait étudier Ben comme celui-ci l'avait lui-même étudié. Il éjecta la cassette de la machine et la lui tendit, en posant un instant une main sur son épaule.

— Regardez-la avec Dellen quand vous en aurez tous les deux le courage. Nous n'avons pas besoin de prendre une décision aujourd'hui. Mais assez vite tout de même.

Les doigts de Ben se refermèrent sur le boîtier en plastique.

— Tu fais du bon boulot, dit-il. L'article du *Mail on Sunday*… C'était une initiative géniale.

— Je voulais que vous sachiez de quoi j'étais capable, lui dit Alan. Je vous suis reconnaissant de m'avoir embauché. Sinon, j'aurais été forcé d'habiter Truro ou Exeter, ce qui ne m'emballait pas des masses.

— Des villes beaucoup plus grandes que Casvelyn, pourtant.

— Trop grandes pour moi, si Kerra n'y est pas, répondit Alan avec un petit rire un peu gêné. Elle ne voulait pas que je travaille ici, vous savez. Elle disait que ça ne marcherait pas, mais j'ai l'intention de lui prouver le contraire. Cet endroit m'inspire. Tout ce qu'il me faut, c'est quelqu'un qui m'écoute et me donne le feu vert. Avez-vous réfléchi à tout ce que cet hôtel pourrait offrir hors saison ? Il y a assez de place pour des conférences, et en modifiant un peu le film promotionnel…

Ben cessa d'écouter, non parce que ce topo ne l'intéressait pas, mais à cause du contraste douloureux qu'Alan Cheston offrait avec Santo. Alan était animé du zèle que Ben avait espéré trouver chez son fils : une adhésion sans réserve à ce qui aurait dû constituer l'héritage de Santo et de sa sœur. Mais son fils ne voyait pas les choses ainsi. Il aspirait à connaître la vie plutôt qu'à la construire. C'était en cela que son père et lui divergeaient. D'accord, il n'avait que dix-huit ans. La passion et l'engagement auraient pu venir avec la maturité. Mais si le passé était le meilleur indicateur de l'avenir, Santo aurait probablement continué sur la même voie : le charme et la drague, le charme et le plaisir, le charme et l'enthousiasme, non pour ce que ce dernier pouvait engendrer, mais pour ce qu'il lui apportait.

Ben se demanda si Alan avait compris tout ça quand il avait postulé à Adventures Unlimited. Car Alan connaissait Santo, il lui avait parlé, il l'avait observé. Ayant constaté l'existence d'un vide, Alan avait sans doute estimé qu'il était apte à le combler.

Alan était en train de dire :

— Donc, si nous combinons nos actifs et présentons un projet à la banque…

Ben l'interrompit. Ce « nous » avait fait irruption dans ses pensées comme des coups frappés à la porte de sa conscience.

— Tu sais où Santo rangeait son matériel d'escalade, Alan ?

Alan s'arrêta net et considéra Ben d'un air effaré – feint ou non, cela, Ben n'aurait su le dire.

— Quoi ? fit-il.

Ben répéta sa question, et Alan parut méditer sa réponse avant de la formuler.

— Je suppose qu'il le gardait dans sa chambre, non ? À moins qu'il ne l'ait mis avec le vôtre ?

— Et tu sais où je range le mien ?

— Comment le saurais-je ?

Alan entreprit de remettre le magnétoscope en place. Dans le silence, on entendit un moteur de voiture. Alan s'approcha de la fenêtre, ajoutant :

— À moins que…

Il laissa sa phrase en suspens tandis que deux portières claquaient à l'extérieur.

— La police, annonça-t-il. Encore le même constable, celui qui est venu tout à l'heure. Mais cette fois, il y a une femme avec lui.

Ben se précipita hors de la salle de réunion ; il atteignit le vestibule au moment où le constable McNulty franchissait le seuil. Une femme à l'air coriace, coiffée à la Sid Vicious, avec des cheveux d'une nuance de rouge confinant au violet, l'avait précédé dans la pièce. Sans être de la première jeunesse, elle n'était pas vieille non plus. Elle avait un regard direct, d'où la compassion n'était pas absente.

— Mr Kerne ? Inspecteur principal Hannaford. Nous sommes venus interroger la famille du défunt.

« Toute la famille ? » demanda Ben. Parce que sa femme était couchée et sa fille partie faire du vélo. Craignant que Kerra ne passe pour une sans-cœur, il crut bon de préciser :

— Le stress. Quand elle ressent de la pression, il lui faut un exutoire.

Pour le coup, il eut l'impression d'en avoir trop dit.

Hannaford répondit qu'ils verraient sa fille plus tard. D'ici là, ils attendraient qu'il ait réveillé sa femme. Il s'agissait de questions préliminaires, ajouta-t-elle. Ils ne le retiendraient pas longtemps cette fois.

Cette fois… Cela voulait dire qu'il y aurait d'autres interrogatoires. Avec la police, les sous-entendus étaient souvent plus importants que ce qui était claire-ment exprimé.

— Où en est l'enquête ? demanda-t-il.

— Au tout début, Mr Kerne. La police scientifique est à l'œuvre. Ils ont commencé par les empreintes digitales : l'équipement de Santo, sa voiture, le contenu de celle-ci. Vous, poursuivit-elle avec un geste qui englobait l'hôtel et, manifestement, tous ses occupants, devrez donner vos empreintes digitales. Mais d'abord, nous avons des questions à vous poser. Si vous voulez bien aller chercher votre femme…

Il ne lui restait qu'à obtempérer, sous peine d'appa-raître peu coopératif. Tant pis pour Dellen.

Ben prit l'escalier au lieu de l'ascenseur, pour se donner le temps de réfléchir. Il y avait des choses qu'il ne voulait pas que la police sache, des choses enfouies ou qui relevaient de la sphère privée.

Ben frappa doucement à la porte de la chambre et entra sans attendre de réponse. Se dirigeant dans l'obs-curité, il s'approcha du lit et alluma une lampe. Dellen était couchée sur le dos, un bras replié sur les yeux.

Sur la table de chevet, à portée de main, se trouvaient deux flacons de médicaments et un verre d'eau. Le bord du verre était orné d'un croissant de rouge à lèvres.

Elle ne changea pas de position quand il s'assit au bord du lit, mais sa bouche remua convulsivement. Donc, elle ne dormait pas.

— La police est là, annonça-t-il. Ils veulent nous parler. Tu vas devoir descendre.

Dellen bougea imperceptiblement la tête.

— Je ne peux pas.

— Il le faut.

— Je ne peux pas me montrer comme ça. Tu le sais.

— Dellen…

Elle écarta son bras, plissa les yeux à cause de la lumière et détourna la tête.

— Je ne peux pas, et tu le sais, répéta-t-elle. À moins que tu veuilles qu'ils me voient dans cet état. C'est ça ?

— Comment peux-tu dire une chose pareille, Dellen ?

Il posa sa main sur son épaule et la sentit qui se contractait.

— C'est comme ça que tu me préfères, pas vrai ? reprit-elle. Tu m'aimes comme ça. Tu me veux comme ça. On pourrait presque croire que tu as arrangé la mort de Santo rien que pour me voir ainsi. C'est tellement pratique, hein ?

Ben se leva brusquement et lui tourna le dos.

— Je suis désolée, s'écria-t-elle. Mon Dieu, Ben ! Je ne sais pas ce que je raconte. Pourquoi tu ne me quittes pas ? Je sais que tu en as envie. Tu en as envie depuis toujours. Tu portes notre mariage comme une croix. Pourquoi ?

— Je t'en prie, Dell…

Il ne savait pas de quoi il la priait. Il s'essuya le nez sur sa manche et revint vers le lit.

— Je vais t'aider. Ils ne partiront pas tant qu'ils ne nous auront pas parlé.

Il n'ajouta pas que les policiers reviendraient sans doute plus tard pour voir Kerra et qu'ils auraient aussi bien pu l'interroger à ce moment-là. Mais c'était hors de question. Il tenait à être là quand les enquêteurs parleraient à Dellen. S'ils revenaient plus tard, ils risquaient de l'interroger sans lui.

Il se dirigea vers l'armoire et en sortit de quoi l'habiller. Pantalon noir, pull noir, sandales noires. Il chercha des sous-vêtements et rapporta le tout sur le lit.

— Laisse-moi t'aider.

Cette supplique était le leitmotiv de leur couple. Depuis toujours, il ne vivait que pour la servir, et elle ne vivait que pour être servie.

Il rejeta les couvertures et les draps. Dessous, elle était nue, elle sentait mauvais, et il la regarda sans le moindre désir. Elle n'avait plus la silhouette de la jeune fille de quinze ans avec qui il se roulait dans le sable ; son corps reflétait le mépris que sa voix refusait d'exprimer. Sous le fard, sa peau était marquée. À la fois à peine réelle et trop charnelle. Elle était le passé – compromission et désunion – fait chair.

Il glissa les mains sous ses aisselles et l'aida à s'asseoir. Elle pleurait. Des pleurs silencieux, affreux à voir. Ils lui étiraient la bouche, rougissaient son nez, rétrécissaient ses yeux.

— Tu en as envie, reprit-elle, alors fais-le. Je ne t'en empêche pas. Je ne t'**en** ai jamais empêché.

— Chut, murmura-t-il. Mets ça.

Il lui enfila son soutien-gorge. Elle ne participait pas, malgré ses encouragements. Il dut prendre ses seins lourds dans ses mains et ajuster lui-même le soutien-gorge avant de l'agrafer. Quand elle fut habillée, il l'invita à se lever et elle s'anima enfin.

— Il ne faut pas qu'ils me voient dans cet état, répéta-t-elle, mais sur un ton différent.

Elle se dirigea vers la coiffeuse et exhuma une brosse de son fouillis de produits de beauté et de bijoux fantaisie. Elle la passa vigoureusement sur ses longs cheveux blonds avant de se faire un chignon passable. Puis elle alluma une lampe en cuivre qu'il lui avait offerte à Noël bien des années plus tôt et se pencha vers le miroir pour s'examiner. Elle se mit de la poudre et un peu de mascara, puis elle farfouilla parmi ses tubes de rouge à lèvres pour trouver celui qu'elle cherchait.

— Très bien, dit-elle en se retournant vers lui.

En noir de la tête aux pieds, hormis ses lèvres rouges. Aussi rouges qu'une rose rouge pouvait l'être. Aussi rouges que le sang l'était en réalité.

Pendant les interrogatoires préliminaires, Bea Hannaford eut la confirmation qu'on lui avait adjoint les Laurel et Hardy de la police du comté en la personne du constable McNulty et du sergent Collins. Cette comparaison s'était imposée à elle quand McNulty, d'un air larmoyant, lui avait relaté sa dernière visite à l'hôtel. Il avait averti la famille Kerne que la mort de Santo Kerne était certainement un meurtre. Si cette confidence en elle-même ne pouvait lui être reprochée, le fait d'avoir communiqué aux Kerne le résultat de l'examen du matériel d'escalade de la victime relevait de la faute professionnelle.

N'en croyant pas ses oreilles, Bea avait dévisagé McNulty. Il ne plaisantait pas. Il avait bel et bien divulgué des éléments essentiels de l'enquête à des personnes par nature suspectes. Dans un premier temps, elle avait explosé. Puis elle avait eu envie de l'étrangler. Au final, elle lui avait passé un fameux savon :

« Qu'est-ce que vous faites toute la journée ? Vous vous branlez dans les toilettes publiques ? Vous êtes l'officier de police le plus lamentable que j'aie jamais rencontré. Vous vous rendez compte de la situation dans laquelle vous nous avez mis ? »

Ensuite, elle lui avait ordonné de venir avec elle et de la fermer, à moins qu'elle ne l'autorise expressément à parler.

Pour une fois, McNulty avait fait preuve de bon sens : il n'avait pas pipé mot depuis qu'ils étaient arrivés au Promontory King George Hotel – une ruine Art déco qu'on aurait mieux fait de démolir, selon Bea. Il avait même pris des notes, sans lever une seule fois la tête de son bloc pendant qu'elle s'entretenait avec Alan Cheston en attendant le retour de Ben Kerne, accompagné, il fallait l'espérer, de sa femme.

Cheston n'était pas avare de détails : il avait vingt-cinq ans, il était censé être le compagnon de la fille Kerne, il avait grandi à Cambridge, enfant unique d'un docteur en physique (« Ma mère », avait-il précisé non sans fierté) et d'un bibliothécaire d'université (« Mon père », avait-il inutilement ajouté), tous deux retraités. Il avait fait ses études à Trinity Hall, puis à la London School of Economics, avant de travailler au service marketing d'une société de rénovation de Birmingham.

Quand ses parents s'étaient installés à Casvelyn, il était venu en Cornouailles pour se rapprocher d'eux. Il avait acheté dans Lansdown Close une maison mitoyenne en cours de réaménagement, afin d'héberger l'épouse et la famille qu'il espérait avoir un jour. En attendant la fin des travaux, il louait un meublé dans Breakwater Road.

— Pas exactement un meublé, précisa-t-il après avoir regardé le constable McNulty griffonner avec zèle. Plutôt une chambre dans la maison au bout de la route, en face du canal – vous savez, le grand cottage rose ? Je peux utiliser la cuisine et... Ma logeuse est très large d'esprit.

Bea supposa qu'il entendait par là que sa logeuse avait des idées modernes, et que la fille Kerne et lui s'envoyaient en l'air sous son toit en toute impunité.

— Kerra et moi comptons nous marier, ajouta-t-il comme si ce détail pouvait apaiser les inquiétudes supposées de l'inspecteur au sujet de la vertu de la jeune femme.

— Ah ! Merveilleux. Et Santo ? Quels étaient vos rapports avec lui ?

— Un garçon formidable. Difficile de ne pas l'aimer. Ce n'était pas un grand intellectuel, d'accord, mais il avait quelque chose de joyeux, d'espiègle. Pour ce que j'en voyais, les gens appréciaient sa compagnie. En général.

— Et vous en particulier ? insista Bea.

— On ne passait pas beaucoup de temps ensemble. Je suis le compagnon de Kerra, alors Santo et moi... On était davantage comme des beaux-frères, je suppose. Des échanges cordiaux et amicaux, mais rien de plus. On ne s'intéressait pas aux mêmes choses. Il était très physique. Je suis plus... cérébral ?

— Ce qui vous rend plus apte à diriger une affaire, j'imagine, souligna Bea.

— Oui, bien sûr.

— Comme celle-ci, par exemple.

Le jeune homme n'était pas idiot. Contrairement à la paire de zozos qu'elle devait se coltiner, il savait distinguer un faucon d'un héron, et ce quel que soit le sens du vent. Il reprit :

— Santo était plutôt soulagé d'apprendre que j'allais travailler ici. Ça lui ôtait un poids des épaules.

— Un poids ?

— Sans ça, il aurait dû travailler avec sa mère au service commercial, et il n'en avait pas envie. Du moins, c'est ce qu'il m'a laissé entendre. Il n'était pas fait pour ça.

— Mais vous, ça ne vous gêne pas ? De vous occuper de ça ? De travailler avec elle ?

— Pas du tout.

Pendant qu'il prononçait ces mots, ses yeux étaient fixés sur ceux de Bea et son corps restait immobile, une attitude qui trahissait le mensonge.

— J'aimerais jeter un coup d'œil au matériel d'escalade de Santo, si vous voulez m'indiquer où je peux le trouver, Mr Cheston.

— Désolé. À vrai dire, je ne sais pas où il le rangeait.

Il avait répondu un peu trop vite, comme s'il s'était préparé à cette question.

Bea s'apprêtait à le pousser dans ses retranchements quand, par-dessus le vacarme du vieil ascenseur qui ressemblait à une cage, il annonça :

— Voilà Ben et Dellen…

Bea dit au jeune homme qu'ils auraient probablement l'occasion de se reparler. Certainement, répondit-il. Il était à sa disposition.

213

Alan regagna son bureau avant que l'ascenseur n'arrive au rez-de-chaussée. Ben sortit le premier et tendit la main à sa femme pour l'aider. Elle émergea lentement, comme une somnambule. Les tranquillisants, songea Bea. Elle devait être sous sédatifs, ce qui n'était guère surprenant chez une mère qui venait de perdre son enfant.

Plus surprenante était son apparence. Le terme poli pour la décrire aurait été « beauté fanée ». À l'approche de la cinquantaine, les courbes lascives de sa jeunesse s'étaient ramollies et affaissées. Elle avait dû fumer, et peut-être fumait-elle encore, car elle avait des ridules autour des yeux et des lèvres. Sans être grosse, elle n'avait pas le corps musclé de son mari. Trop peu d'exercice et trop de laisser-aller, conclut Bea.

Pourtant, cette femme avait quelque chose : des pieds soignés, des mains manucurées, de somptueux cheveux blonds, de grands yeux violets aux épais cils noirs, et une façon de se mouvoir qui réclamait qu'on lui prête assistance. Les troubadours l'auraient qualifiée de « damoiselle ». Aux yeux de Bea, elle évoquait plutôt un nid d'emmerdes, et il lui tardait de découvrir pourquoi.

— Merci de nous avoir rejoints, Mrs Kerne, dit-elle.

Puis elle demanda au mari :

— Y a-t-il un endroit où nous puissions parler ? Nous ne devrions pas en avoir pour longtemps.

Un exemple typique de casuistique policière : cela durerait le temps que Bea obtienne satisfaction.

Ben Kerne proposa de monter au premier, dans le salon des résidents.

Dominant St Mevan Beach, la pièce était équipée de canapés neufs à la fois chic et solides, d'un téléviseur écran large, d'un lecteur de DVD, d'une chaîne stéréo, d'une table de billard et d'une kitchenette. Celle-ci disposait de tout le matériel pour faire du thé ainsi que d'une machine à cappuccino en inox étincelante. Les murs étaient ornés d'affiches des années 1920 et 1930 montrant des skieurs, des randonneurs, des cyclistes, des nageurs et des joueurs de tennis. Visiblement, on avait consacré beaucoup d'argent à la décoration.

Bea se demanda d'où étaient venus les fonds pour financer l'ensemble du projet, et elle n'hésita pas à poser la question. Au lieu de répondre, Ben Kerne proposa un cappuccino aux policiers. Bea refusa avant que le constable McNulty – qui avait levé la tête de son calepin – n'ait eu le temps d'accepter. Kerne se dirigea quand même vers la machine, en disant :

— Si vous permettez...

Il prépara une mixture qu'il donna à sa femme. Elle prit la tasse sans enthousiasme. Il lui demanda d'en boire un peu, d'une voix pleine de sollicitude. Dellen déclara qu'elle n'en voulait pas, mais Ben fut inflexible. Ils semblèrent se défier du regard. Dellen céda la première. Elle porta la tasse à ses lèvres et ne l'abaissa que quand elle eut tout bu, laissant une auréole rouge à l'endroit où sa bouche avait touché le grès.

Bea demanda depuis combien de temps ils vivaient à Casvelyn, et Ben lui répondit qu'ils étaient arrivés deux ans plus tôt. Ils venaient de Truro, où il possédait deux magasins de sport, qu'il avait vendus – ainsi que la maison familiale – pour financer au moins en partie le projet Adventures Unlimited. Naturellement, la banque avait fourni le complément. On ne s'embarquait pas dans une entreprise pareille sans plusieurs sources de financement. Ils avaient prévu d'ouvrir à la mi-juin, du moins initialement. Maintenant… Il ne savait plus.

Bea reprit :

— Vous avez grandi à Truro, c'est ça, Mr Kerne ? Votre femme et vous, vous vous fréquentez depuis l'enfance ?

Kerne se tourna vers Dellen, comme s'il hésitait sur la manière de tourner sa réponse. Bea se demanda laquelle des deux questions l'embarrassait.

— Pas à Truro, non, répondit-il enfin. Quant à nous deux…

Il jeta un regard plein d'affection à sa femme avant de poursuivre.

— Nous sommes plus ou moins ensemble depuis l'adolescence. On avait seize et quinze ans, c'est bien ça, Dell ? Mais on était comme la plupart des jeunes, ajouta-t-il sans attendre de réponse. On sortait ensemble, on cassait, puis on se réconciliait. On a fait ça pendant six ou sept ans avant de se marier. Pas vrai, Dell ?

— Je ne sais plus. J'ai oublié tout ça.

Dellen Kerne avait une voix rauque, une voix de fumeuse qui collait bien au personnage.

— Ah bon ? reprit Ben. Moi, ça m'a paru durer une éternité, tout ce cinéma. C'est normal, quand on tient à quelqu'un.

— Quel genre de cinéma ? demanda Bea tandis que le constable McNulty continuait à griffonner scrupuleusement sur son bloc.

— Je couchais à droite et à gauche, dit Dellen sans y aller par quatre chemins.

— Dell…

— Elle finira bien par le découvrir, de toute manière. J'étais la putain du village, inspecteur. Tu peux me préparer un autre café, Ben ? demanda-t-elle ensuite à son mari. Plus chaud, s'il te plaît. Le premier était tiède.

Le visage de Ben s'était mué en granit. Après une infime hésitation, il se leva du canapé où il avait pris place à côté de sa femme et retourna vers la machine à cappuccino. Bea laissa le silence s'étirer, et quand le constable McNulty se racla la gorge comme pour parler, elle lui fila un coup de pied pour le faire taire. Elle ne détestait pas qu'il règne une certaine tension durant les interrogatoires, surtout quand celle-ci était le fait d'un des suspects.

Dellen reprit en regardant Ben, comme si ses paroles contenaient un message caché qui lui était destiné :

— Nous vivions sur la côte, Ben et moi, mais pas dans un endroit comme Newquay, où il y a au moins quelques distractions. Dans notre village, il n'y avait rien à faire, à part la plage en été et le sexe en hiver. Parfois aussi l'été, quand il ne faisait pas assez beau pour la plage. On formait une bande de jeunes à l'époque, tous très ouverts. On sortait avec Untel, puis avec un autre. Jusqu'à notre départ pour Truro. Ben y est allé en premier, et moi, fine mouche, je lui ai emboîté le pas. Ça a tout changé.

Ben rapporta la tasse de café ainsi qu'un paquet de cigarettes qu'il avait pris dans la kitchenette. Il en alluma une et la tendit à Dellen avant de se rasseoir tout contre elle.

Dellen siffla son deuxième café aussi vite que le premier. Elle prit la cigarette et tira dessus de façon experte, aspirant la fumée et la recrachant en partie avant de l'avaler à nouveau. L'effet était spectaculaire. Bea l'examina avec attention. Ses mains tremblaient.

— L'animation de la grande ville ? demanda-t-elle aux Kerne. C'est ça qui vous a attirés à Truro ?

— Pas vraiment, répondit Dellen. À dix-huit ans, Ben est allé vivre chez son oncle. Il n'arrêtait pas de s'engueuler avec son père. À cause de moi. Son père pensait le débarrasser de moi en l'éloignant du village. Il n'avait pas imaginé que je le suivrais. Pas vrai, Ben ?

Ben posa sa main sur la sienne. Elle parlait trop, ils le savaient tous, mais seuls Ben et sa femme savaient pourquoi. Bea se demandait ce que tout cela avait à voir avec Santo, tandis que Ben s'efforçait de reprendre les rênes de la conversation :

— Tu réécris l'histoire. La vérité, c'est que mon père et moi, on ne s'est jamais très bien entendus. Il rêvait de vivre exclusivement de la terre. Après dix-huit ans, j'en ai eu ma claque. J'ai pris mes dispositions pour aller habiter chez mon oncle, à Truro. Dellen m'a suivi au bout de… Combien de temps ? Huit mois ?

— Ça m'a paru huit siècles, dit Dellen. Pour mon malheur, je savais reconnaître une affaire. Et c'est toujours le cas. J'ai un mari merveilleux dont je mets la patience à rude épreuve, inspecteur Hannaford, ajouta-t-elle sans cesser de regarder Ben. Pourrais-je avoir un autre café ?

— Tu crois que c'est raisonnable ?

— Encore plus chaud, s'il te plaît. Je crois que cette machine ne marche pas très bien.

Bea comprit soudain à quoi rimait ce manège : Dellen avait refusé le premier café, mais Ben avait insisté. À présent, elle lui faisait boire la coupe jusqu'à la lie.

— J'aimerais voir la chambre de votre fils, si c'est possible, dit Bea. Dès que vous aurez fini votre café, bien sûr.

Daidre Trahair regagnait Polcare Cove en suivant le haut de la falaise quand elle l'aperçut. Le vent était vif, et elle venait de s'arrêter pour remettre en place sa barrette en écaille. Elle avait réussi à attraper tous ses cheveux et coinçait une dernière mèche derrière son oreille quand elle le vit surgir à une centaine de mètres au sud. Apparemment, il remontait de la crique. Daidre en conclut qu'il reprenait sa randonnée, lavé de tout soupçon par l'inspecteur principal Hannaford. Sans doute avait-il été disculpé dès l'instant où il avait dit appartenir à New Scotland Yard. Si seulement elle avait été moitié aussi maligne...

Mais elle devait être honnête, au moins avec elle-même. Thomas Lynley n'avait jamais dit appartenir à New Scotland Yard. C'étaient les deux autres, la veille, qui l'avaient affirmé quand il leur avait donné son nom.

Il avait dit « Thomas Lynley » et l'un des deux – elle ne savait plus lequel – avait ajouté : « New Scotland Yard ? » Il avait alors plus ou moins confirmé leur supposition et s'en était tenu là.

Elle savait pourquoi, à présent. S'il était le Thomas Lynley de New Scotland Yard, il était aussi le Thomas Lynley dont la femme avait été assassinée en pleine rue, devant leur maison de Belgravia. Tous les flics du pays le savaient. La police était une sorte de confrérie. Autrement dit, tous les flics du pays se serraient les coudes. Elle devrait s'en souvenir et se surveiller en sa présence, malgré la douleur qu'elle percevait en lui et l'envie qu'elle avait de l'apaiser. Tout le monde connaissait la souffrance. Pour vivre, il fallait apprendre à s'en accommoder.

Il leva le bras pour la saluer. Elle lui fit signe à son tour. Ils marchèrent l'un vers l'autre. À cet endroit, le sentier était étroit et accidenté, avec des roches pointues qui jaillissaient du sol. Vers l'est, les ajoncs bruissaient en bouquets touffus, formant un rempart jaune contre le vent. Derrière, l'herbe poussait à profusion, même si elle était tondue par les moutons qui broutaient en toute liberté.

Quand ils furent face à face, Daidre lança à Thomas Lynley :

— Vous vous en allez ?

Comprenant aussitôt son erreur, elle s'empressa d'ajouter :

— Mais non, vous n'avez pas votre sac à dos.

— Vous feriez un bon détective, dit-il d'un air grave.

— Simple déduction. Des détails plus subtils m'échapperaient, je le crains. Vous vous promenez ?

— Je vous cherchais.

Le vent faisait voler les cheveux de Lynley. Il les écarta de son front. Elle se fit la remarque qu'ils avaient la même nature de cheveux. Les siens devenaient sans doute très blonds en été.

— Vous me cherchiez ? répéta-t-elle. Comment avez-vous deviné que j'étais là ? En frappant à la porte du cottage ? Car j'espère que vous avez frappé, cette fois-ci. Je n'ai plus beaucoup de carreaux à vous offrir.

— Oui, j'ai frappé. Comme personne ne répondait, j'ai inspecté les alentours et j'ai repéré des empreintes toutes fraîches. Je les ai suivies. C'était assez simple.

— Et me voilà.

— Et vous voilà.

Il sourit et parut hésiter. Daidre fut étonnée, car il n'avait pas l'air timide.

— Et… ? fit-elle pour l'encourager.

Il avait sur la lèvre supérieure une cicatrice qui altérait à peine sa beauté. Car il était beau, d'une beauté classique, avec des traits puissants et bien dessinés. Pas une once de consanguinité là-dedans.

— Je suis venu vous inviter à dîner, dit-il. J'ai bien peur de ne pouvoir vous offrir que la Salthouse Inn : je ne dispose pas encore de fonds personnels, et je ne peux guère vous inviter puis vous demander de régler l'addition. Tandis qu'à l'auberge ils mettront le repas sur ma note, et, comme le petit déjeuner était excellent – ou, du moins, nourrissant –, le dîner devrait être acceptable.

— Voilà une singulière invitation !

Il parut réfléchir.

— Vous parlez de la partie « acceptable » ?

— En effet. « Vous joindrez-vous à moi pour un repas acceptable, quoique guère somptueux ? » On croirait une de ces requêtes post-victoriennes auxquelles on ne peut répondre que par un « Volontiers, ma foi ».

Il éclata de rire.

— Désolé. Ma mère se retournerait dans sa tombe, si elle était morte, ce qu'elle n'est pas. Dans ce cas, disons que j'ai jeté un coup d'œil au menu de ce soir, et qu'il a l'air, sinon extraordinaire, à tout le moins sensass.

Elle rit à son tour.

— « Sensass » ? D'où sortez-vous ça ? Peu importe. Ne me le dites pas. Dînons plutôt ici. J'ai déjà préparé quelque chose et il y en a assez pour deux. Il ne reste plus qu'à le faire cuire.

— Mais alors, je vous serai doublement redevable

— J'y compte bien, *my lord*.

Le sourire de Lynley s'effaça. Daidre maudit sa spontanéité.

— Ah. Donc, vous savez.

Elle se tritura les méninges pour trouver une explication qui tienne debout, même pour lui.

— Hier soir, quand vous avez dit que vous étiez de Scotland Yard, j'ai voulu savoir de quoi il retournait. Je me suis renseignée.

Elle détourna la tête. Des goélands argentés s'étaient nichés deux par deux sur les saillies et dans les crevasses de la falaise voisine, les plumes hérissées pour se protéger du vent.

— Je suis navrée, Thomas.

Au bout d'un long moment, durant lequel des mouettes atterrirent et d'autres s'envolèrent en piaillant, Lynley dit :

— Vous n'avez pas à vous excuser. J'en aurais fait autant à votre place. Un inconnu qui se prétend policier dans votre maison, un cadavre dehors…

— Je ne parlais pas de ça.

Elle se retourna vers lui. Il était face au vent alors qu'elle l'avait dans le dos. Les bourrasques faisaient voler ses cheveux, les rabattant sur son visage malgré sa barrette.

— De quoi, alors ? fit-il.

— Votre femme. Je suis vraiment navrée de ce qui lui est arrivé. Ce doit être une épreuve abominable.

— Ah… Oui.

Il dirigea son regard vers les oiseaux. Sans doute pensait-il la même chose qu'elle à cet instant : que les mouettes allaient par deux non parce qu'il était rassurant d'être en groupe, mais parce qu'il était rassurant d'être simplement avec une autre mouette.

— L'épreuve était bien plus terrible pour elle que pour moi, reprit-il.

— Non. Je n'en crois rien.

— Ah non ? Eh bien, de mon point de vue, il n'existe pas de mort plus violente que celle causée par une arme à feu. Surtout quand le décès n'est pas immédiat. Je n'ai pas eu à subir cela. Helen, si. Elle revenait de faire des courses, elle essayait d'ouvrir la porte quand on lui a tiré dessus. Ce doit être assez violent, vous ne pensez pas ?

Il avait parlé d'un ton morne, sans la regarder. Daidre tenta néanmoins de clarifier ses propos.

— Je crois que la mort est le terme de cette phase-ci de notre existence, Thomas, à savoir l'expérience humaine de l'être spirituel. L'esprit quitte le corps pour aller ailleurs, et cet ailleurs est forcément mieux que ce qu'il y a ici, sinon à quoi bon ?

— Vous y croyez vraiment ? Au ciel, à l'enfer et toutes les âneries de la même veine ?

— Pas au ciel ni à l'enfer. Ça paraît idiot, je vous l'accorde. Dieu, ou qui que ce soit, juché sur son trône, jetant telle âme en enfer pour qu'elle subisse les tourments éternels, propulsant telle autre vers le paradis pour qu'elle entonne des cantiques avec les anges... Mais je crois qu'il existe quelque chose au-delà de ce que nous percevons. Tandis que votre être spirituel s'efforce de comprendre l'expérience humaine, elle, à présent, elle sait...

— Helen. Elle s'appelait Helen.

— Helen, oui. Pardonnez-moi. Helen. Elle sait quel était le sens de tout cela. Mais cette certitude n'apporte pas beaucoup de consolation. Pour vous, je veux dire. Savoir que Helen a poursuivi sa route...

— Elle ne l'a pas choisi.

— Choisit-on jamais, Thomas ?

— Par le suicide.

Elle frissonna sous son regard.

— Ce n'est pas un choix. C'est une décision fondée sur la croyance qu'il n'y a pas de choix.

La mâchoire de Lynley tremblait. Daidre regrettait terriblement sa bévue. En voulant plaisanter, elle avait ravivé la blessure de cet homme. Ces choses-là prennent du temps, avait-elle envie de lui dire. Un cliché, mais tellement vrai.

— Thomas, ça vous dirait de marcher ? J'aimerais vous montrer quelque chose. Il y en a peut-être pour deux kilomètres, mais ça nous ouvrira l'appétit.

Elle craignait un refus, mais il hocha la tête. Ils partirent dans la direction d'où Daidre était venue. Le sentier descendait vers une autre crique, où de grandes nageoires d'ardoise, surgissant des vagues, se dressaient vers une falaise traîtreusement composée de grès et de schiste argileux. Le vent et le bruit du ressac rendaient la conversation difficile, de sorte que Daidre préféra se taire, et Lynley aussi. C'était mieux ainsi. Pour cicatriser, il valait souvent mieux laisser une blessure au repos plutôt que de la sonder sans relâche.

Le printemps avait apporté des fleurs sauvages dans les zones protégées du vent. Là, le jaune de l'ambroisie se mêlait au rose de la bruyère et des œillets marins, tandis que des jacinthes des bois indiquaient l'emplacement d'anciennes forêts. Les habitations étaient rares dans les environs immédiats des falaises, mais, au loin, des fermes de pierre se profilaient, adossées à de vastes étables, et du bétail paissait dans des enclos délimités par des talus semés d'églantiers et de nombrils-de-Vénus.

Le village le plus proche s'appelait Alsperyl, et c'était leur destination. Une église, un presbytère, quelques maisons, une école très ancienne et un pub, tous construits dans la pierre brute de la région, s'élevaient à environ huit cents mètres à l'est du sentier, au-delà d'une prairie bosselée. Pour le moment, seule la flèche de l'église était visible. Daidre la montra à Lynley en disant :

— St Morwenna. On va marcher encore un peu, si vous êtes d'attaque.

Il acquiesça, et elle se sentit ridicule. Il n'était pas infirme, et le chagrin ne l'avait pas privé de ses jambes. Ils firent encore deux cents mètres et découvrirent, au milieu de la bruyère fouettée par le vent, des marches creusées dans la pierre.

— La descente n'est pas très raide, mais évitez de trop vous approcher du bord. Nous sommes quand même à une cinquantaine de mètres au-dessus de l'eau.

Au bas de l'escalier, qui épousait les reliefs de la paroi, ils trouvèrent un sentier plus étroit, presque envahi par des ajoncs et des carrés d'orpins d'Angleterre qui avaient trouvé le moyen de pousser malgré le vent. Une vingtaine de mètres plus loin, le sentier se terminait brusquement, pas sur un à-pic, comme on aurait pu le croire, mais sur une cabane construite dans la falaise. La façade était constituée de planches récupérées sur des épaves et les côtés, de petits blocs de grès. Le bois, si ancien qu'il avait viré au gris, était piqueté et les gonds rouillés avaient déteint dessus.

Daidre jeta un regard derrière elle pour voir la réaction de Thomas Lynley. Il écarquillait les yeux et avait un sourire tordu. Qu'est-ce que c'est que cet endroit ? semblait-il demander.

Elle répondit à sa question muette, en essayant de couvrir le bruit du vent.

— C'est merveilleux, hein ? On l'appelle la cabane de Hedra. S'il faut en croire le journal du révérend Walcombe, elle est là depuis la fin du XVIIIe siècle.

— C'est lui qui l'a construite ?

— Walcombe ? Non, non. Ce n'était pas un bâtisseur, mais un sacré chroniqueur. Il consignait dans son journal tout ce qui se passait autour d'Alsperyl. Je suis tombée dessus à la bibliothèque de Casvelyn. Il a été le pasteur de St Morwenna pendant... quarante ans, peut-être ? Il a tenté de sauver l'âme tourmentée qui avait érigé cette cabane.

— Ah ! La fameuse Hedra, sans doute ?

— Elle-même. Son mari, un pêcheur, avait été pris dans une tempête et s'était noyé, la laissant seule avec un jeune fils. D'après Mr Walcombe – qui n'a pas pour habitude d'enjoliver la réalité –, le garçon a subitement disparu un jour ; sans doute s'était-il risqué trop près du bord de la falaise. Au lieu d'affronter sa mort, six mois après celle de son mari, la pauvre Hedra a choisi de croire qu'un phoque l'avait emmené. Elle s'est convaincue que son fils était descendu vers le rivage – Dieu sait comment –, où un phoque l'attendait sous les traits de sa mère, et qu'il lui avait fait signe de rejoindre le reste de la... Zut ! Comment appelle-t-on un groupe de phoques ? Un troupeau ? Un banc ? Non, ça c'est pour les poissons. Peu importe. Toujours est-il que Hedra a construit cette cabane pour attendre son retour, ce qu'elle n'a cessé de faire jusqu'à la fin de sa vie. Une histoire émouvante, non ?

— Elle est vraie ?

— Selon Mr Walcombe, oui. Mais ce n'est pas tout. Entrons à l'abri du vent.

Les deux vantaux superposés étaient fermés par des barres de bois qui coulissaient dans des anneaux et reposaient sur des crochets. Daidre retira celle du haut, puis celle du bas, avant d'ouvrir les battants.

— Hedra connaissait le climat, lança-t-elle par-dessus son épaule. Elle a bâti une maison très robuste pour y attendre son fils. La charpente est entièrement en bois. Il y a un banc de chaque côté, des poutres qui soutiennent le toit, et le sol est en ardoise. Comme si elle s'était doutée qu'elle allait attendre longtemps...

Elle pénétra à l'intérieur de la cabane et s'arrêta net. Pendant que Lynley se penchait pour passer sous le linteau, elle s'exclama, écœurée :

— Oh, bon sang !

— Quel dommage, soupira à son tour Lynley.

Le mur du fond avait été dégradé peu auparavant, à en juger par l'aspect des entailles. Les contours d'un cœur gravé, sûrement accompagné des initiales des deux amoureux, se devinaient encore sous des hachures rageuses, pareilles à des balafres. Les initiales avaient été effacées.

— Au moins ce ne sont pas des tags, remarqua Daidre, tâchant de se montrer philosophe devant ce gâchis. Quand même, c'est à se demander... Pourquoi les gens font-ils des choses pareilles ?

Thomas examina le reste de la cabane. Des initiales, des dates, d'autres cœurs, des noms avaient été sculptés dans le bois au fil des siècles.

— Dans mon ancienne école, commença-t-il d'un air pensif, il y a un mur, pas très loin de l'entrée. Il est impossible de le rater. Les élèves y gravent leurs initiales depuis... depuis le XVᵉ siècle, j'imagine. Chaque fois que j'y retourne – ça m'arrive de temps en temps, vous savez ce que c'est –, je cherche les mien-

227

nes. Elles y sont encore. D'une certaine manière, elles proclament que je suis réel, que j'existais à l'époque, que j'existe encore. Mais quand je regarde les initiales des autres – et il y en a des centaines, sans doute des milliers – je ne peux m'empêcher de penser que la vie est fugace. C'est pareil ici, non ?

— Oui, sans doute.

Daidre passa un doigt sur plusieurs inscriptions parmi les plus anciennes : une croix celtique, le prénom Daniel, BJ + SR.

— J'aime venir ici pour réfléchir. Parfois je me demande qui étaient ces gens, assez confiants pour accoler ainsi leurs initiales. Leur amour a-t-il duré ? Ça aussi, je me le demande.

— Rien ne dure, murmura Lynley en effleurant le pauvre cœur massacré. C'est notre malédiction.

9

En entrant dans la chambre de Santo Kerne, Bea Hannaford se félicita pour la première fois d'avoir le constable McNulty à ses côtés. Les murs étaient pour ainsi dire tapissés d'affiches de surf, et Bea comprit rapidement que McNulty savait à peu près tout ce qu'il y avait à savoir sur ce sport, sur les lieux où les photos avaient été prises et sur les surfeurs eux-mêmes. Elle fut soulagée de constater que, tout compte fait, il possédait quelques compétences.

— Jaws, murmura-t-il mystérieusement, contemplant avec effroi une montagne liquide qu'un cinglé pas plus haut qu'un pouce dévalait à toute allure. Nom de Dieu, regardez-moi ce mec. C'est Hamilton, au large de Maui. Il est complètement dingue. Bon sang, on dirait un tsunami, non ?

Ben Kerne les avait accompagnés, mais il n'entra pas dans la pièce. Sa femme était restée au salon. Visiblement, Kerne ne tenait pas à la laisser seule, mais il s'était trouvé coincé entre la police et son épouse. Il ne pouvait satisfaire l'une tout en tentant de surveiller l'autre. Soit il laissait les policiers déambuler dans l'hôtel à la recherche de la chambre de Santo pendant qu'il s'occupait de sa femme, soit il les y conduisait. Il avait choisi cette dernière solution, mais il était évident qu'il avait l'esprit ailleurs.

— Jusqu'ici, on ignorait que Santo s'intéressait au surf, dit Bea à Ben Kerne, toujours sur le seuil.

— Il s'y est mis quand nous sommes arrivés à Casvelyn.

— Son équipement se trouve ici ? Planche, combi, etc.

— Capuche, murmura McNulty. Gants, chaussons, dérives supplémentaires…

— Ça ira, constable, le coupa Bea. Mr Kerne a compris.

— Non, répondit Ben Kerne. Il le rangeait ailleurs.

— Ah bon ? Pourquoi ? Pas très pratique, non ?

— Je suppose qu'il n'aimait pas l'avoir ici, reprit Ben en regardant les posters.

— Pourquoi ? répéta Bea.

— Sans doute avait-il peur que j'y touche.

— Ah ! Constable… ?

À la grande satisfaction de Bea, Mick McNulty saisit l'allusion et recommença à prendre des notes. Toutefois, Ben Kerne fut incapable de dire où Santo rangeait son matériel.

— Quelles raisons Santo avait-il de croire que vous puissiez toucher à son équipement, Mr Kerne ? À moins que par « toucher », vous ne vouliez dire « abîmer » ?

— Il savait que je n'approuvais pas son intérêt pour le surf.

— Pourquoi ça ? C'est un sport plutôt inoffensif, comparé à l'escalade.

— Aucun sport n'est totalement inoffensif, inspecteur. Mais ce n'était pas pour ça.

Kerne entra et contempla les posters avec une expression indéchiffrable.

— Vous surfez, Mr Kerne ? demanda Bea.

— Je ne me serais pas opposé à ce que mon fils surfe si j'étais moi-même surfeur...

— Je n'en sais rien. Je ne comprends toujours pas pourquoi vous approuviez un sport mais pas l'autre.

— C'est à cause du genre qu'ils se donnent, vous voyez ?

Kerne lança un regard contrit au constable McNulty avant de poursuivre :

— Je n'aimais pas qu'il fréquente les surfeurs parce que la plupart d'entre eux ne s'intéressent à rien d'autre. Je ne voulais pas qu'il passe sa vie à glander et arpenter la côte à la recherche de la vague parfaite. Toute leur existence tourne autour des cartes isobares et des tableaux des marées. Quand ils ne sont pas sur leur planche, ils parlent de surf ou ils fument des pétards, toujours en combinaison. Je ne voulais pas de ça pour mon fils. Vous voudriez ça pour le vôtre ?

— Et si son existence tournait autour de l'escalade ?

— Ce n'était pas le cas. Mais au moins, dans l'escalade, on doit compter avec les autres. Ce n'est pas un sport solitaire, comme peut l'être le surf. Je ne voulais pas qu'il se retrouve en mer tout seul. Je voulais qu'il soit avec des gens. Comme ça, s'il lui était arrivé quelque chose...

Ben regarda à nouveau les affiches, qui, même aux yeux d'une novice comme Bea, représentaient le danger absolu. Ces énormes masses d'eau incarnaient tous les risques imaginables, de la simple fracture à la noyade. Bea se demanda combien de passionnés trouvaient la mort chaque année en dévalant une pente quasi verticale qui, contrairement à la roche, se transformait d'une seconde à l'autre pour piéger les imprudents.

— Pourtant, objecta-t-elle, Santo était seul quand il est tombé. Et d'ailleurs, les surfeurs ne sont pas toujours seuls, il me semble ?

— Sur la vague, si. Il peut y avoir des gens autour d'eux, mais ce n'est pas une aventure collective.

— Alors que l'escalade, si ?

— Les grimpeurs veillent mutuellement à leur sécurité. Quel père ne voudrait pas la sécurité pour son fils ?

— Et quand Santo a contesté votre avis sur le surf ?

— Eh bien ?

— Que s'est-il passé alors ? Des disputes ? Des punitions ? Avez-vous une propension à la violence, Mr Kerne ?

Il se planta devant elle, mais, comme il se trouvait à contre-jour, elle ne distingua pas bien son visage.

— C'est quoi, cette question ?

— Une question qui demande une réponse. Santo avait récolté un coquard peu avant sa mort. Qu'est-ce que vous pouvez me dire à ce sujet ?

Les épaules de Ben Kerne s'affaissèrent. Il s'écarta de la fenêtre et se dirigea vers un bureau sommaire, un plateau de contre-plaqué posé sur deux tréteaux, qui accueillait un ordinateur et une imprimante. Il tendait la main vers un tas de feuilles posées à l'envers quand Bea l'arrêta en répétant sa question.

— Il n'a pas voulu m'en parler. J'ai bien vu qu'il avait pris un coup de poing. Mais comme il refusait de s'expliquer, j'en étais réduit aux suppositions…

Il secoua la tête. Il semblait détenir des informations qu'il rechignait à communiquer.

— Si vous avez des soupçons… l'encouragea Bea.

— Non. C'est juste que… les jeunes femmes aimaient bien Santo, et Santo aimait bien les jeunes femmes. Il ne faisait pas de distinguo.

— Entre quoi et quoi ?

— Entre disponible et pas disponible. Peut-être qu'un père en colère, ou un petit ami furieux, lui a flanqué un marron. Il n'a pas voulu le dire. Mais il aimait les nanas et les nanas l'aimaient. Et, franchement, une jeune femme un peu dégourdie n'avait aucune difficulté à l'amener où elle voulait. Il était… J'ai bien peur qu'il ait toujours été comme ça.

— Quelqu'un en particulier ?

— La dernière était une jeune fille du nom de Madlyn Angarrack. Ils étaient… comment dit-on… maqués ? Ça a duré plus d'un an.

— Serait-elle également surfeuse, par hasard ?

— Elle était excellente, à en croire Santo. Une championne en herbe. Il était très mordu.

— Et elle ?

— C'était réciproque.

— Ça vous a fait quoi, de voir votre fils fréquenter une surfeuse ?

— Santo a toujours fréquenté des filles, inspecteur. Je savais que ça ne durerait pas. Il n'était pas prêt à se caser. Ni avec Madlyn ni avec personne. Quoi qu'il advienne.

Bea trouva l'expression bizarre.

— Mais vous vouliez qu'il se stabilise, non ?

— Comme n'importe quel père, je voulais qu'il se tienne à carreau et qu'il évite les ennuis.

— Pas très ambitieux, comme programme, dites-moi.

Ben Kerne ne répondit pas. Bea eut l'impression qu'il cachait quelque chose. Elle savait d'expérience que quand quelqu'un se taisait lors d'un interrogatoire, c'était le plus souvent pour se protéger.

— Avez-vous jamais frappé Santo, Mr Kerne ?

Ben Kerne ne broncha pas.

— J'ai déjà répondu à cette question.

Elle laissa le silence s'installer. Faute de résultat, elle reporta son attention sur l'ordinateur de Santo. Ils allaient devoir l'emporter, annonça-t-elle à Kerne. Le constable McNulty allait le débrancher et le charger dans la voiture. Attrapant les feuilles sur le bureau, elle les retourna et les étala.

Il s'agissait d'une série de dessins incluant le nom « Adventures Unlimited ». Sur l'un, les deux mots formaient comme une vague déferlante. Sur un deuxième, ils composaient un logo circulaire au centre duquel se dressait le Promontory King George Hotel. Dans un troisième, ils servaient de base à des prouesses athlétiques réalisées par des silhouettes tant masculines que féminines. Dans un autre encore, les lettres évoquaient des agrès.

— Oh mon Dieu !

Bea leva les yeux et vit l'expression affligée de Kerne.

— Qu'y a-t-il ?

— Il cherchait à créer des motifs de tee-shirts. Il... il travaillait pour Adventures. Je ne lui avais rien demandé. Mon Dieu, Santo...

Il avait prononcé le nom de son fils comme s'il cherchait à s'excuser. Bea en profita pour l'interroger sur le matériel d'escalade de Santo. Kerne lui apprit que tout avait disparu – les descendeurs, les coinceurs, les cordes, bref tous les accessoires nécessaires à une escalade.

— Il avait besoin de tout son équipement pour l'escalade d'hier ?

Kerne répondit par la négative. Soit Santo avait déplacé son matériel à l'insu de son père, soit il avait tout emporté la veille.

— Pourquoi aurait-il fait ça ?

— Nous avions eu des mots. Il a pu agir sur un coup de tête.

— Un coup de tête qui lui aurait été fatal ? Trop énervé pour s'assurer du bon état de son matériel ? C'était son genre ?

— Impulsif, vous voulez dire ? Assez impulsif pour escalader une falaise sans avoir vérifié son matériel ? Oui, c'était son genre.

Grâce à Dieu – ou grâce à qui vous voudrez –, c'était le dernier radiateur. Pas le dernier de tous les radiateurs de l'hôtel, mais le dernier de la journée. Il comptait une demi-heure pour nettoyer les pinceaux et refermer les pots de peinture – des années d'entraînement à travailler pour son père lui avaient appris à faire durer n'importe quelle activité aussi longtemps que nécessaire –, puis ce serait l'heure de partir. Pas trop tôt, bordel ! Il avait mal aux reins et aussi au crâne, à cause des émanations. Pas de doute, il n'était pas fait pour ce boulot. Mais ça, ce n'était pas une découverte.

Cadan s'accroupit pour admirer son œuvre. C'était idiot d'avoir posé la moquette avant de faire repeindre les radiateurs. Mais, à force de frotter, il avait réussi à faire disparaître la tache la plus récente, et les rideaux cacheraient le reste.

— Allez, on se tire, Pooh, lança-t-il.

Le perroquet se redressa sur l'épaule de Cadan et répondit par un piaillement suivi de propos pour le moins étranges : « Boulons desserrés sur le frigo ! Appelez les flics ! Appelez les flics ! »

La porte s'ouvrit alors que Pooh battait des ailes, soit pour se laisser tomber au sol, soit pour soulager un besoin naturel sur l'épaule de Cadan.

— T'as pas intérêt, mon pote ! s'écria ce dernier.

Une voix de femme aux accents inquiets s'éleva :

— Qui êtes-vous, je vous prie ? Que faites-vous ici ?

Cadan distingua une silhouette féminine tout en noir – sans doute la mère de Santo Kerne, Dellen. Pendant qu'il se relevait, Pooh débita : « Polly veut une branlette. Polly veut une branlette. » Il manquait parfois cruellement d'à-propos.

— Qu'est-ce que c'est que ça ? demanda Dellen Kerne.

— Un perroquet.

Elle parut contrariée.

— Je vois bien que c'est un perroquet. Je ne suis ni aveugle ni stupide. Quel genre de perroquet, et que fait-il ici ? Et vous-même, d'ailleurs ?

— C'est un perroquet mexicain.

Cadan sentit qu'il piquait un fard, mais son teint mat dissimulerait son embarras à Dellen.

— Il s'appelle Pooh.

— Comme Winnie[1] ?

— Comme ce qu'il fait le mieux.

1. Winnie the Pooh = Winnie l'Ourson, personnage d'A. A. Milne, mais *pooh* signifie aussi « caca ». *(N.d.T.)*

L'ombre d'un sourire flotta sur les lèvres de la femme.

— Pourquoi est-ce que je ne vous connais pas ? Pourquoi est-ce que je ne vous ai jamais vu avant ?

— Mr Kerne m'a embauché hier. Il a sans doute oublié de vous le dire à cause de...

Cadan s'aperçut trop tard de sa gaffe. Subitement, il eut envie de disparaître sous terre. Hormis peindre les radiateurs et échafauder des plans pour le minigolf, il avait précisément passé la journée à tenter d'éviter une rencontre avec un des proches de Santo. Les circonstances exigeaient des condoléances adaptées à leur immense chagrin.

— Je suis désolé pour Santo, dit-il.

Elle le regarda, impassible.

— Bien entendu.

Ignorant ce qu'elle voulait dire, Cadan se mit à danser d'un pied sur l'autre. Il avait encore un pinceau à la main et il se demanda de manière aussi soudaine que ridicule ce qu'il était censé en faire. Ou du pot de peinture. Personne ne lui avait dit où les ranger, et il n'avait pas pensé à poser la question.

— Vous le connaissiez ? reprit Dellen. Vous connaissiez Santo ?

— Un peu. Ouais.

— Et qu'est-ce que vous pensiez de lui ?

— Il avait acheté une planche de surf à mon père, répondit Cadan sans se mouiller.

Il ne parla pas de Madlyn. Il ne voulait pas en parler, ni s'interroger sur les raisons de sa réticence à en parler.

— Je vois. Mais vous n'avez pas répondu à ma question, si ?

Dellen s'avança dans la pièce. Pour une raison mystérieuse, elle se dirigea vers la penderie encastrée. Elle l'ouvrit et regarda dedans.

— Santo me ressemblait beaucoup, reprit-elle en direction du placard. Pour le savoir, il fallait le connaître. Or vous ne le connaissiez pas, n'est-ce pas ? Pas vraiment.

— Un peu, comme je vous l'ai dit. On se croisait de temps en temps. Surtout au début, quand il apprenait à surfer.

— Vous surfez aussi ?

— Moi ? Non. Enfin, j'ai déjà surfé, bien sûr. Mais ce n'était pas ma seule… Comment dire ? J'ai d'autres passions.

Dellen se retourna vers lui.

— C'est vrai ? Lesquelles ? Le sport, j'imagine. Vous êtes musclé. Et aussi les femmes. Les jeunes gens de votre âge s'intéressent beaucoup aux femmes, en général. Êtes-vous comme les autres jeunes gens ? Pourrait-on ouvrir cette fenêtre, Cadan ? ajouta-t-elle avec une grimace. L'odeur de votre peinture…

Cadan faillit lui rétorquer qu'elle était chez elle et qu'elle pouvait donc faire comme bon lui semblait, mais il posa son pinceau avec soin, s'approcha de la fenêtre et l'ouvrit non sans mal. Elle avait besoin d'être rabotée, graissée, ou ce qu'on faisait d'habitude pour décoincer une fenêtre.

— Merci, dit-elle. J'ai envie d'une cigarette. Vous fumez ? Non ? C'est étonnant. Vous avez l'allure d'un fumeur.

Si Dellen avait eu entre vingt et trente ans, Cadan lui aurait sûrement demandé ce qu'elle entendait par là. Son attitude invitait à lui poser des questions comme celle-là, assez ambiguës pour susciter des

238

réponses et des développements intéressants. Mais là, il ne moufta pas.

— Ça ne vous ennuie pas si je fume ? insista-t-elle.

Il secoua la tête, espérant qu'elle ne comptait pas sur lui pour lui allumer sa cigarette – elle avait l'air d'une femme qui aimait avoir les hommes à ses pieds –, car il n'avait ni allumettes ni briquet sur lui. N'empêche, elle ne s'était pas trompée sur son compte. Il fumait, mais depuis quelque temps il essayait de réduire sa consommation, bêtement convaincu que la véritable cause de ses problèmes était le tabac, et non l'alcool.

Elle avait apporté un paquet de cigarettes dans lequel était glissée une pochette d'allumettes. Elle en alluma une, tira une bouffée et laissa la fumée s'échapper de ses narines.

— C'est qui qui brûle sa merde ? lança Pooh.

Cadan tressaillit.

— Désolé… Il a entendu ma sœur plaisanter là-dessus. Il l'imite. Il imite tout le monde. C'est vrai, ma sœur a horreur du tabac. Désolé, répéta-t-il, ne voulant pas qu'elle pense qu'il la critiquait.

— Vous êtes nerveux, remarqua Dellen. C'est à cause de moi. L'oiseau ne me dérange pas. Il ne sait pas ce qu'il raconte, après tout.

— Ouais. N'empêche, parfois, je jurerais qu'il le sait.

— Comme la branlette ?

— Pardon ? fit Cadan, interloqué.

— « Polly veut une branlette »… C'est la première chose qu'il a dite quand je suis entrée. Je n'en veux pas, au fait. De branlette, j'entends. Mais j'aimerais savoir pourquoi il a dit ça. J'imagine que vous vous servez de cet oiseau pour draguer. C'est pour ça que vous l'avez amené ?

— Il me suit presque partout.

— Ça ne doit pas être très pratique.

— On s'arrange.

— Ah bon ?

Elle regarda l'oiseau, mais Cadan eut la sensation qu'elle ne le voyait pas vraiment. Il n'aurait su dire ce qu'elle voyait, mais ce qui vint après le mit sur la piste.

— Santo et moi étions très proches. Vous êtes proche de votre mère, Cadan ?

— Non.

Il n'ajouta pas qu'il était impossible d'être proche de Wenna Rice Angarrack McCloud Smythe, alias la Bougeotte. Elle n'était jamais restée assez longtemps au même endroit pour ça.

— Santo et moi étions très proches, répéta Dellen. Tous les deux, nous étions des sensuels. Vous savez ce que ça veut dire ?

Elle ne lui laissa pas l'occasion de répondre, mais de toute façon il aurait été bien en peine de lui donner une définition.

— Nous vivons pour et par les sensations, enchaîna-t-elle. Pour ce que nous voyons, entendons et respirons. Pour ce que nous goûtons. Pour ce que nous touchons. Et pour ce qui nous touche. Nous jouissons de l'existence sans mauvaise conscience et sans crainte. Santo était comme ça. Voilà comment je lui ai appris à vivre.

— Très bien.

Cadan aurait bien quitté la pièce, mais il ne savait comment le faire sans que son départ ressemble à une fuite. Il n'avait pas de raison de prendre ses jambes à son cou, même s'il avait l'intuition – une intuition presque animale – d'un danger proche.

— Quel type de garçon êtes-vous, Cadan ? Je peux toucher votre oiseau sans qu'il me pince ?

— Il aime bien qu'on lui gratouille la tête. À l'endroit où vous situeriez ses oreilles si les oiseaux en avaient. Des oreilles comme les nôtres, je veux dire. Sinon, ils entendent.

— Comme ça ?

Elle se rapprocha de Cadan. Il pouvait sentir son parfum. Un parfum musqué. Elle gratta la tête de Pooh avec l'ongle de son index, qui était peint en rouge. Le perroquet accepta la caresse. Il ronronnait à la manière d'un chat, encore une habitude qui lui venait d'un maître précédent. Dellen lui sourit.

— Vous ne m'avez pas répondu. Quel type de garçon êtes-vous ? Sensuel ? Émotif ? Intellectuel ?

— Ah ça, non ! Je ne suis pas intellectuel.

— Vous êtes émotif, alors ? Ultrasensible ? À fleur de peau ? À l'intérieur, je veux dire.

Il fit non de la tête.

— Alors vous êtes un sensuel, comme moi. Comme Santo. Je m'en doutais. Votre petite amie doit apprécier. Si toutefois vous en avez une. C'est le cas ?

— Pas en ce moment.

— Dommage. Vous êtes très séduisant, Cadan. Comment vous faites, pour le sexe ?

Cadan ressentait plus que jamais la nécessité de fuir. Pourtant elle ne faisait rien, hormis caresser l'oiseau et lui parler. Mais il y avait quelque chose de pas normal chez cette femme.

Il se rappela tout à coup que son fils était mort. Non seulement . mort, mais assassiné. Parti, kaputt, liquidé… Quand une femme perdait un fils – ou une

241

fille, ou un mari –, n'était-elle pas censée déchirer ses vêtements ? S'arracher les cheveux ? Verser des torrents de larmes ?

— Vous faites forcément quelque chose, Cadan. Un jeune homme viril comme vous… Vous n'allez pas me faire croire que vous vivez comme un moine.

— J'attends l'été, avoua-t-il.

Le doigt de Dellen s'immobilisa à deux petits centimètres de la tête de Pooh. L'oiseau fit un pas de côté pour s'en approcher.

— L'été ?

— Quand la ville est pleine de filles. Des vacancières.

— Ah ! Vous préférez les relations éphémères. Le sexe sans attaches.

— Euh. Ouais. Ça me va comme ça.

— Vous les gratouillez, elles vous gratouillent, et tout le monde est content. Pas de prise de tête. Je vous comprends, même si ça doit vous surprendre. Une femme de mon âge. Mariée, mère de famille…

Il esquissa un sourire – pas vraiment sincère, juste histoire d'acquiescer à ce qu'elle disait sans le faire vraiment – et lança un regard vers la porte.

— Bon… dit-il d'un ton qu'il voulait résolu, comme s'il avait dit : Eh bien, voilà. Ravi d'avoir discuté avec vous.

— Pourquoi ne s'est-on pas rencontrés avant ? demanda Dellen.

— Je viens de commencer…

— J'ai bien compris. Mais je ne m'explique pas qu'on ne se soit pas rencontrés avant. Vous avez à peu près l'âge de Santo…

— Quatre ans de plus, en fait. Il a l'âge de…

— ... et vous lui ressemblez tellement. Je ne m'explique pas que vous ne soyez jamais venu ici avec lui.

— ... de ma sœur Madlyn. Vous connaissez sûrement Madlyn. Santo et elle étaient... Ils étaient... Vous me comprenez.

— Quoi ? s'exclama Dellen. Comment l'avez-vous appelée ?

— Madlyn. Madlyn Angarrack. Ils – Santo et elle – sont restés ensemble pendant... je sais pas... Dix-huit mois ? Deux ans ?

Dellen le regarda d'un air inexpressif, puis elle fixa un point derrière lui et reprit d'une voix très différente :

— C'est étrange. Elle s'appelle Madlyn, vous dites ?

— Ouais. Madlyn Angarrack.

— Et Santo et elle étaient... quoi, exactement ?

— Amoureux. Enfin, ils sortaient ensemble. Vous voyez, quoi.

— Vous plaisantez.

Il secoua la tête, déconcerté.

— Ils se sont rencontrés quand il est venu acheter une planche à mon père. Madlyn lui a appris à surfer. À Santo, pas à mon père. C'est comme ça qu'ils se sont connus.

— Vous l'avez appelée Madlyn ? insista Dellen.

— Ouais. Madlyn.

— Ils ont été ensemble pendant dix-huit mois.

— À peu près, oui.

— Alors comment se fait-il que je ne l'aie jamais rencontrée ?

Quand l'inspecteur principal Bea Hannaford rega gna le commissariat de Casvelyn avec le constable McNulty sur ses talons, elle constata que Ray avait réussi à exaucer son vœu. Le sergent Collins avait fait preuve d'une compétence étonnante dans l'aménage ment de la nouvelle salle des opérations. Il s'était débrouillé pour réorganiser la salle de conférences du premier étage, en y installant des tableaux blancs avec des photos de Santo Kerne, aussi bien mort que vivant, sur lesquels on pouvait indiquer les tâches assignées à chacun. Il y avait aussi des bureaux, des téléphones, des ordinateurs équipés du système HOLMES, des imprimantes, un meuble classeur et des fournitures. Ne manquait que le principal : les agents de la MCIT.

En attendant ceux-ci, Bea devrait se contenter de McNulty et Collins, ce qui la plaçait dans une situation peu enviable. Les renforts auraient dû arriver en même temps que l'équipement de la salle des opérations. Leur absence était d'autant plus inadmissible que l'ex-mari de Bea avait prouvé par le passé qu'il était capable de dépêcher une brigade criminelle à Londres en moins de trois heures.

— Merde, bougonna-t-elle.

Ayant chargé McNulty de dactylographier ses notes de manière officielle, elle s'approcha d'un bureau. Elle découvrit alors que la présence d'un téléphone n'impliquait pas forcément que l'appareil soit relié à un central. Elle lança un regard éloquent au sergent Collins, qui déclara d'un air d'excuse :

— British Telecom a dit dans trois heures. Il n'y a pas de branchement à l'étage, alors ils envoient quelqu'un de Bodmin pour installer des prises. D'ici là, on va devoir utiliser nos portables ou les téléphones du rez-de-chaussée.

— Ils savent que nous enquêtons sur un meurtre ?

— Ils le savent.

Son ton suggérait que, meurtre ou pas, British Telecom s'en fichait pas mal.

— Fait chier, soupira Bea en sortant son portable.

Elle s'installa à un autre bureau, situé de l'autre côté de la pièce, et composa le numéro professionnel de Ray.

— Y a eu une couille, annonça-t-elle de but en blanc quand il finit par décrocher.

— Bonjour, Beatrice... Surtout, ne me remercie pas pour la salle des opérations. Tu veux que je prenne Pete cette nuit ?

— Je n'appelle pas pour Pete. Où sont les mecs de la MCIT ?

— Ah ! En effet, nous avons un petit problème.

Il se dépêcha d'enchaîner :

— C'est impossible, ma chérie. Ils n'ont pas d'équipe disponible pour le moment. Tu peux appeler le Dorset ou le Somerset pour leur en demander une, ou je peux le faire pour toi. En attendant, je peux toujours t'envoyer une équipe du TAG[1].

— Une équipe du TAG ? C'est une enquête pour meurtre, Ray. Pour meurtre !

— Tu t'égosilles pour rien. Je ne peux pas faire grand-chose de plus. Je t'ai pourtant suggéré d'installer ta salle des opérations à...

— Tu cherches à me punir ?

— Ne sois pas ridicule. C'est toi qui...

---

1. Tactical Aid Group : unité de la police britannique chargée principalement du maintien de l'ordre. *(N.d.T.)*

— Ne t'aventure pas sur ce terrain. Ceci est un problème professionnel.

— Je crois que je vais garder Pete jusqu'à ce que tu obtiennes un résultat. Tu vas être très occupée. Je ne veux pas qu'il reste seul.

— Tu ne veux pas qu'il reste… Toi, tu ne veux pas…

Elle resta sans voix, ce qui lui arrivait rarement. Il n'y avait plus qu'à mettre un terme à la conversation, mais au lieu de le faire avec dignité, elle coupa la communication et balança le portable sur le bureau le plus proche.

Quand il sonna peu après, elle crut que Ray la rappelait pour s'excuser ou, plus certainement, pour lui faire un sermon sur les procédures de police, sa tendance à prendre des décisions à courte vue, sa manie de franchir les limites autorisées en espérant qu'on intercéderait en sa faveur. Elle s'empara du téléphone et cria :

— Quoi ? *Quoi ?*

C'était le labo de la police scientifique. Un certain Duke Clarence Washoe. Vous parlez d'un nom ! Il appelait pour lui transmettre le rapport sur les empreintes.

— Un sacré bordel, ma petite dame.

— Chef, le corrigea-t-elle. Ou inspecteur Hannaford. Pas madame, m'dame, ma petite dame, ni quoi que ce soit qui pourrait faire croire qu'on a gardé les cochons ensemble, d'accord ?

— Oh ! Désolé.

Il y eut un silence.

— On a les grosses pattes de votre macchab partout sur la bagnole, reprit Washoe.

— Pas le macchab : la victime. Ou Santo Kerne, si vous préférez. Un peu de respect, Mr Washoe.

— Duke Clarence. Vous pouvez m'appeler Duke Clarence.

— Voilà qui me réjouit infiniment. Poursuivez.

— On a trouvé onze empreintes, rien que pour l'extérieur, et sept dans l'habitacle. Celles du maccha… Du mort. Six autres personnes ont laissé des empreintes sur la portière côté passager, le tableau de bord, les poignées des vitres et la boîte à gants. Il y en a aussi sur les boîtiers de CD. Celles du garçon et de trois autres personnes.

— Et sur le matériel d'escalade ?

— Les seules qu'on a pu exploiter se trouvaient sur l'adhésif. Elles appartiennent à Santo Kerne.

— Merde !

— Mais il y en a de bien nettes sur le coffre de la voiture. Toutes fraîches, dirait-on. Remarquez, ça vous fait une belle jambe.

Magnifique, même. N'importe quel piéton avait pu toucher cette foutue voiture en traversant la rue.

— Prévenez-moi si vous trouvez autre chose, dit Bea à Duke Clarence Washoe. Il y a bien quelque chose dans cette bagnole qu'on puisse exploiter.

— On a des cheveux coincés dans les accessoires d'escalade. Ça donnera peut-être quelque chose.

— Avec des bulbes au bout ?

— Oui.

— Prenez-en soin, alors. Continuez comme ça, Mr Washoe.

— Vous pouvez m'appeler Duke Clarence, lui rappela-t-il.

— Ah oui, j'oubliais.

Ils raccrochèrent. Assise derrière le bureau, Bea regarda le constable McNulty à l'autre bout de la salle. Apparemment, il ne savait pas taper à la machine. Il mettait un temps fou à trouver les touches et faisait des pauses interminables. Craignant de se mettre à hurler, Bea se leva pour quitter la pièce.

Elle croisa le sergent Collins devant la porte.

— Téléphone en bas, annonça-t-il.

— Dieu soit loué ! Où sont-ils ?

— Qui ça ?

— British Telecom.

— Eux ? Ils ne sont pas encore là.

— Alors qu'est-ce… ?

— Le téléphone. Vous avez un appel en bas. C'est un policier de…

— Middlemore. Sûrement mon ex-mari, le directeur adjoint Hannaford. Prenez l'appel pour moi.

Ray essayait à présent la ligne fixe. Il devait bouillir.

— Dites-lui que je viens de partir. Qu'il me rappelle demain, ou plus tard, chez moi.

— Ce n'est pas le directeur Hannaford.

— Vous avez dit…

— C'est un certain sir David…

— Mais qu'est-ce qu'ils ont tous ? Après Duke Clarence, voilà sir David !

— Hillier, précisa Collins. Sir David Hillier. Adjoint du préfet de police de la Met.

— Scotland Yard ? Manquait plus que ça !

Quand arriva l'heure de sa visite quotidienne à la Salthouse Inn, Selevan Penrule avait grand besoin d'un verre, et d'un costaud !

Il l'avait bien mérité : affronter le même jour sa petite-fille, cette tête de mule, et la mère hystérique de celle-ci... Pas étonnant que David ait embarqué tout le monde en Rhodésie. Sans doute comptait-il sur la chaleur, le choléra, la tuberculose, les serpents et les mouches tsé-tsé pour les mater toutes les deux. Perdu !

« Est-ce qu'elle mange convenablement ? » avait demandé Sally Joy depuis le fin fond de l'Afrique, où une liaison téléphonique correcte paraissait aussi improbable que la métamorphose spontanée d'un chat tigré en lion à deux têtes.

« Est-ce qu'elle fait ses prières, papa Penrule ?

— Elle...

— Est-ce qu'elle a pris du poids ? Et la Bible ? Est-ce qu'elle a une bible ? »

Nom d'un petit bonhomme ! avait pensé Selevan. Sally Joy lui flanquait le tournis.

« Je vous ai promis de veiller sur elle.

— Je sais, je suis assommante. Mais vous ne pouvez pas comprendre ce que c'est d'avoir une fille.

— J'en ai eu une, je vous signale. Et aussi quatre fils.

— Je sais. Mais Tammy...

— Soit vous me la laissez, soit je vous la renvoie. »

Le message était passé. La dernière chose que voulaient Sally Joy et David, c'était le retour de leur fille en Afrique, où elle se figurait pouvoir à elle seule apaiser les souffrances du continent.

« Je sais. Vous faites ce que vous pouvez. »

Et je m'en sors mieux que vous, avait songé Selevan. Mais ça, c'était avant d'avoir surpris Tammy à genoux. Elle s'était fabriqué un prie-Dieu dans son minuscule coin couchette du mobile home. Il avait d'abord pensé qu'elle voulait y suspendre ses vêtements, comme dans les hôtels chic. Mais peu après le petit déjeuner, quand il était venu la chercher, il l'avait trouvée agenouillée, avec un livre ouvert devant elle. Il avait d'abord cru qu'elle avait repris ses simagrées avec son bon Dieu de chapelet, alors qu'il lui en avait déjà confisqué deux. Il avait bondi sur elle et l'avait tirée en arrière, s'écriant : « Arrête ces bêtises ! » Il s'était alors aperçu qu'elle lisait.

Pas la Bible, mais pas beaucoup mieux. Elle s'enfilait les écrits d'une sainte quelconque.

« Sainte Thérèse d'Avila, avait-elle dit pour se justifier. Grand-père, c'est de la philosophie, c'est tout.

— Si c'est le blabla d'une sainte, c'est des bobards, décréta-t-il en lui prenant le livre. Tu te bourres le crâne d'âneries, voilà tout.

— Ce n'est pas juste », avait-elle protesté, les yeux embués.

Après cela, ils avaient roulé vers Casvelyn en silence. Tammy lui tournait le dos. Tout ce qu'il voyait d'elle, c'était sa mâchoire volontaire et ses cheveux sans éclat. Il avait alors maudit ses parents de lui avoir envoyé leur gamine. Lui, il essayait seulement de la ramener à la raison, en l'exhortant à vivre sa vie au lieu de la passer à s'imprégner des faits et gestes des saints et des pécheurs de tout poil.

Il était en colère. La provocation, il savait comment y faire face. Mais les larmes…

« Tout ça, c'est qu'un tas de gouines, petite. Tu comprends ça, pas vrai ?

— Ne sois pas bête », avait-elle répliqué d'une toute petite voix.

Elle lui rappelait Nan, sa fille. Il se revit en voiture avec elle. « C'est seulement Exeter, avait dit Nan. C'est seulement une boîte de nuit, papa. » Et lui :

« Pas de fantaisies de ce genre tant que tu vivras sous mon toit. Alors sèche tes yeux, sinon je t'en colle une. »

S'était-il vraiment montré aussi dur avec une gosse qui désirait seulement aller en boîte avec ses copains ? Oui. Parce que ça commençait toujours comme ça, par une sortie en boîte, pour se terminer dans le déshonneur.

Tout cela lui paraissait tellement innocent à présent… Qu'est-ce qui lui avait pris de refuser quelques heures de plaisir à Nan, sous prétexte que lui n'y avait pas eu droit à son âge ?

La journée s'écoula lentement pour Selevan. Quand arriva l'heure de ses retrouvailles quotidiennes avec les seize hommes de Tain, il était fin prêt pour rallier la Salthouse Inn. Il était également prêt à discuter un peu. Pour cela, il pouvait compter sur son compagnon de beuverie habituel, qui l'attendait au coin de la cheminée quand il se pointa en fin d'après-midi dans la salle enfumée.

Assis sur un tabouret, une pinte de Guinness entre les mains, Jago Reeth était tellement courbé que ses lunettes réparées avec du fil de fer avaient glissé sur son nez osseux. Comme toujours, il portait un jean et un sweat-shirt crasseux, et ses grosses chaussures étaient couvertes de poussière grise – la poudre de polystyrène récoltée dans l'atelier de fabrication de planches de surf où il était employé. Il avait dépassé l'âge de la retraite mais, comme il se plaisait à le répéter, les vieux surfeurs ne renonçaient jamais. Ils cherchaient simplement des boulots normaux quand les beaux jours de la glisse étaient finis pour eux.

Ceux de Jago avaient pris fin à cause de la maladie de Parkinson, et Selevan éprouvait toujours une pointe de compassion quand il voyait ses mains trembler. Mais Jago faisait bon marché de ses inquiétudes : « J'en ai bien profité, aimait-il à dire. Au tour des jeunes, maintenant. »

Une fois servi, Selevan raconta à son ami son accrochage avec Tammy, répondant à la question – « Comment va ? » – que lui avait posée Jago en portant son verre à ses lèvres. Selevan remarqua qu'il utilisait ses deux mains.

— Elle est en train de virer goudou, décréta Selevan en concluant son récit.

Jago haussa les épaules.

— Mon vieux, faut toujours laisser les mômes faire ce qu'ils ont envie de faire. Sinon, t'es bon pour les problèmes.

— Mais ses parents…

— Les parents, ils y connaissent rien. Toi-même, qu'est-ce que t'y connaissais, au fond ? Et t'en avais combien, de gosses ? Cinq ? Tu savais t'y prendre avec eux ?

Selevan dut avouer que non. Il n'avait pas eu plus de succès avec sa femme. Il était trop occupé à râler d'être obligé de s'occuper de cette satanée ferme, au lieu d'avoir réalisé son rêve qui était d'entrer dans la marine, de voir le monde, de se tirer de Cornouailles. Il avait été mauvais père, mauvais mari, et guère meilleur éleveur de vaches laitières.

— Ça te va bien, de dire ça, répondit-il sans agressivité.

Jago n'avait pas d'enfants, n'avait jamais été marié, et avait passé sa jeunesse et son âge mûr à courir après les vagues.

Jago sourit, dévoilant des dents qui avaient beaucoup servi sans être beaucoup entretenues.

— T'as raison, admit-il. Je ferais mieux de la boucler.

— Comment veux-tu qu'un vieux jeton comme moi comprenne une gamine ? reprit Selevan.

— Suffit de les empêcher de se faire fourrer trop tôt, voilà tout.

Jago but le reste de sa Guinness et s'écarta de la table. Il était grand, et il lui fallut un moment pour démêler ses longues jambes des pieds du tabouret. Il alla chercher un autre verre au comptoir, laissant Selevan réfléchir à ce qu'il lui avait dit.

Le conseil était bon, sauf qu'il ne s'appliquait pas à Tammy. Se faire fourrer n'intéressait pas Tammy. Si jamais cette gosse se retrouvait en cloque, au lieu de s'indigner il fêterait certainement l'événement.

— Jamais eu de goudou chez moi, affirma-t-il quand Jago revint.

— Pourquoi tu lui poses pas la question ?

— Bon sang, comment tu veux que je lui demande un truc pareil ?

— « T'aimes mieux la touffe que le zob ? Comment ça se fait ? » suggéra Jago, souriant de toutes ses dents. Un conseil, mon vieux, fais donc comme si tu ne voyais pas ce qui se trouve sous ton nez. Les mômes sont plus les mêmes que quand on était jeunes. Ils commencent de bonne heure sans trop savoir dans quoi ils s'embarquent. On est là pour les guider, pas pour leur donner des ordres.

— C'est ce que j'essaie de faire.

— Ce qui compte, c'est la manière.

Selevan était mal placé pour contester. Il avait tout raté avec ses enfants, et il s'apprêtait à faire la même chose avec Tammy. Jago, en revanche, avait le chic avec les jeunes. Selevan avait vu les deux enfants

Angarrack entrer et sortir de son mobile home, et après que Santo Kerne eut demandé à Selevan la permission de traverser sa propriété pour accéder à la plage, il avait fini par passer plus de temps en compagnie du vieux surfeur que dans l'eau : ils fartaient la planche de Santo ensemble, l'inspectaient sous tous les angles pour repérer les défauts, fixaient les ailerons et discutaient dans des transats sur le carré de chiendent près de la caravane. Selevan s'était souvent demandé de quoi ils pouvaient parler, étant donné leur différence d'âge.

— Les jeunes, dit Jago comme s'il avait lu dans ses pensées, faut d'abord les écouter et surtout éviter de leur faire la morale, même si ça te démange. Moi, j'attends qu'ils me demandent « Alors, qu'est-ce que t'en penses ? » pour m'engouffrer dans la brèche. C'est aussi simple que ça. Remarque que c'est pas de la tarte. Au bout d'un quart d'heure, tu te dis que tu voudrais redevenir jeune pour rien au monde. Rien que de l'angoisse et des larmes.

— Tu parles de la petite, devina Selevan.

— Tout juste. Elle est tombée de haut. Elle m'avait pas demandé mon avis avant, seulement après.

Il but une grande gorgée de bière et se gargarisa avec – sans doute sa seule concession à l'hygiène buccale.

— N'empêche, reprit-il. J'ai enfreint ma propre règle.

— Tu lui as fait la morale ?

— Je lui ai dit ce que j'aurais fait à sa place.

— C'est-à-dire ?

— Tuer ce salopard.

Jago avait parlé d'un ton détaché, comme si Santo Kerne n'était pas aussi mort que l'oie de Noël sur la table. Selevan haussa les sourcils tandis qu'il reprenait :

— Mais comme c'était pas possible, je lui ai dit de le faire symboliquement, en tuant le passé. Faire un feu de joie de tout ce qui lui rappelait le temps qu'ils avaient passé ensemble. Les agendas, les journaux intimes, les lettres, les photos, les cartes de Saint-Valentin, les ours en peluche, leur première capote, si elle avait été assez sentimentale pour la garder après usage... Bazarder tout ça et passer à autre chose.

— Plus facile à dire qu'à faire, observa Selevan.

— Très juste. Mais quand c'est le premier amour d'une nana et qu'ils sont allés jusqu'au bout ensemble, quand les choses tournent mal, c'est la seule chose à faire. Et elle était enfin décidée à suivre mon conseil quand... quand c'est arrivé.

— Pas de bol.

Jago acquiesça.

— Du coup, c'est encore pire pour elle. Comment voir Santo Kerne tel qu'il était vraiment après un coup pareil ? Elle est pas près de s'en remettre. J'aurais voulu que rien de tout ça n'arrive. Santo n'était pas un mauvais bougre, mais il était indécrottable. Malheureusement, elle s'en est aperçue trop tard. À ce moment-là, la locomotive sortait de la gare dans un nuage de fumée, et elle avait plus qu'à s'écarter des rails.

— L'amour, c'est une saloperie, conclut Selevan.

— Une vraie vacherie, approuva Jago.

10

Lynley feuilletait le livre de Gertrude Jekyll, admirant les photos et les dessins aux couleurs du printemps anglais, tellement douces et apaisantes. En les regardant, il avait presque l'impression d'être assis sur un de ces bancs usés, sous une pluie de pétales. C'était ainsi que les jardins devaient être, songea-t-il. À la géométrie des parcs élisabéthains, avec leurs massifs guindés et leurs arbustes bien taillés, il préférait mille fois l'imitation d'un site naturel d'où on aurait banni les mauvaises herbes pour permettre à une autre végétation de s'épanouir : des pentes fleuries qui se fondaient dans des pelouses, des parterres aboutissant à des sentiers sinueux, comme ceux que l'on rencontrait en pleine nature. Oui, Gertrude Jekyll savait ce qu'elle faisait.

— Ravissants, n'est-ce pas ?

Lynley leva la tête. Daidre Trahair se tenait devant lui, un verre à pied à la main. Elle considéra son contenu avec une moue avant de s'excuser :

— Je n'ai que du sherry à vous offrir pour l'apéritif. Je crois qu'il est là depuis que j'ai acheté le cottage, ce qui doit faire... quatre ans ? Je ne bois pas beaucoup, alors j'ignore si le sherry s'évente. Pour être honnête, je ne saurais vous dire s'il est sec ou moelleux. Moelleux, sans doute. Sur la bouteille, il est écrit « crème ».

— Alors il est moelleux, dit Lynley en prenant le verre. Merci. Vous ne buvez pas ?

— Je m'en suis servi un petit dans la cuisine.

— Vous ne voulez vraiment pas que je vous aide à préparer ? Je ne suis pas très doué. Je suis même affreusement nul. Mais je devrais être capable de découper quelque chose si c'était nécessaire. Je peux aussi mesurer. Je peux affirmer sans rougir que je suis un as du verre doseur.

— Nous voilà sauvés ! Sauriez-vous préparer une salade si on plaçait tous les ingrédients devant vous, sans vous demander de prendre aucune décision ?

— Oui, tant que vous ne me demandez pas de l'assaisonner. Vous ne voudriez pas me voir manier... ce qu'il y a à manier quand on assaisonne une salade.

— Vous ne pouvez pas être incompétent à ce point, dit-elle en riant. Je suppose que votre femme...

Elle se tut et pencha la tête d'un air contrit.

— Je suis désolée, Thomas. C'est difficile de ne pas faire allusion à elle.

Lynley se leva de son fauteuil, le livre de Gertrude Jekyll à la main.

— Helen aurait adoré avoir un jardin tel que ceux-ci. Elle coupait toujours les fleurs mortes sur nos rosiers, à Londres. À l'en croire, ils donnaient plus de fleurs ensuite.

— Elle avait raison. Elle aimait jardiner ?

— À mon avis, elle aimait surtout le résultat.

— Mais vous n'en êtes pas sûr ?

— Non.

Il n'avait jamais posé la question à Helen. En rentrant du travail, il la trouvait souvent avec un sécateur à la main et un seau plein de roses fanées à ses pieds. Elle le regardait alors en repoussant ses cheveux de sa joue et disait quelque chose au sujet des rosiers, des jardins en général. En l'écoutant, il souriait et parvenait à oublier le monde au-delà des murs de brique de leur jardin, un monde qu'il ne voulait surtout pas voir s'immiscer dans leur existence.

— Elle ne savait pas cuisiner, au fait, dit-il à Daidre. Dans ce domaine, elle était nulle.

— Vous ne cuisiniez ni l'un ni l'autre, alors ?

— Ni l'un ni l'autre. Je faisais cuire les œufs et griller les toasts, et Helen excellait à ouvrir les boîtes de soupe, de haricots ou de saumon. Mais elle aurait très bien pu les fourrer dans le micro-ondes et provoquer un court-circuit. Nous avions engagé quelqu'un pour nous faire à manger. C'était ça, les plats à emporter, ou mourir de faim. Or, les plats à emporter, ça va un moment.

— Pauvres petits, plaisanta Daidre. Venez avec moi. Je devrais pouvoir vous apprendre deux ou trois trucs.

Il la suivit dans la cuisine. Elle prit un saladier en bois orné d'une frise de danseurs dans un placard et se munit d'une planche à découper ainsi que d'un certain nombre d'ingrédients destinés à composer une salade. Puis elle lui colla un couteau dans la main.

— Mettez-y ce que vous voudrez, lui dit-elle. C'est ce qui fait la beauté d'une salade. Quand vous aurez rempli le saladier, je vous apprendrai à préparer une vinaigrette sans forcer votre talent. Des questions ?

— Je suis sûr qu'elles me viendront au fur et à mesure.

Ils travaillèrent dans un silence joyeux, Lynley à la salade et Daidre à confectionner un plat nécessitant des haricots verts et de la menthe. Un gâteau cuisait dans le four et quelque chose mijotait dans une casserole. Une fois le repas prêt, Daidre apprit à Lynley comment dresser la table. Par miracle, il savait déjà le faire, mais il la laissa opérer afin de pouvoir la jauger.

Il n'avait pas oublié les instructions de l'inspecteur Hannaford, et même s'il lui déplaisait de profiter de l'hospitalité de Daidre Trahair pour enquêter sur elle, son instinct de policier l'emportait sur son besoin de contacts humains. Aussi observait-il, à l'affût de la moindre bribe d'information au sujet de son hôtesse.

En vérité, Daidre Trahair montrait une grande retenue, un détail qui constituait en soi une information précieuse.

Ils attaquèrent leur repas dans la salle à manger. La présence d'un morceau de carton à une fenêtre rappela à Lynley qu'il devait réparer le carreau. Ils dégustèrent une tarte aux champignons qu'elle appela « Portobello Wellington », accompagnée de couscous aux tomates séchées et de haricots verts relevés d'ail et de menthe, sans oublier la salade, assaisonnée d'une vinaigrette à la moutarde. Faute de vin, ils burent de l'eau avec du citron. Daidre s'en excusa, comme elle l'avait fait pour le sherry.

Elle lui demanda si cela ne l'ennuyait pas de manger végétarien. Elle n'était pas végétalienne, expliqua-t-elle, car elle ne voyait aucun mal à consommer des produits animaux comme les œufs. Mais la chair d'une créature vivante, ça, c'était autre chose.

— Ce qui arrive aux bêtes arrive aux hommes, dit-elle. Toutes les choses sont liées entre elles.

On aurait dit une citation.

— Ce n'est pas de moi, avoua-t-elle avec une modestie tout à fait charmante, au moment où Lynley se faisait cette réflexion. Je ne sais plus qui l'a dit, mais quand j'ai lu cette réflexion pour la première fois, il y a des années, elle m'a paru très juste.

— Elle s'applique aussi aux zoos ?

— Vous voulez dire que quiconque emprisonne des bêtes est capable d'emprisonner des hommes ?

— Quelque chose de ce genre. Je... Pardonnez-moi, mais je n'aime pas beaucoup les zoos.

— Moi non plus. Ils datent de l'époque victorienne, je crois ? Cette quête effrénée de connaissances sur le monde naturel, sans la nécessaire compassion à l'égard de ce monde... Pour être tout à fait honnête, je déteste les zoos.

— Mais vous avez choisi d'y travailler.

— J'ai choisi d'améliorer les conditions de vie des animaux qui y sont enfermés.

— Une façon de saper le système de l'intérieur ?

— C'est plus efficace que de brandir une pancarte, non ?

— Autant que d'aller à la chasse au renard avec un hareng attaché à son cheval.

— Vous aimez la chasse au renard ?

— Je trouve ça exécrable. Je n'y suis allé qu'une fois, le lendemain de Noël. Je devais avoir onze ans. J'en ai conclu que l'ami Oscar[1] avait raison, même si je n'avais encore rien lu de lui à l'époque. Ce qui est certain, c'est que je n'ai pas aimé voir une meute de chiens poursuivre un animal terrifié et le mettre en pièces... Très peu pour moi !

1. Dans *Une femme sans importance,* Oscar Wilde évoque la chasse au renard en ces termes : « L'innommable pourchassant l'immangeable ». *(N.d.T.)*

— Vous éprouvez donc de la tendresse pour le monde animal ?

— Je ne suis pas chasseur, si c'est ce que vous voulez dire. J'aurais fait un très mauvais homme préhistorique.

— Pas question pour vous de tuer les mammouths laineux.

— Avec moi comme chef de tribu, l'évolution de la race humaine se serait brusquement interrompue, je le crains.

Elle éclata de rire.

— Vous êtes drôle, Thomas.

— Seulement par intermittence. Racontez-moi comment vous sapez le système.

— Au zoo ? Pas autant que je le voudrais.

Elle se resservit des haricots verts et lui passa le plat.

— Reprenez-en. C'est la recette de ma mère. Le secret, c'est la menthe : vous la faites revenir dans l'huile d'olive juste assez longtemps pour en libérer le parfum. Quant aux haricots, à peine cinq minutes de cuisson dans l'eau bouillante. Au-delà, ils deviennent mous.

— Rien de pire qu'un haricot mou, acquiesça-t-il en se resservant. Vous féliciterez votre mère de ma part. C'est très bon. Vous n'avez pas démérité. Au fait, votre mère, où vit-elle ? La mienne habite juste au sud de Penzance, près de Lamorna Cove. Et j'ai bien peur qu'elle cuisine à peu près aussi mal que moi.

— Vous êtes originaire de Cornouailles, alors ?

— Plus ou moins. Et vous ?

— J'ai grandi à Falmouth.

— Vous êtes née là-bas ?

— Je... Eh bien, oui, je suppose. Je veux dire, je suis née à la maison et, à l'époque, mes parents habitaient juste à la périphérie de Falmouth.

— Ah oui ? Je suis né moi aussi à la maison. Tout comme mes frère et sœur.

— Sans doute dans un décor plus raffiné que le mien. Vous êtes combien ?

— Seulement trois. Je suis celui du milieu. J'ai une sœur aînée, Judith, et un frère cadet, Peter. Et vous ?

— Un frère, Lok.

— Pas banal, comme nom.

— Il est chinois. On l'a adopté quand j'avais dix-sept ans.

Elle découpa avec soin un morceau de tarte aux champignons, qu'elle garda sur sa fourchette afin de poursuivre :

— Il avait six ans à l'époque. Il étudie les maths à Oxford aujourd'hui. Une sacrée tête, le bandit.

— Comment en êtes-vous venus à l'adopter ?

— On l'avait vu à la télé, dans une émission de BBC1 sur les orphelinats chinois. Ses parents l'y avaient placé parce qu'il avait un spina-bifida, pensant peut-être qu'il ne pourrait pas s'occuper d'eux quand ils seraient vieux. Et comme ils n'avaient pas non plus les moyens matériels de s'occuper de lui, ils l'ont abandonné.

Lynley l'étudiait. Elle semblait dénuée d'artifice. Tout ce qu'elle racontait était facile à vérifier. N'empêche...

— J'aime bien ce « on », lui dit-il.

Elle venait de piquer un peu de salade et portait sa fourchette à sa bouche quand elle rougit légèrement.

— Ce « on » ? répéta-t-elle.

Lynley comprit qu'elle croyait qu'il parlait d'eux, de leur dîner en tête à tête. Il rougit à son tour.

— Vous avez dit « On l'a adopté ». Ça m'a plu.

— C'est que... c'était une décision familiale. Chez nous, on prenait toutes les décisions importantes en famille. Nous en discutions le dimanche après-midi, juste après le rôti de bœuf et le Yorkshire pudding.

— Vos parents n'étaient pas végétariens ?

— Mon Dieu, non ! C'était toujours viande et légumes. De l'agneau, du porc ou du bœuf tous les dimanches. Du poulet de temps en temps. Des choux de Bruxelles bouillis. Seigneur, ce que je peux détester les choux de Bruxelles ! Je les ai toujours détestés et rien ne me fera changer. Il y avait aussi des carottes et du chou-fleur.

— Mais pas de haricots ?

— Des haricots ? répéta-t-elle, étonnée.

— Vous avez dit que votre mère vous avait appris à préparer les haricots verts.

Elle regarda le plat, où il en restait une dizaine.

— Ah oui ! Les haricots... Ça devait être après ses cours de cuisine. Mon père raffolait des plats méditerranéens. Maman en a conclu qu'il y avait une vie en dehors des spaghettis bolognaise, et elle a entrepris de la découvrir.

— À Falmouth ?

— Oui. Je vous ai bien dit que j'avais grandi à Falmouth.

— Et vous êtes aussi allée à l'école là-bas ?

Elle le dévisagea. Son expression était douce, elle souriait, mais ses yeux étaient méfiants.

— Vous êtes en train de m'interroger, Thomas ?

Il écarta les mains.

— Désolé. Déformation professionnelle. Parlez-moi de Gertrude Jekyll.

L'espace d'un instant, il se demanda si elle allait le faire. Il ajouta pour l'encourager :

— J'ai vu que vous aviez pas mal de livres sur elle.

— L'antithèse de Capability Brown, répondit-elle après un temps de réflexion. Elle était consciente que tout le monde n'avait pas d'immenses terrains à aménager. C'est ce qui me plaît chez elle. J'aurais un jardin à la Gertrude Jekyll si je pouvais, mais ici, j'ai peur d'être condamnée aux plantes grasses. Avec le vent et le climat… Il faut parfois se montrer réaliste.

— Mais pas toujours ?

— Absolument.

Tout en bavardant, ils avaient terminé leur repas. Daidre se leva pour débarrasser la table. Si elle s'était offusquée des questions de Lynley, elle le cachait bien, car elle lui sourit en lui demandant s'il voulait bien l'aider à faire la vaisselle.

— Après, ajouta-t-elle, je fouillerai votre âme jusqu'aux tréfonds et vous n'aurez plus de secrets pour moi. Façon de parler, bien sûr.

— Comment vous y prendrez-vous ?

Elle inclina la tête vers le salon.

— En jouant aux fléchettes. Je dois m'entraîner pour un tournoi. Je ne pense pas que vous soyez un adversaire bien redoutable mais, faute de mieux, vous ferez l'affaire.

— Ma seule réaction à cet affront sera de vous écraser et de vous humilier.

— Après un défi pareil, nous ferions mieux de nous y mettre tout de suite. Celui qui perd fait la vaisselle.

— Ça marche !

Ben Kerne allait devoir téléphoner à son père pour lui annoncer la mort de Santo. Compte tenu de l'âge du vieil homme, il aurait mieux valu qu'il se rende en personne à Pengelly Cove, mais il n'était pas allé là-bas depuis des années, et il ne se sentait pas le courage de le faire tout de suite. La ville n'aurait pas changé – en partie à cause de son isolement, et plus encore à cause de la détermination de ses habitants à ne jamais rien modifier, y compris leur attitude –, de sorte que cette visite le replongerait immédiatement dans le passé, qui était l'avant-dernier endroit où il désirait se trouver. Le dernier était le présent. Il rêvait des limbes, d'un Léthé mental dans lequel il aurait flotté jusqu'à en perdre la mémoire.

Ben aurait renoncé si Santo n'avait pas été aussi aimé de ses grands-parents. Il était peu probable que ceux-ci se manifestent un jour. Ils n'avaient pas appelé leur fils depuis son mariage. Lui-même ne leur téléphonait que de loin en loin, au moment des vacances. La conversation était plus libre quand il appelait sa mère à son bureau, ou quand il cherchait désespérément un endroit où envoyer Santo et Kerra pendant une des mauvaises passes de Dellen. Si encore il avait écrit à ses parents, peut-être aurait-il fini par les amadouer. Mais il n'était pas du genre à écrire, et quand bien même, il devait penser à Dellen, à la loyauté qu'il lui témoignait depuis l'adolescence et à tout ce qu'il lui en avait coûté. C'est ainsi qu'il avait renoncé à se réconcilier avec eux. Quand sa mère avait eu une attaque, à l'approche de la soixantaine, il ne l'avait su que parce que Santo et Kerra séjournaient chez leurs grands-parents à ce moment-là. Les propres frères et sœurs de Ben avaient reçu l'ordre de ne pas lui en parler.

Un autre que lui aurait pu décider de rendre à ses parents la monnaie de leur pièce, en laissant au destin le soin de leur apprendre la mort de Santo. Mais Ben s'était efforcé, sans toujours y parvenir, de ressembler le moins possible à son père. Ce souci l'obligeait à présent à laisser la compassion entrer dans son cœur, malgré le besoin qu'il ressentait de se terrer dans un endroit où il pourrait s'abandonner à tous les chagrins qui le tourmentaient.

De toute façon, la police n'allait pas tarder à contacter Eddie et Ann Kerne. Elle fouillerait dans les vies et dans le passé de toutes les personnes associées au défunt – mon Dieu, voilà qu'il se mettait à appeler Santo « le défunt ». En apprenant la mort de son petit-fils, son père commencerait par lâcher des jurons sous le coup de la peine, puis il proférerait des accusations, faute d'avoir à ses côtés une épouse désireuse ou capable de modérer ses propos. Si rien ne permettait d'accuser Ben de la mort de Santo, le boulot de la police consistait à opérer des déductions, à procéder à des recoupements pas toujours justifiés. En bref, Ben n'avait aucun intérêt à ce que la police aille trouver son père avant qu'il ne l'ait averti de ce qui était arrivé à son petit-fils préféré.

Ben décida de téléphoner depuis son bureau, et non depuis l'appartement familial. Il prit l'escalier, histoire de gagner quelques secondes, et au lieu de décrocher tout de suite, il contempla le tableau blanc qui récapitulait les réservations et les activités proposées par l'hôtel. Une preuve supplémentaire de l'utilité d'Alan Cheston. Avant qu'il ne vienne leur prêter main-forte, c'était Dellen qui se chargeait de la promotion d'Adventures Unlimited. Elle ne manquait pas d'idées, mais celles-ci n'aboutissaient presque jamais. L'organisation n'était pas son point fort.

Et quel est son point fort, si je puis me permettre ? aurait demandé son père. Inutile de répondre, va. Tout le village sait pour quoi elle est douée.

C'était faux, bien sûr. Mais Eddie Kerne estimait que ses enfants ne devaient surtout pas se fier à leur propre jugement. Ce n'était pas un mauvais bougre, juste un homme figé dans des certitudes différentes de celles de son fils. C'est pour ça qu'ils étaient entrés en conflit.

Un peu comme Santo et lui… Le plus terrible pour un père, c'était de s'apercevoir que son propre père étendait son ombre sur lui, et qu'il n'avait aucun moyen de lui échapper.

Il étudia le planning. Plus que quatre semaines avant l'ouverture. Il fallait à tout prix maintenir celle-ci, même si Ben ne voyait pas comment ce serait possible. Son cœur n'y était pas, mais il avait tellement investi dans ce projet qu'il était exclu d'y renoncer. Aux yeux de Ben, les réservations équivalaient à des engagements. Si elles n'étaient pas aussi nombreuses qu'il l'avait espéré, il voulait croire que l'arrivée d'Alan Cheston allait régler le problème. Alan avait des idées et les qualités nécessaires à leur réalisation. Il était intelligent, et c'était un meneur. Plus important encore, il n'avait rien de commun avec Santo.

Ben s'en voulut de s'être montré déloyal envers son fils. Il s'était pourtant juré de ne pas répéter le passé. « Tu te laisses mener par ta queue, mon garçon ! » lui rabâchait son propre père, sur un ton qui allait de la tristesse à la fureur, en passant par la dérision et le mépris.

Il était inutile de tergiverser plus longtemps. Ben attrapa le combiné et composa le numéro. Il avait la quasi-certitude de trouver son père debout. Comme Ben, Eddie Kerne était insomniaque. Il ne dormirait pas avant des heures, vaquant aux occupations qu'on pouvait avoir la nuit quand on menait une existence aussi proche de la nature que la sienne. Si Eddie Kerne et sa famille avaient l'électricité, c'était parce qu'ils la produisaient grâce au vent ou à l'eau. Toute l'eau qu'ils consommaient provenait du ruisseau ou du puits. Ils avaient du chauffage quand les panneaux solaires leur en donnaient, ils cultivaient ou élevaient tout ce qu'ils mangeaient, et habitaient un bâtiment de ferme abandonné, acheté une bouchée de pain, qu'Eddie Kerne et ses fils avaient eux-mêmes reconstruit bloc de granit par bloc de granit, blanchi à la chaux, recouvert et équipé de fenêtres qui laissaient pénétrer le vent d'hiver.

— Allô, aboya son père dans l'appareil comme à son habitude.

Ben ne soufflant mot, son père enchaîna :

— S'il y a quelqu'un, crachez le morceau. Sinon, dégagez.

— C'est Ben.

— Ben qui ?

— Benesek. Je t'ai pas réveillé ?

Après un bref silence :

— Et si c'était le cas ? Depuis quand tu t'intéresses à quelqu'un d'autre que toi ?

Tel père tel fils, fut tenté de répondre Ben. Au lieu de cela, il dit :

— Santo a été tué. C'est arrivé hier. J'ai pensé que tu voudrais le savoir, étant donné qu'il t'aimait beaucoup, et que peut-être le sentiment était réciproque.

Un autre silence, celui-là plus long.

— Salopard, dit son père, d'une voix tellement tendue que Ben crut qu'elle allait se briser. Bon Dieu, tu
changeras jamais, hein ?

— Tu veux savoir ce qui est arrivé à Santo ?

— Dans quoi tu l'as laissé se fourrer ?

— Qu'est-ce que j'ai encore fait, c'est ça que tu
veux dire ?

— Qu'est-ce qui s'est passé, bordel ?

Ben lui raconta les circonstances de la mort de
Santo aussi brièvement que possible, ajoutant qu'il
s'agissait d'un meurtre. Toutefois, il utilisa le mot
« homicide ».

— Quelqu'un a trafiqué son matériel d'escalade,
précisa-t-il.

— Putain !

La voix d'Eddie Kerne exprimait à présent l'acca-
blement, mais la colère ne tarda pas à revenir.

— Nom d'un chien, qu'est-ce que tu fabriquais pendant qu'il escaladait cette putain de falaise ? Tu le
regardais faire ? Tu l'asticotais ? Ou tu étais en train
de baiser ta pouffiasse ?

— Il grimpait seul. Je ne savais pas qu'il était parti.
Je ne sais pas pourquoi il y est allé.

Il mentait, mais il ne voulait pas offrir des arguments à son père.

— Ils ont d'abord cru à un accident, reprit-il. Mais
en examinant son équipement, ils ont vu qu'il avait été
saboté.

— Par qui ?

— Eh bien, ça, ils ne savent pas, papa. S'ils
savaient, ils arrêteraient le coupable et l'affaire serait
réglée.

— Réglée ? C'est comme ça que tu parles de la mort de ton fils ? De ta propre chair ? De celui qui devait perpétuer ton nom ? L'affaire sera réglée et tu continueras comme si de rien n'était ? C'est ça, Benesek ? Toi et ta pétasse, vous marcherez tranquillement vers l'avenir en laissant le passé derrière vous ? Tu es doué pour ça, pas vrai ? Elle aussi. Elle est même « archidouée », si je me rappelle bien. Comment est-ce qu'elle prend la nouvelle ? Ça doit perturber son « style de vie », je parie ?

Ben avait oublié les pointes de perfidie dont son père émaillait ses discours, tous ces sous-entendus destinés à démolir le peu d'estime de soi qu'on pouvait posséder. Il n'existait pas d'individu autonome dans le monde d'Eddie Kerne. La famille impliquait d'adhérer à une croyance et à un mode de vie uniques. Tel père tel fils, décidément.

— La date de l'enterrement n'a pas encore été arrêtée, dit Ben. La police n'a pas restitué le corps. D'ailleurs, je ne l'ai même pas vu.

— Alors, bon sang, comment tu sais que c'est lui ?

— Sa voiture se trouvait sur place, avec ses papiers dedans, et il n'est pas rentré à la maison depuis. Alors, on peut raisonnablement supposer que le corps est celui de Santo.

— T'es un drôle de numéro, Benesek. Parler de ton propre fils comme ça…

— Quoi que je puisse dire, ça ne te va jamais. J'ai appelé pour te prévenir parce que de toute façon tu vas l'apprendre par la police…

— C'est ça qui te tracasse, pas vrai ? Que moi et les flics, on discute le bout de gras ? Que je me mette à causer et qu'ils tendent l'oreille.

— Si c'est ce que tu crois... J'ai pensé que tu préférerais apprendre la nouvelle de ma bouche plutôt que par la police. Ils ont dit qu'ils parleraient à tous les gens qui étaient liés à Santo. Je me suis dit que le jour où ils se pointeraient, tu aimerais savoir pourquoi.

— Oh, je me serais douté que ça avait un rapport avec toi.

— Je n'en doute pas.

Ben raccrocha sans dire au revoir, puis il s'assit. Il sentait une énorme pression dans la poitrine, comme une tumeur en train de grossir. On étouffait, dans cette pièce. Bientôt, il allait manquer d'air.

Il avait besoin de s'échapper. Comme toujours, aurait dit son père. Son père : un homme qui récrivait l'histoire selon les exigences du moment. Mais à cet instant, tout ce qu'il voulait, c'était surmonter le présent.

Il se leva et se dirigea vers la salle du matériel. Mais, au lieu de s'approcher des placards où était rangé l'équipement d'escalade, il traversa la pièce et se rendit dans une autre plus petite, meublée notamment d'une armoire fermée par un cadenas dont il était le seul à posséder la clé. Quand il ouvrit l'armoire, une odeur de vieux caoutchouc lui sauta aux narines. Il songea que cela faisait plus de vingt ans, avant même la naissance de Kerra. La chose allait sûrement tomber en miettes.

Mais non. En deux temps trois mouvements, il se retrouva dans sa combinaison de plongée. Couvert de néoprène des épaules aux chevilles, il remonta la fermeture éclair, qui glissa toute seule. Pas de corrosion : il avait toujours pris soin de son équipement.

« Allez, allez, putain, on rentre, lui disaient toujours ses potes. Magne-toi, Kerne. On se gèle le cul ici. »

Mais il prenait toujours le temps de rincer sa combinaison au jet d'eau, et il recommençait une fois rentré. Le matériel de surf coûtait cher ; il n'avait pas envie d'être obligé de racheter une combinaison parce que la sienne aurait moisi ou que l'eau salée l'aurait rongée. C'est pourquoi il la rinçait toujours avec minutie – les chaussons, les gants, mais aussi la capuche –, sans oublier la planche. Ses potes pouvaient bien le chambrer et le traiter de chochotte, rien ne le faisait renoncer.

Pour ça comme pour tout le reste : sa détermination lui pesait comme une malédiction.

La planche se trouvait elle aussi dans le placard. Il l'en sortit avec délicatesse et l'examina. Pas la moindre éraflure. Une vraie antiquité selon les critères actuels, mais tout à fait adaptée à ce qu'il comptait faire. Quoique, en réalité, il ne sût pas bien ce qu'il comptait faire. Il voulait juste fuir l'hôtel. Il ramassa chaussons, gants, capuche et cala la planche sous son bras.

La salle du matériel avait une porte qui donnait sur la terrasse, et de là sur la piscine encore vide. Au-delà du bassin, un escalier en ciment menait au promontoire qui avait donné son nom à l'ancien hôtel. Le long de ce promontoire, un sentier suivait la courbe de St Mevan Beach. Là, une rangée de cabines de plage s'adossaient à la falaise – pas des cabines séparées, mais une suite de box contigus, assez bas et équipés d'étroites portes bleues.

Tout en marchant, Ben respirait l'air froid et salé, et écoutait le fracas des vagues. Il marqua une pause au-dessus des cabines pour enfiler sa capuche en néoprène. Il mettrait les chaussons et les gants une fois au bord de l'eau.

Il regarda vers le large. La marée était haute, de sorte que les récifs étaient recouverts. De là où il était, les vagues semblaient faire un mètre cinquante de haut, avec une houle venant du sud. Elles déferlaient comme il convient, avec un vent de terre. En plein jour, ou même à l'aube ou au crépuscule, les conditions seraient considérées comme bonnes, même à cette époque de l'année où l'eau est aussi froide que le cœur d'une sorcière.

Personne ne surfait la nuit. Les dangers étaient trop nombreux, aussi bien les requins que les récifs ou les remous. Mais il ne s'agissait pas tant de surfer que de se rappeler. Ben n'avait aucune envie de se replonger dans ses souvenirs, mais sa discussion avec son père l'y avait contraint. C'était ça, ou rester enfermé au Promontory King George Hotel, ce qui était au-dessus de ses forces.

Il descendit les marches jusqu'à la plage. Celle-ci n'était pas éclairée, mais les lampadaires qui jalonnaient le sentier le long du promontoire répandaient une faible clarté sur les rochers et le sable. Louvoyant avec précaution parmi les blocs d'ardoise et de grès détachés de la falaise qui formaient désormais la base du promontoire, il finit par atteindre le sable. Pas le sable fin et doux d'une île tropicale, mais plutôt des gravillons, dus au réchauffement du permafrost : les glissements de terrain successifs avaient laissé derrière eux des éboulis que la mer, à force de les malmener, avait concassés. Ces minuscules grains gris et brun foncé scintillaient au soleil ; sinon, ils étaient ternes. Terriblement abrasifs, ils vous écorchaient sans pitié.

À sa droite s'étendait la fosse marine, presque entièrement recouverte par la marée qui en renouvelait l'eau. À sa gauche se trouvait l'affluent de la Cas, et, au-delà, ce qui subsistait du canal de Casvelyn. Devant lui, la mer. Agitée, exigeante, affreusement attirante.

Il posa sa planche sur le sable pour enfiler ses chaussons et ses gants. Il s'accroupit un moment, tournant le dos à Casvelyn, et observa la phosphorescence des vagues. Jeune homme, il s'était déjà trouvé sur une plage la nuit, mais jamais pour surfer. La journée de glisse terminée, ses copains et lui se réunissaient autour d'un grand feu. Quand il ne restait plus que des braises, ils s'éloignaient deux par deux. À marée basse, ils se réfugiaient dans les grandes grottes de Pengelly Cove, où ils faisaient l'amour. Parfois sur une couverture. À moitié déshabillés ou nus. Saouls, éméchés ou à jeun.

Elle était plus jeune à l'époque. Elle lui appartenait. Elle était ce qu'il désirait, tout ce qu'il désirait, elle le savait. C'était bien là le problème.

Il se releva et s'approcha de l'eau avec sa planche. Celle-ci n'avait pas de leash, mais ça n'avait pas d'importance. Tant pis si elle lui échappait, comme tant d'autres choses dans son existence.

Ses pieds et ses chevilles furent les premiers à sentir le froid, avant ses jambes et ses cuisses. Il s'écoulerait quelques secondes avant que l'eau infiltrée dans sa combinaison se réchauffe au contact de son corps et, dans l'intervalle, le froid mordant lui rappellerait qu'il était en vie.

De l'eau jusqu'aux cuisses, il s'allongea en douceur sur la planche et pagaya dans l'écume laiteuse en direction des brisants sur sa droite. Les embruns lui fouettaient le visage et les vagues passaient au-dessus de lui. Pendant quelques secondes, il fut tenté de pagayer ainsi jusqu'au matin, de laisser la côte loin derrière lui. Mais, cédant à l'amour et au devoir, il s'arrêta derrière la barre au niveau de la houle et se mit à califourchon sur sa planche. Dos au rivage, il contempla un instant la vaste mer ondoyante. Puis il fit pivoter la planche et aperçut les lumières de Casvelyn : la lumière blanche des lampadaires le long du promontoire, les lueurs ambrées derrière les rideaux des maisons de la ville, qui évoquaient d'anciens becs de gaz ou des feux allumés en plein air.

La houle était séduisante, son mouvement hypnotique aussi rassurant que trompeur. Comme un retour dans le ventre maternel. On pouvait s'étendre sur la planche, se laisser bercer par les vagues et dormir à tout jamais. Mais la houle se cassait, l'énorme masse liquide s'effondrait sur elle-même, tandis que, dessous, le bloc continental remontait petit à petit vers le rivage. C'était là qu'il fallait réagir ou se soumettre à la force des vagues.

Il se demanda si, après toutes ces années, il saurait encore reconnaître les signes qui indiquaient au surfeur qu'il était temps qu'il s'élance. Mais il s'aperçut rapidement qu'il n'avait pas perdu ses réflexes. Le talent était affaire de jugement et d'expérience, et le sien était intact.

La vague le souleva. Il recommença à ramer, se hissa sur un genou, puis il se redressa. Il demeura une seconde sur l'épaule de la vague avant de la dévaler et se retrouva à l'intérieur du tube. « La chambre verte, auraient hurlé ses copains. Meeeee-erde ! T'es dans la chambre verte, Kerne. »

Il continua à surfer jusqu'à ce que la vague ne soit plus qu'un tapis d'écume. Il descendit alors de sa planche, de l'eau à mi-cuisse, et la rattrapa avant qu'elle ne s'éloigne. Le ressac lui massait les mollets. Il avait du mal à respirer, et il resta immobile jusqu'à ce que son cœur se soit calmé.

Il se dirigea ensuite vers la plage, l'eau ruisselant sur lui telle une cape, et rejoignit péniblement l'escalier.

À ce moment-là, une silhouette jaillit de l'ombre et vint à sa rencontre.

Kerra avait vu son père quitter l'hôtel. Elle n'avait pas compris immédiatement que c'était lui. En vérité, pendant une seconde d'égarement, elle avait cru voir Santo traverser la terrasse à grandes enjambées et gravir les marches qui menaient au promontoire. Tout cela n'était qu'une méprise, avait-elle pensé contre toute logique. Une terrible, une affreuse méprise. Le corps qu'on avait découvert au pied de la falaise à Polcare Cove n'était pas celui de son frère.

Elle se rua vers l'escalier et le dévala à toute allure, car le vieil ascenseur aurait été trop lent. Elle courut à travers la salle à manger, qui, comme celle du matériel, donnait sur la terrasse, et se précipita au-dehors. Le temps qu'elle atteigne le promontoire, la silhouette vêtue de noir se trouvait sur la plage, accroupie à côté de la planche de surf. C'est seulement quand l'homme s'approcha d'elle après avoir chevauché une unique vague qu'elle reconnut son père.

Les questions se bousculèrent alors dans sa tête, tous ces « pourquoi ? » demeurés sans réponse qui concernaient presque tout ce qui avait trait à son enfance. Pourquoi as-tu prétendu… ? Pourquoi t'es-tu disputé avec Santo à propos de… ? Et, au-delà, la question du « qui ? » : Qui es-tu, papa ?

Mais elle ne posa aucune de ces questions à son père quand il la rejoignit au bas des marches. Au lieu de ça, elle s'efforça de déchiffrer son expression dans la pénombre.

Il s'arrêta. Son visage sembla s'adoucir et il parut sur le point de parler. Mais, quand il ouvrit la bouche, ce fut seulement pour dire :

— Kerra, ma chérie.

Puis il la dépassa et monta l'escalier menant au promontoire. Elle le suivit. Sans souffler mot, ils se dirigèrent vers l'hôtel. Ben s'arrêta près de la piscine vide pour rincer sa planche avec le tuyau d'arrosage, puis il rentra dans l'hôtel.

Dans la salle du matériel, il retira sa combinaison, sous laquelle il avait gardé son caleçon. S'il avait la chair de poule, le froid ne semblait pas le déranger plus que ça. S'approchant d'une grande poubelle en plastique dans un coin de la pièce, il y jeta sa combinaison sans cérémonie. Quant à la planche dégoulinante, il l'emporta dans une autre pièce – une arrière-salle que Kerra n'avait pas encore explorée – et la rangea dans un placard. Il referma ce dernier avec un cadenas, qu'il vérifia ensuite, comme pour s'assurer que le contenu du placard était à l'abri des regards indiscrets. Des siens et de ceux de Santo, comprit Kerra, car sa mère devait connaître son secret.

Quelle hypocrisie... C'était tout bonnement incompréhensible.

Son père s'essuya avec son tee-shirt, qu'il laissa tomber avant d'enfiler son pull. Il fit signe à sa fille de se retourner, ce qu'elle fit. Elle l'entendit alors retirer son caleçon, puis remonter la fermeture éclair de son pantalon.

— Ça y est, annonça-t-il.

Elle se retourna et lui fit face. De toute évidence, il attendait ses questions.

Elle décida de le surprendre comme il l'avait surprise.

— C'est à cause d'elle, pas vrai ?

— Qui ça ?

— Maman. Tu ne pouvais pas surfer et la surveiller en même temps, alors tu as arrêté le surf. C'est pour ça, pas vrai ? Je t'ai vu, papa. Ça fait combien de temps ? Vingt ans ? Plus ?

— Ça remonte à avant ta naissance.

— Alors tu as mis ta combi, tu es sorti, et tu as pris la première vague qui s'est présentée. Un jeu d'enfant, pour toi. Aussi naturel que de marcher ou de respirer.

— C'est vrai.

— Tu surfais depuis combien de temps quand tu as arrêté ?

Son père ramassa son tee-shirt et, tout trempé qu'il était, il le replia avec soin.

— Depuis presque toujours. À l'époque, on n'avait pas d'autre distraction. Tu as vu comment vivent tes grands-parents. On avait la plage en été et l'école le reste du temps. On trimait à la maison, pour empêcher cette foutue baraque de s'écrouler, et notre temps libre, on le passait à surfer. On n'avait pas de quoi se payer des vacances. En ce temps-là, il n'existait pas de vols pas chers pour l'Espagne. Ce n'était pas comme aujourd'hui.

— Mais tu as arrêté.

— On change, Kerra.

— Elle est arrivée. C'est ça qui a changé. Tu t'es laissé embobiner, et quand tu as enfin ouvert les yeux, il était trop tard. Tu as dû faire un choix et tu l'as choisie, elle.

— Ce n'est pas aussi simple.

Il la contourna, sortit et regagna la salle du matériel. Il attendit qu'elle l'ait rejoint pour fermer à clé la petite pièce.

— Est-ce que Santo savait ?

— Il savait quoi ?

— Pour ça, dit-elle en indiquant la pièce qu'ils venaient de quitter. Tu étais bon, pas vrai ? Le peu que j'ai vu m'a suffi. Alors pourquoi… ?

Elle était au bord des larmes, plus près qu'elle ne l'avait été au cours des trente heures de cauchemar qui venaient de s'écouler.

Tandis que son père la dévisageait, elle lut dans son regard une tristesse indicible, et elle comprit alors que, même s'ils formaient une famille – autrefois tous les quatre, et à présent tous les trois –, ils n'en avaient que le nom. Elle avait toujours cru que les secrets qui les séparaient avaient un rapport avec sa mère, les problèmes de sa mère, les bizarreries de sa mère. Elle-même était complice de ces secrets depuis bien longtemps : comment aurait-elle pu les ignorer, quand elle risquait de tomber au beau milieu d'une « situation un peu embarrassante », suivant l'expression consacrée, chaque fois qu'elle rentrait à la maison après l'école ? « N'en parle surtout pas à papa, ma chérie. » Mais papa savait, de toute façon. Ils savaient tous, à cause des vêtements qu'elle portait, de l'inclinaison de sa tête quand elle parlait, de la cadence de ses phrases, de sa main qui pianotait sur la table pendant le dîner, de son regard fébrile. Et le rouge. Ils savaient à cause du rouge. Pour Kerra et Santo, le retour de cette couleur annonçait toujours un séjour prolongé chez les parents de leur père. « Qu'est-ce qu'elle trafique encore, cette garce ? » disait le grand-père Kerne. « Ne dites rien à

279

vos grands-parents, compris ? » Telle était l'injonction qui avait régi l'enfance de Kerra et Santo : gardez la foi, gardez le secret, et la situation reviendra à la normale, quoi qu'on entende par là.

Mais Kerra venait de découvrir l'existence d'autres secrets qui ne touchaient pas à la personnalité de Dellen, mais bien à celle de son père. Elle avait la sensation que le sol se dérobait sous ses pieds.

— J'avais treize ans, dit-elle. Il y avait un mec que j'aimais bien. Stuart, il s'appelait. Il avait quatorze ans et il était plein de boutons, mais je l'aimais bien. À cause de ses boutons, je croyais qu'il n'avait rien à craindre, tu comprends ? Sauf que si. Le plus drôle, c'est que j'étais juste allée à la cuisine chercher à manger et à boire. À peine cinq minutes, mais ça avait suffi. Stuart ne comprenait pas ce qui se passait. Mais moi je savais. Santo aussi. Sauf que Santo ne risquait rien, parce que, regardons les choses en face, il était comme elle.

— Pas pour tout, protesta son père. Pas pour ça.

— Si. Pour ça, et pour des choses qui m'affectaient, moi.

— Ah ! Madlyn.

— C'était ma meilleure amie, avant que Santo lui mette la main dessus.

— Santo n'avait pas l'intention...

— Bien sûr que si ! Le pire, c'est qu'il n'a même pas eu à lui courir après. Il était déjà après... quoi... trois autres filles ? Remarque, il en avait peut-être déjà fait le tour, de ces trois autres filles, conclut-elle avec amertume.

— Kerra, les gens sont comme ils sont. On ne peut rien y faire.

— C'est tout ce que tu as trouvé pour la défendre ?
Pour *le* défendre ?

— Je ne les défends pas.

— Si. Tu l'as toujours fait, du moins en ce qui la
concerne. Toute ma vie, je l'ai vue se fiche de toi, et je
suis prête à parier qu'elle se fiche de toi depuis le jour
où tu l'as rencontrée.

Si Ben fut choqué, il n'en laissa rien paraître.

— Je ne parle pas de ta mère, ma chérie. Ni de
Santo. Je parle de ce fameux Stuart, de Madlyn Angarrack… et d'Alan, ajouta-t-il après un silence. Les gens
sont comme ils sont. Mieux vaut s'y résigner.

— Comme toi tu l'as fait ?

— Je ne peux pas t'expliquer.

— Parce que c'est un secret ? Comme le surf ?

— On ne choisit pas ce qu'on aime. On ne choisit
pas qui on aime.

— Je n'en crois rien. Dis-moi pourquoi tu ne voulais pas que Santo fasse du surf.

— Parce que je croyais qu'il n'en sortirait rien de
bon.

— Comme pour toi ?

Il se tut. Kerra crut d'abord qu'il ne répondrait pas,
mais il finit par dire, comme elle s'y attendait :

— En effet. Il n'en est rien sorti de bon pour moi.
Alors j'ai posé ma planche et continué ma vie.

— Avec elle.

— Oui. Avec ta mère.

11

L'inspecteur principal Bea Hannaford arriva tard au poste de police ; elle était d'une humeur de dogue et les derniers mots de Ray continuaient à la tourmenter. Il avait le chic pour transformer en trait d'arbalète une formule de politesse aussi inoffensive qu'un « au revoir ». Habituellement, elle était prompte à la repartie, mais pas au milieu d'une enquête pour meurtre.

Elle avait également dû céder sur la question de Pete, autre raison de son retard. Faute de l'appui d'une équipe de la MCIT, elle allait devoir travailler d'arrache-pied, et il fallait que quelqu'un s'occupe de son fils. Non pas que Pete ne puisse pas se débrouiller tout seul (il faisait la cuisine depuis des années, et il s'était mis à la lessive le jour où sa mère lui avait rendu un de ses précieux tee-shirts d'Arsenal déteint en violet), mais il fallait le conduire du lycée aux entraînements de foot, contrôler le temps qu'il passait sur Internet et superviser ses devoirs, sans quoi il ne prendrait pas la peine de les faire. En bref, Pete était un garçon de quatorze ans comme les autres, qui avait besoin d'être guidé quotidiennement par ses parents.

Elle aurait dû se réjouir que son ex-mari soit disposé à relever le défi. Sauf qu'elle était convaincue que Ray avait orchestré toute la situation précisément pour cette raison. Il voulait être plus présent dans la vie de leur fils, et il avait vu là l'occasion de se rapprocher de lui. L'enthousiasme récent de Pete à l'idée de séjourner chez son père suggérait que Ray avait bien manœuvré. Du coup, Bea se demandait comment Ray concevait au juste son rôle de père : elle s'interrogeait aussi bien sur les repas qu'il servait à Pete que sur la liberté qu'il lui accordait.

Pendant que Pete allait poser ses affaires dans la chambre d'amis – sa chambre, comme il l'appelait –, elle avait cuisiné son ex-mari. Comme à son habitude, Ray était allé droit au but : « Il est heureux de venir parce qu'il m'aime. Tout comme il est heureux d'être avec toi parce qu'il t'aime. Il a deux parents, Beatrice. Tout bien pesé, c'est pas plus mal, tu sais. »

Elle avait eu envie de répliquer : « Deux parents ? Je vois. C'est génial, Ray. » Au lieu de ça, elle avait dit : « Je ne veux pas qu'il soit exposé à des… »

« Des nanas de vingt-cinq ans qui se baladent à poil dans la maison ? N'aie aucune crainte. J'ai prévenu toutes les splendides créatures résidant normalement ici que les orgies étaient reportées à une date ultérieure. Elles ont le cœur brisé, le mien est en morceaux, mais c'est comme ça. Pete est prioritaire. » Elle l'avait trouvé appuyé contre le plan de travail, occupé à trier le courrier de la veille. Rien ne portait à croire qu'il y avait quelqu'un d'autre dans la maison. Elle s'en était discrètement assurée, ne voulant pas que Pete rencontre fortuitement les partenaires sexuels occasionnels de qui que ce soit – pas à son âge, et pas avant qu'elle l'ait mis en garde contre les maladies qui le menaçaient s'il faisait le mariole avec certaines parties de son corps.

« Tu **as** de drôles d'idées quant à la façon dont j'occupe mon peu de temps libre, ma chérie. »

Se retenant d'épiloguer, elle lui avait remis un sac de provisions, car il n'était pas question qu'elle lui soit redevable d'héberger Pete quand il n'était pas censé le faire. Après avoir appelé leur fils, elle l'avait serré dans ses bras et, malgré ses contorsions et ses protestations, avait plaqué un baiser sonore sur sa joue avant de se retirer.

Ray l'avait suivie jusqu'à sa voiture. Il y avait du vent, il faisait gris et il commençait à pleuvoir. Pour autant, il ne se pressait pas et ne cherchait pas non plus à s'abriter du mauvais temps. Il avait attendu qu'elle soit montée pour lui faire signe de baisser sa vitre. Puis il s'était penché et avait demandé :

« Il va falloir quoi, Bea ?

— Comment ça ? avait répliqué Bea, irritée.

— Pour que tu me pardonnes. Que faut-il que je fasse ? »

Elle avait secoué la tête, démarré et était repartie en marche arrière. Mais la question de Ray avait continué à lui tourner dans le cerveau.

Quand elle arriva enfin au commissariat, elle était toute disposée à s'énerver contre le sergent Collins et le constable McNulty, mais ces deux balourds la désarmaient tellement qu'elle était incapable de leur en vouloir. Collins avait profité de son retard pour déployer la moitié des agents du TAG sur une zone de cinq kilomètres autour de Polcare Cove, avec pour mission de recueillir tout élément un tant soit peu intéressant auprès des rares habitants des hameaux et des fermes du secteur. Il avait chargé l'autre moitié de se renseigner sur les antécédents de tous les individus présentant un lien avec la victime : les Kerne – et en particulier le père, pour savoir si sa situation financière se trouvait modifiée par le décès de son fils –, Madlyn Angarrack, la famille de celle-ci, Daidre Trahair, Thomas Lynley et Alan Cheston. Tout le monde devait fournir ses empreintes digitales, et les Kerne avaient été informés que le corps de Santo attendait qu'ils l'identifient à la morgue de Truro.

Pendant ce temps, le constable McNulty s'était penché sur l'ordinateur de Santo Kerne. À l'arrivée de Bea, il était occupé à passer en revue tous les e-mails supprimés.

— Bon sang, ça va prendre des heures, la prévint-il, espérant sans doute qu'elle allait lui dire de renoncer à cette opération fastidieuse, ce qu'elle n'avait aucune intention de faire.

Auparavant, il avait extrait des dossiers ce qui ressemblait à de nouveaux motifs de tee-shirts et McNulty avait réparti les dessins en plusieurs catégories : les commerces locaux dont il reconnaissait les noms (surtout des pubs, des hôtels et des boutiques de surf) ; les groupes de rock, connus ou totalement obscurs ; les festivals, aussi bien musicaux qu'artistiques ; et enfin les dessins qualifiés de suspects sur la base d'une « intuition ». Bea en avait conclu qu'il ignorait simplement à quoi ils correspondaient. En l'occurrence, elle avait tort.

Le premier dessin « suspect » concernait Liquid-Earth. Bea reconnut le nom qui figurait sur la facture trouvée dans la voiture de Santo. Il s'agissait, expliqua McNulty, d'une entreprise qui fabriquait des planches de surf. Le shaper s'appelait Lewis Angarrack.

— Comme ? demanda Bea.

— Comme le papa de Madlyn Angarrack.

Intéressant.

— Et les autres ?

Le deuxième dessin évoquait Cornish Gold. Une cidrerie, expliqua McNulty.

— En quoi est-ce important ?

— C'est la seule entreprise située en dehors de Casvelyn. Je me suis dit que ça valait la peine d'y regarder de plus près.

McNulty n'était peut-être pas aussi nul qu'elle l'avait cru.

— Et le dernier dessin ?

Celui-ci était un recto verso. Le côté face montrait le slogan SOYEZ SUBVERSIF au-dessus d'une poubelle, ce qui pouvait vouloir dire tout et n'importe quoi, depuis poser des bombes sur la voie publique jusqu'à fouiller dans les ordures des people pour y dénicher des infos à vendre aux tabloïds. Le côté pile, cependant, explicitait le message. On y voyait un gamin des rues déclarant « Mangez Gratis », en désignant la même poubelle renversée, et son contenu répandu sur le sol.

— Qu'est-ce que vous en pensez ? demanda Bea au constable.

— J'en sais rien, mais il m'a semblé que ça valait la peine de creuser. Contrairement aux autres, celui-ci n'a rien à voir avec une organisation quelconque. Comme j'ai dit, j'ai eu une intuition. Tout ce qu'on ne peut pas identifier doit être approfondi.

On aurait cru qu'il citait un manuel. Mais c'était une réflexion pleine de bon sens, la première qu'elle entendait dans sa bouche. Tout espoir n'était pas perdu.

— En fin de compte, lui dit-elle, vous avez peut-être un avenir dans la police

Cette idée ne semblait pas particulièrement enchanter McNulty.

Tammy était silencieuse ce matin-là, ce qui préoccupait son grand-père. Elle était silencieuse de nature, mais cette fois, son absence de conversation trahissait une tendance méditative qu'elle n'avait pas manifestée auparavant. Jusque-là, Selevan Penrule avait simplement l'impression que la jeune fille était d'un calme surnaturel, preuve supplémentaire que quelque chose clochait chez elle. À son âge, une fille n'était pas aussi calme. Elle s'inquiétait de son teint, de sa ligne, de la mode, de sa coupe de cheveux et d'autres bêtises dans ce goût-là. Mais ce matin, Tammy semblait plongée dans ses pensées. Son grand-père se doutait de la nature de celles-ci, mais il se demandait comment aborder la question. Il repensa à sa discussion avec Jago Reeth sur la façon de s'y prendre avec les jeunes. Selevan devait reconnaître que son ami ne manquait pas de sagesse. À quoi bon essayer d'imposer sa volonté à un adolescent quand il possédait sa volonté propre ? Après tout, nul n'était obligé de faire la même chose que ses parents. Sinon le monde n'évoluerait jamais, et serait peut-être même dépourvu d'intérêt. Tout y serait d'une monotonie effroyable, génération après génération. D'un autre côté, ce ne serait peut-être pas plus mal.

Selevan se gardait bien de trancher. Ce qui était sûr, c'est que la mauvaise santé de son père ne lui avait pas laissé le choix, malgré les espoirs qu'il avait pu nourrir. Cédant au devoir filial, il avait continué à s'occuper d'une ferme à laquelle il s'était juré, jeune garçon puis adolescent, d'échapper le plus tôt possible. Cette situation ne lui ayant jamais paru juste, il était enclin à se demander si sa famille se montrait juste envers Tammy en s'opposant à ses désirs. D'un autre côté, les désirs de Tammy n'étaient peut-être que les conséquences de sa peur. Ça, au moins, c'était une question qui méritait une réponse. Mais, pour y répondre, encore aurait-il fallu que la question soit posée.

Avant toute chose, il devait tenir la promesse qu'il leur avait faite, à elle et à ses parents : il devait fouiller son sac à dos avant de la conduire à son travail. Elle se soumit à cette fouille avec résignation. Il sentait son regard sur lui tandis qu'il déballait ses affaires. Un maigre casse-croûte. Un portefeuille contenant cinq livres qu'il lui avait données quinze jours plus tôt. Du baume pour les lèvres et son carnet d'adresses. Il y avait aussi un roman au format poche, sur lequel il se précipita. Mais son titre – *Shoes of the Fisherman*[1] – suggérait qu'elle lisait enfin des ouvrages sur la Cornouailles.

Il venait de lui rendre son sac quand il remarqua qu'elle portait quelque chose qu'il n'avait jamais vu avant. Pas un vêtement neuf – elle était toujours en noir de la tête aux pieds, comme la reine Victoria période post-Albert –, mais elle avait un machin insolite autour du cou. La chose était glissée sous son chandail, et Selevan n'apercevait qu'un cordon vert.

— Qu'est-ce que c'est que ça, dis-moi ? demanda-t-il en tirant sur le cordon.

Ce n'était pas un collier. Ou si c'en était un, c'était le collier le plus bizarre qu'il ait jamais eu sous les yeux.

1. Littéralement « Les Souliers du pêcheur », un roman de Morris West dont le titre français, *Les souliers de saint Pierre,* indique plus clairement le contenu religieux. *(N.d.T.)*

Il consistait en des petits carrés de tissu brodés d'un M surmonté d'une couronne dorée.

— Qu'est-ce que c'est que ça ? répéta Selevan en examinant les carrés d'étoffe d'un air soupçonneux.

— Un scapulaire.

— Un scapu-quoi ?

— Un scapulaire.

— Et le M, il veut dire ?

— Marie.

— Marie qui ?

— Oh, grand-père…

Cette réponse n'était pas faite pour le rassurer. Il empocha le scapulaire et ordonna à Tammy de se magner le train. Quand il la rejoignit dans la voiture, il sut que le moment était venu de lui parler.

— Est-ce que c'est la peur ? demanda-t-il.

— Quelle peur ?

— Les hommes… Est-ce que ta maman… Bon sang, tu sais très bien de quoi je parle.

— En fait, non.

— Est-ce que ta mère t'a expliqué… ?

La mère de sa femme n'avait rien expliqué à sa fille. Cette pauvre Dot était venue à lui non seulement vierge, mais plus ignorante qu'un agneau venant de naître. Il avait tout gâché par son inexpérience et sa nervosité, que sa femme avait prises pour de l'impatience, et qui l'avaient fait pleurer de frayeur. Mais les filles d'aujourd'hui n'étaient plus comme ça, non ? Elles n'avaient pas dix ans qu'elles étaient déjà au courant de tout !

D'un autre côté, l'ignorance et la peur pouvaient expliquer la tendance de Tammy à se refermer sur elle-même.

Il reprit :

— Est-ce que ta mère t'a parlé de ça, petite ?

— De quoi ?

— Des oiseaux et des abeilles. Des chats et des chatons.

— Oh, grand-père...

— Bon sang, réponds. Parce que si elle ne l'a pas fait...

Pauvre Dot, tellement naïve... Étant l'aînée d'une fratrie de filles, elle n'avait jamais vu d'homme à poil, à part dans les musées, et croyait dur comme fer que les organes masculins étaient en forme de feuilles de vigne... Seigneur, la nuit de noces avait été un vrai cauchemar. La leçon qu'il avait tirée de tout ça, c'est qu'il avait eu tort d'attendre le mariage, parce que s'ils l'avaient fait avant, Dot aurait au moins su si elle voulait se marier... Sauf qu'à ce stade-là, elle aurait insisté pour se marier, et dans tous les cas, il aurait été piégé. Comme il l'avait toujours été : par l'amour, par le devoir, et maintenant par Tammy.

— Alors, tu sais ? Tu es gênée ou quoi ?

Tammy baissa la tête, comme si elle allait pleurer. Selevan ne voulait pas de larmes, alors il démarra. Ils gravirent la côte pour sortir du camp de mobile homes. Cette satanée gamine refusait de parler. Une vraie tête de mule ! Où avait-elle pêché ce fichu caractère ? Pas étonnant que ses parents aient fini par baisser les bras !

Il n'avait plus qu'à repartir à l'assaut. Comme ils longeaient la petite route menant à Casvelyn, il déploya la grosse artillerie.

— C'est l'ordre naturel des choses. Les hommes et les femmes ensemble. Tout le reste est contre nature et je dis bien tout le reste, si tu vois ce que je veux dire. Si on a des choses différentes en bas, c'est que ces choses sont faites pour se réunir. Tu as l'homme dessus et la femme dessous. Ils mettent leurs bidules ensemble, parce que c'est comme ça que ça marche. L'homme entre à l'intérieur, ils se frottent un peu tous les deux, et quand c'est terminé, ils s'endorment. Tantôt ils ont un bébé après, et tantôt non. C'est comme ça que ça doit se passer, et si l'homme est pas trop crétin, c'est un truc rudement agréable qu'ils apprécient tous les deux.

Voilà. C'était dit. Mais il tenait à s'assurer qu'elle avait bien compris.

— Tout le reste, reprit-il en tapant sur le volant, c'est contraire à la nature. Parce que, dans la nature, tu ne vois jamais…

— J'ai parlé à Dieu, le coupa Tammy.

Vous parlez d'une douche froide !

— Ah ? Et qu'est-ce qu'il t'a répondu ? C'est sympa qu'il ait du temps à te consacrer, parce que pour moi, le salopard, il en a jamais eu.

— J'ai essayé d'écouter, expliqua Tammy d'un air préoccupé. J'ai guetté sa voix.

— Sa voix ? La voix de Dieu ? D'où elle venait ? Des ajoncs ?

— De l'intérieur, dit Tammy, appuyant son poing sur sa maigre poitrine. J'ai essayé d'écouter la voix qui venait de l'intérieur de moi. C'est la voix qui te dit ce qui est bien. Tu le sais quand tu l'entends, grand-père.

— Et tu l'entends souvent ?

— Quand je suis silencieuse, oui. Mais pas maintenant.

— Tu es tout le temps silencieuse.

— Pas à l'intérieur.

— Comment ça ?

Il la regarda du coin de l'œil. Elle semblait observer la pluie, les haies dégoulinantes que la voiture effleurait. Une pie s'envola.

— Ma tête est pleine de bavardages, dit-elle. Quand elle refuse de se taire, je n'arrive pas à entendre Dieu.

Des bavardages ? Qu'est-ce qu'elle racontait ? Cette gamine était exaspérante. Dès qu'il croyait savoir à quoi s'en tenir avec elle, il s'apercevait qu'il n'en était rien.

— Qu'est-ce que t'as là-dedans ? demanda-t-il en lui tapotant le crâne. Des lutins et des monstres ?

— Ne plaisante pas. J'essaie de t'expliquer… Mais il n'y a rien ni personne à qui je puisse m'adresser, tu comprends ? Alors je m'adresse à toi. Je suppose que je te demande de l'aide, grand-père.

Cette fois, ils tenaient le bon bout. Les parents de la gamine seraient contents : le séjour chez son grand-père aurait porté ses fruits. Il poussa un vague grognement, pour indiquer qu'il écoutait. Les minutes s'écoulaient et ils se rapprochaient de Casvelyn. Tammy ne dit plus rien jusqu'à ce qu'ils atteignent la ville.

Selevan venait de se garer le long du trottoir devant la boutique quand elle reprit, les yeux fixés sur la vitrine :

— Si je sais quelque chose qui risque de causer des ennuis à quelqu'un… Qu'est-ce que je dois faire, grand-père ? J'ai demandé à Dieu, mais il n'a pas répondu. Qu'est-ce que je dois faire ? Quand il arrive quelque chose de grave à quelqu'un qu'on aime bien, c'est comme si…

Il l'interrompit :

— Le fils Kerne. Tu sais quelque chose à son sujet, Tammy ? Regarde-moi en face, petite.

Elle s'exécuta. Il vit qu'elle était bien plus perturbée qu'il ne l'avait cru. Il n'y avait qu'une réponse possible, malgré les désagréments qui risquaient d'en découler pour eux deux.

— Tu sais quoi ? Tu vas aller trouver la police. Y a pas d'autre solution. Tu vas y aller aujourd'hui.

12

Daidre Trahair excellait aux fléchettes. Lynley l'avait appris à ses dépens la veille, et il avait ajouté cette information au peu qu'il savait sur elle. Une cible était accrochée au dos de la porte du séjour. Il ne l'avait pas remarquée plus tôt car la porte, jusque-là, était restée ouverte.

Il aurait dû se douter qu'il était mal barré quand elle avait sorti un mètre ruban pour mesurer une distance d'exactement deux mètres trente-sept en partant de la porte fermée. Elle avait ensuite placé le tisonnier sur le sol afin de matérialiser le « pas de tir », comme elle l'appelait. Quand il avait répété « Le pas de tir ? », et qu'elle avait répondu : « Thomas, le pas de tir marque l'endroit où doit se tenir le joueur », il avait commencé à soupçonner qu'il s'était montré un peu trop présomptueux. Tout de même, ça ne pouvait pas être si compliqué que ça... C'est ainsi qu'il avait accepté de disputer une partie de « 501 », un jeu mystérieux dont il ignorait tout, tel un agneau qui se laisse mener à l'abattoir.

« Il y a des règles ? » avait-il demandé.

Elle l'avait regardé de travers. « Bien sûr qu'il y a des règles. C'est un jeu, Thomas. » Elle avait entrepris de les lui exposer, en commençant par la cible : les différents secteurs, les triples et les doubles, le nombre de points marqués suivant que la fléchette se plantait à tel ou tel endroit… Lynley ne s'était jamais considéré comme un imbécile, mais très vite, il s'était senti largué.

« On commence chacun avec un score de 501, lui avait-elle expliqué, et le but est de réduire ce score à zéro. Chaque joueur a trois fléchettes. Un double centre compte cinquante points, la couronne extérieure vingt-cinq, tandis que les couronnes double ou triple permettent de marquer deux fois ou trois fois la valeur du segment. D'accord ? »

Lynley avait acquiescé. Il n'avait aucune idée de ce qu'elle racontait, mais l'assurance, selon lui, était la clé du succès.

« Bien. Attention : la dernière fléchette doit atterrir dans un double ou dans le plein centre. Et si vous ramenez votre score à un, ou au-dessous de zéro, votre tour se termine sur-le-champ et c'est à l'autre joueur de lancer. Vous suivez ? »

Lynley était de plus en plus perdu, mais d'un autre côté, ça ne devait pas être sorcier d'atteindre une cible à moins de trois mètres de distance. Et puis, ce n'était qu'un jeu. Si elle remportait la première partie, son amour-propre s'en remettrait. Il prendrait sa revanche avec la suivante. Le tout était de se distraire, non ?

Daidre avait remporté toutes les parties, de la première à la dernière. Ils auraient pu jouer toute la nuit qu'elle aurait sans doute continué à gagner. En plus d'être une joueuse de tournoi, la peste – c'est ainsi qu'il pensait à elle, à présent – n'était pas du genre à ménager l'ego d'un homme en le laissant croire, au moins de temps en temps, à sa suprématie.

Néanmoins, elle eut le bon goût de montrer un peu de gêne.

« Oh là là ! Mon problème, c'est que je suis incapable de laisser quelqu'un gagner. Ça ne m'a jamais paru moral.

— Vous êtes... incroyable. J'ai la tête qui tourne.

— Il faut avouer que je joue beaucoup. Pour vous avoir caché la vérité, c'est moi qui vais avoir un gage. Je vais vous aider à faire la vaisselle. »

Elle avait tenu parole, et ils avaient rangé la cuisine dans la bonne humeur, lui se chargeant de laver la vaisselle et elle de l'essuyer. Si elle lui avait fait nettoyer le dessus de la cuisinière – « Ce n'est que justice », avait-elle déclaré –, de son côté, elle avait balayé et récuré l'évier. Il s'était surpris à apprécier sa compagnie, et s'était senti d'autant plus mal à l'aise en pensant à sa mission.

Mais il était flic avant tout, et elle avait menti à la police.

Il s'attela à la tâche le lendemain matin, et il parvint à avancer sans sortir de sa chambre à la Salthouse Inn. Quelques coups de fil lui apprirent qu'une personne du nom de Daidre Trahair était bien vétérinaire au jardin zoologique de Bristol. Quand il demanda à lui parler, on lui répondit qu'elle avait pris un congé imprévu, pour s'occuper d'une affaire familiale en Cornouailles.

Il ne lui tint pas rigueur de ce nouveau mensonge : beaucoup de gens prétextaient des affaires familiales quand ils avaient simplement besoin de quelques jours de détente.

Il eut également confirmation qu'elle avait bien un frère adoptif chinois. Lok Trahair étudiait à l'université d'Oxford. Daidre elle-même avait obtenu une licence en biologie avec mention très bien à l'université de Glasgow, puis un doctorat au Royal Veterinary College. Elle avait peut-être des secrets qu'elle ne souhaitait pas divulguer à l'inspecteur Hannaford, mais ceux-ci ne concernaient ni son identité ni celle de son frère.

Mais, en remontant plus loin dans sa scolarité, il tomba sur un os. Daidre Trahair avait fréquenté un établissement d'enseignement secondaire à Falmouth, mais, avant cela, on ne trouvait aucune trace d'elle. Elle n'avait été inscrite dans aucune école de Falmouth publique ou privée, externat, internat, ou école religieuse... Soit elle ne vivait pas encore à Falmouth à l'époque, soit ses parents l'avaient éloignée pour une raison quelconque, soit encore elle avait été scolarisée à domicile.

Dans ce dernier cas, elle l'aurait sûrement mentionné. De son propre aveu, elle était née à la maison. C'était un enchaînement logique, non ?

Il réfléchissait encore quand on frappa à sa porte. Siobhan Rourke lui apportait un petit paquet que le facteur venait de livrer.

Il la remercia et, quand il fut à nouveau seul, il ouvrit le paquet qui contenait son portefeuille. Il ouvrit également celui-ci. C'était un automatisme, mais aussi une façon de renouer avec l'homme qu'il était. Permis de conduire plié en quatre, carte bancaire, photo de Helen...

Il prit la photo entre ses doigts. On y voyait Helen à Noël, moins de deux mois avant sa mort. Ils avaient pris très peu de jours de vacances, et ils n'avaient pas eu le temps de rendre visite à leurs familles, car il se trouvait au milieu d'une enquête. « Ne t'en fais pas, il y aura d'autres Noëls, mon chéri », avait dit Helen.

Il dut se forcer à revenir au présent. Il glissa délicatement la photo de sa femme – la joue calée sur sa main, lui souriant à travers la table du petit déjeuner, pas encore coiffée ni maquillée, nature, telle qu'il l'aimait – dans son portefeuille et posa celui-ci sur la table de chevet, à côté du téléphone. Le silence était tel qu'il n'entendait que sa respiration. Il pensait au prénom de Helen. Il pensait à son visage. Il ne pensait à rien.

Au bout d'un moment, il se remit au travail. Il fallait certes pousser plus loin les investigations sur Daidre Trahair, mais il ne voulait pas s'en charger. Après tout, il n'était plus flic. D'autres pouvaient s'en occuper.

Il décrocha le téléphone pour composer un numéro qu'il connaissait mieux que le sien. Une voix familière lui répondit : Dorothea Harriman, secrétaire du service à New Scotland Yard.

Tout d'abord, il crut qu'il n'arriverait pas à lui parler, mais il réussit à murmurer :

— Dee.

Elle comprit aussitôt. D'une voix étranglée, elle murmura :

— Commissaire… Inspecteur… Sir ?

— Juste Thomas, Dee.

— Certainement pas, sir, répliqua Dee Harriman, qui n'avait jamais appelé personne autrement que par son titre complet. Comment allez-vous, commissaire Lynley ?

— Je vais bien, Dee. Est-ce que Barbara est là ?

— Le sergent Havers ?

C'était une question stupide, qui ne ressemblait pas à Dee.

— Non, commissaire. Elle n'est pas là. Mais le sergent Nkata, oui. Et l'inspecteur Stewart. Et l'inspec…

Lynley coupa court à cette litanie.

— Je vais essayer de joindre Barbara sur son portable. Et, Dee...

— Commissaire ?

— Ne dites à personne que j'ai téléphoné. D'accord ?

— Mais êtes-vous...

— S'il vous plaît.

— Oui. Bien sûr. Mais nous espérons... pas seulement moi... je parle au nom de tout le monde, je le sais, quand je dis...

— Merci.

Il raccrocha et réfléchit au coup de fil qu'il voulait passer à Barbara Havers, sa collaboratrice de longue date. Il savait qu'elle s'empresserait de lui proposer son aide, même en pleine enquête, puis qu'elle subirait les conséquences de sa décision sans lui en souffler mot.

Il avait d'autres raisons d'hésiter. Il en avait pris conscience dès qu'il avait entendu la voix de Dorothea Harriman. Il était beaucoup trop tôt, et la blessure peut-être trop profonde pour guérir.

Mais un jeune homme était mort. Lynley décrocha à nouveau le combiné.

— Ouais ?

Du pur Havers. En plus, elle braillait, car s'il fallait en croire le bruit de fond, elle était au volant du tas de ferraille qui lui servait de voiture.

Il prit une respiration, encore indécis.

— Hé ! Y a quelqu'un ? Vous m'entendez ?

— Oui, je vous entends, Barbara. La chasse est ouverte. Vous pouvez me donner un coup de main ?

Il y eut un long silence. Il entendait l'autoradio, le grondement lointain de la circulation. Apparemment, elle avait eu la sagesse de se garer. Mais elle ne disait toujours rien.

— Barbara ?

— Je vous écoute, monsieur.

LiquidEarth se trouvait sur Binner Down, avec d'autres petites entreprises installées sur une base aérienne désaffectée. Relique de la Seconde Guerre mondiale, celle-ci se réduisait à présent à un ensemble de bâtiments en ruine, de routes défoncées et de ronces exubérantes. Les abords des chemins et des immeubles abandonnés avaient des allures de décharge publique. Des casiers à homards et des filets de pêche voisinaient avec des blocs de béton ; des pneus usagés et des meubles moisis se morfondaient contre des cuves de propane ; des cuvettes de W-C et des lavabos ébréchés se battaient avec le lierre sauvage qui les envahissait. Il y avait aussi des matelas, des sacs-poubelle noirs remplis de Dieu sait quoi, des chaises à trois pieds, des panneaux de portes fendus, des châssis de fenêtre déglingués. C'était l'endroit idéal pour se débarrasser d'un cadavre, conclut Bea Hannaford.

L'odeur des ordures s'insinuait dans sa voiture. Le vent humide apportait des relents de feux de bois et de fumier, provenant d'une exploitation laitière. Pour ajouter à la laideur du décor, des flaques d'eau de pluie recouvertes de nappes d'huile stagnaient dans les cratères qui parsemaient le tarmac.

Elle avait emmené le constable McNulty, à la fois comme copilote et comme preneur de notes. Après leur visite de la chambre de Santo Kerne, elle avait décidé qu'il pourrait se révéler utile pour les questions liées au surf, et comme il habitait Casvelyn depuis longtemps, il avait au moins le mérite de connaître la ville.

Pour se rendre à LiquidEarth, ils avaient emprunté un itinéraire tortueux qui longeait la rive nord-est de l'ancien canal de Casvelyn. Binner Down se trouvait au bout d'une rue du nom d'Arundel, d'où partait un chemin cahoteux bordant une ferme. L'ancienne base aérienne s'étendait derrière celle-ci. Encore au-delà se dressait une baraque délabrée que les surfeurs s'étaient appliqués à transformer en taudis. Sur ce point, McNulty se montrait philosophe. Que pouvait-on espérer d'autre ? semblait-il dire.

Bea constata rapidement qu'elle avait bien fait de l'emmener, car les entreprises situées sur l'ancien terrain d'aviation n'avaient pas d'adresse précise. C'étaient des constructions en parpaing quasiment aveugles, avec des toits en métal galvanisé décorés de lierre. Devant chacune, une rampe en ciment fissurée permettait d'accéder à une porte de garage en acier, parfois percée d'une porte plus petite, pour les piétons.

McNulty guida Bea le long d'un chemin à l'extrémité nord du terrain d'aviation. Après trois cents mètres de cahots redoutables pour la colonne vertébrale, il annonça :

— On y est, chef.

Il lui désigna une bicoque parmi un groupe de trois qui devaient accueillir jadis des auxiliaires féminines de l'armée. Comparée à celle des gens qui tentaient de survivre parmi les décombres à Londres ou Coventry, cette vie devait ressembler au paradis.

Ils sortirent de voiture. Après s'être étiré le dos, McNulty fit remarquer qu'ils s'étaient beaucoup rapprochés du squat des surfeurs. La « maison de Binner Down », comme il l'appelait, se trouvait juste après la colline. C'était très commode pour les surfeurs. Si leurs planches avaient besoin d'être réparées, il leur suffisait de contourner la colline pour les confier à Lew Angarrack.

Ils franchirent une porte équipée de quatre serrures, pas une de moins, et se retrouvèrent dans un petit show-room. Des long-boards et des short-boards sans leurs dérives étaient exposés sur des râteliers. Un des murs était entièrement décoré d'affiches montrant des vagues grosses comme des paquebots. Le long d'un autre mur, un comptoir vitré présentait au regard différents accessoires de surf : housses, leash, ailerons. Pas de combinaisons de plongée, ni de tee-shirts dessinés par Santo Kerne.

Une odeur irritante flottait dans l'air. Elle semblait provenir d'une pièce poussiéreuse située au-delà du show-room. Un homme en bleu de chauffe, avec une longue queue de cheval grise et des lunettes à large monture, versait lentement le contenu d'un seau en plastique sur une planche de surf reposant sur deux tréteaux.

La lenteur de ses gestes pouvait s'expliquer par la nature de son travail, par un handicap ou par l'âge. Il tremblait énormément, nota Bea. Parkinson, alcoolisme ou autre chose.

— Excusez-moi. Mr Angarrack ?

Elle avait parlé au moment précis où un outil électrique se mettait en marche derrière une porte.

— Pas lui, souffla McNulty derrière elle. Ça doit être Lew, à côté, en train de shaper une planche.

Autrement dit, c'était Angarrack qui maniait l'engin responsable du vacarme. Le vieux bonhomme se retourna à ce moment-là. Il avait un visage très marqué, et ses lunettes tenaient avec du fil de fer.

— Désolé. Je peux pas m'arrêter, dit-il en indiquant son seau du menton. Mais entrez. Z'êtes les flics ?

Ça sautait aux yeux : McNulty était en uniforme. Bea s'avança pourtant, laissant des traces dans la poussière de polystyrène, et lui montra sa carte de police. Il y jeta un coup d'œil et déclara s'appeler Jago Reeth. Le glaceur, ajouta-t-il. Il était en train d'appliquer une ultime couche de résine sur une planche, et il devait la lisser avant qu'elle ne sèche, sans quoi il aurait un problème de ponçage sur les bras. Mais il serait à leur disposition dès qu'il aurait terminé, s'ils avaient besoin de lui. S'ils voulaient parler à Lew, il était en train de shaper une planche et il valait mieux ne pas le déranger, car il préférait opérer d'une seule traite.

— Nous ne manquerons pas de lui présenter nos excuses, dit Bea à Jago Reeth. Vous pouvez aller nous le chercher ? Ou bien est-ce que nous y allons ?

Elle indiqua la porte derrière laquelle le bruit strident d'une machine attestait que le shaper était en pleine action.

— Attendez un peu, alors, répondit Jago. Laissez-moi finir. J'en ai pour cinq minutes et ça doit être fait en une seule fois.

Ils l'observèrent pendant qu'il vidait son seau en plastique. La résine formait une mince couche sur le dessus de la planche, et il se servit d'un pinceau pour l'étaler uniformément. Là encore, Bea remarqua combien sa main tremblait en maniant le pinceau. L'homme parut lire dans ses pensées.

— J'ai plus beaucoup de bonnes années devant moi, dit-il. J'aurais dû m'attaquer aux grosses vagues du temps où je pouvais encore.

— Vous êtes surfeur ?

— Plus maintenant. Sauf si je tiens à casser ma pipe.

Il la dévisagea, toujours penché au-dessus de la planche. Derrière ses lunettes aux verres constellés de blanc, ses yeux étaient clairs et vifs malgré son âge.

— Vous êtes ici pour Santo Kerne, j'imagine. C'était un meurtre, c'est ça ?

— Vous le saviez ? fit Bea, étonnée.

— Non, mais je m'en doutais.

— Pourquoi ?

— Pourquoi vous seriez là, si c'était pas un meurtre ? À moins que vous ne teniez à présenter vos condoléances à tous ceux qui ont connu le gamin ?

— Vous en faites partie ?

— Oui. Pas longtemps, mais je l'ai connu. Environ six mois, depuis que je travaille pour Lew.

— Donc vous n'avez pas toujours vécu à Casvelyn ?

D'un geste continu, Jago promena son pinceau sur toute la longueur de la planche.

— Moi ? Non. Cette fois, je débarquais d'Australie. Je suis la saison depuis aussi longtemps que je me rappelle.

— La saison d'été ou la saison de surf ?

— Y a des endroits où c'est pareil. Y en a d'autres où c'est l'hiver. Les artisans ont toujours besoin de types qui sachent faire des planches. Alors je suis leur homme.

— Ce n'est pas un peu tôt pour la saison, ici ?

— Pas tant que ça. Il reste que quelques semaines. Et c'est maintenant qu'on a le plus besoin de moi, vu que c'est le moment où on enregistre le plus de commandes. Pendant la saison elle-même, les planches prennent des gnons et il faut les réparer. Newquay, North Shore, Queensland, Californie... J'étais sur tous ces spots. Je travaillais d'abord et je surfais après. De temps en temps l'inverse.

— Mais plus maintenant.

— Merde, non. Ça me tuerait, c'est sûr. Son père pensait que ça tuerait Santo, vous savez. Il avait tort. Surfer est moins dangereux que de traverser la rue. En plus, ça permet de prendre l'air et le soleil.

— L'escalade aussi, fit remarquer Bea.

— Y a qu'à voir le résultat, laissa tomber Jago.

— Vous connaissez les Kerne, donc ?

— Santo, comme j'ai dit. Et les autres à travers ce qu'il en racontait. Autrement, je sais pas grand-chose.

Posant son pinceau dans le seau qu'il avait rangé sous la planche, il s'accroupit afin d'inspecter celle-ci sur toute sa surface. Satisfait, il se redressa et se dirigea vers la porte derrière laquelle on était en train de shaper une planche. Quelques secondes plus tard, l'outil électrique se tut.

Bea remarqua que le constable McNulty regardait autour de lui. Une ride s'était creusée entre ses sourcils, comme s'il réfléchissait. Ignorant tout de la fabrication des planches de surf, Bea fit :

— Quoi ?

— Y a un truc, dit McNulty. Je ne sais pas encore quoi.

— À propos de cet endroit ? De Reeth ? De Santo ? De sa famille ?

— Je suis pas sûr.

Elle soupira. Merde, et puis quoi, il lui fallait peut-être un pendule pour l'aider ?

Lew Angarrack les rejoignit. Il portait la même tenue que Jago Reeth, une combinaison blanche parfaitement assortie au reste de sa personne. En temps ordinaire, ses cheveux drus devaient être poivre et sel (il paraissait au moins quarante-cinq ans), mais là, on aurait dit la perruque d'un avocat de la Couronne, tant ils étaient couverts de poussière de polystyrène. Cette même poussière formait comme une fine patine sur son front et ses joues. Seul le pourtour de sa bouche et de ses yeux était épargné, sans doute à cause du filtre à air et des lunettes de protection qui pendaient autour de son cou.

Derrière lui, Bea aperçut la planche sur laquelle il était en train de travailler, également posée sur deux chevalets : elle avait été taillée dans un pain de polystyrène fendu en deux par une latte centrale. D'autres pains de mousse étaient appuyés contre un des murs de l'atelier. Sur le mur opposé, une étagère supportait rabots, ponceuses et polisseuses en tout genre.

Angarrack était à peine plus grand que Bea, mais il avait un torse puissant et semblait posséder une force herculéenne. Jago Reeth avait dû le mettre au courant du meurtre de Santo, toutefois il ne semblait ni inquiet ni surpris de voir la police. Ni choqué ni triste, d'ailleurs.

Bea fit les présentations.

— Épargnez-moi les formalités, répliqua sèchement l'homme. J'imagine que vous voulez me parler.

— Vous pouvez peut-être nous faire visiter les lieux par la même occasion, suggéra Bea. J'ignore tout de la fabrication des planches de surf.

— On appelle ça le shaping, précisa Jago Reeth.

— Il n'y a pas grand-chose à voir, rétorqua Angarrack. Shape, peinture, glaçage, finitions. Une salle pour chaque.

Il avait désigné les différentes salles du pouce tout en les énumérant. L'atelier de peinture était ouvert. Il actionna un interrupteur sur le mur, et des couleurs éclatantes leur sautèrent aux yeux, peintes à l'aérographe sur les murs, le sol et le plafond. Un chevalet vide trônait au milieu de la pièce, mais cinq planches déjà shapées attendaient contre le mur qu'un artiste exerce sur elles ses talents.

— Vous les décorez vous-même ? demanda Bea.

— Non. Un vieux s'est occupé des dessins un temps, avant de reprendre son baluchon. Puis Santo s'en est chargé, pour payer la planche qu'il voulait. Je cherche quelqu'un d'autre.

— À cause de la mort de Santo ?

— Non. Je l'avais déjà viré.

— Pourquoi ?

— Par loyauté, dirons-nous.

— Envers qui ?

— Ma fille.

— La petite amie de Santo.

— À une époque, mais cette époque était terminée.

Il les dépassa et gagna le show-room. Posés sur une table derrière le comptoir, il y avait une bouilloire électrique, mais aussi des brochures, un tableau à pince bourré de paperasse, et des spécimens de décors pour planches. Branchant la bouilloire, Angarrack proposa :

— Vous voulez boire quelque chose ?

Comme ils déclinaient sa proposition, il cria :

— Jago ?

— Noir et à peine sucré, répondit celui-ci.

— Parlez-nous de Santo Kerne, demanda Bea pendant que Lew versait généreusement du sucre en poudre dans un mug, et plus parcimonieusement dans un second.

— Il m'a acheté une planche, il y a deux ans. Il avait regardé les surfeurs autour du Promontoire, et il disait vouloir apprendre. Il avait commencé par la Clean Barrel…

— Une boutique de surf, murmura McNulty comme si Bea avait besoin d'un traducteur.

— … et Will Mendick, un type qui bossait là-bas, lui avait conseillé d'acheter une planche chez moi. Je confie quelques planches à la Clean Barrel, mais pas beaucoup.

— La vente au détail, ça rapporte que dalle, beugla Jago.

— C'est bien vrai, acquiesça Angarrack. Santo avait aimé une planche qu'il avait vue à la Clean Barrel, mais elle était trop sophistiquée pour lui, même s'il l'ignorait à l'époque. C'était un short-board. Un thruster à trois dérives. Il s'est renseigné, mais Will savait qu'il n'apprendrait pas bien avec, alors il me l'a envoyé. Je lui ai fabriqué une planche plus large, plus longue, avec un seul aileron. Et Madlyn – ma fille – lui a donné des cours.

— C'est comme ça que leur histoire est née, alors.

— En gros, oui.

La bouilloire s'éteignit. Angarrack versa l'eau dans les mugs, remua et annonça :

— C'est prêt, mon vieux.

Jago Reeth les rejoignit. Il but son café bruyamment.

— Qu'est-ce que vous pensiez de leur relation ? demanda Bea à Angarrack.

Elle remarqua que Jago scrutait le visage de Lew avec une grande attention. Intéressant. Elle cocha mentalement les noms des deux hommes.

— Franchement ? Pas grand bien. Madlyn s'était laissé détourner de ses objectifs. Avant, elle avait un but. Les championnats nationaux. Les compétitions internationales. Après sa rencontre avec Santo, tout ça était fini. Elle voyait peut-être encore un peu plus loin que le bout de son nez, mais pas beaucoup plus loin que Santo Kerne.

— Un premier amour, c'est violent, commenta Jago.

— Ils étaient tous les deux trop jeunes, dit Angarrack. Pas même dix-sept ans quand ils se sont connus, et je ne sais pas quel âge quand ils sont...

Il eut un geste vague de la main.

— Devenus amants, compléta Bea.

— Ce n'est pas de l'amour à cet âge-là, reprit Angarrack. Pas pour les garçons. Mais pour elle ? Elle avait des étoiles dans les yeux. Santo ceci, Santo cela. J'aurais aimé savoir quoi faire pour empêcher ça.

— Ainsi va le monde, Lew.

Jago était adossé au chambranle, son mug à la main.

— Je ne lui ai pas interdit de le voir, continua Angarrack. Ça aurait servi à quoi ? Mais je lui ai dit de faire attention.

— À quoi ?

— Devinez. C'était déjà embêtant qu'elle ne fasse plus de compétitions. Il n'aurait plus manqué qu'elle tombe enceinte, ou pire.

— Pire ?

— Qu'elle attrape une maladie.

— Ah ! À vous entendre, ce jeune homme n'était pas très fidèle.

— Aucune idée de ce qu'il était. Mais j'avais pas envie de le découvrir en apprenant que Madlyn avait des ennuis, quels qu'ils soient. J'ai mis ma fille en garde, puis j'ai laissé tomber.

Angarrack prit enfin son mug et but une gorgée.

— J'ai sans doute eu tort.

— Pourquoi ? Est-ce qu'elle...

— Elle se serait remise plus vite après la rupture.

— J'imagine qu'elle va se remettre maintenant, dit Bea.

Les deux hommes échangèrent des regards furtifs. Bea s'en aperçut et cocha leurs noms une deuxième fois dans sa tête.

— Nous avons trouvé un motif de tee-shirt pour LiquidEarth dans l'ordinateur de Santo, reprit Bea.

Le constable McNulty sortit le dessin, qu'il tendit à Lew Angarrack.

— C'était une commande ?

Angarrack secoua la tête.

— Quand Madlyn a rompu avec Santo, j'ai rompu avec Santo moi aussi. À ce moment-là, il travaillait peut-être sur un dessin pour payer sa nouvelle planche…

— Une autre ?

— La première n'était plus du tout à son niveau. Il lui en fallait une nouvelle, plus technique, s'il voulait progresser. Mais après que je l'ai viré, il ne pouvait plus me payer en travaillant. C'était peut-être pour ça.

Il rendit le dessin à McNulty.

— Montrez-lui l'autre, dit Bea au constable.

McNulty sortit le motif « Soyez Subversif ». Lew le regarda et secoua la tête. Il le fit passer à Jago, qui ajusta ses lunettes, lut le logo et déclara :

— Will Mendick. C'était pour lui.

— Le type de la Clean Barrel ?

— Maintenant, il travaille à la Blue Star Grocery.

— Que signifie le dessin ?

— Will Mendick est un freegan. Du moins, c'est comme ça qu'il s'est présenté à Santo.

— Freegan ? Jamais entendu ce mot.

— Il mange que ce qui est gratuit. Les machins qu'il fait pousser ou les saloperies qu'il récupère dans les poubelles du supermarché ou des restaus.

— Appétissant. Il y a un mouvement derrière ?

— J'en sais rien. Mais Santo et lui étaient potes. Peut-être qu'il voulait lui rendre un service. Avec le tee-shirt, je veux dire.

Bea fut ravie de constater que le constable McNulty griffonnait dans son carnet au lieu de regarder les affiches de surf. Elle fut moins ravie quand il demanda tout à coup à Jago :

— Vous avez connu les grosses vagues ?

Il rougit, comme s'il savait que sa question était déplacée mais qu'il n'avait pas pu résister.

— Ouais. Ke Iki. Waimea. Jaws. Teahupoo…

— Aussi grosses qu'on le dit ?

— Ça dépend du temps qu'il fait. Des fois aussi grosses que des immeubles. Plus grosses, même.

— Où ça ? Quand ? insista McNulty.

Il se tourna vers Bea, comme pour s'excuser :

— Je compte y aller, vous comprenez. Ma femme, les mômes et moi… C'est un rêve. Et quand on ira, je veux être sûr de l'endroit et des vagues… Enfin, vous voyez.

— Vous surfez ? s'enquit Jago.

— Un peu. Pas comme vous autres. Mais je…

— Ça ira comme ça, constable, le coupa Bea.

McNulty eut l'air frustré de ne pas pouvoir se renseigner davantage.

— Je voulais juste savoir…

— Où pouvons-nous trouver votre fille ? demanda Bea à Lew Angarrack.

Lew termina son café et reposa son mug sur la table.

— Pourquoi voulez-vous la voir ?

— Ça me semble assez évident.

— Pas à moi.

— En tant qu'ex-maîtresse de Santo Kerne, et qui plus est, maîtresse délaissée.

À l'évidence, Angarrack n'aimait pas la direction que prenait l'enquête, mais il indiqua néanmoins le lieu de travail de sa fille. Bea lui donna sa carte, en entourant son numéro de téléphone. S'il se rappelait quoi que ce soit…

Il acquiesça de la tête et retourna travailler, refermant derrière lui la porte de la salle de shape. Peu après, le bruit d'un nouvel engin électrique retentit dans le bâtiment.

Resté seul avec Bea et le constable, Jago Reeth lança un coup d'œil par-dessus son épaule, puis il dit :

— Il m'est revenu un truc, alors si vous avez un moment… Seulement, j'aimerais mieux que Lew le sache pas, vous pigez ? Il serait vraiment furax s'il apprenait ça.

— S'il apprenait quoi ?

— C'est moi qui leur prêtais la piaule. J'aurais sans doute pas dû. Je m'en suis rendu compte après, mais le mal était fait. Une fois le lait renversé, je pouvais quand même pas le remettre dans la bouteille, pas vrai ?

— J'admire votre don pour les métaphores filées, mais pourriez-vous être un peu plus explicite ?

— Santo et Madlyn… Je vais à la Salthouse Inn tous les après-midi, pour y retrouver un pote. Santo et Madlyn, ils allaient chez moi pendant ce temps-là.

— Pour faire l'amour ?

Il parut contrarié de devoir l'avouer.

— J'aurais pu les laisser se débrouiller tout seuls, mais il me semblait… Je voulais qu'ils soient à l'abri,

312

vous comprenez ? Pas à l'arrière d'une voiture. Pas dans… je sais pas, moi.

— Pourtant, le père de Santo possède un hôtel, il me semble, fit remarquer Bea.

Jago s'essuya la bouche sur son poignet.

— À la rigueur, ils auraient pu faire ça là-bas. Mais je voulais être sûr qu'il ferait ce qu'il fallait pour la protéger, alors j'en laissais une poignée à côté du lit.

— Des préservatifs.

Le vieux bonhomme parut gêné, n'étant guère habitué à avoir une conversation aussi directe avec une dame… « Une personne du beau sexe », aurait-il probablement dit.

— Il en mettait, mais pas à chaque fois, vous comprenez.

— Et vous saviez qu'il en mettait parce que… ? l'encouragea Bea.

— Nom de Dieu, madame ! s'exclama Reeth, horrifié.

— Je ne suis pas sûre que Dieu ait grand-chose à voir là-dedans, Mr Reeth. Si vous voulez bien répondre à la question. Vous les comptiez avant et après ? Vous alliez les chercher dans la poubelle ?

— Les deux, admit-il, l'air malheureux. Enfin, merde ! J'aime beaucoup cette gamine. Elle a bon cœur. Un peu soupe au lait, mais bon cœur. Je le voyais venir, alors autant m'assurer que ça se passe dans de bonnes conditions.

— Et où ça ? Chez vous ?

— J'ai un mobile home à Sea Dreams.

Bea jeta un coup d'œil au constable McNulty, qui opina du chef. Il connaissait l'endroit. Tant mieux.

— Nous aurons peut-être besoin de voir les lieux, dit-elle.

— Je m'en doutais. Ah, les jeunes ! Ils pensent jamais aux conséquences...

— Dans le feu de l'action, qui y pense ? observa Bea.

— Y a pas que ça, affirma Jago. Tenez, là, par exemple...

Il leur désigna une affiche au mur. On y voyait une planche propulsée dans les airs, et un surfeur en train de prendre une gamelle mémorable : on l'aurait dit crucifié contre une muraille liquide, en réalité une vague monstrueuse.

— Ils pensent pas au moment en soi, et encore moins à la suite. Et y a qu'à voir ce qui arrive...

— Qui est-ce ? interrogea McNulty en s'approchant de l'affiche.

— Un certain Mark Foo. Une minute ou deux avant sa mort.

La bouche de McNulty forma un o. Bea sentit qu'il était sur le point de se lancer dans un grand discours sur le surf, et elle n'imaginait que trop bien où cela les conduirait.

— Ça a l'air un peu plus dangereux que l'escalade, non ? intervint-elle. Peut-être que le père de Santo n'avait pas tort de vouloir le dissuader de surfer.

— Pas tort de l'empêcher de faire ce qui lui plaisait ? En voilà une idée !

— Peut-être voulait-il juste le garder en vie.

— Eh bien, c'est raté, dit Jago Reeth. En fin de compte, on réussit pas toujours à sauver la vie des gens.

Daidre Trahair se connecta une fois de plus à Internet dans le bureau de Max Priestley, mais cette fois, elle dut payer. Max ne demanda pas d'argent. Le prix était un entretien avec un de ses deux reporters. Steve Teller, lui dit-il, se trouvait justement dans les locaux du journal, en train de travailler sur le meurtre de Santo Kerne. Daidre était la pièce manquante.

— Le meurtre ? répéta Daidre, pensant que c'était la réaction qu'il attendait.

Elle avait vu le corps et aussi la sangle, mais cela, Max l'ignorait, même s'il était en droit de le supposer.

— Les flics nous ont lâché l'info ce matin, reprit Max. Steve se trouve dans la salle de fabrication. Vu que je me sers de l'ordi, vous aurez le temps de bavarder un peu avec lui.

Daidre ne le crut pas une seconde, mais elle ne protesta pas. Elle ne voulait pas être impliquée, elle ne voulait pas que son nom, sa photo, l'emplacement du cottage ou quoi que ce soit la concernant apparaisse dans le journal, mais elle ne voyait pas comment y couper sans éveiller les soupçons du journaliste. Alors elle accepta. Elle avait besoin d'un ordinateur, et ce bureau était plus intime que la bibliothèque. Elle était parano – elle le savait pertinemment –, mais la paranoïa semblait la sagesse même.

Elle suivit Max jusqu'à la salle de fabrication, s'efforçant de deviner ce que cachait le calme apparent du journaliste. Comme elle, il se promenait beaucoup le long du littoral. Elle l'avait rencontré à maintes reprises au sommet d'une falaise ou d'une autre, avec son chien pour seul compagnon. La quatrième ou cinquième fois, ils avaient plaisanté, en disant : « On devrait cesser de se voir comme ça. » Elle lui avait demandé pourquoi il empruntait aussi souvent ce sentier. Il avait répondu que Lily l'aimait bien, et que lui aimait bien être seul. « J'étais enfant unique. Je suis

315

habitué à la solitude. » Mais elle n'avait jamais cru que c'était la vraie raison.

Ce jour-là, son expression était indéchiffrable, mais guère plus que d'habitude. Il avait toujours l'air de sortir des pages de *Country Life*. Il portait un pull de marin couleur crème d'où dépassait le col bien repassé d'une chemise bleue ; il était rasé de près et ses lunettes brillaient sous les lumières du plafond, aussi impeccables que le reste de sa personne. Un quadragénaire à qui on aurait donné le bon Dieu sans confession.

— Voilà ta proie, Steve, annonça-t-il au reporter qui travaillait sur un ordinateur dans un angle de la pièce. Elle a accepté d'être interviewée. Montre-toi sans pitié.

— À vous entendre, on croirait que je suis impliquée, remarqua Daidre.

— Vous n'avez pas paru étonnée, encore moins horrifiée, d'apprendre que c'était un meurtre, lui rétorqua Max.

Ils restèrent quelques secondes à se défier du regard. Après avoir pesé plusieurs réponses, elle dit :

— J'avais vu le corps, vous l'oubliez.

— C'était si évident que ça ? D'après les premières constatations, il s'agissait d'une simple chute.

— À mon avis, c'était le but recherché par l'assassin.

Ayant entendu Teller taper sur son clavier, elle ajouta un peu sèchement :

— Je ne savais pas que l'interview avait commencé.

Max pouffa.

— Vous vous trouvez avec un journaliste, ma chère. Tout est bon à prendre, sauf votre respect. Un homme averti…

— Je vois.

Elle s'assit d'un air volontairement guindé sur une chaise à barreaux qui aurait difficilement pu être plus inconfortable. Elle garda son sac sur ses genoux et croisa les mains dessus. Elle savait qu'elle ressemblait à une maîtresse d'école. Elle n'y pouvait rien et n'essaya pas d'y remédier.

— Je me passerais volontiers de votre attention.

— Comme tout le monde, à part les célébrités de seconde zone…

Max se retira alors, en criant vers l'autre pièce :

— Janna, on sait quand on aura le rapport du médecin légiste ?

Janna répondit quelque chose au moment où Steve Teller posait à Daidre sa première question. Il voulait d'abord les faits, puis ses impressions personnelles. Celles-ci étaient bien la dernière chose qu'elle donnerait à quelqu'un, surtout à un journaliste. Mais comme un policier, il était sûrement entraîné à renifler les mensonges et à repérer les faux-fuyants. Elle allait devoir prendre garde à sa façon de formuler les choses. Elle n'aimait pas se fier au hasard.

Entre sa conversation avec Teller et ses recherches sur Internet, sa visite au *Watchman* dura deux heures en tout. Quand elle eut imprimé ce dont elle avait besoin pour le relire à tête reposée, elle tapa les mots « Adventures Unlimited ». Elle hésita avant de lancer la recherche. Jusqu'où désirait-elle aller ? Valait-il mieux savoir ou non, et, si elle savait, pourrait-elle assumer ? Elle n'en était pas sûre.

La liste des occurrences n'était pas longue. Le *Mail on Sunday* avait consacré un long article à la société, tout comme plusieurs petits journaux de Cornouailles. Dont le *Watchman*.

Pourquoi pas, après tout ? Adventures Unlimited se trouvait à Casvelyn. Le *Watchman* était le journal de Casvelyn. Le Promontory King George Hotel avait échappé à la destruction – voyons, Daidre, c'est un monument classé, il ne risquait pas d'être démoli. Ça aussi, ça entrait en ligne de compte.

Elle lut l'article et regarda les illustrations. Classique : l'intérêt architectural de la bâtisse, le projet lui-même, la famille. Il y avait des photos de tout le monde, dont Santo, ainsi qu'une biographie succincte de chacun, sans insister particulièrement sur l'un ou l'autre : c'était une affaire familiale, bien sûr. Puis elle regarda qui avait signé l'article. Max en était l'auteur. Cela n'avait rien d'inhabituel : les effectifs du journal étaient réduits, aussi fallait-il se partager les tâches. Ce n'en était pas moins compromettant.

Elle se demanda ce que tout cela représentait pour elle : Max, Santo Kerne, les falaises, Adventures Unlimited. Elle pensa à John Donne et chassa aussitôt cette pensée. Contrairement au poète, il y avait trop d'occasions où elle ne se sentait pas du tout appartenir au genre humain.

Elle venait de quitter les locaux du journal, songeant à Max Priestley et à ce qu'elle avait lu, quand elle entendit qu'on l'appelait. Elle se retourna et vit Thomas Lynley remonter Princes Street, un grand carton sous le bras et un petit sac à la main.

Décidément, c'était un tout autre homme sans sa barbe, habillé de neuf et au moins en partie revigoré.

— Vous n'avez pas l'air anéanti par la pâtée que je vous ai mise hier soir, remarqua-t-elle. Dois-je en conclure que votre amour-propre est sauf, Thomas ?

— Pas complètement. Je suis resté debout toute la nuit à m'entraîner au bar de l'auberge. Où, à propos, j'ai appris que vous ratatinez régulièrement les clients. Presque les yeux bandés, à ce qu'ils racontent.

— Ils exagèrent…

— Vraiment ? Quels autres secrets cachez-vous ?

— Le roller derby. Vous connaissez ? C'est un sport américain où des femmes effrayantes se castagnent tout en patinant.

— Seigneur !

— On a créé une équipe à Bristol, et je suis redoutable pour la baston. Bien plus impitoyable sur mes patins qu'avec mes fléchettes. Nous nous appelons les Reines guerrières, et moi, je suis Électre la Cogneuse. On a toutes des surnoms terrifiants.

— Vous ne cesserez jamais de me surprendre, docteur Trahair.

— Je me plais à penser que ça fait partie de mon charme. Qu'est-ce que vous avez là ? demanda-t-elle en indiquant le paquet qu'il tenait.

— Ah ! En l'occurrence, vous tombez bien. Est-ce que je peux déposer ça dans votre voiture ? C'est un carreau pour remplacer celui que j'ai cassé chez vous. Ainsi que les outils pour le poser.

— Vous connaissiez les mesures ?

— Je suis passé chez vous pour les prendre. Comme vous n'étiez pas là, j'ai dû m'introduire à nouveau dans la maison, avoua-t-il. J'espère que vous ne m'en voulez pas.

— Du moment que vous n'avez pas cassé un autre carreau…

— Pas la peine, grâce au premier. D'ailleurs, mieux vaut le réparer avant que quelqu'un d'autre n'entre pour dérober… tous les trésors que vous gardez planqués à l'intérieur.

— Il sera déçu, à moins qu'il veuille me piquer ma cible.

— Si seulement ! s'écria Lynley avec une ferveur qui la fit rire. Puisque nous sommes là, pourrais-je déposer ça dans votre voiture ?

Daidre avait laissé la Vauxhall au même endroit que la veille, sur le parking face au Toes on the Nose. Le pub accueillait encore un groupe de surfeurs, mais cette fois, ils étaient tous dehors, à regarder plus ou moins vers St Mevan Beach. Le Promontory King George Hotel se profilait à environ trois cents mètres. Elle l'indiqua à Lynley. Santo Kerne venait de là, lui expliqua-t-elle. Elle ajouta :

— Vous n'avez pas dit que c'était un meurtre, Thomas. Vous le saviez forcément hier soir, mais vous n'avez rien dit.

— Qu'est-ce qui vous fait croire que je le savais ?

— Vous êtes parti avec l'inspecteur Hannaford l'autre fois. Vous êtes vous-même de la police. Je n'arrive pas à croire qu'elle ne vous l'ait pas dit. Confraternité policière, etc.

— Elle me l'a dit, avoua-t-il.

— Je suis suspecte ?

— Nous le sommes tous, y compris moi.

— Est-ce que vous lui avez dit… ?

— Quoi ?

— Que je connaissais, ou du moins que j'avais reconnu Santo Kerne ?

Il ne répondit pas tout de suite, et elle se demanda pourquoi.

— Non, dit-il enfin. Je ne le lui ai pas dit.

— Pourquoi ?

Cette fois, il ne répondit pas. Au lieu de cela, il s'exclama :

— Ah ! Votre voiture.

Elle avait envie de lui arracher une réponse, mais en même temps elle hésitait, ignorant ce qu'elle ferait de cette réponse quand elle l'aurait obtenue. Elle fouilla dans son sac pour y prendre ses clés. Les documents qu'elle avait imprimés au *Watchman* lui glissèrent des mains et tombèrent sur l'asphalte.

— Zut ! fit-elle tandis qu'ils s'imbibaient d'eau de pluie.

Elle s'accroupit pour les ramasser.

— Laissez-moi faire.

En vrai gentleman, Lynley posa son paquet et récupéra les feuilles.

En vrai flic, il y jeta un coup d'œil avant de regarder Daidre, qui rougit.

— Vous espérez un miracle, c'est ça ?

— Ma vie sociale est assez pauvre depuis quelques années. Il ne faut rien négliger, selon moi. Puis-je vous demander pourquoi vous ne me l'avez pas dit, Thomas ?

— Dit quoi ?

— Que Santo Kerne avait été assassiné. Ça ne pouvait pas être une info confidentielle. Max Priestley était au courant.

Il lui tendit les feuilles et ramassa son propre paquet tandis qu'elle déverrouillait le coffre de la Vauxhall.

— Max Priestley ?

— Le patron et le rédacteur en chef du *Watchman*. Je lui ai parlé tout à l'heure.

— En tant que journaliste, il a dû l'apprendre par l'inspecteur Hannaford, je présume. C'est elle qui détermine quand les informations peuvent être révélées : je doute que la police de Casvelyn ait un attaché de presse, à moins qu'elle n'ait chargé un agent de tenir ce rôle. Ce n'est pas à moi de diffuser une information si Hannaford ne souhaite pas le faire.

— Je vois.

Elle ne pouvait pas lui dire : « Mais je nous croyais amis », car ce n'était pas vraiment le cas.

— Vous venez au cottage ? demanda-t-elle. Réparer le carreau ?

Il avait encore quelques courses à faire puis, si ça ne la dérangeait pas, il viendrait effectuer la réparation. Elle lui demanda s'il savait vraiment réparer une fenêtre. C'était plutôt inattendu de voir un comte – policier ou non – jouer les vitriers. Il lui répondit qu'il devrait s'en tirer à peu près.

Après quoi il ajouta, pour des raisons qu'elle ne put éclaircir :

— Vous faites toujours vos recherches dans les locaux du journal ?

— Je n'ai pas l'habitude de faire des recherches. Surtout quand je me trouve en Cornouailles. Mais quand j'ai besoin de vérifier quelque chose, je vais au *Watchman*. J'ai soigné le retriever de Max Priestley, alors il me laisse surfer sur Internet.

— Ce n'est quand même pas le seul accès Internet de la ville.

— Voyez où nous nous trouvons, Thomas. J'ai de la chance qu'il y ait seulement un ordinateur connecté à Casvelyn. Je pourrais utiliser celui de la bibliothèque, mais il faut attendre son tour. Et au bout d'un quart d'heure, on doit céder sa place au suivant. C'est exaspérant.

— C'est également plus tranquille au journal, je suppose.

— En effet.

— Et on sait que vous aimez la tranquillité.

Elle sourit, mais elle savait que ses efforts étaient visibles. Elle lui dit qu'elle le verrait peut-être quand il viendrait réparer le carreau, puis elle monta dans sa voiture.

Elle sentit qu'il la suivait du regard tandis qu'elle sortait du parking.

Lynley la regarda s'éloigner. Par bien des côtés, elle était une énigme. Elle gardait beaucoup de choses pour elle et, selon lui, certaines avaient un lien avec Santo Kerne. Mais pas toutes, se plaisait-il à croire. Il ignorait pourquoi, mais il aimait bien cette femme. Il admirait son indépendance et son mode de vie à contre-courant. Elle était différente de tous les gens qu'il connaissait.

Mais cette différence soulevait des questions troublantes. Qui était-elle, et pourquoi semblait-elle être apparue à l'adolescence, telle Athéna surgissant de la tête de Zeus ? Au moins une centaine de drapeaux rouges flottaient autour de cette femme, mais seuls quelques-uns avaient un rapport avec le cadavre d'un jeune homme découvert au pied d'une falaise, non loin de son cottage.

Il marcha jusqu'au commissariat, au bout de Lansdown Close, une étroite rue pavée, bordée de maisons mitoyennes blanches, aux toits abîmés et aux façades tachées par l'eau qui s'écoulait de leurs gouttières rouillées. La plupart étaient dans un état de délabrement assez répandu dans les zones pauvres de Cornouailles, pas encore touchées par la fièvre de la réhabilitation immobilière. Une des maisons était pourtant en cours de rénovation : son échafaudage suggérait que, dans le quartier, des temps meilleurs étaient venus, au moins pour quelqu'un.

Le poste de police, un immeuble de stuc gris, sans aucun intérêt architectural, était hideux, même en tenant compte de son environnement. On aurait dit une boîte à chaussures avec une fenêtre de temps en temps et un écriteau près de la porte.

À l'intérieur, un petit vestibule meublé de trois chaises en plastique sinistres et d'un comptoir d'accueil. Bea Hannaford était assise derrière celui-ci, le combiné du téléphone contre son oreille. Elle leva une main pour saluer Lynley et dit à son interlocuteur :

— D'accord. C'est pas très étonnant, si ? On aura une autre conversation avec elle, dans ce cas.

Elle raccrocha et emmena Lynley dans la salle des opérations, installée au premier étage. Il y avait là quelques tableaux blancs et des ordinateurs dotés du système HOLMES, mais le personnel semblait faire défaut. Lynley remarqua que le constable et le sergent travaillaient d'arrache-pied, tandis que deux autres agents, épaule contre épaule, échangeaient des éléments sur l'affaire, à moins que ce ne soit des tuyaux sur les courses de chevaux à Newmarket. Difficile à dire. La liste des missions était inscrite sur le tableau blanc, certaines d'ores et déjà effectuées et d'autres en suspens.

Après avoir envoyé le sergent Collins à l'accueil, l'inspecteur Hannaford se tourna vers Lynley :

— Elle a menti.

— Qui ? fit-il, même si, à sa connaissance, une seule personne de sexe féminin faisait l'objet d'une enquête.

— Question purement formelle, j'imagine, dit l'inspecteur d'un air entendu. Notre cher Dr Trahair, voilà

qui. Pas un seul pub qui se souvienne d'elle sur l'itinéraire qu'elle prétend avoir suivi depuis Bristol. Or, on
ne l'aurait pas oubliée, étant donné le peu de gens qui
circulent dans la région à cette époque de l'année.

— Peut-être. Mais il doit bien exister une centaine
de pubs différents.

— Pas sur cet itinéraire. Sa première erreur a été de
prétendre qu'elle avait emprunté cette route. Qu'est-ce
que vous avez sur elle ?

Lynley rapporta ce qu'il avait glané à Falmouth à
propos de Daidre Trahair. Il ajouta ce qu'il savait de
son frère, de son travail et de ses études. Jusque-là,
tout collait avec ce que Daidre avait dit d'elle.

— Pourquoi ai-je l'impression que vous ne me dites
pas tout ? demanda Bea Hannaford après l'avoir
observé un moment. Est-ce que vous me cachez quelque chose, commissaire Lynley ?

Il eut envie de lui répondre qu'il n'était plus le
commissaire Lynley. Il n'avait plus aucun lien avec la
police. C'est pourquoi, d'ailleurs, rien ne l'obligeait à
lui raconter ce qu'il avait découvert.

— Elle effectue des recherches bizarres sur Internet,
lâcha-t-il pourtant. Il y a ça, même si je ne vois pas le
rapport avec le meurtre.

— Quel genre de recherches ?

— Sur les miracles. Ou plutôt, les lieux associés à
des miracles. Lourdes, par exemple. Une église au
Nouveau-Mexique. D'autres, aussi, mais je n'ai pas
eu le temps d'éplucher l'ensemble des documents, et
je n'avais pas mes lunettes, de toute façon. Elle s'est
connectée depuis le bureau du *Watchman*. C'est le
journal local. Elle en connaît le patron, manifestement.

— Max Priestley, glissa le constable McNulty, assis devant un ordinateur. Il a été en contact avec la victime, à propos.

— C'est vrai ? dit Bea Hannaford. Voilà une piste à creuser.

Elle expliqua à Lynley que le constable était en train de fouiller dans les vieux e-mails de Santo Kerne, espérant y dénicher des pépites.

— Que disait le mail ?

— « Pas mon problème. Plutôt le tien. » Je suppose que c'est de Priestley, puisque ça vient de watchman.com. Remarquez, ça pourrait venir de n'importe quel mec qui connaîtrait le mot de passe de Priestley et aurait accès à un ordi du journal.

— C'est tout ? demanda Hannaford.

— C'est le seul message de Priestley. Mais il y en a tout un tas de la fille Angarrack, envoyés depuis LiquidEarth. On peut suivre de A à Z l'évolution de la relation. Superficielle, plus proche, intime, torride, porno, et puis plus rien. À partir du moment où ils ont commencé à s'envoyer en l'air, on dirait qu'elle n'a plus voulu laisser de traces écrites.

— Intéressant, observa Bea.

— Pas vrai ? En tout cas, c'est peu dire qu'elle était raide dingue de lui. Je vous fiche mon billet qu'elle aurait pas dit non si quelqu'un lui avait proposé de couper les couilles de Santo, une fois la partie terminée entre elle et lui. Vous savez ce qu'on dit d'une femme bafouée ?

— Que rien n'est plus dangereux, murmura Lynley.

— Exact. Je serais d'avis qu'on fouine de ce côté. Elle a sûrement eu accès au matériel d'escalade de la victime à un moment ou à un autre. En tout cas, elle devait savoir où il le rangeait.

— Elle est sur notre liste, confirma Hannaford. C'est tout ?

— J'ai aussi des mails de quelqu'un qui se fait appeler Freeganman. Je parierais que c'est Mendick, car je doute que la ville grouille de numéros dans son genre.

Hannaford expliqua le sobriquet à Lynley, comment ils l'avaient découvert et à qui ce surnom était associé. Puis elle demanda au constable :

— Et qu'est-ce que Mr Mendick a à dire ?

— « Est-ce que ça peut rester entre nous ? » Pas très éclairant, je vous l'accorde, mais n'empêche...

— Un bon prétexte pour aller lui parler, en tout cas. Il faut inscrire la Blue Star Grocery dans le planning.

— Très bien.

McNulty retourna à son ordinateur.

Hannaford se dirigea vers un bureau et fouilla dans un sac à bandoulière qui paraissait lourd. Elle en sortit un téléphone portable qu'elle lança à Lynley.

— Même si on capte très mal dans le coin, je veux que vous ayez ça sur vous et qu'il soit allumé en permanence.

— Et pour quelle raison ?

— Pourquoi devrais-je vous en fournir une, commissaire ?

Dans d'autres circonstances, il aurait répondu : « Ne serait-ce que parce que je suis votre supérieur. » Mais il se contenta de dire :

— Simple curiosité de ma part. Vous semblez penser que je peux encore vous servir.

— Bien vu. Je n'ai pas assez d'hommes et je veux pouvoir compter sur vous.

— Je ne suis plus...

— C'est des conneries. Flic un jour, flic toujours. On a besoin de vous ici, et vous et moi nous savons que vous n'êtes pas du genre à vous débiner quand on fait appel à vous. En plus, vous figurez toujours parmi les suspects. Il n'est pas question que vous partiez avant d'avoir ma bénédiction, alors autant vous rendre utile.

— Vous avez quelque chose en tête ?

— Le Dr Trahair. Je veux tout savoir d'elle, depuis sa pointure jusqu'à son groupe sanguin.

— Comment suis-je censé…

— Ne me prenez pas pour une idiote. Vous avez vos sources et vous ne manquez pas de charme. Jouez des deux. Fouillez son passé. Emmenez-la en pique-nique. Invitez-la à un dîner bien arrosé. Lisez-lui de la poésie. Caressez-lui la main. Gagnez sa confiance. Je me fiche de savoir comment vous allez vous y prendre, mais je veux un topo complet. Nous nous sommes bien compris ?

Le sergent Collins était apparu dans l'encadrement de la porte pendant que Hannaford parlait.

— Chef ? Quelqu'un pour vous. Un drôle d'oiseau du nom de Tammy Penrule. Elle dit qu'elle a des renseignements.

— Veillez à ce que ce téléphone soit toujours chargé. Et maintenant, au boulot ! lança Hannaford à Lynley.

— Ça me gêne que…

— Moi, c'est l'idée qu'un meurtrier court toujours qui me gêne.

13

Bea trouva Tammy Penrule assise sur une des chaises en plastique de la réception, les pieds à plat sur le sol, les mains jointes sur les cuisses, le dos parfaitement droit. Elle était habillée en noir, mais elle n'était pas gothique, comme Bea l'avait cru au premier regard. Elle n'avait ni piercings, ni maquillage, ni vernis à ongles noir. Elle ne portait pas non plus de bijoux. Elle était le deuil personnifié.

La jeune fille se leva d'un bond à son entrée. Elle était aussi maigre que les bons vœux d'un avare. En la voyant, on pensait forcément à un problème d'anorexie.

— Vous avez des renseignements pour moi ?

Comme la jeune fille acquiesçait, Bea ajouta :

— Alors venez avec moi.

Elle s'aperçut alors qu'elle ignorait où se trouvaient les salles d'interrogatoire.

— Attendez un instant, reprit-elle.

À côté d'un placard à balais, elle trouva un cagibi qui pourrait faire l'affaire, en attendant qu'une exploration plus approfondie du commissariat lui livre le secret de l'emplacement de la vraie salle.

— Qu'avez-vous à me dire ? demanda-t-elle à Tammy Penrule quand elles furent installées.

Tammy passa la langue sur ses lèvres gercées. Elle aurait mieux fait d'y mettre du baume.

— C'est à propos de Santo Kerne.

— J'avais compris.

Bea croisa les bras et Tammy l'imita machinalement. Bea se demanda si cette fille pouvait être la cause de la rupture entre Santo Kerne et Madlyn Angarrack. Elle n'avait pas encore rencontré cette dernière, mais le fait que la jeune fille soit une surfeuse de compétition suggérait quelqu'un de... disons, plus physique. Tammy évoquait une entité évanescente, qui n'aurait d'existence corporelle que tant que la jeune fille aurait la force de se manifester sous forme humaine. Bea avait du mal à l'imaginer bras et jambes écartés sous un adolescent impétueux.

— Santo me parlait, dit Tammy.

— Ah !

La jeune fille semblait attendre une réaction plus marquée. Bea ajouta donc :

— Comment l'avez-vous connu ?

— À la Clean Barrel. C'est là que je travaille. Il y vient pour acheter de la wax et des trucs comme ça. Et pour regarder la carte isobare, sauf qu'à mon avis, c'est juste un prétexte pour traîner avec les autres surfeurs. La carte est visible en ligne. Je suppose qu'ils ont Internet à l'hôtel.

— Adventures Unlimited ?

Tammy opina. Les pointes de ses clavicules dépassaient de son col comme des champignons parasites sur l'écorce des ormes.

— C'est comme ça que je le connais. Ça et Sea Dreams.

Bea avait dressé l'oreille en entendant le nom du camp de mobile homes. Peut-être s'était-elle trompée au sujet de cette fille et de Santo.

— Vous l'avez rencontré là-bas ?

— Non. Comme j'ai dit, je l'ai connu à la boutique.

— Je voulais dire, vous le retrouviez là-bas ? Vous vous donniez rendez-vous là-bas ?

Tammy rougit. Il y avait si peu de chair entre sa peau et ses veines qu'elle devint presque violette.

— Vous voulez dire… pour le sexe ? Oh non ! J'habite là-bas. Mon grand-père est le propriétaire du camping. Santo y venait avec Madlyn. Il y venait aussi tout seul, pour escalader la falaise. Mon grand-père l'avait autorisé à traverser notre terrain pour s'y rendre.

— Il venait tout seul ?

— Oui, pour l'escalade. Il venait aussi voir Mr Reeth. Madlyn aussi venait le voir. Mr Reeth travaille pour le père de Madlyn…

— Oui. Je sais. Nous lui avons parlé.

— Il était gentil, Santo.

— Il était surtout gentil avec les filles, j'ai cru comprendre.

— Oui, je suppose que oui. Mais il ne l'était pas comme ça avec moi, parce que… Ça n'a pas d'importance. Ce qui est important, c'est qu'on discutait de temps en temps. Quand il avait fini de grimper, qu'il sortait de chez Mr Reeth, ou qu'il attendait Madlyn.

— Ils n'arrivaient pas ensemble ?

— Pas toujours. Madlyn travaille en ville maintenant, mais avant, non. Elle faisait des confitures, dans une ferme des environs de Brandis Corner.

— J'imagine qu'elle préférait donner des cours de surf.

— Ah ça oui ! Mais les cours de surf, c'est pendant la saison. Il faut bien faire autre chose le reste de l'année. Elle travaille à la boulangerie maintenant. Ils font des pâtés en croûte. Surtout pour la vente en gros, mais ils en vendent aussi au détail.

— Et Santo, dans tout ça ?

Tammy joignit à nouveau les mains sur ses genoux.

— On discutait de temps en temps. Je l'aimais bien, mais pas de la façon dont la plupart des filles l'aimaient, si vous voyez ce que je veux dire. Sans doute qu'il me trouvait différente, ou moins dangereuse, je ne sais pas. Parfois il me demandait conseil, puisqu'il ne pouvait pas aller trouver son père ou sa mère…

— Pourquoi ?

— Son père, à ce qu'il disait, n'aurait pas compris, et sa mère… Je ne connais pas sa mère, mais j'ai l'impression qu'elle… enfin, elle n'est pas très maternelle, apparemment.

Elle lissa sa jupe. Aussi rêche qu'un cilice, pour ainsi dire informe, celle-ci constituait une insulte à la mode.

— En tout cas, Santo m'a demandé conseil pour une chose. J'ai pensé que ça vous aiderait de le savoir.

— Un conseil de quel genre ?

— Il était… Il avait trouvé quelqu'un d'autre, vous comprenez, et la situation était irrégulière – c'est le mot qu'il a employé. Il m'a demandé ce qu'il devait faire.

— « Irrégulière » ? C'est ce qu'il vous a dit ?

Tammy hocha la tête.

— Il a dit qu'il pensait l'aimer – il parlait de Madlyn –, mais qu'il avait quand même envie de cette autre histoire. Envie à un point tel qu'il se demandait si, au fond, il aimait vraiment Madlyn.

— Il vous a parlé d'amour, alors ?

— On aurait dit plutôt qu'il se parlait à lui-même. Mais il m'a demandé mon avis. Est-ce qu'il devait se montrer honnête envers tout le monde, et dire toute la vérité ?

— Qu'est-ce que vous lui avez conseillé ?

— D'être honnête. Je lui ai expliqué qu'il faut toujours dire qui on est et ce qu'on veut. Comme ça, quand on sort avec quelqu'un, on lui offre la possibilité de décider s'il veut vraiment être avec vous. J'imagine qu'il a suivi mon conseil, ajouta-t-elle d'un air grave. C'est pour ça que je suis venue. Je pense qu'il est peut-être mort à cause de ça.

— D'abord et avant tout, c'est une question d'équilibre, déclara Alan en guise de conclusion. Tu comprends ça, n'est-ce pas, ma chérie ?

Kerra se crispa. Les derniers mots étaient de trop. Elle n'était pas sa « chérie ». Elle croyait avoir été claire là-dessus, mais il refusait d'y croire.

Ils se trouvaient devant le panneau d'affichage vitré dans le hall de l'ancien hôtel. La discussion portait sur le déséquilibre entre les moniteurs hommes et les moniteurs femmes. Kerra avait recruté davantage de femmes. Une erreur, selon Alan. D'un point de vue commercial, il leur fallait autant d'hommes que de femmes pour enseigner les différentes activités. D'un autre côté, il leur fallait des hommes bien baraqués et agréables à regarder, d'abord, pour attirer des femmes célibataires à Adventures Unlimited, et ensuite, parce que Alan avait l'intention de les filmer. Il avait dégoté une équipe de Plymouth pour tourner une vidéo promotionnelle, si bien que les moniteurs devraient être disponibles d'ici à trois semaines. À moins qu'ils n'utilisent des acteurs ? Ou des cascadeurs... En définitive, des cascadeurs feraient très bien dans la vidéo. Le coût de départ serait sans doute plus élevé, parce que les cascadeurs avaient certainement une grille de salaires, mais le tournage durerait moins longtemps parce que c'étaient des professionnels. Donc, au final, ils y gagneraient.

Il était exaspérant. Kerra ne s'était pas privée de le contredire, mais il avait démonté ses arguments point par point.

— L'article du *Mail on Sunday* nous a fait beaucoup de publicité, poursuivit-il. Mais c'était il y a sept mois, et il va falloir se décarcasser si on veut à terme combler le déficit. Bien sûr, on ne peut pas espérer de bénéfices cette année ni sans doute la suivante, mais l'important, c'est de réduire progressivement la dette. On doit tous réfléchir au moyen de nous sortir du rouge.

Le mot « rouge » acheva Kerra. Il lui donnait à la fois envie de fuir et de contre-attaquer.

— Je ne refuse pas d'embaucher des hommes, Alan, si c'est ce que tu sous-entends. Je n'y peux rien s'ils ne se bousculent pas pour travailler chez nous.

— Personne ne t'accuse. Mais, pour être honnête, je me demande si tu es assez agressive dans tes méthodes de recrutement.

Elle était incapable d'agressivité. Mais à quoi bon le lui expliquer ?

Elle répondit, le plus courtoisement qu'elle put :

— Très bien. Je commencerai par le *Watchman*. Quelle somme peut-on consacrer à une annonce ?

— Il va falloir ratisser beaucoup plus large. Il faut viser le niveau national : des annonces dans les magazines spécialisés, au moins un pour chaque sport.

Il étudia les photos des moniteurs sur le panneau, puis il se tourna vers Kerra.

— Tu me comprends, Kerra ? On doit les considérer comme des atouts marketing, pas comme de simples moniteurs. Un peu comme les animateurs de croisière.

— « Venez vous faire sauter à Adventures Unlimited »… Ça va, j'ai saisi le message.

— Implicitement, c'est ça. Le sexe fait vendre. Tu le sais.

— Alors, tout se réduit au sexe, au bout du compte ?

Alan regarda à nouveau les photos, soit pour évaluer les moniteurs, soit pour éluder la question.

— Je suppose que oui. La vie est ainsi faite.

Elle lui annonça sèchement qu'elle serait au *Watchman* si on avait besoin d'elle, le mettant au défi de lui démontrer l'inutilité d'une annonce dans le journal local, puis elle alla chercher sa bicyclette.

Cette fois, elle n'avait pas l'intention de pédaler comme une dératée pour évacuer la tension, ni de se rendre au *Watchman* pour passer une annonce réclamant des mâles disposés à servir de profs à des femelles en rut durant la journée et à assouvir leurs fantasmes une fois la nuit tombée. Adventures Unlimited avait bien besoin de ça : de la testostérone débordant dans les couloirs de l'hôtel.

Kerra roula jusqu'au Toes on the Nose, en respectant les sens uniques, avant de se diriger vers Queen Street et ses embouteillages. Pour finir, elle rejoignit le canal de Casvelyn au niveau d'un pont donnant sur un embranchement. La route de gauche menait à Widemouth Bay, celle de droite à la digue.

Celle-ci bordait la rive sud-ouest du canal, exactement comme le quai bordait la rive nord-est. Elle était entièrement construite de cottages dont le plus grand se dressait à son extrémité, entièrement peint en rose et rehaussé d'ornements fuchsia. Il aurait fallu être aveugle pour ne pas le voir. Sans beaucoup d'imagination, il s'appelait la Villa Rose, et appartenait à une demoiselle surnommée Busy Lizzie[1], et pas seulement en référence aux fleurs qu'elle plantait par parterres entiers à chaque fin de printemps.

Kerra était une habituée de la maison, aussi, quand elle frappa à la porte, Lizzie lui ouvrit-elle sans hésiter.

— Kerra, en voilà une bonne surprise ! s'exclama-t-elle. Alan n'est pas là pour le moment, mais je suppose que vous le savez. Entrez, ma chère.

Busy Lizzie mesurait à peine plus d'un mètre cinquante. Kerra ne pouvait la voir sans penser aussitôt à une pièce de jeu d'échecs – plus précisément, à un pion. Ses cheveux blancs étaient relevés en un chignon élaboré, et elle affectionnait les chemisiers ivoire à col haut et les jupes évasées en flanelle bleu marine ou grise qui tombaient jusqu'au sol. Elle semblait toujours sortir d'une adaptation de Henry James mais, d'après ce que Kerra savait, Busy Lizzie n'avait de penchant ni pour le grand écran ni pour la scène.

---

1. « Busy Lizzie » est le nom anglais de l'impatiens, mais signifie aussi « Lizzie l'hyperactive ». *(N.d.T.)*

Elle louait une chambre de la villa – les autres étant occupées par sa vaste collection de porcelaines des années 1930 –, de préférence à un jeune homme. « Je ne sais pas pourquoi, disait-elle, mais on se sent plus rassurée avec un homme dans la maison… » Étant consciente que ses pensionnaires avaient des appétits qu'elle ne pouvait leur refuser d'assouvir, elle les autorisait à utiliser la cuisine, et si d'aventure une jeune femme se présentait à la table du petit déjeuner, Busy Lizzie ne s'en formalisait pas. Elle allait jusqu'à lui proposer du thé ou du café, après lui avoir demandé si elle avait bien dormi, comme si sa présence était on ne peut plus naturelle.

Alan logeait à la Villa Rose en attendant la fin des travaux dans sa maison de Lansdown Close. Il aurait pu s'installer chez ses parents pour faire des économies, mais, avait-il expliqué à Kerra, il tenait à conserver une liberté dont l'adoration aveugle que lui vouaient ses parents le privait parfois. Et puis, lui avait-il délicatement confié, il ne voulait pas entacher l'image qu'ils se faisaient de lui.

« Mon Dieu, Alan ! s'était-elle exclamée. Ils ne croient quand même pas que tu es puceau ? C'est le cas ? avait-elle insisté comme il gardait le silence.

— Bien sûr que non. Quelle idée ridicule… Ils savent que je suis normal. Mais ce sont des gens âgés, vois-tu, et c'est une marque de respect envers eux de ne pas ramener de femme sous leur toit tant que je ne suis pas marié. Ils seraient… Eh bien, ils se sentiraient très mal à l'aise. »

Kerra avait compris, du moins au début. Mais, au fil du temps, toute cette affaire de logement avait pris une résonance différente.

Il fallait qu'elle en ait le cœur net.

— J'ai laissé un objet personnel dans la chambre d'Alan, expliqua-t-elle à Busy Lizzy – ou plutôt à Miss Carey, pour l'appeler par son vrai nom. Pourrais-je aller le chercher en vitesse ? Alan a oublié de me donner sa clé, mais si vous voulez l'appeler au bureau…

— Inutile, ma chère. La chambre n'est pas fermée à clé, de toute façon : c'est jour de lessive. Vous connaissez le chemin. J'étais en train de regarder la télévision. Désirez-vous une tasse de thé ? Avez-vous besoin de mon aide ?

Kerra refusa aussi bien le thé que l'aide de Miss Carey. Elle n'en avait pas pour longtemps, dit-elle. Elle repartirait sans la déranger dès qu'elle aurait récupéré ce qu'elle était venue chercher.

— Vous vous promenez à bicyclette sous la pluie ? Attention, Kerra, vous allez attraper la mort. Vous êtes sûre de ne pas vouloir une tasse de thé ? J'ai des sachets de PG Tips.

Kerra lui assura qu'elle se portait comme un charme. Sur ces belles paroles, Busy Lizzie retourna à sa télé et Kerra s'engagea dans le couloir qui menait à la chambre d'Alan. Celle-ci donnait sur la partie sud-ouest de St Mevan Beach. Par la fenêtre, Kerra vit que la marée montait. Les vagues faisaient un bon mètre de haut, et on apercevait au moins une dizaine de surfeurs au large.

Kerra repensa à son père, au secret qu'elle avait découvert et à ce que cela impliquait. Mais elle se dépêcha de chasser ces interrogations : elle devait agir vite.

Elle ne savait pas trop ce qu'elle cherchait. Elle désirait comprendre pourquoi l'Alan Cheston de ces derniers jours n'était plus l'homme qu'elle avait connu et avec lequel elle avait entamé une liaison. Elle avait bien une hypothèse, mais elle voulait des preuves, même si elle n'avait pas encore réfléchi à ce qu'elle en ferait.

C'était la première fois qu'elle fouillait dans les affaires de quelqu'un. Elle se sentait sale, mais sans cela, elle aurait dû jeter des accusations à la figure d'Alan, et elle ne pouvait pas se le permettre.

Elle commença par regarder autour d'elle. Tout était parfaitement à sa place, comme on pouvait s'en douter. Dans un coin de la chambre, un djembé trônait devant le tabouret sur lequel Alan s'asseyait pour en jouer lors de sa séance de méditation quotidienne. Un tambourin – un cadeau qu'elle lui avait fait pour rire, avant de comprendre l'importance du tambour dans sa discipline spirituelle – était appuyé contre la bibliothèque dans laquelle Alan rangeait ses manuels de yoga. Des photos s'alignaient sur le dessus du meuble : Alan diplômé, encadré par ses parents rayonnants ; Alan passant un bras autour des épaules de Kerra sur le pont du *Victory,* en vacances à Portsmouth ; Kerra à Lanyon Quoit, juchée sur un dolmen ; Alan adolescent avec son chien, un bâtard au pelage couleur rouille.

Kerra ouvrit et referma les tiroirs de la commode et du bureau. La seule chose un tant soit peu intéressante qu'elle trouva était une collection de cartes d'anniversaire et une liste intitulée « Objectifs à cinq ans ». Elle apprit ainsi qu'Alan avait l'intention d'étudier l'italien, de prendre des cours de xylophone et de visiter la Patagonie, entre autres choses. « Épouser Kerra » venait avant la Patagonie, mais après l'italien.

Soudain, dans le plat en argent terni où Alan rangeait son courrier, elle découvrit ce qui n'avait rien à faire dans la chambre d'un homme pour qui chaque chose devait avoir une justification présente, passée ou future : une carte postale, glissée entre un relevé bancaire, la facture d'un dentiste et une lettre de la London Schools of Economics. La photo, prise depuis le large, montrait deux grottes marines situées de chaque côté d'une crique. Kerra reconnut le village au-dessus de celle-ci : c'était celui de ses grands-parents, où son frère et elle avaient fait de nombreux séjours tout au long de leur enfance, lors des crises de leur mère.

Pengelly Cove... Quel que soit le temps, ils n'avaient jamais le droit d'aller à la plage, officiellement à cause de la marée, qui montait aussi vite qu'à Morecambe Bay. On se croyait en sécurité au fond d'une grotte, et soudain la mer s'engouffrait à l'intérieur, avec une puissance imparable. Des traits sur les parois indiquaient le plus haut niveau atteint par l'eau, plus haut que le sommet de la tête de l'homme le plus grand.

« Des mômes comme vous sont morts dans ces grottes, tonnait le grand-père Kerne. Alors pas question d'aller à la plage. Y a assez de travail ici pour vous occuper, et si vous vous ennuyez, je vous en donnerai d'autre. »

Mais tout ça n'était qu'une excuse. Kerra et Santo le savaient. Pour aller à la plage, il fallait passer par le village, où ils étaient connus comme les enfants de Dellen Kerne, ou de Dellen Nankervis, comme elle s'appelait alors. Dellen la putain, Dellen, dont l'écriture reconnaissable entre toutes disait « C'est là », à l'encre rouge, au recto de la carte trouvée parmi le courrier d'Alan. Juste au-dessous, une flèche indiquait la grotte au sud de la crique.

Kerra empocha la carte et reprit ses recherches. Mais, en réalité, elle n'avait besoin de rien d'autre.

340

Cadan avait eu la bouche pâteuse toute la matinée, et son estomac remontait dans sa gorge en dansant le shimmy. Pour faire passer sa gueule de bois, il aurait dû reboire aussi sec, mais une conversation imprévue avec sa sœur l'avait empêché d'opérer une descente dans la réserve d'alcool de son père. Non pas que Madlyn l'aurait dénoncé à Lew si elle l'avait pris en flagrant délit – malgré ses bizarreries, sa sœur n'avait jamais été cafteuse –, mais elle l'aurait mis en boîte. Il n'était pas en état de supporter ses railleries. Madlyn l'avait entrepris au sujet de Ione Soutar, qui avait téléphoné trois fois au cours des trente-six dernières heures, sous des prétextes bidon.

« Faut-il qu'elle soit bête pour avoir cru un seul instant qu'ils avaient un avenir ensemble ! Entre eux deux, ça a toujours été pour le sexe et les sorties, si on peut appeler sorties des compétitions de surf à New-quay et des soirées pizza ou curry avec ces deux odieuses gamines… Qu'est-ce qu'elle s'imaginait ? »

Cadan était la dernière personne à pouvoir répondre à cette question, et il doutait que Madlyn soit elle-même très bien placée pour disserter sur l'avenir d'une relation. Mais ces interrogations étaient de pure forme, et il était plutôt content de ne pas avoir à donner son avis.

Madlyn avait poursuivi :

« Si elle s'était intéressée à l'histoire de papa, elle l'aurait compris. Mais est-ce qu'elle le pouvait ? Est-ce qu'elle le voulait ? Non. Pourquoi ? Parce qu'elle ne voyait en lui qu'un père potentiel pour ses filles. Remarque, ce serait pas du luxe. Surtout pour Leigh.

— Jennie est plutôt sympa. »

Cadan espérait que cette réplique clôturerait le chapitre, et qu'il pourrait retourner tranquillement à sa migraine.

« Pour une gamine de son âge, sans doute, avait repris Madlyn. Mais l'autre… Quelle chieuse ! »

Cadan attendait que Pooh ait terminé son petit déjeuner, composé de graines de tournesol et de pommes. Le perroquet avait une préférence pour les pommes anglaises – les Cox, quand son maître arrivait à s'en procurer –, mais, hors saison, il se contentait de Fuji importées.

« Pour l'amour du ciel, avait continué Madlyn, il a eu des enfants. Pourquoi recommencerait-il tout ce binz ? Je l'ai bien compris, moi. Et toi ? »

Cadan avait marmonné une vague réponse. Même sans nausée, il aurait évité de lancer sa sœur sur le sujet de leur père.

« Allez, viens, Pooh, avait-il dit en donnant à l'oiseau un dernier quartier de pomme. On a du boulot. »

Au lieu de prendre la pomme, Pooh s'était essuyé le bec sur sa patte droite, puis il s'était mis à fourrager sous son aile gauche. Cadan s'était rembruni en pensant aux acariens.

Pendant ce temps-là, Madlyn s'était retournée pour vérifier sa coiffure dans la glace au-dessus de la petite cheminée. Autrefois, elle ne faisait jamais attention à ces choses-là. D'ailleurs, elle n'en avait pas besoin. Ses cheveux courts et bouclés, comme ceux de Cadan et de leur père, réclamaient peu d'entretien. Le matin, elle n'avait qu'à secouer énergiquement la tête pour les remettre en place. Mais elle les avait laissés pousser parce que Santo Kerne les préférait plus longs. Une fois leur « histoire » terminée (Cadan se refusait à

l'appeler ainsi), on aurait pu croire qu'elle les recoupe-
rait, ne serait-ce que pour se venger de Santo, mais
jusqu'ici elle ne l'avait pas fait. Elle n'avait pas repris
le surf non plus.

« Il va en trouver une autre, si ce n'est déjà fait. Et
elle aussi. Et c'en sera fini de tout ce cirque. Il y aura
sans doute d'autres coups de fil larmoyants, mais au
bout d'un moment elle en aura marre et elle se rendra
compte qu'elle a perdu trois ans de sa vie. Comme
l'heure tourne, elle passera à autre chose. Elle se dégo-
tera un homme avant d'atteindre sa date limite de
consommation. Et, crois-moi, elle sait que l'échéance
approche. »

Madlyn était ravie. Cadan l'entendait dans sa voix.
En voyant la relation de leur père avec Ione s'installer dans la durée, Madlyn s'était angoissée. Elle avait
été la reine du foyer pendant presque toute sa vie,
grâce à l'ultime départ de la Bougeotte, peu après son
cinquième anniversaire. La dernière chose qu'elle
souhaitait, c'était qu'une rivale vienne lui contester
ce titre. Quand on a goûté au pouvoir, on a du mal à
y renoncer.

Cadan avait ramassé les journaux sous le perchoir
de Pooh, les avait roulés en boule et jetés sur les restes
de son repas mélangés à ses déjections matinales.

« On y va, avait-il répété en étalant un numéro
ancien du *Watchman* à leur place.

— Vous allez où ? s'était enquise Madlyn.

— Bosser.

— Bosser ? »

Elle aurait pu éviter de prendre cet air effaré.

« À Adventures Unlimited, avait expliqué Cadan. Ils
m'ont embauché. »

Le visage de Madlyn s'était décomposé. Cadan se doutait qu'elle prendrait cette nouvelle comme une trahison. Eh bien, tant pis. Il avait besoin de fric et le boulot était rare. Juchant Pooh sur son épaule, il avait demandé pour faire diversion :

« À propos de date de péremption, qu'est-ce que tu foutais avec Jago avant-hier soir ? La sienne est dépassée depuis longtemps, non ?

— Jago est un ami.

— Ça, j'avais pigé. J'aime bien ce type, moi aussi. Mais tu me verras jamais passer la nuit chez lui.

— Tu ne suggères quand même pas... Tu as vraiment l'esprit mal tourné, Cade. Si tu veux savoir, il est venu m'avertir, pour Santo. Comme il ne voulait pas m'annoncer la nouvelle à la boulangerie, il m'a ramenée chez lui, parce qu'il s'inquiétait de ma réaction. Il m'aime bien.

— Et nous, alors ?

— Tu n'aimais pas Santo. Ne prétends pas le contraire.

— Toi non plus, à la fin. À moins que j'aie loupé un épisode ? Est-ce qu'il serait revenu en rampant, implorant ton pardon et proclamant son amour ? Merde, ça m'étonnerait ! »

Cadan avait pouffé. Pooh avait reproduit son rire à l'inflexion près, puis hurlé d'une voix stridente :

« Perce des trous dans le grenier ! »

Cadan avait sursauté, ce qui n'avait pas échappé à Madlyn.

« Tu as picolé, hier soir. Dans ta chambre. Qu'est-ce qui t'arrive, Cade ? »

Il aurait aimé pouvoir lui répondre. Mais, en réalité, il n'avait pas réfléchi avant d'acheter une bouteille de Beefeater et de la siffler. Il s'était persuadé que le fait de boire à la maison constituait un effort digne de louanges. Après tout, il aurait pu s'enfiler des rasades de gin dans un pub, assis sur le trottoir au coin d'une rue ou, pire, derrière le volant d'une voiture. Au contraire, il se montrait responsable en se biturant entre les quatre murs de sa chambre, où il ne faisait de mal à personne qu'à lui-même.

Il ne s'était pas demandé d'où lui venait ce besoin. Mais quand sa gueule de bois finit par se dissiper, au milieu de l'après-midi, il se rendit compte à son grand effroi qu'il allait devoir y réfléchir.

Il craignait de penser à son père, à Madlyn et à Santo Kerne. Car chaque fois qu'il pensait à eux, un quatrième élément – le meurtre – s'invitait dans ses réflexions comme un vieil oncle qui s'impose le soir du réveillon.

Madlyn amoureuse, Madlyn le cœur brisé, Santo mort… Et Lew Angarrack qui était sorti avec sa planche un jour où il n'y avait pas une seule vague correcte à surfer. Disparu dans la nature sans dire où il allait. Une fille bafouée, un père fou de rage… Si on additionnait le tout, qu'obtenait-on ?

Cadan préféra penser à Will Mendick. Fou d'amour pour Madlyn. Un amour non payé de retour. Rêvant de jouer les consolateurs une fois Santo Kerne évacué.

Mais Will avait-il accès au matériel de Santo ? Et Will était-il du genre à utiliser un moyen aussi ingénieux pour se débarrasser de quelqu'un ? Et même si on répondait oui à ces deux questions, Will avait-il envie de se taper Madlyn au point de se débarrasser de Santo ? Cette théorie ne tenait pas debout. Pourquoi libérer Madlyn de Santo quand celui-ci s'en était déjà chargé ? À moins que la mort de Santo n'ait aucun rapport avec Madlyn… Quel soulagement, dans ce cas !

Mais si la mort de Santo avait bel et bien un rapport avec Madlyn, alors qu'en était-il de Jago ? Jago dans le rôle du vengeur décati… Qui soupçonnerait un vieux bonhomme qui tremblait autant qu'un barman préparant des cocktails ? C'est à peine s'il pouvait s'asseoir sans aide sur la cuvette des chiottes, alors zigouiller quelqu'un… À moins qu'il s'agisse d'un meurtre à distance ? À en croire Kerra Kerne, on avait saboté l'équipement de son frère. Jago aurait pu y arriver. Mais si on allait par là, tout le monde aurait pu en faire autant. Madlyn, Lew, Will, Kerra, Alan Cheston, le père Noël ou même la petite souris.

Cadan avait l'impression d'avoir la tête bourrée de coton. Il n'était pas encore en état de réfléchir sérieusement. Il ne s'était accordé aucune pause depuis son arrivée à Adventures Unlimited, ce matin-là. Peut-être qu'un bol d'air frais, voire un sandwich, lui permettrait d'analyser les choses de façon plus lucide.

Pooh avait été patient. Perché sur une succession de tringles à rideaux de douche, il avait passé des heures à regarder Cadan peindre des radiateurs sans faire la moindre bêtise. Tout juste s'était-il soulagé une fois. Lui aussi avait mérité une récréation, et il ne refuserait certainement pas un morceau de sandwich.

Cadan n'avait pas apporté de casse-croûte, mais il pouvait faire un saut au Toes on the Nose pour en acheter un. À présent que son estomac était à nouveau d'aplomb, il aurait bien avalé un peu de thon et de maïs sur du pain bis, et aussi des chips et du Coca.

Avant toute chose, il alla déposer son matériel de peinture dans la chambre voisine, puis il se dirigea vers l'escalier, renonçant au vieil ascenseur grinçant qui, pour tout dire, lui flanquait les jetons.

— On va au Toes on the Nose, annonça-t-il à Pooh. Tâche de bien te tenir. Pas de gros mots devant les dames.

— De quelles dames parlez-vous ?

Cadan fit volte-face. La mère de Santo venait d'apparaître derrière lui, tel un esprit qui aurait surgi du mur. Elle se déplaçait sans bruit sur la moquette du couloir. De même que la veille, ses vêtements étaient noirs, mais égayés cette fois par un foulard rouge vaporeux, parfaitement assorti à ses chaussures.

En voyant celles-ci, Cadan songea tout à coup aux chaussures rouges de la méchante fée du *Magicien d'Oz* et il sourit malgré lui. Dellen lui rendit son sourire.

— Vous ne lui avez pas demandé de ne pas dire de gros mots devant moi, remarqua-t-elle.

Elle avait une voix rauque de chanteuse de blues.

— Quoi ? dit-il sottement.

— Votre oiseau. La première fois où nous nous sommes vus, vous ne lui avez pas demandé de s'abstenir de dire des gros mots en ma présence. Est-ce à dire que je ne suis pas une dame ?

Ne sachant comment répondre, Cadan ricana bêtement et attendit qu'elle s'éloigne. Elle ne bougea pas.

— Je vais déjeuner, expliqua-t-il.

Elle consulta sa montre.

— Un peu tard pour ça, non ?

— Je n'avais pas faim jusque-là.

— Et maintenant, vous avez faim ?

— Un peu, ouais.

— Venez avec moi.

Elle se dirigea vers l'escalier mais, au lieu de descendre, elle entreprit de monter. Comme il hésitait à la suivre, elle se retourna.

— Venez avec moi, Cadan. Je ne mords pas. Il y a une cuisine au-dessus et je vous préparerai quelque chose.

— Oh, vous donnez pas cette peine. J'allais faire un saut au Toes…

— Ce sera plus rapide, et vous n'aurez pas à payer. Pas en argent, en tout cas, ajouta-t-elle avec un sourire triste. Mais j'ai envie de quelqu'un à qui parler.

— Peut-être que Kerra…

— Elle est sortie. Mon mari a disparu. Alan est enfermé avec son téléphone. Venez, Cadan.

Ses yeux s'embuèrent.

— Vous avez besoin de manger et moi de parler, reprit-elle. On peut se rendre mutuellement service.

Il resta sans bouger, ne sachant comment s'extraire de ce guêpier.

— Je suis la femme du patron, reprit-elle. Vous n'avez pas le choix.

Il rit, même s'il ne trouvait pas ça drôle.

Elle le guida jusqu'à l'appartement. Après avoir traversé la salle de séjour, elle le fit entrer dans la cuisine et lui indiqua la table, lui donna l'ordre de s'asseoir. Elle alluma une radio posée sur le plan de travail impeccable et tripota le bouton jusqu'à ce qu'elle ait trouvé une station à son goût. De la musique dansante, genre musique de bal.

— C'est joli, non ? dit-elle, sans trop monter le volume. Bon, reprit-elle, les mains sur les hanches. Qu'est-ce qui vous ferait plaisir, Cadan ?

On aurait dit Mrs Robinson face à Benjamin… Comme le personnage féminin du *Lauréat*, Dellen

Kerne était une femme sur le retour, certes, mais terriblement voluptueuse, avec le genre de rondeurs qu'on ne risque pas de rencontrer chez des jeunes filles obsédées par le désir de ressembler à des mannequins. Si le soleil et le tabac avaient ridé sa peau, son abondante chevelure blonde compensait ce défaut. Tout comme sa bouche, dotée, comme on dit, de lèvres pulpeuses.

Cadan réagit à cette vision. Un simple réflexe, dû à une trop longue abstinence et à un brusque afflux de sang. Il bégaya :

— J'allais… c'est-à-dire… Un sandwich au thon et au maïs.

Un sourire releva le coin des lèvres charnues.

— On doit pouvoir vous trouver ça, dit Dellen.

Cadan sentit que Pooh s'agitait sur son épaule. Les griffes du perroquet s'enfoncèrent un peu dans sa chair. Il hésitait à le poser sur le dossier d'une chaise : souvent, quand il le retirait de son épaule pour l'installer sur un perchoir, le perroquet en profitait pour se soulager. Cadan chercha des yeux un journal qu'il pourrait étaler sous une chaise, au cas où. En ayant repéré un sur le comptoir, il se leva. C'était l'avant-dernier numéro du *Watchman*.

— Vous permettez ? dit-il à Dellen. Je pourrais mettre ça par terre… ?

Elle était en train d'ouvrir une boîte de conserve.

— Pour l'oiseau ? Bien sûr.

Quand Cadan eut étalé le journal et que Pooh fut perché sur le dossier de la chaise, elle remarqua :

— Pas banal, comme animal de compagnie.

Cadan n'était pas obligé de répondre, mais il le fit quand même.

— Les perroquets peuvent vivre quatre-vingts ans.

Il n'éprouva pas le besoin d'en dire plus : un animal domestique qui pouvait vivre quatre-vingts ans ne risquait pas de lui claquer entre les doigts. Pas la peine d'avoir un diplôme de psychologie pour comprendre ça.

Dellen lui décocha un regard et son sourire trembla.

— Je souhaite qu'il atteigne cet âge. Mais ils n'y arrivent pas toujours, vous savez.

Il baissa les yeux.

— Je suis désolé, pour Santo.

— Merci. Je ne peux pas encore en parler. Je me dis que si j'arrivais à me distraire ne serait-ce qu'un moment, je n'aurais pas à affronter la réalité de sa mort. Je sais que c'est faux, mais je ne suis pas... on n'est jamais prêt à regarder en face la mort de son enfant.

Elle tendit brusquement la main vers la radio pour augmenter le volume et commença à bouger en rythme.

— Dansons, Cadan.

C'était un air vaguement sud-américain. Un tango, une rumba, un truc qui se danse serrés l'un contre l'autre. Cadan n'avait aucune envie d'entrer dans ce jeu-là. Mais Dellen traversa la cuisine pour le rejoindre, balançant les hanches à chaque pas, roulant une épaule puis l'autre, les mains tendues vers lui.

Cadan remarqua qu'elle pleurait comme dans un film : son visage n'était pas rouge, ses traits n'étaient pas altérés, mais deux ruisseaux de larmes coulaient de ses yeux bleus extraordinaires. Elle dansait et pleurait en même temps. Il était navré pour elle. Son fils avait été assassiné... De quel droit l'aurait-il jugée ? Elle faisait front du mieux qu'elle pouvait.

— Dansez avec moi, Cadan. S'il vous plaît.

Il la prit dans ses bras.

Elle se serra aussitôt contre lui. Chacun de ses mouvements était pareil à une caresse. Il ne connaissait pas cette danse, mais ça semblait sans importance. Elle noua ses bras autour de son cou. Quand elle leva son visage vers lui, tout naturellement, Cadan approcha ses lèvres des siennes. Ses mains se détachèrent de sa taille pour se poser sur ses fesses, et il la plaqua étroitement contre lui.

Elle ne protesta pas.

14

L'identification du corps faisait partie de la routine policière. Ben Kerne avait beau le savoir, un bref instant il ne put s'empêcher d'espérer que, malgré la voiture et les papiers d'identité découverts par la police, le mort ne soit pas Alexander Kerne. Mais cet espoir s'éteignit dès qu'il eut posé les yeux sur le visage de Santo.

Ben s'était rendu seul à Truro. Il avait préféré ne pas infliger à Dellen la vue du cadavre de leur fils, d'autant qu'il n'avait aucune idée de l'état dans lequel il le trouverait.

En réalité, ses craintes n'étaient pas justifiées. Le visage de Santo avait été maquillé. Le reste du corps reposait sous un drap d'hôpital. Ben aurait pu demander à le voir mais, d'une certaine façon, cela lui aurait paru indiscret.

Il avait répondu d'un hochement de tête à la question rituelle, après quoi il avait signé les documents qu'on lui tendait et écouté ce qu'on avait à lui dire sur l'enquête, les salons funéraires, les enterrements et tout le reste. Les témoignages de sympathie, en particulier, l'avaient laissé de marbre. Car ils avaient de la compassion, tous ces gens à qui il avait eu affaire à la morgue du Royal Cornwall Hospital. Même s'ils avaient vécu cette situation des milliers de fois, ils n'avaient rien perdu de leur capacité à exprimer de la commisération.

Une fois dehors, Ben commença à retrouver des sensations. Peut-être la pluie fine fit-elle fondre sa carapace car, tandis qu'il se dirigeait vers sa voiture, le chagrin l'envahit ainsi que la culpabilité. Puis se fit jour une vérité avec laquelle il devrait vivre à tout jamais : les derniers mots qu'il avait adressés à son fils lui avaient été inspirés par le dégoût qu'il éprouvait devant son incapacité à accepter Santo tel qu'il était. Cette incapacité découlait du soupçon, un soupçon qu'il ne formulerait jamais.

« Tu ne vois pas le mal que tu peux faire aux autres ? répétait-il à Santo depuis des années. Pour l'amour de Dieu, Santo, les gens ne sont pas des jouets.

— À t'entendre, on croirait que je suis un manipulateur qui impose sa volonté à tout le monde. Mais ce n'est pas ça. En plus, tu ne dis jamais un mot quand…

— Pas de ça avec moi, d'accord ?

— Écoute, papa, si je pouvais…

— Ah, nous y voilà ! Je, je, moi, moi… Figure-toi que le monde ne tourne pas uniquement autour de toi. Je me fiche de ce que tu penses et de ce que tu veux. Tout ce qui m'intéresse, c'est ce que tu fais, ici et ailleurs. C'est compris ? »

Tant de choses n'avaient pas été formulées, en particulier les peurs de Ben. Mais comment ces peurs auraient-elles pu s'exposer au grand jour, quand tout ce qui s'y rapportait était balayé sous le tapis ?

Mais plus maintenant. Les circonstances exigeaient qu'il reconnaisse les événements qui l'avaient conduit là où il était. C'est pourquoi, au lieu de retourner à Casvelyn, Ben avait freiné au panneau indiquant la route de St Ives. Après une seconde d'hésitation, il s'était mis à rouler vers l'ouest.

Il avait fini par emprunter l'A30, la principale route de la côte, vers le sud. Les massifs de granit donnaient au paysage un aspect inhospitalier. Partout, des bâtiments de mine désaffectés rappelaient le sort des nombreuses générations de Cornouaillais qui avaient extrait l'étain et le cuivre jusqu'à ce que les filons soient épuisés et les installations, abandonnées aux intempéries et aux ravages du temps.

Le déclin de l'activité minière avait contraint nombre de villages reculés à se reconvertir pour ne pas mourir. La terre ne valait rien pour les cultures : aride, caillouteuse, battue en permanence par les vents. Seuls les ajoncs et les herbes sauvages parvenaient à y prendre pied, à condition de ne pas trop pousser. Du coup, les gens s'étaient tournés vers les vaches et les moutons quand ils avaient les moyens d'en acheter, et vers la contrebande quand les temps étaient durs.

L'existence d'une myriade de criques avait favorisé cette dernière activité. Pour réussir dans cette branche, il fallait bien connaître la mer et les marées. Mais, à la longue, même la contrebande avait cédé la place à d'autres moyens de subsistance. Les transports s'étaient améliorés, amenant les touristes. Les estivants avaient commencé à envahir les plages et les sentiers de randonnée de la région, amenant les surfeurs dans leur sillage.

Ben aperçut bientôt les maisons en granit de Pengelly Cove, qui paraissaient mornes et désertes sous la pluie de printemps. Le village ne comprenait que trois rues. Les commerces et les maisons se pressaient le long des deux premières, de même que les deux pubs et l'auberge locale. La troisième descendait en pente raide et sinueuse vers un petit parking, un poste de sauvetage, la crique, et la mer.

Des surfeurs expérimentés bravaient la houle au large. Les vagues se succédaient, et leurs fronts gris formaient les énormes rouleaux qui avaient établi la réputation de Pengelly Cove. Les surfeurs dévalaient la vague, viraient sur sa face et remontaient sur son épaule avant de repasser la crête et de disparaître. Ils pagayaient ensuite pour regagner la ligne de houle et attendre la vague suivante. Personne ne gaspillait son énergie à surfer jusqu'au rivage, pas par ce temps et avec des lames qui se brisaient au-dessus des récifs, à une centaine de mètres de la plage. Les vagues de bord étaient réservées aux débutants, petit mur d'écume qui apportait au néophyte un semblant de réussite, mais aucun prestige.

Ben gara sa voiture devant la Curlew Inn et marcha jusqu'au carrefour. Le mauvais temps ne le gênait pas. Il était vêtu en conséquence, et il souhaitait accéder à la crique à pied. Quand il était plus jeune, la route n'était encore qu'un sentier. Il n'existait pas de parking au bas de la pente et il n'y avait que l'eau, le sable et les grottes pour l'accueillir quand il atteignait la plage, sa planche de surf sous le bras.

La marée était trop haute pour qu'il puisse se rendre aux grottes. En attendant, il évalua les changements qui étaient survenus depuis son départ.

L'argent était arrivé dans le village ; cela se voyait aux maisons de vacances, appartenant à des citadins, qui surplombaient la crique. Autrefois il n'y en avait qu'une, tout au bout de la falaise, une impressionnante bâtisse de granit, dont la façade peinte en blanc et les gouttières étincelantes dénotaient des moyens sans commune mesure avec ceux des familles des environs. À présent, on en comptait au moins une douzaine. La Villa de la Falaise était toujours là, plus altière que jamais. Il n'y était entré qu'une fois, adolescent, à l'occasion d'une fête organisée par les Parsons, une famille qui l'avait louée cinq étés de suite. « Pour fêter l'entrée de notre Jamie à l'université », avaient-ils prétexté.

Personne au village ne pouvait blairer le Jamie en question. Non content d'avoir passé une année sabbatique à voyager, il fallait encore qu'il s'en vante. Mais, pour faire la bringue à la villa, ils auraient tous affirmé que ce petit prétentieux était leur meilleur copain, ou même le Messie.

Pourtant, ils avaient joué les blasés. Ben s'en souvenait parfaitement. C'était la fin de l'été, l'invitation était arrivée par courrier, nom d'un chien. Les parents de Jamie avaient engagé un groupe de rock de New-quay, il y avait un buffet dans chaque pièce, un stroboscope au-dessus de la piste de danse, et la maison était pleine de recoins propices aux rapprochements discrets. Au moins deux des enfants Parsons étaient là – combien étaient-ils au total ? quatre ? cinq ? –, mais pas les parents. Il y avait toutes les bières possibles, mais aussi du whisky, de la vodka, du rhum Coca, des pilules que personne n'avait pu identifier, et du cannabis. Du cannabis par kilos, aurait-on dit. De la cocaïne, aussi ? Ben n'arrivait pas à se rappeler.

Ce qu'il se rappelait, en revanche, c'était la conversation, à cause du surf et de ce qui était arrivé cet été-là.

Dans tous les lieux de villégiature, il existe une ligne de démarcation entre les gens du bled et les intrus nés ailleurs. En Cornouailles, surtout, il y avait ceux qui trimaient pour gagner modestement leur vie, et la foule qui venait y dépenser son argent et profiter des avantages du pays. Le principal avantage était la côte, son temps clément, sa mer cristalline, ses criques et ses immenses falaises. Le plus grand attrait, cependant, demeurait l'eau.

Les habitués connaissaient les règles : attendre son tour, ne pas zigzaguer, ne pas s'intercaler quand un autre avait choisi une vague, céder la place aux plus expérimentés, respecter la hiérarchie. Les vagues du bord étaient réservées aux débutants, aux enfants, et parfois aux adeptes du knee-board ou du body-board. Les autres ne regagnaient le rivage qu'à la fin de l'entraînement ; autrement, ils restaient au large, s'éjectant de leur planche bien avant d'atteindre la zone réservée aux néophytes. C'était une loi non écrite, mais l'ignorance ne constituait pas une excuse acceptable.

Personne ne savait si Jamie Parsons agissait par ignorance ou par indifférence. Ce que tout le monde savait, en revanche, c'était qu'il s'accordait certains passe-droits qu'il considérait comme des privilèges naturels, et non comme les impairs qu'ils étaient en réalité.

Passe encore qu'il ait lancé à tout bout de champ : « Ici, c'est de la petite bière par rapport au North Shore. » Mais Jamie n'avait que faire de la file d'attente. Quand on lui faisait remarquer qu'il resquillait, il répondait : « Eh oui, il faudra t'y faire ! » Il n'appartenait pas à leur bande. Son argent, sa situation, son éducation, ses perspectives d'avenir le plaçaient bien au-dessus d'eux. Il en était conscient, et eux aussi. Simplement, il aurait pu avoir la décence de ne pas enfoncer le clou.

Alors, une fête chez Jamie Parsons ? Ils n'auraient manqué ça pour rien au monde ! Ils danseraient sur sa musique, s'empiffreraient, videraient ses bouteilles, fumeraient toute son herbe. Ils le méritaient bien après s'être colltiné ce fumier durant cinq étés ! Mais le dernier avait été le pire de tous.

Jamie Parsons… Ben n'avait pas repensé à ce type depuis des années. Il avait été trop absorbé par Dellen Nankervis pour ça. Pourtant, c'était Jamie Parsons, et non Dellen, qui avait déterminé le cours de sa vie.

S'il était devenu ce qu'il était, il le devait aux décisions qu'il avait prises à cet endroit même, à Pengelly Cove. Pas le village, mais la crique elle-même. À marée basse, la plage était hérissée d'écueils et de pitons de lave. En bordure du sable, les grottes marines s'enfonçaient dans les falaises, qui laissaient encore entrevoir des filons de minerai. Ces gigantesques orifices creusés dans la roche par l'érosion et une série de cataclysmes géologiques avaient régi le destin de Ben Kerne dès la première fois où il les avait vus, encore tout petit. Le danger qu'ils représentaient ne les rendait que plus fascinants. Et rien ne remplaçait l'intimité qu'ils offraient.

L'histoire de Ben était liée de manière inextricable aux deux plus grandes grottes marines de Pengelly Cove. Elles symbolisaient toutes les premières fois qu'il avait connues : première cigarette, premier pétard, première cuite, premier baiser, premiers rapports sexuels. Elles dessinaient aussi la carte des tempêtes qui avaient jalonné sa relation avec Dellen. Car son premier baiser et ses premiers rapports sexuels, il les avait eus avec Dellen Nankervis, dans une des deux grottes de la crique, et celles-ci avaient aussi été témoins de toutes les trahisons qu'ils avaient pu commettre l'un envers l'autre.

« Bon Dieu, tu peux pas te dépatouiller de cette salope ? avait demandé son père. Elle te rend complètement dingue, petit. Débarrasse-t'en, bordel, avant qu'elle te bouffe tout cru puis recrache tes os. »

Il avait essayé, pour s'apercevoir qu'il ne pouvait pas. L'emprise qu'elle avait sur lui était trop forte. Il y avait eu d'autres filles, mais elles paraissaient fades comparées à Dellen : des glousseuses, des allumeuses, des blablateuses, qui passaient leur temps à repeigner leurs cheveux décolorés par le soleil et à demander aux mecs s'ils les trouvaient grosses. Elles n'avaient aucun mystère, aucune complexité. Mais, surtout, pas une seule n'avait besoin de Ben comme Dell avait besoin de lui. Elle revenait toujours vers lui, et il était toujours prêt. Et si deux autres types l'avaient mise enceinte pendant leur adolescence tourmentée, il n'avait pas été en reste, au point d'égaler leur score.

La troisième fois, il lui avait demandé sa main, car elle avait démontré la profondeur de son amour : elle l'avait suivi à Truro sans un sou en poche, avec pour tout bagage ce qu'elle avait pu caser dans une besace en toile. Elle avait dit : « Cet enfant est à toi, Ben, et moi aussi », en montrant le léger arrondi de son ventre.

Il avait pensé que tout allait s'arranger. Ils allaient se marier, et le mariage mettrait un terme définitif au cycle sempiternel : connivence, trahison, rupture, nostalgie et retrouvailles.

Il avait donc quitté Pengelly Cove pour Truro, espérant un nouveau départ qui n'était jamais advenu. Il avait quitté Truro pour Casvelyn exactement pour la même raison, avec un résultat semblable – non, pire :

Santo était mort, et le fragile tissu de l'existence de Ben était en lambeaux.

Il lui semblait à présent que tout découlait du postulat selon lequel les leçons s'apprennent à la dure. Le plus terrible, c'était que ce point de départ avait également marqué la fin de tout. Seuls l'élève et le maître avaient changé. Le principe fondamental, lui, demeurait le même : l'acceptation.

Dès que l'inspecteur Hannaford avait déterminé que la famille Kerne était originaire de Pengelly Cove, Lynley avait décidé de se rendre sur place. « Histoire de faire d'une pierre deux coups », lui avait-il expliqué. À quoi Hannaford avait répondu avec sagacité : « Vous fuyez vos responsabilités ? Qu'y a-t-il au sujet du Dr Trahair que vous ne voulez pas que je sache, commissaire ? »

Il lui assura qu'il ne fuyait rien du tout. Mais il fallait bien se pencher sur le passé des Kerne, et puisque l'inspecteur l'avait chargé de gagner la confiance de Daidre Trahair, c'était l'occasion de lui proposer une balade en voiture.

« Vous n'y êtes pas obligé, avait protesté Hannaford. Comme vous le savez certainement, vous n'êtes même pas obligé de la voir pour éplucher ses antécédents. »

Bien entendu. Mais c'était l'occasion de…

« Très bien, très bien. Mais vous avez intérêt à nous tenir au courant. »

Lynley emmena donc Daidre Trahair. Il se rendit d'abord au cottage pour, comme promis, réparer le carreau qu'il avait cassé. Le remplacement d'une vitre, pensait-il, ne devait pas requérir d'énormes capacités intellectuelles – rien, en tout cas, qui ne soit à la portée d'un diplômé d'Oxford (en histoire, certes, ce qui n'avait pas grand-chose à voir avec la vitrerie). Le fait qu'il n'ait jamais accompli le moindre travail manuel ne le décourageait pas. Il se sentait à la hauteur de la tâche.

— C'est vraiment gentil à vous, Thomas, lui dit Daidre, mais je ferais peut-être mieux d'appeler un vitrier ?

Elle semblait nourrir des doutes sur son aptitude à manier le verre et le mastic.

— Ne dites pas de bêtises. C'est enfantin.

— Avez-vous… je veux dire, avant ça ?

— J'ai beaucoup bricolé. En matière de carreaux, j'avoue être un peu novice. Bon, voyons ce que nous avons…

Ce qu'ils avaient, c'était un cottage vieux de deux siècles, sinon plus. Daidre ne savait pas très bien. Elle expliqua à Lynley qu'elle projetait depuis longtemps de faire des recherches sur l'histoire de la maison, mais que, jusqu'à présent, elle n'en avait pas trouvé le temps. Elle savait seulement qu'à l'origine la maison était une cabane de pêcheur dépendant d'une grande demeure. Celle-ci avait été détruite par un incendie et, au fil du temps, les gens du coin avaient récupéré ses pierres pour construire des villas ou délimiter des terrains. La bâtisse datant de 1723, il y avait de fortes chances pour que sa petite annexe remonte à la même époque.

Cela expliquait que rien n'y fût droit, y compris les fenêtres, dont les châssis avaient précisément été conçus pour compenser cet état de fait. Lynley le constata à son grand désarroi quand il voulut encastrer la vitre dans le chambranle, après avoir retiré les débris du carreau cassé. Une légère dénivellation suffisait à rendre la pose de la vitre… un tantinet délicate.

Gêné, il regretta de ne pas avoir pris des mesures plus précises.

— Oh là là ! s'exclama Daidre.

Craignant de donner l'impression qu'elle n'avait pas confiance en lui, elle s'empressa d'ajouter :

— Je suis sûre que ce n'est qu'une question de…

— Mastic, acheva-t-il à sa place.

— Je vous demande pardon ?

— Il faut juste mettre un peu plus de mastic d'un côté.

— Ah, très bien.

Elle s'esquiva aussitôt dans la cuisine, sous prétexte de préparer du thé.

Resté seul, Lynley se débattit avec le mastic, la spatule, le carreau, mais aussi la pluie, qui rendait l'entreprise encore plus risquée. Daidre s'attarda si longtemps dans la cuisine qu'il en conclut que non seulement elle riait de son incompétence, mais qu'en plus, si ça se trouve, elle aurait su réparer elle-même le carreau avec une main attachée dans le dos. Elle l'avait bien ridiculisé aux fléchettes…

Quand elle revint enfin, il avait réussi à caler le carreau, mais il était évident qu'une personne plus habile que lui allait devoir réparer sa réparation. Il le reconnut et s'en excusa. Puis il annonça à Daidre qu'il devait se rendre à Pengelly Cove. Si elle avait le temps de l'accompagner, il proposait de l'inviter à dîner pour se faire pardonner son fiasco.

— Pengelly Cove ? Pourquoi ?

— Un truc de police.

— L'inspecteur Hannaford pense trouver des réponses à Pengelly Cove ? Et c'est vous qu'elle a chargé de les découvrir ? Pourquoi pas un de ses hommes ?

Lynley hésitant à répondre, elle ne fut pas longue à comprendre.

— Ah ! Vous n'êtes donc plus suspect. C'est une vue un peu courte, non ?

— Quoi donc ?

— De vous disculper sous prétexte que vous êtes flic ?

— Sans doute l'inspecteur Hannaford a-t-elle eu du mal à me trouver un mobile.

— Je vois.

Son changement de ton indiquait qu'elle avait compris le reste. S'il ne comptait plus parmi les suspects, elle si. Elle devait se douter qu'il y avait une raison à cela, et elle savait probablement laquelle.

Il craignait qu'elle ne refuse de l'accompagner, mais ce ne fut pas le cas. Il s'en réjouit. Il cherchait à percer ses secrets, et il lui semblait que le meilleur moyen d'y parvenir était encore de passer du temps en sa compagnie pour gagner sa confiance.

Les miracles lui servirent d'entrée en matière. Ils avaient quitté la crique et serpentaient dans Stowe Wood avant de rejoindre l'A39 quand il lui demanda si elle y croyait. Elle commença par se renfrogner, puis elle dit :

— Ah ! Vous voulez parler de mes recherches sur Internet… Non, je n'y crois pas. Mais un ami à moi – un collègue du zoo, le gardien des primates – cherche à organiser un voyage pour ses parents. Eux y croient et ils en ont sacrément besoin en ce moment. D'un miracle, j'entends, pas d'un voyage.

— C'est très gentil à vous de l'aider.

Il la regarda à la dérobée. Elle avait les pommettes rouges. Que représentait ce collègue pour elle ? Son amant, son petit ami, un ex ?

— C'est un geste d'amitié, précisa-t-elle comme s'il s'était interrogé à haute voix. Cancer du pancréas. Le diagnostic est sombre, mais le malade n'est pas vieux – le père de Paul n'a que cinquante-quatre ans –, et ils veulent tout tenter. D'après moi, c'est en pure perte, mais qui sait ? Alors je lui ai promis de rechercher l'endroit qui offrait les meilleures chances, statistiques à l'appui. C'est bête, non ?

— Pas forcément.

— Bien sûr que si. Comment appliquer des statistiques à une foi sincère, bien que mal placée ? Si je me baigne dans ces eaux, mes chances de guérison sont-elles plus élevées que si je griffonne ma requête sur un bout de papier avant de la déposer au pied d'une statue en marbre figurant tel ou tel saint ? Et si je baise le sol à Medjugorje ? À moins que la meilleure solution ne consiste à rester chez soi et à adresser des prières à quelqu'un en passe d'être canonisé ? Il faut bien qu'ils accomplissent des miracles pour accéder à la sainteté, non ? Au moins, cela permet de faire des économies.

Elle respira profondément. Lynley la regarda à nouveau. Appuyée contre la portière, elle offrait un visage crispé.

— Désolée. Je bavarde. Mais c'est tellement affreux de voir des gens perdre toute jugeote sous prétexte qu'ils sont en situation de crise. Vous voyez ce que je veux dire.

— Oui, dit-il d'un ton égal. Je vois ce que vous voulez dire.

Elle porta une main à ses lèvres. Elle avait des mains fortes, des mains de médecin, aux ongles propres et courts.

— Bon sang, je suis désolée. J'ai recommencé. Il m'arrive de parler sans réfléchir.

— Ce n'est rien.

— Si. Vous auriez fait n'importe quoi pour la sauver. Je suis navrée.

— Non. Vous avez raison. En situation de crise, les gens se démènent pour trouver des réponses et des solutions. Et, dans leur esprit, la solution correspond toujours à ce qu'ils désirent eux. Pas forcément à ce qui vaudrait mieux pour l'autre.

— Je ne voulais pas vous faire de peine. En règle générale, je n'aime pas ça.

— Merci.

Maintenant, il voyait mal comment dévoiler ses mensonges sans mentir lui-même, ce qu'il préférait éviter. Après tout, c'était à Bea Hannaford d'interroger Daidre Trahair sur son présumé itinéraire entre Bristol et Polcare Cove, pour lui faire avouer ce qu'elle pouvait avoir à avouer.

Il profita de ce court silence pour embrayer sur autre chose.

— Au début, nous avions une gouvernante, dit-il d'un ton léger. Je vous ai raconté ? Très XIXe siècle. Puis ma sœur et moi nous sommes révoltés et avons glissé des grenouilles dans son lit la nuit d'Halloween. Pourtant, à cette époque de l'année, on ne trouve pas facilement des grenouilles, croyez-moi.

— Vous voulez dire, une vraie gouvernante ? Une malheureuse Jane Eyre qui, faute d'un Mr Rochester pour la sauver d'une vie de servitude, dînait en solitaire dans sa chambre, ne faisant partie ni des maîtres ni des valets ?

— Pas à ce point-là. Elle dînait avec nous, en famille. Nous avons d'abord eu une nurse, mais quand est venu le temps de l'école, la préceptrice a débarqué. Pour ma grande sœur et moi. Lorsque mon petit frère est né – il a dix ans de moins que moi, je vous l'ai dit ? –, c'en était terminé de ces plaisanteries.

— C'est si… si délicieusement suranné.

Lynley perçut de l'ironie dans la voix de Daidre.

— N'est-ce pas ? Mais c'était ça, la pension, ou l'école du village, où nous aurions été mélangés aux enfants du pays.

— Avec leur horrible accent de Cornouailles.

— Exactement. Mon père était décidé à ce que nous suivions ses traces, et celles-ci ne passaient pas par l'école du village. Ma mère était tout aussi résolue à ce qu'on ne nous expédie pas en pension à l'âge de sept ans…

— Sage de sa part.

— La préceptrice représentait un bon compromis, jusqu'à ce que nous la fassions fuir, à deux doigts de la folie. Dès lors, nous avons fréquenté l'école du village, ce que nous voulions tous les deux depuis le départ. Du coup, mon père s'est mis à contrôler notre accent tous les jours. Dieu nous garde de jamais attraper des intonations vulgaires !

— Il est mort à présent ?

— Depuis de longues années.

Lynley risqua un regard dans sa direction.

— Et vous ? demanda-t-il d'un ton qu'il voulait naturel.

En même temps, il ressentait un malaise. Par le passé, il n'éprouvait pourtant aucun scrupule à tenter d'attirer un suspect dans un piège.

— Mes deux parents sont en pleine santé.

— Je voulais parler de l'école.

— D'une normalité assommante, j'en ai peur.

— À Falmouth, donc ?

— Je ne viens pas d'une famille où on expédie les enfants en pension. Je suis allée à l'école avec le petit peuple.

Elle avait donné dans le panneau. Naguère, c'était là qu'il aurait refermé le piège. Mais il avait pu manquer une école. Elle avait pu fréquenter un établissement fermé depuis. Il voulait lui laisser le bénéfice du doute. Il renonça. L'ambiance fut détendue pendant tout le reste du trajet. Il lui expliqua comment son existence privilégiée l'avait amené à travailler dans la police ; elle lui parla de sa passion pour les animaux, lui racontant comment celle-ci l'avait conduite du sauvetage des hérissons, des oiseaux marins et des canards jusqu'à l'école vétérinaire et, en fin de compte, au zoo. Le seul animal qu'elle n'aimait pas, avoua-t-elle, était l'oie du Canada.

— Elles envahissent la planète. En tout cas, elles semblent envahir l'Angleterre.

Son animal préféré était la loutre, de mer ou d'eau douce. Elle n'avait pas de préjugés en la matière.

Une halte à la poste de Pengelly Cove – en réalité, un simple comptoir dans l'épicerie du village – leur apprit que plusieurs Kerne habitaient les alentours. Tous étaient les enfants d'un certain Eddie Kerne et de sa femme, Ann. Eddie Kerne était à la tête d'une affaire qu'il appelait Eco-House, située à environ huit kilomètres du centre. Ann travaillait à la Curlew Inn, même si elle avait beaucoup réduit son activité depuis l'attaque qui l'avait frappée quelques années plus tôt.

— Par ici, ça grouille de Kerne, leur dit l'épicière-postière, une femme aux cheveux gris d'un âge manifestement avancé, qu'ils avaient surprise en train de coudre un bouton sur une chemise d'enfant.

S'étant piqué le doigt avec son aiguille, elle s'exclama successivement « Bon Dieu », « Merde » et « Je vous demande pardon », et essuya une goutte de sang sur son cardigan bleu marine avant de poursuivre :

— Vous n'avez qu'à sortir dans la rue et crier « Kerne ! » pour qu'aussitôt dix personnes lèvent la tête.

Elle vérifia la solidité de son ouvrage et coupa le fil avec ses dents.

Pendant que Daidre contemplait le présentoir couvert de fruits abîmés à côté de la porte, Lynley fit l'emplette de cartes postales dont il n'aurait jamais l'usage. Il acheta aussi des timbres, un journal local et un rouleau de pastilles de menthe.

— Les parents Kerne ont eu une grande nichée, alors ?

La femme enregistra ses achats.

— Z'en ont pondu sept en tout. Tous sont restés dans le coin à part l'aîné, Benesek. Ça fait une paye qu'il est parti. Vous êtes des amis des Kerne ?

Elle les regarda tour à tour d'un air méfiant.

Lynley lui présenta sa carte de policier. L'expression de la femme changea aussitôt.

— Le fils de Ben Kerne a été tué, lui annonça-t-il.

— C'est vrai ?

Elle porta machinalement la main à son cœur et serra son sein gauche.

— En voilà une triste nouvelle. Qu'est-ce qui lui est arrivé ?

— Vous connaissiez Santo Kerne ?

— Y a personne dans le coin qui connaisse pas Santo. Quand lui et sa sœur Kerra étaient petits, ils séjournaient parfois chez Eddie et Ann. Ann venait avec eux acheter des bonbons et des glaces. Mais pas Eddie. Lui, ça fait des années qu'on l'a pas vu au village.

— Pourquoi ?

— Certains diraient qu'il est trop fier. D'autres qu'il a trop honte. Mais pas Ann. Et puis, il fallait bien qu'elle travaille, pour qu'Eddie puisse vivre son rêve écolo.

— Honte de quoi ?

La femme eut un bref sourire, complètement dénué d'humour ou de gentillesse. Elle n'était pas dupe de la position que chacun d'eux occupait à cet instant : lui l'enquêteur, et elle la source de renseignements.

— On est un petit village. Quand les choses tournent mal pour quelqu'un, elles s'arrangent pas toujours. Si vous voyez ce que je veux dire.

Cette déclaration pouvait s'appliquer aux Kerne, mais aussi à sa situation à elle. Postière et épicière, elle devait savoir beaucoup de choses sur Pengelly Cove. Habitante du village, elle savait aussi qu'il valait toujours mieux se taire devant un étranger.

— Faudra vous adresser à Ann ou Eddie, dit-elle. Ann a un peu de mal à parler depuis son attaque, mais Eddie vous renseignera sûrement. Il doit être chez lui.

Elle leur indiqua comment trouver la propriété des Kerne, laquelle couvrait un grand nombre d'hectares au nord-est de Pengelly Cove. Un ancien élevage de moutons que la famille s'était employée à transformer en ferme écologique.

Lynley s'y rendit seul, Daidre préférant l'attendre au village. Un portail rouillé barrait un chemin pierreux. Par chance, il n'avait pas de cadenas. Il roula pendant plus d'un kilomètre avant d'apercevoir une habitation à flanc de coteau. Un vrai patchwork architectural, mêlant clayonnages, enduits de torchis, pierres, tuiles, madriers, échafaudages et bâches d'épais plastique. La bâtisse aurait pu dater de n'importe quelle époque. Le simple fait qu'elle soit encore debout tenait du prodige.

Pas loin derrière, une roue hydraulique tournait au pied d'une écluse, l'une comme l'autre de conception sommaire. La roue paraissait produire de l'électricité ; elle était raccordée à un générateur imposant mais rongé par la corrosion. L'écluse semblait modifier le cours du ruisseau afin qu'il alimente la roue, puis une mare, puis une série de rigoles qui desservaient un immense jardin. Celui-ci, planté depuis peu, semblait attendre le soleil. Un énorme tas de compost formait une masse amorphe à proximité.

Lynley se gara près d'une série de vieilles bicyclettes fixées à un râtelier. Une seule avait les pneus gonflés, et toutes étaient rouillées. Partant des bicyclettes, un sentier serpentait en direction de l'échafaudage. En approchant, Lynley vit qu'il était formé de briques semées au milieu des herbes. En passant d'une brique à l'autre, il finit par atteindre ce qui ressemblait à l'entrée de la maison : une porte tellement endommagée par les intempéries, la pourriture et les insectes qu'on avait du mal à imaginer qu'elle puisse tourner sur ses gonds.

Après avoir frappé plusieurs coups, il se retrouva pourtant face à un homme âgé qui avait de la barbe au menton et un œil voilé par la cataracte. Il était habillé sans recherche, mais de façon pittoresque, d'un vieux pantalon kaki et d'un gilet jaune-vert boutonné jusqu'au cou et qui pochait aux coudes. Il portait aux pieds des sandales avec des chaussettes orange et marron. Lynley pensa qu'il avait affaire à Eddie Kerne. Il lui montra sa carte de police et se présenta.

Kerne regarda la carte, puis Lynley, avant de faire demi-tour et de s'enfoncer dans les profondeurs de la maison. Il avait laissé la porte ouverte. Lynley en conclut qu'il l'invitait à le suivre.

L'intérieur de la maison ne valait guère mieux que l'extérieur. Le début des travaux ne datait pas d'hier, à en juger par l'état des poutres dénudées. Réduits à leur armature, les murs du couloir central avaient été démolis depuis belle lurette, mais il ne flottait dans l'air aucun parfum de bois fraîchement coupé. Au contraire, une épaisse couche de poussière enveloppait le bois d'œuvre.

Kerne fit passer Lynley par une cuisine et une buanderie. Celle-ci contenait une machine à laver avec une essoreuse à l'ancienne, et de grosses cordes à linge entrecroisées sur lesquelles étaient suspendus des vêtements. La pièce sentait le moisi, dont l'odeur entêtante les suivit jusque dans l'atelier attenant, auquel on accédait par une ouverture dépourvue de porte dans le fond de la buanderie. Une épaisse tenture en plastique séparait les deux pièces, et Kerne l'écarta pour entrer. Le même type de plastique tenait lieu de fenêtres à l'intérieur de l'atelier, qui, constitué de parpaings, semblait de construction plus récente que le reste de la maison. Il y régnait un froid glacial.

En entrant, Lynley découvrit un établi, des placards, un tabouret haut et une kyrielle d'outils. Le décor évoquait la sciure de bois, les flaques d'huile, la peinture renversée et la crasse. Le refuge idéal pour un homme désireux de fuir femme et enfants, sous couvert de bricolage.

Eddie Kerne paraissait avoir du pain sur la planche : sur son établi étaient posés un morceau d'aspirateur, deux lampes cassées, un sèche-cheveux auquel manquait le cordon, cinq tasses à thé qui avaient perdu leur anse et un petit repose-pied qui dégorgeait son rembourrage. Kerne semblait s'occuper des tasses à thé, car un tube de colle ouvert mêlait son odeur à celle de la moisissure. Un séjour prolongé dans un tel lieu ne pouvait déboucher que sur la tuberculose. D'ailleurs, Kerne était affligé d'une forte toux qui évoqua à Lynley les râles du pauvre Keats écrivant des lettres angoissées à sa Fanny bien-aimée.

— Je peux rien vous dire, déclara d'emblée Eddie Kerne.

Saisissant l'une des tasses, il l'examina, comparant la cassure avec une des anses.

— Je sais pourquoi vous êtes là, reprit-il, mais je peux rien vous dire.

— Vous avez appris la mort de votre petit-fils.

Kerne se racla la gorge mais, Dieu merci, il ne cracha pas.

— Il a appelé. Il m'a annoncé la nouvelle. C'est tout.

— Votre fils ? Ben Kerne ? C'est lui qui a téléphoné ?

— Lui-même. Ah, pour ça, il est doué.

L'accent mis sur le mot « ça » trahissait le peu d'estime qu'Eddie Kerne avait pour son fils.

— J'ai cru comprendre que Ben ne vivait plus à Pengelly Cove depuis de nombreuses années, dit Lynley.

— Je voulais plus de lui dans les parages.

Kerne attrapa le tube de colle et en déposa une noisette à chaque extrémité de l'anse qu'il avait choisie. Il avait une main ferme, ce qui convenait à ce type d'opération. Son œil malade, en revanche, convenait moins bien. L'anse appartenait de toute évidence à une autre tasse, car la couleur ne correspondait pas et la forme encore moins. Kerne la maintint quand même en place le temps que la colle prenne.

— Je l'ai envoyé chez son oncle à Truro et il y est resté. Fallait bien, vu qu'elle l'avait suivi là-bas.

— Elle ?

Kerne lui décocha un regard qui semblait dire : Quoi, vous êtes pas encore au courant ?

— Sa femme, précisa-t-il sèchement.

— La femme de Ben ? L'actuelle Mrs Kerne ?

— Sans doute. Il a voulu lui échapper, et elle lui a collé au train. Elle pouvait pas se passer de lui et lui pouvait pas se passer d'elle. Je veux pas avoir affaire à elle, et à lui non plus, tant qu'il restera avec cette pouffiasse. C'est la faute à cette Dellen Nankervis, tous les ennuis qu'il a eus. Vous pouvez le noter dans votre carnet, et notez aussi qui l'a dit. J'ai pas honte de mes opinions. D'ailleurs, la suite a bien prouvé que j'avais raison.

Il s'exprimait avec colère, mais cette colère semblait dissimuler une fêlure.

— Ils sont ensemble depuis longtemps, observa Lynley.

— Et maintenant Santo.

Kerne attrapa une deuxième tasse et une deuxième anse.

— Vous croyez pas que c'est elle qu'est là-dessous ? Reniflez ici, à Truro, et puis là-bas. Vous sentirez un truc pas catholique, et la piste vous mènera tout droit à elle.

373

Il colla l'anse à la tasse, avec un résultat à peu près identique : une tasse et une anse aussi bien accordées que des parents éloignés qu'on voudrait rapprocher de force.

— Racontez-moi comment c'est arrivé, dit-il.

— Il descendait d'une falaise en rappel, Mr Kerne. À Polcare Cove…

— Connais pas.

— Au nord de Casvelyn, là où habite la famille. Elle fait peut-être soixante mètres de haut. Il avait attaché une sangle au sommet – on pense qu'il l'avait arrimée à un mur de pierres sèches –, et elle a lâché quand il a commencé sa descente. Elle avait été sabotée.

Kerne ne leva pas les yeux, mais il s'interrompit un instant dans son travail. Ses épaules se soulevèrent, puis il secoua la tête avec véhémence.

— Je suis désolé, reprit Lynley. J'ai cru comprendre que Santo et sa sœur passaient beaucoup de temps chez vous quand ils étaient plus jeunes.

— À cause de cette garce. Chaque fois qu'elle dégotait un nouvel amant, elle le ramenait à la maison et se le tapait là, dans le propre lit de son mari. Il vous l'a raconté, ça ? Ou quelqu'un d'autre ? Je suppose que non. Elle lui faisait déjà le coup toute gamine, et ça n'a pas changé. Elle s'est retrouvée en cloque, et pas qu'une fois, d'ailleurs.

— Enceinte d'un autre homme ?

— Il sait pas que je sais. C'est Kerra qui me l'a dit : « Maman est enceinte de quelqu'un et il faut qu'elle s'en débarrasse », qu'elle m'a dit. Elle n'avait pas dix ans, bon sang ! Quel genre de bonne femme va raconter à sa gosse de dix ans les détails sordides de sa vie ? « Papa dit qu'elle traverse une mauvaise passe, mais tu sais, grand-père, je l'ai vue avec l'agent immobilier... » Ou le moniteur de danse, ou le prof de sciences du lycée. Quelle importance pour elle ? Quand ça la démangeait, il fallait qu'on la gratte, et si Ben la grattait pas comme elle aimait et quand elle avait envie, bordel, elle s'arrangeait pour que quelqu'un d'autre s'en charge. Alors, me dites pas qu'elle y est pour rien. Tout ce qui a jamais pu arriver à ce môme, c'était de sa faute.

Lynley se fit la réflexion qu'il ne parlait pas de Santo, mais de son fils. Des propos dictés par l'amertume, le regret et le renoncement d'un père qui sait que rien de ce qu'il pourra dire ou faire ne détournera de son choix un fils qui a pris la mauvaise décision. Sur ce point, Kerne lui rappelait son propre père et ses mises en garde répétées contre les individus qu'il jugeait « vulgaires ». Les conseils de son père n'avaient servi à rien.

— J'ignorais, dit-il.

— Évidemment, il va pas le crier sur les toits. Mais elle lui a mis le grappin dessus quand il était gamin, et de ce jour, il a plus eu les yeux en face des trous. Tous les deux, ils passent leur temps à se quitter puis à renouer. Chaque fois, sa mère et moi, on s'imagine qu'il est enfin libéré de cette garce, qu'il a ouvert les yeux et qu'il va enfin mener une vie normale. Mais hop ! Voilà qu'elle rapplique et lui bourre le crâne de conneries, comme quoi elle a vraiment besoin de lui, et qu'elle est désolée, tellement désolée d'avoir baisé avec un autre. Mais elle y était pour rien, non, parce qu'il était pas là pour s'occuper d'elle... À ce moment-là, elle lui montre sa petite culotte et il peut plus réfléchir. Il voit plus comment elle est ni ce qu'elle est en train de faire ni comment il est pris au piège. Il court à la catastrophe, alors on l'envoie loin

375

d'ici. Mais elle le suit. Cette traînée fait ses bagages et elle suit notre Ben…

Il reposa la deuxième tasse. Sa respiration était saccadée. Lynley se demanda si le bonhomme avait jamais consulté un médecin.

— Alors, sa mère et moi, on se dit : c'est quand même notre fils, notre aîné, il faut qu'il pense à ses frères et sœurs, ses frères et sœurs qui l'aiment, ça oui, et ils s'entendent tous bien. On décide de l'éloigner quelques années, jusqu'à ce que tout ça se soit tassé, pensant qu'après, il reviendrait où était sa vraie place, avec nous. Sauf que ça marche pas. Il l'a dans la peau et dans le sang, un point c'est tout.

— Jusqu'à ce que quoi se tasse ? demanda Lynley.

Kerne releva la tête et le regarda.

— Vous avez dit que vous aviez décidé d'éloigner votre fils « jusqu'à ce que tout ça se soit tassé ».

Kerne plissa les yeux.

— Vous parlez pas comme un flic, remarqua-t-il. Les flics parlent comme tout le monde, mais vous avez un ton qui… Vous êtes d'où ?

Lynley n'était pas disposé à se laisser distraire par une discussion sur ses origines.

— Mr Kerne, si vous savez quelque chose qui ait un lien avec la mort de votre petit-fils, il faut me le dire.

Kerne se retourna vers son établi.

— Ce qui s'est passé, c'était il y a des années. Benesek avait… quoi ? Dix-sept ? Dix-huit ans ? Ça n'a rien à voir avec Santo.

— S'il vous plaît, laissez-moi en juger. Dites-moi ce que vous savez.

Lynley attendit que le vieil homme se décide à parler, submergé par le chagrin. Quand il finit par le faire, il semblait moins s'adresser à Lynley qu'à lui-même.

— Ils font tous du surf, et l'un d'eux est blessé. Personne veut porter le chapeau. Mais les choses tournent au vinaigre, alors moi et sa mère, on décide d'envoyer Benesek à Truro.

— Qui a été blessé ? Et comment ?

Kerne frappa l'établi du plat de la main.

— Je vous dis que c'est sans importance. Quel rapport avec Santo ? C'est Santo qui est mort, pas son père. Un bon Dieu de môme se saoule un soir et se retrouve à cuver dans une des grottes... Quel rapport avec Santo ?

— Ils faisaient du surf la nuit ? Que s'est-il passé ?

— D'après vous ? Ils font pas du surf, mais la fête. Il mélange une espèce de drogue avec tout ce qu'il a pu avaler, et quand la marée monte, il est fichu. La marée déboule dans ces grottes à une vitesse incroyable. Impossible de se barrer, tellement qu'elles sont profondes. Celui qui y va, il a intérêt à savoir où est la mer et ce qu'elle fabrique. Sans ça, il en ressort pas. Il peut toujours se dire : je m'en fous, je sais nager. Mais alors, il se fait retourner dans tous les sens, et c'est de la faute de personne, bon Dieu, s'il était trop stupide pour écouter quand on lui a dit de pas descendre à la crique.

— C'est ce qui est arrivé à quelqu'un.

— C'est ça.

— À qui ?

— Un môme qui venait l'été. Sa famille a du fric et ils louent la grosse maison sur la falaise. Je les connais pas mais Benesek, si. Tous les jeunes les connaissent parce que l'été, comprenez, ils vont tous à la plage. Ce John, ou James... James, c'est ça.

— Celui qui s'est noyé ?

377

— Sauf que sa famille voit pas la chose comme ça. Ils veulent pas comprendre que c'est de sa bon Dieu de faute à lui. Il leur faut un responsable, et ils choisissent notre Benesek. Ils font venir les flics de Newquay et pas moyen qu'ils lâchent prise, ni la famille ni les flics. Tu sais quelque chose et nom de Dieu tu vas nous le dire, qu'ils disent. Mais il sait rien du tout, eh non. C'est ce qu'il arrête pas de leur répéter, et les flics finissent par le croire. Mais le père du môme a construit un foutu mémorial, et tout le monde regarde notre Ben d'un drôle d'air. Alors on l'envoie chez son oncle, parce qu'il a droit à une chance dans la vie, et que c'est pas ici qu'il risque d'en avoir une.

— Un mémorial ? Où ?

— Quelque part sur la côte. En haut de la falaise. Ils ont dû se dire qu'un monument pareil, ça empêcherait les gens d'oublier ce qui était arrivé. Moi je prends pas le sentier du littoral, alors je l'ai jamais vu. Ils ont dépensé une sacrée somme. Ils comptaient sûrement que notre Ben resterait hanté jusqu'à la fin de ses jours, sauf qu'ils savaient pas qu'il reviendrait jamais, et que ça servirait à rien.

Il ramassa une autre tasse, plus abîmée encore que les autres, avec une grande fissure allant du bord jusqu'au-dessous, et un éclat de chaque côté, juste à l'endroit où le buveur plaçait ses lèvres. Cela semblait vain de la réparer, mais Eddie Kerne paraissait déterminé à tenter le coup.

— C'était un bon petit. Je voulais le meilleur pour lui. J'ai essayé de le lui donner. Quel père voudrait pas le meilleur pour son fils ?

— Aucun.

Il ne fallut pas longtemps à Daidre pour explorer Pengelly Cove. À part l'épicerie et les deux rues principales, les seules attractions du village étaient la crique, une vieille église située à la sortie du bourg, et la Curlew Inn. Daidre commença par l'église. St Sithy se dressait au milieu d'un cimetière aux allées bordées de jonquilles qui cédaient déjà la place aux ancolies. Elle croyait la trouver fermée à clé, comme de nombreuses églises de campagne, mais elle se trompait.

L'intérieur était frais et sentait la poussière. Il y avait un interrupteur à côté de la porte. Daidre l'actionna, éclairant l'allée centrale, un bas-côté et un assortiment de cordes multicolores qui dégringolaient du clocher. Des fonts baptismaux en granit grossièrement taillé se dressaient à sa gauche, tandis qu'à sa droite un deuxième bas-côté conduisait à la chaire et à l'autel. Elle ressemblait à toutes les églises de Cornouailles, à un détail près : un stand de bienfaisance comprenant une table et des étagères, juste derrière les fonts baptismaux. Des objets d'occasion y étaient exposés, et un tronc en bois servait de caisse.

Daidre inspecta les articles hétéroclites, au charme suranné. De vieux napperons en dentelle côtoyaient de la porcelaine dépareillée ; des colliers de verroterie pendaient au cou d'animaux en peluche râpés. Des livres perdaient leur couverture ; des moules à gâteaux servaient de présentoir à de petits outils de jardin. Il y avait même une boîte à chaussures pleine de cartes postales anciennes qu'elle passa en revue. L'une d'elles représentait une roulotte comme elle n'en avait pas vu depuis des années, avec un toit bombé, peinte de couleurs gaies qui paraissaient célébrer la vie nomade. Daidre sentit sa vision se brouiller lorsqu'elle prit la carte. Contrairement à presque toutes les autres, elle ne portait aucune inscription au dos.

Elle décida de l'acheter, ainsi que deux autres – une signée par tante Hazel et oncle Dan, l'autre par Binkie et Earl – qui montraient respectivement des bateaux de pêche à Padstow Harbour et un groupe de surfeurs posant devant leurs planches plantées à la verticale dans le sable de Newquay. Sous leurs pieds, on pouvait lire FISTRAL BEACH. À en croire Binkie – à moins que ce ne soit Earl –, la plage avait été le théâtre d'un événement mémorable : « Ça s'est passé ici !!!! Mariage en décembre ! »

Une fois les cartes en sa possession, Daidre ressortit de l'église. Mais avant, elle examina le tableau où les fidèles appelaient à des prières collectives. La majorité des suppliques avait trait à la santé. Daidre se fit la réflexion que les gens pensaient rarement à leur Dieu quand ni eux ni aucun de leurs proches n'étaient malades.

Elle n'était pas croyante, mais elle comprit qu'elle tenait là une occasion de faire son entrée sur le terrain de cricket divin. Le Dieu du hasard lançait et elle se tenait devant le guichet, serrant la batte dans ses mains. Devait-elle frapper ou non ? Telle était la question qui se posait à elle. Elle avait effectué des recherches sur Internet concernant les miracles. Qu'était donc une église, sinon un lieu dédié au miracle ?

Elle ramassa le stylo à bille à usage public ainsi qu'un morceau de papier (l'envers d'un vieux prospectus annonçant une vente de gâteaux maison) et se mit à écrire. Elle commença par *S'il vous plaît, priez pour*, avant de s'interrompre. Elle ne trouvait pas les mots pour formuler sa requête, parce qu'elle n'était même pas sûre que ce soit vraiment la sienne. Soudain, la tâche lui parut insurmontable, et teintée d'une hypocrisie qui lui était insupportable. Elle remit le stylo en place, fit une boule du papier et le fourra dans sa poche avant de sortir.

Elle refusait de se sentir coupable. La colère était plus facile, même si c'était le dernier refuge des lâches. Se berçant de phrases comme *je n'ai pas besoin de ça, je m'en moque* et *dans le fond, je ne leur dois rien,* elle retraversa le cimetière jusqu'à la route et regagna la rue principale de Pengelly Cove. Quand elle atteignit la Curlew Inn, elle avait chassé les prières de ses pensées. Elle fut aidée dans ses efforts par la vision de Ben Kerne entrant dans l'auberge devant elle.

Elle n'avait jamais rencontré le père de Santo. Elle avait entendu parler de lui, bien sûr, mais elle ne l'aurait peut-être pas reconnu si, le matin même, elle n'avait pas vu sa photo dans l'article que le *Watchman* avait consacré au Promontory King George Hotel.

Elle lui emboîta le pas. Lui non plus ne la connaissait pas, ce qui lui donnait un avantage sur lui. Elle supposa qu'il cherchait sa mère : la postière avait dit à Thomas Lynley qu'Ann Kerne travaillait à l'auberge. Ou alors, il voulait se restaurer, ce qui semblait peu probable, même si l'heure du dîner approchait.

Une fois à l'intérieur, Ben Kerne contourna le comptoir d'accueil et remonta un couloir chichement éclairé jusqu'à ce qui semblait être un bureau à l'arrière du bâtiment. Il entra sans frapper, ce qui signifiait qu'il était attendu, ou qu'il voulait surprendre quelqu'un.

Daidre accéléra le pas. Elle arriva juste à temps pour voir une femme âgée, assise derrière un bureau, se lever avec difficulté. Les cheveux gris, le teint blême, elle traînait un peu la jambe. Daidre se rappela qu'Ann

Kerne avait souffert d'une attaque. Apparemment, elle était assez bien rétablie pour pouvoir tendre un bras vers son fils. Quand il courut vers elle, elle l'étreignit si violemment que le corps de Ben se trouva plaqué contre celui de sa mère. Ils n'échangèrent pas un mot.

La force du lien qui unissait la mère et le fils était telle que Daidre la perçut à travers la fenêtre derrière laquelle elle observait la scène. Mais elle n'en éprouva aucun réconfort. Au contraire, elle fut submergée par un chagrin si intolérable qu'elle dut se détourner.

15

L'inspecteur principal Bea Hannaford interrompit sa journée de travail à cause des chiens. Si quelqu'un avait lâché un commentaire, elle aurait été gênée. Elle savait que c'était une bien piètre excuse, mais néanmoins imparable. Les chiens Un, Deux et Trois avaient besoin d'être nourris, promenés et chouchoutés, et il fallait bien mal connaître la gent canine pour croire que la compagnie de leurs congénères leur suffisait durant les longues absences de leur maîtresse. C'est pourquoi, après avoir jeté un coup d'œil dans la salle des opérations – elle aurait juré que le constable McNulty était en train de baver devant les photos de vagues géantes qu'il avait trouvées dans l'ordinateur de Santo Kerne –, elle décida de faire un saut chez elle, à Holsworthy.

Comme elle le soupçonnait, les chiens Un, Deux et Trois furent ravis de la voir. Ils exprimèrent leur enthousiasme par une série de bonds et de jappements, courant à travers le jardin pour récupérer des objets dont ils lui firent cadeau : un nain de jardin en plastique de la part de Un, un os en cuir brut mâchouillé de la part de Deux, un manche de déplantoir couvert de marques de dents de la part de Trois. Bea accepta ces offrandes avec les « oh ! » et les « ah ! » de rigueur, dégota les laisses des chiens parmi les chaussures, gants, anoraks et autres pulls entassés sur un tabouret à côté de la porte de la cuisine, puis elle attacha les labradors sans plus de cérémonie. Au lieu de les emmener en promenade, elle les fit monter dans le coffre de la Land Rover. Ils s'empressèrent d'obéir, pensant qu'elle avait l'intention de les conduire à la campagne.

Manque de chance, ils se trompaient. Leur destination était la maison de Ray. Si son ex-mari voulait voir son fils, il devait être prêt à accepter les animaux de celui-ci. Certes, les chiens appartenaient aussi à Bea – sans doute plus qu'à Pete –, mais, comme Ray l'avait lui-même fait remarquer, elle allait être occupée, et les chiens avaient autant besoin de surveillance que Pete. Elle se munit d'un énorme sac de croquettes ainsi que des gamelles et autres accessoires censés garantir le bonheur des toutous, après quoi ils prirent la route, les chiens agitant la queue et pressant leurs truffes peu ragoûtantes contre les vitres.

Bea avait l'intention, sitôt arrivée chez Ray, de lâcher Un, Deux et Trois dans le jardin, lequel, à cause du manque de loisirs de Ray, de son absence de savoir-faire et de son indifférence chronique, se limitait à un carré de ciment en guise de patio et un rectangle de gazon pour la touche esthétique. Au moins, les chiens ne risquaient pas de dévaster les parterres. C'était l'endroit idéal pour accueillir trois labradors noirs débordants de vitalité. Elle avait apporté des os en cuir tout neufs, un sac de joujoux et un vieux ballon de foot, pour éviter que ses chiens ne sombrent dans la neurasthénie. En même temps qu'elle déposerait les croquettes et les gamelles à l'intérieur de la maison,

elle comptait s'assurer que Ray s'occupait correctement de Pete. Ray était un homme, et qu'est-ce qu'un
homme connaissait aux besoins d'un garçon de quatorze ans ? Seule une mère savait ce qui était le mieux
pour son fils.

Toutes ces justifications n'étaient que des prétextes,
mais Bea se répéta qu'elle agissait pour le bien de
Pete. Puisque Ray lui avait donné une clé de sa maison
– de même qu'il possédait la clé de la sienne –, elle ne
voyait aucun mal à l'introduire dans la serrure pendant
que les chiens reniflaient la pelouse. Ray se trouvait au
bureau, Pete au lycée. Elle laisserait les croquettes, les
gamelles et un mot à propos des chiens, puis elle
repartirait après avoir jeté un coup d'œil à l'intérieur du
frigo et au contenu de la poubelle, à la recherche de
cartons de pizza et d'emballages de plats préparés à
emporter. Tant qu'elle y serait, elle s'assurerait que
Ray n'avait pas de films douteux dans sa collection de
cassettes vidéo. Et si elle trouvait des preuves du penchant bien connu de son ex-mari pour les blondes pulpeuses de moins de trente ans, elle les éliminerait
également.

À peine entrée, elle comprit qu'elle allait devoir
abandonner ces projets. Des pas dévalèrent l'escalier
et elle se retrouva nez à nez avec son fils, sans doute
alerté par les aboiements des chiens dans le jardin.

— Maman, qu'est-ce que tu fais ici ? C'est les labs
qu'on entend ?

Bea constata que Pete était en train de manger, ce
qui lui aurait permis de marquer un point contre son
père s'il s'était agi de frites ou de chips. Mais, ô surprise, il grignotait des amandes et des pommes
séchées, et il avait l'air de se régaler. Elle dut trouver
un autre prétexte pour l'engueuler.

— Ne parlons pas de moi, mais de toi. Qu'est-ce que tu fais ici ? Ton père t'a permis de rester à la maison ? Ou bien tu as séché les cours ? Tu es tout seul ?

Bea connaissait la musique : on commençait par sécher les cours avant de passer à la drogue. La drogue menait aux cambriolages, et les cambriolages en prison. Merci mille fois, Ray Hannaford. Tu viens d'être élu père de l'année !

Pete mastiquait d'un air pensif.

— Réponds-moi. Pourquoi tu n'es pas au lycée ?

— Pas cours.

— Quoi ?

— Pas cours cet aprèm'. Y a un colloque ou un truc du genre. Je le savais, mais j'avais oublié. C'est pour les profs. Je t'en ai parlé. Je t'avais apporté le papier pour te prévenir.

Bea se rappela le papier en question. Elle avait noté la date sur le calendrier. Elle en avait parlé avec Ray, pour savoir qui irait chercher Pete ce midi-là. Pour autant, elle n'avait pas épuisé ses munitions.

— Comment tu es rentré ?

— Papa.

— Ton père ? Et là, il est où ? Qu'est-ce que tu fais ici tout seul ?

Pete était malin, et en digne fils de ses parents, il avait l'art d'appuyer là où ça faisait mal.

— Pourquoi t'es tout le temps en colère contre lui ? demanda-t-il.

Bea n'avait pas envie de répondre à cette question.

— Va dire bonjour aux chiens, dit-elle. Ils te réclament. On parlera après.

— Maman...

— Tu m'as entendue.

L'adolescent secoua la tête d'un air dégoûté, pourtant il s'exécuta. Le fait qu'il n'ait pas enfilé de blouson indiquait qu'il n'avait pas l'intention de s'éterniser dans le jardin. Restée seule, Bea monta l'escalier quatre à quatre.

La maison n'avait que deux chambres. Elle se dirigea vers celle de Ray. Pas question que son fils découvre les photos des maîtresses de Ray dans des poses suggestives, les reins cambrés, les seins pointés vers le ciel. Pas question non plus qu'il tombe sur des soutiens-gorge abandonnés ou des petites culottes vaporeuses. Si des messages coquins ou des lettres enflammées traînaient dans la maison, elle comptait bien mettre la main dessus. Si les nanas avaient laissé par jeu des traces de rouge à lèvres sur les miroirs, elle les essuierait. Elle avait la ferme intention de débarrasser les lieux de tous les souvenirs que Ray avait pu garder de ses conquêtes, et elle se répéta qu'elle agissait dans l'intérêt de Pete.

Or il n'y avait rien. Ray avait fait le ménage avant l'arrivée de son fils. Les seules preuves qu'elle trouva témoignaient de l'importance qu'il accordait à son rôle de père. La dernière photo de classe de Pete trônait sur la commode, dans un cadre en bois, à côté d'une photo de leur fille Ginny, et d'une autre d'Audra, la fille de Ginny. Toujours sur la commode, une photo de Noël réunissait Ray, Bea, leurs deux enfants et Audra dans les bras du mari de Ginny. La famille modèle, ce qu'ils n'étaient pas du tout. Ray avait un bras passé autour d'elle et l'autre autour de Pete.

Cela valait mieux que d'exhiber une photo d'une quelconque Brittany, Courtney, Stacy ou Katie souriant comme une sainte-nitouche sous le soleil d'été, bikini et peau bronzée. Bea jeta un coup d'œil dans la penderie, sans plus de succès. Elle glissa ensuite la main sous les oreillers, à la recherche d'un bout de dentelle qui aurait fait office de chemise de nuit. Rien. Au moins, Ray était discret. Quand elle se retourna, elle vit que Pete l'observait depuis le seuil.

Il avait cessé de mâcher, et le sachet de fruits secs à valeur nutritive garantie pendait mollement au bout de ses doigts.

Bea prit les devants :

— Enfin, pourquoi tu n'es pas avec les chiens ? Je te jure, Pete, si tu insistes pour avoir des animaux et que tu ne t'en occupes pas…

— Pourquoi tu le détestes à ce point ?

La question l'arrêta dans son élan. Devant l'expression à la fois attristée et lucide – beaucoup trop lucide pour un gamin de quatorze ans – de son fils, elle se sentit penaude.

— Je ne le déteste pas, Pete.

— Si, tu le détestes. Tu l'as toujours détesté. Je comprends pas pourquoi, parce que c'est un mec bien. Et il t'aime, en plus. Je comprends pas pourquoi tu peux pas l'aimer aussi.

— Ce n'est pas aussi facile. Il y a des choses…

Elle ne voulait pas lui faire de peine, et la vérité l'aurait blessé. Elle essaya de le contourner pour se rendre dans la salle de bains, mais il refusa de bouger. Il avait beaucoup grandi au cours de l'année écoulée. Il était plus grand qu'elle à présent, quoique pas encore aussi fort.

— Qu'est-ce qu'il a fait ? insista-t-il. Il a bien dû faire quelque chose. C'est pour ça que les gens divorcent, hein ?

— Les gens divorcent pour des tas de raisons.

— Il avait une nana ?

— Pete, ça ne te reg...

— Il en a pas en ce moment, si c'est ça que tu cherches. Ça ne peut être que ça, parce que tu sais très bien qu'il se drogue pas. Est-ce qu'il buvait ? Au lycée, y a un type – Barry, il s'appelle –, ses parents se séparent parce que son père a cassé une vitre du salon alors qu'il était saoul. C'était un double vitrage, crut-il bon de préciser.

Bea sourit malgré elle. Elle le prit dans ses bras et l'attira contre elle.

— Un double vitrage ? Ça, c'est une bonne raison pour flanquer un mari dehors.

Pete se dégagea.

— Ne plaisante pas.

— Allons, Pete...

Il alla s'enfermer dans sa chambre, laissant sa mère seule face à la porte.

Elle se rendit alors dans la salle de bains. Elle ne pouvait s'empêcher d'effectuer cette ultime vérification, même si elle se sentait ridicule. Ici, comme partout ailleurs, il n'y avait rien. Juste le rasoir de Ray, des serviettes humides suspendues à un porte-serviettes, un rideau de douche bleu ciel et, dans la baignoire, un porte-savon.

Renonçant à fouiller le panier à linge, elle s'assit sur l'abattant des toilettes et contempla le sol. Pas pour y chercher la preuve d'un quelconque méfait sexuel, mais pour peser les conséquences de ses décisions.

Quatorze ans plus tôt, elle avait réfléchi à ce que cela impliquait de vivre avec un homme dont elle portait l'enfant et qui ne faisait pas mystère de son désir de la voir avorter. *Fais-le maintenant, Beatrice. Ginny est grande. Maintenant qu'elle a quitté le nid, on va enfin pouvoir vivre pour nous. Cette grossesse va tout*

fiche en l'air. On n'est pas obligés de payer une stu-
pide erreur de calcul le restant de nos vies. Je ne veux
pas de cet enfant. Toi non plus. Un petit tour à la cli-
nique et ce sera oublié.

Tout à coup, elle avait regardé Ray avec un œil neuf, et son acharnement à vouloir tuer leur enfant lui avait glacé le sang.

Dans un sens, Ray disait vrai. Elle avait elle-même renoncé à l'idée d'une deuxième grossesse quand celle-ci n'était pas survenue dans un laps de temps raisonnable après la naissance de leur fille. Plus exactement, elle s'était résignée, une fois passé la déception initiale. Ce qu'elle n'admettait pas, c'était que Ray se soit convaincu qu'il s'agissait d'une décision irrévocable.

Alors elle lui avait demandé de partir. Pas pour le secouer ni tenter de l'influencer, parce que l'homme qu'elle croyait connaître n'aurait jamais envisagé d'éliminer le fruit de leur amour.

Mais elle ne pouvait pas dire à Pete que son père avait voulu lui refuser sa place sur terre. Ray n'avait qu'à le faire, s'il le voulait.

Elle frappa à la porte de son fils. Il ne répondit pas, mais elle entra quand même. Assis devant son ordinateur, il consultait le site d'Arsenal, cliquant au hasard sur les photos de ses idoles. Cette attitude ne lui ressemblait pas.

— Et tes devoirs, mon chéri ? demanda-t-elle.

— Déjà faits. J'ai eu un A au contrôle de maths, ajouta-t-il après quelques secondes de silence.

Elle s'approcha et lui embrassa le sommet du crâne.

— Je suis fière de toi.

— C'est ce que dit papa.

— Parce que c'est vrai. On est fiers tous les deux. Tu es notre soleil, Pete.

— Il m'a posé des questions sur les types que tu rencontres par Internet.

— Vous avez dû vous en payer une bonne tranche. Tu lui as parlé de celui sur lequel chien Deux avait levé la patte ?

Pete rit, ce qui voulait dire qu'il avait pardonné.

— Quel branleur, celui-là ! Deux l'avait bien senti.

— Pas de gros mots, Pete.

Elle resta un moment derrière lui, regardant défiler les photos des joueurs d'Arsenal

— La Coupe du monde approche, lui rappela-t-elle bien inutilement.

La dernière chose que Pete risquait d'oublier, c'était leur projet d'assister ensemble à un match de la Coupe du monde.

— Ouais, murmura-t-il. On pourrait demander à papa s'il veut nous accompagner ? Ça lui ferait plaisir qu'on lui propose.

Il y avait peu de chances qu'ils arrivent à se procurer un troisième billet. Alors, pourquoi ne pas céder ?

— D'accord. On n'aura qu'à lui en parler ce soir, à son retour.

Elle lui lissa les cheveux et l'embrassa une nouvelle fois sur la tête.

— Tu peux rester tout seul jusqu'à ce qu'il arrive, Pete ?

— Mamaaaan… soupira-t-il.

Sous-entendu : Je ne suis plus un bébé.

— D'accord, d'accord. J'y vais.

— À plus tard. Je t'aime, maman.

Bea retourna à Casvelyn. La boulangerie où travaillait Madlyn Angarrack n'étant pas très loin du commissariat, elle se gara devant ce dernier et s'y rendit à pied. Le vent soufflait du nord-ouest, apportant avec lui un froid qui rappelait l'hiver. Ce serait ainsi jusqu'à la fin du printemps. La chaleur se faisait désirer longtemps.

Bea remonta Queen Street. Malgré l'après-midi qui touchait à sa fin, la rue était encore pleine de gens qui faisaient leurs courses, et de nombreuses voitures étaient garées le long des trottoirs. Les vilaines portes et les vitrines étaient surmontées d'affreuses enseignes en plastique comme on en voyait dans toutes les rues commerçantes de toutes les villes. Des mères à la mine fatiguée promenaient des bébés dans des poussettes, des collégiens en uniforme fumaient devant une salle de jeu.

Contrairement aux commerces voisins, la boulangerie possédait une enseigne en bois de style pseudo-victorien. Dans la vitrine, alignés sur des plateaux, on apercevait les pâtés en croûte dorés qui faisaient la renommée du lieu. À l'intérieur, deux jeunes vendeuses étaient occupées à en emballer quelques-uns pour un surfeur filiforme portant un sweat-shirt à capuche.

L'une des deux était forcément Madlyn Angarrack. Sans doute la mince aux cheveux bruns. L'autre fille, boutonneuse et obèse, semblait peu susceptible d'éveiller le désir d'un séduisant jeune homme de dix-huit ans.

Bea entra et attendit qu'elles aient fini de servir leur client, lequel emporta la fin de la fournée du jour. Elle demanda alors Madlyn Angarrack. Comme elle s'y attendait, c'était la brune. Bea lui montra sa carte. Madlyn s'essuya les mains sur son tablier à rayures,

jeta un coup d'œil à sa collègue qui semblait très intéressée et proposa à l'inspecteur de la retrouver dehors.
Tandis qu'elle allait chercher son anorak, Bea se fit la
réflexion qu'elle ne paraissait pas étonnée de recevoir
la visite de la police.

Sitôt sur le trottoir, Madlyn annonça :

— Je suis au courant, pour Santo. Kerra, sa sœur,
m'a prévenue qu'il a été assassiné.

— Vous ne serez donc pas surprise qu'on veuille
vous parler.

— Je ne le suis pas.

Madlyn se tut, comme si elle voulait vérifier ce que
Bea savait et, le cas échéant, ce qu'elle soupçonnait.

— Santo et vous aviez une liaison.

— Santo, dit Madlyn, était mon amant.

— Vous ne l'appelez pas votre petit ami ?

Madlyn lança un regard vers la colline de l'autre
côté de la rue. Des élymes des sables s'agitaient sous
le vent.

— Au début, si, répondit-elle enfin. J'étais sa petite
amie et il était mon petit ami. On se retrouvait, on traî-
nassait, on surfait…, comme ça que je l'ai rencontré.
Je lui ai appris à surfer. Après on est devenus amants.
C'est ce qu'on était : deux personnes qui exprimaient
leur amour par le biais du sexe.

— Vous, au moins, vous n'y allez pas par quatre
chemins.

Peu de filles de son âge se seraient montrées aussi
directes. Bea se demanda pourquoi Madlyn était aussi
abrupte.

— C'est bien de ça qu'il s'agit, non ? La rencontre
d'un pénis et d'un vagin. Ce qu'il y a avant et ce qu'il
y a après aussi, mais à la base, c'est ça. La vérité, c'est
que Santo a mis son pénis dans mon vagin et que je

393

l'ai laissé faire. Il était mon premier. Je n'étais pas sa première. J'ai appris qu'il était mort. Je ne peux pas prétendre que ça me désole, mais je ne savais pas qu'il avait été assassiné. En fait, c'est tout ce que j'ai à vous dire.

— Je regrette, mais ce n'est pas tout ce que j'ai besoin de savoir. Vous voulez bien qu'on aille quelque part prendre un café ?

— Je n'ai pas encore fini ma journée. Je ne devrais même pas être ici à vous parler.

— Vous préférez qu'on se retrouve plus tard ?

— Ce n'est pas nécessaire. Je ne sais rien. Je n'ai rien de plus à vous dire. Si : Santo a rompu avec moi il y a presque huit semaines, et voilà. J'ignore pourquoi.

— Il ne vous a pas donné de raison ?

— Le moment était venu, selon lui.

Sa voix était toujours dure mais, pour la première fois, son assurance semblait vaciller.

— Il avait dû trouver quelqu'un d'autre, mais il n'a pas voulu me le dire. Juste que ça avait été bien entre nous, mais qu'il était temps que ça se termine. Un jour tout va bien, et le lendemain tout est fini. Il se conduisait sans doute comme ça avec tout le monde, mais je ne le savais pas. Je ne le connaissais pas avant qu'il vienne à la boutique acheter une planche de surf et se renseigner sur les cours.

Elle se retourna vers Bea et demanda :

— Ce sera tout ?

— Je me suis laissé dire que Santo s'était embarqué dans un truc irrégulier. Je me demandais si vous saviez de quoi il s'agissait.

— Que voulez-vous dire, « irrégulier » ?

— Il a confié à une amie, une fille d'ici...

— Tammy Penrule, j'imagine. Elle ne l'intéressait pas de la même manière que les autres filles. Si vous l'avez vue, vous savez pourquoi.

— … qu'il avait rencontré quelqu'un, mais que la situation était « irrégulière ». C'est le mot qu'il a employé. Peut-être voulait-il dire insolite ou anormale ? En tout cas, il lui a demandé si, à son avis, il devait en parler aux personnes concernées.

Madlyn eut un rire amer.

— À moi, en tout cas, il n'en a pas parlé. Mais il était…

Elle s'interrompit. Ses yeux brillaient d'un éclat bizarre.

— Santo était Santo. Je l'ai aimé puis je l'ai détesté. J'imagine qu'il a rencontré quelqu'un qu'il avait envie de se faire. Il aimait baiser, vous comprenez. Ça oui, il aimait baiser.

— Mais pourquoi « irrégulier » ?

— J'en ai aucune idée et je m'en fous. Peut-être qu'il avait deux nanas à la fois. Peut-être qu'il avait une nana et puis un mec. Peut-être même qu'il avait décidé de se taper sa mère. Je n'en sais rien.

Sur ces paroles, elle rentra dans la boulangerie et retira son anorak. Son visage était dur, mais Bea eut le sentiment qu'elle en savait bien plus qu'elle ne le prétendait.

Toutefois, pour le moment, elle n'avait rien à gagner à rester là sur le trottoir, hormis céder à la tentation d'acheter un pâté en croûte, ce dont elle ne manquerait pas de se repentir. Elle regagna donc le poste de police, où les agents du TAG – ces emmerdeurs – faisaient leur rapport au sergent Collins, lequel notait docilement les tâches accomplies sur le tableau blanc.

— On en est où ? lui demanda Bea.

— On a deux voitures qui ont été remarquées dans le secteur. Une Defender et un RAV4.

— À proximité de la falaise ? De la voiture de Santo ? Où ça ?

— L'une à Alsperyl. C'est au nord de Polcare Cove. Il faut marcher une bonne trotte à travers champs mais, une fois qu'on a rejoint le sentier du littoral, il est assez facile d'accéder à la crique. Ça, c'est pour la Defender. Le RAV4 se trouvait juste au sud de Polcare, au-dessus de Buck's Haven.

— Qui est… ?

— Un spot de surf. C'est peut-être pour ça que la voiture était là.

— Pourquoi « peut-être » ?

— C'était pas un bon jour pour surfer sur ce spot…

— Les vagues étaient meilleures à Widemouth Bay, intervint le constable McNulty, toujours occupé avec l'ordinateur de Santo.

Bea lui lança un regard oblique et se promit de vérifier ce qu'il avait fabriqué en son absence.

— Quoi qu'il en soit, reprit Collins, le service des immatriculations vérifie toutes les Defender et tous les RAV4 de la région.

— Vous avez les numéros de plaque ? demanda Bea.

Collins s'empressa de doucher ses espoirs :

— Faut pas rêver. Mais les Defender doivent pas pulluler par ici, alors on aura peut-être la chance de repérer un nom connu dans la liste des propriétaires. En revanche, on doit s'attendre à trouver pas mal de RAV4.

Les agents avaient recueilli les empreintes digitales de toutes les personnes concernées et les avaient entrées dans la base de données nationale, qui allait les comparer à celles relevées sur le véhicule de Santo Kerne. On continuait d'enquêter sur les antécédents des uns et des autres. Les comptes de Ben Kerne paraissaient en ordre, et l'assurance souscrite au nom de Santo couvrirait tout juste les frais d'obsèques. Jusque-là, le seul individu intéressant était William Mendick, l'original mentionné par Jago Reeth. Il avait un casier, signala Collins.

— Excellent, fit Bea. Quel genre de casier ?

— Coups et blessures volontaires à Plymouth. Il a fait de la taule pour ça. Il vient juste de finir sa conditionnelle.

— La victime ?

— Un jeune hooligan du nom de Conrad Nelson. Ils se sont battus, le type s'est retrouvé paralysé, et Mendick a tout nié… Du moins, il a attribué son comportement à l'alcool et a demandé la clémence des juges. Ils étaient saouls tous les deux, à ce qu'il a déclaré. Mais Mendick a un vrai problème avec l'alcool. Ses cuites dégénéraient souvent en bastons à Plymouth, et sa mise en liberté conditionnelle stipulait qu'il devait assister à des réunions des Alcooliques anonymes.

— On peut vérifier s'il l'a fait ?

— Je vois pas comment. À moins qu'il ait dû fournir une attestation à son contrôleur judiciaire. D'un autre côté, il pouvait très bien se montrer assidu aux réunions et bluffer tout du long, si vous voyez ce que je veux dire.

Certes, mais l'alcoolisme et la condamnation pour coups et blessures de Will Mendick constituaient un fait nouveau. Bea repensa au coquard de Santo Kerne. Tout en réfléchissant, elle se rapprocha du constable McNulty et vit sur l'écran de l'ordinateur exactement ce qu'elle pensait y voir : une énorme vague avec un surfeur dessus.

— Merde, constable, qu'est-ce que vous fabriquez ? demanda-t-elle sèchement.

— Jay Moriarty, répondit mystérieusement McNulty.

— Quoi ?

— C'est Jay Moriarty, répéta-t-il en désignant l'écran. Il avait seize ans, à l'époque. Vous vous rendez compte ? Il paraît que cette vague faisait quinze mètres de haut.

Bea fit un gros effort pour se contenir.

— Est-ce que l'expression « être en sursis » signifie quelque chose pour vous, constable ?

— C'était à Mavericks. Californie du Nord.

— Vos connaissances me stupéfient.

— Oh, je m'y connais pas tant que ça, protesta-t-il sans saisir le sarcasme. J'essaie de m'informer, mais j'ai pas trop le temps, avec le petit... En fait, chef, cette photo de Jay Moriarty a été prise la semaine même où...

— Constable !

McNulty cligna des yeux.

— Chef ?

— Quittez ce site et remettez-vous au boulot. Si je vous surprends encore à regarder une vague sur cet écran, je vous flanque un coup de pied qui vous fera atterrir la semaine prochaine. Vous êtes censé chercher des infos en rapport avec la mort de Santo Kerne, pas vous documenter sur ses passions.

— Mais le fait est que ce mec, ce Mark Foo...

— Vous avez compris, constable ?

— Oui. Mais il n'y a pas que sa boîte mail, chef. Santo Kerne allait sur ces sites, et moi aussi j'y suis allé, alors n'importe qui...

— N'importe qui d'autre pourrait y aller, en effet. Je les visiterai moi-même sur mon temps libre, et je lirai tout sur Jay Moriarty, Mark Boo et compagnie.

— Mark Foo. Pas Mark Boo.

— Vous me cassez les pieds, McNulty.

— Chef ?

Debout dans l'encadrement de la porte, Collins eut un mouvement de tête pour indiquer le couloir, d'où il semblait avoir surgi pendant que Bea et McNulty se disputaient.

— Quoi, sergent ?

— Quelqu'un pour vous. Une… dame… ?

— Remettez-vous au travail, lança Bea à McNulty.

Puis elle bouscula Collins et dévala l'escalier.

La « dame » en question se trouvait à l'accueil. Quand elle la vit, Bea comprit pourquoi Collins avait hésité à l'appeler ainsi. La femme était occupée à lire le panneau d'affichage, ce qui laissa à Bea le temps de la jauger. Coiffée d'un chapeau ciré jaune, alors qu'il ne pleuvait plus, elle portait une grosse veste boulochée par-dessus un pantalon en velours marronnasse et était chaussée de baskets rouges. Elle n'avait pas tant l'air d'un témoin que d'une orpheline dans la tempête.

— Je suis l'inspecteur principal Hannaford, dit Bea d'un ton qui signifiait à la visiteuse qu'elle n'avait pas que ça à faire. Que puis-je pour vous ?

La femme se retourna et lui tendit la main. Quand elle parla, Bea constata qu'elle avait une dent de devant ébréchée.

— Sergent Barbara Havers, dit-elle. New Scotland Yard.

Cadan pédalait comme une âme perdue fuyant devant Lucifer, ce qui n'était pas un mince exploit, puisqu'il roulait sur un vélo acrobatique pas vraiment conçu pour la vitesse sur route. Contrarié, Pooh s'agrippait à son épaule en disant de temps à autre : « Suspendez des cloches au réverbère ! », une phrase absurde qu'il n'utilisait que quand il souhaitait exprimer son inquiétude. L'oiseau avait de bonnes raisons de se montrer agité, car c'était le moment de la journée où les gens quittaient leur travail pour rentrer chez eux, et les rues étaient bondées. C'était particulièrement vrai de Belle Vue, passage obligé pour traverser la ville. Belle Vue était à sens unique, et Cadan savait qu'il aurait mieux fait d'emprunter l'itinéraire de délestage autour de Casvelyn. Mais ce parcours représentait un immense détour, et il était bien trop pressé.

Aussi remonta-t-il la circulation à contresens, essuyant les coups de klaxon et les protestations des automobilistes. Il s'en souciait à peine, tant était grand son désir de fuir.

La vérité, c'était que Dellen Kerne – malgré son âge, qui n'était pas si avancé, après tout – correspondait exactement au type d'aventure qu'avait toujours recherchée Cadan : torride, éphémère, sans regret et sans engagement. Mais Cadan n'était pas idiot. Sauter la femme du patron ? Dans la cuisine familiale ? Autant mettre une stèle sur sa propre tombe !

Même si, au bout du compte, Dellen Kerne ne comptait pas s'envoyer en l'air dans la cuisine. Ayant rompu leur étreinte – laquelle avait laissé Cadan la tête bruissante, et certaines parties essentielles de son corps gorgées de sang –, elle avait repris sa danse lascive sur un nouvel air sud-américain. Peu après, cependant, elle était revenue à l'assaut, se trémoussant contre lui et promenant ses doigts sur son torse. À partir de là, plus besoin de pas de danse compliqués pour se retrouver hanche contre hanche et bassin contre bassin, sur une musique au rythme primitif.

Dans un moment comme celui-là, le gros cerveau cesse de fonctionner, et le petit, plus prosaïque, prend le relais jusqu'à ce que ses désirs soient assouvis. Quand les doigts de Dellen rencontrèrent la région la plus sensible de son corps, Cadan était prêt à la culbuter sur le sol si, de son côté, elle était prête à lui accorder ce plaisir.

Il attrapa son cul d'une main, son sein de l'autre, lui pinça fermement le mamelon, et enfonça goulûment sa langue dans sa bouche. C'était, semble-t-il, le signal qu'elle guettait. Elle recula et eut un rire essoufflé.

— Pas ici, idiot. Tu sais où sont les cabines de plage ?

— Les cabines de plage ? répéta-t-il bêtement.

À ce stade, son gros cerveau ne fonctionnait plus du tout, et le petit se fichait complètement des cabines, de plage ou d'ailleurs.

— Juste en haut de la plage, insista Dellen. Tiens, prends ça !

Elle préleva une clé sur un trousseau glissé entre ses seins somptueux. L'avait-elle déjà hier ? Cadan n'avait rien remarqué, et il ne voulait pas réfléchir à ce que sous-entendait ce nouvel accessoire.

— Je peux être là-bas dans dix minutes, dit-elle. Et toi ?

Elle l'embrassa en lui fourrant la clé dans la main. Au cas où il aurait oublié de quoi il retournait, elle le lui rappela avec une caresse bien placée.

Il regarda la clé, essayant d'y voir clair, puis il regarda Dellen. La clé. Dellen. Enfin, il regarda la porte. Kerra les observait, debout dans l'embrasure.

— Je dérange, peut-être ?

Elle était pâle comme une morte. Deux taches de couleur apparurent sur ses joues.

Dellen gloussa.

— Mon Dieu, c'est cette fichue musique. Elle échauffe toujours le sang des jeunes gens. Enfin Cadan, à quoi pensiez-vous, espèce de coquin ? Je suis assez vieille pour être votre mère.

Elle éteignit la radio. Le silence qui suivit ressemblait à une explosion.

Cadan était muet. Son gros cerveau était vide, le petit n'avait pas encore enregistré ce qui se passait, et entre les deux s'étendait un gouffre aussi large que la Manche, dans lequel il aurait aimé se noyer. Il dévisageait Kerra, sachant que s'il se tournait vers elle, elle remarquerait la bosse qui déformait son pantalon et, pire encore, la tache d'humidité. Il était horrifié à l'idée de ce qu'elle pourrait raconter à son père. Surtout, il avait follement envie de fuir.

Il le fit. Sans savoir comment, il attrapa Pooh sur le dossier de la chaise, sortit de la cuisine tel un Mercure sous acide, laissant les deux femmes s'expliquer – la voix de Kerra, surtout, n'avait rien d'aimable –, et descendit trois étages ventre à terre avant de déboucher à l'extérieur. Là, il enfourcha son vélo et se mit à pédaler comme un type qui venait de voir un fantôme, tandis que Pooh se retenait pour ne pas tomber de son épaule.

Oh non, oh non, pensait-il. *Putain merde espèce de fichu connard de branleur.* Ne sachant quoi faire ni où aller, il laissa ses jambes et ses bras le guider jusqu'à

Binner Down. Il avait besoin de conseils. Il savait pouvoir en trouver à LiquidEarth.

Il tourna dans Vicarage Road avant de s'engager dans Arundel Lane. Pooh protesta énergiquement quand ils atteignirent l'ancien terrain d'aviation plein d'ornières et de nids-de-poule, mais il n'avait pas le choix. Cadan ordonna au perroquet de se cramponner. Moins de deux minutes après, il laissait tomber le vélo sur la vieille rampe en béton, devant la baraque où son père fabriquait des planches de surf.

Il installa Pooh sur la caisse enregistreuse derrière le comptoir, après lui avoir fait la leçon (« Pas de caca, mon vieux »), puis il entra dans l'atelier. La personne qu'il cherchait était là. Pas son père, qui l'aurait à coup sûr gratifié d'un sermon, mais Jago, absorbé dans l'opération délicate consistant à poncer les aspérités de fibre de verre et de résine sur les rails d'une planche à queue d'hirondelle.

Le vieil homme leva les yeux au moment où Cadan entrait en titubant. Il comprit tout de suite que quelque chose n'allait pas. Posé sur une étagère aussi poussiéreuse que lui, un transistor diffusait de la musique. Jago l'éteignit précipitamment et retira ses lunettes, qu'il essuya sans beaucoup de succès sur sa salopette blanche.

— Qu'est-ce qui s'est passé, Cade ? Où est ton père ? Il va bien ? Et Madlyn ?

Sa main gauche était agitée de spasmes.

— Je sais pas.

Il n'avait pas revu Madlyn depuis le matin, et il n'avait pas vu son père depuis la veille. Il ne voulait pas réfléchir à ce que cela pouvait signifier, car il lui aurait fallu affronter un problème de plus, et son crâne était déjà sur le point d'exploser.

— Ils vont bien, je suppose, dit-il enfin. Madlyn a dû aller bosser.

Jago hocha brièvement la tête avant de retourner à sa planche de surf. Il fit courir ses doigts le long des rails avant de prendre le papier de verre.

— Tu débarques ici comme si tu avais le diable à tes trousses.

— C'est presque ça. Tu as une minute ?

Jago acquiesça.

— Toujours.

Cadan lui déballa toute l'histoire : la rancœur de son père, son rêve de participer aux X Games, Adventures Unlimited, Kerra Kerne, Ben Kerne, Alan Cheston et Dellen. En dernier, Dellen. Un récit décousu que Jago écouta patiemment. Il ponçait lentement les rails de la planche, opinant du bonnet chaque fois que Cadan sautait d'un sujet à l'autre.

Son récit s'achevait sur un point d'orgue : Cadan Angarrack surpris en délit on ne peut plus flagrant avec Dellen Kerne.

— Telle mère, tel fils, on dirait bien. T'y as pas pensé quand elle t'a aguiché, Cade ?

— Je m'attendais pas… Je la connaissais même pas ! La première fois que je l'ai vue, je l'ai trouvée bizarre, mais de là à penser… Elle pourrait être ma mère !

— Aucune chance. Malgré ses défauts, ta mère ne sortait jamais de son périmètre.

— Qu'est-ce que tu veux dire ?

— À en croire Madlyn – et, je t'assure, elle a pas une très haute opinion de votre mère –, Wenna Angarrack s'est toujours contentée des hommes de son âge. Celle-là paraît moins regardante. Y a rien qui t'a mis la puce à l'oreille ?

404

— Elle m'a interrogé là-dessus, avoua Cadan.

— Là-dessus ?

— Sur le sexe. Elle m'a demandé comment je faisais.

— Ça t'a pas paru louche ? Une femme de son âge qui pose des questions pareilles ? Elle te mettait en condition.

— J'ai pas vraiment...

Cadan se déroba sous le regard malicieux de Jago. Au-dessus de la radio, un poster représentait une jeune Hawaïenne surfant avec décontraction une vague de bonne taille, vêtue seulement d'un collier de fleurs et d'une couronne de palmes. Cadan songea en la regardant que certaines personnes naissaient avec une assurance inébranlable, et qu'il n'en faisait pas partie.

Jago reprit :

— Tu t'imaginais avoir dégoté une partouzeuse sans trop de complexes, pas vrai ? Ou, au moins, un bon coup. Dans un cas comme dans l'autre, t'étais content. Les types de ton âge n'ont qu'une chose en tête, et on sait tous les deux laquelle.

— Elle m'a offert à déjeuner, dit Cadan pour sa défense.

Jago s'esclaffa.

— Tu m'étonnes ! Et le dessert, c'était elle.

Le vieil homme reposa le papier de verre et s'appuya contre la planche.

— Ce genre de nanas, c'est embrouille et compagnie, Cade. Faut que t'apprennes à les repérer. Elles tiennent les mecs par les couilles. Elles leur donnent un aperçu par-ci, par-là, en attendant la totale. Puis c'est à nouveau la valse-hésitation, tant et si bien que le type finit par croire tout et son contraire. Elle lui procure des sensations qu'il a jamais connues, et il se dit que personne d'autre pourra les lui procurer. C'est comme ça que ça marche. Tu ferais bien d'en tirer la leçon et de laisser tomber.

— Mais, mon boulot... J'en ai besoin, Jago.

Jago tendit vers lui un doigt tremblant.

— En tout cas, t'as pas besoin de cette famille. Regarde ce que ça a rapporté à Madlyn de s'acoquiner avec les Kerne. Tu crois que ça lui a réussi, d'écarter les cuisses devant le fils ?

— Pourtant, tu leur prêtais ta...

— Quand j'ai vu que rien ne la dissuaderait de passer à la casserole, le moins que je pouvais faire, c'était de m'assurer qu'ils prendraient pas de risques. Mais, au lieu d'arranger les choses, ça les a aggravées. Santo a pressé ta sœur comme un citron, puis il a balancé l'écorce. Mais, au moins, la gamine avait quelqu'un à qui parler... Quelqu'un qui lui faisait pas la morale.

— Pourtant, ça devait te démanger.

— Ça oui ! Mais le mal était fait, alors à quoi bon ? La question, Cade, c'est de savoir si tu vas faire comme Madlyn.

— La situation est pas la même. Et le boulot...

— On s'en fout, du boulot ! Fais la paix avec ton père. Du travail, ici, on en a à revendre, avec la saison qui approche. Tu peux tout à fait te débrouiller, si t'y mets un peu du tien.

Jago se remit au travail, non sans lâcher un dernier commentaire :

— Un de vous deux va devoir ravaler sa fierté. Ton père avait de bonnes raisons de te confisquer tes clés de voiture et ton permis. Il tenait à te garder en vie. Tous les pères n'en font pas autant, et parmi ceux qui le font, tous n'y parviennent pas. Tu ferais bien de commencer à y réfléchir, fiston.

— Tu me dégoûtes, dit Kerra à sa mère.

Sa voix tremblait. À cause de ce tremblement, Dellen risquait de croire que sa fille éprouvait de la peur, de la gêne ou, carrément pitoyable, du désarroi, alors que Kerra ne ressentait que de la rage. Une rage incandescente, d'une pureté absolue et entièrement dirigée vers la femme qui se tenait devant elle.

— Tu me dégoûtes, répéta-t-elle. Tu entends, maman ?

— Et toi, répliqua Dellen, tu crois que tu me dégoûtes pas à me fliquer ? Tu es fière de toi ?

— Alors, comme ça, c'est moi la coupable ?

— Exactement. À fureter partout comme une moucharde… Ne va pas t'imaginer que je ne le sais pas. Tu m'espionnes depuis des années, pour cafter à ton père et à tous ceux qui veulent bien t'écouter.

— Espèce de garce, dit Kerra, plus sidérée que furieuse. Sale garce immonde.

— Ça fait mal d'entendre la vérité, pas vrai ? Alors écoute encore. Maintenant que tu as pris ta mère sur le fait, tu as l'occasion de lui régler enfin son compte. Tu vois ce que tu veux voir, Kerra, au lieu de voir ce que tu as sous le nez.

— C'est-à-dire ?

— La vérité. Il s'est laissé emballer par la musique. Tu as vu toi-même que je le repoussais. Il a le sang chaud ; il a simplement tenté sa chance. Voilà ce qui s'est passé. Alors, sors d'ici avec tes suppositions salaces, et trouve quelque chose d'utile à faire de ton temps.

D'un mouvement de la tête, Dellen chassa ses cheveux en même temps qu'elle écartait les conclusions

407

de sa fille. Pensant sans doute qu'elle n'en avait pas dit assez, elle poursuivit :

— Je lui ai offert à déjeuner. Tu ne vas quand même pas me le reprocher ? J'ai allumé la radio. Qu'est-ce que j'étais censée faire d'autre ? C'était plus facile que de faire la conversation à un gamin que je connais à peine. Il y a vu une sorte de signal. La musique était sensuelle, et il s'est laissé prendre par…

— La ferme ! On sait toutes les deux ce que tu avais en tête, alors n'aggrave pas ton cas en prétendant que ce pauvre Cadan a essayé de te séduire.

— C'est son nom ? Cadan ?

— Arrête !

Kerra s'avança vers sa mère. Elle vit que Dellen avait soigné son maquillage, comme elle en avait l'art : ses lèvres paraissaient plus pleines, ses yeux violets immenses. Elle avait accentué chaque détail, comme un mannequin de défilé. C'était idiot, car s'il y avait une chose que Dellen Kerne n'avait pas, c'était le corps d'un mannequin de défilé. Mais même ce corps, elle réussissait à le rendre séduisant, car elle savait et avait toujours su que les hommes de tous âges aimaient les formes voluptueuses. Ce jour-là elle portait un foulard rouge, des chaussures rouges et une ceinture rouge. Pas grand-chose, en définitive, mais son pull était trop léger pour la saison, avec un décolleté plongeant, et son pantalon lui moulait les hanches. Kerra était à même de juger et de conclure, ce qu'elle fit avec une promptitude due à de longues années d'expérience.

— J'ai tout vu, maman. Tu es une pouffiasse. Tu es une morue. Tu es une putain de roulure. Pire encore. Santo est mort, et ça ne t'arrête même pas. Ça te donne une excuse. Je souffre tellement... une bonne baise me remontera le moral. C'est ça que tu te disais, maman ?

Dellen avait reculé contre le plan de travail. Brusquement, son humeur changea. Des larmes brillèrent dans ses yeux.

— S'il te plaît, Kerra... De toute évidence, je ne suis pas moi-même. Il y a des moments... Tu sais bien... Et ça ne signifie pas...

— Surtout ne dis rien ! s'écria Kerra. Ça fait des années que tu te trouves des excuses. J'en ai ras le bol d'entendre « Ta mère a des problèmes », parce que tu sais quoi ? On a tous des problèmes. Le mien, c'est d'être ici dans cette cuisine, avec toi qui me regardes comme un agneau en route pour l'abattoir. « Regardez comme j'ai souffert »... Tout ce que tu as fait, c'est nous faire souffrir nous. Papa, moi, Santo. Nous tous. Maintenant Santo est mort, et c'est sûrement ta faute aussi. Tu me donnes envie de vomir.

— Comment peux-tu dire... ? C'était mon fils.

Dellen se mit à pleurer. Pas des larmes de crocodile, mais de vrais pleurs.

— Santo, cria-t-elle. Mon trésor...

— Ton trésor ? Épargne-moi ça, par pitié. Vivant, il n'était rien pour toi, et moi non plus. On t'encombrait. Mais mort, Santo a pris de la valeur. Maintenant, tu peux te servir de sa mort, exactement comme tu viens de le faire. Sauf que ce n'est pas la raison et que ça ne le sera jamais.

— Ne me parle pas de cette façon ! Tu ne sais pas ce que je...

— Quoi ? Je ne sais pas ce que tu souffres ? Je ne sais pas ce que tu as souffert depuis des années ? Parce que tout ça, c'était à cause de ta souffrance ? Stuart Mahler, c'était à cause de ta souffrance ? À cause de cette horrible, cette atroce, cette abominable souffrance que personne ne peut comprendre à part toi ?

— Arrête, Kerra. S'il te plaît. Il faut que tu arrêtes.

— Je t'ai vue. Tu l'ignorais, pas vrai ? Mon premier petit ami, j'avais treize ans, et toi, debout devant lui, ton chemisier baissé, ton soutien-gorge enlevé et…

— Non ! Non ! Ça n'est jamais arrivé !

— Dans le jardin, maman. Effacé de ta mémoire, pas vrai, comme toute la tragédie que tu es en train de vivre en ce moment ?

Kerra était en feu. Une telle énergie circulait dans son corps qu'elle n'était pas sûre de pouvoir la contenir. Elle avait envie de hurler et de crever les murs à coups de pied.

— Laisse-moi te rafraîchir la mémoire, d'accord ?

— Je ne veux pas entendre !

— Stuart Mahler, maman. Il avait quatorze ans. Il venait à la maison. C'était l'été et on écoutait de la musique dans la gloriette du jardin. On s'embrassait un peu. On ne mettait même pas la langue, parce qu'on était si innocents qu'on ne savait même pas ce qu'on fabriquait. Je suis retournée dans la maison chercher à boire parce qu'il faisait très chaud, qu'on transpirait et que… Ça t'a suffi. Est-ce que cette histoire te rappelle quelque chose ?

— S'il te plaît, Kerra.

— Non. S'il te plaît, Dellen. Dellen a toujours fait ce qui lui plaisait. Et nous on marche sur la pointe des pieds quand elle est là, parce qu'on a une peur bleue que ça recommence.

— Je ne suis pas responsable. Tu le sais. Je n'ai jamais été capable… Il y a des choses que je ne peux pas…

Dellen se détourna en sanglotant. Elle se courba sur le plan de travail. Son attitude suggérait la soumission et le repentir. Sa fille pouvait faire d'elle ce qu'elle voulait. Boucle de ceinture, martinet, baguette, fouet. Quelle importance ? Châtie-moi, châtie-moi, fais-moi souffrir pour mes péchés.

Mais Kerra n'était plus dupe à présent. Trop d'eau avait coulé sous les arches de ce pont sans fin sur lequel ils marchaient, et toute cette eau allait toujours dans la même direction.

— Laisse tomber, dit-elle à sa mère.

— Je suis ce que je suis, répondit Dellen en pleurant.

— Alors essaie d'être quelqu'un d'autre.

Daidre voulut s'emparer de la note, mais Lynley lui expliqua que c'était hors de question. Non seulement un gentleman ne laissait jamais une dame régler l'addition, mais il avait dîné chez elle la veille. Et quand bien même elle aurait été d'un autre avis, il ne pouvait guère lui demander de payer pour le peu qu'elle avait avalé à la Curlew Inn.

— Je suis vraiment désolé.

— Vous n'y êtes pour rien, Thomas. J'aurais dû me méfier de leur « surprise végétarienne ».

Elle avait plissé le nez et pouffé en découvrant ladite surprise, et il ne pouvait lui en vouloir : un machin vert servi dans une espèce de croûte, accompagné de riz et de légumes tellement bouillis qu'ils en avaient perdu presque toute couleur. Elle avait fait passer le riz et le mélange de légumes avec le meilleur vin de la Curlew Inn – un chablis quelconque et pas assez frais –, mais elle avait renoncé à la croustade après quelques bouchées.

« Je suis repue, avait-elle prétendu. C'est très riche, un peu comme un cheese-cake. » Elle s'était étonnée qu'il ne la croie pas. Quand il parla de lui offrir un dîner digne de ce nom, elle lui expliqua qu'il leur faudrait sans doute aller jusqu'à Bristol pour ça, car elle craignait qu'il n'existe aucun restaurant en Cornouailles qui satisfasse à ses critères. « Je suis une affreuse enquiquineuse en ce qui concerne la nourriture. Je devrais élargir mes horizons au poisson, mais je n'y arrive pas. »

Ils quittèrent la Curlew Inn à la nuit tombante. Daidre fit une remarque sur la façon subtile dont les journées commençaient à rallonger après le solstice d'hiver. Elle n'avait jamais compris pourquoi les gens détestaient à ce point l'hiver. Selon elle, c'était une saison réconfortante.

— Elle conduit tout droit au renouveau, expliqua-t-elle. C'est ce qui me plaît. L'hiver m'évoque toujours le pardon.

— Vous avez besoin de pardon ?

Ils se dirigeaient vers la voiture de location de Lynley, qu'il avait garée au croisement de la grand-rue et du chemin qui descendait à la plage. Il observait Daidre dans la lumière déclinante.

— On en a tous besoin, non ?

Tout naturellement, elle enchaîna en lui racontant la scène à laquelle elle avait assisté : Ben Kerne dans les bras d'une femme qu'elle avait supposé être sa mère.

— Je ne sais pas si c'était une étreinte de pardon, mais elle était pleine d'émotion, et cette émotion était partagée.

En échange, Lynley lui raconta sa visite au père de Ben Kerne. Il n'entra pas dans les détails, car Daidre n'était pas lavée de tout soupçon et, malgré la sympathie qu'il éprouvait pour elle, il ne devait pas l'oublier. Il s'en tint donc à l'aversion d'Eddie Kerne pour la femme de son fils.

— À l'en croire, Mrs Kerne serait à l'origine de tous les malheurs de Ben.

— Même la mort de Santo ?

— On dirait que oui.

Sa conversation avec le père Kerne avait donné à Lynley l'envie d'explorer les grottes. Après avoir démarré, au lieu de quitter le village, il descendit donc le chemin escarpé qui menait à la crique.

— Je voudrais voir quelque chose, dit-il. Peut-être préférez-vous attendre dans la voiture ?

— Non. J'aimerais venir aussi. C'est la première fois que j'ai l'occasion d'observer un limier à l'œuvre, ajouta-t-elle en souriant.

— Je cherche surtout à satisfaire ma curiosité

— C'est la même chose, j'imagine.

Lynley dut en convenir. Il gara la voiture le long d'une digue pas très haute qui semblait de construction récente, tout comme l'abri renfermant les canots de sauvetage, signalé par des bouées de secours. Lynley sortit et contempla les hautes falaises hérissées d'éperons pareils à des dents cassées qui dessinaient un fer à cheval autour de la crique. On distinguait les lumières des maisons et des cottages perchés au sommet. Au bout de la falaise située à l'extrême sud, une maison plus grande que toutes les autres respirait l'opulence.

Daidre contourna la voiture pour le rejoindre.

— Qu'est-on venus voir ?

Elle resserra son manteau autour d'elle, car le vent était vif.

— Des grottes.

— Il y a des grottes ici ? Où donc ?

— Au pied des falaises, face à la mer. On peut y accéder à marée basse, mais quand l'eau monte, elles sont au moins en partie submergées.

Elle grimpa sur la digue et regarda vers la mer.

— Je ne connais pas grand-chose aux marées. Pour quelqu'un qui passe autant de temps sur la côte, ça la fiche mal. À vue d'œil, je dirais qu'elle est en train de monter ou de descendre. Dans un cas comme dans l'autre, l'eau est encore assez éloignée des falaises. Ça vous aide un peu ? demanda-t-elle à Lynley.

— Pas vraiment.

— Je m'en doutais.

Elle sauta de la digue et se dirigea vers la grève. Il la suivit.

Comme tant de plages de Cornouailles, celle-ci était bordée de rochers entassés les uns sur les autres près du parking. La plupart étaient en granit mêlé de lave, comme en témoignaient des stries plus claires. Lynley tendit la main pour aider Daidre à les franchir, et ils crapahutèrent jusqu'au sable.

— Le limier vous confirme que la mer se retire, dit-il.

Elle s'arrêta et regarda autour d'elle, cherchant à comprendre ce qui l'avait amené à cette conclusion.

— Je vois, dit-elle enfin. Pas d'empreintes de pas. Mais ça pourrait être à cause du temps, non ? Ce n'est pas la bonne saison pour la plage.

— Certes. Mais regardez les flaques au pied des falaises.

— Vous ne croyez pas qu'elles y sont en permanence ?

— Probable. Surtout à cette époque de l'année. Mais les rochers derrière ne devraient pas être mouillés, or ils le sont. Les lumières des maisons les font scintiller.

— Impressionnant.

— Élémentaire.

Ils marchèrent sur le sable, qui était très mou. Lynley songea qu'ils allaient devoir se montrer prudents. Les sables mouvants n'étaient pas rares sur la côte, surtout dans des zones comme celle-ci, où la mer se retirait à une distance considérable.

À une centaine de mètres des rochers, la crique s'élargissait. Là s'étendait une plage immense à marée basse. Laissant les falaises derrière eux, ils se dirigèrent vers l'intérieur des terres. Ce fut un jeu d'enfant de repérer les grottes.

Les falaises face à la mer en étaient criblées. Les cavités sombres dessinaient comme des empreintes sur la roche. Ils s'approchèrent de la plus grande, au pied de la falaise sur laquelle s'élevait la belle maison.

L'entrée de la grotte mesurait une dizaine de mètres de haut. Étroite et irrégulière, elle évoquait un trou de serrure à l'envers, avec un seuil d'ardoise zébrée de quartz. Il faisait sombre à l'intérieur, mais pas complètement noir : à quelques mètres devant eux, une faible lumière filtrait par une espèce de cheminée que l'activité géologique avait jadis créée dans la falaise. Cependant, il était difficile de distinguer les parois. Daidre sortit une pochette d'allumettes de son sac.

— Désolée, dit-elle d'un air gêné. J'ai été scoute… J'ai aussi un couteau suisse, si vous voulez. Sans oublier des pansements.

— Ouf ! Un de nous deux au moins ne s'est pas embarqué sans biscuit.

Une allumette enflammée leur indiqua d'abord le niveau qu'atteignait l'eau à marée haute : des centaines de milliers de mollusques étaient accrochés aux parois veinées, les rendant encore plus rugueuses, jusqu'à une hauteur d'au moins deux mètres cinquante. Dessous, des moules formaient des bouquets noirs, parmi lesquels se détachaient des coquillages multicolores.

Quand l'allumette s'éteignit, Lynley en gratta une autre. Daidre et lui s'enfoncèrent dans la grotte, cheminant entre les rochers. Le sol s'élevait légèrement, une inclinaison qui devait permettre à la mer de s'évacuer avec le reflux. Ils accédèrent à une petite niche, puis à une autre, où le bruit de l'eau qui gouttait était rythmé et incessant. L'odeur de la grotte était totalement primitive. Ici, on n'avait aucun mal à concevoir que toutes les formes de vie venaient de la mer.

— C'est merveilleux, non ? murmura Daidre.

Lynley ne répondit pas. Il pensait à la multitude d'usages qu'avait connus l'endroit au fil des siècles. Cache de contrebandiers, lieu de rendez-vous galants, refuge en cas d'averse soudaine… Mais, pour l'utiliser sans risque, il fallait comprendre les marées, sous peine de s'exposer à une mort certaine.

Daidre demeura silencieuse tandis qu'il grattait une autre allumette. Il imaginait un jeune homme coincé dans cette grotte ou dans une autre du même genre. Saoul, drogué, peut-être inconscient, du moins en train de cuver. Et même s'il avait été conscient, dans l'obscurité il n'aurait pas su de quel côté se diriger quand la marée s'était engouffrée dans la grotte.

— Thomas ?

L'allumette vacilla quand il se tourna vers Daidre. La lumière joua sur le visage de la jeune femme. Une mèche de cheveux échappée de sa barrette retombait sur sa joue, effleurant ses lèvres. Sans réfléchir, il l'écarta. Les yeux de Daidre – d'un marron soutenu, comme les siens – devinrent plus foncés encore.

Il comprit tout à coup la signification de cet instant. La grotte, la pénombre, un homme et une femme tout près l'un de l'autre… Pas une trahison, mais une affirmation. La certitude que, d'une manière ou d'une autre, la vie continuait.

L'allumette lui brûla les doigts. Il la lâcha, brisant le charme. Il pensa à Helen et ressentit une brûlure. Il ne se rappelait plus quand il avait embrassé Helen pour la première fois.

Pire, il ne savait pas pourquoi il ne s'en souvenait pas. Helen était venue en Cornouailles en compagnie du meilleur ami de Lynley, pendant les vacances. C'était à cette occasion qu'ils s'étaient rencontrés. Peut-être l'avait-il embrassée cette fois-là, un rapide baiser sur la joue, sans importance sur le moment, mais qui prenait toute sa signification à présent. Car il était essentiel qu'il se rappelle chaque minute qu'il avait vécue avec Helen. C'était le seul moyen de la garder avec lui et de combattre le vide. S'il s'abandonnait à celui-ci, il serait perdu.

Il dit à Daidre Trahair, qui n'était qu'une silhouette dans l'obscurité :

— On ferait mieux d'y aller. Vous pouvez nous guider vers la sortie ?

— Bien sûr. Ça ne devrait pas être difficile.

Elle rebroussa chemin, effleurant d'une main légère les coquillages qui recouvraient la paroi. Il marchait derrière elle. Les battements de son cœur résonnaient dans sa tête comme des coups de marteau. Il aurait dû dire quelque chose, il aurait dû s'expliquer. Mais, même s'il avait trouvé les mots pour traduire l'étendue de son chagrin, ça n'aurait servi à rien. Car ce fut elle qui rompit le silence entre eux, quand ils émergèrent de la grotte.

— Thomas, parlez-moi de votre femme.

— Que voulez-vous savoir ?

Elle hésita. Un sourire bienveillant se dessina sur ses lèvres.

— Tout ce que vous aurez envie de me dire.

16

Le lendemain matin, Lynley se surprit à fredonner sous la douche. L'eau ruisselait dans ses cheveux et le long de son dos. Il était au milieu de la valse de *La Belle au bois dormant,* de Tchaïkovski, quand il s'interrompit soudain, se rendant compte de ce qu'il était en train de faire. La culpabilité l'envahit, mais cela ne dura qu'un instant. Aussitôt lui revint un souvenir de Helen, le premier depuis sa mort qui le fasse sourire. Elle était complètement nulle en musique, à part un morceau de Mozart qu'elle reconnaissait avec autant de régularité que de fierté. Quand elle avait entendu *La Belle au bois dormant* pour la première fois, elle s'était écriée : « Walt Disney ! Tommy chéri, quand diable t'es-tu mis à écouter du Walt Disney ? Ça ne te ressemble pas. »

Il l'avait **re**gardée d'un air ébahi avant de faire le lien avec un vieux dessin animé, qu'elle avait dû voir en compagnie de sa nièce et de son neveu. « Walt Disney a volé cette musique à Tchaïkovski, ma chérie », avait-il déclaré d'un ton solennel, à quoi elle avait répondu : « Ça par exemple ! Est-ce que Tchaïkovski a aussi écrit les paroles ? » Il avait levé la tête au plafond et éclaté de rire.

Cela ne l'avait pas vexée. Helen n'était pas du genre à se vexer. À la place, elle avait porté une main à ses lèvres en disant : « Ça recommence, on dirait ! Tu vois, c'est pour cette raison que je dois sans arrêt m'acheter des chaussures neuves. Je mets si souvent les pieds dans le plat que toutes mes paires sont bousillées. »

Elle était vraiment incroyable. Attachante, adorable, exaspérante, désopilante. Et sage. D'une sagesse, au fond, qu'il n'aurait pas crue possible. Sage à son sujet, et au sujet de ce qui était essentiel entre eux. Il souffrait de son absence, et en même temps il honorait sa mémoire. En cela, il sentit un léger changement, le premier depuis l'assassinat.

Il se remit à fredonner tout en s'essuyant. Il fredonnait encore, la serviette nouée autour de la taille, quand il ouvrit la porte.

Et tomba nez à nez avec le sergent Barbara Havers.

— Mon Dieu ! s'exclama-t-il.

— J'ai connu pire, comme surnom.

Elle gratta sa tignasse mal coupée et pas coiffée.

— Vous êtes toujours aussi guilleret avant le petit déjeuner ? Si oui, c'est la dernière fois que je partage une salle de bains avec vous.

Il écarquillait les yeux, muet de stupeur devant le spectacle qu'offrait son ancienne collègue. Elle portait des chaussettes bleu ciel tire-bouchonnées en guise de chaussons, ainsi qu'un pyjama en flanelle rose imprimé de disques vinyle, de notes de musique et de la phrase « Love like yours will surely come my way[1] ». Elle dut s'apercevoir qu'il examinait son accoutrement, car elle précisa :

1. *Everyday*, chanson de Buddy Holly. *(N.d.T.)*

— Oh ! Un cadeau de Winston.

— Vous voulez dire les chaussettes, ou le reste ?

— Le reste. Il l'a vu dans un catalogue. Il a dit qu'il n'avait pas pu résister.

— Il va falloir que je parle au sergent Nkata du contrôle de ses impulsions.

Elle gloussa.

— Je savais que vous l'aimeriez si vous aviez l'occasion de le voir.

— Havers, le mot « aimer » ne rend pas justice à mes sentiments.

— Vous avez fini vos ablutions matinales ?

Il fit un pas de côté.

— Je vous en prie.

Elle marqua une pause avant de fermer la porte.

— Du thé ? demanda-t-elle. Du café ?

— Vous n'aurez qu'à venir dans ma chambre.

Lorsqu'elle arriva, vêtue pour la journée, il était lui-même habillé et avait préparé du thé – il n'était pas désespéré au point d'affronter le café soluble.

Elle frappa à sa porte, annonçant inutilement :

— C'est moi.

Il lui ouvrit. Elle balaya la pièce du regard et remarqua :

— Vous avez exigé la chambre la plus élégante, à ce que je vois. Moi, j'ai écopé de l'ancien grenier. J'ai l'impression d'être Cendrillon avant la pantoufle de vair.

Il brandit la théière en fer-blanc. Elle acquiesça de la tête et s'assit lourdement sur le lit, que Lynley avait fait. Soulevant le vieux dessus-de-lit en chenille, elle inspecta son œuvre.

— Au carré, nota-t-elle. Impeccable. Vous avez appris ça à Eton, ou dans une autre période de votre passé tumultueux ?

— Avec ma mère. Faire son lit et utiliser comme il convient le linge de maison, telle était la base de son éducation. Je vous ajoute du lait et du sucre, ou bien préférez-vous le faire vous-même ?

— Allez-y. J'aime bien l'idée de me faire servir par vous. C'est une première, et peut-être une dernière, alors je crois que je vais en profiter.

Il lui tendit son thé dénaturé, remplit sa propre tasse, puis, en l'absence de chaise, il la rejoignit sur le lit.

— Que faites-vous, ici, Havers ?

Elle indiqua la chambre avec sa tasse.

— Vous m'avez invitée, non ?

— Vous m'avez compris.

Elle but une gorgée.

— Vous vouliez des renseignements sur Daidre Trahair.

— Que vous pouviez très bien me donner par téléphone.

Repensant à leur conversation, il ajouta :

— Vous étiez dans votre voiture quand je vous ai appelée sur votre portable. Vous veniez ici ?

— Oui.

— Barbara... fit-il sur un ton d'avertissement.

— Ne vous flattez pas, commissaire.

— Tommy. Ou Thomas. Ou ce que vous voudrez. Mais pas commissaire.

— « Tommy » ? « Thomas » ? Alors là, pas question. « Monsieur », ça vous ira ?

Comme il haussait les épaules, elle reprit :

— Bien. L'inspecteur principal Hannaford n'a pas d'équipe de la MCIT pour l'épauler sur l'affaire. Quand elle a appelé la Met pour qu'on vous identifie, elle a expliqué la situation. J'ai été détachée.

— Et c'est tout ?

— C'est tout.

Lynley la dévisagea. Elle ne broncha pas. Elle affichait un air impassible qui aurait peut-être dupé quelqu'un la connaissant moins bien que lui.

— Je suis censé croire ça, Barbara ?

— Monsieur, il n'y a rien d'autre à croire.

C'était à qui baisserait les yeux le premier. Mais il ne sortit pas vainqueur de cet affrontement. Havers avait travaillé trop longtemps avec Lynley pour se laisser intimider par ses silences.

— Au fait, personne n'a enregistré officiellement votre démission. Aux yeux de tous, vous êtes en congé exceptionnel pour raisons familiales. Indéfiniment, s'il faut. Le faut-il ? reprit-elle après une autre gorgée de thé.

Lynley détourna le regard. Le ciel gris se découpait dans la fenêtre et, avec le vent, un rameau de lierre qui grimpait le long du mur de l'auberge battait contre la vitre.

— Je ne sais pas. Je crois que j'en **ai** terminé avec ça, Barbara.

— Ils ont fait un appel à candidatures. Pas pour votre ancien poste, mais pour celui que vous occupiez quand… Vous savez. Le poste de Webberly. John Stewart a postulé. De vous à moi, ce serait une catastrophe s'il était choisi.

— Ça pourrait être pire.

— Non, je ne crois pas.

Elle posa une main sur son bras. C'était si rare qu'il fut obligé de la regarder.

— Revenez, monsieur.

— Je ne pense pas.

Il se leva brusquement, non pour s'éloigner de Havers, mais pour marquer la distance qui le séparait de Scotland Yard.

— Pourquoi ici, en pleine cambrousse ? demanda-t-il. Vous pourriez loger en ville. Ce serait logique, si vous devez travailler avec Bea Hannaford.

— Je pourrais vous retourner la question.

— On m'a conduit ici le premier soir. Il paraissait plus simple de rester. C'était l'auberge la plus proche.

— De quoi ?

— De l'endroit où on a trouvé le corps. Mais pourquoi cet interrogatoire ? Qu'est-ce qui se passe ?

— Je vous l'ai dit.

— Pas tout.

Il l'étudia avec insistance. Si elle était venue pour veiller sur lui, ce qui était sûrement le cas, il ne pouvait y avoir qu'une seule raison.

— Qu'avez-vous appris au sujet de Daidre Trahair ?

— Vous voyez ? Vous n'avez pas perdu la main.

Elle avala le reste de son breuvage et tendit sa tasse. Il la resservit, ajoutant un sachet de sucre et deux capsules de lait à son thé. Elle attendit d'avoir bu une gorgée pour reprendre :

— Une famille du nom de Trahair habite depuis longtemps à Falmouth. Cette partie de son histoire tient la route. Le père vend des pneus ; il a sa propre entreprise. La mère est courtier en prêts hypothécaires. Mais je n'ai trouvé aucun dossier scolaire du primaire concernant une gamine prénommée Daidre. Vous aviez raison. Ça peut vouloir dire qu'elle a été envoyée en pension : éjectée à l'âge de cinq ans, retour à la maison pour les vacances, mais sinon, aucune trace d'une existence quelconque jusqu'à la sortie de la grande machine éducative, vers l'âge de dix-huit ans.

Elle avait pris un accent snob pour manifester son mépris à l'égard de ces pratiques archaïques.

— Épargnez-moi le commentaire social.

— C'est la jalousie qui parle. J'aurais tant voulu qu'on m'expédie en pension juste après avoir appris à me moucher toute seule…

— Havers…

— Vous avez gardé votre ton de martyr, remarqua-t-elle. Je peux fumer, dans cette chambre, au fait ?

— Vous avez perdu la tête ?

— Je demandais, c'est tout. Donc, à supposer qu'elle ait été pensionnaire, il paraît peu vraisemblable qu'on la retrouve au collège local à treize ans. Elle joue au hockey sur gazon. Elle est excellente en escrime. Elle chante dans la chorale du lycée. Mezzo-soprano, si ça vous intéresse.

— Vous rejetez l'idée qu'elle soit allée en pension avant. Pourquoi ?

— Premièrement, ça ne tient pas debout. On imagine bien l'inverse : externat au primaire, puis internat à douze ou treize ans. Mais aller en pension et revenir à la maison pour le secondaire ? Quelle famille de la classe moyenne enverrait ses enfants tout petits en pension pour les récupérer à l'adolescence ?

— Ça s'est déjà vu. Et deuxièmement ?

— Deuxièmement, il n'y a aucune trace de sa naissance. Pas la plus petite trace. À Falmouth, s'entend.

— Elle m'a dit qu'elle était née à la maison.

— La naissance aurait quand même été enregistrée sous quarante-deux jours. Et quand bien même elle serait née à la maison, il y aurait eu une sage-femme, non ?

— Si c'est son père qui l'a mise au monde… ?

— Elle vous a dit ça ? Si vous en êtes au stade des confessions intimes…

Il la fusilla du regard, mais elle resta impassible.

— ... elle n'aurait sûrement pas négligé un détail aussi insolite. Pour une raison quelconque, la mère n'arrive pas à se rendre à la maternité. C'est une nuit de tempête, disons. Ou bien la voiture tombe en panne. Le courant est coupé. Il y a un fou dangereux en liberté. Il y a eu un coup d'État militaire que l'histoire a omis de consigner. On a instauré le couvre-feu à la suite d'émeutes raciales. Les Vikings, après avoir loupé la côte est (vous connaissez le sens de l'orientation des Vikings), ont surgi d'une faille temporelle pour envahir le sud de l'Angleterre. Ou bien les extraterrestres ont débarqué. Bref, ils sont coincés à la maison, la mère en train d'accoucher et le père qui fait bouillir de l'eau sans savoir comment se comporter, mais la nature suit son cours, et voilà une petite fille qu'ils appellent Daidre.

Havers posa sa tasse sur la table de chevet.

— Ça n'explique pas pourquoi ils n'auraient pas enregistré la naissance.

Lynley resta muet.

— Donc elle vous cache quelque chose, monsieur. Je me demande pourquoi.

— Elle a dit la vérité à propos de sa profession, affirma Lynley. Elle est bien vétérinaire pour les gros animaux. Elle travaille au zoo de Bristol.

— Ça, je vous l'accorde. Je me suis rendue chez les Trahair après avoir consulté le registre des naissances. Comme il n'y avait personne, j'ai parlé à une voisine. C'est sûr, il existe une Daidre Trahair. Elle habite Bristol et travaille au zoo. Mais quand j'ai un peu insisté, la voisine s'est fermée comme une huître. Elle m'a juste dit : « Le Dr Trahair fait honneur à ses parents comme à elle-même, inscrivez bien ça dans votre carnet. Maintenant, si vous voulez en savoir plus, il faudra que j'en réfère à mon avocat. » Puis elle m'a claqué la porte au nez. Ces foutues séries télévisées, conclut-elle d'un ton sombre. Elles sapent notre pouvoir d'intimidation.

Lynley était perturbé, mais pas à cause de Daidre Trahair.

— Vous avez parlé à une voisine ? demanda-t-il. Havers, ces recherches devaient rester confidentielles !

Elle se mordit la lèvre sans répondre. De l'étage au-dessous leur parvenait le fracas des casseroles. Le petit déjeuner se mettait en route à la Salthouse Inn.

— Ce sont les vérifications classiques, monsieur, dit-elle enfin. En cas de meurtre, on vérifie toujours les antécédents des personnes impliquées. Ça n'a rien de secret.

— Mais les vérifications ne sont pas toutes faites par New Scotland Yard. Or, vous vous êtes identifiée quand vous avez parlé à la voisine. Vous avez montré votre carte de police. Vous lui avez dit d'où vous veniez. Oui ou non ?

— Bien sûr.

Havers le ménageait. L'idée que son ex-collègue prenne des gants avec lui, quelle qu'en soit la raison, contrariait Lynley.

— Mais ça n'a rien à voir, monsieur. Si vous n'étiez pas tombé sur le corps par hasard, avez-vous pensé à…

Lynley l'interrompit :

— Ça a tout à voir, au contraire. Daidre Trahair sait que je travaille – que je travaillais – pour la Met. Si c'est la Met qui enquête à présent sur elle, et non la police locale… Que va-t-elle en déduire, à votre avis ?

— Que vous êtes peut-être à l'origine de cette enquête. C'est bien le cas, et à juste titre. Mais laissez-moi terminer. Si vous n'étiez pas tombé par hasard sur le corps de Santo Kerne, la première personne sur place aurait été Daidre Trahair. Et vous connaissez la musique. Je n'ai pas besoin de vous expliquer.

— Pour l'amour du ciel, elle n'a pas tué Santo Kerne ! Elle est entrée chez elle, elle m'a trouvé à l'intérieur, et je l'ai emmenée voir le corps parce qu'elle me l'a demandé. Elle a dit qu'elle était médecin. Elle voulait voir si elle pouvait faire quelque chose.

— Elle aurait pu agir ainsi pour une dizaine de raisons.

— Elle n'a aucun mobile…

— Et même si vous aviez raison ? Admettons qu'elle soit bien qui elle prétend être et que tout concorde. Alors, quelle importance qu'elle sache qu'on vérifie son histoire ? Que je la vérifie ? Que vous la vérifiez ? Que le père Noël la vérifie ?

Il soupira. Il connaissait une partie de la réponse, mais seulement une partie. Et il n'était pas disposé à la lui donner.

Il vida sa tasse d'un trait. Il rêvait de simplicité là où il n'y en avait pas. Il rêvait de réponses tranchées, au lieu de ces « peut-être » à n'en plus finir.

Le sommier grinça quand Havers se leva, et le plancher craqua quand elle vint se placer derrière lui.

— Si elle sait que nous enquêtons sur elle, elle va devenir nerveuse, et c'est ce qu'on cherche. C'est toujours le cas, non ? Les gens nerveux se trahissent.

— Je ne vois pas en quoi le fait d'enquêter ouvertement sur cette femme…

— Mais si, vous le voyez. Vous le voyez parfaitement, même.

Elle toucha brièvement son épaule et reprit d'un ton à la fois circonspect et plein de douceur :

— Vous êtes... vous êtes un peu à côté de vos pompes, monsieur. C'est normal, après ce que vous avez traversé. J'aimerais bien ne pas vivre dans un monde où les gens profitent de la fragilité des autres. Mais vous et moi savons comment est le monde.

La bonté qui émanait de ses paroles ébranla Lynley. C'était la raison principale de sa fuite après l'enterrement de Helen. Ses amis, ses associés, ses collègues et, pour finir, sa famille... Il ne supportait plus leur bienveillance et leur compassion sans bornes, car elles lui rappelaient constamment la chose même qu'il voulait à toute force oublier.

— Tout ce que je dis, ajouta Havers, c'est que vous devez faire attention. Nous devons considérer cette femme exactement comme nous considérons tous les autres.

— Je le sais.

— Savoir est une chose, commissaire. Croire en est une autre.

Daidre était assise sur un tabouret dans sa cuisine. Contre une boîte de lentilles, elle appuya la carte postale qu'elle avait achetée la veille à l'église. Elle étudia la roulotte et le paysage autour, le cheval fatigué qui mâchait de l'herbe. Une vision pleine de charme d'une époque révolue. De temps en temps, on croisait encore ce genre de véhicule sur les chemins de campagne. Mais, à présent, les roulottes servaient surtout aux touristes qui voulaient jouer les romanichels.

Au bout d'un très long moment, elle sortit de chez elle, monta dans sa voiture, emprunta en marche arrière le chemin menant à Polcare Cove et descendit jusqu'à la plage. La proximité de la mer lui rappela un épisode qu'elle aurait préféré oublier, mais qui finit par s'imposer à son esprit : le retour vers la voiture avec Thomas Lynley, la voix basse de ce dernier évoquant sa femme disparue, l'obscurité presque totale qui l'empêchait de distinguer autre chose que les lumières des maisons au loin et le profil troublant de Lynley.

Elle s'appelait Helen et elle venait d'une famille du même milieu que la sienne. Fille d'aristocrates, évoluant avec aisance dans le monde dans lequel elle était née. Remplie de doutes, semblait-il – même si Daidre avait du mal à le croire –, à cause de l'éducation qu'elle avait reçue. Mais en même temps extraordinairement gentille, spirituelle, chaleureuse, bonne vivante. Dotée des qualités humaines les plus admirables et les plus enviables.

Daidre ne comprenait pas que Thomas ait survécu à la perte d'une femme pareille, d'autant que cette perte résultait d'un meurtre.

« Douze ans, avait-il dit. Personne ne sait pourquoi il lui a tiré dessus.

— Je suis vraiment désolée, avait-elle répondu. Elle semblait adorable.

— Elle l'était. »

Comme à son habitude, Daidre fit demi-tour sur le petit parking de Polcare Cove. Derrière elle, les rouleaux s'écrasaient sur les dents du récif d'ardoise. Devant elle, elle voyait la grande vallée ancestrale et Stowe Wood, dont les arbres commençaient à se couvrir de feuilles. Bientôt, des jacinthes sauvages perceraient à leur pied, couvrant les bois d'un tapis de couleur qui ondoierait sous la brise printanière.

Elle gravit la côte et suivit une succession de chemins, dont le tracé compliqué dépendait autant de la configuration du terrain que des propriétaires des parcelles. Ayant rejoint l'A39, elle prit vers le sud. Un long trajet l'attendait. Arrivée à la route de St Columb, elle fit une halte dans un snack pour boire un café et acheta un pain au chocolat. Au jeune homme qui tenait la caisse, elle parla longuement de sa consommation effrénée de chocolat et demanda un reçu qu'elle glissa dans son portefeuille. On ne pouvait jamais savoir quand la police allait vous réclamer un alibi, songeat-elle avec ironie. Dans le doute, mieux valait conserver des traces de vos moindres mouvements et s'assurer que les gens se souviennent de votre passage. Qu'importaient les quelques calories superflues d'un pain au chocolat quand il s'agissait d'étayer ses protestations d'innocence ?

Elle prit l'A30 au rond-point suivant. À partir de là, l'itinéraire lui était familier. Elle contourna Redruth, se trompa d'embranchement, s'en aperçut très vite et finit par se retrouver à l'intersection de la B3297 et d'une petite route sans numéro, signalée par un panneau indiquant le village de Carnkie.

Ce coin de Cornouailles était très différent des alentours de Casvelyn. Daidre gara sa Vauxhall à l'intersection des deux routes, sur un triangle de mauvaises herbes parsemées de cailloux, et appuya son menton sur ses mains, elles-mêmes posées sur le volant. Une vaste étendue d'un vert printanier ondulait en direction de la mer, ponctuée de tours abandonnées qui rappelaient celles qu'on trouve dans la campagne irlandaise, servant de refuge à des poètes, des ermites et des mystiques. Mais ces tours-ci étaient les vestiges de la grande industrie minière de Cornouailles. Chacune surmontait tout un réseau de tunnels, de puits et de grottes souterraines. Jadis, ces mines produisaient de l'étain et de l'argent, du cuivre et du plomb, de l'arsenic et du tungstène. Les tours renfermaient la machinerie qui permettait à la mine de fonctionner : des pompes qui aspiraient l'eau au fond des puits, des leviers qui ramenaient à la surface les bennes contenant non seulement le minerai mais aussi les débris de roche.

De même que les roulottes, les têtes de puits faisaient désormais l'objet de cartes postales. En d'autres temps, elles avaient structuré l'existence des gens du pays et symbolisé la mort de nombre d'entre eux. Elles étaient très nombreuses dans la partie occidentale de la Cornouailles, surtout le long de la côte. En général, il y avait deux édifices : la tour de la tête de puits, toute en pierre, haute de trois ou quatre étages, avec d'étroites fenêtres en ogive aussi petites que possible pour éviter d'affaiblir la structure, et, dressée à ses côtés, la dépassant le plus souvent, la cheminée qui crachait autrefois dans le ciel de sinistres nuages. À présent les unes et les autres offraient un nichoir aux oiseaux dans leur partie haute, une cachette aux loirs dans leur partie basse et, dans leurs fissures, un terrain propice aux géraniums herbe à Robert, dont les fleurs roses se mêlaient aux bouquets jaunes des jacobées et aux valérianes rouges.

Daidre contemplait le spectacle sans vraiment le voir. Elle se surprit à penser à un tout autre lieu, sur la côte opposée à celle vers laquelle elle tournait à présent les yeux.

Près de Lamorna Cove, avait-il dit. La maison et le domaine sur lequel elle s'élevait portaient le même nom : Howenstow. Il en ignorait l'origine, et elle en avait conclu, à juste titre ou non, qu'il se sentait à l'aise dans le milieu qui l'avait vu naître. Sa famille occupait les lieux depuis plus de deux cent cinquante ans, et apparemment ils s'étaient toujours contentés de savoir que le domaine leur appartenait : une immense demeure jacobéenne échue par mariage à un lointain ancêtre, le fils cadet d'un baron qui avait épousé l'unique fille d'un comte.

« Ma mère pourrait sans doute vous renseigner sur l'histoire du domaine, avait-il dit. Ma sœur aussi. Mon frère et moi… J'ai bien peur que nous ne nous intéressions guère à la généalogie. Sans ma sœur Judith, j'ignorerais probablement le nom de mes arrière-grands-parents. Et vous ?

— J'ai forcément eu des arrière-grands-parents, avait-elle répondu. Remarquez, j'ai peut-être surgi d'un coquillage, comme Vénus. Mais c'est peu probable, non ? Je me souviendrais sûrement d'une entrée aussi spectaculaire. »

Comment était-ce ? se demanda-t-elle. Comment était-ce en réalité ? Elle se représenta la mère de Lynley dans un grand lit doré, entourée de domestiques qui lui tamponnaient délicatement le visage avec des mouchoirs imbibés d'eau de rose tandis qu'elle peinait pour mettre au monde son fils bien-aimé. Les feux d'artifice célébrant la venue de l'héritier, les métayers en liesse levant leurs chopes de bière à l'annonce de la nouvelle. Elle savait que cette image était absurde – Thomas Hardy revu par les Monty Python – mais elle ne parvenait pas à s'en débarrasser. Pestant contre

17

Avant de descendre de voiture, à Casvelyn, Tammy avait lancé à son grand-père : « Tu ne comprends rien. Pas étonnant qu'ils t'aient tous quitté. » Elle semblait moins en colère que triste, c'est pourquoi Selevan Penrule avait hésité à répondre par une injure. Il aurait bien aimé tirer un missile dans la direction de Tammy et, fort de sa longue expérience de la guerre verbale, le regarder atteindre sa cible. Mais quelque chose le retint de le faire. Peut-être était-il en train de perdre la main. Soit ça, soit Tammy commençait à l'émouvoir. Cette idée l'irritait plus que tout.

Il l'avait attaquée de front alors qu'ils roulaient vers la boutique de surf Clean Barrel. Il n'aimait pas les secrets, et il avait horreur des mensonges. Que Tammy ait des secrets et qu'elle manifeste une tendance au mensonge le perturbait plus qu'il ne voulait l'admettre. Car, malgré son accoutrement bizarre, son comportement, son régime alimentaire et ses idées saugrenues, il aimait bien cette gamine, et il voulait croire qu'elle était différente des autres adolescentes qui menaient des doubles vies régies par le sexe, la drogue et les mutilations corporelles.

Mais il avait trouvé l'enveloppe sous son matelas en changeant ses draps, et il avait compris en lisant son contenu que Tammy, en réalité, ne différait guère de ses contemporaines. Tous les progrès qu'il pensait avoir accomplis avec elle n'étaient qu'une imposture.

Dans une autre situation, cette découverte ne l'aurait pas dérangé. En redoublant d'efforts, il aurait fini par la faire plier. Mais le problème, c'était que la mère de Tammy n'était pas connue pour sa patience. Elle voulait des résultats, et si elle ne les obtenait pas, Selevan savait qu'elle écourterait le séjour de Tammy en Cornouailles.

Il avait donc sorti l'enveloppe et l'avait placée sur le tableau de bord alors qu'ils faisaient route vers la ville. Elle avait regardé l'enveloppe. Elle avait regardé son grand-père. Et, nom d'un chien, elle était passée à l'offensive. « Tu fouilles dans mes affaires en mon absence, avait-elle déclaré, l'air totalement anéantie. Tu faisais la même chose avec tante Nan, hein ? »

Il n'était pas question d'entamer une discussion sur sa fille et sur le vaurien avec qui elle vivait un prétendu bonheur conjugal depuis vingt-deux ans.

« Ne mêle pas ta tante à ça. Dis-moi plutôt à quoi riment ces âneries.

— Tu ne supportes pas la contradiction, grand-père, et papa est exactement comme toi. Dès qu'une chose échappe à tes schémas, elle est sans valeur, ou mauvaise. Eh bien non, ce n'est pas mauvais. C'est ce que je veux, et si toi, papa et maman n'êtes pas capables de voir que c'est de ça que notre fichu monde a besoin aujourd'hui… »

Sur ces paroles, elle avait attrapé l'enveloppe et l'avait fourrée dans son sac à dos. Il avait eu la tentation de la lui arracher des mains pour la balancer par la fenêtre, mais à quoi bon ? Elle s'en procurerait une autre.

Elle reprit d'un ton qui exprimait la douleur de la trahison : « Je croyais que tu comprenais. Surtout, je ne pensais pas que tu étais du genre à fouiner dans les affaires des autres. »

Cette accusation avait de quoi le mettre en rage. C'était tout de même lui qui avait été trahi ! C'était elle qui lui cachait sa correspondance, non l'inverse ! Quand sa mère téléphonait d'Afrique et que Tammy était au centre de la conversation, il ne lui en cachait rien. Son ressentiment lui apparut déplacé.

« Maintenant, tu vas m'écouter, avait-il commencé.

— Non. Pas tant que tu ne m'écouteras pas également. »

Ils n'avaient plus soufflé mot jusqu'à ce qu'elle ouvre la portière à Casvelyn. Après une dernière pique, elle s'était dirigée vers la boutique d'un pas pesant. À une autre époque, il l'aurait suivie. Jamais un de ses enfants ne lui avait parlé de cette façon-là sans avoir droit au martinet, à la ceinture, au battoir ou à une bonne gifle. Le problème était que Tammy n'était pas sa fille. Une génération blessée se dressait entre eux, et ils connaissaient tous deux la cause de ces blessures.

Alors il l'avait laissée partir et il avait regagné le camping le cœur gros. Après un brin de ménage, il avait fait réchauffer une boîte de haricots, espérant qu'il irait mieux une fois l'estomac plein. Mais sa nausée ne s'était pas dissipée pour autant.

Un claquement de portière vint distraire Selevan de son chagrin. Jetant un coup d'œil par la fenêtre, il vit Jago Reeth ouvrir la porte de son mobile home tandis que Madlyn Angarrack approchait. Jago descendit du marchepied et tendit les bras à la jeune fille. Madlyn s'y réfugia et Jago lui tapota le dos, puis la tête. Ils entrèrent ensuite dans la caravane, Madlyn s'essuyant les yeux sur la manche en flanelle de Jago.

Cette vision transperça le cœur de Selevan. Il ne comprenait pas comment Jago réussissait là où lui-même échouait si lamentablement. Il fallait croire qu'il avait l'art d'écouter les jeunes et de leur parler.

Sauf que c'était nettement plus facile quand les jeunes en question ne faisaient pas partie de votre famille… Jago l'avait lui-même reconnu.

Mais tout ce que voyait Selevan, c'était que Jago Reeth possédait peut-être la clé qui lui aurait permis d'avoir une conversation raisonnable avec sa petite-fille. Il lui fallait découvrir cette clé avant que la mère de Tammy n'expédie la gamine Dieu sait où pour lui remettre les idées en place.

Madlyn Angarrack repartit exactement quarante-trois minutes après son arrivée. Selevan se dirigea alors vers la caravane de Jago et tambourina à la porte. Quand son ami vint ouvrir, Selevan constata qu'il s'apprêtait à sortir : il avait enfilé son blouson, chaussé les lunettes rafistolées qu'il ne portait qu'à Liquid-Earth, et noué un bandeau dans ses cheveux pour qu'ils ne lui tombent pas sur la figure. Selevan allait s'excuser de le déranger quand Jago lui proposa d'entrer.

— Y a quelque chose qui te tracasse. Je le vois bien, mon vieux. Laisse-moi juste…

Jago s'approcha du téléphone et composa un numéro. Il dut tomber sur un répondeur, car il dit :

—Lew, c'est moi. Je serai en retard. J'ai un petit contretemps. Madlyn est passée, au fait. Un peu chamboulée, mais je crois que c'est arrangé. Y a une planche qu'il faut vérifier dans l'étuve, d'accord ?

Puis il raccrocha.

Selevan observait ses mouvements. Sa maladie de Parkinson était particulièrement visible ce matin. Ou alors les médicaments n'avaient pas encore agi. La vieillesse était une saloperie, pas de doute. Mais la vieillesse plus la maladie, c'était l'enfer.

En guise d'entrée en matière, il sortit de sa poche le collier qu'il avait confisqué à Tammy la veille et le posa sur la table. Lorsque Jago le rejoignit sur la banquette, il le lui montra.

— J'ai trouvé ça sur la gamine. Elle le portait autour du cou. Le M voudrait dire Marie. Tu y crois ? Elle m'a lâché ça comme une fleur, tout sucre tout miel, comme si c'était le truc le plus naturel du monde.

Jago ramassa le collier et l'examina.

— Scapulaire, dit-il.

— C'est comme ça qu'elle l'a appelé. Un scapulaire. Mais le M est pour Marie. C'est ça qui m'inquiète.

Jago hocha la tête, mais Selevan remarqua qu'un sourire flottait au coin de ses lèvres. Il avait beau jeu de rigoler. Ce n'était pas sa petite-fille qui portait un M pour Marie autour du cou.

— Il est arrivé quelque chose à cette gamine, dit-il. Elle est tellement déboussolée que je vois que cette explication. Je mets ça sur le compte de l'Afrique. D'avoir été exposée à toutes ces femmes qui se baladent dans les rues avec leurs rotoplots qui pendent. Pas étonnant qu'elle soit paumée.

— Sainte Marie mère de Dieu, récita Jago.

— Ainsi soit-il, enchaîna Selevan.

Jago partit d'un grand éclat de rire. Selevan se braqua.

— Pas de panique, mon pote ! s'exclama Jago. Tu as dit toi-même que le M était pour Marie. Sur un scapulaire, le M pour Marie désigne la mère de Dieu. C'est un objet de piété, voilà tout. Les catholiques en portent. Il en existe avec une image de Jésus dessus. Ou l'image d'un saint : saint Truc ou saint Bidule.

— Et merde, grommela Selevan. Les conneries continuent.

La mère de Tammy allait piquer une crise. Aux yeux de Sally Joy, il n'y avait rien de pire que les catholiques, à part les terroristes.

— Il aurait mieux valu qu'elle porte saint Georges et le dragon, déclara Selevan.

Cette image, au moins, aurait pu passer pour du patriotisme.

— T'as guère de chances de trouver saint Georges sur un de ces machins, dit Jago, faisant osciller le scapulaire au bout de ses doigts. Mais c'est l'idée générale. La personne qui croit à tel ou tel saint met ce machin autour de son cou, et je suppose qu'à la longue elle se sent elle-même en odeur de sainteté.

— C'est la faute à ces satanés politiciens, dit Selevan d'un ton sombre. C'est eux qui ont mis le monde dans l'état où il est, et c'est pour ça que la gamine cherche à devenir une sainte. Elle se prépare à la fin du monde. Pas moyen de lui faire entendre raison.

— C'est ce qu'elle dit ?

Selevan récupéra le scapulaire et le fourra dans la poche de poitrine de sa chemise.

— Elle dit qu'elle veut mener une vie de prière. C'est ses propres mots. « Je veux mener une vie de prière, grand-père. C'est ce à quoi tout le monde devrait aspirer. » Comme si le fait de vivre dans une grotte, de manger de l'herbe et de boire sa pisse une fois par semaine allait résoudre quoi que ce soit.

— C'est son projet ?

— Comme si je le savais ! Elle-même, elle n'en sait fichtre rien. Tu vois le genre ? Elle entend parler d'une religion et aussitôt elle veut se convertir parce que cette religion-là, contrairement aux autres, prétend vouloir sauver le monde.

Jago parut méditer. Selevan espérait qu'il trouverait une solution au problème de Tammy. Mais Jago ne dit rien, et Selevan fut obligé de reprendre la parole.

— J'arrive pas à établir le contact avec cette gamine. Pas même un tout petit peu. J'ai trouvé une lettre sous son lit : elles lui demandaient de passer les voir, pour qu'elles puissent l'évaluer et voir si elle conviendrait, si elles l'aiment bien et tout le tintouin. Là-dessus, je lui montre la lettre en question et elle pète les plombs, sous prétexte que je fouille dans ses affaires.

Jago se gratta la tête.

— C'est pas vrai, peut-être ?

— Quoi donc ?

— Que tu fouillais dans ses affaires. C'est pas la vérité ?

— J'ai pas le choix. Si je le fais pas, sa mère va me tomber sur le râble. Déjà qu'elle arrête pas de me bassiner : « Il faut que vous l'aidiez à ouvrir les yeux. Il faut que quelqu'un l'aide avant qu'il soit trop tard. »

— C'est justement le problème, fit remarquer Jago. C'est là que vous vous trompez tous.

— Comment ça ?

Selevan s'adressait à son ami en toute bonne foi. S'il s'y prenait mal avec sa petite-fille, il voulait rectifier le tir au plus vite. C'est pour ça qu'il était venu voir Jago.

— Ce qu'il y a de compliqué avec les jeunes, mon pote, c'est qu'il faut les laisser prendre leurs propres décisions.

— Mais…

— Écoute-moi jusqu'au bout. Ça fait partie du processus pour devenir adulte. Ils prennent une décision, ils font une erreur, et si personne vole à leur secours, ils tirent la leçon de l'expérience. C'est pas le boulot du père – ou du grand-père ou de la mère ou de la grand-mère – de les empêcher d'apprendre ce qu'ils doivent apprendre. Leur rôle à eux, c'est de les aider à analyser les conséquences de leurs actes.

Selevan pigeait le raisonnement. Il l'approuvait même en grande partie. Mais approuver relevait de l'intellect. Ça n'avait rien à voir avec le cœur. Dans sa situation, sans enfants ni petits-enfants, il était facile à Jago d'adhérer à cette noble philosophie. Ça expliquait aussi pourquoi les jeunes se sentaient libres avec lui. Ils parlaient et lui, il écoutait. Ils devaient avoir l'impression de confier leurs secrets à un mur. Mais à quoi bon si le mur ne vous dit pas : « Attends une minute. Bon sang, tu es en train de te ridiculiser. » Ou : « Tu fais le mauvais choix, nom de Dieu. » Ou encore : « Écoute-moi, parce que j'ai une soixantaine d'années de plus que toi, et ces années comptent forcément pour quelque chose, sinon à quoi bon les avoir vécues ? » En plus de ça, les parents et les grands-parents avaient bien leur mot à dire sur ce que leurs enfants comptaient faire de leur vie. C'est ce qui lui était arrivé, non ? Ça ne lui avait peut-être pas plu, il ne l'aurait peut-être pas choisi pour tout l'or du monde mais, tout compte fait, il était devenu plus fort en renonçant à ses rêves pour accomplir son devoir en restant à la ferme.

Jago l'observait, levant un sourcil broussailleux au-dessus de la monture de ses lunettes. Il dit :

— Quoi que tu en penses, c'est pas si évident que ça, mon pote. Si tu apprends à les connaître, tu finis par t'attacher à eux et tu détestes les voir prendre une mauvaise décision. Mais quand on est jeune, on n'écoute jamais. T'écoutais, toi ?

Selevan baissa les yeux. Car c'était bien là le hic. Eh oui, il avait écouté. Et cette soumission ne lui avait pas épargné les regrets. Elle en avait même été l'unique cause.

— Bon sang de merde, soupira-t-il.

— Tu crois pas si bien dire, acquiesça son ami Jago.

Bea Hannaford n'avait pas commencé la journée dans les meilleures dispositions, et son entretien avec le sergent Barbara Havers n'avait pas amélioré son humeur. Elle l'avait chargée de se renseigner sur les résultats de l'enquête de Thomas Lynley sur le Dr Trahair. Elle savait que le sergent Havers travaillait depuis longtemps avec Lynley ; elle paraissait donc la plus apte à lui soutirer des informations. « Il dit qu'elle est réglo jusqu'ici, mais qu'il continue de creuser », avait répondu Havers. Bea avait espéré autre chose quand elle avait accepté l'offre de sir David Hillier de lui envoyer l'ex-collègue de Lynley. Du coup, elle s'interrogeait sur la loyauté des uns et des autres.

Quand Lynley lui avait personnellement relaté son expédition à Pengelly Cove, elle avait bien perçu que, désormais, il s'intéressait surtout aux Kerne. Pourquoi pas ? Mais ce que Bea attendait de lui en priorité, c'était qu'il fasse la lumière sur Daidre Trahair. La vétérinaire avait menti. Quand Bea les avait vus ensemble, le regard plein de compassion, d'admiration et de désir que la jeune femme portait sur Lynley l'avait convaincue que ce dernier serait le plus à même de démêler le vrai du faux dans son histoire. À présent, elle n'en était plus si sûre.

Cela expliquait que sa conversation avec Barbara Havers ait encore assombri son humeur. Car, depuis la veille, Bea n'avait cessé de ruminer les commentaires de Pete sur ses rapports avec Ray. *Pourquoi tu le détestes tant ? Lui, il t'aime.*

Il était temps qu'elle se remette en chasse sur Internet. Si seulement elle avait eu le temps de choisir, de décider si le type valait la peine qu'on lui consacre une soirée avant de s'organiser pour libérer ladite soirée... Mais à quoi bon ? Avec combien de crapauds devrait-elle encore dîner en tête à tête, boire des verres ou des cafés, avant que l'un d'eux ne se transforme en prince charmant ? Des centaines, des milliers ? Tout ça alors qu'elle n'était même pas certaine d'avoir envie d'une autre relation... Pete, les chiens et elle s'en sortaient très bien tout seuls.

Du coup, quand elle trouva Barbara Havers en train de parcourir le programme de la journée sur le tableau blanc, Bea la considéra d'un œil critique. Cet examen visait à évaluer sa conscience professionnelle, non à porter un jugement sur ses goûts vestimentaires pourtant désastreux. Ce jour-là, le sergent Havers portait un pull marin avachi par-dessus un tee-shirt à col haut orné d'une tache de café, un pantalon en tweed vert olive trop court d'au moins trois centimètres et démodé depuis une bonne dizaine d'années, et les mêmes baskets rouges que la veille. On aurait dit un croisement entre une clocharde et une réfugiée de guerre habillée par l'Armée du salut.

— J'ai l'impression que le commissaire Lynley traîne les pieds, dit-elle. Vous en pensez quoi, sergent ?

— Ça se peut, répondit Havers. Avec ce qui lui est arrivé, il n'est pas au mieux de sa forme. Mais si la vétérinaire a quelque chose à voir avec la mort du gamin, il agira. Vous pouvez avoir confiance en lui.

— Êtes-vous en train de me dire que je dois lui laisser la bride sur le cou ?

Havers regarda le tableau blanc avant de répondre. Elle semblait réfléchir, ce qui était tout à son honneur.

— Je pense qu'il sera à la hauteur, dit-elle enfin. Il n'est pas du genre à laisser un assassin en liberté. Si vous voyez ce que je veux dire.

Bien sûr. Le malheur avait rendu Lynley plus vulnérable. En même temps, on pouvait compter sur sa détermination à éviter à quiconque d'endurer le même calvaire que lui. De plus, sa vulnérabilité pouvait jouer en leur faveur, en incitant le Dr Trahair à baisser sa garde. Elle avait déjà commis une erreur, elle finirait par en commettre d'autres.

— Très bien, dit Bea. Venez avec moi. On tient un gars qui a fait un séjour en taule pour avoir agressé quelqu'un, il y a de ça plusieurs années. Il a dit que c'était à cause de l'alcool, mais vu que sa victime s'est retrouvée paraplégique…

— Merde, murmura le sergent Havers.

— … le juge l'a fait boucler. Depuis, il a retrouvé la liberté, mais son sale caractère et son penchant pour la boisson ne l'ont pas quitté. Il connaissait Santo Kerne, et quelqu'un a collé un œil au beurre noir au gamin peu avant sa mort. Il va devoir s'expliquer.

Elles trouvèrent Will Mendick sur son lieu de travail, un bâtiment ultramoderne qui paraissait totalement incongru au carrefour de Belle Vue Lane et de St Mevan Crescent. La supérette était à deux pas de la boulangerie Casvelyn of Cornwall, et quand elles descendirent de voiture, la brise du matin leur apporta les effluves d'une nouvelle fournée de pâtés en croûte. Barbara Havers gâcha aussitôt l'odeur en allumant une cigarette. Elle tira goulûment dessus tandis qu'elles longeaient le côté du bâtiment, se débrouillant pour en fumer la moitié avant d'avoir atteint la porte d'entrée.

La direction avait fait preuve d'un optimisme excessif en coupant le chauffage, si bien qu'il régnait un froid de canard à l'intérieur. À cette heure matinale, les clients étaient rares, et seule une des six caisses était ouverte. Après avoir questionné la caissière, Bea et le sergent Havers se dirigèrent vers le fond du magasin. Deux portes battantes séparaient celui-ci des entrepôts où étaient stockées les marchandises. Un écriteau annonçait ENTRÉE INTERDITE et RÉSERVÉ AU PERSONNEL.

Bea poussa les portes d'un coup d'épaule, prête à présenter sa carte de police. Elles tombèrent sur un homme mal rasé qui s'apprêtait à entrer dans les toilettes des employés. S'il ne se mit pas au garde-à-vous en entendant le mot « Police », il semblait néanmoins disposé à coopérer. Elle demanda Will Mendick.

— Dehors, j'imagine, répondit l'homme.

Longeant à nouveau le côté du bâtiment, cette fois de l'intérieur, elles remontèrent une allée bordée d'étagères supportant des rouleaux de papier absorbant, des boîtes de conserve hétéroclites et des cartons contenant des produits hypercaloriques en quantité suffisante pour entretenir l'obésité de plusieurs générations.

La plate-forme se trouvait tout au bout du bâtiment. Un énorme semi-remorque était en train de décharger des palettes. Bea s'attendait à trouver Will Mendick dans les environs mais, après avoir questionné un autre de ses collègues, elle se dirigea vers une rangée de containers à ordures. Un jeune homme était en train de fourrer des légumes et d'autres denrées alimentaires dans un sac-poubelle noir. Sans doute Will Mendick, occupé à commettre l'acte subversif qui avait inspiré un motif de tee-shirt à Santo Kerne. Pour y parvenir, il devait repousser les mouettes qui le cernaient en battant des ailes. Elles cherchaient à le chasser de leur domaine, comme dans le film d'Hitchcock.

Mendick regarda attentivement la carte de Bea. Grand et rougeaud, il devint plus rouge encore quand il comprit qu'il recevait la visite de la police.

Le jeune homme jeta un coup d'œil à Bea, puis à Havers. À en juger par son expression, aucune des deux femmes ne correspondait à l'idée qu'il se faisait de la dégaine d'un flic.

— C'est ma pause, leur dit-il comme s'il craignait qu'elles ne soient là pour contrôler ses heures de travail.

— Pas de problème, répondit Bea. On peut discuter pendant que vous... enfin, que vous faites ce que vous faites.

— Vous savez combien on gaspille de nourriture dans ce pays ? demanda-t-il d'un ton brusque.

— Pas mal, j'imagine.

— C'est un euphémisme. Dites plutôt des tonnes. Une date limite dépassée et, hop, poubelle. Un vrai crime, croyez-moi.

— Dans ce cas, je vous félicite de récupérer tout ça.

— Je le mange.

— Je m'en doutais.

— Vous avez pas le choix, je parie, intervint Havers. C'est vrai, quoi, cette bouffe ne tiendrait pas le coup jusqu'au Soudan. Elle arriverait là-bas pourrie, moisie ou que sais-je. Et puis, ce système ne vous coûte quasiment rien.

Mendick la dévisagea comme s'il la soupçonnait de se moquer de lui. Barbara demeura impassible.

— De quoi vous vouliez me parler ? demanda-t-il.

— Vous connaissiez Santo Kerne assez bien pour qu'il crée un tee-shirt pour vous, d'après ce que nous avons appris.

— Vous devez savoir que cette ville est petite et que la plupart des gens connaissaient Santo Kerne. J'espère que vous les interrogerez aussi.

— Nous contacterons ses autres relations en temps utile. Pour l'instant, c'est vous qui nous intéressez. Parlez-nous de Conrad Nelson. Je me suis laissé dire qu'il circulait en fauteuil roulant.

Les quelques boutons que Mendick avait près de la bouche prirent une teinte framboise. Il se remit à farfouiller dans les rebuts, choisit quelques pommes talées qu'il fit suivre d'un assortiment de courgettes ramollies.

— J'ai payé pour ça.

— Oui, on le sait, dit Bea. Mais ce qu'on ne sait pas, c'est comment ça s'est passé et pourquoi.

— Ça n'a rien à voir avec votre enquête.

— Vous avez été condamné pour coups et blessures volontaires ayant entraîné une incapacité définitive. Avouez que de tels antécédents ont de quoi piquer notre curiosité. Surtout quand l'auteur des faits a fréquenté, de près ou de loin, la victime d'un meurtre.

— Pas de fumée sans feu, renchérit Havers en allumant une autre cigarette.

— Vous détruisez vos poumons et ceux des autres, lui dit Mendick. C'est une habitude immonde.

— Vous trouvez ça plus classe de fouiller les poubelles ?

— Ça évite le gaspillage.

— Quelle noblesse de caractère ! Au fait, où était-elle, votre noblesse, quand vous avez cogné ce mec à Plymouth ?

— Je vous ai dit que j'avais payé.

— Vous avez dit au juge que c'était à cause de l'alcool, le relança Bea. Est-ce que vous buvez toujours ? Est-ce qu'il vous arrive encore de péter les plombs sous l'empire de l'alcool ?

— Je ne bois plus.

Ayant repéré quelque chose d'intéressant, Mendick plongea le bras dans le container et en remonta un sachet de barres de céréales aux figues. Il rangea sa trouvaille dans son sac et poursuivit sa fouille. Déchirant l'emballage d'un pain de mie rassis, il le bazarda sur le goudron à l'intention des mouettes, qui se jetèrent dessus avec avidité.

— Je vais aux Alcooliques anonymes, reprit-il. Et je n'ai pas bu un seul verre depuis ma sortie.

— J'espère que c'est vrai, Mr Mendick. L'altercation à Plymouth, comment avait-elle commencé ?

— Je vous ai déjà dit que ça n'avait rien à voir...

Il se radoucit brusquement et soupira :

— Je me bourrais souvent la gueule à l'époque. Je me suis accroché avec ce type, je sais plus à propos de quoi. Le lendemain, j'avais plus aucun souvenir de m'être battu. Je suis désolé pour ce mec, parce que je l'ai pas fait exprès. Je voulais juste le remettre à sa place.

— C'est votre méthode pour remettre les gens à leur place ?

— Quand je picolais, oui. J'en suis pas fier. Mais c'est terminé. J'ai purgé ma peine. Je me suis racheté. J'essaie de plus toucher à l'alcool.

— Vous « essayez » ?

— Merde, oui !

Sautant dans le container, il se mit à explorer rageusement son contenu.

— Santo Kerne a reçu un coup de poing assez sévère peu avant de mourir, dit Bea. Je me demandais si vous pouviez nous dire quelque chose à ce propos.

— Je ne peux pas.

— Vous ne pouvez pas ou vous ne voulez pas ?

— Enfin, pourquoi vous tenez à me coller ça sur le dos ?

Parce que t'as l'air fichtrement coupable, songea Bea. Parce que tu mens et que ça se voit sur ta figure. En effet, Mendick était devenu écarlate, jusqu'au bout des oreilles.

— C'est mon boulot de coller ça sur le dos de quelqu'un, dit-elle tout haut. Donnez-moi une bonne raison de vous disculper.

— Je n'avais aucune raison de faire du mal à Santo. Ni de le tuer.

— Comment aviez-vous fait sa connaissance ?

— Je travaillais à la Clean Barrel, la boutique de surf au coin du Strand. Santo cherchait à acheter une planche. C'est comme ça qu'on s'est connus, quelques mois à peine après son arrivée.

— Vous ne travaillez plus à la Clean Barrel. Ça aussi, ça a quelque chose à voir avec Santo Kerne ?

— Je l'ai envoyé chez LiquidEarth et ça s'est su. J'ai été viré. J'étais pas censé envoyer les clients chez la concurrence. Non que LiquidEarth soit un concurrent, mais j'allais pas dire ça au boss, pas vrai ?

— Vous en vouliez à Santo ?

— Désolé de vous décevoir, mais non. J'avais raison de l'envoyer chez LiquidEarth. Il n'avait jamais surfé. Il avait besoin d'une planche de débutant. Et nous, on ne vendait que des merdes venues de Chine, des saloperies destinées aux touristes. Je lui ai dit que Lew Angarrack lui fabriquerait une super planche. Ça lui coûterait un peu plus cher, mais ça vaudrait mieux pour lui. C'est tout ce que j'ai fait. Mais à voir la réaction de Nigel Coyle, on aurait cru que j'avais tiré sur quelqu'un. Santo est revenu pour me montrer sa planche. Il se trouve que Nigel était là, et le reste appartient à l'histoire.

— Donc, Santo vous a fait un sale coup.

— Et j'aurais attendu deux ans pour le tuer ? Il était désolé de ce qui m'était arrivé. Il s'est excusé peut-être une centaine de fois.

— Où ça ?

— Où ça quoi ?

— Où s'est-il excusé ? Où vous rencontriez-vous ?

— N'importe où. Comme j'ai dit, c'est une petite ville.

— Sur la plage ?

— Je vais pas à la plage.

— Vous vivez à Casvelyn et vous n'allez pas à la plage ?

— Je ne fais pas de surf.

— Vous vendiez des planches de surf sans être vous-même surfeur ? Comment expliquez-vous ça, Mr Mendick ?

— Bordel de merde !

Mendick se redressa. Perché sur le container, il dominait les deux femmes de toute sa hauteur.

Des veines palpitaient sur ses tempes. Bea se demanda ce qu'il fallait pour qu'il parvienne à maîtriser sa violence, et aussi ce qui pouvait l'inciter à se déchaîner sur quelqu'un.

Elle jeta un coup d'œil au sergent Havers, debout à ses côtés. Son air déterminé indiquait qu'elle n'était pas du genre à se laisser impressionner. Cela plut à Bea.

— Vous étiez en rivalité avec d'autres surfeurs ? demanda-t-elle. Avec Santo ? Ou lui était en rivalité avec vous ? C'est pour ça que vous avez abandonné le surf ?

— J'aime pas la mer, marmonna Mendick. J'aime pas ne pas savoir au-dessus de quoi je nage. La mer est pleine de requins et j'ai pas envie de m'y frotter. Je connais les planches et je connais le surf, mais je n'en fais pas. Vu ?

— Vous faites de l'escalade, Mr Mendick ?

— De l'escalade ? Non.

— Qu'est-ce que vous faites, alors ?

— Je traîne avec mes amis.

— Dont Santo Kerne ?

— Santo n'était pas...

Mendick freina des quatre fers, comme si la conversation allait trop vite et qu'il redoutait de se laisser piéger. Il fourra quelques autres marchandises dans son sac – des boîtes de conserve cabossées, plusieurs sachets d'épinards et de légumes verts, une poignée

452

d'herbes aromatiques sous cellophane, un paquet de petits pains briochés – avant de sauter à terre.

— Santo n'avait pas d'amis, dit-il enfin. Pas au sens classique. Il fréquentait les gens dans un but précis.

— Comme ?

— Comme vivre des expériences avec eux. C'est comme ça qu'il disait. Il parlait que de ça.

— Quel genre d'expériences ?

Mendick hésita, et Bea comprit qu'ils approchaient du but. Elle avait un peu galéré pour y arriver. Était-ce le signe qu'elle perdait la main ? En tout cas, le résultat était là, ce qui prouvait qu'elle avait encore de la ressource.

— Le sexe, lâcha Mendick. Santo était dingue de sexe.

— Il avait dix-huit ans, fit remarquer Havers. Existe-t-il un seul garçon de dix-huit ans qui ne soit pas dingue de sexe ?

— Comme il l'était lui ? Avec les trucs qui le branchaient ?

— Quels trucs ?

— Tout ce que je sais, c'est que c'était tordu. C'est tout ce qu'elle a voulu dire. Ça, et le fait qu'il la trompait.

— « Elle » ? fit Bea. Vous voulez parler de Madlyn Angarrack ? Qu'est-ce qu'elle vous a dit ?

— Rien. Seulement que ce qui le branchait la rendait malade.

— Ah !

La boucle était presque bouclée.

— Vous êtes proche de Madlyn ? demanda Havers.

— Pas particulièrement. Je connais son frère Cadan. Alors je la connais aussi. Ici, avec le temps, tout le monde finit par connaître tout le monde.

— Dans quel sens l'entendez-vous ? reprit Bea.

Will Mendick parut troublé.

— Quoi ?

— « Tout le monde finit par connaître tout le monde », vous avez dit. Je me demandais dans quel sens vous l'entendiez ?

Apparemment, Mendick ne saisissait pas l'allusion. Peu importait, du moment qu'ils avaient Madlyn Angarrack dans leur ligne de mire.

18

S'il n'avait pas plu la veille, Ben Kerne n'aurait sans doute pas vu son père. Mais, à cause de la pluie, il avait insisté pour reconduire sa mère à la maison après sa journée de travail. Comme chaque jour, elle était venue à tricycle – elle n'avait pas trop de mal à pédaler malgré l'attaque qu'elle avait subie quelques années plus tôt. Ben avait insisté, arguant que le tricycle entrerait sans problème à l'arrière de l'Austin. Il n'était pas question qu'il la laisse circuler sur des petites routes étroites par ce mauvais temps. Déjà qu'elle n'aurait pas dû s'y risquer par beau temps... Elle n'avait plus l'âge de rouler à tricycle, sans parler de son état de santé. Elle avait protesté, articulant avec un soin exagéré :

« Mais j'ai trois roues, Ben. »

Peu importe, avait-il répondu. Son père aurait dû avoir le bon sens d'acheter une voiture à présent que sa femme et lui étaient vieux.

Alors même qu'il prononçait ces mots, il avait constaté ce fait surprenant : au fil du temps, parents et enfants finissaient par échanger leurs rôles. Il s'était demandé malgré lui si le lien tellement fragile qui l'unissait à Santo aurait évolué de la même manière. Il en doutait. À cet instant, Santo lui apparut tel qu'il demeurerait à jamais : figé dans une éternelle jeunesse, incapable de s'intéresser à des choses plus sérieuses que les tourments sexuels de l'adolescence.

C'était l'idée de ces tourments qui l'avait tenu éveillé toute la nuit après sa visite à ses parents. Pourtant, quand il s'était engagé sur le chemin défoncé qui menait à la vieille ferme, il était loin de penser à cela. Il se concentrait plutôt sur les montées, les descentes et les virages, étonné que le temps ne l'ait pas libéré de la peur que lui inspirait son père depuis toujours. Hormis Eddie Kerne, rien ne lui faisait peur. En s'approchant de cet homme, il avait l'impression de n'avoir jamais quitté Pengelly Cove.

Sa mère l'avait senti. Elle l'avait averti qu'il risquait de trouver son père très changé. À quoi il avait répondu :

« Il ne m'a pas semblé très différent au téléphone, maman. »

Physiquement, avait-elle précisé. Même s'il essayait de cacher sa fragilité, il ressentait durement son âge. Elle n'avait pas ajouté qu'il ressentait tout aussi durement son échec. Eco-House représentait le rêve de sa vie. Il avait toujours caressé le projet de maîtriser les éléments pour les mettre à son service. Une tentative admirable, mais il avait vu trop grand.

Eddie Kerne avait peut-être entendu le moteur de l'Austin, mais il ne s'était pas montré pour autant. Il ne se montra pas non plus quand Ben sortit le tricycle de l'arrière de la voiture. Mais ils n'avaient pas encore atteint la porte de la maison qu'il leur avait ouvert, comme s'il avait surveillé leur approche, caché derrière une vitre crasseuse.

En dépit de l'avertissement de sa mère, Ben avait eu un choc en voyant son père. Eddie Kerne faisait plus vieux que son âge. Derrière ses lunettes de vieillard, à l'épaisse monture noire et aux verres maculés de graisse, ses yeux semblaient décolorés. L'un était voilé par une cataracte dont Ben savait qu'il ne se ferait jamais opérer. Toute sa personne trahissait son âge, depuis ses vêtements mal assortis et mal rapiécés jusqu'aux zones de son visage que le rasoir avait manquées, en passant par les poils qui jaillissaient de ses oreilles et de son nez. Sa démarche était lente, et ses épaules voûtées.

Ben avait éprouvé un vertige en le voyant.

« Papa », avait-il dit.

Eddie Kerne l'avait toisé, puis il s'était éloigné de la porte sans mot dire et s'était enfoncé dans la maison.

En d'autres circonstances, Ben serait immédiatement parti. Mais sa mère avait murmuré : « Tss, tss », un son qui lui avait réchauffé le cœur, même s'il ignorait à qui il s'adressait. Ce chuchotement remontait à son enfance, et son sens lui était brusquement revenu : *Maman est là, mon chéri. Ne pleure pas.* Sa mère l'avait légèrement poussé dans le dos, l'invitant à avancer.

Eddie les attendait dans la cuisine, qui semblait être la dernière pièce du rez-de-chaussée encore habitable. Elle était éclairée et chaude, alors que le reste de la maison baignait dans la pénombre, envahi par l'odeur de moisi et le trottinement des souris.

Eddie avait mis la bouilloire à chauffer. Ann avait hoché la tête, comme si ce geste révélait le changement fondamental qui avait accompagné le délabrement physique de son mari. Eddie Kerne s'était approché du placard en traînant les pieds et en avait sorti trois mugs, ainsi qu'un bocal de café en poudre et une boîte de sucre fatiguée. Une fois le tout déposé sur la table jaune écaillée, auprès d'un pichet de lait en plastique, d'une miche de pain et d'un cube de margarine déballé, il avait dit à Ben :

« Scotland Yard. Pas les flics du coin, mais Scotland Yard. T'avais pas prévu ça, hein ? Trop gros pour les flics du coin. Tu t'y attendais pas, dis ? Et elle, au fait ? »

Ben savait de qui il parlait.

Eddie avait continué :

« L'autre question, c'est qui donc les a appelés à la rescousse, pour qu'ils rappliquent comme s'ils avaient le feu au derrière ?

— Je ne sais pas.

— Tu m'étonnes ! Si c'est trop gros pour les flics du coin, c'est grave. Si c'est grave, c'est elle. C'est comme un retour de boomerang, Benesek. Je t'avais prévenu, non ?

— Dellen n'a rien à voir là-dedans, papa.

— Prononce pas son nom devant moi. C'est un gros mot.

— Eddie… » avait fait sa femme d'un ton conciliant, une main posée sur le bras de Ben, comme si elle craignait qu'il ne se sauve.

Mais, en le voyant, Ben avait compris à quel point son père était vieux, et brisé. La vie avait depuis longtemps vaincu Eddie Kerne. Il avait refusé de se soumettre à ses exigences de compromis et de changement : l'accepter comme elle venait, en évoluant quand c'était nécessaire, en aménageant ses rêves pour qu'ils s'adaptent à la réalité au lieu de se briser dessus. Mais Eddie Kerne en était incapable. Il avait été broyé, et la vie avait roulé sur son corps disloqué.

La bouilloire s'était éteinte quand l'eau s'était mise à bouillir. Eddie était allé la chercher, et Ben l'avait accompagné. Il avait entendu sa mère murmurer à nouveau « Tss, tss », mais ce réconfort était superflu. Il s'était approché de son père, d'homme à homme, et lui avait dit :

« J'aurais aimé que ça se passe autrement pour nous tous. Je t'aime, papa. »

Les épaules d'Eddie s'étaient affaissées davantage.

« Pourquoi t'es pas arrivé à te débarrasser d'elle ? » Sa voix tremblait.

« Je ne sais pas, avait avoué Ben. Je n'ai pas pu, c'est tout. Mais c'est ma faute, pas celle de Dellen. On ne peut pas lui reprocher ma faiblesse.

— Tu refusais de voir…

— Tu as raison.

— Et maintenant ?

— Je ne sais pas.

— Encore aujourd'hui ?

— Oui. C'est mon enfer personnel. Tu comprends ? Rien ne t'a jamais obligé à le prendre à ton compte. »

Eddie avait tenté de soulever la bouilloire, sans y parvenir. Ben la lui avait prise des mains et avait versé l'eau dans les mugs. Il n'avait pas envie de café. En boire l'empêcherait de dormir cette nuit-là, alors que tout ce qu'il voulait, c'était dormir indéfiniment. Mais il le boirait si c'était ce qu'on attendait de lui, si c'était le moyen de communier avec son père.

Ils s'étaient tous assis, Eddie le dernier. Sa tête semblait trop lourde pour son corps, et elle était tombée en avant.

« Qu'est-ce qu'il y a, Eddie ? avait demandé Ann Kerne à son mari.

— J'ai parlé au flic. J'aurais pu le virer, mais je l'ai pas fait. Je voulais... Je sais pas ce que je voulais, Benesek. Je lui ai dit tout ce que je savais. »

Son insomnie avait donc une double cause : le café qu'il avait bu et ce qu'il avait appris de la bouche de son père. Si leur conversation avait apaisé certaines douleurs, elle en avait fait ressurgir d'autres, que Ben avait dû affronter ensuite jusqu'au lendemain, même s'il n'en avait pas particulièrement envie.

Qu'est-ce que c'était qu'une nuit, rapportée au reste de son existence ? Rien de plus qu'une fête entre copains, à laquelle il ne serait pas allé s'il n'avait pas eu, à peine deux jours plus tôt, le courage de rompre une fois de plus avec Dellen Nankervis. Déprimé, il imaginait que sa vie était foutue. « Il faut que tu te changes les idées, lui avaient recommandé ses potes. Parsons fait une fête. Tout le monde est invité : viens avec nous. Oublie cette salope, pour une fois. »

Impossible, car Dellen était là elle aussi : robe bain de soleil écarlate et sandales à talons aiguilles, jambes lisses et épaules bronzées, cheveux blonds soyeux, longs et épais, yeux pareils à des jacinthes sauvages. Dix-sept ans et un cœur de sirène... Elle était venue seule mais ne l'était pas restée longtemps. Comme la flamme, elle attirait les hommes. Ses copains ne comptaient pas au nombre des victimes. Ils savaient comment Dellen Nankervis appâtait sa proie, comment elle la capturait et, pour finir, ce qu'elle en faisait. Du coup, ils gardaient leurs distances. Mais les autres... Ben avait observé le ballet jusqu'à ce qu'il n'en puisse plus.

Quelqu'un lui avait collé un verre dans la main, et il l'avait sifflé. Une pilule, et il l'avait gobée. Un pétard, et il l'avait fumé. C'était un miracle qu'il ait survécu avec tous les trucs qu'il avait ingérés ce soir-là. Ce qui était sûr, c'est qu'il avait fait bon accueil à toutes les filles disposées à s'éclipser dans un coin sombre avec lui. Il y en avait eu au moins trois, peut-être plus. Ça n'avait pas d'importance. Tout ce qui comptait, c'était que Dellen le voie.

Enlève tes sales pattes de ma sœur ! Cette sommation avait mis fin au manège. La voix appartenait à Jamie Parsons. Il jouait le rôle du frère indigné – le frère plein aux as, qui faisait le tour du monde pour aller sur les meilleurs spots de surf et qui s'arrangeait pour que tout le monde le sache –, le frère qui venait de surprendre un minable la main dans la culotte de sa sœur, et sa sœur plaquée contre le mur, une jambe relevée, qui adorait ça. Oui, elle adorait ça, comme Ben avait eu la bêtise de le clamer à qui voulait l'entendre quand Jamie Parsons les avait séparés.

Parsons l'avait viré sans autre forme de procès, et ses potes avaient suivi le mouvement. Mais, d'après ce qu'il savait, Dellen était restée.

« Bon sang, ce connard mérite une leçon », avaient-ils dit, complètement bourrés, défoncés et en rogne contre Jamie Parsons.

Ce qui s'était passé après ? Ben n'en avait aucune idée.

Il avait repassé l'histoire dans sa tête toute la nuit, à son retour de Pengelly Cove. Il était rentré aux alentours de dix heures, et il s'était borné à déambuler à travers l'hôtel, s'arrêtant aux fenêtres pour contempler la baie agitée. Kerra était partie, Alan absent pour la journée, et Dellen… Elle n'était ni dans le séjour ni dans la cuisine. Il ne chercha pas ailleurs. Il avait besoin de temps pour récapituler ce qu'il se rappelait, et démêler le rêve de la réalité.

Il finit par regagner la chambre en milieu de matinée. Dellen était couchée en travers du lit. Sa respiration lourde s'expliquait par le flacon de cachets décapsulé qui trônait sur la table de chevet. La lampe était allumée. Sans doute l'était-elle restée toute la nuit.

Il s'assit au bord du lit. Elle ne se réveilla pas. Elle ne s'était pas déshabillée. Son foulard rouge s'étalait sous sa tête, et ses franges s'épanouissaient tels des pétales autour d'elle, cœur de la fleur.

La malédiction de Ben était qu'il puisse encore l'aimer. Malgré tout, et surtout malgré le meurtre de Santo, chaque fois qu'il posait les yeux sur elle, il constatait qu'elle avait gardé le pouvoir d'effacer de son cœur et de son esprit tout ce qui n'était pas elle. Il ne comprenait pas comment c'était possible, ni quelle perversion en lui rendait cela possible.

Dellen ouvrit les yeux. Dans leur expression éteinte, juste avant qu'elle ne reprenne conscience, il lut la vérité : ce qu'il espérait d'elle, sa femme ne pourrait jamais le lui donner, et pourtant il continuerait à tâcher de l'obtenir, encore et encore.

Elle détourna la tête.

— Laisse-moi, dit-elle. Ou tue-moi. Parce que je ne peux pas…

— J'ai vu son corps, lui dit Ben. Ou plutôt son visage. Ils l'avaient disséqué – c'est ce qu'ils font, sauf qu'ils emploient un mot différent –, alors il avait un drap tiré jusqu'au menton. J'aurais pu voir le reste mais je n'ai pas voulu. Son visage m'a suffi.

— Oh mon Dieu.

— C'était une formalité. Ils savaient que c'était Santo. Ils ont sa voiture. Ils ont son permis de conduire. Ils n'avaient pas besoin de me le montrer. Je suppose que j'aurais pu fermer les yeux au dernier moment et dire « Oui, c'est bien lui », sans l'avoir regardé.

Elle mit un poing devant sa bouche. Il ne voulait pas s'interroger sur les raisons qui l'avaient poussé à dire cela, mais il ne pouvait se résoudre à édulcorer la réalité devant sa femme. Au contraire, il estimait qu'il était de son devoir de la faire sortir d'elle-même pour qu'elle éprouve pleinement sa douleur de mère, au risque qu'elle lui en veuille.

Elle n'y peut rien, s'était-il répété sans relâche au fil des années. Elle n'est pas responsable. Elle a besoin que je l'aide. Il ne savait pas si c'était encore vrai. Mais, s'il cessait d'y croire, cela voudrait dire qu'il avait vécu plus de vingt-cinq ans dans le mensonge.

— Tout ce qui est arrivé est ma faute, poursuivit-il. Je n'ai pas su faire front. J'attendais plus des gens que ce qu'ils pouvaient me donner, et quand ils ne me le donnaient pas, j'essayais de le leur arracher de force. C'était comme ça entre toi et moi. C'était comme ça avec Santo.

— Tu aurais dû demander le divorce. Pourquoi, au nom du ciel, n'as-tu jamais demandé le divorce ?

Elle se mit à pleurer. Elle se tourna sur le flanc, face à la table de chevet et à son flacon de cachets. Elle tendit le bras comme si elle voulait en reprendre.

— Pas maintenant, dit-il en attrapant le flacon.

— J'ai besoin…

— Tu as besoin de rester lucide.

— Je ne peux pas. Donne-les-moi. Ne me laisse pas comme ça.

C'était la cause, la racine même du mal. *Ne me laisse pas comme ça. Je t'aime, je t'aime... Je ne sais pas pourquoi... J'ai l'impression que ma tête va exploser, mais je ne peux pas m'empêcher... Viens ici, mon chéri. Viens ici, viens ici.*

— Ils ont fait venir quelqu'un de Londres.

Il lut dans son regard qu'elle ne comprenait pas. Elle ne pensait plus à la mort de Santo à ce moment-là, et elle aurait bien aimé continuer, mais il ne la laissa pas faire.

— Quelqu'un de Scotland Yard. Il a parlé à mon père.

— Pourquoi ?

— Ils vérifient tout quand quelqu'un a été assassiné. Ils inspectent les moindres recoins de sa vie et de celle de son entourage. Tu comprends ce que ça veut dire ? Il a parlé à papa et papa lui a dit tout ce qu'il savait.

— Sur quoi ?

— Sur pourquoi j'ai quitté Pengelly Cove.

— Mais ça n'a aucun rapport avec...

— C'est un élément de l'enquête.

— Donne-moi les cachets.

— Non.

Elle tenta de lui prendre le flacon, mais il le tint hors de sa portée.

— Je n'ai pas dormi de la nuit, dit-il. Le fait d'être allé à Pengelly Cove, d'avoir parlé à papa... Ça a tout fait remonter. La fête à la Villa de la Falaise, l'alcool, la drogue, les caresses dans le noir... Si par hasard les choses allaient plus loin, on se fichait bien d'être vus. Et les choses sont allées plus loin. Pas vrai ?

— Je ne me rappelle pas. C'était il y a longtemps. Ben, s'il te plaît. Donne-moi les cachets.

— Si je te les donne, tu t'en iras, or je veux que tu restes. Je veux que tu ressentes un peu ce que je ressens. Si je n'obtiens même pas ça...

Si elle ne pouvait pas lui donner ce qu'il réclamait, que ferait-il qu'il n'ait déjà tenté, sans succès, par le passé ? Ses menaces étaient vaines, ils le savaient tous deux.

— La mort appelle la mort, en fin de compte, quoi qu'on fasse, reprit-il. **Je** n'aimais pas voir Santo surfer. Je croyais que le surf le conduirait là où il m'avait conduit, et je me persuadais que c'était là la vraie raison. En réalité, je voulais lui confisquer l'essence même de son être, parce que c'était moi qui avais peur. Je voulais le voir mener la même existence que moi. Je suis allé jusqu'à dire : Vis comme un mort et je ne t'en aimerai que davantage. Quant à ces cachets...

Dellen fit une nouvelle tentative pour saisir le flacon, mais il se leva.

— Ces cachets font de toi une morte. Tu es morte à ce monde-ci. Or c'est là que je veux te voir.

— Tu sais ce qui arrivera. Je ne peux pas m'en empêcher. Quand j'essaie, j'ai l'impression que des coups de marteau résonnent sous mon crâne.

— Ça a toujours été comme ça.

— Tu le sais très bien.

— Alors tu cherches à te soulager. Avec les cachets et avec l'alcool. Et si les cachets manquent et si l'alcool ne fonctionne pas...

— Donne-les-moi !

À son tour, elle se leva.

Ben se trouvait près de la fenêtre. Il ouvrit le flacon et le vida au-dehors, dans le parterre boueux où languissaient les plantes printanières en attendant un soleil qui tardait à venir.

465

Dellen poussa un gémissement. Elle courut vers Ben, le frappa de ses poings. Il lui prit les poignets.

— Je veux que tu voies les choses, dit-il. Que tu les entendes et que tu les ressentes. Et que tu te souviennes. Si je suis obligé d'affronter cette épreuve tout seul…

— Je te déteste ! hurla-t-elle. Tu veux, tu n'arrêtes pas de vouloir. Mais tu ne trouveras jamais quelqu'un qui te donne ce que tu veux. Cette personne n'est pas moi. Ça ne l'a jamais été, mais il n'y a pas moyen que tu me laisses partir. Je te déteste. Seigneur, Seigneur, ce que je peux te détester !

Elle lui échappa et, l'espace d'un instant, il crut qu'elle allait se précipiter dehors et fouiller la boue pour y récupérer les cachets en train de fondre. Au lieu de ça, elle se dirigea vers l'armoire et commença à en extraire des vêtements. Du rouge, du vermillon, du grenat, ainsi que toute la palette intermédiaire… Elle les jetait en tas sur le sol, cherchant le plus éloquent. Comme cette robe bain de soleil écarlate, il y avait si longtemps.

— Raconte-moi ce qui s'est passé, dit-il. J'étais avec la sœur de Parsons. Je lui faisais ce que j'étais en état de faire, et elle était d'accord. Il nous a surpris et il m'a fichu dehors. Non parce qu'il était gêné que sa sœur se fasse tringler dans le couloir de la maison de ses parents au milieu d'une fiesta, mais pour prouver une fois de plus sa supériorité. Ce n'était pas une question de différence sociale, ni même d'argent. Dis-moi ce qui s'est passé entre vous après mon départ.

Elle continuait à jeter ses vêtements par terre. Quand elle eut vidé l'armoire, elle s'approcha de la commode et recommença. Culottes et soutiens-gorge, combinaisons, chandails, foulards, rien que du rouge, jusqu'à ce que les vêtements forment un tas à ses pieds, comme de la pulpe de fruit écrasée.

— Est-ce que tu as baisé avec lui, Dellen ? Je ne t'ai jamais questionnée au sujet des autres, mais pour celui-là, je veux savoir. Est-ce que tu lui as dit : « Il y a une grotte sur la plage. Je vais y faire l'amour avec Ben. Je t'y retrouverai » ? Il ne savait sans doute pas que toi et moi, c'était fini. Il a dû se dire que c'était une bonne façon de me moucher. Alors il est allé te retrouver et…

— Non !

— … et il t'a baisée comme tu le voulais. Mais il avait pris des drogues, mélangées avec de l'alcool. Une fois qu'il a eu fait ce que tu voulais qu'il fasse, tu l'as laissé là, dans le coaltar, au fond de la grotte. Et quand l'eau s'est engouffrée dedans…

— Non !

— … tu étais partie depuis longtemps. Tu avais eu ce que tu voulais, et ce que tu voulais n'avait rien à voir avec l'envie de se faire sauter et tout à voir avec le désir de vengeance. Jamie étant Jamie, tu avais calculé qu'il se débrouillerait pour me faire savoir qu'il t'avait baisée. Mais ce que tu n'avais pas calculé, c'était que la marée ferait échouer ton plan et…

— Je leur ai dit ! hurla-t-elle.

N'ayant plus d'effets personnels à jeter sur le sol, elle saisit la lampe de chevet et la brandit.

— J'ai parlé et je leur ai raconté tout ce que je savais. Tu es content maintenant ? C'est ce que tu voulais entendre ?

Ben demeura sans voix. Il n'aurait jamais imaginé que son passé puisse lui réserver encore des surprises, mais apparemment, c'était le cas.

Après leur visite au supermarché, Bea et l'inspecteur Havers marchèrent jusqu'à Casvelyn of Cornwall. La boulangerie tournait à plein rendement, se préparant à livrer les pubs, les hôtels, les snacks et les restaurants du secteur. Des arômes entêtants de pâte feuilletée se répandaient jusque dans la rue, de plus en plus puissants à mesure qu'elles se rapprochaient de la boutique. Bea entendit Barbara Havers murmurer avec ferveur :

— Bordel de Dieu !

Elle lui lança un coup d'œil. Le sergent regardait avec envie la vitrine dans laquelle les tourtes tout juste sorties du four alignaient leurs calories, leur cholestérol et leurs glucides.

— Pas mal, hein ? fit Bea d'un ton complice.

— Plutôt tentant, je vous l'accorde.

— Vous devez absolument goûter un pâté en croûte pendant votre séjour en Cornouailles. Et ceux-ci sont les meilleurs.

— C'est noté.

Après un dernier regard à la vitrine, Havers suivit Bea dans la boutique.

Madlyn Angarrack servait une file de clients tandis que Shar disposait les tourtes dans les vitrines. Outre les pâtés en croûte, la boulangerie proposait ce jour-là des miches de pain, à la croûte épaisse saupoudrée de romarin.

Bea n'avait pas l'intention de faire la queue. Elle dépassa les clients qui attendaient, montrant ostensiblement sa carte et marmonnant des excuses. Arrivée devant la caisse, elle déclara :

— Un mot, Miss Angarrack. Ici ou au poste, mais dans un cas comme dans l'autre, tout de suite.

Madlyn n'essaya pas de temporiser.

— Shar, tu veux bien prendre la caisse ? dit-elle à sa collègue.

Elle s'empressa d'ajouter, pour montrer son intention de collaborer avec la police, ou de réclamer illico un avocat :

— Je ne serai pas longue.

Elle alla chercher un blouson et sortit.

— Voici l'inspecteur Havers, de New Scotland Yard, dit Bea en guise de préambule. Elle est venue nous aider dans notre enquête.

Madlyn lança un regard nerveux à Havers. D'un ton qui hésitait entre méfiance et perplexité, elle demanda :

— Pourquoi New Scotland Yard serait-il…

— À votre avis ?

Bea constata que les mots « New Scotland Yard » étaient d'une efficacité redoutable. Les gens dressaient l'oreille et se tenaient à carreau dès qu'ils les entendaient.

Comme Madlyn se taisait, Havers sortit un carnet en lambeaux et y griffonna quelque chose. Sans doute notait-elle qu'elle devrait repasser par la boulangerie pour acheter un pâté en croûte avant de regagner l'auberge, mais Bea s'en moquait : le geste avait un côté officiel, et c'était tout ce qui comptait.

— Je n'aime pas qu'on me mente, dit Bea à Madlyn. Ça me fait perdre mon temps, ça m'oblige à rabâcher les mêmes questions et ça me déconcentre.

— Je ne…

— Faites-nous gagner du temps pendant ce deuxième round, d'accord ?

— Je ne vois pas ce qui vous fait penser…

— Je vous rafraîchis la mémoire ? Il y a sept semaines et demie, Santo Kerne a mis un terme à votre

469

relation, sans que vous sachiez pourquoi – c'est du moins ce que vous avez prétendu. Or, vous en saviez un peu plus long que vous ne l'avez dit, pas vrai ? Il voyait quelqu'un d'autre, et cela vous rendait malade. Cela vous rappelle-t-il quelque chose, Miss Angarrack ?

Madlyn détourna le regard. De toute évidence, elle se demandait qui avait pu moucharder. Les suspects ne devaient pas être légion, et quand les yeux de la jeune fille se posèrent sur la Blue Star Grocery, la satisfaction se peignit sur son visage, aussitôt remplacée par une froide détermination. Will Mendick était grillé.

— Y a-t-il quelque chose que vous aimeriez nous dire ? reprit Bea.

Le sergent Havers tapota son crayon sur son carnet d'un geste appuyé. Le crayon était mâchonné, ce qui collait bien avec le personnage.

Le regard de Madlyn se reporta sur Bea. Loin d'avoir l'air résignée, comme tout bon suspect dans une affaire de meurtre, elle paraissait furieuse.

— Il a rompu. Je n'ai pas menti, et vous ne pouvez pas démontrer que si. Et de toute manière, je n'avais pas prêté serment.

— Épargnez-nous les finesses juridiques, intervint Havers. Pour autant que je sache, on n'est pas dans une série télé. Vous avez menti, vous nous avez raconté des salades, vous nous avez monté un bateau, appelez-le comme vous voudrez. Maintenant, venons-en aux faits. Je serai contente, l'inspecteur principal sera contente et, croyez-le, vous aussi.

Madlyn ne parut guère goûter le conseil. Elle l'accueillit avec une moue écœurée mais, quand elle reprit la parole, elle leur livra une version complètement différente de la précédente.

— Très bien. C'est moi qui ai rompu. Je pensais qu'il me trompait, alors je l'ai suivi. Je n'en suis pas fière, mais il fallait que je sache. Quand j'ai su, je l'ai quitté. C'était dur, **parce** que je l'aimais encore, mais je l'ai fait. Voilà l'histoire. Et c'est la vérité.

— Jusqu'ici, commenta Bea.

— Je viens de vous dire…

— Suivi où ? demanda Havers, son crayon en l'air. Suivi quand ? Et comment ? À pied, en voiture, à vélo, à trottinette ?

— Donc, le fait qu'il vous trompait vous rendait malade ? reprit Bea. Ce simple fait, ou bien y avait-il autre chose ? Il me semble que vous avez employé le mot « tordu ».

— Je ne vous ai jamais dit…

— Pas à nous, non. C'est une partie du problème. De votre problème, s'entend. Quand on dit une chose à quelqu'un et une autre aux flics, on finit toujours pas se faire mordre. Maintenant que vous vous êtes fait mordre, vous avez tout intérêt à parler pour sauver vos fesses, comme qui dirait.

— Vu les risques de rage et tout ça, murmura l'inspecteur Havers.

Bea réprima un sourire. Cette nana commençait à lui plaire.

La mâchoire de Madlyn se crispa. Elle pouvait encaisser les menaces et les quolibets des deux femmes, ou bien elle pouvait parler. Elle choisit l'option la plus susceptible de la débarrasser d'elles.

— Je trouve que les gens ne devraient pas se disperser, dit-elle.

— Santo se dispersait ? demanda Bea. Qu'est-ce que ça veut dire, exactement ?

— Ça veut dire ce que j'ai dit.

— Alors quoi ? demanda Havers avec impatience. Il se tapait des enfants de chœur ? Des chèvres ? Des moutons ? Une courgette de temps en temps ? Quoi ?

— Arrêtez ! cria Madlyn. Il se tapait d'autres femmes, d'accord ? Des femmes plus âgées. Je l'ai forcé à avouer quand je l'ai appris. Et je l'ai appris parce que je l'ai suivi.

— Nous y revoilà, dit Bea. Vous l'avez suivi où ?

— À Polcare Cottage. Il est allé là-bas et je l'ai suivi. Il est entré et… j'ai attendu et attendu, parce que j'étais stupide et que je voulais croire que… Mais au bout d'un moment, je me suis approchée et j'ai tambouriné à la porte… Vous pouvez imaginer la suite, non ? C'est tout ce que j'ai à vous dire, alors laissez-moi tranquille, bon sang !

Sur ces paroles, elle se faufila entre les deux femmes et se dirigea d'un pas raide vers la boulangerie. Elle se frottait furieusement les joues en marchant.

— C'est quoi, Polcare Cottage ? demanda le sergent Havers.

— L'endroit rêvé pour une visite surprise, répondit Bea.

Lynley ne s'approcha pas tout de suite du cottage, car Daidre ne semblait pas être chez elle. À moins qu'elle n'ait garé sa voiture dans la plus grande des deux remises. Tapotant le volant de sa Ford de location, il réfléchit à ce qu'il allait faire ensuite. Il aurait dû commencer par rapporter ce qu'il savait à l'inspecteur principal Hannaford, mais cette idée ne l'emballait pas. Il aurait préféré donner à Daidre Trahair une chance de s'expliquer.

Malgré ce que Barbara Havers avait pu penser, Lynley avait pris à cœur les réflexions de son ancienne collègue. Il était bel et bien dans une situation précaire, et il le savait, même s'il rechignait à se l'avouer. Il voulait désespérément échapper au puits sans fond dans lequel il se débattait depuis des semaines et des semaines, et, pour s'extraire de ce marasme, il se serait agrippé à la première corde tendue. Force lui était d'admettre que la compagnie de Daidre Trahair, alliée à la bienveillance qu'il lisait dans son regard, l'avait peut-être amené à négliger des détails qui auraient exigé une analyse plus poussée.

Il avait mis le doigt sur un autre de ces « détails » ce matin-là. Après le départ de Havers, il avait rappelé le zoo de Bristol, mais au lieu de s'enquérir du Dr Trahair, il s'était renseigné sur les gardiens des primates. Après avoir parlé à une demi-douzaine d'employés de services différents, il n'avait pas été surpris d'apprendre qu'aucun Paul ne veillait sur les primates du zoo. En réalité, ceux-ci étaient confiés aux soins d'une équipe de femmes, dirigée par une certaine Mimsie Vance, à qui Lynley n'eut pas besoin de parler.

Un autre mensonge à inscrire au palmarès de Daidre ; un autre mauvais point qui nécessitait des éclaircissements.

Il était déterminé à jouer cartes sur table avec elle. Peut-être avait-il mal interprété ou mal compris ses propos. Elle méritait une occasion de se justifier. Tout le monde méritait au moins ça.

Il descendit de voiture et s'approcha du cottage. Il frappa à la porte bleue et attendit. Comme il s'en doutait, la jeune femme n'était pas chez elle. Il se dirigea vers les remises, histoire de s'en assurer.

La plus grande était entièrement vide : il le fallait, pour accueillir une voiture dans un espace aussi exigu. La présence de toiles d'araignée et d'une épaisse couche de poussière à l'intérieur indiquait qu'elle ne servait pas souvent. Mais il y avait des traces de pneus sur le sol. Lynley s'accroupit pour les examiner. Différentes voitures s'étaient garées là, constata-t-il. C'était à noter, même s'il ne savait pas quoi en déduire.

L'autre remise était un abri de jardin. Elle renfermait des outils, dont le degré d'usure témoignait des efforts de Daidre pour créer quelque chose qui ressemble à un jardin, malgré la proximité de la mer.

Il examinait les outils en question quand il entendit une voiture approcher. Ses pneus crissaient sur les cailloux du bas-côté. Il sortit de l'abri de jardin pour déplacer son véhicule qui bloquait l'allée. Il vit alors que ce n'était pas Daidre Trahair qui regagnait sa maison, mais l'inspecteur principal Hannaford, accompagnée de Barbara Havers.

Il sentit le découragement le gagner. Il avait vaguement espéré que Havers ne parlerait pas à Hannaford de ce qu'elle avait découvert à Falmouth. Quand elle enquêtait, Barbara aurait écrasé sa grand-mère avec un semi-remorque, pour peu qu'elle se soit dressée entre elle et une information pertinente. À ses yeux, le moindre détail bizarre, contradictoire, décalé ou suspect exigeait d'être inspecté sous tous les angles.

Leurs regards se croisèrent quand elle descendit de voiture, et il essaya de ne pas trahir sa déception. Elle s'arrêta pour sortir une cigarette d'un paquet de Players et tourna le dos à la brise, abritant un briquet en plastique derrière sa main.

Bea Hannaford le rejoignit.

— Elle n'est pas là ?

Il fit non de la tête.

— Vous en êtes sûr ? insista Hannaford

— Je n'ai pas regardé par les fenêtres, répondit-il. Mais je ne vois pas pourquoi elle ne répondrait pas si elle était chez elle.

— Moi si. Bon, où en êtes-vous de votre enquête ? Vous avez passé pas mal de temps avec elle. Sans doute avez-vous appris des choses.

Lynley jeta un regard plein de gratitude à son ancienne équipière. Il se sentit honteux de l'avoir mal jugée, et il comprit à quel point les mois écoulés l'avaient transformé. Havers haussa un sourcil, lui signifiant que la balle se trouvait dans son camp et qu'il pouvait en faire ce qu'il voulait. Pour le moment.

— Je ne sais pas pourquoi elle vous a menti au sujet de son itinéraire, dit-il à Hannaford. Je n'ai guère avancé. Elle est très prudente quand il s'agit d'elle-même.

— Pas si prudente que ça, rétorqua l'inspecteur. Elle a menti en prétendant ne pas connaître Santo Kerne. Le gamin était son amant. Elle le partageait avec la petite amie à l'insu de celle-ci. Au début, du moins. La petite amie a eu des soupçons, alors elle a suivi Santo, qui l'a conduite tout droit ici. Il n'avait pas l'air du genre à faire le détail en matière de femmes. Plus vieilles, plus jeunes, et entre les deux.

Bien que son cœur se soit mis à battre plus vite pendant le discours de l'inspecteur, Lynley déclara d'une voix égale :

— J'ai du mal à le croire.

— Croire quoi ?

— Que sa petite amie l'ait suivi, et aussi la conclusion à laquelle vous êtes arrivée : Santo, amant du Dr Trahair.

— Monsieur… fit Havers d'un ton d'avertissement.

475

— Vous êtes fou, Thomas ? dit Bea à Lynley. La petite amie l'a forcé à cracher le morceau.

— Lui ou les deux ?

— Qu'est-ce que ça change ?

— Ça change tout si elle n'a rien vu.

— Que vouliez-vous qu'elle fasse ? Qu'elle bondisse par la fenêtre avec un appareil photo pendant qu'ils étaient à l'œuvre ? Histoire d'avoir des preuves pour confirmer ses dires si jamais les flics l'interrogeaient ? Elle en a vu assez pour se fritter avec lui, et il est passé aux aveux.

— Il a dit que le Dr Trahair était sa maîtresse ?

— Mais merde, qu'est-ce que vous croyez qu'...

— Il me semble que s'il avait un penchant pour les femmes plus âgées, il en aurait choisi une plus accessible. Le Dr Trahair, à ce qu'elle a dit, ne vient ici que pour les vacances ou un week-end de temps en temps.

— Jusqu'ici, mon bon monsieur, elle nous a menti quasiment sur tout. Alors, je pense qu'on peut supposer sans risque que si Santo Kerne venait dans ce cottage...

— Pourrais-je dire un mot, inspecteur Hannaford ? la coupa Havers. Au commissaire, j'entends.

— Barbara, je ne suis plus... protesta Lynley.

— À sa seigneurie, rectifia Havers d'un ton acerbe. À sa « comtitude »... À *Mr* Lynley... À ce qu'il voudra... Si vous permettez, chef.

Hannaford écarta les bras, résignée.

— Allez-y.

Elle se dirigea vers le cottage, mais elle marqua une halte et pointa un index accusateur sur Lynley.

— Si je m'aperçois que vous entravez le cours de cette enquête de quelque façon que ce soit...

— Vous me virez, persifla Lynley. Je sais.

476

Il la regarda s'approcher du cottage et frapper à la porte. Comme personne ne répondait, elle contourna la maison, dans l'intention évidente de faire ce que la petite amie de Santo aurait dû faire, selon elle : espionner par les fenêtres. Lynley se tourna vers Havers.

— Merci.

— Je ne venais pas à votre secours.

— Pas pour ça. Pour ne pas avoir répété à Hannaford ce que vous aviez appris à Falmouth. Vous auriez pu. Vous auriez dû. Nous le savons tous les deux. Merci.

— J'aime être cohérente avec moi-même.

Elle tira longuement sur sa cigarette avant de l'envoyer promener. Puis elle ôta un brin de tabac de sa bouche.

— C'est pas à la onzième heure que je vais commencer à respecter l'autorité.

Il sourit.

— Alors, vous comprenez…

— Non. Je ne comprends pas. Du moins, je ne comprends pas ce que vous voulez que je comprenne. Elle ment, monsieur. Ça la rend suspecte. On était venues l'embarquer pour l'interroger. Plus, si nécessaire.

— Vous voulez dire : l'arrêter ? Pour quel motif ? Si elle avait bien une liaison avec ce garçon, elle avait d'autant moins de mobile pour le tuer.

— Pas si sûr. Et, par pitié, ne me dites pas que vous l'ignorez.

Elle jeta un coup d'œil au cottage. Bea Hannaford avait disparu : elle scrutait sans doute les fenêtres de la façade ouest. Havers respira à fond et fut prise d'une quinte de toux.

— Il faut que vous arrêtiez le tabac, lui dit Lynley.

— Demain. En attendant, on a un petit problème.

— Venez avec moi à Newquay.

— Quoi ? Pourquoi ?

— Parce que je tiens une piste. Le père de Santo Kerne a été mêlé à une mort suspecte il y a une trentaine d'années. Je pense qu'il faut aller vérifier ça.

— Le père de Santo Kerne ? Là, monsieur, vous bottez en touche.

— Pourquoi ça ?

— Vous le savez bien.

— Havers, je vous assure que non. Venez avec moi à Newquay.

Son plan paraissait très raisonnable à Lynley. Tous les deux à fureter, échafauder des hypothèses, envisager différentes possibilités, comme au bon vieux temps… Soudain, il lui parut indispensable que le sergent l'accompagne.

— Monsieur, je ne peux pas faire ça, dit Havers.

— Et pourquoi ?

— D'abord, parce que j'ai été détachée auprès de l'inspecteur principal Hannaford. Et ensuite…

Elle passa sa main dans ses cheveux blond-roux, toujours mal coupés et aussi raides qu'une dame patronnesse. Ce jour-là, ils étaient électriques et se dressaient en épis sur sa tête.

— Monsieur, comment dois-je vous dire ça ?

— Quoi ?

— Vous êtes passé par la pire épreuve qui soit.

— Barbara…

— Merde, écoutez-moi. Vous avez perdu votre femme qui a été assassinée. Vous avez perdu votre enfant. Bon Dieu, vous avez dû les débrancher…

Il ferma les yeux. Havers lui serra le bras.

— Je sais que c'est dur. Je sais que c'est horrible.

— Non, murmura-t-il. Vous ne savez pas. Vous ne pouvez pas savoir.

— Très bien. Je ne sais pas, et je ne peux pas savoir. Mais ce qui est arrivé à Helen a fait exploser votre vie, et personne – absolument personne, monsieur – ne sort d'un truc pareil sans être un peu ébranlé mentalement.

Il la dévisagea.

— Vous êtes en train de dire que je suis fou ? On en est là ?

Elle le lâcha.

— Je suis en train de dire que vous êtes grièvement blessé. Vous n'avez pas toutes vos capacités intactes, et si vous vous imaginez qu'il en va autrement, vous vous fourrez le doigt dans l'œil. Je ne sais pas ce que cette femme fait ici, ni si elle est Daidre Trahair ou quelqu'un qui prétend être Daidre Trahair. Il n'en demeure pas moins que quand quelqu'un ment au cours d'une enquête criminelle, les flics ont l'habitude de creuser. Donc la question est : Pourquoi vous ne voulez pas ? Je crois qu'on connaît tous les deux la réponse.

— C'est-à-dire ?

— Vous prenez votre voix d'aristo. Je sais ce que ça signifie. Vous voulez établir une distance, et en géné-ral vous y arrivez. Eh bien, cette fois, je ne marche pas, monsieur. Demandez-vous ce que vous êtes en train de faire, et pourquoi. Et si vous n'êtes pas en mesure de vous poser la question, demandez-vous aussi pourquoi.

Il ne répondit pas. Il avait l'impression qu'une vague le submergeait, démolissant tout ce qu'il avait construit pour l'endiguer au moins temporairement. Il finit par soupirer :

— Oh Seigneur !

Ce fut tout ce qu'il parvint à dire. Il leva la tête et contempla le ciel, où des nuages gris promettaient de gâcher la journée.

Havers reprit d'une voix radoucie, un changement de ton qui affecta autant Lynley que ses propos précédents :

— Pourquoi êtes-vous venu ici ? Chez elle ? Avez-vous découvert autre chose ?

— Je me suis dit...

Il s'éclaircit la gorge et quitta le ciel des yeux pour la regarder. Elle était solide, authentique, et il savait qu'elle était de son côté. Mais s'il lui disait la vérité, il savait comment elle réagirait. Le simple fait que Daidre Trahair ait encore menti ferait pencher la balance.

— J'ai pensé qu'elle voudrait peut-être m'accompagner à Newquay. Ça m'aurait donné l'occasion de discuter à nouveau avec elle, d'essayer de comprendre...

Il n'acheva pas sa phrase. Même à ses propres oreilles, la pensée qui la sous-tendait avait quelque chose de désespéré. Mais c'était bien ce qu'il était.

Hannaford réapparut au coin du cottage, piétinant les oyats et les coucous qui foisonnaient sous les fenêtres. Visiblement, elle tenait à ce que Daidre Trahair sache que quelqu'un était venu.

Lynley lui fit part de ses intentions : Newquay, la police, l'histoire de Ben Kerne, la mort d'un garçon du nom de Jamie Parsons.

Hannaford ne s'en laissa pas conter.

— Vous allez faire chou blanc. À quoi voulez-vous que ça nous mène ?

— Je ne sais pas encore. Mais il me semble...

— Je veux que vous vous focalisiez sur *elle*, commissaire.

— Je reconnais qu'il y a peut-être des points la concernant qui méritent d'être approfondis.

— Vraiment ? Ça fait plaisir à entendre. Alors approfondissez. Vous avez votre portable sur vous ? Oui ? Gardez-le allumé. Nous deux, on file. Quand vous aurez mis la main sur notre chère Dr Trahair, vous l'escorterez au commissariat. Ai-je été assez claire ?

— Oui, répondit Lynley. Tout à fait claire.

Il regarda Hannaford regagner sa voiture. Il échangea un regard avec Havers avant que celle-ci ne la rejoigne.

Il décida d'aller à Newquay malgré tout : c'était l'avantage du rôle qu'il occupait dans cette enquête. Tant pis si Hannaford n'était pas d'accord. Il n'avait pas à faire taire son intuition pour respecter sa volonté.

Après être sorti du labyrinthe de petites routes qui séparait Polcare Cove de l'A39, il emprunta l'itinéraire le plus direct pour Newquay. Il tomba sur un bouchon dû à un camion renversé à environ dix kilomètres de Wadebridge ; l'incident le ralentit considérablement et il atteignit la capitale cornouaillaise du surf peu après deux heures de l'après-midi. Il se perdit et maudit alors l'adolescent soucieux de plaire à ses parents qu'il était avant la mort de son père. Newquay, avait maintes fois entonné son père, était une ville vulgaire, pas le genre d'endroit qu'un « vrai » Lynley fréquentait. Du coup, il ne connaissait pas du tout la ville, alors que son frère cadet, moins obsédé par le besoin de plaire, s'y serait repéré les yeux bandés.

Après avoir manqué d'enfreindre deux sens interdits et de s'engager dans la zone piétonne, il renonça à se débrouiller seul et suivit les panneaux jusqu'à l'office de tourisme. Là, une dame bienveillante lui demanda s'il « cherchait Fistral, mon chou ? ». Il en déduisit qu'elle le prenait pour un surfeur vieillissant. Elle eut néanmoins l'amabilité de lui indiquer le commissariat de police, avec suffisamment de détails pour qu'il y parvienne sans encombre.

Sa carte professionnelle lui ouvrit les portes du commissariat, même si elle n'eut pas tout à fait l'effet escompté. Le constable à l'accueil l'adressa au chef de brigade, un sergent nommé Ferrell, à la tête sphérique et aux sourcils si épais et si noirs qu'ils paraissaient factices. Il était au courant de l'enquête en cours dans le secteur de Casvelyn. Toutefois, il ignorait que la Met y participait. Il donna cette précision sur un ton qui en disait long. La présence de la police métropolitaine suggérait une enquête dans l'enquête, et faisait donc peser un soupçon d'incompétence sur l'officier responsable.

Par souci de justice envers Hannaford, Lynley détrompa le sergent Ferrell. Il lui expliqua qu'il se trouvait en vacances dans la région quand on avait trouvé le corps. La victime était le fils d'un homme qui avait lui-même été plus ou moins directement impliqué dans un décès, de nombreuses années auparavant. C'était là la raison de sa visite à Newquay.

Trente ans plus tôt, Ferrell venait à peine de quitter le berceau. Aussi n'avait-il jamais entendu parler d'un dénommé Parsons, ni de Benesek Kerne, ni d'un accident survenu dans une grotte de Pengelly Cove. Il proposa toutefois de se renseigner auprès de ses hommes. Si le commissaire voulait bien patienter...

Lynley choisit d'attendre à la cantine. Il acheta une pomme parce qu'il fallait bien qu'il mange, même s'il n'avait pas ressenti la faim depuis sa conversation avec Havers ce matin-là. Il mordit dedans, se félicita de la trouver farineuse et la jeta à la poubelle. Il enchaîna avec une tasse de café et regretta vaguement de ne plus fumer. Il était, bien sûr, interdit de fumer dans la cantine, mais il lui aurait été agréable d'avoir quelque chose à faire de ses mains, ne serait-ce que rouler une cigarette entre ses doigts sans la fumer. Au moins il n'aurait pas éprouvé le besoin de déchiqueter des sachets de sucre, comme il le fit en attendant le retour du sergent Ferrell. Il en ouvrit un, qu'il vida dans son café. Les autres, il les vida en un petit tas sur la table. Il passa plusieurs fois sa cuiller en plastique dans le monticule de sucre, y traçant des motifs et s'efforçant de ne pas ruminer.

Paul, le gardien de primates, n'existait pas, mais qu'est-ce que ça voulait dire, au fond ? Femme secrète, surprise à consulter des sites sur les miracles, elle s'était inventé une excuse pour justifier sa faiblesse. C'était la nature humaine. La gêne conduisait aux faux-fuyants. Ce n'était pas un crime. Seulement, ça n'avait pas été sa seule dérobade. Que devait-il faire des mensonges du Dr Trahair ? Pire, que devait-il en penser ?

Le sergent Ferrell revint au bout de vingt-six longues minutes. Quand il entra enfin dans le réfectoire, il avait juste un morceau de papier à la main. Lynley, qui pensait parcourir d'épais dossiers, fut dépité. Mais Ferrell lui remonta un peu le moral.

— L'inspecteur principal qui s'est occupé de l'affaire a pris sa retraite bien avant que j'arrive, expliqua-t-il à Lynley. Il doit avoir plus de quatre-vingts ans à l'heure qu'il est. Il habite à Zennor. En face de l'église, et à côté du pub. Il a dit qu'il vous retrouverait près du fauteuil de la sirène si vous voulez discuter.

19

Daidre Trahair n'étant pas chez elle, Bea et le sergent Havers n'avaient plus qu'à regagner le commissariat de Casvelyn. Avant de remonter en voiture, Bea coinça sa carte dans la porte du cottage de Polcare Cove, avec un mot griffonné demandant au vétérinaire de téléphoner ou de venir au poste. Elle ne se faisait pas trop d'illusions : le Dr Trahair n'avait ni téléphone fixe ni portable, et étant donné les rapports pour le moins cavaliers qu'elle entretenait avec la vérité, elle risquait de se montrer assez peu empressée à les contacter. Daidre Trahair était une menteuse. Ils le savaient, et elle savait désormais qu'ils le savaient. Pourquoi se serait-elle exposée à une confrontation désagréable avec la police ?

— Il ne regarde pas les choses comme il devrait, déclara brusquement Bea tandis qu'elles quittaient Polcare Cove.

L'enchaînement de ses pensées était naturel. Daidre Trahair et Polcare Cottage menaient inévitablement à Thomas Lynley. Bea n'avait pas apprécié qu'il leur serve de comité d'accueil. Elle avait encore moins apprécié de l'entendre protester de l'innocence de Daidre Trahair.

— Pour lui, toutes les options doivent rester ouvertes, répondit prudemment Havers.

Bea plissa les yeux d'un air soupçonneux. Elle remarqua que le sergent regardait droit devant elle en parlant, comme si elle devait impérativement scruter la route.

— C'est tout ce qu'il a voulu nous dire, poursuivit Havers. Pour lui, la question se pose toujours en ces termes : ce dossier est-il assez solide pour convaincre un tribunal ? Si c'est non, on doit continuer à creuser. Ça peut être sacrément casse-pieds, mais ça se justifie toujours en fin de compte.

— Dans ce cas, on est en droit de se demander pourquoi il rechigne à fouiller dans le passé de Daidre Trahair, non ?

— Il doit juger la piste de Newquay plus solide. Mais peu importe, en fait. Il reprendra là où il s'est arrêté avec elle.

Bea considéra à nouveau Havers. Son maintien contredisait le ton de sa voix, l'un tendu et l'autre trop décontracté. Les choses étaient moins simples qu'elles n'en avaient l'air.

— Le marteau et l'enclume, dit-elle mystérieusement.

— Quoi ?

— Vous vous trouvez entre les deux, pas vrai ? Prise entre votre loyauté envers Lynley et la loyauté envers votre travail. Comment ferez-vous pour choisir si vous y êtes obligée ?

Havers eut un mince sourire, totalement dénué d'humour.

— Oh, quand il faut trancher, je tranche, chef. Je suis pas arrivée là où j'en suis en faisant des choix à la légère.

— Ne me prenez pas pour une idiote, sergent. Êtes-vous amoureuse de cet homme ?

— De qui ?

Havers ouvrit des yeux comme des soucoupes. Elle avait de tout petits yeux, mais quand elle les écarquilla, Bea vit qu'ils étaient d'un joli bleu, comme le ciel des Highlands.

— Vous voulez dire, du commissaire... ? On ferait un sacré couple, pas vrai ? Merde ! Je suis pas bête à ce point.

Bea comprit que, là au moins, elle disait la vérité. En tout cas en partie. Mais elle allait devoir la surveiller de près et contrôler son travail. Cette idée ne lui plaisait pas – bon Dieu, n'y avait-il donc personne sur qui elle pouvait compter ? –, néanmoins elle n'avait pas le choix.

Il régnait dans la salle des opérations une animation qui faisait plaisir à voir. Le sergent Collins écrivait sur le tableau blanc ; le constable McNulty travaillait d'arrache-pied sur l'ordinateur de Santo Kerne. En l'absence d'une dactylo, un des agents du TAG s'appliquait à entrer une montagne de notes dans le programme HOLMES. Entre-temps, le service des immatriculations leur avait fourni la liste des propriétaires de véhicules semblables aux deux qui avaient été repérés à proximité de la falaise. Jago Reeth possédait une Defender pareille à celle qu'un témoin avait aperçue à Alsperyl. Quant au RAV4, il appartenait probablement à un certain Lewis Angarrack.

— D'un côté, le grand-père de substitution de Madlyn, et, de l'autre, son père... commenta Bea. Belle coïncidence, non ?

— Chef, appela le constable McNulty avec une pointe d'excitation dans la voix. Il y a...

— La vengeance, acquiesça Havers. Santo déflore la jeune fille et il la trompe. Les deux hommes lui règlent son compte. Ou du moins un des deux. Ou bien ils combinent ça ensemble. La vengeance est toujours un mobile puissant dans les affaires de meurtre.

— Chef ? insista McNulty.

— Et Reeth aussi bien qu'Angarrack auraient pu avoir accès à l'équipement du garçon, reprit Bea. Ils devaient se douter qu'il le rangeait dans le coffre de sa voiture.

— Madlyn le leur aurait dit ?

— Peut-être. Mais l'un comme l'autre auraient très bien pu l'apercevoir à un moment donné.

— Chef, je sais que vous vouliez que je laisse tomber le surf et les grosses vagues, reprit McNulty, mais il faut que vous jetiez un coup d'œil à ça.

— Une minute, constable. Laissez-moi suivre une pensée à la fois.

— Mais ça a un rapport.

— Merde, McNulty !

Il se rassit et échangea un regard noir avec le sergent Collins. Sale garce… Bea s'en aperçut.

— D'accord, d'accord, dit-elle d'un ton sec. Quoi ?

Elle s'approcha de l'ordinateur. McNulty pianota comme un fou sur le clavier, faisant apparaître la photo d'une vague énorme portant un surfeur de la taille d'une puce. Bea dut se retenir de le soulever de sa chaise par les oreilles.

— Vous voyez le môme sur la vague ? demanda McNulty. Le vieux, à LiquidEarth, il a dit que c'était Mark Foo, à Mavericks. Sauf que c'est une photo de Jay Moriarty…

— Constable..

— Attendez ! Comme j'ai dit, c'est une photo de Jay Moriarty, et elle est célèbre, du moins parmi les surfeurs habitués aux grosses vagues. Non seulement Moriarty avait seize ans, mais il était le plus jeune à avoir jamais surfé la vague de Mavericks à l'époque. Et cette photo a été prise pendant la même série de vagues qui a tué Mark Foo.

— Et c'est d'une importance capitale ?

— Les surfeurs le savent. Du moins ceux qui sont allés à Mavericks.

— Ils savent quoi, exactement ?

— Faire la différence. Entre Jay Moriarty et Mark Foo.

Le visage de McNulty rayonnait, comme s'il avait résolu l'affaire à lui tout seul. Bea se taisant, il reprit avec moins d'enthousiasme, mais avec autant d'obstination :

— Vous ne comprenez donc pas ? Le type à la Defender, Jago Reeth, il a dit que c'était Mark Foo sur le poster. Sauf que c'est Jay Moriarty, pas Mark Foo.

Bea réfléchit. Elle n'aimait pas rejeter un élément d'emblée, mais McNulty semblait aller un peu vite en besogne. Son goût pour le surf l'entraînait dans des considérations hors sujet.

— Soit. Jago Reeth a mal identifié le sujet de l'affiche. Ça nous mène où ?

— Au fait qu'il ne sait pas de quoi il parle.

— Parce qu'il a mal identifié un poster qu'il n'a sans doute pas accroché lui-même au mur ?

— Il baratine, persista McNulty. La dernière vague de Mark Foo fait partie de la légende du surf. La gamelle de Jay Moriarty aussi. Un novice n'en saurait peut-être rien. Mais un surfeur de longue date ? Quelqu'un qui affirme traîner dans le milieu depuis des décennies ? Qui prétend avoir fait le tour du monde en suivant les vagues ? Et quelqu'un a vu sa voiture près de l'endroit où Santo Kerne est tombé. Je dis que c'est notre homme.

McNulty était à la limite de l'incompétence. Il ferait probablement toute sa carrière au commissariat de Casvelyn, sans jamais dépasser le grade de sergent – et encore, sa seule chance d'être nommé sergent était que Collins meure en mission. Mais il arrivait que des bribes de vérité sortent de la bouche des incapables, comme de celle des enfants. Elle ne voulait pas négliger cette possibilité sous prétexte qu'elle considérait McNulty comme une tête à claques.

Elle se tourna vers Collins :

— Est-ce qu'on a trouvé les empreintes de Jago Reeth sur la voiture du fils Kerne ?

Collins alla consulter un document sur le bureau de Bea. Comme on pouvait s'y attendre, les empreintes du garçon étaient partout sur la voiture. On avait relevé celles de William Mendick sur la carrosserie, côté conducteur. Celles de Madlyn Angarrack étaient presque aussi nombreuses que celles de Santo, à l'intérieur, à l'extérieur, sur la boîte à gants, le CD... On avait également trouvé les empreintes de Dellen et de Ben Kerne, ainsi que d'autres, qui restaient à identifier, sur le CD et le coffre de la voiture.

— Et sur le matériel d'escalade ?

Collins fit non de la tête.

— La plupart ne sont pas exploitables. Il y en a une nette de Santo, et une partielle qui n'a pas été identifiée. C'est tout.

— Bref, de la bouillie... Du porridge refroidi. Que dalle...

Ils reportèrent leur attention sur les voitures. Bea récapitula, plus pour elle-même que pour les personnes présentes :

— Nous savons que le garçon allait retrouver Madlyn Angarrack à Sea Dreams pour faire l'amour. Donc Jago Reeth avait accès à sa voiture, empreintes ou non. Nous savons que le garçon avait acheté sa planche de surf à LiquidEarth, ce qui nous mène à Lewis Angarrack. Et comme le môme sortait avec Madlyn Angarrack, il a bien dû se rendre chez elle à un moment ou un autre. Là aussi, le père aurait pu mettre la main sur son équipement.

— Mais il n'y avait pas qu'eux, non ? intervint Havers, regardant le tableau blanc. Tous ses copains, et même les membres de sa famille, devaient savoir où il rangeait son matériel. Et il leur était plus facile d'y accéder.

— Peut-être. Mais le mobile ?

— Personne ne tirait bénéfice de sa mort ? La sœur ? Le petit ami de celle-ci ?

— Il y a bien Adventures Unlimited, lui concéda Bea.

— Une entreprise familiale, fit remarquer Havers. Toujours un excellent mobile.

— Sauf qu'ils n'ont pas encore ouvert.

— Quelqu'un qui voudrait leur mettre des bâtons dans les roues ? Un rival ?

Bea secoua la tête.

— Rien qui tienne comme la piste sexuelle, Barbara.

— Jusqu'ici, observa Havers.

Au mieux, le village de Zennor pouvait être qualifié de triste. Cette impression tenait à son emplacement, dans un renfoncement abrité du vent qui balayait la plaine, à moins d'un kilomètre de la mer, et à l'aspect monochrome du granit, à peine égayé de temps à autre par la présence insolite d'un palmier desséché. Par mauvais temps ou par une nuit noire, il devenait carrément sinistre, cerné de rochers pareils à des fléaux envoyés par un dieu coléreux. Le village n'avait guère changé au fil des siècles, et il y avait peu de chances qu'il le fasse un jour. L'activité minière avait cédé la place au tourisme – un tourisme assez discret, même au plus fort de l'été, car aucune plage des environs n'était facile d'accès, et la seule attraction un tant soit peu susceptible d'attirer les curieux était l'église du village. À moins de compter le Tinner's Arms, et ce que ce pub pouvait offrir au chaland assoiffé et affamé.

La taille du parking de l'établissement suggérait que, du moins en été, les clients étaient assez nombreux. Lynley gara sa voiture et entra afin de se renseigner sur le fauteuil de la sirène. Le patron était occupé à remplir une grille de sudoku. Il leva une main, faisant le geste universel qu'on peut traduire par « Accordez-moi un instant », nota un chiffre dans une case, fronça les sourcils, et l'effaça avant de répondre à la question de Lynley.

— Les sirènes ne s'assoient pas tant que ça, si on y réfléchit, remarqua-t-il.

Lynley apprit de sa bouche qu'il ne cherchait pas le fauteuil de la sirène, mais le fauteuil sirène, et qu'il le trouverait dans l'église. Celle-ci n'était pas très éloignée du pub, comme presque tout à Zennor, puisque le village se composait en tout et pour tout de deux rues, d'une petite route et d'un sentier sinueux qui longeait une exploitation laitière pour aboutir aux falaises. L'église avait été construite des siècles plus tôt, sur une modeste butte qui dominait presque tout l'ensemble.

Elle n'était pas fermée à clé. À l'intérieur régnait le silence, ainsi qu'une odeur de pierres moisies. Les seules touches de couleur provenaient des prie-Dieu, alignés au pied des bancs, et d'un vitrail au-dessus de l'autel figurant la crucifixion.

Le fauteuil sirène était selon toute apparence l'élément le plus remarquable de l'église. Il occupait une niche dans la chapelle latérale. Accroché au-dessus, un écriteau racontait comment les chrétiens du Moyen Âge s'étaient approprié l'image de la sirène pour symboliser les deux natures, humaine et divine, du Christ. Lynley trouva l'explication un peu tirée par les cheveux.

Le fauteuil ressemblait plus à un banc qu'à un véritable fauteuil. Taillé dans un chêne très ancien, il était orné de sculptures représentant la créature éponyme, tenant un coing dans une main et un peigne dans l'autre. Personne, toutefois, n'était assis dedans, à attendre Lynley.

Celui-ci prit place sur le banc le plus proche. Il faisait un froid de loup et le silence était absolu.

À ce stade de son existence, Lynley n'aimait pas les églises. Il n'aimait pas non plus les cimetières, et il n'y avait rien qu'il désirait tant que d'éviter de penser à la mort. S'il croyait à quelque chose, c'était au hasard et à l'inhumanité chronique de l'homme. Pour lui, les églises et les religions faisaient des promesses qu'elles ne parvenaient pas à tenir : il était facile de garantir la félicité éternelle après la mort, étant donné que personne n'était jamais revenu pour témoigner du devenir d'une existence vécue dans la soumission non seulement aux contraintes édictées par les hommes, mais aussi aux horreurs que ceux-ci infligeaient à leurs semblables.

Il n'attendait pas depuis très longtemps quand il entendit la porte de l'église s'ouvrir et se refermer en claquant, au mépris de l'atmosphère recueillie de l'endroit. Il se leva. Une grande silhouette avançait d'un pas énergique dans la pénombre. Lynley ne distingua les traits de l'homme que lorsqu'il pénétra dans la chapelle latérale, dans un rayon de lumière qui tombait d'une des fenêtres.

Seul son visage trahissait son âge, car il se tenait très droit et possédait un corps robuste. Il était profondément ridé, et son nez bulbeux évoquait un bouquet de chou-fleur trempé dans du jus de betterave. Ferrell avait confié à Lynley le nom de sa source de renseignements potentielle sur la famille Kerne : David Wilkie, ex-inspecteur divisionnaire, autrefois chargé de l'enquête sur la mort de Jamie Parsons.

— Mr Wilkie ?

Lynley se présenta. Il sortit sa carte de police, et Wilkie chaussa une paire de lunettes pour l'examiner.

— Pas vraiment votre secteur, hein ?

Wilkie n'avait pas un ton particulièrement chaleureux.

— Pourquoi déterrer maintenant l'affaire Parsons ?

— Est-ce que c'était un meurtre ? demanda Lynley.

— On n'a jamais pu le prouver. L'enquête a conclu à une mort accidentelle, mais on sait ce que ça veut dire. Sans preuves, il faut bien se reposer sur les témoignages.

— C'est la raison de ma visite. J'ai parlé avec Eddie Kerne. Son fils Ben…

— Pas besoin de me rafraîchir la mémoire. Je serais encore en train de bosser si le règlement l'autorisait.

— Pourrions-nous aller quelque part pour discuter ?

— Pas fana de la maison de Dieu, on dirait ?

— Pas en ce moment, je le crains.

— Vous êtes quoi, alors ? Un chrétien des bons jours ? Le Seigneur ne vous donne pas satisfaction, alors vous Lui claquez la porte au nez ? Les jeunes… Vous êtes tous pareils.

Wilkie plongea la main dans la poche de sa veste en toile huilée et en sortit un mouchoir qu'il passa avec une délicatesse étonnante sous son horrible nez. Il le brandit vers Lynley et, l'espace d'un instant, celui-ci crut qu'il l'invitait à en faire usage. Mais Wilkie reprit :

— Regardez-moi ça ! Aussi blanc que le jour où je l'ai acheté, et je fais ma lessive moi-même. Qu'est-ce que vous dites de ça ?

— Impressionnant. Voilà un domaine où je ne risque pas de vous surclasser.

— Vous autres, les jeunes coqs, vous ne risquez pas de me surclasser dans aucun domaine.

Wilkie remit le mouchoir dans sa poche avant de poursuivre.

— Ce sera ici, dans la maison de Dieu ou pas du tout. De toute façon, faut que je fasse la poussière sur les bancs. Attendez-moi ici. J'ai du matériel.

Lynley se fit la réflexion que Wilkie n'était pas le moins du monde gâteux. Il l'aurait certainement emporté sur le sergent Ferrell, et même haut la main.

Le vieil homme revint bientôt, portant un panier dans lequel il prit une brosse, des chiffons et une boîte

495

d'encaustique. Il ouvrit cette dernière en faisant levier avec une clé et y trempa un chiffon.

— Je ne comprends pas ce qui est arrivé à la pratique religieuse, confia-t-il à Lynley.

Il lui tendit alors la brosse et lui indiqua par le menu comment frotter le dessus, mais aussi le dessous des bancs. Il le suivrait avec le chiffon enduit d'encaustique, aussi pas question de laisser des zones sales qui risquaient d'encrasser les chiffons. Sinon, il n'en aurait jamais assez. Est-ce que Lynley avait compris ? Lynley acquiesça, et Wilkie reprit le fil de son raisonnement.

— À mon époque, l'église était pleine comme un œuf. Deux, peut-être trois fois le dimanche, et puis pour l'office du soir, le mercredi. Aujourd'hui, entre deux Noëls, vous ne verrez pas une vingtaine de pratiquants réguliers. Un peu plus à Pâques, mais seulement s'il fait beau. La faute à ces foutus Beatles, c'est sûr. Je me souviens de celui qui prétendait être Jésus. On aurait dû lui régler son compte tout de suite, si vous voulez mon avis.

— Ça remonte à loin, non ?

— L'Église n'a plus jamais été la même après les déclarations de ce païen. Jamais. Tous ces branleurs avec des cheveux au ras des fesses et leurs chansons qui parlaient de satisfaction, qui ne trouvaient rien de mieux à faire que de casser leurs instruments. Ces trucs-là coûtent cher, pourtant. Tout ça, c'est du blasphème. Pas étonnant que les gens aient arrêté de venir rendre au Seigneur l'hommage qui Lui est dû.

Lynley commençait à se dire que, finalement, Wilkie était peut-être gâteux. Si Havers l'avait accompagné, elle aurait eu vite fait de rabattre le caquet au vieil homme au sujet du rock'n'roll. Lui-même avait découvert une foule de choses très tardivement, et le rock était un des nombreux domaines de la culture populaire sur lesquels il était incapable de frimer. Donc il n'essaya pas. Il attendit que Wilkie s'essouffle tout en maniant sa brosse avec une efficacité d'autant plus admirable qu'il manquait de place et de lumière.

Enfin, comme il l'avait espéré, Wilkie conclut :

— Tout va à vau-l'eau en ce bas monde, si vous voulez mon avis.

Lynley se garda de le contredire.

— Les parents voulaient que le petit jeune porte le chapeau, déclara soudain le vieillard alors qu'ils astiquaient une autre rangée de bancs. Benesek Kerne. Les parents avaient planté leurs crocs dans sa jambe et ils ne voulaient plus lâcher.

— Vous parlez des parents de la victime ?

— Surtout Jon Parsons, le père. Il a perdu la boule quand le gamin est mort. Il y tenait comme à la prunelle de ses yeux, à son Jamie, et il y est jamais allé par quatre chemins avec moi. C'est normal d'avoir un enfant préféré, il disait, et les autres avaient qu'à essayer de le surpasser, s'ils voulaient se faire bien voir de leur père.

— Donc la famille comptait d'autres enfants ?

— Quatre au total. Trois filles – une encore toute petite –, plus le gamin qui est mort. Quand l'enquête a conclu à un accident, le père est venu me voir. Complètement dingue, le pauvre type. Il me dit qu'il a la certitude que le fils Kerne est responsable. Moi, je crois au délire d'un homme accablé par le chagrin. Quand je lui demande pourquoi il a attendu pour me raconter ça, il me répond que quelqu'un l'a balancé. Il avait fouiné de son côté, il m'explique. Il avait embauché un détective. Et ils avaient fini par tomber sur la fameuse balance.

— Vous pensez qu'il disait la vérité ?

— Bon Dieu, qui peut savoir ?

— Cette personne, la balance, elle ne vous a jamais parlé ?

— Seulement à Parsons. À ce qu'il prétendait. Ça ne rimait à rien, bien sûr. Tout ce qu'il désirait, c'était qu'on arrête quelqu'un. Il lui faut un responsable. À sa femme aussi. N'importe qui, parce qu'ils croient qu'accuser, arrêter, juger et mettre en prison quelqu'un leur permettra de se sentir mieux, ce qui bien sûr est faux. Mais le père refuse de l'accepter. Quel père l'accepterait ? Mener sa propre enquête est la seule chose qui l'empêche de perdre pied. Alors j'accepte de coopérer avec lui, de l'aider à sortir de l'affreux cauchemar qu'est devenue sa vie. Et je lui demande de me révéler le nom de la balance. Je ne peux pas arrêter quelqu'un sur la foi de simples racontars.

— Ça va de soi.

— Mais il refuse de parler, alors, hein, qu'est-ce que je peux faire de plus ? On avait enquêté tous azimuts, et croyez-moi, y avait pas bézef à se mettre sous la dent. Le fils Kerne n'avait pas d'alibi – il affirmait être rentré chez lui à pied, pour « s'éclaircir les idées » –, mais on ne pend pas un homme pour ça, pas vrai ? N'empêche, j'avais envie d'aider. Alors on a fait venir le petit Kerne au poste une fois, quatre fois, dix-huit fois de plus… Je sais plus combien de fois, bordel. On a fouillé toute sa vie et celle de ses amis. Benesek n'aimait pas le petit Parsons – on s'en est rendu compte tout de suite –, mais d'un autre côté, personne ne l'aimait.

— Ils avaient des alibis ? Ses amis ?

— Ils ont tous raconté la même histoire. Rentrés chez eux et au lit. Ils n'ont jamais varié dans leurs récits, et personne n'a flanché. Pas moyen de leur extraire une goutte de sang, même avec une sangsue. Soit ils avaient conclu un pacte entre eux, soit ils disaient la vérité. Enfin bon, d'après mon expérience, quand un groupe de jeunes fait des bêtises, y en a toujours un qui finit par craquer si on maintient la pression. Mais aucun n'a jamais craqué.

— Vous en avez conclu qu'ils disaient la vérité ?

— Rien d'autre à conclure.

— Que vous avaient-ils dit de leurs relations avec le mort ?

— Le petit Kerne et Parsons avaient eu des mots ce soir-là, durant une fête donnée par les Parsons. Kerne avait déguerpi et ses potes l'avaient imité. À les en croire, personne n'était revenu en arrière pour amadouer le petit Parsons et l'attirer dans un piège. Il avait dû se rendre à la plage tout seul. Fin de l'histoire.

— Je me suis laissé dire qu'il était mort dans une grotte.

— Il y était allé de nuit, la marée est montée, il s'est laissé prendre par les flots et il a pas réussi à ressortir. L'étude des toxiques a montré qu'il était complètement schlass, et défoncé par-dessus le marché. Au début, tout le monde a pensé qu'il était allé retrouver une fille pour une partie de jambes en l'air, et qu'il était tombé dans les pommes soit avant, soit après.

— « Au début » ?

— Le corps était pas mal abîmé quand on l'a retrouvé, vous comprenez. La marée l'avait ballotté pendant six heures. Mais le légiste a signalé des marques inexplicables autour des poignets et des chevilles.

— Il avait été attaché, alors. Pas d'autre indice ?

499

— Des selles dans les oreilles, ce qui est quand même singulier, n'est-ce pas ? Mais c'est tout. Aucun témoin oculaire. Rien que des dénonciations et des ragots. Pas la moindre preuve matérielle, même indirecte… Tout ce qu'on pouvait espérer, c'était que quelqu'un craque, ce qui serait certainement arrivé si le petit Parsons n'avait pas été le petit Parsons.

— Traduction ?

— Un sale con. C'est triste à dire, mais la famille avait de l'argent, alors il se croyait supérieur aux autres et il aimait le montrer. C'était pas ça qui risquait de le rendre populaire parmi les jeunes du coin, si vous voyez ce que je veux dire.

— Mais ils étaient allés à sa fête ?

— Picolo à gogo, came à gogo, pas de parents à la maison, l'occasion de bécoter la fille qu'ils voulaient. Y a pas grand-chose à faire à Pengelly Cove la plupart du temps. Ils auraient pas loupé une occasion de s'amuser un peu.

— Qu'est-ce qu'ils sont devenus ?

— Les copains du petit Kerne ? Toujours à Pengelly Cove, autant que je sache.

— Et la famille Parsons ?

— Jamais revenus. Ils étaient d'Exeter, ils y sont retournés et ils y sont restés. Le père avait une entreprise immobilière. Elle s'appelait Parsons et… un autre nom. Je me rappelle plus. Au début, il revenait régulièrement à Pengelly, pendant les week-ends et les vacances, pour tenter d'élucider le mystère. Il a embauché plusieurs détectives. Il a dépensé une fortune. Mais si Benesek Kerne et les autres gamins étaient derrière la mort de Jamie Parsons, ils avaient pigé le truc au moment de la première enquête : sans preuves ni témoin, tu fermes ta gueule et t'as rien à craindre.

— J'ai cru comprendre qu'il avait construit une espèce de monument à sa mémoire.

— Qui ça ? Parsons ? En tout cas, la famille en avait les moyens, alors si ça les a un peu soulagés, tant mieux.

Wilkie, qui avait continué à cirer les bancs, se redressa et s'étira. Lynley fit de même. Ils restèrent un moment silencieux au centre de l'église, à contempler le vitrail au-dessus de l'autel. Puis Wilkie reprit d'un ton songeur, comme s'il avait longuement réfléchi à ce qu'il allait dire.

— Ça ne me plaisait pas de ne pas avoir résolu l'affaire. J'avais l'impression que le père du garçon ne connaîtrait jamais la paix si on ne trouvait pas un responsable. Mais je crois...

Il s'interrompit et se gratta la nuque. Si son corps était toujours présent, son esprit s'était retiré dans le passé.

— Je crois que ces garçons, s'ils étaient bel et bien impliqués, ne voulaient pas que le jeune Parsons meure. C'était pas leur genre. À aucun d'eux.

— S'ils ne voulaient pas qu'il meure, qu'est-ce qu'ils voulaient ?

Il se frotta le visage. Contre ses poils rêches, la peau rêche de ses doigts fit un bruit de papier de verre.

— Le remettre à sa place. Lui flanquer la trouille. Comme j'ai dit tout à l'heure, le garçon était imbu de lui-même et il arrêtait pas de la ramener avec tous les trucs qu'il faisait et tout ce qu'il possédait que n'avaient pas les péquenauds.

— Mais le ligoter. Le laisser...

501

— Ils étaient tous saouls. Défoncés, aussi. Ils l'entraînent dans la grotte – peut-être qu'ils lui racontent qu'ils ont de la came à lui vendre –, et ils lui sautent dessus. Ils lui attachent les poignets et les chevilles, et ils lui donnent une petite leçon. Ils l'engueulent un bon coup. Ils le malmènent un peu. Le tartinent de caca pour faire bonne mesure. Puis ils le détachent et le laissent là, croyant qu'il va rentrer chez lui. Seulement, ils ont pas mesuré à quel point il est saoul et défoncé. Il s'évanouit et… ça va pas plus loin. Y en avait aucun de vraiment méchant parmi ces garçons. Pas un qui ait jamais eu des ennuis par la suite. Je l'ai dit aux parents. Mais c'était pas quelque chose qu'ils avaient envie d'entendre.

— Qui avait trouvé le corps ?

— C'était ça le pire. Parsons avait appelé les flics le lendemain de la fête pour signaler la disparition de son fils. Les flics ont répondu comme d'habitude : qu'il avait dû choper une fille du coin et qu'il était en train de roupiller pour se remettre de ses émotions, dans ou sous le lit de la fille. Rappelez-nous s'il rapplique pas d'ici un jour ou deux, parce que sinon, pas question de nous enquiquiner. Entre-temps, une de ses filles – une sœur du garçon – lui raconte l'empoignade de Jamie avec le fils Kerne, et Parsons se dit que les choses sont moins évidentes qu'elles en ont l'air. Alors il part à la recherche de son fils. Et c'est lui qui trouve le corps. J'imagine qu'il y a de quoi perdre la tête. Enfant préféré. Unique garçon au milieu de trois filles. Pas trouvé de responsable. Et un nom qui se détache de la série d'événements ayant conduit à la mort du fils adoré : Benesek Kerne. On conçoit qu'il ait fait une fixation sur lui.

— Savez-vous que le fils de Benesek Kerne est mort aussi ? demanda Lynley. Il s'est tué en tombant d'une falaise. Son matériel avait été trafiqué. C'est un meurtre.

— Je savais pas. Merde, c'est vraiment malheureux. Quel âge avait le gamin ?

— Dix-huit ans.

— Pareil que le fils Parsons. Ah là là, c'est vraiment moche.

Daidre était ébranlée. Elle aurait aimé retrouver sa tranquillité d'avant, quand tout ce que la vie exigeait d'elle, c'était qu'elle s'occupe de son nombril et respecte les obligations de sa carrière. D'accord, elle était peut-être seule, mais elle préférait ça. Cette existence étriquée lui semblait plus sûre, et la sécurité était primordiale à ses yeux. Il en était ainsi depuis des années.

Mais à présent, ce moteur bien huilé connaissait de graves ratés. Comment y remédier, telle était la question qui troublait sa sérénité.

En rentrant à Polcare Cove, elle avait laissé la voiture au cottage et parcouru à pied les quelques centaines de mètres qui séparaient la maison de la mer avant d'entreprendre l'ascension du sentier caillouteux.

Il y avait du vent sur le sentier et encore plus au sommet de la falaise. Les cheveux de Daidre lui fouettaient le visage et leurs pointes lui piquaient les yeux. Quand elle se promenait sur la falaise, elle avait l'habitude de remplacer ses verres de contact par des lunettes. Mais ce matin-là, par coquetterie, elle n'avait pas emporté ses lunettes. Elle aurait pu faire un saut à la maison pour les prendre mais, après son long trajet en voiture, il lui avait semblé que seule une marche vigoureuse jusqu'au sommet de la falaise arriverait à l'enraciner dans le présent.

Certaines situations vous obligent à intervenir, songea-t-elle. Mais celle-ci n'en était pas une. Si elle ne voulait pas faire ce qu'on lui demandait, elle était assez sage pour savoir que son bon vouloir n'avait rien à voir là-dedans.

Le bruit d'un moteur pétaradant lui parvint peu après qu'elle eut atteint le sommet de la falaise. Elle était assise sur une saillie de calcaire, à suivre du regard les arcs majestueux que les mouettes décrivaient dans les airs en cherchant des anfractuosités dans la paroi. Elle se releva et rejoignit le sentier. Une moto approchait sur le chemin. Parvenue au cottage, elle tourna dans l'allée et s'arrêta. Le motard enleva son casque et gagna la porte d'entrée.

En le voyant frapper, Daidre pensa à un coursier apportant un colis, ou peut-être un message de Bristol. Mais elle n'attendait rien, et autant qu'elle pouvait en juger de loin, le motard ne portait rien. Il fit le tour du cottage pour chercher une autre porte ou regarder par une fenêtre. Ou pire.

Elle commença à descendre le sentier. Il était inutile de crier, car on ne pouvait pas l'entendre à cette distance. Il était tout aussi inutile de se presser. Le temps qu'elle arrive, le motard serait probablement reparti.

Mais la perspective d'un cambriolage l'incita à accélérer. Son regard allait sans cesse de ses pieds à sa maison tandis qu'elle dévalait le sentier, et le fait que la moto ne bougeait pas la poussait à maintenir la cadence et piquait sa curiosité.

Essoufflée, elle franchit le portail à toute allure. Mais, au lieu d'un cambrioleur en train d'enjamber une fenêtre, elle trouva une jeune fille vêtue de cuir qui se prélassait sur son perron. Elle était assise le dos à la porte bleue, les jambes étirées devant elle. Elle avait un horrible anneau en argent dans la cloison nasale et un collier de chien turquoise tatoué autour du cou.

Cilla Cormack... La grand-mère de la jeune fille était voisine de la famille de Daidre, à Falmouth. Que diable faisait-elle là ?

Cilla leva les yeux alors que Daidre approchait. Son anneau étincelait au soleil, comme ceux qu'on mettait jadis aux vaches pour les forcer à coopérer. Elle salua Daidre de la tête, puis elle se leva et tapa des pieds comme pour rétablir la circulation du sang dans ses jambes.

— En voilà une surprise, dit Daidre. Comment vas-tu, Cilla ? Comment va ta mère ?

— La conne ! s'exclama Cilla.

Daidre supposa qu'elle parlait de sa mère. Les conflits qui opposaient les deux femmes étaient quasi légendaires dans leur quartier.

— J'peux m'servir de tes chiottes ?

— Bien sûr.

Daidre ouvrit la porte et fit entrer la jeune fille. Cilla traversa le vestibule d'un pas lourd et pénétra dans le séjour.

— Par là-bas, indiqua Daidre.

Au bout de quelques minutes, durant lesquelles l'eau coula si allègrement que Daidre se demanda si la jeune fille n'avait pas décidé de prendre un bain, Cilla réapparut. Elle avait les cheveux mouillés et lissés en arrière.

— Ouf, ça va mieux, dit-elle. Putain, je m'sentais vach'ment mal. Les routes sont dégueulasses à cette époque de l'année.

— Est-ce que tu veux... boire quelque chose ? Du thé ? Du café ?

— T'as pas une clope ?

— Je ne fume pas. Désolée.

— M'étonne pas.

Cilla regarda autour d'elle et hocha la tête.

— C'est joli, dis-moi. Mais t'habites pas là tout l'temps, si ?

— Non. Cilla, y a-t-il quelque chose... ?

Daidre se sentait inhibée par son éducation. On ne demandait pas de but en blanc à une visiteuse la raison de sa venue. D'un autre côté, il était impossible que la jeune fille soit passée par hasard. Daidre s'efforça de sourire d'un air encourageant.

Cilla n'était pas une lumière, mais elle comprit quand même.

— Ma grand-mère m'a demandé de venir. Elle a dit que t'avais pas de portable.

Daidre s'affola aussitôt.

— Il est arrivé quelque chose ? Qu'est-ce qui se passe ? Quelqu'un est malade ?

— Mamie a dit que Scotland Yard était passé. Elle a dit qu'il valait mieux te prévenir, pas'qu'ils ont posé des questions sur toi. Elle a dit qu'ils étaient allés chez toi, mais comme y avait personne, ils ont frappé à toutes les portes de la rue. Elle t'a appelée à Bristol. Comme tu répondais pas, elle a pensé que t'étais ici et elle m'a demandé si je voulais bien venir t'avertir. Pourquoi tu t'achètes pas un portable, dis ? Ou pourquoi tu te fais pas installer le téléphone ? Ça serait pas du luxe, tu sais. Je veux dire, en cas d'urgence. Pas'que c'est vachement loin pour venir de Falmouth. Et l'essence... Tu sais combien ça coûte, l'essence, de nos jours ?

La gamine paraissait contrariée. Daidre alla au buffet de la salle à manger et y prit vingt livres, qu'elle lui donna en disant :

— Merci d'être venue. Ça n'a pas dû être facile.

Cilla s'adoucit.

— C'est mamie qu'avait demandé. Et bon, c'est une brave vieille. Elle me laisse habiter chez elle quand maman me jette, et quoi, ça arrive à peu près toutes les semaines, pas vrai ? Alors, quand elle m'a dit que c'était important... Bref. Je suis là. Elle a dit qu'il valait mieux que tu saches. Elle a dit aussi...

Cilla fronça les sourcils, comme si elle essayait de se rappeler le reste du message. Daidre s'étonna que la grand-mère de la gamine ne l'ait pas noté. Mais la vieille dame avait sans doute craint qu'elle ne perde un billet écrit, alors qu'elle devait tout de même pouvoir transmettre un message d'une ou deux phrases.

— Ah. Ouais. Elle a aussi dit de pas t'inquiéter pas'qu'elle leur avait rien dit.

Cilla toucha son anneau, comme pour s'assurer qu'il était toujours là.

— Dis, pourquoi Scotland Yard fouine dans tes affaires ?

Avec un grand sourire, elle ajouta :

— Qu'est-ce t'as fait ? T'as enterré des cadavres dans le jardin ou quoi ?

— Six ou sept, répondit Daidre avec un faible sourire.

— Je m'en doutais.

Cilla pencha la tête de côté et remarqua :

— T'es toute blanche. Tu ferais mieux de t'asseoir. Tu veux un verre d'eau ?

— Non, non. Je vais bien. Je n'ai pas mangé grand-chose aujourd'hui... Tu es sûre que tu ne veux rien ?

— Faut que je reparte. J'ai un rancard ce soir. Mon copain m'emmène danser.

— Ah oui ?

— Ouais. On prend des cours. C'est cucul, je sais, mais faut bien apprendre, pas vrai. On en est au stade où la nana se fait un peu ballotter et où faut garder le dos bien raide. Pointer le nez en l'air. Ce genre de truc. Faut mettre des talons, et j'aime pas trop ça, mais la prof dit qu'on devient bons. Elle veut nous inscrire à un concours, qu'elle dit. Bruce – mon copain –, il est super content et il dit qu'on doit s'entraîner tous les jours. C'est pour ça qu'on sort ce soir. La plupart du temps, on s'entraîne dans le salon de sa mère, mais d'après lui, on est prêts pour se montrer en public.

— Formidable, dit Daidre.

Elle attendit la suite et, si possible, le départ de Cilla. Elle avait besoin de digérer le message qu'avait apporté la jeune fille. Scotland Yard à Falmouth… Un frisson d'angoisse la parcourut.

— Faut que je file, annonça Cilla comme si elle avait lu dans les pensées de Daidre. Écoute, tu devrais vraiment réfléchir, pour le téléphone, hein ? Tu pourrais le fourrer dans un placard ou quelque chose. Le brancher quand t'en as besoin. Ce genre de truc.

— Oui, oui, je m'en occuperai, promit Daidre. Merci beaucoup, Cilla, d'avoir fait tout ce chemin.

La jeune fille s'en alla. Depuis le perron, Daidre la regarda démarrer au kick – pas d'allumage électronique pour une motarde comme elle – et faire demi-tour dans l'allée. Un dernier salut de la main, puis Cilla remonta à toute allure la petite route étroite et disparut dans le virage, laissant Daidre se débrouiller avec les conséquences de sa visite.

Scotland Yard… Ils avaient posé des questions. Il ne pouvait y avoir qu'une seule raison – une seule personne – derrière tout ça.

20

Kerra n'avait pas dormi de la nuit et pas fait grand-chose de la journée suivante. Elle avait essayé de donner le change, respectant le programme d'entretiens qu'elle avait établi les semaines précédentes pour recruter d'éventuels moniteurs. Elle espérait se changer au moins les idées en prétendant, avec un optimisme sans doute illusoire, qu'Adventures Unlimited allait ouvrir dans un proche avenir. Ses bonnes résolutions n'avaient pas suffi.

« C'est là. » Cette simple déclaration, cette flèche pointée vers la grande grotte sur la carte postale suggéraient des conversations extraprofessionnelles entre l'auteur de ces mots et leur destinataire. Ces pensées alarmantes et tumultueuses avaient agité la journée de Kerra, mais aussi la nuit d'insomnie qui l'avait précédée.

La carte postale lui semblait brûlante, au fond de la poche où elle l'avait glissée. Elle allait devoir réagir. Cette sensation de brûlure se chargeait de le lui rappeler.

Kerra n'avait pas pu éviter Alan, comme elle aurait aimé le faire ce jour-là. Elle aurait préféré recevoir les postulants dans le salon du premier étage plutôt que dans son bureau, d'autant que celui-ci était proche du service marketing. Alan s'était arrêté à plusieurs reprises sur le seuil, et il n'avait pas fallu longtemps à Kerra pour comprendre la raison de ces apparitions muettes.

Cela n'avait rien à voir avec le fait que, jusque-là, elle n'avait retenu que des candidatures féminines. Ils en avaient déjà discuté, et Alan n'était pas du genre à s'obstiner quand son interlocuteur faisait preuve, selon lui, d'un entêtement ridicule. Non, le regard insistant qu'il posait sur elle indiquait que Busy Lizzie lui avait touché un mot de sa visite et du prétexte qu'elle avait invoqué pour s'introduire dans sa chambre. Elle avait une réponse toute prête au cas où il l'aurait interrogée, ce qu'il ne fit pas.

Elle ne savait pas où se trouvait son père. Elle l'avait vu partir en direction de St Mevan Beach quelques heures plus tôt. Elle avait d'abord cru qu'il était allé regarder les surfeurs. Son frère Santo aurait pu faire partie de ceux-ci. Son père aurait pu en être aussi. Son père et son frère, ensemble… Mais cela n'arriverait jamais.

Une malédiction semblait frapper leur famille, et Kerra en connaissait l'origine : Dellen. On aurait dit qu'ils erraient tous dans un labyrinthe, au centre duquel Dellen les attendait depuis toujours, pareille à une araignée dans sa toile. La seule façon de lui échapper était de l'éliminer, mais il était trop tard pour ça.

— Tu veux quelque chose ?

C'était Alan. Découragée, Kerra parcourait pour la énième fois sa liste de candidatures. Ce jour-là, elle s'était entretenue avec cinq monitrices de kayak potentielles. Seules deux avaient reçu une formation adéquate, et sur ces deux, une seule possédait une véritable expérience de la mer. L'autre avait principalement navigué sur l'Avon, où la plus grande difficulté à laquelle elle avait jamais été confrontée était d'éviter un jeune cygne avec sa pagaie.

Kerra referma son maigre dossier, se demandant comment elle allait répondre à la question d'Alan. Elle hésitait entre l'ironie et le sarcasme quand il reprit :

— Kerra ? Tu veux quelque chose ? Une tasse de thé ? Du café ? Un truc à manger ? Je sors. Si tu veux, je peux m'arrêter...

— Non. Merci.

Elle ne voulait pas lui être redevable, même pour un détail aussi insignifiant.

Ils se dévisagèrent comme seuls peuvent le faire deux ex-amants. Comme des ethnologues passant un site au peigne fin, cherchant des traces d'une civilisation ancienne.

— Comment ça se passe ?

Il le savait très bien, mais elle joua le jeu.

— J'ai plusieurs candidatures solides. Je les revois demain. Mais la question qu'il faut se poser, c'est va-t-on ouvrir, oui ou non ? Tu as vu mon père ?

— Pas depuis un moment.

— Et Cadan ? Il est venu peindre les derniers radiateurs ?

— C'est possible, mais je ne l'ai pas vu. Ça a été calme.

Il ne parla pas de Dellen. Chaque fois que les choses tournaient mal, son nom devenait tabou. Le simple fait de l'évoquer – Dellen, ce grand éléphant mort qui exhalait ses relents fétides dans la pièce – plongeait tout le monde dans une angoisse terrible.

— Qu'est-ce que tu as fait... ? demanda Kerra avec un mouvement de tête en direction du bureau d'Alan.

Il sembla y voir une invite, car il entra dans le bureau de Kerra, qui n'avait pas du tout escompté cela. À présent que tout était fini entre eux, elle voulait le tenir à distance.

— J'ai tenté d'organiser le tournage de la vidéo, dit-il.

Il prit une chaise et s'assit face à elle, presque genou contre genou. Cette proximité déplut fortement à Kerra. Il poursuivit :

— Je veux que ton père voie ça. Je sais que le moment est mal choisi, mais…

— Pas ma mère ? s'enquit Kerra.

Alan eut l'air décontenancé.

— Ta mère aussi, mais elle est déjà au courant. Et donc, ton père…

— Ah bon, elle est au courant ? Enfin, je suppose que c'est normal.

Kerra n'en revenait pas qu'Alan ait consulté sa mère. Dellen étant incohérente, son opinion n'avait jamais beaucoup compté. D'un autre côté, la chose s'expliquait. Alan côtoyait Dellen au service marketing, les rares fois où elle travaillait un peu, et ils avaient probablement monté ensemble le projet de clip avant de le présenter à Ben. Alan devait vouloir se concilier les bonnes grâces de Dellen : cela faisait toujours une voix dans son camp et, qui plus est, une voix qui avait une influence considérable sur Ben.

Kerra se demanda si Alan avait également parlé à Santo et, si oui, comment son frère jugeait les idées d'Alan pour Adventures Unlimited.

— J'aimerais en reparler à ton père, mais je n'ai pas trouvé le…

Après une hésitation, Alan finit par céder à la curiosité.

— Qu'est-ce qui se passe ? demanda-t-il. Tu le sais ?

— À propos de quoi ?

— Tes parents… Je les ai entendus ce matin. J'étais monté chercher…

Il rougit.

Nous y voilà enfin, pensa Kerra.

— Oui ? l'encouragea-t-elle d'un ton ouvertement goguenard.

— J'ai entendu tes parents. Ou plutôt ta mère. Elle était…

Alan baissa la tête comme pour examiner ses chaussures, des richelieus bicolores. À part Alan, plus personne ne portait de richelieus.

— Je suis conscient que ça va mal, dit-il. Je ne sais pas trop comment me comporter. Au début, je pensais qu'il fallait persévérer, mais je commence à trouver ça inhumain. Ta mère est effondrée, ton père…

— Comment tu le sais ? lança Kerra.

Elle avait réagi trop vite. Elle le regretta aussitôt.

— Comment je sais quoi ? fit Alan d'un air songeur.

Apparemment, la question de Kerra avait interrompu le fil de ses réflexions.

— Que ma mère est effondrée ?

— Comme j'ai dit, je l'ai entendue. J'étais monté parce qu'on est au point où il faut décider si on continue à prendre des réservations ou si on enterre le projet.

— Ça t'inquiète, pas vrai ?

— Ça devrait tous nous inquiéter, non ?

Il s'appuya contre le dossier de sa chaise et la regarda droit dans les yeux.

— Pourquoi tu ne me le dis pas, Kerra ?

— Quoi ?

— Je crois que tu le sais.

— Et moi je crois que c'est un piège.

— Tu as fouillé ma chambre.

— Tu as une excellente logeuse.

— Tu t'attendais à quoi ?

— Je suppose que tu es en train de me demander ce que je cherchais ?

— Tu as dit que tu avais oublié quelque chose. Pourquoi ne pas m'avoir demandé de te le rapporter ?

— Je ne voulais pas te déranger.

Il poussa un profond soupir et se donna une claque sur les genoux.

— Au nom du ciel, Kerra, qu'est-ce qui se passe ?

Kerra répondit du même ton goguenard :

— Ce qui se passe ? Mon frère a été assassiné. Qu'est-ce qu'il te faut de plus ?

— Tu sais ce que je veux dire. Ce qui est arrivé à Santo est une épouvantable tragédie.

— Merci de le préciser.

— Mais il y a aussi ce qui s'est passé entre toi et moi. Et que tu acceptes ou non de le reconnaître, ça a commencé le jour même où il est arrivé quelque chose à Santo.

— Ce qui est arrivé à Santo s'appelle un meurtre. Pourquoi ne peux-tu pas prononcer le mot, Alan ?

— Pour une raison évidente. Je ne veux pas que tu te sentes encore plus mal. Ni toi ni personne.

— Personne ?

— Ton père. Ta mère. Tout le monde.

Kerra se leva. La carte postale la brûlait si fort qu'elle dut se retenir pour ne pas la jeter au visage d'Alan. « C'est là »... Ces quelques mots exigeaient une explication. Mais l'explication existait déjà. Seul demeurait l'affrontement.

Kerra connaissait son adversaire, et ce n'était pas Alan. Elle s'excusa et sortit du bureau. Elle prit l'escalier au lieu de l'ascenseur.

Elle entra dans la chambre de ses parents sans frapper, la carte à la main. On avait tiré les rideaux, si bien que des particules de poussière flottaient dans un rectangle de lumière printanière. Mais personne n'avait pensé à ouvrir la fenêtre pour renouveler l'air confiné. Il sentait la transpiration et le sexe.

Kerra détestait cette odeur, à cause de ce qu'elle révélait sur ses parents et sur leur emprise mutuelle. Elle traversa la pièce et ouvrit la fenêtre en grand. Un air froid s'engouffra dans la chambre.

En se retournant, elle vit que le lit était en désordre et les draps tachés. Les vêtements de son père gisaient en pile sur le sol, comme si son corps s'était dissous. Elle dut contourner le lit pour trouver sa mère par terre, couchée sur un tas de vêtements rouges

Pendant un instant, Kerra se sentit régénérée : l'unique fleur d'un bulbe, délivrée non seulement de la terre, mais de sa tige. Mais alors les lèvres de sa mère remuèrent et sa langue pointa entre elles, comme si elle roulait un patin dans le vide. Ses mains s'ouvrirent et se refermèrent. Ses hanches bougèrent. Ses paupières tressaillirent. Elle soupira.

En la voyant ainsi, Kerra se demanda pour la première fois ce que cela faisait d'être cette femme. Mais elle ne tenait pas à y réfléchir. Elle poussa du pied la jambe droite de sa mère.

— Réveille-toi, lui ordonna-t-elle. Le moment est venu de parler.

Elle regarda à nouveau la carte pour y puiser la force nécessaire. « C'est là », disait l'écriture rouge de sa mère. Oui, songea Kerra. C'était incontestablement là.

— Réveille-toi, répéta-t-elle plus fort. Relève-toi.

Dellen ouvrit les yeux. Elle parut désorientée, puis elle vit Kerra. Elle ramena vers elle les vêtements les plus proches de sa main droite. Elle les serra contre sa poitrine, dévoilant alors un sécateur et un couteau à découper. Kerra regarda sa mère, puis les vêtements. Tous avaient été tailladés, lacérés, découpés.

— J'aurais dû m'en servir contre moi, dit Dellen. Mais je n'ai pas pu. Pourtant, vous auriez été heureux que je le fasse, non ? Toi et ton père ? Oh, mon Dieu, je voudrais mourir ! Pourquoi est-ce que personne ne veut m'aider ?

Elle se mit à pleurer sans larmes, ramenant de plus en plus de vêtements vers elle, jusqu'à former un immense coussin de tenues saccagées.

Kerra savait ce qu'elle était supposée éprouver : de la mauvaise conscience. Elle savait aussi ce qu'elle était supposée faire : pardonner. Pardonner encore et encore, jusqu'à devenir l'incarnation du pardon. Comprendre jusqu'à se diluer dans cet effort de compréhension.

— Aide-moi.

Dellen tendit la main. Puis elle la laissa retomber sur le sol. Un geste vain, quasi silencieux.

Kerra remit dans sa poche la carte du délit. Elle empoigna le bras de sa mère et l'aida à se redresser.

— Lève-toi. Tu dois prendre un bain.

— Je ne peux pas, répondit Dellen. Je suis en train de couler. Je ne tiendrai pas le coup…

Maligne, elle changea subitement de sujet.

517

— Il a jeté mes pilules. Il m'a prise ce matin. Kerra... il m'a pour ainsi dire violée. Et puis il... il a jeté mes pilules.

Kerra ferma les yeux de toutes ses forces. Elle ne voulait pas penser au couple que formaient ses parents. Elle voulait juste extorquer la vérité à sa mère, mais pour cela, elle devait rester maîtresse du jeu.

— Debout, ordonna-t-elle. Allons, lève-toi.

— Pourquoi est-ce que personne ne veut m'écouter ? Je ne peux pas continuer comme ça. Au fond de ma tête, il y a un gouffre tellement profond... Pourquoi est-ce que personne ne veut m'aider ? Toi ? Ton père ? J'ai envie de mourir.

Sa mère était comme un sac de sable. Kerra la hissa sur le lit. Dellen s'allongea.

— J'ai perdu mon enfant, dit-elle d'une voix brisée. Pourquoi est-ce que personne ne comprend ?

— Tout le monde comprend.

Kerra avait l'impression de se consumer de l'intérieur. Bientôt il ne subsisterait rien d'elle. Seule la parole pouvait la sauver.

— Tout le monde sait que tu as perdu un enfant, parce que tout le monde a perdu Santo aussi.

— Mais sa mère... Sa mère, Kerra...

Un déclic se fit en Kerra. Elle empoigna Dellen et l'obligea à s'asseoir au bord du lit.

— Arrête ton cinéma.

— Mon cinéma ?

Comme souvent, Dellen changea brusquement d'humeur, tel un volcan qui entre en éruption.

— Tu oses appeler ça du cinéma ? C'est ainsi que tu réagis au meurtre de ton propre frère ? Qu'est-ce qui te prend ? Tu n'as donc pas de cœur ? Mon Dieu, Kerra, de qui es-tu la fille ?

— J'imagine que tu t'es posé plus d'une fois la question, pas vrai ? À recompter les semaines, les mois, et à te demander : à qui est-ce qu'elle ressemble ? De qui est-elle ? À qui puis-je dire qu'elle est sa fille et, détail d'importance, est-ce que *lui* me croira ? Peut-être que si j'ai l'air assez malheureuse, ou comblée, ou quel que soit l'air que tu prends quand il s'agit de te sortir du pétrin. Pas vrai, Dellen ?

Les yeux de Dellen s'étaient assombris. Elle s'éloigna de Kerra.

— Comment peux-tu dire une chose pareille ?

Elle leva les mains pour couvrir son visage en un geste censé exprimer l'horreur.

Le moment était venu. Kerra sortit la carte de sa poche et écarta les mains de sa mère pour la brandir sous son nez.

— Regarde ce que j'ai trouvé, dit-elle en appuyant une main sur sa nuque pour l'empêcher de se dérober. « C'est là », maman ? Qu'est-ce qui est « là » ?

— De quoi tu parles ? Kerra, je ne…

— Tu ne sais pas ce que je tiens à la main ? Tu ne reconnais pas la photo sur cette carte ? Tu ne reconnais pas ta propre écriture ? Ou plutôt, tu ignores d'où vient cette carte, et même si tu le savais – nous savons toutes les deux que c'est le cas –, tu ne vois pas comment elle a pu atterrir là où je l'ai trouvée. C'est quoi, ton explication ? Réponds-moi. C'est quoi ?

— Ce n'est rien. Ce n'est qu'une carte postale, pour l'amour du ciel. Tu te conduis comme…

— Comme une femme dont la mère s'est tapé l'homme qu'elle pensait épouser ! s'écria Kerra. Dans la grotte où tu te tapais tous les autres.

— Comment peux-tu d…

— Parce que je te connais. Parce que je t'ai observée. Parce que j'ai vu le scénario se répéter je ne sais combien de fois. Dellen est en manque ; qui va la secourir, sinon un homme consentant de n'importe quel âge ? Parce que, bon Dieu, l'âge n'a jamais eu d'importance pour toi, hein ? Juste de te faire le mec, peu importait qui il était et avec qui il était… Parce que ton désir et le besoin de l'assouvir étaient plus importants que…

D'une main tremblante, Kerra écrasa la carte sur le visage de sa mère.

— Je devrais te… Seigneur, je devrais te…

— Arrête ! cria Dellen en se débattant. Tu es folle.

— Même Santo ne peut pas t'arrêter. Santo mort ne peut pas t'arrêter. Je me suis dit : « Ça va l'atteindre, quand même ? » Mais non. Santo mort – mon Dieu, Santo assassiné –, et rien. Tu n'as pas changé tes plans d'un iota.

— Non !

Dellen se mit à frapper sa fille, tentant de la griffer. Elle lui décocha des coups de pied et tourna sur elle-même pour lui échapper, mais Kerra était trop forte. Alors elle hurla.

— C'est toi qui as fait ça ! Toi ! Toi !

Dellen empoigna sa fille par les cheveux et elles roulèrent toutes les deux sur le lit, s'emmêlant dans les draps et les couvertures. Elles poussaient des cris stridents. Elles battaient des bras. Elles lançaient des coups de pied. Elles attrapaient tout ce qui leur tombait sous la main, lâchaient prise pour attraper à nouveau, balancer des coups de poing, tandis que Dellen hurlait :

— Toi. Toi. C'est toi qui l'as fait !

La porte de la chambre s'ouvrit avec violence. Des pas précipités traversèrent la pièce. Kerra sentit qu'on la soulevait et elle entendit la voix d'Alan contre son oreille.

— Du calme, dit-il. Du calme, allons, du calme. Bon sang, Kerra, qu'est-ce que tu fabriques ?

— Demandez-lui de vous le dire, cria Dellen, étendue sur le lit. Demandez-lui. Qu'elle vous dise ce qu'elle a fait à Santo. Santo !

Alan saisit le bras de Kerra et l'entraîna vers la porte.

— Lâche-moi ! hurla Kerra. C'est à *elle* de dire la vérité !

— Viens avec moi, ordonna Alan. Il est temps que toi et moi, on ait une discussion.

Les deux véhicules similaires à ceux qui avaient été aperçus près de la falaise le jour du meurtre étaient garés devant LiquidEarth. Un coup d'œil à travers la vitre apprit à Hannaford et Havers que le RAV4 de Lew Angarrack contenait une combinaison de surf ainsi qu'un short-board. En revanche, elles ne virent rien à l'intérieur de la Defender de Jago Reeth. À part des piqûres de rouille – l'air marin était fatal à toutes les voitures de la région –, la carrosserie était aussi propre que possible, compte tenu du climat et du fait qu'elle restait dehors par tous les temps. Les tapis de sol, côté conducteur comme côté passager, étaient pleins de boue. Mais sur la côte, on pataugeait depuis la fin de l'automne jusqu'au début de l'été, si bien que ce détail n'avait rien de significatif.

Faute d'avoir trouvé Daidre Trahair chez elle, l'idée d'une nouvelle visite au fabricant de surfs s'était logiquement imposée aux deux femmes. Il fallait suivre chaque piste, et Jago Reeth tout comme Lewis Angarrack devraient finir par expliquer ce qu'ils trafiquaient aux alentours de la falaise, même si Bea aurait préféré embarquer Daidre Trahair pour la soumettre à l'interrogatoire poussé qu'elle méritait.

Bea avait reçu un appel de Thomas Lynley comme elles roulaient en direction de l'ancienne base militaire. Il revenait de Zennor et retournait à Pengelly Cove. Il avait peut-être mis le doigt sur quelque chose mais, pour s'en assurer, il devait fureter autour du berceau de la famille Kerne. Sa voix avait des accents fébriles.

« Et le Dr Trahair ? » avait demandé Bea d'un ton vif.

Lynley ne l'avait pas vue. À vrai dire, il ne s'attendait pas à la voir. En toute franchise, il ne l'avait pas vraiment surveillée. Il avait l'esprit ailleurs. Ce nouveau développement avec les Kerne...

Bea ne voulait pas entendre parler des Kerne, nouveau développement ou pas. Elle ne faisait pas confiance à Thomas Lynley, et cela l'ennuyait parce qu'elle avait envie de lui faire confiance. Elle avait besoin de faire confiance à tous les gens impliqués dans l'enquête. Elle l'interrompit sèchement : « Si par hasard vous croisez notre fringante vétérinaire en chemin, vous me l'amenez. Compris ? »

Lynley lui assura qu'il avait compris.

« Et si vous tenez à suivre la piste Kerne, n'oubliez pas que Trahair fait également partie de l'histoire de Santo Kerne. »

À en croire la fille Angarrack, observa-t-il. Une femme bafouée...

« Ah oui, j'oubliais », avait répliqué Bea d'un ton impatient. Mais il n'avait pas tout à fait tort : Madlyn Angarrack ne paraissait pas plus digne de confiance que les autres.

Bea présenta le sergent Havers à Jago Reeth, qui ponçait une planche en queue d'hirondelle – un travail délicat. D'autres planches attendaient dans une étuve située sur le côté de la pièce. La saison s'annonçait bien pour LiquidEarth, comme l'attestaient les bruits en provenance de la salle de shape.

Comme lors de la première visite de Bea, Jago portait une combinaison blanche jetable qui protégeait son corps de la poussière, mais pas ses cheveux ni son visage. Toutes les parties exposées étaient blanches, même ses doigts.

Il demanda à Bea si c'était lui ou son patron qu'elle était venue voir. Elle répondit qu'elle voulait leur parler à tous les deux, mais que sa conversation avec Mr Angarrack pouvait attendre un peu.

Le vieil homme ne sembla pas déconcerté à l'idée que la police veuille lui parler. Il déclara néanmoins qu'il pensait avoir dit tout ce qu'il savait sur la liaison de Santo avec Madlyn, à quoi Bea lui rétorqua que c'était à elle d'en juger. Il lui lança un regard noir, mais il ne fit aucun commentaire, sinon pour l'avertir qu'il comptait continuer à poncer, si elle n'y voyait pas d'objection.

Bea lui assura qu'elle n'en voyait aucune. Alors qu'elle parlait, le bruit cessa dans la salle de shape. Elle crut que Lew Angarrack allait les rejoindre, mais il n'en fit rien.

Elle demanda à Jago Reeth ce que faisait sa voiture dans le voisinage de la falaise le jour de la mort de

Santo Kerne. Tandis qu'elle parlait, le sergent Havers prenait des notes sur son carnet.

Jago cessa de poncer, jeta un coup d'œil à Havers, puis pencha la tête comme s'il soupesait la question de Bea.

— Le voisinage ? demanda-t-il. De Polcare Cove ? Non, je crois pas.

— Votre voiture a été vue à Alsperyl, lui dit Bea.

— Vous appelez ça le voisinage ? Peut-être à vol d'oiseau, mais en voiture ça fait des kilomètres !

— En marchant le long des falaises, il est assez facile d'aller d'Alsperyl à Polcare Cove, Mr Reeth. Même à votre âge.

— Quelqu'un m'aurait vu sur la falaise ?

— Je ne dis pas ça. Mais le fait que votre véhicule ait été aperçu autour de la zone où Santo Kerne a trouvé la mort… Comprenez ma curiosité.

— La cabane de **He**dra, dit-il.

— Késako ? s'exclama le sergent Havers, qui devait penser qu'il s'agissait d'une expression idiomatique.

— Une vieille cabane en bois encastrée dans les falaises, lui expliqua Jago. C'est là que j'étais.

— Puis-je vous demander ce que vous faisiez là-bas ? reprit Bea.

Jago sembla réfléchir à la légitimité de la question, ou encore à l'opportunité d'y répondre.

— Affaire privée, dit-il enfin.

Il reprit son ponçage.

— Vous me laisserez libre d'en décider, répliqua Bea.

La porte de la salle de shape s'ouvrit et Lew Angarrack apparut. Il portait une combinaison semblable à celle de Jago, un masque et des lunettes de protection pendus à son cou. Autour des yeux, de la bouche et du nez, sa peau paraissait étrangement rose par rapport au reste de sa personne, complètement blanc. Les deux hommes échangèrent un regard difficile à interpréter.

— Ah ! Vous vous trouviez aussi dans le voisinage de Polcare Cove, Mr Angarrack, attaqua Bea en guise de formule d'accueil.

Elle remarqua l'expression surprise de Jago Reeth.

— Quand ça ?

Angarrack retira le masque et les lunettes qu'il avait autour du cou et les posa sur la planche que Jago était en train de poncer.

— Le jour de la mort de Santo Kerne. Ou, devrais-je dire, le jour où on a assassiné Santo Kerne. Que faisiez-vous là-bas ?

— Je n'étais pas à Polcare Cove.

— J'ai dit dans le voisinage.

— Alors vous parlez de Buck's Haven, qui, selon moi, ne se trouve pas précisément dans le voisinage. Je faisais du surf.

Jago jeta un bref regard à Lew Angarrack. Ce dernier ne sembla pas s'en apercevoir.

— Du surf ? fit Bea. Donc, si je consultais ces cartes que vous autres utilisez… Comment vous les appelez, déjà ?

— Des cartes isobares. Si vous les consultez, vous verrez que la houle était nulle, que le vent ne convenait pas, et qu'il était grotesque de sortir en mer ce jour-là.

— Alors pourquoi l'avez-vous fait ? demanda le sergent Havers.

— Je voulais réfléchir. La mer a toujours été pour moi le meilleur endroit pour ça. Si j'avais pu prendre quelques vagues en prime, c'était tout bénef. Mais ce n'était pas la raison de ma présence là-bas.

— À quoi deviez-vous réfléchir ?

— Au mariage.

— Le vôtre ?

— Je suis divorcé. Depuis des années. La femme que je vois…

Il passa d'un pied sur l'autre. Il avait l'air d'un homme qui avait enchaîné les nuits blanches.

— On sort ensemble depuis quelques années. Elle veut qu'on se marie. Je préfère que les choses restent comme ça. Ou qu'elles changent un petit peu.

— Qu'elles changent en quoi ?

— Merde, je vois pas ce que ça peut vous faire. Tous les deux, on a déjà donné, mais elle est pas d'accord avec moi.

Jago Reeth émit une sorte de grognement, qui semblait indiquer qu'il partageait l'avis de Lew Angarrack. Il continua à poncer, et Lew jeta un coup d'œil à son travail. Il approuva de la tête et promena ses doigts sur la partie de la planche que Jago avait déjà polie.

— Alors vous faisiez… quoi ? demanda Bea à Angarrack. Vous vous balanciez comme un bouchon sur les vagues, tentant de parvenir à une décision ?

— Non. J'avais déjà pris ma décision.

— Peut-on savoir laquelle ?

Il s'éloigna des tréteaux et de la planche sur laquelle Jago s'activait.

— Ça ne vous regarde pas. Alors arrêtons de tourner autour du pot. Si Santo Kerne est tombé de la falaise, soit il a été poussé, soit son matériel était défectueux. Étant donné que ma voiture se trouvait à une certaine distance de Polcare Cove, et que je me baignais, je n'ai pas pu le pousser. Reste la seconde hypothèse. Je suppose que ce qui vous intéresse vraiment, c'est de savoir qui avait accès au matériel de Santo. Suis-je allé suffisamment droit au but, inspecteur Hannaford ?

— Il y a environ une demi-douzaine de chemins pour arriver à la vérité, déclara Bea. Vous pouvez emprunter celui-là, si ça vous chante.

— Je n'avais aucune idée de l'endroit où il rangeait son équipement, affirma Angarrack. Je ne le sais toujours pas. Je serais tenté de croire qu'il le rangeait chez lui.

— Il était dans sa voiture.

— Quoi de plus normal, puisqu'il comptait s'en servir ? Merde, il était parti faire de l'escalade !

— Lew… Elle fait que son boulot, dit Jago d'un ton apaisant.

Il ajouta à l'intention de Bea :

— Moi j'y avais accès. Et je savais aussi où il le rangeait. Le garçon et son père avaient eu une engueulade de trop et…

— À quel propos ? le coupa Bea.

Jago Reeth et Angarrack échangèrent un regard. Bea répéta sa question.

— À propos de n'importe quoi, répondit Jago. Ils étaient pas d'accord sur grand-chose, et Santo ne voulait plus garder son équipement chez lui. Une manière de dire à son père : « Je vais te faire voir. »

— « Je vais te faire voir » quoi, exactement, Mr Reeth ?

— Je vais te faire voir… n'importe quoi, tout ce que les jeunes gens s'imaginent devoir faire voir à leur père.

Cette réponse n'était guère satisfaisante. Bea reprit :

— Si vous savez quelque chose d'important, l'un comme l'autre, je vous écoute.

527

Nouveau regard, plus appuyé. Puis Jago dit à Lew :

— Mon vieux… C'est pas à moi de parler.

— Il avait mis Madlyn enceinte, lâcha Lew tout de go. Et il n'avait aucune intention de prendre ses responsabilités.

Le sergent Havers s'agita, brûlant d'intervenir, mais elle se retint. Pour sa part, Bea s'étonnait du ton détaché avec lequel Lew Angarrack leur avait fait cette révélation. Pourtant, si quelqu'un avait eu des raisons de s'indigner, c'était bien lui !

— Selon Santo, son père voulait qu'il prenne ses responsabilités avec Madlyn, dit Jago. Désolé, Lew. Je voyais toujours le gamin. Ça me semblait la meilleure chose à faire, avec le bébé qui allait arriver.

— Votre fille n'a donc pas avorté ? demanda Bea à Angarrack.

— Elle comptait le garder… l'enfant.

— Comptait ? demanda Havers. Pourquoi cet imparfait ?

— Fausse couche.

— Quand tout ça est-il arrivé ? s'enquit Bea.

— La fausse couche ? Début avril.

— À l'en croire, Madlyn avait déjà rompu avec Santo à ce moment-là. Elle l'a donc fait alors qu'elle était enceinte.

— Très juste.

Bea lança un coup d'œil à Havers. Elles tenaient là une piste prometteuse.

— Qu'est-ce que vous ressentiez, Mr Angarrack ? Et vous aussi, Mr Reeth, qui aviez veillé à fournir des préservatifs au gamin ?

— Je n'étais pas ravi, dit Angarrack. Mais croyez-moi, je préférais qu'ils se séparent. Ils n'avaient que dix-huit ans, et en plus…

— Et en plus ? l'encouragea Havers.

— Il avait montré sa vraie nature. C'était un petit con. Je ne voulais pas que ma fille continue à le fréquenter.

— Vous voulez dire qu'il la poussait à avorter ?

— Selon Madlyn, il se fichait de ce qu'elle ferait, dans un sens comme dans l'autre. C'était son style, semble-t-il. Sauf que Madlyn l'ignorait au début. Enfin, on l'ignorait tous.

— Ça a dû vous rendre dingue quand vous vous en êtes aperçu.

— Dingue au point de le tuer ? Bien sûr que non. Je n'avais pas de raison de faire ça.

— Son comportement envers votre fille ne vous semblait pas une raison suffisante ? demanda Bea.

— C'était terminé. Elle était... Elle est en train de se remettre. Pas vrai ? ajouta-t-il à l'intention de Jago.

— La guérison prend du temps, répondit celui-ci.

— Mais la mort de Santo aurait pu la faciliter, souligna Bea.

— Je vous l'ai dit. Je ne savais pas où il rangeait son matériel, et quand bien même je l'aurais su...

— Moi je le savais, intervint Jago Reeth. Le père de Santo essayait de le raisonner, quand Madlyn est tombée enceinte. Ils se sont disputés. À la base, il y avait un défi, du genre de ceux que les pères lancent parfois à leurs fils : « Conduis-toi comme un homme. » Mais, pour Santo, se conduire comme un homme, ça ne voulait pas dire « se conduire comme le père d'un bébé à venir ». Alors, il a pris son matériel d'escalade, justement pour se conduire comme un homme. Pour lui, c'était plus facile de la jouer : « Tu préfères que je fasse de l'escalade plutôt que du surf ? Alors je ferai de l'escalade. Je te montrerai ce que c'est que l'escalade. » Toutes les occasions lui étaient bonnes. Il rangeait son équipement dans le coffre de sa voiture. Je savais qu'il y était.

— Madlyn le savait aussi ?

— Elle était avec moi, protesta Jago. Tous les deux, on était allés à Alsperyl. On a marché jusqu'à la cabane de Hedra. Elle voulait faire disparaître un truc dedans. La dernière chose qui la liait à Santo Kerne.

À part Santo lui-même, songea Bea.

— Et c'était quoi ?

Jago posa délicatement sa cale à poncer sur le pont de la planche.

— Écoutez, elle était raide dingue de Santo. Il était – pardon, Lew, aucun père n'aime entendre ça –, il était son premier. Quand ça a été fini entre eux, elle était effondrée. Et puis il y a eu cette fausse couche. Elle avait du mal à surmonter tout ça, et c'est normal. Alors je lui ai conseillé de se débarrasser de tout ce qui avait trait à Santo, de A à Z. Elle avait obéi, mais il restait un dernier détail. Ils avaient gravé leurs initiales dans la cabane. Un truc de gamins, avec un cœur et tout le reste. On est allés là-bas pour détruire ça. Pas la cabane, bien sûr. Elle est là depuis… Bon Dieu, quoi ? Cent ans ? On ne voulait pas abîmer la cabane. Seulement les initiales. On a laissé le cœur tel quel.

— Pourquoi ne pas pousser la logique jusqu'au bout ? demanda Bea.

— C'est-à-dire ?

— Ça va de soi, Mr Reeth, intervint Havers. Pourquoi ne pas régler son compte à Santo Kerne, lui aussi ?

Lew Angarrack s'exclama d'un ton virulent :

— Non mais, attendez une minute…

Bea le coupa.

— Madlyn est jalouse, comme nana ? Elle a l'habitude de riposter quand on lui fait du mal ? Chacun de vous peut répondre.

— Si vous essayez de dire...

— J'essaie de trouver la vérité, Mr Angarrack. Est-ce que Madlyn vous a dit, ou à vous, Mr Reeth, que Santo voyait quelqu'un d'autre ? Et j'emploie le mot « voir » par euphémisme, notez bien. Il se tapait une femme plus âgée en même temps qu'il engrossait votre fille. C'est elle qui nous l'a dit, du moins qu'il s'en tapait une autre. Remarquez, elle y était obligée, vu qu'on l'a surprise plusieurs fois à mentir, et que ses mensonges, j'en ai peur, l'ont menée droit dans le mur. Elle avait suivi le garçon et ils étaient là, dans la maison de cette femme : le jeune et viril bélier montant avec enthousiasme la brebis vieillissante. Vous étiez au courant, Mr Reeth ?

— Non, non, dit Lew Angarrack.

Il passa la main dans ses cheveux grisonnants, déclenchant une averse de poussière de polystyrène.

— J'étais accaparé par mes propres soucis... Je savais que c'était fini entre Madlyn et le gamin, et je me disais qu'avec le temps... Ma fille a toujours été à fleur de peau. J'ai longtemps pensé que c'était dû à sa mère, au fait qu'elle nous avait abandonnés. Cela me semblait naturel, et elle finissait par surmonter toutes les épreuves. Je me disais qu'elle surmonterait aussi celle-ci, et même la perte de son bébé. La voyant aussi... aussi perturbée, j'ai fait ce que j'ai pu, ou ce que je pensais juste, pour l'aider à se remettre.

— À savoir ?

— J'ai viré le gamin, et je l'ai incitée à reprendre le surf. À retrouver la forme. À réintégrer le circuit. Je lui ai expliqué que personne ne traversait la vie sans avoir le cœur brisé au moins une fois, mais qu'on s'en remettait.

— Comme vous vous en êtes remis ? demanda Havers.

— Tout compte fait, oui.

— Et que saviez-vous de cette autre femme ? demanda Bea.

— Rien. Madlyn n'a jamais dit… Je ne savais rien.

— Et vous, Mr Reeth ?

Jago ramassa sa cale et l'examina.

— Elle m'en avait parlé. Elle voulait que j'en touche un mot au garçon. Pour essayer de le rappeler à l'ordre, j'imagine. Mais j'ai dit à Madlyn que ça servirait à rien. À cet âge-là ? Un garçon, ça pense pas avec son cerveau, elle devait bien s'en rendre compte. Je lui ai dit : un de perdu, dix de retrouvés. Je lui ai dit : faut oublier cette histoire, petite, et aller de l'avant.

Bea le dévisageait avec attention. Elle constata que Havers faisait de même.

— Santo a lui-même employé le terme « irrégulier » pour qualifier ce qu'il faisait en trompant Madlyn. On lui a conseillé d'être honnête. Il l'a peut-être été, mais pas avec Madlyn, dirait-on. A-t-il été honnête avec vous, Mr Reeth ? Vous semblez avoir le tour de main avec les jeunes.

— Je savais seulement ce que savait Madlyn, répondit-il. Irrégulier, vous dites ? C'est ce qu'il a dit ?

— Irrégulier, oui. Assez irrégulier pour qu'il demande conseil.

— Se taper une femme plus âgée, c'était déjà pas mal irrégulier, fit observer Lew.

— Mais assez pour chercher conseil ? fit Bea, plus pour elle-même que pour les autres.

— Je suppose, dit Jago. Ça dépend qui était la femme, non ? Ça se résume toujours à ça, en fin de compte.

21

Malgré l'avertissement de Jago, Cadan ne put s'en empêcher. C'était de la folie, et il le savait, mais il se lança quand même : l'étreinte soyeuse de ses cuisses autour de lui, ses gémissements et puis le oui d'extase, de plus en plus puissant, avec pour fond sonore le bruit du ressac ; les odeurs mêlées de la mer, de la femme, et du bois pourri de la minuscule cabine de plage ; l'éternelle saveur salée de sa féminité qu'il léchait alors qu'elle criait et enfonçait ses doigts dans ses cheveux ; les interstices dans la porte qui projetaient une lueur presque éthérée sur le corps lisse, souple, ferme, consentant, impatient et toujours si consentant…

Ça aurait pu se passer comme ça, et il avait beau se faire tard, il était tenté d'installer Pooh dans la salle de séjour, de sortir sa bicyclette du garage et de pédaler comme un dératé jusqu'à Adventures Unlimited pour prendre Dellen Kerne au mot et aller la retrouver aux cabines de plage. Il avait vu assez de films pour savoir qu'une liaison femme mûre/jeune homme n'était pas faite pour durer, ce qui, de son point de vue, constituait un avantage. L'idée même de le faire avec Dellen était tellement naturelle dans son esprit qu'elle avait désormais dépassé le stade du naturel pour accéder au sublime, au mystique, au métaphysique. La seule incertitude dans l'affaire était Dellen elle-même.

Cette femme était cinglée, ça sautait aux yeux. Malgré son désir d'appuyer ses lèvres sur diverses parties de son corps, Cadan savait reconnaître la timbritude quand il la voyait. Si le mot timbritude existait, ce dont il doutait. Mais si le mot n'existait pas, il aurait fallu l'inventer, car Dellen incarnait la timbritude. Elle était la personnification ambulante, parlante, respirante, mangeante et dormante de la timbritude, et si Cadan Angarrack était assez excité pour se taper un troupeau de moutons, il était aussi assez malin pour fuir la timbritude comme la peste.

Il n'était pas allé travailler ce jour-là, mais il ne se sentait pas la force d'affronter les questions de son père, qui lui aurait demandé pourquoi il traînait à la maison. Aussi Cadan s'était-il levé comme d'habitude, habillé comme d'habitude – enfilant même son jean éclaboussé de peinture, ce qu'il jugeait subtil – et pointé comme d'habitude à la table du petit déjeuner, où la vertueuse Madlyn mangeait un demi-pamplemousse tandis que Lew faisait glisser sur son assiette des œufs au bacon.

Lew lui avait désigné la nourriture d'un air étonnamment aimable. Cadan avait interprété ce geste comme un gage de réconciliation et comme un hommage à ses tentatives de réhabilitation par le biais d'un emploi rémunéré.

« Super, papa. Merci », avait-il dit.

Avant d'attaquer, il avait demandé à sa sœur comment elle s'en sortait.

Le regard menaçant qu'elle lui avait lancé l'avait incité à changer de sujet. Cadan avait ensuite observé son père et lui avait trouvé cette aisance de mouvement qui trahissait jusqu'alors chez lui la satisfaction sexuelle. Estimant peu probable que son père se soit branlé sous la douche, il avait demandé, sur le ton de la conversation d'homme à homme :

« T'es retourné avec Ione, papa ? »

Lew avait parfaitement saisi le sous-entendu, car son teint déjà mat avait viré au rouge brique tandis qu'il se dirigeait vers la cuisinière pour préparer une deuxième tournée d'œufs au bacon.

Ah, les chaleureux bavardages familiaux... Mais, en l'absence d'autre bruit que celui de la mastication, la question du boulot de Cadan n'était pas venue sur le tapis. D'un autre côté, Cadan brûlait de demander ce que ça pouvait faire s'ils échangeaient quelques propos paillards sur le fait que Lew ait réussi à amadouer Ione le temps de la clouer sur le matelas. D'accord, Madlyn était là. Peut-être leur père craignait-il de la gêner – surtout avec les déboires qu'elle avait connus récemment – en mentionnant les aspects les plus crus des rapports homme-femme. N'empêche, un petit clin d'œil entre hommes n'aurait rien eu de choquant. En d'autres temps, Lew ne rechignait pas à partager un minimum avec son fils son expérience des femmes.

Lew avait-il une nouvelle maîtresse ? C'était bien dans sa nature. Nombre de femmes avaient défilé dans la vie du petit clan Angarrack. La plupart du temps, cela se terminait dans les larmes, les cris, ou les grandes conversations faussement raisonnables à la table de la cuisine, devant la porte d'entrée, dans le jardin ou n'importe où, parce que Lew Angarrack refusait de s'engager. Mais quand une nouvelle femme se pointait, Lew la présentait généralement à ses enfants avant de coucher avec elle, un geste qui incitait la femme à croire que quelque chose était possible entre eux...

Quelque chose qui aurait ressemblé à un avenir. Alors, comment se faisait-il que Lew ait eu ce matin-là l'air d'un homme qui a bien lubrifié les gonds d'une femme, alors qu'aucune femme n'avait franchi dernièrement le seuil de la maison ? Les enfants avaient grandi, mais le comportement de Lew paraissait immuable.

Du coup, Cadan avait repensé à Dellen Kerne, et il lui était apparu que la discrétion de Lew pouvait s'expliquer par le caractère illicite de l'affaire – un adultère, par exemple. Nom de Dieu ! Son père avait chopé Dellen avant lui. Il ne savait pas quand ni comment, mais il en était sûr. Il avait ressenti une pointe de jalousie.

Durant la journée, il eut tout loisir de réfléchir à l'éventualité d'un rendez-vous avec Dellen. Il avait le sentiment qu'elle ne verrait pas d'objection à se taper à la fois le père et le fils, mais, ne voulant pas compliquer davantage les choses avec Lew, il tenta de se concentrer sur autre chose.

L'ennui, c'est qu'il était plus doué pour agir que pour réfléchir. Trop réfléchir l'angoissait, et il n'existait que deux remèdes à cette angoisse. L'un était l'action et l'autre la boisson. Compte tenu de son passé, Cadan savait quelle solution il aurait dû choisir, mais il avait une envie folle d'opter pour la seconde, et cette envie augmentait au fil des heures. Quand elle le tourmenta au point de lui interdire toute pensée rationnelle, il donna à Pooh une assiette de fruits pour l'occuper – entre autres gourmandises, le perroquet avait un faible pour les oranges d'Espagne – et il alla chercher sa bicyclette. Il mit le cap sur Binner Down House.

Cadan espérait y trouver un compagnon de beuverie. Boire seul plus d'une fois par semaine pouvait laisser croire à un problème avec l'alcool, et Cadan tenait à garder une image de bon vivant. Il fixa son choix sur Will Mendick.

Will n'ayant pas progressé d'un iota avec Madlyn, il serait certainement partant pour lever le coude. Une fois bourrés, ils cuveraient à Binner Down House sans que personne n'en sache rien. Ça lui semblait une idée fabuleuse.

Will occupait Binner Down House avec neuf surfeurs, garçons et filles, parmi lesquels il faisait figure d'exception. Will ne surfait pas, parce qu'il n'aimait pas les requins et qu'il ne raffolait pas non plus des vives. Cadan le trouva au sud de la propriété. Celle-ci était dans un état de décrépitude normal pour une vieille maison située près de la mer et que personne n'entretenait. Le terrain était envahi d'ajoncs, de fougères et d'oyats. Le cyprès qui poussait devant la maison aurait mérité d'être taillé, et la pelouse avait depuis longtemps capitulé face au chiendent. Le bâtiment lui-même avait grand besoin de réparations, surtout le toit et les encadrements en bois des fenêtres et des portes. Mais les habitants avaient des préoccupations plus importantes que l'entretien des lieux, comme en témoignait l'état de la remise dans laquelle leurs planches de surf s'alignaient tels des signets de couleur dans un livre. En général, ils mettaient leurs combinaisons à sécher sur les branches basses du cyprès.

Le côté sud de la maison faisait face à Binner Down, où résonnaient des meuglements de vaches. Une espèce de serre triangulaire s'élevait le long du mur de la baraque. Elle était constituée d'un toit transparent incliné, d'une cloison vitrée et d'une autre du même granit que le bâtiment principal, mais peint en blanc pour réfléchir le soleil. On avait planté des pieds de vigne à l'intérieur, dans le but d'obtenir du raisin.

C'est là que Cadan trouva Will. Penché à cause de la pente du toit, il bêchait autour d'un jeune cep. Quand Cadan entra, il se redressa et s'exclama :

— Putain de merde, il est temps !

Voyant qui venait de franchir la porte, il reprit :

— Désolé, je croyais que c'était un des autres.

Cadan comprit qu'il faisait référence à ses colocataires surfeurs.

— Ils aident toujours pas ?

— Bordel, non. Pas moyen de les faire bouger leurs culs.

Will utilisait une fourche pour biner la terre, ce qui ne semblait pas la meilleure technique, mais Cadan ne dit rien. Will jeta l'outil, prit une tasse posée sur un rebord et but ce qu'elle contenait. Malgré l'heure, il faisait chaud dans la serre et il transpirait : ses cheveux fins et rares collaient à son crâne. Il serait chauve avant l'âge de trente ans, songea Cadan, qui remercia le ciel de l'avoir doté d'une épaisse chevelure.

— Je te dois quelque chose, lança Cadan en guise de préambule. Je suis passé te le dire.

Will eut l'air perplexe. Il récupéra sa fourche et recommença à bêcher.

— Tu me dois quoi ?

— Des excuses. Pour ce que j'ai dit.

Will se redressa à nouveau. Il s'essuya le front avec le bras. Il portait une chemise en flanelle, en partie déboutonnée, avec son sempiternel tee-shirt noir dessous.

— Et qu'est-ce que t'as dit ?

— Sur Madlyn. L'autre jour. Tu sais, quand t'es venu à la maison.

Cadan pensait que moins ils parleraient de Madlyn, mieux cela vaudrait pour tous les deux, mais il tenait à s'assurer que Will avait compris.

— C'est vrai, mec, comment je saurais qui a une chance avec ma sœur et qui en a pas ?

— Je suppose que t'as quand même une petite idée. T'es son frère.

— Eh bien, figure-toi qu'elle parlait de toi ce matin au petit déjeuner. En entendant ça, je me suis rendu compte… Mec, je me suis planté et je voulais que tu le saches.

Il mentait, bien sûr, mais il avait beaucoup à gagner. Après tout, il ignorait où en était sa sœur côté cœur – hormis ce qu'elle ressentait pour Santo Kerne, et encore, il n'en était pas certain à cent pour cent –, et il avait besoin de Will Mendick. Si un petit mensonge pouvait inciter Will à déboucher une bouteille avec lui, cette faute lui serait sûrement pardonnée.

— Ce que je suis en train de t'expliquer, c'est que tu devrais pas faire une croix sur elle. Elle file un mauvais coton, et je pense qu'elle a besoin de toi, même si elle le sait pas encore.

Will se dirigea vers le fond de la serre et prit une boîte d'engrais sur une étagère. Cadan le suivit.

— Alors, je me disais qu'on pourrait s'en jeter un derrière la cravate et enterrer le passé. Qu'est-ce que t'en penses ?

« S'en jeter un derrière la cravate »… Cadan avait tressailli intérieurement en entendant cette expression saugrenue dans sa propre bouche. On aurait dit les dialogues d'un mauvais téléfilm.

— Impossible, répondit Will. Je peux pas partir pour l'instant.

— Qui te parle de partir ? On pourrait picoler ici.

Will secoua la tête. Il retourna à ses pieds de vigne et à sa fourche. Cadan avait l'impression que quelque chose tracassait son ami.

Will se remit au travail et ajouta, histoire de clarifier la situation :

— Les flics sont venus à la supérette, Cade. Ils m'ont cuisiné.

— À propos de quoi ?

— Merde, d'après toi ?

— Santo Kerne ?

— Ouais, Santo Kerne.

— Pourquoi toi, nom de Dieu ?

— Merde, j'en sais rien. Ils interrogent tout le monde. Je me demande comment t'y as échappé.

Cadan se tut, mal à l'aise, et jeta un regard inquiet à Will. Il préférait ne pas se poser de questions sur les raisons qui avaient pu pousser les flics à lui rendre visite.

— Bon ! lança-t-il du ton qu'on emploie habituellement pour clore une conversation.

— Ouais, fit Will d'un air sombre. Bon.

Cadan prit congé et se retrouva à nouveau livré à lui-même. Will et ses problèmes mis à part, le destin semblait lui souffler qu'il était temps d'agir. Et agir était la seule obsession, hormis celle de boire, que Cadan n'avait pas réussi à se sortir de la tête.

Bon Dieu, cette femme le hantait. On aurait dit une infection mortelle en train de lui ronger le cerveau. Cadan n'avait pas trente-six solutions : il devait se débarrasser d'elle ou se la faire. Mais la seconde éventualité tenait du suicide rituel, il en était conscient.

C'est pourquoi, en quittant Binner Down, il se dirigea vers le dernier endroit qui figurait sur sa courte liste d'échappatoires possibles : l'ancienne base aérienne. Il avait menti à son père en prétendant être allé travailler. Il avait besoin d'un refuge autre que la maison en solitaire, ou Adventures Unlimited dans les parages de cette femme.

Coup de bol, la voiture de son père n'était pas là. Mais il y avait celle de Jago, ce qui lui sembla un don du ciel. Si quelqu'un pouvait lui servir de confident, c'était Jago Reeth.

Malheureusement, quelqu'un d'autre avait eu la même idée. En entrant, Cadan tomba sur les deux fillettes de Ione Soutar, et la porte des ateliers était fermée. Installée à la table de jeu qui servait de bureau à son père, Jennie s'appliquait à ses devoirs, pendant que la redoutable Leigh appuyait un doigt contre sa narine, un tube de colle extraforte posé sur le comptoir devant elle, à côté d'un miroir de poche dans lequel elle se contemplait.

— Maman est *là-dedans*, Cadan ? lui dit Leigh avec ces inflexions exaspérantes qui laissaient croire qu'elle s'adressait à un idiot. Elle a dit que c'était *personnel*, alors tu ne dois pas entrer ?

— Elle parle sûrement de ton père avec Jago, ajouta Jennie avec franchise.

Elle mordillait sa lèvre inférieure en effaçant des marques de crayon sur son devoir.

— Elle a dit que c'était fini, reprit-elle, mais elle continue à pleurer le soir dans son bain, quand elle croit qu'on n'entend pas. Alors, je suppose que c'est pas aussi fini qu'elle voudrait.

— Elle doit le *plaquer* définitivement ? Le prends pas mal, Cadan, mais ton père est une *tête* de nœud ?

Les femmes doivent savoir se *défendre* et surtout, elles doivent se rebiffer quand on les traite pas comme elles le méritent. Enfin, quoi, quel exemple elle nous donne à toutes les *deux* ?

— Merde, qu'est-ce que t'es en train de te faire ? demanda Cadan.

— Maman veut pas qu'elle se fasse percer le nez, alors elle se colle une pierre dessus, expliqua Jennie avec sa gentillesse naturelle. Tu sais faire les divisions à virgule, Cade ?

— Bon Dieu, lui demande pas à *lui* ! s'exclama Leigh. Il a même pas eu le brevet !

Cadan ne releva pas.

— Tu veux une calculette ? proposa-t-il à Jennie.

— Elle est censée montrer son *travail* ? dit Leigh à Cadan.

Elle examina son nez et dit au miroir :

— Je suis pas *stupide*. Je vais pas me bousiller la *figure*. Comme si j'allais *vraiment* faire ça ? T'en dis quoi, Jennie ?

Jennie répondit sans regarder :

— J'en dis que tu vas te faire enguirlander.

Cadan ne pouvait qu'être d'accord. Leigh donnait l'impression d'avoir une grosse croûte de sang sur l'aile du nez. Elle aurait dû choisir une pierre d'une autre couleur.

— Maman va l'obliger à la retirer, poursuivit Jennie. Ça va lui faire mal, en plus, avec la colle forte. Tu vas t'en mordre les doigts, Leigh.

— La *ferme* !

— Je dis seulement…

— La *ferme* ! Ta *gueule* ! *Boucle*-la ! Mets-la en *veilleuse* !

— T'as pas le droit de me parler comme…

543

La porte qui conduisait aux ateliers s'ouvrit soudain et Ione apparut. On voyait qu'elle avait pleuré comme un veau. Bon sang, elle devait vraiment aimer son père, songea Cadan.

Il avait envie de lui dire de laisser tomber et de continuer sa vie. Lew Angarrack n'était pas disponible, et il ne le serait sans doute jamais. Il avait été largué par la Bougeotte, son seul amour de jeunesse, et il ne s'en était pas remis. Aucun d'eux ne s'en était remis. C'était leur malédiction.

Mais comment expliquer ça à une femme qui était parvenue à surmonter son divorce ? C'était impossible.

Jago paraissait avoir déployé des efforts héroïques dans ce sens. Debout derrière Ione, il avait à la main un mouchoir, qu'il replia et glissa dans la poche de sa combinaison.

Un unique regard sur sa mère, et Leigh roula des yeux.

— Je suppose qu'on va arrêter le surf ?

— J'aimais pas ça de toute façon, ajouta loyalement Jennie en rassemblant ses livres de classe.

— On y va, les filles, lança Ione. Rien à ajouter. Le chapitre est clos.

Elle ignora totalement Cadan, comme s'il était porteur de la maladie familiale. Le jeune homme s'écarta tandis qu'elle faisait sortir sa progéniture.

— La pauvre, soupira Jago quand la porte se fut refermée.

— Qu'est-ce que tu lui as dit ?

Le vieillard regagna l'atelier de glaçage.

— La vérité.

— C'est-à-dire ?

— On ne change pas la nature des gens.

— Et les gens eux-mêmes ?

Jago décollait avec soin un adhésif bleu du rail d'un short-board. Cadan remarqua qu'il tremblait tout particulièrement ce jour-là.

— Hein ? fit-il.

— Les gens eux-mêmes, ils ne peuvent pas changer ?

— Je parie que tu peux répondre tout seul à cette question, Cade.

— Alors oui, les gens changent.

— Non, dit Jago. Sûrement pas.

Il prit du papier de verre et le frotta sur le bourrelet de résine. Ses lunettes glissèrent sur son nez et il les remonta.

— Leurs réactions, peut-être, ou l'image qu'ils donnent. Ils peuvent changer en surface. Mais dedans ? L'intérieur reste le même. On ne change pas ce qu'on est. Seulement la façon dont on se comporte.

Jago leva les yeux. Une longue mèche de cheveux gris, échappée de son éternelle queue de cheval, retombait sur sa joue.

— Qu'est-ce que tu fabriques ici, Cade ?

— Moi ?

— À moins que t'aies changé de nom, mon gars. T'es pas censé être au boulot ?

Cadan préféra ne pas répondre tout de suite. Il fit le tour de l'atelier pendant que Jago continuait à poncer les rails de la planche. Il ouvrit la salle de shape, où il avait tenté précédemment de travailler, et regarda à l'intérieur.

Le problème, c'était qu'on l'avait chargé de shaper les planches. Il n'avait pas la patience requise. Le shaping exigeait une main sûre. Il nécessitait une somme infinie d'outils et d'accessoires. Il obligeait à tenir compte d'un si grand nombre de variables qu'il était incapable de les retenir toutes : la courbure du pain de mousse, sa concavité, le tracé des rails, la position des ailerons. La longueur de la planche, la forme de la queue, l'épaisseur du rail. Un seizième de pouce faisait toute la différence et enfin merde, Cadan, tu ne vois donc pas que ces concaves sont trop profonds ? Je ne peux pas te laisser saloper le boulot comme ça !

Il était nul comme shaper, et le glaçage était ennuyeux à pleurer. Ce dernier réclamait une délicatesse qui lui mettait les nerfs en pelote. Le rouleau de fibre de verre à dévider, avec juste ce qu'il fallait de rab pour ne pas trop gaspiller, l'application minutieuse de la résine pour fixer le tissu sur le polystyrène en évitant les bulles d'air. Ponçage, puis à nouveau glaçage, puis encore ponçage...

Il n'était pas fait pour ça. Il fallait être né glaceur comme Jago, un point c'est tout.

Il avait rêvé de bosser dans la salle de peinture, pour décorer lui-même les planches. Mais il n'en avait pas eu le droit. Son père lui avait expliqué qu'il devait le mériter en apprenant d'abord les autres aspects du métier. Pourtant, Lew n'avait pas eu les mêmes exigences avec Santo Kerne...

« C'est toi qui vas reprendre l'entreprise, pas Santo, avait allégué son père. Alors tu dois apprendre le métier de A à Z. J'ai besoin d'un artiste et j'en ai besoin tout de suite. Santo sait dessiner. »

Il sait baiser Madlyn, tu veux dire, avait failli lui rétorquer Cadan. Mais à quoi bon ? Madlyn avait voulu que Santo soit embauché, et Madlyn était la préférée.

Et maintenant ? Allez savoir. Ils avaient tous les deux déçu leur père, Madlyn peut-être plus encore que lui.

— Je suis prêt à revenir, dit Cadan à Jago. Qu'est-ce que tu en penses ?

Jago se redressa et posa sa cale à poncer. Il dévisagea Cadan avant de parler.

— Qu'est-ce qui se passe ?

Cadan se creusa les méninges pour trouver une justification à son revirement, mais pour rentrer dans les bonnes grâces de son père, avec l'aide de Jago, il était obligé de dire la vérité.

— Tu avais raison, dit-il. Je ne peux pas travailler là-bas. Mais j'ai besoin que tu m'aides.

Jago hocha la tête.

— Elle t'a ferré, c'est ça ?

Cadan refusait de consacrer une seconde de plus à Dellen Kerne, que ce soit en pensée ou en parole.

— Non. Si. Peu importe. Il faut que je me tire de là. Tu vas m'aider ?

— Bien sûr, répondit gentiment le vieillard. Accorde-moi seulement un peu de temps pour mettre au point une tactique.

Après leur conversation, Lynley avait raccompagné David Wilkie, dont la maison se trouvait à deux pas de l'église, et s'était aventuré dans son grenier avec le vieil homme. Après avoir passé une heure à fourrager dans les cartons, ils avaient réussi à remettre la main sur les notes de Wilkie concernant l'affaire Jamie Parsons. Grâce à ces notes, ils avaient également retrouvé les noms des garçons qui avaient subi des interrogatoires poussés. Wilkie lui avait dit qu'ils devaient habiter encore à Pengelly Cove. En repartant pour le village de surfeurs, Lynley pensait aux questions qu'il leur poserait.

Parmi les anciens copains de Ben Kerne, il s'avéra qu'il l'un était mort prématurément d'un lymphome, un autre avait émigré en Australie. Trois seulement vivaient toujours à Pengelly Cove. Lynley n'eut aucun mal à les localiser. Il commença ses recherches au pub, où une conversation avec le patron le conduisit successivement à un atelier de carrosserie (Chris Outer), à l'école primaire du village (Darren Fields) et à une société d'entretien de moteurs de bateaux (Frankie Kliskey). Aux trois hommes, il présenta sa carte de police, donna le minimum de détails sur l'enquête de Casvelyn, et leur demanda s'ils pouvaient se libérer une heure plus tard pour discuter de Ben Kerne. Dans tous les cas, la mention de la mort du fils de Ben, Santo, opéra un miracle, si miracle il y avait. Tous les trois acceptèrent.

Lynley choisit le sentier du littoral comme cadre de leur conversation. Non loin du village se dressait le monument à la mémoire de Jamie Parsons qu'avait évoqué Eddie Kerne. Juché sur la falaise, il était constitué d'un banc en pierre à dossier haut formant une courbe autour d'une table en pierre circulaire. Au milieu de la table étaient gravés le prénom Jamie ainsi que sa date de naissance et celle de son décès. Lynley se rappela l'avoir vu au cours de sa longue randonnée sur la côte. Il s'était assis sur le banc pour s'abriter du vent, et il avait regardé non pas la mer, mais le nom du garçon et les deux dates qui soulignaient la brièveté de sa vie. Le caractère éphémère de l'existence avait occupé ses pensées. En même temps qu'elle, bien sûr. En même temps que Helen.

Une fois installé sur le banc, il se rendit compte qu'il n'avait pas pensé à Helen de la journée, hormis quelques minutes au réveil, et ce constat lui rendit le poids de sa mort encore plus présent. Il aurait voulu continuer à penser à elle jour après jour, heure après heure, et pourtant, pour qu'il puisse exister au présent, elle devrait s'éloigner de plus en plus dans le passé. Sa femme bien-aimée. Son fils tant attendu. Tous les deux à jamais disparus, alors que lui finirait par guérir. Ainsi allait le monde, et pourtant, l'idée qu'il puisse se rétablir un jour ne lui en paraissait pas moins insupportable et obscène.

Il se leva et s'approcha du bord de la falaise. Une autre offrande commémorative, moins solennelle que la table de Jamie Parsons, se trouvait là : une couronne de houx qui tombait presque en poussière datant du Noël précédent, un ballon dégonflé, un ours en peluche détrempé, et le prénom Eric écrit au marqueur noir sur un abaisse-langue. Il y avait une multitude de façons de mourir le long de la côte de Cornouailles. Lynley se demanda comment cette âme-ci avait été emportée.

Un bruit de pas sur les cailloux du chemin venant de Pengelly Cove attira son attention. En voyant les trois hommes se diriger ensemble vers lui, il comprit qu'ils s'étaient concertés avant de venir. Il avait prévu et même encouragé cela. Il avait l'intention de jouer cartes sur table : ils n'avaient rien à craindre de lui.

Le meneur semblait être Darren Fields. Le directeur de l'école du village était le plus grand des trois et sans doute le plus cultivé. Il marchait en tête et fut le premier à saluer Lynley et à commenter le choix du lieu de rendez-vous :

— Je m'en doutais. Nous avons dit tout ce qu'il y avait à dire sur le sujet à l'époque. Alors si vous imaginez...

— Comme je vous l'ai expliqué, l'arrêta Lynley, je suis ici pour Santo Kerne. Et aussi pour Ben Kerne. Si j'avais eu d'autres intentions, je n'aurais pas été aussi franc avec vous.

Les deux autres se tournèrent vers Fields. Celui-ci semblait peser les paroles de Lynley. Il finit par acquiescer de la tête et ils s'approchèrent tous de la table et du banc. Frankie Kliskey paraissait le plus nerveux du trio. D'une taille anormalement petite, il mâchonnait son index noir de graisse de moteur dont il avait mis la chair à vif, et son regard passait à toute allure des uns aux autres. Quant à Chris Outer, on aurait dit qu'il attendait de voir la tournure qu'allaient prendre les événements. Allumant une cigarette à l'abri de sa main, il s'appuya contre le dossier du banc : le col de son blouson relevé, il plissait les yeux avec une expression qui rappelait celle de James Dean dans *La Fureur de vivre*. Ne manquaient que les cheveux. Il était chauve comme un œuf.

— J'espère que vous comprenez qu'il ne s'agit aucunement d'un piège, dit Lynley en guise de préambule. David Wilkie... ce nom vous dit-il quelque chose ? Je vois que oui... Selon lui, Jamie Parsons a probablement succombé à un accident. Il ne pense pas que vous ayez prémédité sa mort. Le sang du gamin contenait à la fois de l'alcool et de la cocaïne. Toujours d'après Wilkie, vous ne vous étiez pas rendu compte de son état, et vous vous figuriez qu'il rentrerait chez lui sans aide quand vous en auriez fini avec lui.

Les trois hommes restèrent silencieux. Le regard bleu de Darren Fields était subitement devenu opaque, trahissant sa détermination à s'en tenir à ce qu'il avait pu dire par le passé au sujet de Jamie Parsons. Une attitude on ne peut plus logique. Leurs déclarations de l'époque les avaient protégés de la machine judiciaire durant presque trente ans. Pourquoi modifier leur récit aujourd'hui ?

— Voilà ce que je sais, dit Lynley.

— Attendez un peu ! protesta Darren Fields. Il y a à peine une minute, vous racontiez être là pour une tout autre affaire.

— Le fils de Ben, précisa Chris Outer.

Frankie Kliskey ne dit rien, mais son regard faisait la navette de l'un à l'autre de ses compagnons.

— C'est exact, acquiesça Lynley. Mais les deux affaires ont un point commun : Ben Kerne.

— Il n'y a rien de plus à dire.

— Je pense que si. Wilkie aussi, mais la différence entre nous, c'est que lui croit que ce qui s'est passé alors n'était pas intentionnel. Pour ma part, je n'en suis pas si sûr. Pour me rassurer, il va falloir que vous me parliez de cette nuit-là et de la grotte.

Les trois hommes ne répondirent pas, mais Outer et Fields échangèrent un regard. Comme il était impossible d'apporter un regard à l'inspecteur Hannaford, Lynley insista :

— Voilà ce que je sais : il y a eu une fête, durant laquelle Jamie Parsons et Ben Kerne ont eu une altercation. Jamie méritait qu'on le remette à sa place pour un tas de raisons, la plupart liées à sa personnalité et à sa façon de traiter les gens, mais son comportement ce soir-là a dû faire déborder le vase. Du coup, vous lui avez réglé son compte dans une des grottes. À mon avis, il s'agissait de l'humilier. D'où la nudité, les marques de liens sur les poignets et les chevilles, et les excréments dans les oreilles. J'imagine que vous lui aviez aussi pissé dessus, mais

551

l'urine avait dû être lavée par la marée, alors que les excréments non. La question que je me pose, c'est comment avez-vous fait pour l'entraîner dans la grotte ? Selon moi, vous deviez avoir quelque chose qu'il voulait. S'il était déjà ivre et peut-être déjà drogué, ça ne devait pas être une promesse de défonce. Reste un trafic quelconque auquel il ne voulait pas que certains assistent. Peut-être ses sœurs, qui auraient pu moucharder aux parents. Mais le personnage qui m'a été décrit aurait été trop heureux qu'on le voie en possession d'un objet que les autres désiraient, convoitaient, admiraient, respectaient... Il aimait frimer. Être plus fort que tout le monde. Aussi, je le vois mal accepter de se rendre dans une grotte pour se procurer quelque chose d'illégal. Non, on avait dû lui faire miroiter quelque chose de plus intime. Ce qui nous mène au sexe.

Les yeux de Frankie le trahirent. Lynley se demanda comment il avait réussi à tenir sa langue quand Wilkie l'avait interrogé seul. C'était peut-être ça, l'explication : en l'absence de ses amis, il ne savait pas quoi dire, donc il ne disait rien. En leur présence, il suivait leur exemple.

— Les jeunes, les adolescents, feraient presque n'importe quoi pour le sexe, reprit Lynley. J'imagine que Jamie Parsons n'était pas différent de vous. Était-il homosexuel ? L'un de vous lui avait-il donné rendez-vous dans la grotte ?

Silence. Ils étaient doués. Mais Lynley avait la quasi-certitude qu'il pouvait leur damer le pion. Il poursuivit :

— Pourtant, Jamie n'était pas du genre à se lancer sur la foi d'une simple promesse. Pour foncer, il a dû lui falloir un signal quelconque qui lui garantisse qu'il ne risquait rien. Qu'est-ce que ça pouvait être ? Un regard entendu. Un mot. Une phrase. Une main aux fesses. Une queue bien dure pressée contre lui dans un recoin discret. Le genre de langage que parlent...

— Il n'y a pas de tapettes ici.

C'était Darren. Rien d'étonnant, songea Lynley : à cause de sa profession, il était celui qui avait le plus à perdre.

— Les autres ne l'étaient pas non plus, ajouta-t-il.

— Le reste de votre bande ?

— C'est ce que je suis en train de vous dire.

— Mais c'était une histoire de sexe, n'est-ce pas ? Il pensait retrouver quelqu'un pour ça. Qui ?

Silence.

Puis enfin :

— Le passé est mort.

Cette fois, c'était Chris Outer, et il avait l'air aussi inébranlable que Darren Fields.

— Le passé est le passé, protesta Lynley. Santo Kerne est mort. Jamie Parsons est mort. Leurs morts sont peut-être liées, ou peut-être pas, mais...

— Elles ne le sont pas.

— ... mais jusqu'à preuve du contraire, je dois présumer qu'il existe un lien entre elles. Et je ne voudrais pas que ce lien soit une conclusion de décès sans cause définie. Santo Kerne a été assassiné.

— Pas Jamie Parsons.

— D'accord. Je veux bien l'admettre. L'inspecteur Wilkie aussi. Plus de vingt-cinq ans après les faits, vous ne serez pas poursuivis pour avoir eu la stupidité d'abandonner ce garçon dans cette grotte. Tout ce que je veux savoir, c'est ce qui s'est passé cette nuit-là.

— C'était Jack. Jack...

L'aveu avait pratiquement jailli des lèvres de Frankie Kliskey, comme si l'homme le réprimait depuis près de trente ans. Il dit aux autres :

— Jack est mort maintenant, alors quelle importance ? Je ne veux plus porter ça. J'en ai plus que marre de porter ça, Darren.

— Bon Dieu, tu...

— J'ai tenu ma langue à l'époque, et regarde-moi. Regarde !

Il tendit les mains. Elles tremblaient.

— Un flic se pointe, tout recommence, mais je ne veux pas vivre ça encore une fois.

Darren s'écarta de la table. Un geste de dégoût, mais aussi de renoncement.

Un nouveau silence tendu s'installa. Des cris de mouettes retentirent et, loin en contrebas, un bateau fit ronfler son moteur dans la crique.

— Elle s'appelait Nancy Snow, dit Chris Outer. C'était la petite amie de Jack Dustow et Jack faisait partie de notre bande.

— Celui qui est mort d'un lymphome ?

— Oui. Il avait persuadé Nan de... faire ce qui se faisait. On aurait pu se servir de Dellen – la femme de Ben, Dellen Nankervis, à l'époque – parce qu'elle était toujours prête...

— Elle était présente cette nuit-là ?

— Oh que oui ! C'est elle qui a tout déclenché.

Outer raconta l'histoire dans les grandes lignes : une relation adolescente qui tourne au vinaigre, deux amoureux qui se narguent l'un l'autre avec un nouveau partenaire, Jamie qui s'énerve en voyant sa sœur s'acoquiner avec Ben Kerne, Jamie qui agresse Ben...

— Comme vous avez dit, il méritait qu'on le remette à sa place, conclut Frankie Kliskey. Personne n'aimait ce type. Alors Jack a demandé à Nan Snow de le chauffer un peu. Résultat, Jamie voulait la baiser sur place, dans la maison.

— De préférence là où tout le monde pouvait les voir, ajouta Darren Fields.

— Où Jack pouvait le voir sauter sa nana, précisa Chris. C'était ça, Jamie.

Frankie prit le relais :

— Mais Nan a refusé. Elle a dit : « Descendons plutôt à la grotte », et c'est ce qu'ils ont fait. C'est là qu'on les attendait.

— Nan était au courant du plan ?

— Jack le lui avait expliqué, dit Chris. « Entraîne Jamie dans la grotte. Ne lui propose pas de le retrouver là-bas. Il n'est pas idiot, il sentirait le coup fourré. Conduis-le. Fais comme si tu en avais envie autant que lui. On se charge du reste. » Donc, les voilà qui rappliquent vers une heure et demie du matin. On était dans la grotte et Nan nous a refilé Jamie. Quant à la suite… Vous pouvez l'imaginer.

— À six contre un, on peut dire que vous aviez l'avantage du nombre.

— Non, répliqua Darren d'un ton cinglant. Ben Kerne n'était pas là.

— Où était-il, alors ?

— Rentré chez lui. Il était dingue de Dellen. Indécrottable. Sans Dellen, on serait pas allés à cette foutue fête. Mais il avait le moral à plat, alors on lui a dit : « On va s'enfiler son alcool, sa bouffe et écouter sa musique. » Sauf qu'elle était là, cette fichue Dellen, avec un nouveau mec. Alors Ben a dragué la fille qu'il fallait pas, et après ça, il voulait juste rentrer chez lui. Ce qu'il a fait. De notre côté, on a parlé à Nan, elle est retournée à la fête et…

Darren fit un geste en direction de la grotte, au-dessous d'eux.

Lynley poursuivit le récit :

— Vous l'avez déshabillé dans la grotte, puis vous l'avez ligoté. Vous l'avez tartiné d'excréments. Est-ce que vous lui avez pissé dessus ? Non ? Quoi, alors ? Vous vous êtes branlés ? L'un de vous ? Tous ?

— Il a pleuré, dit Darren. C'était tout ce qu'on voulait. Quand il s'est mis à pleurer, on l'a détaché et on l'a laissé se débrouiller. La suite, vous la connaissez.

Lynley hocha la tête. Cette histoire lui donnait la nausée. Il y avait tellement de Jamie Parsons sur terre, et tellement de garçons comme les hommes qu'il avait devant lui. Il y avait aussi la ligne de démarcation entre eux, et la façon dont les uns et les autres vivaient cette différence. Jamie Parsons était certainement imbuvable. Pour autant, il ne méritait pas la mort.

— J'aimerais savoir une chose, reprit Lynley.

Ils le regardaient tous : Darren Fields maussade, Chris Outer aussi calme qu'il l'était sans doute vingt-huit ans plus tôt, Frankie Kliskey perpétuellement inquiet.

— Comment avez-vous fait pour ne jamais varier d'un iota dans votre récit quand la police vous a cuisinés ? Avant qu'elle se retourne vers Ben Kerne…

— On a quitté la soirée à onze heures et demie. On s'est séparés dans la grand-rue. On est rentrés chez nous.

C'était Darren qui parlait. Lynley pigea le truc : trois phrases répétées à l'infini. Ces cinq garçons étaient peut-être idiots, mais ils connaissaient la loi.

— Qu'avez-vous fait des vêtements de Jamie ?

— La région est truffée de puits de mine, dit Chris.

— Et Ben Kerne ? Vous lui aviez dit ce qui s'était passé ?

— On a quitté la soirée à onze heures et demie. On s'est séparés dans la grand-rue. On est rentrés chez nous.

Donc, Ben Kerne avait toujours ignoré la vérité.

— Qu'est-il arrivé à Nancy Snow ? demanda Lynley. Comment pouviez-vous être sûrs qu'elle ne parlerait pas ?

— Elle était enceinte de Jack, répondit Darren. De trois mois. Elle avait intérêt à ce que Jack n'ait pas d'ennuis.

— Qu'est-elle devenue ?

— Jack et elle se sont mariés. Après sa mort, elle est partie s'installer à Dublin avec son nouveau mari.

— Alors, vous étiez tranquilles.

— On l'a toujours été. On a quitté la soirée à onze heures et demie. On s'est séparés dans la grand-rue. On est rentrés chez nous.

Il n'y avait rien à ajouter. La situation était la même qu'après la mort de Jamie Parsons, presque trente ans plus tôt.

— Vous ne vous êtes pas sentis responsables quand la police a concentré son attention sur Ben Kerne ? Quelqu'un l'avait balancé. C'était l'un d'entre vous ?

Darren eut un rire grinçant.

— Alors là, aucune chance. La personne qui a balancé Ben, il fallait vraiment qu'elle lui veuille des ennuis.

22

— Elle croit que tu as tué Santo.

Alan attendit qu'ils se soient éloignés d'Adventures Unlimited pour faire cette déclaration. Après avoir arraché Kerra à la chambre de sa mère, il l'avait traînée le long du couloir puis dans l'escalier. Elle s'était débattue en hurlant : « Lâche-moi. Alan ! Merde, lâche-moi », mais il avait été inflexible. Qui aurait pu penser qu'un homme aussi maigre et nerveux qu'Alan Cheston puisse déployer tant de force ?

Ils avaient franchi la porte de la salle de restaurant, traversé la terrasse, monté l'escalier en pierre et marché en direction de St Mevan Beach. Il faisait trop froid pour sortir sans pull ou sans veste, mais Alan ne s'était pas arrêté pour prendre de quoi les protéger de la brise de mer. Il ne semblait même pas se rendre compte que le vent était vif, voire mordant.

Ils descendirent sur la plage et, à ce moment-là, Kerra renonça à lutter. Elle ne renonça pas à sa fureur, cependant. Elle comptait bien se déchaîner contre lui quand ils seraient arrivés là où il avait décidé de l'emmener.

Leur destination s'avéra être la fosse marine, à l'extrémité de la plage. Ils escaladèrent les sept marches effritées pour atteindre la margelle de béton qui entourait le bassin. Ils regardèrent le fond sableux et, l'espace d'un instant, Kerra se demanda s'il avait l'intention de la jeter dans l'eau pour la calmer.

Mais non. Au lieu de cela, il dit : « Elle croit que tu as tué Santo », puis il la relâcha.

S'il avait dit quoi que ce soit d'autre, Kerra serait passée à l'attaque, verbale ou même physique. Mais cette remarque réclamait une réponse un tant soit peu raisonnable, car il l'avait prononcée avec un mélange de crainte et de perplexité.

Il reprit :

— Je n'ai jamais rien vu de tel. Toi et ta mère, vous vous êtes battues ! C'est le genre de chose qu'on voit…

Il ne savait comment achever. Alan n'était pas homme à fréquenter les endroits où des femmes se tombent dessus en se tirant les cheveux, en se griffant et en poussant des hurlements. Ce type de comportement n'était pas non plus dans les habitudes de Kerra, mais Dellen l'avait poussée à bout. Alan serait bien obligé d'en convenir.

— Je ne savais pas quoi faire, poursuivit-il. C'était tellement au-delà de tout ce que j'ai pu voir…

Elle se frotta le bras là où il l'avait agrippée.

— Santo m'a volé Madlyn, dit-elle. Il me l'a prise, et je le détestais pour ça. Dellen le sait, donc c'était facile pour elle de prétendre que je l'avais tué. C'est bien son style.

Alan parut encore plus perplexe.

— On ne vole pas des personnes comme des marchandises, Kerra.

— Dans ma famille, si. C'est même une tradition.

— Tu dis n'importe quoi !

— Madlyn et moi, on était amies. Et puis Santo lui a fait du gringue, et Madlyn est tombée folle amoureuse de lui. Elle ne parlait plus que de lui, alors on s'est retrouvées… Madlyn et moi… Santo nous a laissées sans rien, elle et moi. Bon Dieu, il était exactement comme Dellen. Il ne voulait pas de Madlyn. Il voulait juste me l'enlever.

À présent qu'elle arrivait à mettre des mots sur sa souffrance, Kerra ne pouvait plus s'arrêter. Elle se passa une main dans les cheveux et les tira violemment, comme si elle espérait trouver une diversion dans cette autre douleur.

— Il n'avait pas besoin de Madlyn. Il pouvait avoir qui il voulait. Dellen aussi, d'ailleurs. Elle peut avoir qui elle veut. Du reste, elle ne s'en est jamais privée. Elle n'a pas besoin… Non, elle n'a pas besoin…

Alan la dévisageait, comme si elle parlait une langue dont il comprenait les mots mais dont le sens sous-jacent lui échappait. Une vague heurta la paroi de la fosse marine, le faisant tressaillir. Les embruns les aspergèrent. Les gouttelettes étaient fraîches et salées sur leurs lèvres.

— Je suis complètement largué, avoua Alan.

— Tu sais très bien de quoi je parle.

— En l'occurrence, non. Franchement, je ne sais pas.

Le moment était venu. Kerra n'avait plus qu'à lui présenter les preuves qu'elle avait recueillies. Elle avait laissé la carte postale dans la chambre de sa mère, mais pas ce qu'elle symbolisait.

— Je suis allée chez toi, Alan. J'ai fouillé dans tes affaires.

— Je sais.

— J'ai trouvé la carte postale.

— Quelle carte postale ?

— La carte postale où il est écrit « C'est là ». Pengelly Cove, l'écriture de Dellen en rouge avec une flèche indiquant la grotte. Nous savons tous les deux ce que ça veut dire.

— Ah bon ?

— Arrête ! Tu travailles dans le même bureau qu'elle depuis... combien de temps, déjà ? Je t'avais dit de refuser. Je t'avais demandé de prendre un boulot ailleurs. Mais tu n'as pas voulu. Alors tu as travaillé à ses côtés jour après jour, et tu n'es pas fichu de m'avouer... Merde, tu ne peux pas prétendre qu'elle n'a pas... Tu es un homme, pour l'amour du ciel. Tu connais les signes. Et c'était plus que de simples signes, je me trompe ?

Il la fixait du regard. Elle avait envie de taper du pied. Il ne pouvait pas être aussi obtus. Il avait décidé d'adopter cette technique : feindre l'ignorance jusqu'à ce qu'elle jette l'éponge. C'était malin de sa part. Mais elle n'était pas idiote.

— Où étais-tu le jour de la mort de Santo ? lui demanda-t-elle.

— Bon Dieu ! Tu ne peux pas croire que j'aie quelque chose à voir avec...

— Où étais-tu ? Tu n'étais pas là. Elle non plus. Et tu avais cette carte postale dans ta chambre. « C'est là »... On sait tous les deux ce que Dellen voulait dire. Elle commence toujours par la couleur rouge. Le rouge à lèvres. Un foulard. Une paire de chaussures. Quand elle fait ça...

Kerra crut qu'elle allait pleurer, et la simple idée qu'elle puisse pleurer à cause de ça – à cause d'elle, à cause d'eux – fit ressurgir d'un coup toute sa colère. Elle crut que celle-ci allait jaillir de sa bouche comme un torrent pollué, capable de contaminer tout ce qui pouvait subsister entre elle et l'homme qu'elle avait choisi d'aimer. Parce que oui, elle l'aimait. Mais voilà, l'amour était dangereux. L'amour vous mettait dans la situation où se trouvait son père, et ça, elle ne pouvait pas le supporter.

— Je vois, dit enfin Alan. Ça n'a aucun rapport avec Santo, n'est-ce pas ? C'est ta mère. Tu crois que je... avec ta mère... le jour où Santo est mort. Et c'est censé avoir eu lieu dans la grotte sur la carte postale ?

Kerra ne répondit pas. Elle n'acquiesça même pas. Elle s'appliquait si fort à recouvrer son sang-froid que la seule émotion qu'elle se sentait capable de manifester était la colère.

— Kerra, je te l'ai dit, nous avons discuté de la vidéo, ta mère et moi. J'en ai aussi parlé à ton père. Ta mère n'arrêtait pas de me rebattre les oreilles à propos d'un endroit qui, selon elle, pouvait convenir au tournage à cause des grottes et de l'atmosphère qui s'en dégageait. Elle m'a donné cette carte et...

— Tu n'es pas stupide à ce point. Et moi non plus.

Il détourna les yeux, non pas vers la mer mais en direction de l'hôtel. Depuis la fosse marine, on ne pouvait voir celui-ci, mais on apercevait les cabines bleu et blanc alignées sur la plage... L'endroit idéal pour un rendez-vous.

Alan soupira.

— Je savais ce qu'elle avait en tête. Elle a suggéré qu'on aille jeter un coup d'œil aux grottes. Elle est assez lourde et pas très inventive pour ce qui est des sous-entendus. Mais bon, je suppose qu'elle n'a jamais eu besoin de faire preuve d'invention. Elle est encore belle femme, dans son genre.

— Tais-toi ! ordonna Kerra.

À présent qu'ils crevaient enfin l'abcès, elle ne supportait pas d'entendre les détails. Dans le fond, c'était toujours le même scénario. Seuls changeaient les acteurs masculins.

—Je ne me tairai pas, répliqua Alan. Tu vas m'écouter et décider de ce que tu veux croire. Elle a prétendu que les grottes étaient parfaites pour le tournage. Elle a proposé qu'on aille y jeter un coup d'œil. Je lui ai répondu que je la retrouverais sur place, et j'ai prétexté une course urgente, ne voulant pas faire le trajet dans la même voiture qu'elle. Elle m'a montré la crique, le village et les grottes. Et il ne s'est rien passé entre nous, parce que je ne voulais pas.

Durant son discours, il n'avait pas quitté les cabines des yeux. À la fin, il regarda à nouveau Kerra. Si son visage respirait la franchise, son regard exprimait la prudence. Kerra ne sut quoi en penser.

—Maintenant c'est à toi de décider, Kerra. C'est à toi de choisir.

Qu'allait-elle croire : Alan ou son instinct ? Que choisirait-elle : la confiance ou le soupçon ?

—Ils me prennent tout ce que je peux aimer, dit-elle d'une voix blanche.

—Chérie, ce n'est pas comme ça que ça marche.

—Dans notre famille, si.

—Peut-être par le passé. Peut-être as-tu perdu des gens auxquels tu tenais. Peut-être les as-tu rejetés. Mais on ne peut pas t'enlever quelqu'un, à moins qu'il le veuille. Et même si c'était le cas, ça n'aurait rien à voir avec toi, d'accord ?

Elle perçut dans la voix d'Alan une chaleur qui l'apaisa. C'était à la fois étrange et inattendu. Quelque chose en elle était en train de céder, comme un rempart qui se serait écroulé. Des larmes lui piquèrent

563

les yeux, mais pas question de se laisser aller à ce point-là.

— C'est toi, alors, dit-elle.

— Moi quoi ?

— Je suppose que c'est toi que je choisis.

— Tu « supposes » ?

— Je ne peux pas plus pour l'instant... Je ne peux pas, Alan.

Il hocha la tête d'un air grave, puis il dit :

— J'avais emmené un vidéaste avec moi. C'était ça, la course que je devais faire avant de me rendre aux grottes. Je n'y suis pas allé tout seul.

— Pourquoi tu ne me l'as pas dit ?

— Parce que je voulais que tu choisisses. Je voulais que tu sois sûre. Elle est malade, Kerra. Toute personne sensée peut voir qu'elle est malade.

— Elle a toujours été tellement...

— Elle a toujours été malade. Et à force de réagir à sa maladie, tu vas finir par te rendre malade toi aussi. Tu dois décider si c'est comme ça que tu veux vivre. Moi, en tout cas, je ne veux pas.

— Elle va continuer à essayer de...

— Sans doute. Ou bien elle se fera aider, ou ton père insistera pour qu'elle se soigne, ou il la flanquera dehors et elle sera obligée de changer pour survivre. Je ne sais pas. Ce qu'il y a, c'est que j'ai l'intention de vivre ma vie comme je l'entends, sans me soucier de ce que ta mère fait de la sienne. Et toi, qu'est-ce que tu veux ? Pareil que moi ? Ou autre chose ?

— Pareil que toi, parvint-elle à articuler. Mais j'ai si peur...

— On a tous peur au bout du compte, parce que rien n'est jamais garanti. La vie est ainsi.

Kerra hocha la tête d'un air hébété. Une vague se brisa contre la fosse marine. Elle sursauta.

— Alan, je n'ai rien fait à… Je n'aurais jamais fait de mal à Santo.

— Bien sûr que non. Et **moi** non plus.

Bea était seule dans la salle des opérations quand elle se connecta à Internet. Elle avait chargé Barbara Havers de lui ramener Daidre Trahair pour un tête-à-tête au commissariat. « Si elle n'est pas chez elle, attendez une heure, avait-elle dit au sergent. Si elle ne se ramène pas, laissez tomber. On l'attrapera au lasso demain matin. »

Elle avait donné congé au reste de l'équipe après un examen approfondi des événements de la journée. « Tout paraîtra plus clair demain matin, leur avait-elle dit, après un bon dîner et une bonne nuit de sommeil. » Du moins l'espérait-elle.

Elle avait décidé en dernier recours de se connecter : une concession à la vision fantaisiste qu'avait McNulty du travail d'enquêteur, en quelque sorte. Plus tôt, avant de quitter LiquidEarth avec le sergent Havers, elle s'était arrêtée devant le poster qui avait tellement fasciné le jeune constable et avait commenté :

« Alors, c'est la vague qui l'a tué ?

— Qui donc ? avait demandé Angarrack.

— Mark Foo. Ce n'est pas lui, à Mavericks, sur la vague qui l'a tué ?

— Mark Foo est bien mort à Mavericks, répondit Lew. Mais là, c'est un gars plus jeune. Jay Moriarty.

— Jay Moriarty ? »

Angarrack avait penché la tête avec curiosité.

« Pourquoi cette question ?

— Mr Reeth avait dit que c'était la dernière vague de Mark Foo. »

Angarrack avait jeté un coup d'œil à Jago.

« Où t'es allé chercher ça ? Ne serait-ce que la planche, elle ne colle pas du tout. »

Jago s'était approché de la porte qui séparait les ateliers du show-room et était appuyé contre le chambranle.

« Vingt sur vingt », avait-il lancé à Bea.

Puis il avait repris à l'intention de Lew :

« Fallait que je vérifie si elles faisaient bien leur boulot. Ne le prenez pas mal, inspecteur. »

Bea avait ressenti de l'agacement. Quand les gens connaissaient la victime d'un meurtre, il fallait toujours qu'ils se mêlent de l'enquête. Elle avait horreur qu'on lui fasse perdre son temps, et elle n'aimait pas qu'on la soumette à ce genre de test. Elle aimait encore moins la façon dont Jago Reeth l'avait observée après cet échange, avec l'air entendu qu'adoptent volontiers les hommes quand ils doivent traiter avec une femme dont la position est plus élevée que la leur.

Elle lui avait dit : « Ne recommencez plus », avant de quitter LiquidEarth avec Barbara Havers. Mais, à la réflexion, elle se demandait si Jago Reeth s'était trompé intentionnellement pour vérifier le sérieux de son travail, ou pour une tout autre raison. Bea ne voyait que deux autres possibilités : soit il s'était trompé par ignorance, ce qui semblait peu probable, soit il l'avait fait exprès pour attirer l'attention sur lui. Dans un cas comme dans l'autre, la question était : pourquoi ? Elle n'avait pas de réponse toute prête.

Elle passa les quatre-vingt-dix minutes suivantes à errer dans les limbes d'Internet. Ses recherches sur

Moriarty et Foo lui apprirent qu'ils étaient morts tous les deux. Leurs noms la menèrent à d'autres noms, et elle suivit la piste que constituait cette liste d'inconnus jusqu'à ce que leurs visages s'affichent sur l'écran. Elle examina les photos avec attention, espérant un signe, mais s'il existait un lien entre ces surfeurs de l'impossible et un alpiniste tombé d'une falaise en Cornouailles, elle ne réussit pas à le découvrir.

Ayant renoncé, elle s'approcha du tableau blanc. De quels indices disposaient-ils ? Trois articles d'équipement abîmés, un rapport d'autopsie indiquant que la victime avait reçu un unique et violent coup de poing au visage, des empreintes sur la voiture, un cheveu coincé dans le matériel d'escalade, la réputation du garçon lui-même, deux véhicules aperçus aux environs de la falaise fatale, et le fait que Santo Kerne avait sans doute trompé Madlyn Angarrack avec une vétérinaire de Bristol. C'était tout. Rien de solide sur quoi fonder une arrestation. Le garçon était mort depuis plus de soixante-douze heures, et tous les flics du monde savaient qu'après un meurtre chaque heure qui passait rendait l'affaire d'autant plus difficile à résoudre.

Bea étudia les noms des individus impliqués directement ou non dans l'affaire. Apparemment, tous les gens qui connaissaient Santo Kerne avaient eu accès à un moment ou à un autre à son matériel d'escalade. Il n'était donc pas utile de s'entêter dans cette direction. Bea décida plutôt de réfléchir au mobile.

Le sexe, le pouvoir, l'argent... L'éternel trio, qui finissait toujours par surgir en cours d'enquête. La jalousie, la colère, la vengeance et la cupidité, tous ces sentiments étaient liés au sexe, au pouvoir et à l'argent. Mais en quoi ces trois mobiles originels s'appliquaient-ils à la présente affaire ?

Bea fit la seule chose qui lui vint à l'esprit. Elle dressa la liste des principaux protagonistes de l'affaire en indiquant à côté de chaque nom le mobile éventuel. Lew Angarrack cherchant à venger sa fille : sexe. Jago Reeth cherchant à venger sa petite-fille par procuration : sexe encore. Kerra Kerne voulant éliminer son frère pour hériter de la totalité d'Adventures Unlimited : pouvoir et argent. Will Mendick espérant gagner le cœur de Madlyn : sexe, une fois de plus. Madlyn agissant sous le coup de la fureur : sexe toujours. Alan Cheston désireux de mettre la main sur Adventures Unlimited : pouvoir. Daidre Trahair voulant sortir de sa position de femme de l'ombre en se débarrassant de son amant : sexe, sexe, sexe...

Jusqu'ici, les parents de Santo Kerne ne semblaient pas avoir de mobile pour liquider leur propre fils, pas plus que Tammy Penrule. Du coup, elle se retrouvait avec une foultitude de mobiles, de moyens et d'occasions. L'assassin avait sectionné la sangle avant de camoufler l'entaille avec l'adhésif qu'utilisait Santo Kerne. Deux coinceurs à masselotte avaient été...

Peut-être les coinceurs à masselotte étaient-ils la clé. Il fallait un outil spécial pour couper le câble qui les constituait. Un coupe-boulon, peut-être. Une cisaille à métaux. Trouve l'outil, tu trouveras l'assassin... Elle n'avait pas de meilleure piste.

Toutefois, la nature même du crime méritait qu'on s'y attarde. Le meurtrier ne paraissait pas pressé. Il tablait sur le fait que le garçon finirait par utiliser la sangle ou un des coinceurs abîmés. Et même alors, Santo aurait pu simplement tomber et se blesser, l'obligeant à revoir sa tactique.

La personne qu'ils recherchaient n'avait donc pas agi sous l'empire de la passion, mais elle avait longuement prémédité son geste. Cette tendance au calcul, de même que le procédé employé, désignait plutôt une femme. Quand les femmes tuaient, elles utilisaient plus volontiers des moyens détournés.

Si on suivait ce raisonnement, la coupable se trouvait parmi Madlyn Angarrack, Kerra Kerne et Daidre Trahair. Bea se demanda une fois de plus où était passée cette maudite vétérinaire. Logiquement, elle repensa à la présence de Thomas Lynley ce matin-là, à Polcare Cove. Elle attrapa le téléphone et appela le portable qu'elle lui avait confié.

— Vous avez quelque chose ? demanda-t-elle quand sa troisième tentative aboutit enfin. Et où êtes-vous, bon Dieu ?

Lynley lui dit qu'il regagnait Casvelyn après s'être rendu à Newquay, Zennor et Pengelly Cove. Comme Bea lui demandait quel était le rapport avec Daidre Trahair (qu'elle n'avait pas renoncé à interroger, soit dit entre parenthèses), il lui débita une histoire de surfeurs, de sexe, de drogue, d'alcool, de fête, de grotte et de mort, mettant en scène des gamins riches, des gamins pauvres et d'autres ni riches ni pauvres ; une affaire que les flics n'avaient pu élucider malgré les révélations d'un mouchard.

— Pour ce qui est de Ben Kerne, ses amis ont toujours pensé que c'était Dellen la balance. Le père de Ben le pense aussi.

— Et quel rapport avec ce qui nous occupe ? demanda Bea d'un ton las.

— Je crois que la réponse se trouve à Exeter.

— Vous comptez y aller tout de suite ?

— Demain. Je n'ai pas vu le Dr Trahair, au fait. Vous avez fini par la retrouver ?

Le ton de Lynley était bien trop désinvolte au goût de Bea.

— Aucun signe d'elle. Et dois-je vous préciser que ça ne me plaît pas ?

— Son absence peut vouloir dire des tas de choses. Elle est peut-être retournée à Bristol.

— Oh, je vous en prie !

Il resta muet. Un silence éloquent.

— J'ai envoyé votre sergent Havers au cottage pour me la ramener au cas où elle serait rentrée en douce, reprit Bea.

— Ce n'est pas *mon* sergent Havers.

— Je n'en mettrais pas ma main au feu.

Bea n'avait pas raccroché depuis cinq minutes que son portable sonna. C'était Havers. La liaison était mauvaise.

— Rien, annonça-t-elle. J'attends encore ? Je peux, si vous voulez. Pas souvent que j'ai l'occasion de fumer ma clope tranquille en écoutant les vagues.

— Ça ira pour aujourd'hui. Regagnez l'auberge. Votre commissaire Lynley est sur le chemin du retour.

— Ce n'est pas *mon* commissaire Lynley, répliqua Havers.

— Mais enfin, qu'est-ce qui vous prend, tous les deux ?

Bea raccrocha avant que le sergent ait pu répondre. Elle décida de téléphoner à Pete pour s'enquérir de ce qu'il mangeait, de comment il s'habillait et travaillait à l'école, comme toute bonne mère doit le faire. Elle prendrait aussi des nouvelles des chiens. Si par hasard Ray décrochait, elle se montrerait polie

Pete décrocha, lui épargnant cette peine. Tout excité, il lui annonça qu'Arsenal venait d'acheter un nouveau joueur, un type avec un nom imprononçable, originaire de... Avait-il dit Sapporo ? Non. Plutôt São Paulo.

Bea manifesta un enthousiasme de rigueur avant d'aborder la question de l'alimentation et du travail scolaire. Elle allait en venir au chapitre vestimentaire – Pete détestait qu'elle le questionne sur l'état de ses sous-vêtements, mais si elle ne le houspillait pas, il était capable de garder le même caleçon pendant une semaine – quand il déclara :

— Maman, papa veut que tu lui dises la date de la prochaine réunion sportive au collège.

— Je lui dis à chaque fois.

— Ouais, mais il veut y aller avec toi, pas tout seul.

— C'est lui qui veut ou c'est toi ? fit Bea, fine mouche.

— Ben quoi, ce serait sympa, non ? Papa est pas si mal.

Ray continuait à gagner du terrain, mais elle n'y pouvait rien pour le moment. Elle répondit qu'on verrait ça plus tard, et dit à Pete qu'elle l'aimait. Il lui retourna la formule et ils raccrochèrent.

La conversation qu'elle venait d'avoir avec son fils incita Bea à rallumer l'ordinateur. Mais cette fois, elle se connecta à un site de rencontres. Pete avait besoin d'une présence masculine, et elle se sentait prête à vivre autre chose que de simples parties de jambes en l'air quand Pete dormait chez Ray.

Elle passa les annonces en revue, s'efforçant de ne pas regarder d'abord les photos, pour rester libre de préjugés. Un quart d'heure plus tard, elle touchait le fond du désespoir. Si tous les types qui prétendaient adorer les balades romantiques face à la mer et au soleil couchant avaient été sincères, les plages auraient été aussi encombrées qu'Oxford Street en période de Noël. Qui pouvait écrire sérieusement qu'il appréciait les soupers au bordeaux et aux chandelles, les conversations intimes dans un bain chaud ou au coin de la cheminée d'un chalet montagnard ?

Bordel de merde, c'était de pire en pire ! De quoi la conforter dans sa résolution de se satisfaire de la compagnie de ses chiens. Peut-être apprécieraient-ils un bon bain chaud, et au moins échapperait-elle à la conversation pseudo-intime qui allait avec.

Elle éteignit l'ordinateur et se dirigea vers la sortie. Parfois, il n'y avait rien d'autre à faire que de rentrer chez soi, même seule.

Ben Kerne avait les muscles en feu après l'effort qu'il venait de fournir. Il avait escaladé la falaise comme Santo avait eu l'intention de le faire, descendant en rappel avant de remonter. Il aurait aussi bien pu se garer en bas, à Polcare Cove, et opérer de manière inverse. Il aurait même pu longer le sentier côtier jusqu'au sommet de la falaise, et se contenter de descendre celle-ci en rappel. Mais il avait voulu mettre ses pas dans ceux de Santo, et ce projet réclamait qu'il gare son Austin non pas sur le parking de la crique, mais sur la petite aire de stationnement où Santo avait laissé sa propre voiture. De là, il avait emprunté le chemin jusqu'à la plage, comme Santo avait dû le faire, et il avait fixé sa sangle au même poteau de pierre. Le reste était une question de mémoire musculaire. La descente avait été rapide. La remontée exigeait adresse et réflexion, mais il aimait mieux cela que de rester dans les parages d'Adventures Unlimited et de Dellen.

Ben comptait sur l'ascension pour l'épuiser, mais il constata qu'il était aussi agité qu'avant de se lancer. Si ses muscles étaient las, les rouages de son esprit continuaient à tourner.

Comme toujours, il pensait à Dellen. À elle, et à ce qu'il avait fait de sa vie à force de courir après cette femme.

Il n'avait pas tout de suite compris quand elle avait crié : « Je leur ai dit ! » Puis, quand il avait commencé à entrevoir le sens de ses paroles, il n'avait pas voulu la croire, pas voulu croire que le nuage de suspicion sous lequel il avait vécu à Pengelly Cove – ce même nuage qui avait abouti à son exil – avait été délibérément créé par la femme qu'il aimait.

« Mais bon Dieu, de quoi tu parles ? » s'était-il écrié. Il s'était raccroché à l'idée qu'elle lui faisait payer ses reproches, le fait qu'il ait jeté ses cachets par la fenêtre et exigé d'elle qu'elle affronte ce qu'elle se sentait incapable d'affronter.

Elle avait les traits chiffonnés par la rage.

« Tu le sais, avait-elle répliqué. Oh, bon sang, tu le sais très bien. Tu as toujours cru que c'était moi qui t'avais balancé. J'ai bien vu comment tu me regardais après. Je le lisais dans tes yeux. Et hop ! tu te tires à Truro en me plantant là. Seigneur, ce que je te détestais. Mais en même temps non, parce que je t'aimais. Et je t'aime encore. Et je te déteste. Pourquoi ne peux-tu pas me laisser tranquille ?

— C'est à cause de toi si les flics sont revenus me harceler, fit-il d'une voix blanche. Tu leur as parlé.

— Je t'avais vu avec elle. Tu voulais que je te voie et je t'ai vu. Je savais que tu comptais la sauter. À ton avis, qu'est-ce que j'ai ressenti ?

— Alors tu as décidé de me damer le pion ? Tu l'as emmené dans la grotte, tu te l'es tapé, tu l'as laissé et…

— Je ne pouvais pas être celle que tu voulais. Je ne pouvais pas te donner ce que tu attendais, mais tu n'avais pas le droit de mettre fin à notre histoire, parce que je n'avais rien fait. Et avec sa sœur… Si j'ai vu, c'est parce que tu voulais que je voie, parce que tu voulais que je souffre. Alors j'ai voulu que tu souffres à ton tour.

— Et tu te l'es fait.

— Non ! » Sa voix se transforma en cri. « Non. Je voulais que tu ressentes ce que je ressentais. Je voulais que tu aies mal comme j'avais mal, comme tu me faisais mal en exigeant de moi toutes ces choses que je ne pourrais jamais te donner. Pourquoi avais-tu rompu ? Et pourquoi, pourquoi ne veux-tu pas me quitter aujourd'hui ?

— Alors tu m'as accusé… ? » Voilà. C'était sorti.

« Oui ! Je t'ai accusé. Parce que tu es bon. Nom de Dieu, tu es si bon, et c'est cette maudite bonté que je ne supportais pas. Ni alors ni maintenant. Tu n'arrêtes pas de tendre l'autre joue, et quand tu fais ça, je te méprise. Mais chaque fois que je te méprisais, tu rompais, et c'est alors que je t'aimais et te désirais le plus. »

Il avait simplement réussi à dire : « Tu es folle. »

Puis il avait pris le large. En restant, il aurait eu l'impression de s'accommoder du mensonge sur lequel il avait construit sa vie. Car quand la police de New-quay avait concentré ses recherches sur lui, pendant des semaines, puis des mois, il s'était tourné vers Dellen pour puiser force et réconfort en elle. Elle faisait de lui un être entier, voulait-il croire. Elle faisait de lui ce qu'il était. Oui, elle était difficile. Oui, ils avaient des problèmes. Mais quand tout allait bien, ils étaient mieux ensemble qu'ils n'auraient jamais pu l'être avec quelqu'un d'autre.

Aussi, quand elle l'avait suivi à Truro, il s'était réjoui de cette décision et de la signification qu'il lui attribuait. Quand les lèvres tremblantes de Dellen avaient prononcé les mots « Je suis encore enceinte », il s'était réjoui de cette annonce comme si un ange lui était apparu en rêve. Et quand elle s'était débarrassée de ce bébé-là – exactement comme des précédents, les siens et ceux de deux autres types –, il l'avait consolée et avait admis avec elle qu'elle n'était pas encore prête, qu'ils n'étaient pas encore prêts. Il lui devait la loyauté qu'elle lui avait montrée, avait-il décrété. Dellen était une âme tourmentée. Il l'aimait et il pouvait faire front.

Quand ils s'étaient enfin mariés, il avait eu l'impression d'avoir capturé un oiseau exotique. Pas question de la mettre en cage, toutefois. Il ne pouvait l'avoir que s'il la laissait libre.

« Tu es le seul que je veuille vraiment, disait-elle. Pardonne-moi, Ben. C'est toi que j'aime. »

Au sommet de la falaise, la respiration de Ben retrouva son rythme normal. La brise marine refroidissait la pellicule de sueur qui le couvrait, et il s'aperçut qu'il était tard. Il se rendit compte également que sa descente l'avait conduit à l'endroit exact où Santo était tombé, mort ou agonisant. Que ce soit sur le sentier, en attachant la sangle au vieux poteau de pierre, durant la descente ou la remontée, il n'avait pas pensé une seule fois à Santo. C'était pourtant pour lui qu'il était venu. Mais, comme toujours, Dellen occupait son esprit tout entier.

C'était là la trahison suprême, la trahison la plus monstrueuse. Non pas le fait que Dellen l'ait trahi en dirigeant les soupçons sur lui, des années auparavant, mais que lui-même ait trahi Santo. Un pèlerinage sur les lieux où son fils avait trouvé la mort n'avait pas suffi à chasser sa femme de ses pensées. Ben comprit qu'il vivait et respirait par Dellen, comme si elle était une maladie qui n'affectait que lui. C'était pour cette raison qu'il était toujours revenu.

En cela, il était aussi malade qu'elle. Plus malade, peut-être. Car si elle ne pouvait s'empêcher d'être elle-même, lui pouvait cesser d'être l'homme dont l'indulgence coupable avait échoué à refréner ses ardeurs.

Il s'était assis sur un rocher pour reprendre haleine. Quand il se releva, il se sentit tout ankylosé. Il savait qu'il paierait ses efforts le lendemain. Il se dirigea vers le poteau en pierre qui retenait la sangle, et il entreprit de remonter la corde, l'enroulant soigneusement et cherchant à repérer les parties effilochées. Même pendant cette opération, il s'aperçut qu'il ne pouvait pas se concentrer sur Santo.

Sous-jacente à tout cela, il y avait une question morale. Ben en était conscient, mais il n'avait pas le courage de la poser.

Daidre Trahair attendait à la Salthouse Inn depuis presque une heure quand Selevan Penrule en franchit le seuil. Il promena son regard autour de la salle et, voyant que son compagnon de beuverie habituel n'était pas occupé à siroter une Guinness près de la cheminée qu'ils avaient tendance à accaparer, il rejoignit Daidre près de la fenêtre.

— Je pensais qu'il serait arrivé, dit Selevan tout à trac en tirant une chaise. Il m'a appelé pour dire qu'il serait en retard, remarquez. Les flics les interrogeaient, Lew et lui. Ils veulent voir tout le monde. Ils vous ont interrogée, vous ?

Il salua Brian, qui avait émergé de la cuisine à son entrée.

— Comme d'habitude ? demanda Brian.

Selevan acquiesça, puis il reprit à l'adresse de Daidre :

— Ils ont même parlé à Tammy ! Plutôt, c'était la petite qui avait quelque chose à leur dire. Ils avaient aucune raison de l'interroger. Elle connaissait le gamin, mais ça s'arrêtait là. Je le regrette bien – ça me gêne pas de le dire – mais Tammy, ça l'intéressait pas. Tant mieux, vu ce qui est arrivé. Enfin merde, j'aimerais bien qu'ils trouvent le fin mot de l'histoire. Je plains la famille, ça oui.

Daidre aurait préféré que le vieil homme s'abstienne de la rejoindre, mais elle ne trouva aucune excuse pour lui signifier poliment qu'elle préférait rester seule. Si on voulait être tranquille, mieux valait éviter la Salthouse Inn : les gens des environs se réunissaient à l'auberge pour les potins et la chaleur humaine, pas pour la méditation.

— Ils veulent me voir, dit-elle en lui montrant le mot que l'inspecteur principal Hannaford avait laissé sur sa porte. Je leur ai déjà parlé. Le jour de la mort de Santo. Je ne vois pas pourquoi ils veulent m'interroger à nouveau.

Selevan regarda la carte, la retournant dans ses mains.

— Ça a l'air sérieux, remarqua-t-il. Pour qu'ils vous laissent leur carte et tout ça.

— C'est sans doute parce que je n'ai pas le télé-phone. Mais j'irai, bien sûr.

— Vaudrait mieux vous dégoter un avocat. Tammy en a pas pris, mais c'était elle qui avait à leur parler, non l'inverse. C'est pas comme si elle cachait quelque chose. Elle avait des renseignements, alors elle les a communiqués.

Il pencha la tête vers Daidre.

— Vous cachez quelque chose, vous, ma petite ?

Daidre sourit et rangea la carte que le vieil homme lui avait rendue.

— On a tous des secrets, n'est-ce pas ? C'est pour ça que vous me suggérez de prendre un avocat ?

— J'ai pas dit ça, protesta Selevan. Mais vous êtes quelqu'un de bizarre, docteur Trahair. Une fille peut pas jouer aux fléchettes comme vous si elle a pas un truc pas clair dans son passé, si vous voulez mon avis.

— J'ai bien peur que le roller derby soit le plus sombre de mes secrets, Selevan.

— C'est quoi encore, ce truc-là ?

Elle lui tapota la main.

— Vous allez devoir faire des recherches pour le découvrir, mon ami.

Par les fenêtres, elle vit la Ford se garer. Lynley en descendit et se dirigea vers l'auberge. Il se retourna au moment où une autre voiture pénétrait sur le parking, une Mini déglinguée dont le chauffeur le klaxonna comme si Lynley le gênait.

Selevan ne pouvait pas voir le parking depuis sa chaise.

— C'est Jago ? demanda-t-il. Santé, mon pote, ajouta-t-il à l'intention de Brian qui lui apportait son Glenmorangie.

— Non, répondit Daidre tandis qu'il savourait la première gorgée de son whisky. Ce n'est pas lui.

Elle garda les yeux fixés sur la fenêtre tandis que Selevan continuait à pérorer. Apparemment, Tammy savait ce qu'elle voulait, et quand elle avait décidé une chose, rien ne pouvait la dissuader.

— Faut lui reconnaître ce mérite, disait Selevan. Peut-être qu'on est tous trop durs avec cette gamine.

Daidre acquiesça distraitement. Lynley avait été abordé par le conducteur de la Mini, une femme bâtie comme un tonneau, avec un pantalon de velours informe et une grosse veste boutonnée jusqu'au cou. Leur conversation ne dura qu'un instant. La femme faisait de grands mouvements de bras, comme si elle réprimandait Lynley.

À ce moment-là, la Defender de Jago Reeth pénétra à son tour sur le parking.

— Voilà Mr Reeth, annonça Daidre.

— Je ferais mieux d'aller squatter notre coin habituel, alors, dit Selevan en se levant.

Daidre continua à regarder dehors. Lynley et la femme se turent quand Jago Reeth descendit de voiture. Le vieil homme les salua poliment de la tête, comme il est de coutume entre clients d'un même pub, avant de se diriger vers la porte. Lynley et la femme échangèrent encore quelques mots, puis se séparèrent.

Daidre se leva à son tour et paya le thé qu'elle avait commandé en attendant Lynley. Le temps qu'elle atteigne l'entrée de l'hôtel, Jago Reeth était douillettement installé au coin du feu avec Selevan Penrule, la femme du parking avait disparu, et Lynley était retourné prendre un carton tout abîmé dans sa voiture. Il venait d'entrer quand Daidre pénétra dans le hall mal éclairé. Il y faisait froid à cause du sol en pierre et de la porte extérieure, rarement fermée. Daidre frissonna et s'aperçut qu'elle avait laissé son manteau dans la salle.

Lynley lui sourit.

— Bonjour. Je n'avais pas remarqué votre voiture. Vous vouliez me prendre par surprise ?

— Je voulais vous arrêter au passage. Qu'est-ce que vous avez là ?

Il baissa les yeux sur le carton.

— De vieux rapports de flic. Ou les rapports d'un vieux flic, comme vous préférez. Je ramène ça de Zennor.

— C'est là que vous étiez aujourd'hui ?

— Là-bas et à Newquay. À Pengelly Cove aussi. Je suis passé chez vous ce matin, pour vous proposer de m'accompagner, mais je ne vous ai pas trouvée. Vous étiez partie pour la journée ?

— J'aime bien rouler dans la campagne.

— J'aime bien ça moi aussi.

Il cala le carton contre sa hanche comme font les hommes quand ils portent un objet volumineux. Il paraissait en meilleure forme que quatre jours plus tôt. Daidre détecta en lui une étincelle de vie. Elle se demanda si c'était dû au fait qu'il avait repris de l'activité. À la longue, l'excitation intellectuelle causée par le mystère et l'excitation physique provoquée par la traque du coupable devaient fonctionner comme une drogue.

— Vous avez du travail, dit-elle en indiquant le carton. J'espérais vous dire un mot, si vous aviez un moment.

— C'est vrai, ça ?

Il haussa un sourcil et sourit à nouveau.

— Je suis heureux de vous l'accorder : le mot, le moment, peu importe. Laissez-moi déposer ça dans ma chambre. Je vous retrouve… au bar ? Dans cinq minutes ?

Elle n'avait pas envie de le voir au bar, dont les habitués ne manqueraient pas de s'interroger en voyant le Dr Trahair en grande conversation avec le commissaire de Scotland Yard.

— J'aimerais mieux un endroit un peu plus discret.

Hormis le restaurant, dont les portes ne s'ouvriraient pas avant au moins une heure, il n'y avait pas d'autre endroit que la chambre de Lynley pour discuter.

Ils semblaient être parvenus tous deux à la même conclusion, car il dit :

— Montez, dans ce cas. La chambre est monacale, mais j'ai du thé, si vous n'avez rien contre les sachets et ces affreuses petites capsules de lait. Je crois qu'il y a aussi des biscuits au gingembre.

— J'ai déjà pris mon thé, mais merci. En effet, je pense qu'il vaut mieux aller dans votre chambre.

Elle le suivit dans l'escalier. Elle n'avait jamais visité l'étage de la Salthouse Inn, et ça lui faisait un drôle d'effet de se trouver là, en train de marcher derrière un homme dans le couloir, comme s'ils avaient rendez-vous. Elle se surprit à espérer que personne ne les voie et n'interprète la situation de travers, puis elle se demanda ce que cela pouvait faire, de toute manière.

La porte n'était pas fermée à clé (« Ça me paraissait inutile, vu que je n'ai rien à voler »). Lynley s'écarta galamment pour la laisser entrer. La chambre était bel et bien monacale, d'une propreté impeccable. Il n'y avait que le lit pour s'asseoir, à moins de vouloir se percher sur la petite commode. Il paraissait immense pour un lit à une place. Daidre rougit en s'en faisant la remarque, et elle détourna le regard.

Un lavabo occupait l'angle de la pièce. Lynley s'en approcha après avoir posé son carton par terre contre le mur. Il suspendit sa veste – c'était de toute évidence un homme minutieux – et se lava les mains.

Toute l'assurance de Daidre avait fondu. L'anxiété que la visite de Cilla Cormack avait fait naître chez elle avait cédé la place à la gêne. Elle imputa sa timidité au fait que Thomas Lynley paraissait remplir la pièce. Il était plutôt grand (il devait mesurer à peu près un mètre quatre-vingt-cinq), et se trouver dans un espace aussi restreint en sa compagnie lui donnait l'impression ridicule d'être une femme de chambre victorienne surprise dans une situation compromettante. Son comportement n'était pas en cause, plutôt sa simple présence et l'aura tragique qui semblait l'entourer.

Daidre s'assit au bout du lit après lui avoir tendu la carte de l'inspecteur Hannaford. Il lui dit que celle-ci s'était présentée chez elle peu après lui ce matin-là.

— Vous êtes très demandée, à ce que je vois.

— Je suis venue vous demander conseil.

Ce n'était pas tout à fait vrai, mais cette entrée en matière en valait une autre.

Il s'assit à l'autre extrémité du lit.

— À propos de ça ? demanda-t-il en agitant la carte. Je vous conseille d'aller lui parler.

— Vous avez une idée de ce dont il s'agit ?

Après un instant d'hésitation, il répondit que non.

— En tout cas, je vous suggère d'être totalement honnête. Il vaut toujours mieux dire la vérité aux policiers, et même en règle générale.

— Et si la vérité, c'est que j'ai tué Santo ?

Il laissa passer quelques secondes avant de répondre.

— Je ne crois pas que ce soit la vérité.

— Êtes-vous un honnête homme, Thomas ?

— J'essaie de l'être.

— Même quand vous enquêtez.

— Surtout. Mais l'honnêteté n'est pas toujours de mise avec un suspect.

— Parce qu'on me soupçonne ?

— Malheureusement oui.

— C'est pour ça que vous êtes allé vous renseigner sur moi à Falmouth ?

— Falmouth ? Je ne suis pas allé à Falmouth.

— Pourtant, quelqu'un y est allé et a parlé aux voisins de mes parents. Quelqu'un de New Scotland Yard, paraît-il. Qui cela peut-il être sinon vous ? Et qu'auriez-vous besoin d'apprendre sur moi que vous ne puissiez me demander vous-même ?

Il se leva, s'approcha et s'accroupit devant elle. Se retrouvant plus près de lui qu'elle n'aurait voulu, elle tenta de se lever. Il l'arrêta en posant doucement la main sur son bras.

— Je ne suis pas allé à Falmouth, Daidre. Je vous le jure.

— Alors qui ?

— Je ne sais pas.

Il la regarda dans les yeux. Il semblait sincère.

— Daidre, avez-vous quelque chose à cacher ?

— Rien qui intéresse Scotland Yard. Pourquoi enquêtent-ils sur moi ?

— Ils enquêtent sur tout le monde quand il y a eu meurtre. Vous êtes impliquée parce que le garçon est mort juste à côté de chez vous. Et... Y a-t-il d'autres raisons ? Y a-t-il quelque chose que vous ne m'ayez pas dit et que vous aimeriez me dire maintenant ?

Daidre tenta de prendre un ton désinvolte, mais l'intensité du regard de Lynley rendait la chose difficile.

— Je voulais dire : pourquoi Scotland Yard ?

Il se releva et se dirigea vers la bouilloire électrique. Daidre fut à la fois soulagée et contrariée de le voir s'éloigner. Sa présence toute proche lui procurait un sentiment de sécurité inattendu. Au lieu de répondre, il remplit la bouilloire au lavabo et la brancha.

Elle insista :

— Thomas ? Que fait Scotland Yard ici ?

— Bea Hannaford est en sous-effectifs, aussi la direction régionale de la police a-t-elle demandé à la Met de lui envoyer du renfort.

— C'est une démarche habituelle ?

— D'impliquer la police métropolitaine ? Non. Mais ça arrive.

— Pourquoi posent-ils des questions sur moi ? Et pourquoi à Falmouth ?

Lynley s'affaira en silence avec un sachet de thé et une tasse. Une portière claqua dehors, puis une autre. Un cri joyeux s'éleva tandis que plusieurs buveurs se saluaient mutuellement.

Enfin, Lynley se retourna vers elle :

— Comme je vous l'ai dit, Daidre, dans une enquête pour meurtre, on se renseigne sur tout le monde. C'est ce que vous et moi avons fait en nous rendant à Pengelly Cove.

— Mais ça ne tient pas debout ! J'ai grandi à Falmouth, la belle affaire ! Je vis à Bristol, à présent.

— Peut-être a-t-on aussi envoyé quelqu'un à Bristol. En quoi est-ce si important ?

— Quelle question ridicule ! Qu'est-ce que vous ressentiriez si la police fouillait dans votre passé sans aucune raison apparente, hormis le fait qu'un garçon est tombé d'une falaise non loin de chez vous ?

— Si je n'avais rien à cacher, je pense que ça ne me ferait ni chaud ni froid. Nous revoilà au point de départ. Avez-vous quelque chose à cacher ? Quelque chose que vous ne voulez pas que la police découvre ? Peut-être à propos de votre vie à Falmouth ? À propos de qui vous êtes ou de ce que vous faites ?

— Que pourrais-je avoir à cacher ?

Il la regarda sans ciller avant de rétorquer :

— Ce n'est pas à moi de répondre à cette question.

Daidre se sentit déstabilisée. À son arrivée, elle était sinon scandalisée, du moins convaincue d'être en position de force. Mais à présent, les rôles s'étaient inversés. Comme si elle avait lancé les dés avec un peu trop de force et que Lynley les eût prestement ramassés.

— Y a-t-il autre chose que vous vouliez me dire ? lui demanda-t-il encore.

À cela, elle n'avait qu'une chose à répondre :

— Absolument pas.

23

Bea avait un nouveau coinceur à masselotte sur son bureau quand le sergent Havers entra dans la salle des opérations, le lendemain matin. Elle en avait ôté le blister à l'aide d'un cutter neuf. L'opération ne demandait ni adresse ni effort particulier. Elle était occupée à comparer le coinceur sorti de son enveloppe à l'assemblage d'outils tranchants également disposés sur son bureau.

— Sur quoi vous bossez ? lui demanda Havers.

Elle avait manifestement fait halte à la boulangerie Casvelyn of Cornwall avant de venir au commissariat. Bea sentait l'odeur des pâtés en croûte depuis l'autre bout de la pièce.

— Deuxième petit déjeuner ? demanda-t-elle.

— J'avais sauté le premier. Juste une tasse de café et un verre de jus de fruits. Je me suis dit que je méritais un apport calorique plus substantiel.

De son immense sac à bandoulière, elle sortit la gourmandise compromettante, bien emballée dans un papier qui n'en laissait pas moins filtrer des effluves caractéristiques.

— N'en abusez pas, sinon vous risquez d'exploser comme un ballon, l'avertit Bea.

— D'accord. Mais où que j'aille, je mets toujours un point d'honneur à goûter aux spécialités locales.

— Une chance pour vous que ce ne soit pas de la tête de chèvre.

Havers poussa un mugissement que Bea interpréta comme un éclat de rire.

— J'ai aussi ressenti le besoin de dire quelques mots d'encouragement à Madlyn Angarrack, dit Havers. Vous voyez le genre : T'en fais pas, ma belle, haut les cœurs, garde le moral, ça finira par se tasser... J'ai découvert que j'étais une véritable fontaine à clichés.

— C'était gentil de votre part. Je suis sûre qu'elle a été sensible à votre attention.

Bea sélectionna un coupe-boulon parmi les plus lourds et le referma sur le câble du coinceur à masse-lotte. Elle n'obtint qu'une vive douleur dans le bras.

— Rien à en tirer, dit-elle.

— Bon, elle a pas été excessivement chaleureuse, mais elle a quand même accepté une tape sur l'épaule. Ça n'était pas très difficile, vu qu'elle était occupée à remplir la vitrine.

— Hmm. Et comment Miss Angarrack a-t-elle réagi à votre caresse affectueuse ?

— Elle n'est pas tombée de la dernière pluie. Elle a bien senti que j'avais un truc derrière la tête.

— Ah bon ?

Bea devint subitement plus attentive.

Le sergent sourit avec malice et sortit de son sac une serviette en papier qu'elle déposa délicatement sur le bureau de Bea.

— Aucune valeur au tribunal, bien sûr. Mais il peut quand même servir pour une comparaison. Pas une comparaison ADN stricto sensu, puisqu'il n'y a pas d'épiderme avec. Mais une analyse mitochondriale.

Bea déplia la serviette et découvrit un cheveu isolé. Très brun, légèrement bouclé. Elle leva le regard vers Havers.

— Petite coquine ! Sur son épaule, hein ?

— C'est bizarre que, pour manipuler la bouffe, on ne les oblige pas à porter des charlottes, des résilles ou un truc du genre, non ?

Havers haussa exagérément les épaules en mordant dans son pâté en croûte.

— Je me suis dit que je devais faire quelque chose pour l'hygiène à Casvelyn. Et puis, j'ai pensé que vous seriez contente de l'avoir.

— Personne ne m'a jamais offert un cadeau aussi attentionné, lui assura Bea. Il se peut que je tombe amoureuse de vous, sergent.

— Je vous en prie, chef, répondit Havers en levant la main. Mais va falloir attendre votre tour.

Havers avait raison : vu la façon dont il avait été obtenu, le cheveu ne pouvait pas être utilisé pour monter un dossier contre Madlyn Angarrack. On ne pouvait rien en faire, hormis s'assurer par analyse comparative que le cheveu coincé dans l'équipement de Santo Kerne appartenait bien à son ex-petite amie. C'était mieux que rien, et ça doperait un peu l'enquête. Bea glissa le cheveu dans une enveloppe, qu'elle étiqueta avec soin à l'intention de Duke Clarence Washoe, à Chepstow.

— D'après moi, tout ça, c'est une histoire de sexe et de vengeance, dit-elle ensuite.

Havers tira une chaise et vint s'asseoir près d'elle, mâchant son pâté en croûte avec une délectation évidente.

Un morceau calé à l'intérieur de la joue, elle demanda :

— Le sexe et la vengeance ? Comment vous êtes arrivée à ça ?

— Je n'ai pas arrêté d'y penser toute la nuit, et j'en revenais systématiquement à la trahison initiale.

— Santo Kerne et sa liaison avec Daidre Trahair ?

— Du coup, soit Madlyn se venge elle-même avec ça et ça…

Bea brandit le coinceur à masselotte dans une main et une paire de cisailles dans l'autre.

— … soit un des hommes s'en charge pour elle, en trafiquant les coinceurs qu'elle a piqués dans le coffre de Santo et qu'elle lui a remis. Elle s'est déjà occupée de la sangle. Mais pour les coinceurs à masselotte, il faut un peu plus de force qu'elle n'en a. Elle a donc besoin d'aide. Elle savait forcément où Santo rangeait son équipement. Tout ce dont elle avait besoin, c'était de quelqu'un qui veuille bien lui donner un coup de main.

— C'est-à-dire quelqu'un qui ait un compte à régler avec Santo ?

— Ou quelqu'un qui espère s'immiscer dans les bonnes grâces de Madlyn par ce moyen.

— Comme Will Mendick. Santo la traite mal et Will veut lui donner une leçon pour venger Madlyn, une Madlyn qu'il rêve par ailleurs de se taper.

— C'est comme ça que je vois la chose, confirma Bea en reposant le coinceur à masselotte. Dites, vous avez vu votre commissaire Lynley ce matin ?

— Ce n'est pas mon…

— D'accord, d'accord. On a déjà abordé le sujet. Et lui dit pareil sur vous.

— Ah oui ? fit Havers en mastiquant d'un air songeur. Je sais pas comment je dois le prendre.

— Vous y réfléchirez plus tard. Où est-il aujourd'hui ?

— Parti pour Exeter. Finir ce qu'il a commencé hier, paraît-il. Mais…

Bea plissa les yeux.

— Mais… ?

Havers semblait hésiter à poursuivre.

— Le docteur Trahair est venue le voir. Hier, en fin d'après-midi.

— Et vous ne l'avez pas ramenée…

— Je le savais pas, chef. Je l'ai pas vue. Et comme je ne l'ai jamais vue de toute façon, je ne la reconnaîtrais pas, même si elle passait devant mon pare-brise à califourchon sur un balai. Il ne m'en a parlé que ce matin.

— Vous avez vu Lynley au dîner hier soir ?

Havers parut embêtée. Elle avoua :

— Ouais.

— Et là, il ne vous a rien dit de la visite du Dr Trahair ?

— Il a beaucoup de choses en tête. Il n'a peut-être pas pensé à m'en parler.

— Ne soyez pas ridicule, Barbara. Merde, il savait très bien qu'on voulait l'interroger. Il aurait dû vous le dire. Il aurait dû me téléphoner. Il aurait dû faire des milliers de choses qu'il n'a pas faites. Cet homme joue avec le feu.

— C'est pour ça que je vous en parle. Pas parce qu'il joue avec le feu, mais parce que je sais que c'est important. Pas le fait qu'il vous l'ait pas dit, mais qu'elle est réapparue.

— Pour l'amour du ciel, arrêtez ! Puisqu'il n'y a pas moyen que vous balanciez Sa Seigneurie, quelle que soit la situation, je vais devoir trouver quelqu'un pour vous balancer, vous. Or on n'a pas les effectifs pour ça, pas vrai, sergent ? Qu'est-ce qu'il y a, bon sang ?

Cette dernière question s'adressait au sergent Collins, qui venait d'apparaître sur le seuil. Si peu utile que ce soit, il assurait l'accueil téléphonique au rez-de-chaussée pendant que le reste de l'équipe s'acquittait des missions que Bea lui avait confiées, et qui consistaient pour la plupart à vérifier à nouveau les mêmes éléments.

— Le Dr Trahair veut vous voir, annonça le sergent Collins. Elle a dit que vous lui aviez demandé de passer au commissariat.

Bea repoussa sa chaise et s'exclama :

— Ah, Dieu soit loué. Espérons que ça nous mène enfin quelque part.

Au bout d'une heure de recherches à Exeter, Lynley découvrit le nom de la société immobilière qui, apprit-il, n'appartenait plus à Jonathan Parsons, père du jeune homme mort par noyade dans une grotte de Pengelly Cove. Autrefois nommée Parsons, Larson et Waterfield, la société s'appelait à présent R. Larson Estate Management, Ltd. Ses bureaux se trouvaient non loin de la cathédrale, dans un quartier d'affaires très animé. Son directeur, âgé d'une bonne soixantaine d'années, arborait une barbe grise et un bronzage suspect. Il semblait avoir un penchant pour les jeans, les fausses dents de luxe et les chemises d'un blanc éblouissant portées sans cravate. Le R, apprit Lynley, signifiait Rocco, un prénom fort peu britannique. L'homme expliqua que sa mère, au ciel depuis belle lurette, vouait un culte aux saints catholiques les plus obscurs. Sa sœur s'appelait Perpetua. Personnellement, il n'utilisait pas le prénom de Rocco, mais celui de Rock, et Lynley était libre de l'appeler ainsi.

Lynley le remercia, ajoutant qu'il préférait Mr Larson, et lui montra sa carte de Scotland Yard. Larson parut brusquement se réjouir que Lynley ait décidé de maintenir entre eux un certain formalisme.

— Ah, fit-il. Je suppose que vous n'êtes pas là pour céder un bien immobilier.

— Exact. Si vous aviez quelques minutes à m'accorder, j'aimerais vous entretenir de Jonathan Parsons. J'ai cru comprendre que vous aviez été son associé.

Larson était parfaitement disposé à parler de ce « pauvre Jon », comme il l'appelait, et il fit entrer Lynley dans son bureau. Celui-ci était sobre et masculin : cuir et métal avec photos de la petite famille dans d'austères cadres noirs. Une épouse blonde beaucoup plus jeune, deux enfants revêtus d'impeccables uniformes scolaires, un cheval, un chien, un chat et un canard. Lynley se demanda si ce petit monde était authentique, ou si c'était le genre de photos qui accompagnent les cadres en vente dans les boutiques.

Larson lança sans attendre ses questions, et il n'eut besoin d'aucun encouragement pour poursuivre. Il avait été associé à Jonathan Parsons et à un certain Henry Waterfield, aujourd'hui décédé. Tous deux étant plus âgés que Larson, ce dernier avait commencé comme junior manager. Mais, selon ses propres dires, il était un fonceur, et en un rien de temps il était devenu associé à part entière.

Tout s'était bien passé jusqu'à la mort du fils Parsons. C'est là que les choses avaient commencé à se gâter.

— Ce pauvre Jon n'arrivait plus à travailler. Comment lui en vouloir ? Il s'est mis à passer de plus en plus de temps à Pengelly Cove. C'est là où l'accident...

— Oui, dit Lynley. Je sais. Apparemment, il savait qui avait abandonné son fils dans la grotte.

— Exact. Mais il ne réussissait pas à convaincre la police d'arrêter le tueur. Pas de preuves, lui disaient les flics. Pas de preuves, pas de témoins, et personne pour cracher le morceau malgré les pressions... Ils étaient littéralement impuissants. Du coup, il a embauché une équipe d'enquêteurs. Quand celle-ci a échoué, il en a embauché une autre, et ainsi de suite. Il a fini par s'installer à demeure dans la crique...

Larson considéra une vue aérienne d'Exeter accrochée au mur, comme si elle pouvait l'aider à remonter le temps.

— Ça devait être deux ans après la mort de Jamie. Peut-être trois. Il disait qu'il voulait demeurer là-bas pour rappeler aux gens que le meurtre – c'était un meurtre, pas moyen qu'il en démorde – était resté impuni. Il a accusé la police d'avoir bâclé l'enquête du début à la fin. Il était... obsédé. Franchement. Mais je ne peux pas lui jeter la pierre. N'empêche, il ne rapportait plus d'argent. J'aurais pu le soutenir quelque temps, mais il s'est mis à... Eh bien, il appelait ça des « emprunts ». Il entretenait une maison et une famille – trois autres enfants, rien que des filles – ici à Exeter, une autre maison à Pengelly Cove, et il orchestrait des enquêtes successives avec des gens qui voulaient être payés pour leurs efforts. Il n'a pas tardé à être dépassé. Il a eu besoin d'argent et il s'est servi dans la caisse.

Accoudé à son bureau, Larson joignit les mains.

— Je me sentais horriblement mal, mais je n'avais pas le choix. Soit je laissais Jon nous mener à la faillite, soit je le mettais au pied du mur. J'ai choisi.

— Détournement de fonds.

Larson esquissa un geste de protestation.

— Je ne pouvais pas et ne voulais pas l'accuser d'un délit aussi grave. Pas après ce qui était arrivé à ce pauvre bougre. Mais je lui ai expliqué qu'il allait devoir céder ses parts : c'était la seule solution que je voyais pour sauver la boîte. Il n'aurait jamais cessé.

— Cessé ?

— De s'escrimer à amener le coupable devant la justice.

— Selon la police, c'était une farce qui avait mal tourné. Pas un meurtre prémédité, ni un meurtre tout court, d'ailleurs.

— C'est possible, mais Jon ne voyait pas les choses ainsi. Il adorait ce gamin. Il aimait tous ses enfants, mais il était fou de Jamie. Le genre de père qu'on voudrait tous être et qu'on a tous rêvé d'avoir, si vous voyez ce que je veux dire. Il emmenait son fils faire de la pêche en haute mer, du ski, du surf, du trekking en Asie… Quand Jon prononçait le nom du garçon, il rayonnait de fierté.

— Je me suis laissé dire que le garçon était… assez antipathique, et que les jeunes de Pengelly Cove l'avaient pris en grippe.

Larson fronça ses sourcils fins, un peu féminins. Lynley se demanda s'il les faisait épiler.

— Ça, je ne sais pas. Foncièrement, c'était un brave gosse. Il était peut-être un peu imbu de lui-même, vu que sa famille avait beaucoup plus d'argent que celles du village, et vu le traitement de faveur que lui réservait son père. Mais bon, à cet âge, les jeunes gens le sont tous un peu, non ?

Larson poursuivit son récit. Une histoire triste mais pas inhabituelle, d'après ce que Lynley savait des tourments des familles confrontées à la mort prématurée d'un enfant. Parsons avait perdu sa société et, peu après, sa femme avait demandé le divorce. Elle avait repris ses études sur le tard et était devenue proviseur du lycée local. Larson pensait qu'elle s'était remariée, mais il n'en était pas certain. Quelqu'un du lycée pourrait sans doute le lui confirmer.

— Qu'est devenu Jonathan Parsons ? demanda Lynley.

À la connaissance de Larson, il était toujours à Pengelly Cove.

— Et les filles ?

Larson n'en avait pas la moindre idée.

Daidre avait passé une partie de la matinée à réfléchir à la notion de loyauté. Certaines personnes croyaient dur comme fer au principe du chacun pour soi. Pour sa part, elle avait toujours été incapable d'y adhérer.

Elle médita sur ce qu'elle devait à autrui par rapport à ce qu'elle ne devait qu'à elle-même. Elle pensa au devoir, mais aussi à la vengeance. « Prendre sa revanche » lui semblait à bien des égards synonyme de « ne rien apprendre ». Elle essaya de déterminer s'il y avait réellement des leçons à tirer de la vie, ou si celle-ci n'était qu'un long imbroglio sans rime ni raison.

Elle se rendit à l'évidence : elle n'avait de réponse à aucune des grandes questions philosophiques. Elle décida alors de faire ce qui lui paraissait évident, et elle prit la route de Casvelyn pour accéder à la requête de l'inspecteur Hannaford.

Celle-ci vint la chercher en personne à la réception. Elle était accompagnée d'une autre femme que Daidre reconnut : c'était la conductrice de la Mini, qui s'était entretenue avec Thomas Lynley sur le parking de la Salthouse Inn. Hannaford la présenta comme le sergent Barbara Havers. Quand elle ajouta « de New Scotland Yard », Daidre sentit un frisson la parcourir. Elle n'eut pas le temps de se perdre en conjectures, car après un accueil quelque peu hostile, Hannaford la conduisit dans les entrailles du commissariat, un bref voyage d'une quinzaine de pas qui les mena dans ce qui semblait être l'unique salle d'interrogatoire du commissariat.

Derrière un mur apparemment composé de rouleaux de papier toilette et d'essuie-tout, une table de jeu boiteuse – avec trois pieds à peu près droits et un quatrième affligé d'une cale protubérante – accueillait un petit magnétophone poussiéreux. Il n'y avait pas de chaises dignes de ce nom, juste un escabeau à trois marches. Au cri furieux que Hannaford lança en direction de l'escalier, le sergent Collins accourut, apportant des chaises en plastique inconfortables, des piles pour le magnétophone, ainsi qu'une cassette.

Daidre faillit demander pourquoi on enregistrait leur conversation, mais elle savait que sa question passerait pour tendancieuse. Le sergent Havers sortit un petit carnet à spirale de la poche de sa grosse veste. Elle ne l'avait pas ôtée malgré la moiteur tropicale qui régnait dans le bâtiment.

L'inspecteur Hannaford demanda à Daidre si elle désirait quelque chose avant de commencer. Du café, du thé, un jus de fruits, de l'eau ? Daidre refusa, assurant qu'elle allait bien. En réalité, elle n'allait pas bien du tout. Son esprit était perturbé et ses mains tremblaient, mais elle était résolue à ne pas le montrer.

Il n'y avait qu'un moyen d'y parvenir : prendre l'offensive.

— Vous m'avez laissé un mot, dit-elle en sortant la carte de l'inspecteur avec le message griffonné au verso. De quoi voulez-vous me parler ?

— Je pensais que c'était évident, répondit Hannaford.

— Ça ne l'est pas du tout.

— Ça va le devenir assez vite, ma chère.

Hannaford inséra la cassette dans le magnétophone, même si elle semblait douter de son bon fonctionnement. Elle appuya sur une touche, regarda tourner la roue dentée, puis elle indiqua la date, l'heure et le nom des personnes présentes.

— Parlez-nous de Santo Kerne, docteur Trahair.

— Que voulez-vous que je vous dise ?

— Tout ce que vous savez sur lui.

Daidre répondit aussi simplement qu'elle pouvait.

— Je sais qu'il est mort en tombant de la falaise nord à Polcare Cove.

Hannaford ne parut pas satisfaite de cette réponse.

— C'est gentil à vous de nous éclairer sur les circonstances de sa mort. Vous saviez qui il était quand vous l'avez vu, n'est-ce pas ?

Il s'agissait d'un constat, non d'une question.

— Et donc, notre premier contact s'est établi sur un mensonge. D'accord ?

Le sergent Havers écrivait avec un crayon, remarqua Daidre. Dans ces circonstances, le frottement de la mine sur le papier lui paraissait aussi pénible que le crissement d'un ongle sur un tableau.

— Je ne l'avais pas bien vu, dit Daidre.

— Pourtant vous avez vérifié les signes vitaux, n'est-ce pas ? Vous étiez la première sur les lieux. Comment avez-vous pu vérifier les signes vitaux sans regarder son visage ?

— On n'a pas besoin de regarder le visage de quelqu'un pour vérifier ses signes vitaux, inspecteur.

— Est-ce bien réaliste ? Vous étiez la première arrivée sur les lieux, et malgré le jour qui tombait…

— Je n'étais que la deuxième, l'interrompit Daidre. C'est Thomas Lynley qui a trouvé le corps

— Mais vous avez demandé à le voir. Vous avez insisté. Vous n'avez pas cru le commissaire Lynley sur parole quand il vous a dit que le garçon était mort.

— Je ne savais pas qui il était. À mon arrivée, je l'ai trouvé à l'intérieur de ma maison. Il aurait pu s'agir d'un cambrioleur. C'était un parfait inconnu, une sorte de vagabond qui prétendait avoir trouvé un corps dans la crique et demandait à téléphoner. Ça ne m'aurait pas semblé raisonnable de le faire monter dans ma voiture avant de m'être assurée qu'il disait la vérité.

— Ou de vérifier vous-même qui était le garçon. Pensiez-vous qu'il pouvait s'agir de Santo ?

— Je n'en avais aucune idée. Je voulais juste voir si je pouvais être utile.

— De quelle manière ?

— S'il avait été blessé…

— Vous êtes vétérinaire, pas médecin urgentiste. Comment comptiez-vous l'aider ?

— Une blessure est une blessure. Des os sont des os. Si j'avais pu…

— Et quand vous l'avez vu, vous avez su qui il était. Vous connaissiez très bien ce garçon, n'est-ce pas ?

— Je savais qui était Santo Kerne, si c'est ce que vous voulez dire. La région n'est pas très peuplée. Tous les gens finissent par se connaître, ne serait-ce que de vue.

— Mais j'ai cru comprendre que vous le connaissiez un peu plus intimement.

— Alors vous avez mal compris.

— Ce n'est pas ce qui m'a été rapporté, docteur Trahair. Un témoin vous a vus.

Daidre se rendit compte que le sergent Havers avait cessé d'écrire, et elle ne savait pas depuis combien de temps. Ce détail indiquait qu'elle avait été moins attentive qu'elle aurait dû l'être. Elle décida de reprendre la main.

— New Scotland Yard, dit-elle à Havers. Êtes-vous le seul agent de Londres qui travaille sur cette affaire ? À part le commissaire Lynley, j'entends.

— Docteur Trahair, intervint Hannaford, ça n'a rien à voir avec…

— New Scotland Yard. La police métropolitaine. Mais vous devez appartenir à… Comment appelle-t-on ça ? La brigade criminelle ? La brigade des homicides ?

Havers ne répondit pas, mais elle jeta un coup d'œil à Hannaford.

— Vous devez connaître Thomas Lynley, alors. Est-ce que je me trompe ?

— Si le sergent Havers et le commissaire Lynley se connaissent, cela ne vous regarde pas, dit Hannaford. Un témoin a vu Santo Kerne à l'intérieur de votre maison. Expliquez-nous comment quelqu'un que vous ne connaissiez que de vue a pu entrer chez vous. Nous sommes tout ouïe.

— J'imagine que c'est vous qui êtes allée vous renseigner sur moi à Falmouth.

Havers la regarda d'un air impassible. Mais Hannaford, chose étonnante, se trahit en jetant un bref regard interrogateur à sa collègue. Daidre en tira la conclusion qui s'imposait.

— Et je suppose que c'est Thomas Lynley – et non l'inspecteur Hannaford – qui vous a demandé de le faire.

Elle avait prononcé ces mots d'un ton neutre. Elle ne voulait pas s'appesantir sur ce qu'elle ressentait, et elle n'avait pas besoin de réponse.

En revanche, elle avait besoin de chasser la police de sa vie. Malheureusement, il n'y avait qu'un moyen d'y parvenir, et ce moyen consistait à lâcher un nom qui lancerait la police sur une autre piste.

Elle se tourna vers Hannaford.

— Allez voir Aldara Pappas, dit-elle. Vous la trouverez dans un endroit appelé Cornish Gold. C'est une cidrerie.

En sortant du bureau de Rock Larson, il fallut quatre-vingt-dix minutes à Lynley pour retrouver l'ex-femme de Jonathan Parsons. Au lycée, il avait appris que Niamh Parsons s'appelait à présent Niamh Triglia et qu'elle avait pris sa retraite. Pendant des années, elle avait habité à proximité de l'établissement, mais nul n'aurait su dire si elle avait conservé ce logement.

Il se rendit ensuite à une adresse qu'il s'était procurée à la bibliothèque municipale. Comme il s'en doutait, les Triglia n'habitaient plus à Exeter, mais ce n'était pas une impasse. En montrant sa carte de police et en interrogeant quelques voisins, il découvrit leur nouveau lieu de résidence. Comme beaucoup, ils avaient rejoint des cieux plus cléments. Par chance, il ne s'agissait pas de la côte espagnole mais de la côte cornouaillaise, qui, sans jouir d'un climat méditerranéen, était ce que l'Angleterre offrait de mieux en matière de climat, avec des températures qui pouvaient être qualifiées de tempérées par des gens résolument optimistes. Les Triglia en faisaient partie. Ils vivaient à Boscastle.

La journée était agréable, et l'été n'avait pas encore transformé la Cornouailles en un parc d'attractions géant. Lynley ne mit pas longtemps à atteindre Boscastle. Une fois sur place, il se dirigea vers une petite rue escarpée bordée de maisons qui partait de l'ancien port de pêche, une anse protégée par de hautes falaises d'ardoise et de lave volcanique. Il traversa d'abord ce qui servait de grand-rue – une enfilade de boutiques en pierre brute pour les touristes et quelques autres censées répondre aux besoins des habitants –, avant de s'engager dans Old Street, où se trouvait la maison des Triglia. Celle-ci se nichait non loin du monument aux morts des deux guerres. Elle s'appelait Lark Cottage, et elle était blanchie à la chaux comme une maison de Santorin, avec des massifs de bruyère et de primevères pimpantes, plantées dans des jardinières. Des rideaux impeccables étaient accrochés aux fenêtres, la porte d'entrée semblait repeinte de frais. Lynley traversa un minuscule pont d'ardoise qui enjambait un ruisseau pour accéder à la maison. Une femme portant un tablier vint lui ouvrir. Les verres de ses lunettes étaient gras et ses cheveux gris relevés au sommet de la tête retombaient en cascade sur les côtés.

— Je prépare des pâtés au crabe, dit-elle pour expliquer son allure générale, et plus particulièrement son air affairé. Désolée, mais je ne peux pas m'en éloigner plus de quelques minutes.

— Mrs Triglia ?

— Oui. Oui. Oh, je vous en prie, soyez bref. Je déteste être grossière, mais les pâtés deviennent spongieux si on les laisse trop longtemps sans surveillance.

— Thomas Lynley. New Scotland Yard.

Tandis qu'il déclinait son identité complète, Lynley se fit la réflexion que c'était la première fois qu'il se présentait ainsi depuis la mort de Helen. Il éprouva alors une douleur vive, quoique fugitive, qui le fit cligner des yeux.

— Niamh Triglia ? reprit-il en montrant sa carte. Anciennement Parsons ?

— Oui, c'est bien moi.

— Je voudrais parler avec vous de votre ex-mari, Jonathan Parsons. Puis-je entrer ?

— Oui, bien sûr.

Elle s'écarta pour le laisser passer. Elle lui fit traverser un salon entièrement tapissé d'étagères, elles-mêmes chargées de livres de poche entre lesquels s'intercalaient des photos de famille, un coquillage, un caillou remarquable ou un morceau de bois flotté. La cuisine donnait sur un petit jardin avec un carré de pelouse bordé d'impeccables parterres de fleurs, au centre duquel poussait un arbre unique.

Un désordre impressionnant régnait dans la pièce. Le dessus de la cuisinière était constellé d'huile brûlante, un égouttoir à vaisselle disparaissait sous les bols, les moules, les cuillères en bois, une boîte d'œufs et une cafetière à pression. Niamh Triglia s'approcha de la cuisinière et retourna les pâtés au crabe, provoquant de nouvelles éclaboussures.

— La difficulté, expliqua-t-elle, c'est d'arriver à faire dorer la chapelure sans trop imprégner les pâtés. Sinon, vous avez l'impression de manger des frites mal cuites. Vous faites la cuisine, monsieur... C'était commissaire, je crois ?

— Oui, dit-il. C'est bien commissaire. Pour la cuisine, ce n'est pas mon point fort.

— C'est ma passion, avoua-t-elle. Je n'avais pas le temps de m'y adonner quand j'enseignais, aussi, dès que j'ai pris ma retraite, je m'y suis mise avec enthousiasme. Cours de cuisine au foyer municipal, émissions à la télé, ce genre de choses. Le problème, c'est qu'après, il faut bien manger tout ça.

— Et vous n'aimez pas ça ?

— Au contraire.

Elle indiqua ses formes, que camouflait son tablier.

— J'essaie d'adapter les recettes pour une personne, mais les maths n'ont jamais été mon fort, et la plupart du temps, je prépare à manger au moins pour quatre.

— Vous vivez seule ?

— Mmm. Oui.

Elle utilisa le coin de sa palette pour soulever un des pâtés et déterminer son degré de cuisson.

— Formidable, murmura-t-elle.

Dans un placard, elle prit une assiette, qu'elle recouvrit de plusieurs couches de papier absorbant, et attrapa un ravier dans le réfrigérateur.

— Aïoli, dit-elle en désignant le mélange. Poivron rouge, ail, citron, et ainsi de suite. Bien doser les saveurs, tel est le secret d'un bon aïoli. Ça et l'huile d'olive, naturellement. Une huile première pression à froid est indispensable.

— Première pression à froid ? répéta Lynley, interloqué.

— C'est de l'huile d'olive extravierge ; la plus vierge qu'on puisse trouver, si toutefois il existe des degrés dans la virginité. À vrai dire, je n'ai jamais su ce que signifiait le terme extravierge. Est-ce que les olives sont vierges ? Est-ce qu'elles sont pressées par des vierges ?

Elle porta le bol d'aïoli jusqu'à la table et retourna vers la cuisinière, où elle entreprit de déposer les pâtés au crabe sur l'assiette tapissée d'essuie-tout. Elle les recouvrit ensuite de papier absorbant, pressant délicatement pour retirer le plus d'huile possible. Du four, elle sortit trois assiettes supplémentaires, apportant à Lynley la preuve qu'elle était incapable de cuisiner pour une seule personne. Apparemment, elle avait déjà fait cuire plus d'une douzaine de pâtés.

— Il n'est pas indispensable de prendre du crabe frais, précisa-t-elle. On peut très bien utiliser du crabe en boîte. Dans un plat, on ne fait pas la différence. D'un autre côté, pour une salade, mieux vaut prendre du crabe frais. Mais vous devez vous assurer qu'il est frais frais. Pêché du jour, je veux dire.

Elle disposa les assiettes sur la table et dit à Lynley de s'asseoir. Elle espérait, dit-elle, qu'il se laisserait tenter. Autrement, elle craignait de devoir tout manger, ses voisins n'étant pas aussi sensibles à ses talents culinaires qu'elle l'aurait voulu.

— Je n'ai plus de famille pour qui cuisiner, dit-elle. Mes filles sont éparpillées aux quatre vents et mon mari est mort l'année dernière.

— Je suis désolé de l'apprendre.

— Vous êtes gentil. Ça a été un choc terrible, car il était encore en pleine forme la veille de sa mort. C'était un sportif. Il s'est plaint d'avoir mal à la tête, et il est mort le lendemain matin en enfilant ses chaussettes. J'ai entendu du bruit et quand je suis venue voir ce qui se passait, je l'ai trouvé par terre. Anévrisme. Ça a été dur de ne pas pouvoir lui dire au revoir.

Lynley sentit le grand calme du souvenir l'envelopper. Tout à fait en forme le matin et tout à fait morte l'après-midi.

— J'imagine que oui, dit-il.

— Mais bon, on finit par se remettre de ces choses-là. Du moins, on l'espère, ajouta-t-elle avec un sourire tremblant.

Elle se dirigea vers un placard dans lequel elle prit deux assiettes et attrapa des couverts dans un tiroir.

— Je vous en prie, asseyez-vous, commissaire.

Elle lui trouva une serviette en lin et se servit de la sienne pour nettoyer ses lunettes. Sans elles, elle avait le regard effaré des myopes de longue date.

— Voilà, dit-elle après avoir bien frotté les verres. C'est mieux comme ça. Juste ciel. Vous êtes vraiment bel homme. Je serais intimidée si j'avais votre âge. Quel âge avez-vous, au fait ?

— Trente-huit ans.

— Eh bien, qu'est-ce qu'une différence de trente ans entre amis ? Vous êtes marié, mon petit ?

— Ma femme… Oui. Oui, je suis marié.

— Et votre femme est belle ?

— Oui.

— Blonde, comme vous ?

— Non. Elle est très brune.

— Vous devez faire un très beau couple. Francis et moi – c'est mon défunt mari – nous nous ressemblions tellement qu'on nous prenait souvent pour un frère et une sœur quand on était plus jeunes.

— Vous avez été longtemps mariés ?

— Vingt-deux ans presque jour pour jour. Mais nous nous sommes connus à l'école. C'est bizarre, non, que le fait d'avoir été à l'école ensemble suffise à tisser des liens qui vous facilitent les choses quand vous vous revoyez, même longtemps après ? Il n'y a pas eu de malaise entre nous quand nous avons commencé à nous voir après mon divorce.

Elle prit un peu d'aïoli dans le ravier et lui tendit celui-ci pour qu'il en fasse autant. Ayant goûté un pâté, elle décréta :

— Mangeable. Qu'est-ce que vous en pensez ?

— Je les trouve excellents.

— Flatteur, avec ça. Aussi beau que bien élevé. Votre femme est-elle bonne cuisinière ?

— Elle est épouvantable.

— Elle a d'autres qualités, sans doute.

Il repensa au rire de Helen, à sa gaieté débridée, si pleine de compassion.

— Je lui trouve des centaines de qualités.

— Alors, peu importent ses talents culinaires.

— En effet. Il y a toujours les plats à emporter.

Elle lui sourit puis reprit :

— J'élude, comme vous l'avez sans doute deviné. Il est arrivé quelque chose à Jon ?

— Savez-vous où il est ?

Elle secoua la tête.

— Cela fait des années que je ne lui ai pas parlé. Notre fils aîné...

— Jamie.

— Ah, vous êtes au courant pour Jamie ?

Quand Lynley acquiesça, elle poursuivit d'un air songeur :

— Nous portons tous des cicatrices de notre enfance, et Jon en avait sa part. Son père était un homme dur, aux idées bien arrêtées sur ce que ses fils devaient faire de leur vie. Il avait décidé qu'ils embrasseraient une carrière scientifique. C'est idiot de décider de la vie de ses enfants à leur place, d'après moi, mais c'est ce qu'il faisait. Malheureusement, aucun des deux garçons ne s'intéressait le moins du monde aux sciences. Il ne leur a jamais pardonné de l'avoir déçu. Jon s'était juré de ne pas devenir ce genre de père pour nos enfants, surtout pour Jamie, et je dois dire qu'il y avait réussi. Nous avons tous les deux réussi comme parents. Il avait insisté pour que je reste à la maison afin de m'occuper d'eux, et je pense que c'était mieux ainsi. Nous étions proches des enfants. Les enfants étaient proches les uns des autres, malgré leurs différences d'âge. Nous formions une petite famille très unie et très heureuse.

— Et puis votre fils est mort.

— Et puis Jamie est mort.

Elle reposa ses couverts et joignit les mains sur les genoux.

— Jamie était un garçon adorable. Bien sûr, il avait ses caprices – quel garçon de son âge n'en a pas – mais il avait un excellent fond. Adorable, affectueux, et très gentil avec ses petites sœurs. Nous avons tous été anéantis par sa mort, en particulier Jon. Je pensais qu'il s'en remettrait avec le temps. Mais quand la vie de quelqu'un finit par tourner complètement et exclusivement autour d'un mort… Il fallait que je pense aux filles, vous comprenez. Il fallait que je pense à moi. Je ne pouvais pas continuer comme ça.

— Comme quoi ?

— Jamie était son unique sujet de conversation, et pour autant que je peux en juger, sa seule préoccupation. C'était comme si sa mort avait envahi son cerveau et détruit tout ce qui n'était pas lui.

— J'ai appris qu'il n'était pas satisfait de l'enquête, et qu'il l'avait reprise de son côté.

— Ça n'a rien changé. Et à chaque nouvel échec, il devenait un peu plus fou. Il avait perdu sa société, sa maison, et nous avions dépensé toutes nos économies. Il se savait responsable de tout ça, mais il n'arrivait pas à renoncer. J'ai essayé de lui dire qu'un procès ne soulagerait pas son chagrin, mais il était convaincu que si. Comme les gens qui croient pouvoir surmonter leur douleur en réclamant la tête de l'assassin d'un être cher. Mais la mort d'un meurtrier ne fait jamais revenir personne à la vie, or c'est ça que nous voudrions.

— Qu'est devenu Jonathan après votre divorce ?

— Les trois premières années, il me téléphonait de temps en temps. Pour me tenir au courant, disait-il. Bien sûr, il n'avait jamais rien de nouveau à m'apprendre. Mais plus il s'obstinait et moins il y avait de chances qu'une personne impliquée dans la mort de Jamie se mette à... à craquer. Je suppose que c'est le mot. Il avait fini par se convaincre de l'existence d'une conspiration. D'après lui, Pengelly Cove protégeait les membres de sa communauté contre l'étranger qu'il était.

— Mais vous ne voyiez pas les choses de cette façon-là ?

— Je voulais soutenir Jon et j'ai essayé de le faire au début. Mais pour moi, ce qui comptait vraiment, c'était que Jamie était mort. Nous l'avions perdu – nous l'avions tous perdu – et rien de ce que pouvait faire Jon n'y changerait quoi que ce soit. À tort ou à raison, il me semblait que Jon ne faisait qu'entretenir la douleur de la mort de Jamie, comme une plaie qu'on frotte et qu'on fait saigner au lieu de la laisser guérir. Et je crois que nous avions tous besoin de guérir.

— Vous l'avez revu ? Vos filles l'ont revu ?

Elle fit non de la tête.

— Un de nos enfants est mort de façon horrible, mais Jon a perdu sa famille en choisissant le mort plutôt que les vivants. À mes yeux, c'est une plus grande tragédie que la perte de notre fils.

— Certaines personnes, dit doucement Lynley, sont incapables de réagir autrement à une perte aussi soudaine qu'inexplicable.

— Vous avez sans doute raison. Mais dans le cas de Jon, je crois que c'était un choix délibéré. Dans sa vie, Jamie avait toujours occupé la première place. Tenez. Je vais vous montrer ce que j'entends par là.

Elle se leva de table et, s'essuyant les mains sur son tablier, elle se rendit dans le salon. Lynley la vit se diriger vers les étagères surchargées où elle prit une photo parmi toutes celles qui étaient exposées. Elle la rapporta dans la cuisine et la lui tendit en disant :

— Parfois les photos disent des choses que les mots ne peuvent pas exprimer.

Lynley vit qu'elle lui avait donné un portrait de famille datant de peut-être trente ans. Elle posait aux côtés de son mari et de quatre enfants charmants. À l'arrière-plan, de la neige, un chalet et un télésiège. Devant, la famille en combinaisons, les skis appuyés sur l'épaule, paraissait impatiente de s'élancer sur les pistes. Niamh tenait un jeune enfant dans ses bras ; deux petites filles rieuses se cramponnaient à elle. Peut-être un mètre derrière, un bras passé autour du cou de son fils, Jon serrait Jamie tout contre lui. Ils affichaient tous les deux un grand sourire.

— Voilà comment c'était, dit Niamh. Ça ne me parais-sait pas grave, du moment que les filles m'avaient moi. Mais quand Jamie est mort, Jon a considéré qu'il avait tout perdu. C'était ça sa tragédie. Je ne voulais pas que ça devienne la mienne.

Lynley cessa d'étudier la photo.

— Puis-je la garder ? Je vous la rendrai, bien sûr.

Elle parut étonnée de cette requête.

— La garder ? Mais pour quoi faire ?

— J'aimerais la montrer à quelqu'un. Je vous la ren-verrai d'ici quelques jours. Par la poste. Ou je vous la rapporterai en personne si vous préférez. J'en prendrai bien soin.

— Prenez-la, je vous en prie. Mais… Je ne vous ai pas demandé pourquoi vous vouliez me parler de Jon.

— Un garçon est mort un peu au nord d'ici, juste après Casvelyn.

— Dans une grotte, comme Jamie ?

— Il est tombé d'une falaise.

— Et vous pensez que sa mort a quelque chose à voir avec celle de Jamie ?

— Je n'en suis pas sûr.

Lynley regarda à nouveau la photo, puis il demanda :

— Où se trouvent vos filles à présent, Mrs Triglia ?

24

Bea Hannaford n'avait pas apprécié que Daidre Trahair reprenne les rênes en cours d'interrogatoire. Jugeant la vétérinaire un peu trop fine mouche, l'inspecteur était d'autant plus déterminée à l'impliquer dans le meurtre de Santo Kerne. Toutefois, le résultat n'avait pas été à la hauteur de ses espérances.

Après leur avoir fourni un renseignement sans doute inutile au sujet d'Aldara Pappas, le Dr Trahair les avait poliment informées qu'à moins qu'elles n'aient décidé de retenir des charges contre elle, elle allait prendre congé. Cette nana connaissait ses droits, et même s'il était exaspérant qu'elle ait choisi ce moment pour les faire valoir, les deux femmes n'avaient d'autre choix que de lui faire leurs adieux.

En se levant, cependant, la véto avait dit quelque chose que Bea trouva révélateur. « Comment était sa femme ? avait-elle demandé au sergent Havers. Il m'a parlé d'elle, mais en fait, il a dit très peu de chose. »

Jusque-là, l'enquêtrice de Scotland Yard était restée muette. On n'avait entendu que le crissement de son crayon tandis qu'elle prenait fébrilement des notes. Soudain, elle tapota le crayon en question contre son carnet abîmé, comme si elle réfléchissait aux ramifications de la question.

« Elle était sacrément brillante, finit-elle par dire d'un ton égal.

— Ce doit être une perte terrible pour lui.

— Un temps, nous avons craint que ça ne le tue. »

Daidre avait hoché la tête. « Oui, ça se voit quand on le regarde. »

Bea avait été tentée de demander : « Et vous le regardez souvent, docteur Trahair ? », mais elle s'était abstenue. Elle en avait sa claque de la vétérinaire, et elle avait des soucis plus urgents que les raisons – hormis les plus évidentes – qui poussaient le Dr Trahair à se rancarder sur la défunte épouse de Thomas Lynley.

Un de ces soucis était Lynley lui-même. Après le départ de la vétérinaire, elle lui passa un coup de fil tandis qu'elle se dirigeait vers sa voiture avec Havers. Que diable avait-il découvert à Exeter ? Et où ses pérégrinations allaient-elles encore l'entraîner ?

Il était à Boscastle, lui dit-il. Il lui servit une longue histoire où il était question de mort, de parents, de divorce et de l'éloignement qui pouvait survenir entre parents et enfants. Il termina par :

— J'ai une photo à laquelle j'aimerais que vous jetiez un coup d'œil.

— Parce qu'elle a quelque chose de remarquable ou parce qu'elle s'insère dans le puzzle ?

— Je ne sais pas encore.

Elle le verrait à son retour, lui dit-elle. Entre-temps, le Dr Trahair avait refait surface et, mise au pied du mur, elle leur avait lâché un nouveau nom.

— Aldara Pappas, répéta Lynley, songeur. Une Grecque qui fabrique du cidre ?

— Qu'est-ce qu'on va pas chercher, hein ? Pourquoi pas des ours danseurs, tant qu'on y est ?

Arrivée à la voiture, Bea raccrocha. Après avoir débarrassé le siège côté passager d'un ballon de foot, de trois journaux, d'une parka, d'un jouet à mâcher pour chien et d'un bouquet d'emballages de barres énergétiques, les deux femmes se mirent en route. Cornish Gold se trouvait près du village de Brandis Corner, à quelques kilomètres de Casvelyn. Pour s'y rendre, elles empruntèrent des routes secondaires et tertiaires qui devinrent de plus en plus étroites et de moins en moins carrossables à mesure qu'elles roulaient. Un grand panneau signalait la cidrerie. Le nom de celle-ci était peint en lettres rouges sur un fond de pommiers chargés de fruits, et une flèche à droite indiquait l'entrée aux visiteurs trop bornés pour comprendre où menaient les deux bandes de terre parallèles séparées par une moustache de mauvaises herbes. La voiture cahota sur le chemin pendant environ deux cents mètres avant d'atteindre un parking pavé dont une partie était réservée aux cars de touristes, ce qui pouvait paraître optimiste. Plus d'une douzaine de voitures étaient disséminées le long d'une clôture en bois. Sept autres étaient garées dans l'angle le plus éloigné du parking.

Bea se gara près d'une vaste grange ouverte. À l'intérieur, deux tracteurs – peu utilisés, à en juger par leur état impeccable – servaient de perchoirs à trois paons majestueux, dont les queues magnifiques retombaient en cascades colorées sur le toit des cabines et sur les capots. Derrière la grange, un autre bâtiment – celui-ci combinant granit et bois – abritait d'énormes fûts de chêne. Derrière encore, le verger s'étirait à flanc de colline. Les arbres taillés en pyramides inversées déployaient leurs branches semées de fleurs délicates. Un chemin creusé d'ornières traversait le verger. Au loin, un groupe de touristes se faisaient bringuebaler à bord d'un chariot découvert, tiré par un cheval de trait qui avançait d'un pas lourd.

De l'autre côté du chemin, un portail ouvrait sur une boutique de cadeaux et un café-restaurant. Un autre conduisait à la cidrerie proprement dite, dont l'accès nécessitait un ticket.

Ou une carte de police... Bea montra la sienne à la jeune femme assise derrière la caisse de la boutique et demanda à parler à Aldara Pappas, pour une affaire urgente. L'anneau argenté planté dans la lèvre de la jeune fille tremblota tandis qu'elle renseignait Bea.

— Elle surveille le moulin, dit-elle.

Bea en conclut que la propriétaire des lieux se trouvait dans une sorte de pressoir. D'ailleurs, que faisait-on aux pommes pour fabriquer le cidre ? Était-ce seulement la bonne saison ?

En réalité, on triait les pommes, puis on les lavait, les coupait en morceaux, et non, ce n'était pas la bonne saison. Le moulin en question était une machine en acier, peinte en bleu vif, reliée par une glissière à une énorme huche en bois. Outre la glissière, la machine elle-même comprenait une vasque de la taille d'un tonneau, un robinet d'eau, une presse à l'aspect menaçant, évoquant un étau géant, un énorme tuyau et, au-dessus de celui-ci, un mystérieux réduit qui accueillait pour l'heure deux personnes : un homme armé d'outils, aux prises avec le mécanisme qui actionnait une série de lames très aiguisées, et une femme qui semblait superviser son travail. Lui portait un bonnet tricoté enfoncé jusqu'aux sourcils, ainsi qu'un jean taché de graisse et une chemise en flanelle bleue, elle un jean, des bottes, et un pull en chenille d'apparence douillette.

— Attention, Rod, disait-elle quand les deux femmes entrèrent. Je ne voudrais pas que tu saignes partout sur mes lames !

— T'inquiète, mon chou, rétorqua l'ouvrier. Je m'occupais d'engins autrement plus compliqués que t'avais encore des couches.

— Aldara Pappas ? demanda Bea.

La femme se retourna. Elle paraissait pour le moins exotique dans cette région du monde. Sans être jolie, elle possédait un physique qu'on pouvait qualifier de saisissant, avec d'immenses yeux sombres, des cheveux épais, noirs et lustrés, et un rouge à lèvres éclatant qui mettait en valeur sa bouche sensuelle. Le reste de sa personne était tout aussi sensuel. Des formes juste là où il faut, aurait dit l'ex-mari de Bea. Elle avait dépassé la quarantaine, à en juger par les rides autour de ses yeux.

— C'est moi, répondit-elle.

Elle jaugea les deux femmes du regard, s'attardant particulièrement sur les cheveux du sergent. D'un blond tirant sur le roux, ils donnaient l'impression d'avoir été coupés à la va-vite, au-dessus du lavabo.

— Que puis-je pour vous ? demanda Aldara Pappas d'un ton qui ne leur laissait guère d'espoir.

— Une petite conversation, ce serait bien.

Bea montra sa carte de police et fit signe à Havers de l'imiter. Le sergent ne manifesta aucun enthousiasme à l'idée d'entreprendre des fouilles archéologiques dans son sac pour retrouver le machin en cuir qui lui servait de portefeuille.

— New Scotland Yard, précisa Havers à l'intention d'Aldara Pappas.

Cette dernière demeura impassible tandis que Rod laissait échapper un sifflement admiratif.

— Qu'est-ce que t'as encore fabriqué, mon chou ? plaisanta-t-il. T'as empoisonné les voisins ?

Aldara esquissa un sourire et lui dit de poursuivre sans elle.

— Je serai à la maison si tu as besoin de moi.

Elle guida Bea et Havers à travers une cour pavée dont le moulin formait un des côtés. Les trois autres abritaient une confiturerie, un musée du cidre et un box vide, sans doute destiné à un cheval de trait. Au milieu de la cour, un enclos hébergeait un cochon presque aussi gros qu'une Coccinelle Volkswagen. En les voyant, il grogna d'un air soupçonneux et chargea la clôture.

— Épargne-nous ton cinéma, Stamos, lui ordonna Aldara.

Qu'il ait compris ou non, l'animal se replia vers un tas de végétaux pourrissants et enfonça le groin dedans, soulevant une gerbe de débris.

— Bravo, petit ! fit Aldara. Mange-moi ça, tu veux ?

C'était un cochon de verger, leur expliqua-t-elle en se baissant pour franchir un portail en forme d'arc, en partie dissimulé par une lourde vigne vierge. Un écriteau PRIVÉ se balançait à la barrière mobile.

— Dans le temps, le boulot de ces cochons consistait à manger les pommes inutilisables après la cueillette. On les lâchait dans le verger et on les laissait faire le ménage. Le mien est censé donner un cachet d'authenticité à la cidrerie, pour les visiteurs. Le problème, c'est qu'il est plus enclin à les attaquer qu'à les charmer. Bon. Qu'est-ce que je peux faire pour vous ?

Si elles s'étaient imaginé qu'Aldara Pappas voulait leur faire les honneurs de son logis et leur offrir une tasse de thé, elles ne tardèrent pas à déchanter. Un potager délimité par des barrières s'étendait devant un peut cottage. Aldara se dirigea vers une remise en pierre qui se dressait en bordure du jardin et y prit une pelle, un râteau ainsi qu'une paire de gants. Sortant un foulard de la poche de son jean, elle le noua sur sa tête de façon à couvrir et retenir ses cheveux, puis elle entreprit de répandre du fumier et du compost sur les futures planches de légumes.

— Si cela ne vous dérange pas, je vais continuer à travailler pendant que nous parlons. En quoi puis-je vous aider ?

— Nous sommes venues vous parler de Santo Kerne, répondit Bea.

D'un mouvement de tête, elle signifia à Havers qu'elle pouvait procéder à une de ces prises de notes compulsives dont elle était coutumière. Havers s'exécuta. Elle considérait Aldara avec insistance, et Bea appréciait le fait qu'elle ne soit pas intimidée par une autre femme, qui plus est beaucoup plus séduisante qu'elle.

— Santo Kerne ? fit Aldara.

— Nous aimerions discuter de votre relation avec lui.

— Ma relation avec lui ?

— J'espère que vous allez cesser.

— Cesser ?

— De faire le perroquet, Miss Pappas. À moins que ce ne soit madame ?

— Aldara, ça ira.

— Aldara, dans ce cas. Si vous vous obstinez à jouer les perroquets, on risque d'en avoir pour la journée, et quelque chose me dit que vous avez mieux à faire.

— Je ne suis pas sûre de comprendre.

— La mèche est vendue, intervint le sergent Havers. Le pot aux roses est découvert. Le morceau est craché. Choisissez la formule.

— Ce que veut dire le sergent, précisa Bea, c'est que nous sommes au courant de votre relation avec Santo Kerne, Aldara. C'est pour cela que nous sommes venues : pour savoir de quoi il retourne.

— Vous baisiez comme des malades, reprit le sergent Havers.

— Pour parler crûment, ajouta Bea.

Aldara enfonça sa pelle dans un tas de fumier et la retourna au-dessus d'un parterre. Il était patent qu'elle aurait préféré la vider sur Havers.

— C'est ce que vous supposez, souligna-t-elle.

— C'est ce que nous a confié une personne bien informée, la corrigea Bea. C'est elle qui lavait les draps quand vous n'aviez pas le temps de vous en charger. Sachant que vous vous retrouviez à Polcare Cottage, pouvons-nous présumer qu'il existe quelque part un Mr Pappas qui ne serait pas ravi d'apprendre que sa femme s'envoyait en l'air avec un gamin de dix-huit ans ?

Aldara alla chercher une autre pelletée de fumier. Elle travaillait vite, pourtant elle ne transpirait pas.

— Je suis divorcée depuis plusieurs années, inspecteur. Il y a un Mr Pappas, mais il est à St Ives, et nous ne nous voyons presque jamais. C'est mieux ainsi.

— Vous avez des enfants, alors ? Une fille de l'âge de Santo, peut-être ? Ou un fils adolescent auquel vous voudriez éviter de voir sa mère baisser sa culotte devant un môme de son âge ?

L'expression d'Aldara se durcit. Apparemment, Bea avait fait mouche.

— Je retrouvais Santo à Polcare Cottage pour une seule et unique raison : parce que ça nous arrangeait tous les deux. C'était une affaire privée.

— Une affaire privée ? Ou secrète ?

— Les deux.

— Pourquoi ? Ça vous gênait de vous taper un gamin ?

— Certainement pas !

Aldara planta sa pelle dans la terre, mais au lieu de faire une pause, elle alla chercher le râteau. Pénétrant dans le carré le plus proche, elle se mit à mélanger le fumier à la terre.

— Je n'éprouve aucune gêne par rapport au sexe. Le sexe n'est rien de plus que le sexe, inspecteur. C'est ce que nous voulions, Santo et moi. Mais comme certains ont du mal à comprendre cela, à cause de son âge et du mien, nous avons cherché un endroit discret pour…

Elle parut chercher une expression détournée, ce qui ne lui ressemblait pas.

— Pour votre satisfaction mutuelle ? suggéra Havers avec l'air blasé de celle qui en a vu d'autres.

— Pour nous retrouver, répliqua Aldara d'un ton ferme. Pendant une heure. Au début, cela durait deux ou trois heures. Nous étions encore en phase d'exploration, dirais-je.

— Exploration de quoi ? demanda Bea.

— De ce qui plaisait à l'autre. Car il s'agit d'un processus d'exploration, n'est-ce pas, inspecteur ? Et l'exploration mène au plaisir. Mais peut-être ignorez-vous que le sexe consiste à donner du plaisir à son partenaire ?

Bea ne releva pas.

— Donc, ce qui se jouait à Polcare Cottage n'avait rien à voir avec un drame romantique, résuma-t-elle.

Aldara lui lança un regard chargé d'expérience.

— Seuls les idiots assimilent le sexe à l'amour, et je ne suis pas une idiote.

— Lui si ?

— Est-ce qu'il m'aimait ? Je n'en ai aucune idée. Nous ne parlions pas de ça. En fait, c'est à peine si nous avons parlé après l'arrangement initial. Comme je vous l'ai dit, c'était purement physique entre nous. Santo le savait.

— L'arrangement initial ?

— Vous jouez les perroquets, inspecteur ?

Aldara sourit, sans toutefois relever la tête.

Bea comprit pourquoi certains policiers avaient du mal à se retenir de gifler les suspects.

— Dites-nous-en plus sur cet « arrangement initial », Aldara. Et pendant que vous y êtes, expliquez-nous comment il se fait que vous ne sembliez pas plus affectée par la mort de votre amant. Vous comprendrez que ce détachement apparent puisse donner l'impression que vous êtes impliquée dans le meurtre.

— Je n'ai rien à voir avec la mort de Santo Kerne. Je la déplore, bien sûr. Et si je ne suis pas effondrée de chagrin, c'est parce que…

— … parce qu'il ne s'agissait pas d'un drame romantique, compléta Bea. C'est clair comme de l'eau de roche. Qu'est-ce que c'était, alors ?

— Je vous l'ai dit. Il s'agissait d'un arrangement.

— Saviez-vous que Santo assouvissait ailleurs son penchant pour le sexe ?

— Bien sûr que je le savais, dit Aldara d'un ton placide. Ça faisait partie du truc.

— Quel truc ? L'arrangement ? C'était quoi, du triolisme ?

— Certainement pas. Ce qui me branchait, c'était le côté secret, le fait d'avoir une liaison, le fait qu'il ait eu quelqu'un d'autre. C'est ce qui me plaît.

Bea vit Havers ciller, telle Alice se retrouvant au fond d'un terrier en compagnie d'un lapin en rut alors qu'elle s'attendait à prendre le thé avec le Chapelier fou et le Lièvre de Mars. Bea avait à peu près la même sensation.

— Donc, vous saviez que Madlyn Angarrack sortait avec Santo Kerne.

— Oui. C'est même grâce à elle que j'ai rencontré Santo. Madlyn travaillait ici, à la confiturerie. Il arrivait que Santo vienne la chercher le soir. C'est comme ça que je l'ai remarqué. Il était difficile de ne pas remarquer Santo. C'était un garçon très séduisant.

— Et Madlyn est une fille plutôt séduisante.

— Eh bien, évidemment. Moi aussi, à ce compte-là. J'ai remarqué que les gens séduisants s'attiraient mutuellement, pas vous ?

Au regard qu'elle leur jeta, il était évident qu'Aldara Pappas doutait que les deux femmes soient les mieux placées pour répondre à cette question.

— Nous nous sommes repérés mutuellement, Santo et moi. Je recherchais pile quelqu'un comme lui…

— Quelqu'un qui soit attaché ailleurs ?

— … et je me suis dit qu'il pourrait faire l'affaire. Son regard direct suggérait une certaine maturité. Lui et moi, on semblait parler le même langage. On s'est mis à échanger des signes, des sourires. Puis un jour, comme il était en avance, je lui ai fait visiter la ferme. On a pris le tracteur pour aller dans les vergers, et c'est là que…

— Exactement comme Ève sous le pommier, persifla Havers. Vous étiez peut-être le serpent, remarquez.

— Ça n'avait rien à voir avec la tentation. La tentation repose sur les sous-entendus, or là il n'y en avait aucun. J'ai été franche avec lui. Je lui ai dit qu'il m'attirait physiquement et que s'il voulait une partenaire plus excitante que sa petite copine, il n'avait qu'à me téléphoner. Je n'ai jamais suggéré qu'il mette un terme à sa relation avec elle. C'était même la dernière chose que je souhaitais. Je ne voulais surtout pas lui laisser espérer que ça puisse devenir sérieux entre nous. Parce que de mon côté, je n'espérais rien.

Bea ne put s'empêcher de réagir :

— Imaginez le ridicule s'il avait espéré davantage, et si vous aviez dû lui donner satisfaction pour le garder. Une femme de votre âge, officialiser sa liaison avec un gamin… Vous vous voyez remonter l'allée centrale de l'église, le dimanche matin, et saluer vos voisins, sachant qu'ils pensent que vous devez être sacrément en manque pour vous rabattre sur un amant de dix-huit ans ?

Aldara se dirigea vers un autre tas de fumier et répéta toute l'opération. La terre enrichie de fumier était sombre et grasse. Ses futures plantations ne pouvaient qu'y prospérer.

— Tout d'abord, inspecteur, je me fiche de ce que pensent les autres. Ce qu'ils pensent de moi – ou de n'importe qui, d'ailleurs –, je m'en tamponne le coquillard. Entre Santo et moi, il s'agissait d'une affaire privée. J'ai fait en sorte qu'elle le reste. Lui aussi.

— Pas tout à fait, objecta Havers. Madlyn l'a découvert.

— C'était regrettable. Il n'avait pas été assez prudent, et elle l'a suivi. Il en a résulté une scène abominable – accusations, dénégations, aveux, explications, supplications –, et elle a mis fin à leur histoire, me plaçant exactement dans la position que je voulais éviter : celle de l'unique maîtresse de Santo.

— Madlyn savait-elle que vous vous trouviez à l'intérieur du cottage avec Santo ?

— Bien sûr qu'elle savait. Quand elle a commencé à lui faire une scène, j'ai eu peur qu'elle devienne violente. Je suis sortie de la chambre pour intervenir.

— C'est-à-dire ?

— Les séparer. Empêcher la fille de démolir la maison ou d'agresser Santo.

Elle s'appuya sur la pelle et regarda en direction des vergers, puis elle dit, comme un constat tardif :

— Ce n'était pas censé virer au mélodrame. Quand c'en est devenu un, j'ai dû reconsidérer ma liaison avec Santo.

— Vous l'avez plaqué aussi ? demanda Havers.

— J'en avais l'intention, mais…

— Santo aurait pas aimé, compléta Havers. En être réduit à se branler sous la douche, alors qu'il pouvait niquer deux gonzesses. Je parie qu'il se serait pas laissé faire. Il vous aurait peut-être menacée de vous en faire baver, de vous couvrir de ridicule, si vous essayiez de rompre.

— En effet, répondit Aldara sans cesser de travailler. Si on en était arrivés là, il aurait peut-être proféré ce genre de menaces. Mais ça n'a pas été le cas. En fin de compte, j'ai décidé que nous pourrions continuer s'il comprenait les règles.

— Qui étaient ?

— Plus de prudence, et une compréhension très claire du présent et de l'avenir.

— À savoir ?

— C'est pourtant évident. Concernant le présent, je n'allais pas changer ma manière d'être pour ses beaux yeux. Quant à l'avenir, il n'y en avait pas. Ce pacte lui convenait. Santo vivait avant tout pour l'instant présent.

— Et ensuite, qu'y avait-il ? demanda Bea.

— Pardon ? fit Aldara.

— Vous avez commencé par « tout d'abord » quand vous avez expliqué le peu de cas que vous faisiez de l'opinion des autres. Je me demandais ce qu'il y avait ensuite.

— Ah ! Ensuite, il y avait mon autre amant. Comme je vous l'ai dit, le caractère secret de la liaison avec Santo me plaisait. Elle rendait tout plus intense. J'ai besoin de ça. Sans intensité, le feu s'éteint, tout simplement. Le cerveau, comme vous vous en êtes peut-être aperçue, s'habitue à tout. Quand il s'habitue à un amant, ce qu'il ne manque jamais de faire, l'amant en question finit par devenir... disons, un inconvénient. Alors, ou bien on s'en débarrasse, ou bien on trouve le moyen de raviver la flamme.

— Je vois, dit Bea. Santo Kerne jouait le rôle du soufflet.

— Mon autre amant était quelqu'un de très bien, et il me plaisait beaucoup, sur tous les plans. J'appréciais sa compagnie, au lit comme au-dehors, et je n'avais pas envie de le perdre. Mais pour continuer à lui donner du plaisir et à en recevoir de lui, il me fallait un amant secret. Santo était cet amant.

— Est-ce que vos amants sont au courant de l'existence les uns des autres ? demanda Havers.

— Ils ne seraient pas secrets si c'était le cas.

Aldara lâcha la pelle pour le râteau. Une croûte de fumier recouvrait à présent ses bottes. Celles-ci semblaient coûteuses, et elles garderaient probablement l'odeur pendant des mois. Bea trouva étonnant qu'Aldara ne s'en soucie pas davantage.

— Santo était au courant, naturellement. Il fallait qu'il le soit pour comprendre les... Je suppose qu'on peut appeler ça des règles. Mais l'autre... Non. Il était essentiel qu'il ignore tout.

— Parce que ça ne lui aurait pas plu ?

— Bien sûr. Mais surtout, parce que le secret est la clé de l'excitation et que l'excitation est la clé de la passion.

— J'ai remarqué que vous parliez de l'autre type au passé. Pourquoi cela ?

Aldara hésita, comme si elle craignait la façon dont la police allait interpréter sa réponse.

— Est-ce à dire qu'il appartient effectivement au passé ?

— Que c'est fini entre vous, précisa Havers, au cas où Aldara n'aurait pas compris.

— Disons que lui et moi avons pris nos distances, dit Aldara.

— Et depuis quand ?

— Quelques semaines.

— À l'instigation de qui ?

Aldara eut un silence éloquent.

— Il va nous falloir son nom, dit Bea.

La Grecque joua l'étonnement, ce que Bea jugea passablement hypocrite.

— Pourquoi ? Il n'a pas... Il ne sait pas...

Elle s'interrompit.

— Eh oui, ma chérie, lui dit l'inspecteur. En effet. Il y a de fortes chances qu'il soit au courant.

Elle lui rapporta la conversation que Santo avait eue avec Tammy Penrule, et le conseil que celle-ci lui avait donné.

— Apparemment, Santo ne lui demandait pas s'il devait tout avouer à Madlyn, puisque Madlyn avait elle-même découvert la vérité. Il hésitait à l'avouer à quelqu'un d'autre, sans doute votre prétendant. Ce qui, vous vous en doutez, place ce dernier en première ligne.

— Non. Il n'aurait jamais…

Aldara se tut à nouveau et son regard se voila.

— Je ne suis pas experte en la matière, reprit Bea, mais en général, les hommes n'aiment pas trop partager leurs nanas.

— Un truc primitif, genre homme des cavernes, renchérit Havers. Ma grotte, mon feu, mon mammouth laineux, ma femme. Moi Tarzan, toi Jane.

Bea ajouta :

— Donc, Santo va le voir et lui dit la vérité. « Mon pote, on se tape tous les deux Aldara Pappas, et c'est ça qui lui plaît. Je me disais juste que tu avais le droit de savoir où elle est quand elle n'est pas avec toi. »

— Absurde ! Pourquoi Santo aurait-il fait ça ?

— Sans doute voulait-il éviter une nouvelle scène comme celle qui l'avait opposé à Madlyn, surtout avec un homme susceptible de lui fiche une dérouillée s'ils en venaient aux mains.

— Il a reçu une dérouillée, souligna Havers à l'intention de Bea. En tout cas, il a ramassé un coup de poing.

— Exact.

Bea enchaîna à l'adresse d'Aldara :

— Un élément qui, comme vous pouvez l'imaginer, ne joue pas en faveur de l'autre type.

Aldara rejeta cette éventualité.

— Non. Santo m'aurait prévenue. C'était la nature de notre relation. Il n'aurait pas parlé à Max…

— « Max ».

Bea se tourna vers Havers :

— Vous avez noté, sergent ?

— Gravé dans le marbre.

— Peut-on avoir son nom de famille ? demanda Bea d'un ton affable.

— Santo savait que s'il lui parlait, je mettrais un terme à notre arrangement.

— Et, naturellement, ça l'aurait anéanti, persifla Bea. Admettons. Mais peut-être que l'ensemble de Santo **était** plus que la somme de ses parties.

— Surtout ses parties intimes, marmonna Havers.

Aldara lui décocha un regard noir.

— Peut-être que Santo avait mauvaise conscience, reprit Bea. Ou peut-être qu'après la scène avec Madlyn il voulait faire pression sur vous pour obtenir davantage. Le seul moyen de le découvrir, c'est de parler à votre ex-amant, amant en suspens, appelez-le comme vous voudrez. Voilà le topo : soit vous nous donnez son nom, soit nous le demandons à vos employés. Si cet autre type n'était pas votre amant secret, il va sans dire qu'il n'était pas obligé de venir vous voir en catimini. Quelqu'un ici sait forcément qui il est.

Aldara réfléchit. Un bruit de machine retentit dans la cour. Apparemment, les efforts de Rod avaient été récompensés.

— Max Priestley, finit-elle par lâcher.

— Merci. Et où pouvons-nous trouver Mr Priestley ?

— Il dirige le *Watchman,* mais…

— La feuille de chou locale, précisa Bea à l'intention de Havers.

— ... si vous pensez qu'il a quelque chose à voir avec la mort de Santo, vous vous trompez. C'est impossible.

— Pour en juger, nous attendrons qu'il nous l'ait dit lui-même.

— Vous perdez votre temps. Si Max avait été au courant... Si Santo avait rompu notre accord, je l'aurais su. Je l'aurais deviné. Cette... cette agitation intérieure chez un homme. N'importe quelle femme le sent si elle est à l'écoute.

Intéressant, songea Bea. Elles avaient dû toucher un point sensible chez Aldara, car il y avait une note de désespoir dans sa voix. Était-elle inquiète pour Max ? Pour elle-même ?

— Celui-là, vous l'aimiez, n'est-ce pas ? demanda-t-elle. Vous ne vous attendiez pas à ça, hein ?

— Je n'ai pas dit...

— Et vous pensez que Santo lui a parlé... Parce qu'il vous avait dit qu'il le ferait. Ce qui suggère... ?

— Que j'aurais essayé de l'en empêcher ? Ne dites pas de bêtises. Jamais je n'aurais fait de mal à Santo, pas plus que Max ni qui que ce soit que je connaisse.

— Notez ça, sergent. Ni qui que ce soit qu'elle connaisse.

— Gravé dans le bronze, cette fois.

Bea se retourna vers Aldara :

— Qui est le prochain en lice ?

— Quoi ?

— Avec votre libido et votre manie du secret... S'il est vrai que vous avez « pris vos distances » avec Max alors que vous vous tapiez encore Santo, il vous en fallait un autre, non ? Qui est cet autre, quand s'est-il pointé, et pouvons-nous supposer que lui non plus n'était pas censé savoir, pour Santo ?

Aldara enfonça sa pelle dans la terre, sans colère ni affolement.

— Je crois que cette conversation touche à sa fin, inspecteur Hannaford.

— Ah ! Vous aviez bel et bien pris un autre amant avant la mort de Santo. Quelqu'un plus proche de votre âge, je parie. Vous paraissez maligne. J'imagine qu'après Santo et Madlyn vous aviez compris les risques qu'il y a à s'acoquiner avec un jeune, si bon soit-il au lit.

— Ce que vous imaginez ne m'intéresse pas.

— J'oubliais : vous vous en tamponnez le coquillard. Je pense que nous avons ce qu'il nous faut, sergent.

Bea ajouta à l'intention d'Aldara :

— À propos de tamponner, il nous faudra vos empreintes, madame. Quelqu'un passera les prendre dans la journée.

25

Les deux femmes se retrouvèrent coincées derrière un car de tourisme qui roulait comme un escargot, de sorte que le trajet de retour dura plus longtemps que prévu. En d'autres circonstances, il n'aurait pas fallu beaucoup pousser Bea pour qu'elle tente un dépassement malgré l'étroitesse de la route. Là, au contraire, elle en profita pour réfléchir au mode de vie anticonformiste d'Aldara Pappas. Apparemment, elle n'était pas la seule à s'interroger, car le sergent Havers mit le sujet sur le tapis :

— C'est un sacré phénomène, il faut lui accorder ça.

Le sergent mourait d'envie d'une cigarette. Elle avait sorti son paquet de Players de son sac et elle en roulait une entre le pouce et l'index, comme si elle espérait absorber la nicotine par la peau. Mais elle s'abstenait de l'allumer.

— Je l'admire assez, avoua Bea. Pour être franche, j'aimerais lui ressembler.

— Vraiment, chef ? Comme ça, vous en pincez pour un petit jeune de dix-huit ans que vous gardez planqué ?

— Pour la façon dont elle réussit à éviter les liens affectifs.

Une fumée noire s'échappait du pot d'échappement du car devant elles. Bea freina pour laisser une distance entre sa Land Rover et lui.

— On dirait qu'elle ne s'attache pas du tout.

— À ses amants, vous voulez dire ?

— L'horreur, pour une femme, c'est de s'attacher à un homme, et patatras ! Un beau jour, il fait un truc qui vous démontre que, malgré tous vos émois, toutes vos convictions bêtement romantiques, lui n'est pas le moins du monde attaché à vous.

— Expérience personnelle ? demanda Havers d'un ton perspicace.

— On peut dire ça.

— Quel genre ?

— Du genre à se terminer en divorce parce qu'une grossesse imprévue est venue perturber les projets de vie de votre mari. Même si j'ai toujours trouvé ces deux mots contradictoires.

— Lesquels ? Grossesse imprévue ?

— Non. Projets de vie. Et vous, sergent ?

— Je me tiens à l'écart de tout ça. Les grossesses imprévues, les projets de vie, l'attachement, tout le foutu bordel. Plus j'avance en âge, plus je pense qu'une femme a intérêt à entretenir une relation profonde et affectueuse avec un vibromasseur. Et peut-être aussi un chat, mais seulement peut-être. Il est toujours agréable d'être accueilli chez soi par une créature vivante. Remarquez, un aspidistra ferait aussi bien l'affaire.

— Voilà qui ne manque pas de sagesse, concéda Bea. Comme ça, fini les malentendus, les humiliations. N'empêche, je suis convaincue que tous nos problèmes avec les hommes se résument à une histoire d'attachement. Les femmes s'attachent, pas les hommes. C'est biologique, et les humains y gagneraient beaucoup s'ils arrivaient à vivre en troupeaux, en meutes ou je ne sais quoi : un seul mâle reniflant une douzaine de femelles, et celles-ci trouvant ça on ne peut plus normal.

— Elles mettraient bas pendant que lui rapporterait à la maison les carcasses de je ne sais quelles bestioles pour le petit déjeuner ?

— Il copulerait avec les femmes, mais celles-ci auraient de l'attachement les unes pour les autres.

— Ça se défend.

— N'est-ce pas ?

Le car mit son clignotant pour tourner, et la route fut enfin libre. Bea accéléra.

— En tout cas, Aldara semble avoir résolu ce problème. Pas d'attachement, et au cas où une forme de lien affectif finirait par survenir, hop ! On fait intervenir un autre homme. Peut-être même trois ou quatre.

— Le contraire de votre meute.

— Chapeau bas, décidément.

Elles méditèrent en silence pendant le reste du trajet, qui les conduisit au *Watchman*. Là, elles échangèrent quelques mots avec une secrétaire réceptionniste prénommée Janna, qui s'exclama devant les cheveux de Bea :

— Génial ! C'est exactement ce que veut ma grand-mère. C'est quoi, le nom de la couleur ?

Cette remarque lui aliéna aussitôt la sympathie de l'inspecteur. D'un ton joyeux, la jeune femme leur annonça ensuite que Max Priestley se trouvait pour l'instant sur St Mevan Down avec une certaine Lily, et que si elles désiraient lui parler, elles n'avaient que « quelques pas » à faire pour le rejoindre.

Bea et Havers firent donc « quelques pas ». Une route passait au sommet de la colline, à travers les oyats et les carottes sauvages. Elle menait à un quartier appelé le Sawsneck, où le gotha, au début du XXᵉ siècle, passait ses vacances dans des hôtels de luxe à présent bien décrépits.

« Lily » se révéla être un golden retriever qui gambadait gaiement dans l'herbe à la poursuite d'une balle de tennis. Son maître expédiait celle-ci aussi loin que possible au moyen d'une raquette, sur laquelle la chienne revenait la déposer après l'avoir récupérée dans les broussailles. L'homme, habillé d'une veste en toile huilée de couleur verte et chaussé de bottes en caoutchouc, arborait en outre une casquette qui aurait dû paraître ridicule, mais qui le faisait ressembler à un mannequin de *Country Life*. Il possédait d'ailleurs un type de beauté qu'on pouvait qualifier de « rustique ». Bea comprit ce que lui trouvait Aldara Pappas.

La colline était balayée par le vent. Hormis Max Priestley, on n'apercevait aucun autre promeneur. Il lançait des encouragements à sa chienne, qui ne semblait pas en avoir besoin, même si elle semblait un peu trop essoufflée pour son âge.

Bea se dirigea vers Priestley tandis que Havers la suivait péniblement. La colline ne présentait pas de chemins dignes de ce nom, juste de minuscules sentiers qui sinuaient à travers les herbes et entre les flaques d'eau. Aucune des deux femmes n'était convenablement chaussée, même si les baskets du sergent Havers paraissaient mieux adaptées au terrain que les chaussures de ville de Bea. Celle-ci pesta quand son pied s'enfonça dans une flaque invisible.

— Mr Priestley ? cria-t-elle dès qu'elles furent assez près. Pourrions-nous vous parler, s'il vous plaît ?

Tandis qu'elle cherchait sa carte de police, Priestley parut considérer sa chevelure flamboyante.

— Vous devez être l'inspecteur principal Hannaford, dit-il. Mon reporter a obtenu tous les éléments utiles à son article auprès de votre sergent Collins. Il vous tient apparemment en très haute estime. Et voici Scotland Yard ? ajouta-t-il en désignant Havers.

— Suppositions correctes sur les deux chapitres, répondit Bea. Voici le sergent Havers.

— Je vais devoir continuer à faire courir Lily pendant que nous parlons. Il faut qu'elle perde du poids. Aux heures des repas, elle rapplique avec la ponctualité d'un coucou suisse, et je n'ai jamais su résister à ses grands yeux suppliants

— J'ai des chiens moi aussi, dit Bea.

— Dans ce cas, vous comprenez.

Il envoya la balle à une cinquantaine de mètres et Lily partit telle une flèche.

— J'imagine que vous êtes venues me parler de Santo Kerne. Je m'attendais à votre visite. Qui vous a donné mon nom ?

— C'est important ?

— Ça ne peut être qu'Aldara ou Daidre. Personne d'autre ne savait, m'a assuré Santo. En disant cela, il croyait épargner mon amour-propre. C'était très aimable de sa part, vous ne trouvez pas ?

— En fait, Tammy Penrule était au courant. Du moins en partie.

— Ah bon ? Alors Santo m'a menti. Incroyable. Qui aurait cru qu'un type aussi formidable puisse être malhonnête ? Est-ce Tammy Penrule qui vous a donné mon nom ?

— Non. Pas Tammy.

— Daidre ou Aldara, alors. Je pencherais plutôt pour Aldara. Daidre est du genre méfiant.

Il était tellement désinvolte que Bea fut décontenancée. L'expérience lui avait appris à ne faire aucun pronostic sur le déroulement d'un entretien, pour autant elle ne s'attendait pas à ce que Max Priestley prenne avec autant de légèreté le fait d'avoir été cocufié par un adolescent. De son côté, Havers étudiait Priestley à travers la fumée de sa cigarette.

L'homme avait un visage franc et plaisant. Mais il était impossible de ne pas percevoir l'ironie de ses propos. Celle-ci prouvait soit que ses blessures étaient profondément enfouies, soit qu'il considérait sa mésaventure comme un simple retour de manivelle. Bien sûr, dans le cas présent, il fallait envisager une troisième possibilité : le tueur feignant l'indifférence pour brouiller les pistes. Bea n'aurait su dire pourquoi, mais cette hypothèse lui paraissait peu probable. Elle espérait juste que son indulgence n'avait rien à voir avec le magnétisme du personnage.

— Aldara nous a touché un mot de votre relation, dit-elle. À présent, nous aimerions entendre votre version.

— Vous voulez savoir si j'ai tué Santo quand j'ai découvert qu'il se tapait ma nana ? La réponse est non. Mais vous vous en doutiez, pas vrai ? Un assassin ne va pas reconnaître qu'il en est un.

— En effet.

— Ici, Lily ! cria subitement Priestley.

Un promeneur également accompagné d'un chien venait d'apparaître au loin. Le retriever de Priestley l'avait remarqué et s'éloignait dans cette direction.

— Fichu clébard ! s'exclama-t-il. Lily ! Ici !

Comme la chienne l'ignorait ostensiblement, il gloussa et se tourna vers les deux policiers.

— Dire que jadis, j'avais un don avec les femmes !

L'enchaînement en valait un autre.

— Votre don n'a pas agi sur Aldara ? demanda Bea.

— Au début, si. Jusqu'à ce que je comprenne que son pouvoir était supérieur au mien. J'ai été battu à mon propre jeu, comme on dit, et ça ne m'a pas plu.

Comprenant qu'il était disposé à parler, le sergent Havers s'empara de son carnet et de son crayon, sa cigarette pendant entre ses lèvres. Priestley s'en aperçut.

— Et merde, soupira-t-il avant de leur brosser un tableau complet de sa relation avec Aldara Pappas.

Ils avaient fait connaissance à un séminaire de chefs d'entreprise de Casvelyn et des environs. Lui était là pour écrire un compte rendu des réunions ; les chefs d'entreprise étaient venus glaner des idées pour développer le tourisme de basse saison. Aldara se distinguait nettement des propriétaires de boutiques de surf, de restaurants ou d'hôtels. Il était difficile de ne pas la remarquer.

— Son histoire était fascinante, expliqua Priestley. Une divorcée qui reprend une cidrerie à l'abandon et la transforme en attraction touristique... Je voulais faire son portrait.

— Rien de plus ?

— Je suis journaliste. Je cherche des sujets d'articles.

Ils s'étaient revus après le séminaire et étaient convenus d'un rendez-vous pour l'interview. Priestley aurait pu envoyer l'un des deux reporters du *Watchman*, mais il avait préféré s'en charger lui-même. De son propre aveu, il se sentait attiré par Aldara.

— Alors, l'article n'était qu'un prétexte ?

— Pas du tout. D'ailleurs, j'ai fini par l'écrire.

— Après vous l'être envoyée ? demanda Havers.

— On ne peut faire qu'une chose à la fois, répondit Priestley.

— Ce qui signifie… ? Oh ! Je vois. Vous avez couché avec elle le jour même. C'est votre mode opératoire, Mr Priestley, ou bien était-ce une exception ?

— C'était une attirance réciproque. Très intense. Impossible à ignorer.

Quelqu'un de romantique aurait qualifié de « coup de foudre » ce qui les avait rapprochés. Un psychanalyste aurait appelé ça une fixation.

— Et vous, demanda Bea, vous appeliez ça comment ?

— Un coup de foudre.

— Donc vous êtes romantique ?

— Il s'est avéré que oui.

Lily rejoignit son maître en quelques bonds. À présent qu'elle avait reniflé le derrière de l'autre chien, elle était à nouveau disposée à courir après la balle de tennis. Priestley expédia celle-ci de l'autre côté de la colline d'un grand coup de raquette.

— Vous ne vous y attendiez pas ?

— Absolument pas. Avant Aldara, j'avais toujours été joueur. Je n'avais pas du tout l'intention de me laisser mettre le grappin dessus, et pour empêcher ça…

— Quoi ? Le mariage et les bébés ?

— … j'entretenais toujours plusieurs liaisons à la fois.

— Exactement comme elle, commenta Havers.

— À une réserve près, et non des moindres. Il m'est arrivé d'avoir jusqu'à quatre maîtresses à la fois, mais toutes étaient au courant. J'étais honnête avec elles dès le départ.

— Vous aviez raison, chef, lança Havers à Hannaford. Il rapportait les carcasses des bêtes qu'il avait tuées à sa meute.

Priestley parut décontenancé.

— Mais dans le cas de Mrs Pappas ? lui demanda Bea.

— Elle ne ressemblait à aucune des femmes que j'avais eues avant. Ce n'était pas seulement le sexe. C'était sa personnalité tout entière. Son intensité, son intelligence, son énergie, son assurance. Il n'y a rien de gnangnan, de doux ou de faible chez elle. Pas de manœuvres insidieuses. Pas de messages ambigus ni de signaux déroutants. Il n'y a absolument rien à déchiffrer ou à interpréter dans son comportement. Aldara est comme un homme dans le corps d'une femme.

— Je remarque que vous ne comptez pas l'intégrité au nombre de ses qualités, souligna Bea.

— En effet. Ça a été mon tort.

Il avait fini par se persuader qu'Aldara était la femme qu'il attendait. Il n'avait jamais envisagé de se marier. Le couple formé par ses parents l'avait à tout jamais dégoûté du mariage : incapables de s'entendre sur rien, de s'accommoder de leurs différences ou de divorcer. Incapables de tirer parti des occasions qui s'offraient à eux.

— Avec Aldara, c'était différent. Elle avait connu un premier mariage raté. Son époux était un salopard qui lui avait fait croire qu'elle était stérile quand ils n'avaient pas pu avoir d'enfants. Il avait prétendu avoir été testé en long et en large et décrété parfaitement normal. Il l'avait laissée subir toutes sortes de traitements déments alors qu'il tirait à blanc depuis le début. Il lui avait ôté toutes ses illusions sur les hommes, mais je l'ai apprivoisée. Je voulais ce qu'elle voulait, tout ce qu'elle voulait. Le mariage ? Parfait. Des mômes ? Parfait. Des tas de chimpanzés ? Que je mette un collant et un tutu ? Ça ne me gênait pas.

— Vous étiez sacrément mordu, commenta le sergent Havers en levant le nez de son bloc.

Elle paraissait compatir. Bea se demanda si elle avait également succombé au charme du bonhomme.

— Notre relation était passionnelle, expliqua Priestley. Le feu ne s'était pas encore éteint, et manifestement, il n'était pas près de le faire. Et puis j'ai compris pourquoi.

— Santo Kerne, dit Bea. L'excitation. Le secret.

— J'ai reçu un coup sur la tête. Santo est venu me voir et m'a craché toute l'histoire. Il avait mauvaise conscience, paraît-il.

— Vous n'y avez pas cru ?

— À sa mauvaise conscience ? Sûrement pas. Pas quand cette fameuse conscience ne lui dictait pas de faire le même aveu à sa petite amie. Ça ne la regardait pas, m'a-t-il expliqué, vu qu'il n'avait pas l'intention de la quitter pour Aldara. Je ne devais pas m'inquiéter : il n'attendait rien d'autre d'elle que ce qu'elle voulait bien lui donner. Entre eux, c'était une histoire de sexe. « Vous êtes le numéro un, m'a-t-il affirmé. Moi, je suis juste là pour le piment. »

— Il était doué pour ça, non ? demanda Havers.

— Je n'ai pas pris la peine de vérifier. J'ai téléphoné à Aldara et j'ai rompu avec elle.

— Vous lui avez dit pourquoi ?

— Je pense qu'elle aura compris. À moins que Santo ait été aussi honnête avec elle qu'avec moi. Ce qui, tout bien réfléchi, fournissait à Aldara un mobile pour le tuer, non ?

— Est-ce votre amour-propre qui parle, Mr Priestley ?

Priestley pouffa.

— Croyez-moi, inspecteur, il ne me reste pas beaucoup d'amour-propre.

— Nous aurons besoin de vos empreintes digitales. Êtes-vous d'accord pour les donner ?

— Empreintes digitales, empreintes des orteils, tout ce que vous voudrez. Je n'ai rien à cacher.

— C'est sage de votre part.

Bea fit un signe à Havers, qui referma son carnet. Elle dit au journaliste de passer au commissariat, où on relèverait ses empreintes. Puis elle ajouta :

— Simple curiosité : est-ce vous qui avez collé un coquard à Santo avant sa mort ?

— J'aurais adoré. Mais je trouvais qu'il ne méritait pas un tel effort.

Jago préconisait une discussion d'homme à homme : le seul moyen pour Cadan de mettre de la distance entre Dellen Kerne et lui, c'était d'affronter Lew Angarrack. Le travail ne manquait pas à Liquid-Earth, il était donc inutile que Jago plaide la cause de Cadan auprès de son père. Tout ce que le jeune homme avait à faire, disait-il, c'était reconnaître ses erreurs, s'excuser et promettre de s'amender.

À l'entendre, il n'y avait rien de plus simple. Le seul problème était que Lew était parti surfer – « Grosse houle à Widemouth Bay aujourd'hui », lui apprit Jago –, aussi Cadan allait-il devoir attendre son retour, ou le rejoindre à Widemouth Bay. Cette seconde possibilité lui semblait une excellente idée :

après avoir surfé, Lew serait d'autant mieux disposé envers son fils.

Jago prêta sa voiture au jeune homme.

— Ne roule pas trop vite, lui recommanda-t-il en lui remettant les clés.

Cadan démarra. Comme il roulait sans permis, il se montra d'une prudence extrême pour ne pas trahir la confiance de Jago. Les mains bien placées sur le volant, le regard fixé devant lui, il jetait de temps en temps un coup d'œil au compteur de vitesse et aux rétroviseurs.

Widemouth Bay se trouvait à une dizaine de kilomètres au sud de Casvelyn. Le site consistait en une large baie flanquée de falaises de grès très friables, à laquelle on accédait depuis un vaste parking. Il n'y avait pas de ville à proprement parler. Les maisons de vacances étaient disséminées le long de la route, et les seuls commerces étaient un restaurant ouvert uniquement en saison et une boutique qui louait des bodyboards, des planches de surf et des combinaisons de plongée.

En été, la baie attirait par milliers les visiteurs d'un jour, les vacanciers, mais aussi les gens du coin. Hors saison, elle était abandonnée aux surfeurs qui s'y rendaient en masse à marée montante, quand le vent soufflait de l'est et que les vagues cassaient sur le récif de droite.

Les conditions étaient idéales ce jour-là, avec une houle d'environ un mètre cinquante. Le parking était plein, et un nombre impressionnant de surfeurs attendaient leur tour. Malgré la foule, Cadan repéra facilement son père au large. Lew pratiquait le surf comme il vivait, en solitaire.

À l'écart des autres surfeurs, il attendait une houle qui ne s'élevait que rarement à cette distance des récifs. À le voir, on aurait pu croire à un débutant. Mais quand arriva enfin une vague qui lui plaisait, il se retrouva sur son épaule avec un minimum d'effort, fort de sa longue expérience.

Les autres surfeurs l'observaient. Il glissa en douceur le long de la vague et opéra un virage vers le tube, risquant de planter le rail ou de se faire happer, mais il vira à nouveau juste à temps pour se maintenir.

Cadan n'avait pas besoin de voir les scores ni d'entendre les commentaires pour savoir que son père était bon. Lew en parlait rarement, mais entre vingt et trente ans, il avait fait des compétitions et caressé le projet de parcourir le monde pour acquérir une reconnaissance internationale, jusqu'à ce que la Bougeotte le plante là avec deux enfants en bas âge. Il avait alors créé LiquidEarth. Après avoir shapé ses propres planches, il avait mis ses talents au service des autres, vivant par procuration l'existence itinérante d'un surfeur de haut niveau. Pour la première fois, Cadan prit conscience que ça n'avait pas dû être facile pour son père de renoncer à ses rêves.

Quand Lew sortit de l'eau, Cadan l'attendait. Il lui tendit la serviette qu'il avait prise dans le RAV4. Appuyant son short-board contre la voiture, Lew saisit la serviette, retira sa capuche et se frotta vigoureusement la tête. Puis il entreprit d'enlever sa combinaison. Le modèle d'hiver, remarqua Cadan. L'eau ne se réchaufferait pas avant encore deux mois.

— Qu'est-ce que tu fais ici, Cade ? demanda Lew. Tu es venu comment ? Tu n'es pas censé être au boulot ?

Une fois débarrassé de sa combi, il enroula la serviette autour de sa taille et enfila un tee-shirt, puis un sweat-shirt imprimé du logo de LiquidEarth, qu'il avait sortis de l'habitacle. Il s'employa ensuite à retirer son maillot de bain. Il ne dit rien avant d'être rhabillé et d'avoir chargé son matériel à l'arrière de la voiture.

— Qu'est-ce que tu fabriques ici ? répéta-t-il. Comment tu es venu ?

— Jago m'a prêté sa bagnole.

— Tu as conduit sans permis ?

— Je n'ai pas pris de risques. J'ai roulé comme une bonne sœur.

— Ce n'est pas la question. Et pourquoi tu n'es pas au boulot ? Tu t'es fait virer ?

Malgré **ses** bonnes résolutions, Cadan sentit la colère monter en lui, comme à chacune de ses conversations avec son père. Il dit, sans réfléchir aux conséquences :

— J'aurais dû me douter que tu dirais ça.

— Ce ne serait pas la première fois.

Lew contourna Cadan pour attraper sa planche. Il y avait des douches au bout du parking, et Lew aurait pu s'y rendre pour rincer son équipement, mais il préférait le faire chez lui, de façon plus méthodique et donc plus satisfaisante à son goût. « À mon goût » aurait pu être la devise de Lew.

— Je me suis pas fait virer, protesta Cadan. J'ai même fait du vachement bon boulot.

— Félicitations. Alors, dis-moi, qu'est-ce que tu fabriques ici ?

— Je suis venu te parler. Jago m'a dit que je te trouverais là. Et c'est lui qui m'a proposé sa voiture. Je lui ai rien demandé.

— Me parler de quoi ?

Lew rabattit le hayon du RAV4 et attrapa sur le siège du conducteur un sac en papier d'où il sortit un sandwich enfermé dans une boîte en plastique. Ayant ôté le couvercle, il coupa le sandwich en deux et en offrit la moitié à Cadan.

Un gage d'apaisement, décida le jeune homme. Il secoua la tête mais prit soin de remercier.

— De mon retour à LiquidEarth, répondit-il. Si tu veux bien de moi.

Cette restriction constituait son propre gage d'apaisement. Dans ce cas précis, son père détenait le pouvoir, et Cadan savait qu'il avait tout intérêt à le reconnaître.

— Tu viens de me dire…

— Je sais ce que j'ai dit. Mais j'aimerais mieux travailler pour toi.

— Pourquoi ? Qu'est-ce qui s'est passé ? Adventures Unlimited n'est plus à ton goût ?

— Il s'est rien passé. Je fais ce que tu voulais que je fasse. Je pense à l'avenir.

Lew regarda vers le large, où les surfeurs guettaient la prochaine série de vagues.

— Tu as quelque chose en tête ? demanda-t-il.

— Tu as besoin d'un peintre pour les planches.

— J'ai aussi besoin d'un shapeur. L'été approche. On a pris du retard sur les commandes. Les planches creuses font de la concurrence aux nôtres. Notre plus, c'est…

— L'attention portée aux besoins personnels, je sais. Mais le côté artistique fait partie de ces besoins, non ? L'esthétique de la planche compte autant que sa forme. C'est pour ça que je suis bon. Je suis pas fait pour être shapeur, papa.

— Tu peux apprendre.

On en revenait toujours au même point : les aspirations de Cadan face aux convictions de Lew.

— J'ai essayé. J'ai bousillé plus de pains que j'en ai découpé correctement. C'est une perte de temps et d'argent.

— Il faut que tu apprennes. Ça fait partie du processus de fabrication, et si tu ne connais pas le processus…

— Merde ! Santo, tu lui as pas demandé de connaître le processus de A à Z, à lui.

Lew regarda son fils dans les yeux.

— Je n'ai pas créé cette boîte pour Santo, dit-il calmement. Je l'ai créée pour toi. Bon Dieu, comment veux-tu la reprendre un jour si tu n'y connais rien ?

— Laisse-moi d'abord maîtriser la déco. Je passerai au shaping ensuite.

— Ce n'est pas comme ça qu'il faut faire.

— Bordel, qu'est-ce que ça change ?

— Tu feras les choses à ma façon, Cadan, ou pas du tout.

— C'est toujours pareil avec toi. Ça ne t'arrive jamais de te dire que tu pourrais te tromper ?

— Pas pour ça. Maintenant, monte. Je te ramène en ville.

— J'ai…

— Pas question que tu conduises la voiture de Jago. Tu t'es fait confisquer ton permis…

— Par toi.

— … et tant que tu ne m'auras pas prouvé que tu es assez responsable pour…

— Laisse tomber. Putain, merde, laisse tomber, papa.

Cadan traversa le parking à grands pas pour rejoindre la voiture de Jago. Son père le rappela sèchement. Il poursuivit sa route.

Il rentra à Casvelyn, furieux. Très bien, bordel. Puisque son père voulait qu'il fasse ses preuves, il les ferait.

Il roula beaucoup moins prudemment au retour. Il franchit à toute allure le pont qui enjambait le canal de Casvelyn, refusant le passage aux véhicules qui venaient en sens inverse, ce qui lui valut un doigt d'honneur de la part du chauffeur d'une camionnette UPS, et s'engagea sans même ralentir sur le rond-point au bas du Strand. Il gravit la colline le pied au plancher et redescendit St Mevan Crescent à tombeau ouvert, avant de foncer vers le promontoire. Quand il atteignit Adventures Unlimited, il écumait littéralement de rage.

Lew était injuste. La vie était injuste. Le monde était injuste. Son existence aurait été tellement plus simple si les autres avaient bien voulu partager son point de vue. Mais ce n'était jamais le cas.

Il poussa la porte du vieil hôtel un peu trop violemment. Elle alla cogner le mur avec fracas. Cette arrivée bruyante fit sortir Alan Cheston de son bureau. Il regarda la porte, puis Cadan, puis sa montre.

— Vous n'étiez pas censé venir ce matin ? demanda-t-il.

— J'ai fait des courses.

— Vous devez faire vos courses sur votre temps personnel, pas sur le nôtre.

— Ça ne se reproduira pas.

— J'espère que non. Une entreprise comme celle-ci doit pouvoir compter sur la ponctualité de…

— J'ai dit que ça ne se reproduirait pas. Qu'est-ce que vous voulez de plus ? Une garantie écrite avec mon sang ?

Alan croisa les bras et laissa passer quelques secondes avant de répondre.

— Vous n'aimez pas beaucoup qu'on vous supervise, on dirait ?

— Personne m'a prévenu que vous étiez chargé de le faire.

— Tout le monde ici vous supervise. Jusqu'à ce que vous fassiez vos preuves. Vous êtes une sorte de figurant, si vous voyez ce que je veux dire.

Cadan voyait très bien, mais il en avait ras le bol de faire ses preuves. Avec celui-ci, avec celui-là, avec son père, avec n'importe qui. Il voulait juste prendre le mors aux dents, mais personne ne le laissait faire. L'envie le démangeait de balancer Alan Cheston contre le mur, et tant pis pour les conséquences.

— Et merde ! fit-il. Je me tire. Je suis venu chercher mon barda.

Il se dirigea vers l'escalier.

— Vous avez prévenu Mr Kerne ?

— Vous pourrez le faire pour moi.

— Ça ne fera pas très bon effet...

— Rien à foutre.

Alan avait la bouche entrouverte, comme s'il allait ajouter quelque chose, comme s'il allait remarquer, à juste titre, qu'il n'y avait aucune raison pour que Cadan Angarrack ait laissé du matériel dans les étages supérieurs de l'hôtel. Mais il ne souffla mot, et son silence permit à Cadan de garder l'avantage.

Il n'avait rien laissé à Adventures Unlimited. Pas de barda, pas de fourbi, rien du tout. Mais il préférait faire le tour de la maison pour s'assurer qu'il n'y avait rien oublié, car après cette scène, il aurait trouvé gênant de revenir.

Une pièce après l'autre, ouvrir la porte, jeter un coup d'œil, refermer. Lancer un timide « Coucou ! Y a quelqu'un ? » comme s'il s'attendait à ce que ses prétendues affaires oubliées lui répondent. Il finit par la trouver au dernier étage, dans l'appartement familial. S'il avait été honnête avec lui-même, ce qu'il n'était pas, il aurait pu s'y rendre directement.

Elle était dans la chambre de Santo. Du moins, Cadan présuma que c'était la chambre de Santo d'après les posters de surf, le lit à une place, les tee-shirts empilés sur une chaise, et la paire de tennis que Dellen caressait quand il ouvrit la porte.

Elle était tout en noir, pull et pantalon. Un bandeau noir également empêchait ses cheveux blonds de tomber sur son visage. Elle n'était pas maquillée et sa joue présentait une égratignure. Elle avait les pieds nus. Assise au bord du lit, elle fermait les yeux.

— Ohé ! fit Cadan d'une voix qu'il espérait douce.

Elle ouvrit les yeux et les fixa sur lui. Leurs pupilles dévoraient presque entièrement le violet de l'iris. Les chaussures glissèrent à terre avec un bruit sourd. Elle tendit la main.

Il s'approcha et l'aida à se lever. Il remarqua qu'elle ne portait rien sous son pull. Ses mamelons pointaient à travers. Il en fut excité. Pour une fois, il s'avoua la vérité : c'était pour ça qu'il était revenu, et tant pis pour les conseils de Jago.

Ses doigts effleurèrent le bout d'un sein. Les paupières de Dellen se baissèrent sans se fermer tout à fait. Il comprit qu'il pouvait continuer. Il fit un pas pour se rapprocher. Une main sur la hanche de Dellen, puis autour de sa taille, il lui empoigna les fesses tandis que les doigts de son autre main continuaient à lui prodiguer des caresses aussi légères qu'une plume. Il se pencha pour l'embrasser. Sa bouche s'ouvrit sous la sienne et il l'attira plus fermement contre lui pour qu'elle sente ce qu'il voulait qu'elle sente.

Il chuchota :

— Cette clé que vous m'avez montrée hier...

Elle ne répondit pas mais elle lui tendit ses lèvres.

Il l'embrassa. Un baiser profond, qui se prolongea jusqu'à ce qu'il ait l'impression que ses yeux allaient jaillir de sa tête et ses tympans éclater. Son cœur affolé avait besoin d'un refuge plus grand que sa poitrine. Il se plaqua contre elle.

Se détachant, il dit :

— Les cabines de plage. Vous aviez une clé. On ne peut pas. Pas ici.

Pas dans l'appartement familial et certainement pas dans la chambre de Santo. Ç'aurait été indécent.

— On ne peut pas quoi ?

Elle appuya son front contre la poitrine de Cadan.

— Vous savez bien. Hier, dans la cuisine, vous aviez une clé. Vous avez dit que c'était celle d'une des cabines. Allons là-bas.

— Pour quoi faire ?

Bon sang, qu'est-ce qu'elle s'imaginait ? Elle était peut-être du genre à aimer qu'on lui dise les choses crûment ? Dans ce cas, pas de problème.

— J'ai envie de vous baiser, et vous avez envie qu'on vous baise. Mais pas ici. Dans une des cabines.

— Pourquoi ?

— Parce que... C'est évident, non ?

— Ah oui ?

— C'est la chambre de Santo, pas vrai ? Et puis, son père pourrait entrer.

Il n'avait pu se résoudre à dire « votre mari ».

— Le père de Santo, répéta-t-elle.

— S'il entrait…

C'était ridicule. Il n'avait pas besoin d'expliquer. Il n'avait pas envie d'expliquer. Il était prêt et il la croyait prête, mais à l'évidence, elle n'avait pas encore assez envie de lui. Il plaqua sa bouche sur son sein, alternant de légères morsures avec de petits coups de langue à travers son pull. C'était bizarre qu'elle ne réagisse pas plus que ça, mais quelle importance ?

— Bon Dieu. Allez chercher cette clé, murmura-t-il.

— Le père de Santo… Il ne viendra pas.

— Comment vous pouvez en être sûre ?

Cadan la regarda plus attentivement. Elle avait l'air un peu dans les vapes, mais elle aurait quand même dû se rendre compte qu'ils étaient dans la chambre de son fils et dans la maison de son mari.

— Il ne viendra pas, répéta-t-elle. Il se peut qu'il en ait envie, mais il en est incapable.

— Je comprends rien à ce que vous dites.

— Je sais ce que j'aurais dû faire, mais il est mon roc, vous comprenez. Il y avait une occasion, alors je l'ai saisie. Parce que je l'aimais. Je savais ce qui était important. Je le savais.

Cadan était déconcerté. Pire, son excitation retombait comme un soufflé.

— Dell… Dellen… Mon chou, dit-il, espérant l'amadouer.

Elle avait parlé de saisir l'occasion… S'il avait encore la moindre chance de l'attirer dans les cabines de plage, il était prêt à tenter le coup.

Il lui prit la main. La porta à ses lèvres. Promena sa langue sur sa paume.

— Qu'est-ce que vous en dites, Dell ? murmura-t-il d'une voix rauque. Et cette clé ?

Elle répondit :

— Qui êtes-vous ? Qu'est-ce que vous faites là ?

26

Quand Kerra et son père entrèrent au Toes on the Nose, le bar était presque vide. C'était dû en partie à l'heure, mais aussi à l'état de la mer. Quand la houle était bonne, aucun surfeur un peu sensé ne restait glander au bistrot.

Kerra avait proposé à Ben de boire quelque chose. Il aurait été plus facile de le faire à Adventures Unlimited, mais l'hôtel évoquait trop la mort de Santo et sa récente dispute avec sa mère. Elle préférait discuter avec son père en terrain neutre, dans un lieu nouveau.

Non que le Toes on the Nose ait été un lieu nouveau au sens strict du terme : il résultait plutôt de la rénovation ratée du Green Table Café, depuis longtemps investi par les surfeurs en raison de sa proximité avec St Mevan Beach. L'établissement venait d'être racheté, et les nouveaux propriétaires avaient cru bon d'accrocher aux murs des affiches de vieux films de surf et de passer en boucle les disques des Beach Boys et de Jan & Dean. Toutefois, la carte n'avait pas changé : frites au cheddar, lasagnes avec frites et pain à l'ail, pommes de terre au four avec garniture au choix, sandwichs-frites… Rien que la lecture du menu menaçait de vous boucher les artères.

Kerra commanda un Coca au comptoir, son père un café. Ils s'assirent aussi loin que possible des haut-parleurs, sous une affiche de *The Endless Summer*.

Ben considéra l'affiche de *Riding Giants* à l'autre bout de la salle, puis celle de *Gidget*, comme s'il les comparait. Il sourit, peut-être avec nostalgie. Kerra s'en rendit compte et demanda :

— Pourquoi tu as arrêté ?

— J'ai quitté Pengelly Cove, dit-il sans détour. On ne fait pas beaucoup de surf à Truro.

— Truro n'est pas si loin de la mer…

— En effet. J'aurais pu retourner à Pengelly Cove une fois que j'ai eu une voiture. Tu as raison.

— Mais tu ne l'as pas fait. Pourquoi ?

Il prit l'air pensif avant de répondre :

— J'en avais fini avec le surf. Il ne m'avait rien apporté de bon.

Kerra pensait connaître la cause de ce renoncement, celle qui avait motivé chacune de ses décisions.

— Maman, dit-elle. C'est par le surf que tu l'as rencontrée.

Ce n'était qu'une hypothèse, car son père ne lui avait jamais dit précisément comment Dellen et lui s'étaient connus. Du reste, Kerra ne lui avait jamais posé la question et Santo non plus, à sa connaissance.

Le patron apporta sa tasse de café à Ben, qui le remercia. Il attendit que Kerra soit servie pour reprendre :

— Pas à cause de ta mère, Kerra. Il y avait d'autres raisons. Le surf m'avait mené quelque part où j'aurais mieux fait de ne pas aller.

— À Truro, tu veux dire ?

Il sourit.

— C'était une métaphore. Un garçon est mort à Pengelly Cove, et ça a tout changé. C'est pour cette raison que je n'aimais pas que Santo fasse du surf. Je ne voulais pas qu'il se retrouve dans une situation qui pouvait lui attirer le genre d'ennuis que j'avais connus. Alors j'ai fait mon possible pour le décourager. Ce n'était pas bien de ma part, mais c'est comme ça.

Il souffla sur son café et but une gorgée avant d'ajouter :

— Je n'ai pas été malin. Santo n'avait pas besoin que je me mêle de sa vie, en tout cas pas pour ça. Il pouvait se débrouiller tout seul, pas vrai ?

— Au bout du compte, non, déclara Kerra.

— Non. Très juste.

Ben fit tourner sa tasse sur sa soucoupe, le regard fixé sur ses mains. Les Beach Boys chantaient *Surfer Girl*. À la fin d'un couplet, Ben demanda :

— C'est pour ça que tu m'as amené ici ? Pour parler de Santo ? Je regrette. Je n'ai pas voulu parler de lui et tu en as payé le prix.

— On a tous des regrets au sujet de Santo. Mais ce n'est pas pour ça que je voulais te parler.

Elle hésita soudain à aborder le sujet. Dès qu'on parlait de Santo, elle se sentait égoïste. D'un autre côté, ce qu'elle avait à dire réjouirait certainement son père, et à voir sa mine, il en avait besoin.

— De quoi s'agit-il, alors ? demanda Ben. Pas une mauvaise nouvelle, j'espère. Tu ne vas pas nous quitter, dis-moi ?

— Non. Je veux dire, si. D'une certaine manière. Alan et moi allons nous marier.

Un sourire éclaira le visage de Ben.

— C'est une excellente nouvelle. Alan est quelqu'un de bien. Quand ça ?

654

« Dans le courant de l'année », répondit-elle. Ils n'avaient pas fixé la date. Il n'y avait pas encore de bague, mais ça n'allait pas tarder.

— Alan insiste. Il veut ce qu'il appelle « de vraies fiançailles ». Tu connais Alan. Et… il veut te demander ta permission, papa.

— Tu plaisantes ?

— Il a dit qu'il voulait faire les choses dans les règles. Je sais que c'est idiot. Plus personne ne demande la permission de se marier. En tout cas, j'espère que tu la lui accorderas.

— Pourquoi est-ce que je refuserais ?

— Eh bien… Tu es peut-être revenu de l'idée de mariage. Tu vois ce que je veux dire.

— À cause de ta mère.

— Ça n'a pas dû être drôle tous les jours. Je comprendrais que tu ne veuilles pas que je fasse la même erreur.

— Le mariage est une chose difficile, quelle que soit la situation. Si tu penses autrement, tu vas au-devant de sacrées désillusions.

— Mais il y a difficile et difficile. Inacceptable.

— Je sais que tu te poses beaucoup de questions. Je le vois dans tes yeux depuis que tu as douze ans.

Il paraissait si plein de regret que Kerra en fut peinée. Elle dit :

— Est-ce que tu n'as jamais pensé… Tu n'as jamais eu envie…

Il posa une main sur la sienne.

— Ta mère a eu des périodes difficiles. C'est indiscutable. Mais pour dire la vérité, ces périodes difficiles lui ont davantage gâché la vie qu'à moi. De toute façon, elle m'a fait cadeau de toi. Et je lui en suis reconnaissant, quels que soient ses défauts.

Kerra baissa les yeux vers son Coca, mais son trouble devait se refléter sur ses traits, car Ben demanda :

— Qu'y a-t-il, Kerra ?

— Comment tu le sais ?

— S'il faut franchir le pas avec quelqu'un ? On n'est jamais sûr de rien, mais à un moment donné...

— Non, non. Ce n'est pas ce que je veux dire.

Kerra sentit le rouge lui monter aux joues et envahir rapidement son visage.

— Comment tu sais, pour nous ? Pour moi. Avec certitude. À cause...

Ben fronça les sourcils, puis ses yeux s'écarquillèrent quand il comprit.

Kerra ajouta d'un ton malheureux :

— À cause de ce qu'elle est. Je me suis posé la question, tu comprends.

Il se leva si brusquement qu'elle crut qu'il allait la planter là, mais il dit seulement :

— Viens avec moi, petite. Non, non. Laisse tes affaires.

Il l'entraîna vers un portemanteau, où était accroché un petit miroir dans un cadre en coquillage, et se plaça derrière elle, les mains sur ses épaules.

— Regarde-toi, dit-il. Et regarde-moi. Bon Dieu, Kerra, qui serais-tu sinon ma fille ?

Les yeux de Kerra la piquaient.

— Et Santo ? demanda-t-elle.

Les mains de son père pressèrent ses épaules en un geste rassurant.

— Tu me ressembles, répondit-il, et Santo a toujours ressemblé à ta mère.

Lynley s'était absenté de Casvelyn la plus grande partie de la journée. À son retour, il trouva l'inspecteur Hannaford et Barbara Havers dans la salle des opérations, face au constable McNulty qui discourait sur un sujet semblant lui tenir à cœur. Il avait étalé des photos sur une table. Havers paraissait intéressée. Hannaford paraissait ronger son frein.

— Là, il est en train de prendre la vague. C'est une bonne photo. On voit non seulement son visage, mais aussi les couleurs de sa planche. Il surfe surtout à Hawaii, et l'eau est glacée à Half Moon Bay, alors il n'y est pas habitué. Il a peur, mais il faudrait être fou pour ne pas avoir peur. Toutes ces tonnes d'eau qui vous foncent dessus… Et si vous réchappez de la première vague, à moins d'attendre la dernière de la série, la suivante pourrait bien vous submerger et vous aspirer dans les abîmes. Alors oui, vous avez intérêt à avoir peur et à montrer un peu de respect.

Il prit une autre photo.

— Là, il est en train de perdre l'équilibre. Il sait qu'il va se gameller et il se demande à quel point ça va faire mal. La réponse est sur la photo suivante : une claque en pleine gueule, juste dans la face de la vague. Il file à Dieu sait quelle vitesse et l'eau aussi, alors qu'est-ce qui se passe quand les deux entrent en collision ? Quelques côtes cassées ? Aucune importance, parce que le voici à présent dans le dernier endroit où le plus casse-cou voudrait jamais se retrouver, par-dessus la lèvre de la vague. Là.

Lynley les rejoignit. La photo que le constable venait de reposer montrait un surfeur solitaire sur une vague aussi haute qu'une colline mouvante. Sur celle qu'il commentait à présent, la vague s'était cassée et avait avalé le surfeur, qu'on distinguait à peine au milieu d'une masse d'eau bouillonnante. On aurait dit une poupée de chiffon dans une machine à laver.

— Certains de ces types ne vivent que pour se faire photographier en train de chevaucher des vagues géantes, dit McNulty en conclusion. Et certains en meurent. C'est ce qui lui est arrivé.

— Qui est-ce ? s'enquit Lynley.

— Mark Foo, répondit McNulty.

— Merci, constable, dit Bea Hannaford. Très spectaculaire et très éclairant. Maintenant, remettez-vous au boulot. Les doigts de Mr Priestley attendent que vous vous en occupiez. J'ai un mot à vous dire, ajouta-t-elle à l'intention de Lynley. À vous aussi, sergent Havers.

Elle les conduisit à une salle d'interrogatoire mal équipée. Elle ne s'assit pas. Eux non plus.

— Parlez-moi de Falmouth, Thomas.

Habité par les événements de la journée, Lynley fut décontenancé.

— J'étais à Exeter. Pas à Falmouth.

— Ne faites pas l'innocent. Je ne parle pas de ce que vous avez fait aujourd'hui. Que savez-vous sur Daidre Trahair et Falmouth que vous ne m'ayez pas révélé ? Et que je ne vous reprenne pas à me mentir, l'un comme l'autre. L'un de vous est allé là-bas. Si ç'est vous, sergent Havers, comme semble le croire le Dr Trahair, alors je soupçonne que ce petit détour n'avait absolument aucun rapport avec les ordres que j'avais pu vous donner. Est-ce que je me trompe ?

Lynley intervint.

— J'ai demandé à Barbara de vérifier...

— Aussi incroyable que ça paraisse, le coupa Bea, j'avais compris. Le problème, c'est que ce n'est pas vous qui dirigez cette enquête. C'est moi.

— Il ne m'a pas demandé d'aller là-bas, intervint Havers. Il ne savait même pas que j'étais en route pour venir ici quand il m'a téléphoné pour que je vérifie ses antécédents.

— Ah, vraiment ?

— Vraiment. Il m'a appelée sur mon portable. Dans ma voiture. Il a dû comprendre que j'étais en voiture, mais il ne savait pas où j'allais. Il m'a juste demandé si je voulais bien vérifier quelques détails, sans se douter que j'irais directement à Falmouth. Ça ne faisait pas un grand détour…

— Vous êtes folle ? Bon sang, ça fait des kilomètres et des kilomètres de route ! Qu'est-ce que vous avez tous les deux ? Est-ce que vous n'en faites toujours qu'à votre tête, ou est-ce que je suis la première de vos collègues à bénéficier d'un tel honneur ?

— Sauf votre respect, madame, commença Lynley.

— Ne m'appelez pas madame.

— Sauf votre respect, inspecteur, je ne participe pas à l'enquête. Pas officiellement. Je ne suis même pas un « officier officiel ».

— Vous essayez d'être drôle, commissaire Lynley ?

— Pas du tout. J'essaie seulement de souligner qu'après que vous m'avez informé que je vous assisterais, ce malgré mes désirs contraires…

— Vous êtes témoin, bon Dieu ! On se fout de vos désirs. Qu'est-ce que vous pensiez ? Reprendre joyeusement votre route ?

— Le fait que je sois témoin rend ma participation à cette enquête d'autant moins orthodoxe.

— Si je puis me permettre, il a raison, renchérit Havers.

— Non, vous ne pouvez pas vous permettre. Merde, c'est scandaleux ! On ne badine pas avec la hiérarchie.

En dépit de votre grade, c'est moi qui dirige cette enquête, pas vous. Vous n'êtes pas en situation d'assigner des missions à quiconque, y compris au sergent Havers, et si vous croyez pouvoir...

— Il ne savait pas, répéta Havers. J'aurais pu lui dire que je venais ici quand il m'a appelée, mais je ne l'ai pas fait. J'aurais pu lui dire que j'avais d'autres ordres...

— Quels ordres ? demanda Lynley.

— ... mais je ne l'ai pas fait. Vous saviez que je débarquerais ici de toute façon...

— Les ordres de qui ?

— ... alors, quand il a appelé, ça ne m'a pas semblé si peu orthodoxe...

— Les ordres de qui ? répéta Lynley.

— Vous savez de qui.

— C'est Hillier qui vous a envoyée ici ?

— À votre avis ? Vous comptiez partir comme ça ? Sans que personne s'inquiète ? Sans que personne intervienne ? Vous pensiez vraiment que vous pouviez disparaître, que vous avez si peu d'importance pour...

— Très bien, très bien ! s'écria Bea. Cessez-le-feu. Nom de Dieu. Ça suffit.

Elle respira un grand coup.

— On en reste là. Vu ? Quant à vous, dit-elle à Havers, vous m'avez été détachée. À moi, pas à lui. Je vois qu'il y avait des arrière-pensées dans cette offre de renfort, mais quelles qu'aient pu être ces arrière-pensées, vous allez devoir vous pencher dessus pendant votre temps libre, pas sur notre temps de travail. Quant à vous, ajouta-t-elle à l'adresse de Lynley, dorénavant, vous jouerez franc-jeu. Est-ce que c'est clair ?

— Tout à fait, dit Lynley.

Havers fit oui de la tête, mais Lynley vit qu'elle brûlait de dire quelque chose. Pas à Hannaford, mais à lui.

— Excellent. Maintenant, on va reprendre le dossier Daidre Trahair depuis le début, et cette fois pas de cachotteries. Est-ce que c'est bien clair aussi ?

— Tout à fait.

— Formidable. Alors régalez-moi des détails.

Lynley savait qu'il n'avait plus le choix.

— Il semble qu'il n'existe pas de Daidre Trahair avant son inscription au collège, à l'âge de treize ans. Et bien qu'elle prétende être née dans la maison de ses parents, à Falmouth, il n'y a pas non plus de trace officielle de sa naissance. De plus, certaines choses qu'elle a pu dire concernant son travail ne collent pas avec les faits.

— Lesquelles ?

— Il y a bien une vétérinaire appelée Daidre Trahair au zoo de Bristol, mais la personne qu'elle m'a décrite comme son ami Paul – il est censé s'occuper des primates – n'existe pas.

— Vous ne m'avez pas raconté ça, protesta Havers. Pourquoi vous ne me l'avez pas dit ?

Lynley soupira.

— Elle ne me fait pas l'impression… Enfin, je n'arrive pas à la considérer comme une meurtrière. Je ne voulais pas rendre les choses plus difficiles pour elle.

— Plus difficiles que quoi ? demanda Hannaford.

— Je ne sais pas… Je reconnais qu'il y a un truc bizarre chez elle. Mais je ne crois pas que ça ait le moindre rapport avec le meurtre.

— Et vous vous figurez être en état de juger de ce genre de choses ?

— Je ne suis pas aveugle. Je n'ai pas perdu l'esprit.

— Vous avez perdu votre femme. Comment voulez-vous réfléchir correctement, voir les choses correctement, ou faire quoi que ce soit correctement après cela ?

Lynley avait hâte que cette conversation s'achève. Havers, constata-t-il, l'observait. S'il ne répondait pas, il savait qu'elle s'en chargerait pour lui, et cela, il ne le voulait pas.

— Je ne vous ai rien caché, inspecteur. J'avais juste besoin de temps.

— Pourquoi ?

— Pour ce genre de choses.

Il sortit d'une enveloppe kraft la photo qu'il avait empruntée à Mrs Triglia et la tendit à Hannaford, qui l'examina.

— Qui sont ces gens ?

— La famille Parsons. Leur fils – le garçon sur la photo – est mort dans une grotte à Pengelly Cove il y a trente ans. Cette photo a été prise peut-être un ou deux ans avant. Niamh la mère, Jonathan le père. Le garçon est Jamie et les filles sont ses sœurs cadettes. J'aimerais faire procéder à un vieillissement à partir de cette photo. Quelqu'un pourrait-il s'en occuper ?

— Un vieillissement sur qui ?

— Sur tout le monde.

Daidre s'était garée dans Lansdown Close. Elle savait que sa présence près du commissariat paraîtrait louche, mais elle avait besoin de voir avant de prendre une décision. La vérité supposait la confiance, mais celle-ci risquait de l'attirer dans le bourbier de la trahison, et à ce stade de sa vie, elle avait eu sa dose de trahison.

Dans le rétroviseur, elle les vit sortir du poste de police. Si Lynley avait été seul, elle l'aurait peut-être abordé, mais il se trouvait avec le sergent Havers et l'inspecteur Hannaford. Elle était garée un peu plus haut dans la rue. Quand les trois policiers s'arrêtèrent pour échanger quelques mots sur le parking du commissariat, elle démarra. Aucun ne tourna la tête vers elle. Daidre y vit un signe. Certains l'auraient traitée de lâche pour fuir ainsi, d'autres auraient applaudi son instinct de conservation.

Elle sortit de Casvelyn et se dirigea vers l'intérieur des terres, d'abord vers Stratton, puis à travers la campagne. Le jour déclinait quand elle atteignit la cidrerie.

Les circonstances, décida-t-elle, exigeaient le pardon. Mais le pardon marchait dans les deux sens. Elle avait besoin de demander mais aussi de donner, et cela réclamait de l'entraînement.

Stamos grognait dans son enclos au milieu de la cour. Daidre le dépassa, tourna après la confiturerie, où deux ouvrières étaient occupées à nettoyer les chaudrons en cuivre à la fin de leur journée. Elle ouvrit le portail sous la tonnelle et pénétra dans la partie privée de l'exploitation. Comme précédemment, elle perçut des accords de guitare. Mais cette fois, il y avait plusieurs instruments.

La musique cessa quand elle frappa à la porte. Quand Aldara ouvrit, Daidre vit qu'elle n'était pas seule. Un homme au teint mat, dans les trente-cinq ans, reposait une guitare sur son support. Aldara avait la sienne coincée sous le bras. C'étaient eux qui jouaient, manifestement. Ils étaient très doués tous les deux.

— Daidre, fit Aldara d'un ton neutre. Quelle surprise. Narno était en train de me donner une leçon.

Narno Rojas, précisa-t-elle, de Launceston. L'Espagnol se leva et salua la visiteuse de la tête. Évidemment, Aldara avait dégoté un professeur au physique d'apollon. Il avait de grands yeux sombres et des cils épais. Daidre demanda à la Grecque si elle souhaitait qu'elle revienne plus tard.

— Non, non. Nous avons terminé, protesta Aldara. Nous jouions juste pour nous amuser. Tu as entendu ? On est bons, non ?

— J'ai cru que c'était un disque, reconnut Daidre.

— Tu vois ! s'exclama Aldara. Narno, il faudrait vraiment qu'on joue ensemble. Je suis bien meilleure avec toi que seule.

Puis, à Daidre :

— Narno a été adorable de me donner des cours. Je lui ai fait une offre qu'il n'a pas pu refuser, et voilà. Ce n'est pas vrai, Narno ?

— Si. Mais toi, tu as le don. Moi, c'est de la pratique continuelle. Toi… tu as simplement besoin d'encouragements.

— Flatteur ! Mais si tu choisis de le croire, je ne protesterai pas. De toute manière, c'est ton rôle. Tu es là pour m'encourager, et tu le fais très bien.

Il gloussa, lui attrapa la main et lui baisa les doigts. Il portait une alliance en or.

Il rangea sa guitare dans son étui et dit au revoir aux deux femmes. Aldara l'accompagna à la porte et sortit avec lui. Daidre les entendit murmurer.

Quand elle revint, elle ressemblait à un chat qui vient de trouver une jatte de crème.

— Je devine en quoi consistait l'offre, dit Daidre.

Aldara rangea sa propre guitare dans son étui.

— De quelle offre parles-tu, ma chère ?

— Celle qu'il n'a pas pu refuser.

Aldara pouffa.

— Ah ! On verra bien. J'ai des choses à faire, Daidre. On n'a qu'à bavarder en même temps. Viens avec moi.

Elle la précéda dans un escalier étroit dont la rampe était une grosse corde en velours et la fit entrer dans la chambre, où elle entreprit de changer les draps d'un grand lit qui occupait presque tout l'espace.

— Tu penses pis que pendre de moi, je me trompe ? fit Aldara.

— Quelle importance, ce que je pense ?

— Aucune, bien sûr. Tu es d'une sagesse… Mais, parfois, ce qu'on pense ne correspond pas à la réalité.

Elle jeta l'édredon par terre et arracha les draps, les pliant avec soin plutôt que de les rouler en boule comme aurait fait n'importe qui d'autre. D'un placard situé sur le petit palier, elle sortit des draps coûteux, d'une propreté impeccable et parfumés.

— Notre arrangement n'est pas sexuel, Daidre, reprit-elle.

— Je ne pensais pas…

— Bien sûr que si. Et qui irait te le reprocher ? Tu me connais, après tout. Tiens. Aide-moi, veux-tu ?

Daidre alla lui donner un coup de main. Aldara avait des gestes précis. Elle lissa les draps avec affection.

— Ils sont superbes, non ? Italiens. J'ai trouvé une très bonne blanchisseuse à domicile à Morwenstow. Le trajet est un peu long pour les lui apporter, mais elle fait des prodiges, et jamais je ne confierais mes draps à la première venue. Ils sont trop importants, si tu comprends ce que je veux dire.

Daidre aimait mieux ne pas comprendre. Pour elle, des draps étaient des draps, même si elle voyait que ceux-ci valaient sans doute plus cher que ce qu'elle gagnait en un mois. Aldara n'était pas femme à se refuser des petits luxes.

— Narno a un restaurant à Launceston. J'y suis allée dîner. Quand il n'accueillait pas les clients, il jouait de la guitare. Je me suis dit : je pourrais apprendre énormément avec cet homme. Alors je lui ai parlé et on est tombés d'accord. Narno ne prend pas d'argent, mais il a besoin de caser des membres de sa famille – ils sont très nombreux – ailleurs que dans son restaurant où il ne peut pas les embaucher tous.

— Alors ils travaillent pour toi ?

— Pour moi, non. Mais Stamos a besoin de personnel dans son hôtel de St Ives, et la mauvaise conscience d'un ex-mari peut se révéler fort utile.

— J'ignorais que tu parlais encore à Stamos.

— Uniquement quand ça me rend service. Sinon, il pourrait disparaître de la surface de la terre, crois-moi, que je ne prendrais pas la peine de lui faire au revoir de la main. Pourrais-tu border ça comme il faut, ma chère ? Je ne supporte pas les faux plis.

Elle prit la place de Daidre et lui montra comment faire.

— Tout frais, tout prêts, dit-elle quand elle eut terminé.

Elle regarda Daidre presque avec tendresse. Dans la lumière douce de la chambre, Aldara paraissait vingt ans de moins.

— Ça ne veut pas dire qu'on ne le fera pas, en fin de compte. Narno doit être un amant très énergique, et c'est comme ça que je les aime.

— Je vois.

— La police est venue, Daidre.

— C'est pour ça que je suis là.

— Alors c'était toi. Je m'en doutais.

— Je regrette, Aldara, mais je n'avais pas le choix. Ils pensaient que c'était moi. Ils croyaient que Santo et moi...

— Et tu devais préserver ta réputation ?

— Ce n'est pas ça. Ce n'était pas ça. Il faut qu'ils découvrent ce qui est arrivé à Santo, et ils n'y arriveront pas si personne ne dit la vérité.

— J'entends bien. Mais la vérité est souvent... disons, malcommode. Si la vérité d'une personne risque de causer un choc terrible à une autre, sans qu'il soit indispensable que celle-ci connaisse cette vérité, alors faut-il la dire ?

— Ce n'est pas le cas ici.

— Mais il semblerait que personne ne dise à la police tout ce qu'il a à dire, tu ne crois pas ? S'ils sont allés te trouver d'abord et non pas moi, c'est sans doute que cette chère Madlyn leur a caché des choses.

— Elle était peut-être trop humiliée. Trouver son petit ami au lit avec son employeuse... Ça doit être dur à avouer.

— Sans doute.

Aldara tendit une taie à Daidre pour qu'elle l'enfile sur un des oreillers pendant qu'elle-même en faisait autant.

— Mais ça n'a plus d'importance. Je leur ai dit, à propos de Max. Il le fallait. Ils auraient fini par découvrir son nom. Ma relation avec Max n'était pas un secret. Alors j'aurais mauvaise grâce à t'en vouloir, vu que j'ai également donné un nom à la police.

— Est-ce que Max savait... ?

Daidre lut la réponse sur le visage d'Aldara.

667

— Madlyn ? reprit-elle.

— Santo, dit Aldara. L'imbécile. Il était fabuleux au lit. L'énergie qu'il avait… Entre les jambes : divin. Mais entre les oreilles… Il y a des hommes, quel que soit leur âge, qui ne sont pas fichus d'utiliser le bon sens que Dieu leur a donné.

Elle plaça l'oreiller sur le lit, ajustant la bordure en dentelle de la taie. Puis elle prit le second des mains de Daidre et en fit autant avant de rabattre les draps. Sur la table de chevet, une bougie décorative se nichait dans un bougeoir en cristal. Aldara l'alluma puis recula pour juger de l'effet.

— Formidable, dit-elle. C'est chaleureux, tu ne trouves pas ?

Daidre avait la tête comme remplie de coton. La situation était tellement différente de ce qu'elle avait imaginé…

— Au fond, dit-elle, tu ne regrettes pas qu'il soit mort. Tu sais que ça risque d'éveiller les soupçons ?

— Ne dis pas de bêtises. Bien sûr que je regrette. Je n'ai jamais voulu que Santo Kerne meure de cette façon-là. Mais comme ce n'est pas moi qui l'ai tué…

— Enfin, nom d'un chien, c'est sûrement à cause de toi qu'il est mort !

— J'en doute. Max a trop de fierté pour tuer un rival de cet âge, et de toute manière Santo n'était pas son rival. Santo était juste… Santo.

— Un objet sexuel.

— En effet. Énoncé ainsi, ça paraît froid et calculateur, or, crois-moi, ce n'était ni l'un ni l'autre. Nous nous donnions du plaisir et c'était tout ce dont il s'agissait entre nous. Du plaisir. De l'exaltation. Des deux côtés, pas seulement du mien. Mais tu sais tout ça, Daidre. Et tu comprends. Sinon, tu ne nous aurais pas prêté ton cottage.

— Tu ne te sens pas du tout coupable.

Aldara agita la main vers la porte, pour indiquer qu'elles devaient quitter la pièce et redescendre au rez-de-chaussée. Dans l'escalier, elle dit :

— Si je me sentais coupable, ça voudrait dire que je suis pour quelque chose dans ce qui s'est passé, or ce n'est pas le cas. Nous étions amants, point final. Nous étions deux corps qui se retrouvent dans un lit l'espace de quelques heures. Ce n'était que ça, et si tu penses que de simples rapports sexuels ont pu conduire à…

On frappa à la porte. Aldara jeta un coup d'œil à sa montre, puis elle regarda sa visiteuse avec une expression résignée. Daidre aurait dû deviner ce qui allait se passer. Pourtant, elle n'avait rien vu venir.

Aldara ouvrit la porte. Un homme entra. Les yeux rivés sur Aldara, il ne vit pas Daidre. Il embrassa Aldara avec la familiarité d'un amant : un simple baiser qui devint de plus en plus érotique, et qu'Aldara ne fit rien pour écourter. Quand le baiser s'acheva, elle chuchota contre la bouche de l'homme :

— Tu sens la mer.

— Je suis sorti surfer.

Au même moment, il remarqua Daidre et ôta les mains des épaules d'Aldara.

— J'ignorais que tu avais de la compagnie.

— Daidre allait justement s'en aller. Tu connais le Dr Trahair, mon chéri ? Daidre, je te présente Lewis.

L'homme était vaguement familier à Daidre, mais elle n'arrivait pas à le situer. Elle le salua de la tête avant d'aller chercher son sac sur le canapé.

— Lewis Angarrack, précisa alors Aldara.

Daidre marqua un arrêt. La ressemblance lui apparut, car bien sûr, elle avait aperçu Madlyn à plusieurs reprises à l'époque où la jeune fille travaillait à la cidrerie. Le visage d'Aldara ne trahissait aucune émotion, mais ses yeux brillaient et son cœur devait battre la chamade à présent que l'impatience habitait son corps.

Daidre dépassa Lew Angarrack et sortit. Aldara murmura quelque chose à l'homme avant de la rejoindre à l'extérieur.

— Tu comprends le problème, j'imagine, dit-elle.

Daidre lui jeta un bref regard.

— En fait, non.

— D'abord son petit ami, et maintenant son père ? Il est capital qu'elle n'en sache rien. Pour ne pas la bouleverser davantage. C'est Lewis qui insiste. C'est malheureux, tu ne trouves pas ?

— Pas vraiment. En plus, ça t'arrange. Le secret. L'excitation. Le plaisir...

Aldara eut un de ces sourires entendus dont Daidre savait qu'ils faisaient partie de son charme.

— Si ça doit être comme ça, ce sera comme ça...

— Tu n'as donc aucune morale ? demanda Daidre.

— Ma chérie... Tu en as, toi ?

27

En ce jour de cauchemar, il était dit que tous les projets de Cadan se retourneraient contre lui. Il finit par échouer dans le salon de la maison familiale de Victoria Street, en compagnie de sa sœur et de Will Mendick. Madlyn, qui venait de rentrer du boulot, portait encore son uniforme de Casvelyn of Cornwall – des rayures couleur barbe à papa et un tablier à volants. Elle était vautrée sur le canapé, tandis que Will se tenait devant la cheminée, un bouquet de lis pendant mollement dans sa main. Il avait montré assez de jugeote pour acheter les fleurs au lieu de les récupérer dans une poubelle. Mais son intelligence n'allait pas plus loin.

Cadan, pour sa part, s'était juché sur un tabouret à côté de son perroquet. Il avait laissé Pooh tout seul la majeure partie de la journée, et il était résolu à se rattraper en offrant à l'oiseau un massage prolongé, juste tous les deux, avec la maison, ou du moins le séjour, rien que pour eux. Mais Madlyn était rentrée avec Will sur ses talons. Apparemment, il avait gobé les mensonges éhontés de Cadan au sujet de l'affection qu'était censée lui porter sa sœur.

— … alors j'ai pensé, disait Will, que tu aimerais peut-être… Enfin bon, que tu aimerais peut-être sortir.

— Avec qui ? demanda Madlyn.

— Avec… enfin bon, avec moi.

Il ne lui avait pas encore offert les fleurs, et Cadan espérait vivement qu'il oublierait de le faire.

— Et pourquoi je ferais ça ?

Déjà rouge comme un mec affligé de deux pieds gauches dans un cours de fox-trot, Will vira à la couleur brique. Il décocha un regard à Cadan, l'air de dire : Donne-moi un coup de main, tu veux, mon pote ? Cadan eut soin de détourner les yeux.

Will reprit :

— Juste… peut-être pour déjeuner ou dîner ?

— Bouffer des trucs trouvés dans la poubelle, tu veux dire ?

— Non ! Bon Dieu, Madlyn. Je te demanderais jamais de…

— Écoute…

Si Cadan connaissait bien l'expression qu'avait sa sœur à cet instant, Will ne se doutait pas qu'elle était au bord de l'explosion.

— Au cas où tu ne le saurais pas, Will, et il semblerait que ce soit le cas, j'ai eu une conversation avec la police. Ils m'ont surprise à mentir, et ils ne m'ont plus lâchée. Et devine ce qu'ils savaient ?

Will resta muet. Cadan fit monter Pooh sur son poing et lança :

— Hé, Pooh, qu'est-ce que t'as à dire ?

D'ordinaire, l'oiseau était très doué pour faire diversion, mais pour une fois, il garda le silence. Sans doute sentait-il la tension qui régnait dans la pièce.

— Ils savaient que j'avais suivi Santo. Ils savaient ce que j'avais vu. Comment l'avaient-ils appris, d'après toi ? Et qu'est-ce qu'ils en ont conclu, à ton avis ?

— Ils ne pensent pas que tu... Tu n'as pas à t'inquiéter...

— Ce n'est pas la question ! Mon petit ami s'envoie en l'air avec une gonzesse assez vieille pour être sa mère et qui en plus se trouve être ma patronne. Avec ça, ils ont le culot de jouer les saintes-nitouches. Et lui qui va jusqu'à l'appeler Mrs Pappas devant moi ! Merde, je te parie qu'il ne lui donne pas du Mrs Pappas quand il la saute. En plus elle sait qu'il est mon petit ami... Elle m'invite même à prendre le thé avec elle et elle me pose des tas de questions sur moi. « J'aime connaître mes employées », elle me dit. Ah ça, putain, c'est bien vrai !

— Tu ne vois donc pas que c'est pour ça que...

— Non, pas du tout. Alors les deux femmes flics me regardent, et je vois bien ce qu'elles pensent. La pauvre cruche... Son copain aime mieux se faire une vieille bique. Je n'avais pas besoin de ça, tu comprends, Will ? Je n'avais pas besoin de leur pitié, et je n'avais pas besoin qu'elles sachent, parce que maintenant, tout le monde est au courant. Est-ce que tu as la moindre idée de ce que ça fait ?

— Ce n'était pas ta faute, Madlyn.

— Si je ne lui suffisais pas ? Comment ça pourrait ne pas être ma faute ? Je l'aimais. C'était bien entre nous, du moins je le croyais.

Will balbutia :

— Non... Écoute... Tu n'y étais pour rien. Il aurait fait la même chose... Il serait parti de toute manière. Ça aurait dû te sauter aux yeux. Tu aurais dû simplement...

— J'allais avoir son bébé. Son bébé, tu entends ? Et je croyais que ça voulait dire... Je croyais qu'on... Oh, laisse tomber !

673

Cette révélation laissa Will bouche bée. Il n'était donc pas au courant. Mais comment aurait-il pu l'être ? C'était une affaire privée, or Will n'appartenait pas à la famille et il n'était pas près d'en faire partie, même s'il ne semblait pas le comprendre. Hébété, il dit :

— Tu aurais dû venir me voir. J'aurais... Je ne sais pas. Ce que tu aurais voulu. J'aurais pu...

— Je l'aimais.

— C'est impossible, dit Will. Pourquoi ne veux-tu pas voir ce qu'il était ? Il ne valait rien, mais quand tu le regardais, ce que tu voyais...

— Je t'interdis. Arrête !

Après un moment de stupeur, Will commença à entrevoir la réalité.

— Tu es encore capable de le défendre, même après... Parce qu'il n'avait pas l'intention de te soutenir, hein ? Ce n'était pas son genre.

— Je l'aimais !

— Mais tu m'as dit que tu le détestais !

— Il m'avait fait du mal, nom de Dieu !

— Mais alors pourquoi je l'ai...

Will regarda autour de lui comme s'il se réveillait. Ses yeux se posèrent sur Cadan, puis sur les fleurs qu'il comptait offrir à Madlyn. Il les balança dans la cheminée. Cadan apprécia la théâtralité du geste, sauf que le feu n'était pas allumé. Du coup, la réaction de Will paraissait anachronique. On se serait cru dans un de ces vieux films que passait la télé.

Un profond silence s'abattit sur la pièce, puis Will dit à Madlyn :

— Je lui ai flanqué un coup de poing. Je serais allé plus loin si au moins il s'était défendu, mais non. Il ne voulait pas se battre. Pas pour toi. Mais moi, si j'ai fait ça, c'était pour toi, Madlyn. Parce que...

— Quoi ? Qu'est-ce que tu t'imaginais ?

— Il t'avait fait du mal, c'était un branleur et il avait besoin d'une leçon...

— Qui t'avait chargé de lui en donner une ? Pas moi. Jamais. Est-ce que tu... Mon Dieu. Qu'est-ce que tu lui as fait d'autre ? Tu l'as tué ? C'est ça ?

— Tu ne sais pas ce que ça veut dire, hein ? Le fait que je l'aie frappé, même une seule fois ? Que je... Tu ne sais pas...

— Que tu te prends pour un bon Dieu de chevalier ? Je suis censée applaudir ? Sauter de joie ? T'être dévouée à tout jamais ? Qu'est-ce que je ne sais pas, exactement ?

— J'aurais pu retourner au placard, dit-il d'un ton morne.

— Mais qu'est-ce que tu racontes ?

— Si j'avais seulement fait trébucher un type dans la rue, même accidentellement, j'aurais pu retourner au placard. Mais je tenais à le faire, à cause de toi. Je voulais le remettre à sa place parce qu'il avait besoin d'être mouché. Mais tu ne le savais pas, et même si tu l'avais su, ça n'aurait servi à rien. Je ne compte pas. Je n'ai jamais compté, pas vrai ?

— Pourquoi diable t'es-tu mis dans la tête...

Will regarda Cadan. Madlyn regarda Will, puis Cadan.

Ce dernier estima qu'il était grand temps d'emmener Pooh faire sa promenade du soir.

Bea faisait des étirements à l'aide d'une chaise de cuisine, s'efforçant d'assouplir son dos vieillissant, quand elle entendit une clé tourner dans la serrure de la porte d'entrée. Ce bruit fut suivi d'un toc toc familier, puis de la voix de Ray :

— Tu es là, Bea ?

— Ma voiture est un assez bon indice de ma présence. Tu étais meilleur flic dans le temps.

Elle était encore en pyjama mais, celui-ci consistant en un tee-shirt et un pantalon de jogging, cela ne la gênait pas que Ray la surprenne dans cette tenue.

Lui s'était mis sur son trente et un.

— On espère impressionner une jeunesse ? lança-t-elle d'un ton revêche.

— Seulement toi.

Il se dirigea vers le réfrigérateur, d'où il sortit un pichet de jus d'orange. Il le leva vers la lumière, le renifla d'un air soupçonneux. Le trouvant apparemment à son goût, il en remplit un verre.

— Sers-toi, je t'en prie, dit-elle avec ironie. C'est bien connu, ça pousse sur les arbres.

— À la tienne, répondit-il. Tu en mets toujours sur tes céréales ?

— Certaines choses ne changent pas. Ray, qu'est-ce que tu fais là ? Et où est Pete ? Il n'est pas malade, dis-moi ? Il a école aujourd'hui. J'espère que tu ne l'as pas laissé t'embobiner…

— Il est parti de bonne heure. Il avait un truc spécial en cours de science. Je l'ai emmené là-bas et je me suis bien assuré qu'il entrait et ne projetait pas de mettre les voiles pour aller vendre de l'herbe au carrefour.

— Très amusant. Pete ne se drogue pas.

— Nous avons cette chance.

Elle ne releva pas le pluriel.

— Qu'est-ce qui me vaut cette visite matinale ?

— Pete a besoin d'autres vêtements.

— Tu n'as pas lavé ceux qu'il avait emportés ?

— Si. Mais, à ce qu'il paraît, il est exclu qu'il porte les mêmes deux jours de suite. Tu ne lui as donné que deux tenues.

— Il a des affaires chez toi.

— Il prétend qu'elles sont trop petites.

— Il se contrefout de ce qu'il a sur le dos, de toute façon. Il ne mettrait que son tee-shirt Arsenal s'il le pouvait, et tu le sais très bien. Encore une fois, qu'est-ce que tu fais là ?

Ray sourit.

— Tu es très douée pour cuisiner les suspects, ma chérie. Comment avance l'enquête ?

— Tu veux dire, comment elle avance malgré le fait que je n'aie pas d'équipe de la MCIT ?

Il sirota son jus d'orange puis reposa le verre sur le plan de travail, contre lequel il s'appuya.

— En dépit de ce que tu crois, j'ai fait tout mon possible pour t'obtenir des renforts, Beatrice. Pourquoi as-tu toujours une aussi mauvaise opinion de moi ?

Bea s'étira une dernière fois avant de se lever, puis elle soupira.

— On n'avance pas beaucoup, avoua-t-elle. J'aimerais pouvoir dire que le filet se resserre, mais chaque fois que je l'ai cru, des éléments nouveaux m'ont donné tort.

— Est-ce que Lynley est utile ? Il ne manque pas d'expérience.

— C'est un homme bien, ça ne fait aucun doute. Et puis Londres m'a envoyé sa coéquipière. J'ai l'impression qu'elle est d'abord là pour le garder à l'œil, mais c'est un bon flic, quoique ses méthodes ne soient pas très orthodoxes. J'ai l'impression qu'il la distrait...

— Amoureuse ?

— Elle le nie, mais si elle l'est, elle n'a aucune chance. Ce serait le mariage de la carpe et du lapin, au mieux. Non. Je pense qu'elle s'inquiète pour lui. Ils bossent ensemble depuis des années et elle tient à lui. Ils ont une histoire commune, aussi bizarre que ça puisse paraître.

Bea alla poser son bol de céréales dans l'évier.

— En tout cas, ce sont de bons flics. Il faut le reconnaître. Elle, c'est un pitbull, et lui est très vif. N'empêche, je préférerais qu'il ait un peu moins d'idées personnelles.

— C'est ce que tu as toujours attendu des hommes, insinua Ray.

Quelques secondes s'écoulèrent. Un chien aboya dans le voisinage.

— Ça, c'est un coup bas, dit Bea.

— Ah bon ?

— Oui. Pete n'était pas une idée. Il était – il est – une personne.

Ray n'esquiva ni son regard ni sa remarque. Bea nota que c'était la première fois qu'il ne se dérobait pas. Puis il eut un sourire penaud.

— Tu as raison, dit-il. Il n'était pas une idée. Est-ce qu'on peut en discuter, Beatrice ?

— Pas maintenant. J'ai du travail. Comme tu le sais.

Elle se retint d'ajouter qu'il aurait mieux valu en discuter quinze ans plus tôt, ou que ça lui ressemblait bien de prendre des décisions sans tenir compte de sa situation à elle. Elle préféra passer en mode matinal et se préparer à aller travailler.

Toutefois, pendant le trajet en voiture, même Radio Four ne réussit pas à distraire ses pensées de Ray. Quoique du bout des lèvres, ce dernier avait enfin reconnu ses insuffisances en tant que mari. Ne sachant quoi faire de cette découverte, elle fut soulagée d'entendre un téléphone sonner au moment où elle entrait dans la salle des opérations. Elle se dépêcha de décrocher avant qu'un membre de l'équipe ne le fasse. Tous tournaient en rond, dans l'attente de leurs missions respectives. Elle espérait que la personne au bout du fil lui donnerait des idées pour les occuper.

Duke Clarence Washoe de Chepstow détenait les premiers résultats concernant la comparaison de cheveux. Était-elle prête à les entendre ?

— Je meurs d'impatience, lui dit-elle.

— Au microscope, ils sont proches.

— Seulement proches ? Pas identiques ?

— Avec le peu qu'on a, on ne peut pas établir de concordance. On n'a ni cuticule, ni cortex, ni bulbe rachidien. Il ne s'agit pas d'un test ADN.

— J'en suis consciente. Alors qu'est-ce que vous êtes en mesure d'affirmer ?

— Les deux échantillons sont similaires. Ils proviennent peut-être de la même personne, ou de deux personnes appartenant à la même famille. C'est tout ce qu'on peut dire après examen au microscope. Si vous voulez une analyse plus approfondie, ça va prendre du temps.

Et de l'argent, songea Bea.

— Je continue ? demanda Washoe.

— Ça dépend du coinceur à masselotte. Qu'est-ce que vous avez dessus ?

— Une seule entaille. Franche et nette. Pas de tentatives répétées. Pas de stries non plus. Vous devez chercher une machine, pas un outil manuel. Et la lame est neuve.

— Vous en êtes certain ?

Une machine à couper les câbles réduisait considérablement le champ des recherches. Elle éprouva une légère excitation.

— Vous voulez la totale ?

— Un résumé suffira.

En plus de laisser d'éventuelles stries, un outil manuel aurait aplati à la fois les parties inférieure et supérieure du câble. Avec une machine, on obtenait une coupure nette et les deux bouts tranchés restaient brillants. Washoe demanda s'il devait lui répéter son explication avec les termes techniques appropriés.

Au même moment, le sergent Havers entra dans la pièce et Bea la salua de la tête. Elle s'attendait à voir Lynley derrière elle, mais il n'en fut rien.

— Inspecteur ? fit Washoe au bout du fil. Est-ce que vous voulez…

— C'est parfait. Gardez le jargon pour le rapport officiel.

— Très bien.

— Et… Duke Clarence ?

— Chef ?

— Merci d'avoir fait aussi vite avec ce cheveu.

Elle sentit qu'il était content de cette marque de gratitude. Elle réunit son équipe, si restreinte soit-elle. Ils cherchaient une machine-outil, leur annonça-t-elle, et elle leur répéta les détails sur le coinceur à masselotte tels que Washoe les lui avait exposés. À présent, comment allaient-ils procéder pour retrouver la machine ? s'enquit-elle. Constable McNulty ?

McNulty semblait avoir bouffé du lion au petit déjeuner, peut-être à cause du succès qu'il avait remporté la veille en exhumant des photos inutiles de surfeurs morts. Il déclara que l'ancienne base aérienne constituait une possibilité. Toutes sortes d'entreprises s'étaient installées dans les vieux bâtiments. Il y aurait bien un atelier d'usinage parmi elles.

Un atelier de carrosserie pourrait coller aussi, suggéra un autre membre de l'équipe.

Ou une usine quelconque, proposa-t-on encore.

Puis les idées fusèrent. Un ouvrier sur métal, sur fer, même un sculpteur. Pourquoi pas un forgeron ? Mais bon, c'était moins probable.

— Ma belle-mère pourrait faire ça avec ses dents, plaisanta quelqu'un, déclenchant les rires.

— Ça suffira, dit Bea.

Elle chargea le sergent Havers de répartir les tâches. Ils avaient une liste de suspects. Ils devraient garder leurs noms à l'esprit, ainsi que leur lieu de résidence et de travail. Il faudrait également penser à toutes les personnes susceptibles d'avoir bossé pour les suspects.

— J'aimerais vous dire un mot, sergent, dit-elle en attirant Havers à part. Où est notre bon commissaire ? demanda-t-elle quand elles furent dans le couloir. Il fait la grasse matinée ?

— Non. Nous avons pris notre petit déjeuner ensemble.

Havers frotta ses mains sur son pantalon de velours avachi.

— Vraiment ? Je suis ravie d'apprendre qu'il ne saute pas de repas. Alors où est-il ?

— Il était encore à l'auberge quand je…

— Arrêtez le baratin, je vous prie. Si quelqu'un sur cette terre sait où se trouve Thomas Lynley et ce qu'il est en train de faire, c'est certainement vous. Où est-il ?

Havers se passa une main dans les cheveux, ce qui ne contribua pas à arranger sa coiffure.

— D'accord, soupira-t-elle. C'est idiot, et je parie qu'il aimerait mieux que vous le sachiez pas.

— Quoi ?

— Ses chaussettes étaient mouillées.

— Je vous demande pardon ? Sergent, si c'est une plaisanterie…

— C'est pas une plaisanterie. Il n'a pas assez de vêtements. Il a lavé ses deux paires de chaussettes hier soir et elles n'ont pas séché. Sans doute, ajouta-t-elle en levant les yeux au ciel, parce qu'il n'a jamais eu à laver lui-même ses chaussettes.

— Vous êtes en train de me dire…

— Qu'il est à l'hôtel, en train de faire sécher ses chaussettes. Il se sert d'un sèche-cheveux et, le connaissant, il a probablement mis le feu à la baraque à l'heure qu'il est. Figurez-vous qu'il est incapable de préparer lui-même ses toasts ! Il les a lavées hier soir et il n'a pas pensé à les mettre sur le radiateur. Il les a laissées… là où il les a laissées. Quant au reste de ses affaires…

Bea leva la main.

— Assez. Ce qu'il a pu fabriquer avec son slip doit rester entre Dieu et lui. Quand peut-on espérer le voir rappliquer ?

Havers se mordit la lèvre d'un air gêné. Il y avait autre chose.

— Qu'y a-t-il ? demanda Bea.

Juste à ce moment-là, un des agents surgit avec une enveloppe qu'on venait de livrer. Bea ouvrit le pli, qui contenait six feuilles volantes.

— Où est Lynley, et quand peut-on espérer le voir rappliquer ? répéta-t-elle.

— Le Dr Trahair…

— Eh bien ?

— Je l'ai vue sur le parking de l'auberge en partant. Je pense qu'elle l'attendait.

— Étonnant.

Bea détacha son regard des documents et les tendit à Havers, lui disant :

— Jetez un coup d'œil à ça.

— C'est quoi ?

— Vieillissements numériques. À partir de la photo que Thomas a rapportée. Ça devrait vous intéresser.

Daidre Trahair hésita devant la porte de la chambre. Elle entendait le bruit du sèche-cheveux à l'intérieur, et elle comprit que le sergent Havers lui avait dit la vérité. Pourtant, quand Daidre avait rencontré le sergent sur le parking de la Salthouse Inn et qu'elle lui avait demandé où se trouvait Thomas Lynley, l'idée qu'il puisse être en train de faire sécher ses chaussettes lui avait semblé une excuse pitoyable. D'un autre côté, à supposer que Lynley ait été occupé à fouiller dans le passé de Daidre, Havers n'avait aucune raison de mentir à celle-ci. Jusque-là, il s'était bien passé de son autorisation.

Elle frappa. Le sèche-cheveux s'éteignit. La porte s'ouvrit.

— Désolé, Barbara. Je crains qu'elles ne soient pas encore…

Il reconnut Daidre.

— Bonjour, reprit-il en souriant. Vous êtes matinale, ma foi.

— Le sergent m'a dit… Elle a dit que vous faisiez sécher vos chaussettes.

Il expliqua, une chaussette dans une main et le séchoir dans l'autre :

— Quand je les ai enfilées ce matin, j'ai constaté qu'il était particulièrement désagréable de porter des chaussettes humides. Cela évoque par trop la Première Guerre mondiale et la vie dans les tranchées, je suppose. Voulez-vous entrer ?

Il recula et elle passa devant lui. Le lit n'était pas fait. Une serviette gisait en tas sur le sol. Des clés de voiture étaient posées sur un carnet ouvert, recouvrant en partie des gribouillages au crayon.

— Je pensais qu'elles seraient sèches ce matin, reprit-il. Bêtement, j'ai lavé les deux seules paires que j'ai. Je les ai accrochées près de la fenêtre toute la nuit. Je l'ai même entrouverte pour qu'il y ait de l'air. Tout ça pour rien. Le sergent Havers dit que j'aurais dû les poser sur le radiateur. Ça ne vous dérange pas… ?

Elle fit non de la tête. Il ralluma le sèche-cheveux. Il s'était coupé en se rasant, et un mince filet de sang coulait sur sa mâchoire. Le genre de détail que sa femme lui aurait fait remarquer avant qu'il parte travailler.

— Je n'aurais jamais imaginé le seigneur du château faisant ça, dit Daidre.

— Quoi ? Faire sécher lui-même ses chaussettes ?

— Quelqu'un comme vous n'a pas… Comment dire ? Des gens autour de lui ?

— Eh bien, je ne vois pas ma sœur faire sécher mes chaussettes. Mon frère serait aussi nul que moi, et ma mère me les jetterait sûrement à la figure.

— Je ne parlais pas de votre famille. Je voulais dire : des gens de maison. Des domestiques. Enfin, vous savez.

— Nous avons du personnel à Howenstow – c'est la propriété familiale, au cas où j'aurais oublié de le mentionner –, et quelqu'un s'occupe de ma maison à

Londres. Mais je ne le qualifierais pas de domestique, et un seul employé, ce n'est pas du personnel, si ? En outre, Charlie Denton va et vient à sa guise. Il a de hautes aspirations.

— De quel genre ?

— Du genre nécessitant du fond de teint et la présence d'un public. Il rêve de monter sur scène mais, à vrai dire, il a peu de chances de percer tant qu'il se limitera à son registre actuel. Il oscille entre Algernon Moncrieff dans *L'Importance d'être constant* et le portier dans *Macbeth*.

Daidre sourit malgré elle. Elle était fâchée et tenait à le rester, mais il ne lui facilitait pas la tâche.

— Pourquoi m'avez-vous menti, Thomas ?

— Menti ?

— Vous avez dit que vous n'étiez pas allé vous renseigner sur moi à Falmouth.

Il éteignit le sèche-cheveux et le posa sur le bord du lavabo.

— *Ah !*

— Certes, vous n'avez pas menti à strictement parler. Vous ne vous êtes pas rendu sur place. Mais le sergent Havers n'est pas allée là-bas de sa propre initiative. C'est vous qui l'avez envoyée, n'est-ce pas ?

— En fait, non. J'ignorais qu'elle se trouvait dans le secteur. Je la croyais à Londres. Mais, en effet, je lui ai demandé d'étudier vos antécédents, alors je suppose…

Il eut un geste évasif, l'invitant à tirer ses propres conclusions, ce qu'elle s'empressa de faire.

— Donc, vous avez menti. Ça ne me plaît pas. Vous auriez pu me poser des questions.

— Je l'ai fait. Vous ne pouviez pas vous douter que j'irais vérifier vos réponses.

— Pour vous assurer que...

— Que vous-même ne mentiez pas.

— J'ai tellement l'air d'une meurtrière ?

Il secoua la tête.

— De toutes les personnes que j'ai pu rencontrer, vous êtes probablement celle qui a le moins l'air d'une meurtrière. Mais ça fait partie de mon boulot. Et plus je posais de questions, plus je découvrais qu'il y avait des zones d'ombre dans votre histoire...

— Je croyais qu'on essayait de faire connaissance. Quelle idiote.

— C'était le cas, Daidre. Ça l'est toujours. C'est bien le problème. Mais depuis le début, il y avait des incohérences dans votre récit, et il était impossible de ne pas en tenir compte.

— Vous voulez dire, pour vous.

Il la dévisagea. Il paraissait sincère.

— Je ne pouvais pas ne pas en tenir compte, confirma-t-il. Quelqu'un est mort. Et je suis flic.

— Je vois. Acceptez-vous de me faire part de ce que vous avez découvert ?

— Si vous voulez.

— Je le veux.

— Le zoo de Bristol.

— C'est là que je travaille. Quelqu'un a prétendu le contraire ?

— Il n'y a pas de gardien de primates prénommé Paul là-bas. Et il n'y a pas non plus de Daidre Trahair qui soit née à Falmouth, à la maison ou ailleurs. Vous voulez bien m'expliquer ?

— Vous allez m'arrêter ?

— Non.

— Alors, venez avec moi. Prenez vos affaires. Je veux vous montrer quelque chose.

Elle allait atteindre la porte quand elle s'immobilisa et lui adressa un sourire crispé.

— Ou bien voulez-vous appeler d'abord l'inspecteur Hannaford et le sergent Havers, pour les prévenir que vous partez avec moi ? Au cas où j'aurais l'intention de vous précipiter du haut d'une falaise, elles voudraient certainement savoir où chercher votre corps.

Sans attendre sa réponse, elle descendit l'escalier, sortit de l'hôtel et se dirigea vers sa voiture. Elle se répéta que ça n'avait pas d'importance qu'il la suive ou non. Elle ne ressentait rien, et elle s'en félicita. Décidément, elle avait fait du chemin.

Lynley n'appela ni l'inspecteur Hannaford ni Barbara Havers. Il avait sa liberté d'action, après tout ; il n'était pas détaché, il n'était pas en service. Après avoir enfilé ses chaussettes – heureusement presque sèches –, il attrapa son portable et sa veste. Quand il sortit sur le parking, le moteur de la Vauxhall tournait au ralenti. Il nota que le visage de Daidre avait retrouvé ses couleurs depuis leur conversation.

En montant dans la voiture, il respira une bouffée du parfum de la jeune femme, ce qui lui rappela Helen. Pas le parfum lui-même, mais le fait de l'avoir senti. Helen, c'était les agrumes, la Méditerranée sous le soleil. Daidre, c'était… l'odeur de la terre après la pluie, la fraîcheur qui suit l'orage. L'espace d'un instant, Helen lui manqua tellement qu'il crut que son cœur allait s'arrêter. Mais non, bien sûr. Il s'appliqua tant bien que mal à boucler sa ceinture de sécurité.

— Nous allons à Redruth, annonça Daidre. Voulez-vous appeler l'inspecteur Hannaford si vous ne l'avez déjà fait ? Par précaution ? Remarquez, comme j'ai croisé votre sergent Havers, elle pourra dire aux autorités que j'ai été la dernière à vous voir en vie.

— Je ne pense pas que vous soyez une meurtrière. Je ne l'ai jamais pensé.

— Ah non ?

— Non.

Elle démarra.

— Je devrais pouvoir vous faciliter les choses, dans ce cas.

Le trajet était long, mais ils ne parlèrent pas. Daidre alluma la radio. Ils écoutèrent un bulletin d'informations, un entretien assommant avec un romancier prétentieux à la voix nasillarde qui espérait manifestement être sélectionné pour le Booker Prize, et un débat sur les OGM. Daidre finit par demander à Lynley d'attraper un CD dans la boîte à gants. Il en prit un au hasard et tomba sur les Chieftains. Il inséra le disque dans le lecteur et elle monta le son.

Daidre évita le centre de Redruth pour suivre les panneaux indiquant Falmouth. Lynley ne s'en inquiéta pas, toutefois il lui lança un regard qu'elle ne lui rendit pas. Elle avait la mâchoire crispée, mais elle paraissait résignée. Soudain, il éprouva un pincement au cœur, sans arriver à définir ce qu'il ressentait.

Peu après Redruth, la voiture emprunta une voie secondaire, puis une autre – le genre de petite route qui relie des hameaux entre eux – et s'arrêta à un croisement, sur un triangle d'herbe. Lynley s'attendait à voir Daidre sortir une carte de la boîte à gants, car il lui semblait qu'ils se trouvaient au milieu de nulle part. Au-delà d'un talus renforcé par des pierres s'étendait un immense champ semé d'énormes rochers. Une ferme en granit brut se dressait dans le lointain. Entre celle-ci et la route, des jacobées, du mouron des oiseaux et des broussailles servaient de pâture à des moutons.

— Parlez-moi de la pièce dans laquelle vous êtes né, Thomas, demanda Daidre.

Il trouva la question pour le moins étrange.

— Pourquoi ?

— J'aimerais l'imaginer, si ça ne vous ennuie pas. Vous avez dit que vous étiez né à la maison, pas à la maternité. Êtes-vous né dans la chambre de vos parents ? Partageaient-ils la même chambre ? Est-ce que les gens comme vous font chambre commune, au fait ?

« Les gens comme vous… » Ces simples mots semblaient tracer une ligne entre eux. Il éprouva brièvement le désespoir tellement particulier qui l'avait envahi à d'autres périodes de sa vie : le monde avait beau être changeant, certaines choses ne changeaient pas, surtout celles-ci.

Il défit sa ceinture, ouvrit la portière, sortit et marcha jusqu'au talus. Le vent vif apportait avec lui le bêlement des moutons et une odeur de feu de bois. Il entendit la portière de Daidre s'ouvrir. Elle le rejoignit.

Il dit :

— Ma femme a été très claire là-dessus quand nous nous sommes mariés : « Juste au cas où tu l'envisagerais, pas question de faire chambre à part. Pas question de timides visites conjugales trois nuits par semaine, Tommy. L'union charnelle s'accomplira quand et où on le désirera, et quand on s'endormira le soir, on le fera en présence l'un de l'autre. »

Il sourit. Il regarda les moutons, le champ immense qui ondulait jusqu'à l'horizon. Il reprit :

— La pièce est très grande, avec deux fenêtres donnant sur une roseraie. Elle comprend un coin salon avec une cheminée – on l'utilise encore en hiver, car le chauffage central ne suffit pas. Le lit se trouve face aux fenêtres. Lui aussi est immense, et abondamment sculpté. Les murs sont vert pâle. Il y a un lourd miroir doré au-dessus de la cheminée, une collection de miniatures sur le mur à côté. Entre les fenêtres, une table demi-lune avec un vase en porcelaine. Sur les murs, des portraits. Et puis deux paysages français. Des photos de famille sur des tables basses. C'est tout.

— Elle a l'air impressionnante.

— Plus confortable qu'impressionnante.

— Ça paraît… correspondre à votre rang.

— C'est juste l'endroit où je suis né, Daidre. Pourquoi vouliez-vous le savoir ?

Elle tourna la tête. Son regard embrassa l'ensemble du paysage : le talus de terre, les cailloux, les rochers dans le champ, le croisement où ils s'étaient garés.

— Parce que je suis née ici.

— Dans cette ferme ?

— Non. Ici, Thomas. Dans ce… eh bien, donnez à cet endroit le nom que vous voulez. Ici.

Elle s'approcha d'une pierre et récupéra dessous une carte postale qu'elle lui tendit.

— Vous m'avez bien dit que Howenstow était un manoir de style jacobéen ?

— En partie, oui.

— Eh bien, ma demeure était nettement plus humble. Regardez.

La carte postale qu'elle lui avait donnée représentait une roulotte rouge vif, avec un toit vert et des roues peintes en jaune. Daidre n'ayant pas le type tsigane, Lynley en conclut que ses parents se trouvaient en vacances dans la région. Déjà, à l'époque de sa naissance, les touristes louaient des roulottes pour jouer les romanichels.

Daidre sembla lire dans ses pensées, car elle dit :

— J'ai peur que la vérité n'ait rien de romantique. Pas de naissance inopinée pendant les vacances, et pas de tsiganes dans ma famille. Mes parents sont des gens du voyage, Thomas. Leurs parents l'étaient également, et mes tantes et mes oncles le sont restés. Notre caravane était garée à cet endroit quand je suis née. Elle n'était pas aussi pittoresque que cette roulotte, dit-elle en désignant la carte, mais sinon, c'était à peu près la même chose. Rien à voir avec Howenstow, n'est-ce pas ?

Il ne savait que répondre. Il n'était pas sûr de la croire.

— Les conditions étaient… Disons qu'on était plutôt à l'étroit, même si les choses se sont légèrement améliorées quand j'ai eu huit ans. Mais, à une époque, on était cinq à vivre les uns sur les autres. Moi, mes parents et les jumeaux.

— Les jumeaux ?

— Mon frère et ma sœur. Trois ans de moins que moi. Et pas un seul d'entre nous qui soit né à Falmouth.

— Vous n'êtes donc pas Daidre Trahair ?

— Si, d'une certaine façon.

— Je ne comprends pas.

— Voulez-vous faire la connaissance de mon vrai moi ?

— Je crois que oui.

Elle ne l'avait pas quitté des yeux depuis qu'elle lui avait tendu la carte postale. Ce qu'elle lut sur son

691

visage parut la rassurer : les faux-fuyants étaient devenus inutiles.

— Très bien. Alors, venez, Thomas. Il y a davantage à voir.

Tandis que Kerra sortait de son bureau pour sollici-
ter l'avis d'Alan sur une candidature, elle eut la surprise de voir Madlyn Angarrack à la réception.
Comme elle était seule et qu'elle portait son uniforme
de vendeuse, Kerra eut la sensation étrange qu'elle
était venue assurer une livraison. Elle vérifia
qu'aucune boîte au sigle de Casvelyn of Cornwall
n'était posée sur le comptoir.

Ne voyant rien, elle présuma alors que la visite de
Madlyn avait quelque chose à voir avec elle. Mais elle
ne voulait plus se disputer. Elle en avait soupé des disputes.

La voyant, Madlyn prononça son prénom. Sa voix
tremblait, comme si elle craignait la réaction de Kerra.
Logique, songea celle-ci. Après leur dernière conversation, elles ne s'étaient pas quittées en très bons termes. En fait, il y avait des lustres qu'elles n'étaient
plus amies.

Madlyn avait toujours respiré la santé, mais ce jour-
là, elle donnait l'impression d'avoir mal dormi, et
ses cheveux bruns avaient perdu un peu de leur éclat.
Ses yeux, en revanche, n'avaient pas changé. Grands,
sombres et fascinants, ils vous subjuguaient. Sans
doute avaient-ils également subjugué Santo.

— Je peux te dire un mot ? demanda Madlyn. J'ai
demandé à pouvoir m'absenter une demi-heure de la
boulangerie, pour un motif personnel…

— Un motif qui me concernerait ?

En l'entendant mentionner la boulangerie, Kerra crut que Madlyn était venue lui demander du travail. On ne pouvait pas le lui reprocher : qui aurait voulu faire carrière à Casvelyn of Cornwall ? En plus, Madlyn ne devait pas beaucoup s'y amuser. Elle était tout à fait apte à donner des cours de surf, si Kerra arrivait à convaincre son père.

— Oui. Ça te concerne. Est-ce qu'on pourrait... aller quelque part ?

Alan sortit de son bureau au même moment.

— Kerra, je viens de parler à l'équipe de tournage...

Quand il aperçut Madlyn, il jeta un regard à Kerra et son visage s'éclaira.

— On parlera de ça plus tard, dit-il.

Puis :

— Bonjour, Madlyn. Content de te revoir.

Là-dessus, il disparut, laissant les deux jeunes femmes face à face.

— On pourrait monter au salon ? suggéra Kerra.

— Oui, s'il te plaît.

Kerra passa devant. Dehors, son père surveillait deux ouvriers qui s'employaient à massacrer un parterre de fleurs, en bordure d'une pelouse tondue à ras pour faire un terrain de boules. Les deux types étaient censés planter des arbustes à l'arrière du parterre. Or, contre toute logique, ils les avaient plantés à l'avant. Kerra grommela :

— Qu'est-ce qu'ils ont dans la tête ?

Puis elle ajouta à l'intention de Madlyn :

— Ça donnera de quoi s'occuper aux moins audacieux.

Madlyn parut déconcertée :

— Quoi donc ?

693

Kerra comprit qu'elle n'avait même pas jeté un coup d'œil à l'extérieur, tellement elle était nerveuse. Elle expliqua :

— On a aménagé un terrain de boules anglaises, là-bas, derrière les cordes à grimper. C'était l'idée d'Alan. D'après papa, personne ne s'en servira, mais Alan dit qu'il y aura peut-être des grands-parents qui n'auront pas forcément envie de faire de la descente en rappel ou de grimper à la corde. J'ai eu beau lui répéter qu'il n'imagine pas de quoi sont capables les grands-parents d'aujourd'hui, il n'a pas voulu en démordre. Si ça ne marche pas, on pourra toujours consacrer le terrain à une autre activité. Le croquet, par exemple.

— Oui. Ça ne m'étonne pas. Qu'il ait eu raison, je veux dire. Alan m'a toujours paru... Il a l'air très intelligent.

Kerra acquiesça. Elle attendait que Madlyn lui révèle le motif de sa visite. Une partie d'elle-même se préparait à lui dire que Ben n'accepterait jamais d'engager quelqu'un pour donner des cours de surf, alors inutile de gaspiller ta salive. D'un autre côté, elle voulait laisser Madlyn lui exposer ses arguments. Au-delà encore, elle avait le sentiment que cette visite n'avait peut-être rien de professionnel.

— Nous y sommes, dit-elle. Tu veux un café ou autre chose ?

Madlyn secoua la tête. Elle se dirigea vers un des canapés et s'assit au bord. Elle attendit que Kerra prenne place en face d'elle pour se lancer :

— Je suis vraiment désolée pour Santo.

Ses yeux s'emplirent de larmes, un changement radical par rapport à leur dernière entrevue.

— Je m'en doute.

Madlyn tressaillit.

— Je sais ce que tu penses, reprit-elle. Que je voulais sa mort. Ou du moins que je voulais qu'il souffre. Mais je ne le voulais pas. Pas vraiment.

— Il n'y aurait rien eu d'étrange à ce que tu veuilles qu'il souffre, du moins autant que lui t'avait fait souffrir. Il a été immonde avec toi. Ce n'est pas faute d'avoir essayé de te prévenir.

— Je le sais. Mais je croyais que tu…

Madlyn appuya sa main contre le plastron de son tablier. Cette tenue ne lui allait pas du tout : ni la couleur ni la coupe. C'était étonnant que Casvelyn of Cornwall arrive à garder ses employées en les déguisant de cette façon.

— Je croyais que tu étais jalouse, tu comprends.

— Quoi ? Que je te voulais pour moi toute seule ? Sexuellement, ou quelque chose de ce genre ?

— Pas sexuellement. Mais sur le plan amical. Elle n'aime pas partager ses amies, je me suis dit.

— C'était un peu vrai. Je ne comprenais pas comment tu pouvais sortir avec lui et rester mon amie… C'était compliqué. À cause de la personnalité de Santo. Et je me demandais ce qui allait se passer quand il t'aurait larguée.

— Tu savais qu'il le ferait, alors.

— Il fonctionnait comme ça. Je me disais : et après ? J'avais peur que tu me fuies pour éviter de penser à lui. Je ne voyais pas comment y échapper et j'étais incapable d'exprimer ce que je ressentais. Pas de façon rationnelle.

— Ça a été dur de te perdre.

— Bon, ce qui est fait est fait.

Et maintenant ? songea Kerra. Elles ne pouvaient pas reprendre où elles en étaient restées avant l'épisode Santo. Il s'était passé trop de choses depuis, et la mort de son frère planait désormais entre elles. Ce non-dit subsisterait tant qu'il y aurait la plus petite possibilité pour que Madlyn Angarrack soit impliquée.

Madlyn semblait en être consciente, car elle dit alors :

— J'étais en colère et blessée. D'autres gens savaient que j'étais en colère et blessée. Je n'ai pas gardé ça pour moi... ce que Santo avait fait. Mon père savait. Mon frère savait, et d'autres encore – Will Mendick, Jago Reeth. L'un d'entre eux... Quelqu'un aurait pu lui faire du mal, mais ce n'était pas ce que je voulais. Je n'ai jamais voulu ça.

Kerra frissonna.

— Quelqu'un aurait pu faire du mal à Santo dans le but de te venger ?

— Je n'ai jamais voulu... Mais maintenant que je sais...

Madlyn serra les poings, enfonçant ses ongles impeccables dans la chair, comme pour se punir d'en avoir trop dit.

— Madlyn, est-ce que tu sais qui a tué Santo ? demanda Kerra.

— Non !

— Mais tu sais quelque chose ?

— Will Mendick est passé à la maison hier soir. Tu le connais, non ?

— Celui qui bosse à la supérette ? Je sais qui c'est. Alors quoi, Will Mendick ?

— Il pensait... Je lui avais parlé, tu comprends. Comme je t'ai dit. C'était une des personnes à qui j'avais parlé de Santo et de ce qui s'était passé. Et Will...

Incapable d'achever, Madlyn triturait son tablier.

— Je ne savais pas qu'il avait un penchant pour moi, reprit-elle.

— Tu es en train de me dire qu'il a fait du mal à Santo parce qu'il avait un penchant pour toi ?

— Il a dit qu'il l'avait remis à sa place. Il... Je ne crois pas qu'il soit allé plus loin.

— Santo et lui s'entendaient bien. Il avait la possibilité d'accéder à son matériel d'escalade, Madlyn.

— Je n'arrive pas à croire qu'il ait... Il n'aurait pas pu.

— Tu l'as dit à la police ?

— Je ne savais pas, tu comprends. Jusqu'à hier soir. Et si j'avais su... Je ne voulais pas de mal à Santo. D'accord, je voulais qu'il souffre, mais pas comme ça. Qu'il souffre à l'intérieur, comme moi je souffrais. Et maintenant...

Son tablier était tout chiffonné. Casvelyn of Cornwall n'allait pas apprécier.

— Maintenant, tu penses que Will Mendick l'a tué pour toi, dit Kerra.

— Quelqu'un. Peut-être. Mais je ne voulais pas ça. Je n'ai pas demandé... Je n'ai pas dit...

Kerra comprenait à présent pourquoi Madlyn était venue la voir. Elle commençait à entrevoir la vérité et, du coup, elle cernait mieux la personnalité de Madlyn. Peut-être était-ce dû au changement survenu en elle à cause d'Alan. Elle alla s'asseoir à côté de son amie. Elle envisagea de lui prendre la main, mais elle se retint. Trop soudain, songea-t-elle. Trop prématuré.

Elle dit :

— Madlyn, il faut que tu m'écoutes. Je ne crois pas que tu aies quoi que ce soit à voir avec ce qui est arrivé à Santo. Je l'ai peut-être cru un moment, mais c'est fini. Tu comprends ? Ce qui est arrivé à Santo n'était pas ta faute.

— Mais j'ai dit aux gens...

— Tu leur as dit ce que tu leur as dit. Mais je doute que tu aies jamais dit que tu voulais qu'il meure.

Madlyn se mit à pleurer. Kerra n'aurait su dire si c'était à cause d'un chagrin trop longtemps réprimé ou du soulagement.

— Tu le crois vraiment ? demanda Madlyn.

— J'en suis convaincue, affirma Kerra.

Selevan attendait Jago Reeth au coin de la cheminée de la Salthouse Inn. Il était très agité, chose inhabituelle chez lui. Il avait appelé son ami au travail pour lui demander s'ils pouvaient se retrouver plus tôt. Il avait besoin de lui parler. Jago n'avait pas proposé de discuter au téléphone. Il avait dit : Bien sûr, les potes ça sert à ça, hein ? Il allait avertir Lew et il viendrait dès que possible. Il pourrait être là... disons, dans une demi-heure ?

Selevan répondit que ça irait. Il n'avait pas envie d'attendre, mais il ne pouvait quand même pas espérer de miracle de la part de Jago. LiquidEarth se trouvait à une certaine distance de la Salthouse Inn et Jago n'allait pas se téléporter. Selevan termina ce qu'il avait à faire à Sea Dreams, chargea dans sa voiture tout ce dont il avait besoin pour le voyage qu'il projetait, puis il se mit en route.

Il avait poussé les choses aussi loin que possible, et il était temps de les mener à leur terme. Il était entré dans la petite chambre de Tammy et avait sorti du placard son sac à dos en toile, celui qui venait d'Afrique. Elle n'en avait pas eu l'utilité depuis son arrivée et elle en avait encore moins l'utilité à présent, étant donné le peu qu'elle possédait : quelques culottes trop grandes, comme pouvait en porter une vieille dame, quelques paires de collants, quatre débardeurs (la jeune fille était tellement plate qu'elle n'avait pas besoin de soutien-gorge), deux pulls et plusieurs jupes. Tammy ne portait jamais de pantalons. Tout ce qu'elle possédait était noir, à part les culottes et les débardeurs, blancs. Il ne fallut que quelques minutes à Selevan pour rassembler le tout.

Puis il s'occupa des livres. Tammy avait plus de livres que de vêtements, surtout des bouquins de philosophie et des vies de saints. Elle avait aussi des journaux intimes. Selevan était assez fier de n'avoir pas lu ceux-ci, car durant tout son séjour, la jeune fille n'avait rien fait pour les lui cacher. Malgré le souhait de ses parents, il n'avait pu se résoudre à lire ses pensées et ses fantasmes de jeune fille.

Restaient encore quelques articles de toilette, les vêtements qu'elle avait sur elle, et ce qu'elle pouvait garder dans son sac à bandoulière. Selevan lui avait confisqué son passeport à son arrivée. « Et ne lui laisse pas son passeport, avait ordonné le père de la jeune fille depuis l'Afrique après l'avoir collée dans l'avion. Sinon, elle est fichue de se faire la belle. »

Elle pouvait bien le récupérer, à présent. Selevan alla le chercher dans sa cachette, sous le sac de la corbeille à linge. Il n'y était pas. La petite coquine avait dû le trouver depuis une éternité. Et elle ne devait pas s'en séparer, étant donné qu'il avait régulièrement fouillé son sac. Mais elle avait toujours eu une longueur d'avance sur tout le monde, pas vrai ?

Ce jour-là, Selevan avait tenté une dernière fois d'amadouer les parents. Malgré le coût de l'appel, il avait téléphoné en Afrique pour les sonder.

« Écoute, fiston, avait-il dit à David. En fin de compte, les mômes doivent suivre leur propre chemin. Supposons qu'elle se soit amourachée d'une espèce de voyou, d'accord ? Plus tu protesterais, plus tu lui interdirais de le voir, plus elle s'attacherait à lui. C'est un réflexe psycho-machin tout simple.

— Elle t'a gagné à sa cause, c'est ça ? » avait dit David.

À l'arrière-plan, Selevan entendait Sally Joy gémir : « Quoi ? Qu'est-ce qui s'est passé ? C'est ton père ? Qu'est-ce qu'elle a fait ? »

« Je n'ai pas dit qu'elle avait fait quelque chose », protesta Selevan.

Mais David poursuivit, comme s'il n'avait pas entendu :

« Je n'aurais pas cru qu'elle arriverait à te convaincre...

— Ça suffit, fiston. Je reconnais mes erreurs. N'empêche, vous avez construit vos propres vies et elles sont pas si mal, hein ? Cette gamine ne veut rien d'autre.

— Elle ne sait pas ce qu'elle veut. Écoute, est-ce que tu désires avoir une vraie relation avec Tammy ou non ? Parce que si tu ne t'opposes pas à elle, tu n'auras pas de vraie relation avec elle. Je peux te l'assurer.

— Et si je m'oppose à elle, j'aurai pas de relation avec elle de toute façon. Tu voudrais que je fasse quoi, fiston ?

— J'aimerais que tu montres du bon sens. J'aimerais que tu sois un modèle pour elle.

— Un modèle ? Qu'est-ce que tu racontes ? Quel genre de modèle je pourrais être pour une gamine de dix-sept ans ? C'est n'importe quoi. »

Ils avaient ressassé à n'en plus finir. Mais Selevan n'avait pas réussi à convaincre son fils. Il ne voyait pas que Tammy était pleine de ressources : l'envoyer en Angleterre ne l'avait pas découragée. Il pouvait l'expédier au pôle Nord s'il voulait, Tammy trouverait toujours un moyen de vivre comme elle l'entendait.

« Renvoie-la-nous, dans ce cas », avait conclu David. Avant de raccrocher, Selevan avait entendu Sally Joy qui pleurait : « Mais qu'est-ce qu'on va faire d'elle, David ? » Selevan avait renoncé. Il avait commencé à faire les bagages de Tammy.

C'est alors qu'il avait appelé Jago. Il aurait besoin d'un soutien quand il irait chercher Tammy à la Clean Barrel pour la dernière fois. Jago était la personne la plus indiquée.

Selevan avait des scrupules à arracher Jago à son boulot. D'un autre côté, il fallait bien qu'il le prévienne. À présent, il attendait et il était à cran.

Quand Jago entra, Selevan le salua avec un soulagement immense. Jago fit une halte au comptoir pour glisser un mot à Brian, puis il le rejoignit près de la cheminée. Il ôta veste et bonnet et frotta ses mains l'une contre l'autre avant de tirer le tabouret vers la banquette qu'occupait Selevan. On n'avait pas encore allumé le feu – trop tôt pour ça, vu qu'ils étaient les deux seuls clients dans le bar. Jago demanda s'il pouvait s'en charger. Brian fit signe que oui et Jago approcha une allumette du petit bois. Il souffla sur les flammes naissantes jusqu'à ce que le feu prenne. Puis il retourna s'asseoir et but une gorgée de la Guinness que le patron venait de lui apporter.

— Qu'est-ce qui se passe, mon vieux ? demanda-t-il à Selevan. T'es dans un drôle d'état.

— Je mets les bouts. Pour quelques jours, peut-être plus.

— Ah bon ? Où ça ?

— Au nord. Pas loin de la frontière.

— Quoi ? Au pays de Galles ?

— En Écosse.

Jago siffla.

— C'est loin, ça. Tu veux que je garde un œil sur la boutique ? Tu veux que je surveille Tammy ?

— Tammy, je l'emmène avec moi. J'ai fait tout ce que je pouvais ici. Le boulot est terminé. Maintenant on se tire. Il est temps que cette gamine mène la vie qu'elle veut.

— T'as pas tort, approuva Jago. Je vais pas m'éterniser non plus.

Selevan fut surpris du désarroi qu'il ressentit à l'annonce de cette nouvelle.

— Où tu vas, Jago ? Je croyais que tu resterais pour la saison.

Jago secoua la tête. Il leva sa Guinness et en but une longue gorgée.

— Jamais trop longtemps au même endroit, c'est ma devise. Je pense à l'Afrique du Sud. Le Cap, peut-être.

— Mais tu partiras pas avant mon retour ? Ça paraît un peu dingue, mais j'ai pris l'habitude de t'avoir dans les parages.

— Je sais, mais…

La porte du bar s'ouvrit avec un énorme fracas qui aurait suspendu toutes les conversations si d'autres clients que Jago et Selevan s'étaient trouvés dans le pub.

Deux femmes entrèrent. L'une avait des cheveux qui paraissaient violets sous la lumière artificielle. L'autre portait un bonnet de laine enfoncé sur la tête, au ras des sourcils. Elles regardèrent autour d'elles, puis la première s'approcha à grands pas de la cheminée, disant :

— Ah ! Nous voudrions vous parler, Mr Reeth.

28

Ils roulaient vers l'ouest. C'est à peine s'ils se parlaient. Lynley aurait voulu savoir pourquoi Daidre avait menti sur des détails si aisément vérifiables. Paul le gardien de primates, par exemple. Ne comprenait-elle pas que cela la rendait suspecte aux yeux de la police ?

Elle lui lança un coup d'œil. Elle n'avait pas mis ses verres de contact ce jour-là, et une mèche de cheveux blond-roux retombait sur ses lunettes.

— Je ne vous percevais pas comme un flic, Thomas. Et les questions que vous m'avez posées n'avaient rien à voir avec la mort de Santo Kerne.

— Mais votre attitude attirait les soupçons sur vous. Vous devez en être consciente.

— J'étais disposée à prendre ce risque.

Ils roulèrent un moment en silence. Le paysage changea alors qu'ils approchaient de la côte. Après les champs semés de cailloux, délimités par des murets tachés de lichen gris-vert, les ondulations des pâturages et des terres cultivées cédèrent la place à des coteaux et à de petites vallées. Les hautes tours des mines désaffectées se profilaient à l'horizon. Ils traversèrent St Agnes, un village de granit et d'ardoise, accroché au flanc d'une colline au-dessus de la mer. Les quelques rues sinueuses et escarpées, bordées de boutiques et de maisons mitoyennes, menaient toutes inévitablement, comme le cours d'une rivière, à la crique de galets de Trevaunance Cove. À marée basse, des tracteurs devaient tirer les yoles jusqu'à l'eau. À marée haute, une houle assez grosse venue de l'ouest et du sud-ouest attirait les surfeurs des environs, qui jouaient des coudes pour profiter des vagues de trois mètres. Au lieu de descendre vers la crique, que Lynley croyait être leur destination, Daidre prit vers le nord à la sortie du village, en suivant des panneaux qui indiquaient Wheal Kitty.

— Je ne pouvais pas ignorer le fait que vous aviez menti en voyant le corps de Santo Kerne. Pourquoi avez-vous prétendu ne pas le connaître ?

— Sur le moment, ça ne m'avait pas semblé important. Dire que je le connaissais aurait entraîné d'autres questions. Répondre à ces questions m'aurait obligée à montrer du doigt...

Elle le regarda d'un air contrarié.

— Franchement, vous n'avez aucune idée de ce qu'on peut éprouver quand on est obligé d'impliquer d'autres personnes dans une enquête ? Quand même, vous n'êtes pas de glace. J'avais promis de garder certaines choses pour moi. Mais qu'est-ce que je raconte ? Votre sergent vous a sûrement mis au courant à l'heure qu'il est. J'imagine que vous avez pris votre petit déjeuner ensemble.

— Il y avait des traces de pneus dans votre garage. Des traces différentes.

— La voiture de Santo. Celle d'Aldara. La maîtresse de Santo. Comme votre sergent a dû vous le dire, je leur prêtais mon cottage.

— Pourquoi ne pas nous l'avoir expliqué dès le début ? Si vous l'aviez fait...

— Vous auriez renoncé à fouiller dans mon passé, vous n'auriez pas envoyé votre sergent à Falmouth questionner les voisins, vous n'auriez pas appelé le zoo, vous n'auriez pas... Quoi d'autre ? Vous avez réussi à trouver Lok ? Vous lui avez demandé s'il était vraiment infirme ou si j'avais tout inventé ? Ça paraît tiré par les cheveux, non, un frère chinois souffrant de spina-bifida ?

— Je sais juste qu'il est étudiant à Oxford.

Lynley éprouvait des regrets, mais il ne pouvait pas revenir sur ce qu'il avait fait. Ça faisait partie du boulot.

— Et vous l'avez découvert comment ?

— Ce n'était pas compliqué. Il existe des accords d'entraide entre les différentes polices. C'est plus facile aujourd'hui que ça l'était autrefois.

— Je vois.

— Non, vous ne voyez pas. Vous ne pouvez pas. Vous n'êtes pas flic.

— Et vous, vous ne l'êtes plus. À moins que tout cela n'ait changé ?

Lynley était incapable de répondre à cette question. Peut-être l'instinct est-il plus fort que la volonté.

Ils se turent. Du coin de l'œil, il la vit élever une main vers sa joue et il crut qu'elle pleurait. Mais elle ne faisait qu'écarter la mèche qui était retombée sur ses lunettes. Elle la coinça d'un geste impatient derrière son oreille.

Ils dépassèrent bientôt l'ancienne mine de Wheal Kitty, devant laquelle des voitures étaient garées. Contrairement à presque toutes les anciennes têtes de puits du comté, celle de Wheal Kitty avait été restaurée pour accueillir une entreprise. D'autres entreprises avaient poussé autour, logées dans de longs bâtiments construits dans la pierre locale. Ce spectacle réjouit Lynley. Il éprouvait toujours un pincement au cœur à la vue des cheminées fantomatiques et des têtes de puits délabrées qui hérissaient la campagne, témoins silencieux de la convalescence de la terre longtemps agressée par l'homme. La bruyère et les ajoncs prospéraient au milieu des bâtiments de granit gris, qui offraient des nichoirs aux goélands argentés, aux choucas et aux corneilles. Il y avait peu d'arbres. Les vents qui balayaient la région ne les encourageaient pas à pousser.

Au nord de Wheal Kitty, la route se rétrécissait peu à peu jusqu'à devenir un sentier qui descendait au fond d'un ravin abrupt. À peine plus large que la Vauxhall de Daidre, le chemin évoquait des montagnes russes, gardées par de gros rochers sur la gauche et par un torrent sur la droite. Il aboutissait à une tête de puits bien plus délabrée que toutes celles qu'ils avaient vues depuis Redruth. Juste derrière, une cheminée mangée par la végétation s'élançait vers le ciel.

— Nous y sommes, annonça Daidre.

Mais au lieu de descendre de voiture, elle se tourna vers lui et dit doucement :

— Imaginez… Un romanichel décide d'arrêter de voyager parce que, contrairement à ses parents et aux parents de ceux-ci, il attend autre chose de la vie. Alors il s'installe dans cet endroit, convaincu qu'il y a moyen de gagner sa vie en extrayant de l'étain. Il sait à peine lire, mais il a potassé ce qu'il a pu sur le sujet, et il connaît la prospection alluviale. Vous savez ce que c'est, Thomas ?

— Oui.

Lynley regardait par-dessus l'épaule de Daidre. À quelque cinquante mètres de l'endroit où ils étaient garés se trouvait une vieille caravane. Jadis blanche, elle était aujourd'hui sillonnée de traînées de rouille, qui dégoulinaient de son toit et de ses fenêtres auxquelles pendaient des rideaux à fleurs jaunes. Une remise délabrée et un réduit à toiture goudronnée qui ressemblait à des W-C extérieurs avaient poussé tout à côté.

— Ça consiste à chercher de l'étain parmi les gravillons d'un torrent et à suivre celui-ci pour trouver de plus gros cailloux.

— Et ainsi de suite, jusqu'au filon lui-même. Si vous ne trouvez pas celui-ci, ce n'est pas très grave, car les cailloux contiennent de l'étain que vous pouvez transformer en… ce que vous voulez. Ou bien vous pouvez le vendre à des chaudronniers ou à des bijoutiers. Si vous avez de la chance et que vous travaillez dur, vous pouvez gagner de quoi vivoter. C'est ce que notre bohémien décide de faire. Mais l'entreprise nécessite beaucoup plus d'efforts que prévu, sans compter les interruptions : le maire, les représentants du gouvernement, toutes les bonnes âmes qui viennent inspecter son campement. Coupé dans son élan, le bohémien reprend la route malgré lui, dans l'espoir de dénicher un torrent qui convienne, suffisamment éloigné de tout pour qu'on le laisse tranquille. Mais où qu'il aille, il y a toujours des problèmes, parce qu'il a trois enfants et une femme à nourrir. Comme il n'arrive pas à subvenir seul aux besoins de sa famille, tout le monde doit mettre la main à la pâte. Il a décidé que les enfants étudieront à la maison, pour leur éviter d'aller à l'école. Leur mère leur fera la classe. Mais devant la dureté de l'existence, les parents en viennent vite à négliger leur instruction. En réalité, ils manquent d'à peu près tout : une alimentation correcte, des vêtements convenables, des vaccins, des soins dentaires... Toutes ces choses que les enfants normaux considèrent comme normales. Quand les travailleurs sociaux débarquent, les enfants se cachent, et comme la famille n'arrête pas de bouger, ils arrivent toujours à passer entre les gouttes. Quand on finit par les coincer, la fille aînée a treize ans et les deux cadets – les jumeaux, un garçon et une fille – en ont dix. Ils ne savent ni lire ni écrire, ils sont couverts de plaies, leurs dents sont très abîmées, ils n'ont jamais vu de médecin, et la fille – l'aînée – n'a pas un cheveu sur le caillou. On ne les lui a pas rasés. Ils sont tombés. On enlève les enfants à leurs parents. Les journaux locaux rapportent l'histoire, avec photos à l'appui. Les jumeaux sont placés dans une famille à Plymouth, la fille aînée à Falmouth. Le couple qui lui sert de famille d'accueil finit par l'adopter. Elle est tellement... tellement comblée par l'amour qu'ils lui portent qu'elle tire un trait sur son passé. Elle décide de changer de prénom et en choisit un qui lui plaît. Mais elle l'orthographie mal et ses nouveaux parents sont attendris. Va pour Daidre, disent-ils. Bienvenue dans ta nouvelle vie, Daidre. Elle a tellement honte de son passé qu'elle n'en parle jamais, si bien que personne – personne – de son entourage ne soupçonne son secret. Pouvez-vous comprendre ça ? Comment le pourriez-vous ? Pourtant, c'est ainsi. Jusqu'à ce que sa sœur la retrouve et insiste – la supplie – pour qu'elle se rende dans cet endroit, le dernier endroit au monde où elle souhaiterait venir.

— C'est pour ça que vous avez menti à l'inspecteur Hannaford à propos de votre itinéraire ? demanda Lynley.

Daidre ne répondit pas. Elle ouvrit sa portière, et Lynley l'imita. Ils demeurèrent un moment à contempler l'endroit que Daidre avait quitté dix-huit ans plus tôt. À part la caravane (on avait du mal à imaginer qu'elle ait pu abriter cinq personnes), il n'y avait pas grand-chose à voir. Une cabane branlante semblait contenir l'équipement destiné à extraire l'étain des cailloux renfermant le minerai. Trois brouettes datant de Mathusalem et deux bicyclettes rouillées étaient appuyées contre ses murs. À une époque, quelqu'un avait planté des géraniums qui aujourd'hui se morfondaient dans des jardinières fissurées. Couchées sur le côté, deux d'entre elles répandaient sur le sol de malheureuses plantes qui semblaient supplier qu'on les achève.

— Je m'appelais Edrek Udy. Savez-vous ce que signifie Edrek, Thomas ?

Il répondit que non. Il n'avait pas envie qu'elle poursuive. Il était rempli de tristesse à l'idée de s'être immiscé dans un passé qu'elle avait tout fait pour refouler.

— Edrek veut dire « regret » en cornouaillais. Venez rencontrer ma famille.

Jago Reeth ne paraissait pas le moins du monde étonné. Il ne semblait pas non plus inquiet. Il avait l'air désireux de collaborer, comme la première fois où Bea l'avait vu, à LiquidEarth. Elle se demanda si elles se trompaient sur son compte.

Il les invita à se joindre à lui et à son pote Selevan Penrule, au coin du feu. Bea rétorqua que, s'il n'y voyait pas d'inconvénient, l'entretien aurait lieu au commissariat de Casvelyn.

— J'ai bien peur d'y voir un inconvénient, répondit-il poliment. Je suis en état d'arrestation, madame ?

Ce fut ce « madame » qui mit la puce à l'oreille de Bea. Il avait prononcé le mot sur le ton de quelqu'un qui se croit en position de force.

— Sauf erreur, enchaîna-t-il, je suis pas tenu d'accepter votre hospitalité, si vous voyez ce que je veux dire.

— Vous avez une raison pour refuser de nous parler, Mr Reeth ?

— Pas la queue d'une. Mais quitte à le faire, j'aimerais mieux que ce soit dans un endroit où je ressentirai un bien-être que j'ai peu de chances de trouver dans un commissariat, si vous voyez ce que je veux dire.

Il sourit d'un air affable, dévoilant des dents jaunies par le thé et le café.

— Je suis oppressé si je reste trop longtemps enfermé. Et quand je suis oppressé, je peux pas aligner deux mots.

Bea plissa les yeux :

— Ah vraiment ?

— Je suis un peu claustrophobe.

Le compagnon de Reeth écoutait cet échange avec effarement. Son regard naviguait de Jago à Bea et de Bea à Jago.

— Mais qu'est-ce qui se passe, Jago ? demanda-t-il.

À quoi Bea répondit :

— Voudriez-vous mettre votre ami au courant ?

— Elles veulent que je leur parle de Santo Kerne. Je leur ai déjà raconté.

Puis à Bea :

— Je demande pas mieux que de recommencer, aussi souvent que vous voudrez. Sortons du bar, puis on décidera du lieu et du moment.

Le sergent Havers s'apprêtait à dire quelque chose. Elle ouvrait déjà la bouche quand Bea lui décocha un regard qui l'arrêta net. Elle voulait voir ce que mijotait Jago Reeth. Il était soit complètement ignorant, soit malin comme un singe. Bea avait sa petite idée sur la question.

Elles le suivirent dans le vestibule de l'auberge. Juste avant que la porte du pub se referme derrière eux, le barman leur jeta un regard curieux en essuyant des verres et Selevan Penrule lança à Jago Reeth :

— Fais gaffe à toi, mon pote.

Dès qu'ils furent seuls, la façon de s'exprimer de Jago Reeth changea du tout au tout :

— Je crains fort que vous n'ayez pas répondu à ma question. Suis-je en état d'arrestation, inspecteur ?

— Il faudrait ? demanda Bea. Et merci d'avoir laissé tomber votre personnage.

— Inspecteur, je vous en prie. Ne me prenez pas pour un imbécile. Vous constaterez que je connais mes droits mieux que la plupart des gens. Arrêtez-moi si vous voulez, et priez pour avoir de quoi me retenir pendant six heures. Ou neuf maximum, étant donné qu'au terme de ces six heures, vous statuerez certainement vous-même sur le prolongement de la garde à vue. Mais ensuite… Quel commissaire autoriserait une garde à vue de vingt-quatre heures à ce stade de l'enquête ? Donc, à vous de décider de ce que vous attendez de moi. Si c'est une conversation, je dois vous avertir qu'elle n'aura pas lieu en garde à vue. Et si c'est une garde à vue que vous voulez, je vais devoir insister pour bénéficier de la présence d'un avocat, un droit élémentaire, souvent oublié par les personnes désireuses de collaborer, mais auquel je ne manquerai pas de recourir.

— Autrement dit ?

— Je vous en prie, ne jouez pas les naïves avec moi. Vous savez pertinemment que rien ne m'oblige à me soumettre à un nouvel interrogatoire.

— Au risque de produire une mauvaise impression ?

— Franchement, je me moque de l'impression que je produis. Bon alors, vous préférez quoi ? Une conversation à cœur ouvert, ou mon silence et mon regard bienveillant posé sur vous deux, ou encore sur le mur ou le sol du commissariat ? Mais si ça doit être une conversation, alors ce sera moi, et pas vous, qui déciderai du lieu où elle se déroulera.

— Plutôt sûr de vous, Mr Reeth. Ou dois-je vous appeler Mr Parsons ?

— Inspecteur, vous pouvez m'appeler comme ça vous chante.

Il frotta ses paumes l'une contre l'autre, du geste qu'on emploierait pour ôter la farine de ses mains quand on fait un gâteau, ou la terre après avoir jardiné.

— Alors, vous choisissez quoi ?

— Comme vous voudrez, Mr Reeth. Devons-nous demander à l'aubergiste de mettre une pièce à notre disposition ?

— J'ai une meilleure idée. Si vous voulez bien m'excuser le temps que j'aille chercher ma veste… ? Le bar a une autre issue, à propos, aussi vous feriez mieux de m'accompagner, au cas où je tenterais de déguerpir.

Bea fit un signe de tête au sergent. Havers semblait décidée à accompagner Jago Reeth jusqu'au bout du monde s'il le fallait. Ils disparurent tous les deux à l'intérieur, le temps que Jago récupère ses affaires et donne à son ami les explications qu'il jugerait nécessaires. Ils ressortirent et Jago ouvrit la marche. Ils

713

allaient devoir prendre une voiture, expliqua-t-il. L'une d'elles avait-elle un portable, au fait ? Il posa cette question avec une courtoisie délibérée. De toute évidence, il savait qu'elles en avaient un. Bea s'attendait à ce qu'il exige qu'elles les laissent sur place, et elle s'apprêtait à lui rétorquer qu'il pouvait aller se faire voir, quand il fit une requête inattendue.

— J'aimerais que Mr Kerne soit présent.

— Il n'en est pas question, protesta Bea.

À nouveau ce sourire.

— Oh, j'ai bien peur que vous n'ayez pas le choix, inspecteur Hannaford. À moins, bien sûr, que vous ne souhaitiez m'arrêter et me maintenir en garde à vue pendant les neuf heures dont vous disposez. En ce qui concerne Mr Kerne…

— Non, répéta Bea.

— Une petite balade jusqu'à Alsperyl. Je vous assure, il appréciera.

— Je ne demanderai pas à Mr Kerne…

— Je suis convaincu que vous n'aurez même pas à demander. Il vous suffira de proposer : une conversation à propos de Santo avec Jago Reeth. Ou avec Jonathan Parsons, si vous préférez. N'importe quel père désireux de savoir ce qui est arrivé à son fils le jour ou la nuit de sa mort accepterait.

— Chef, murmura le sergent Havers d'un ton pressant.

Bea comprit qu'elle voulait lui toucher un mot, sans doute pour l'appeler à la prudence. Ne laissez pas ce type prendre le dessus. Ce n'est pas lui qui décide du cours des événements. C'est nous. C'est nous les flics, après tout.

Elles allaient devoir jouer la prudence, bien sûr, mais dans le cadre du scénario élaboré par leur suspect. Ça ne plaisait guère à Bea, pourtant elle ne voyait pas d'autre solution. Elles pouvaient en effet le placer en garde à vue pendant neuf heures, mais si neuf heures en cellule ou même seul dans une salle d'interrogatoire pouvaient déstabiliser certains et les inciter à parler, elle avait la quasi-certitude que neuf heures, ou même quatre-vingt-dix, ne suffiraient pas à déstabiliser Jago Reeth.

— Allez devant, Mr Reeth, lui dit-elle. J'appellerai Mr Kerne depuis la voiture.

Il n'y avait que deux personnes à l'intérieur de la caravane. Une femme était allongée sur une étroite banquette, enveloppée dans une couverture et la tête sur un oreiller dépourvu de taie dont les bords étaient tachés de transpiration. Elle avait un certain âge, même s'il était impossible de déterminer précisément lequel, tant ses traits étaient émaciés et ses cheveux gris clairsemés. Elle avait très mauvaise mine. Ses lèvres étaient crevassées.

L'autre personne était une femme plus jeune, qui pouvait avoir entre vingt-cinq et quarante ans. Les cheveux très courts et décolorés, elle portait une longue jupe plissée en tissu écossais à dominante bleu et jaune, de hautes chaussettes rouges et un gros pullover. Elle n'avait pas de chaussures et n'était pas maquillée. Elle plissa les yeux quand ils entrèrent, ce qui laissait penser qu'elle portait ordinairement des lunettes, ou qu'elle en aurait eu besoin.

— Maman, voilà Edrek, dit-elle d'une voix lasse. Y a un homme avec elle. Vous êtes pas docteur, dites ? T'as pas amené un docteur, dis, Edrek ? Je t'ai dit qu'on en avait notre claque des docteurs.

La femme sur la banquette remua légèrement les jambes mais sans tourner la tête. Elle fixait des yeux les taches d'humidité au plafond de la caravane, flottant tels des nuages prêts à déverser de la rouille. Sa respiration était superficielle et rapide, comme en témoignaient ses mains qui ne cessaient de monter et de descendre, jointes sur sa poitrine dans une position de gisant.

Daidre prit la parole.

— Je vous présente Gwynder, Thomas. Ma sœur cadette. Et voici ma mère, Jen Udy.

Lynley jeta un coup d'œil à Daidre. Elle parlait comme s'ils contemplaient un tableau vivant sur une scène de théâtre.

— Thomas Lynley, dit-il à Gwynder. Je ne suis pas médecin. Juste un… ami.

— Voix de snobinard, commenta Gwynder en tendant à la femme couchée un verre qui contenait une espèce de liquide laiteux.

— Je veux que tu boives ça, maman.

Jen Udy secoua la tête. Deux de ses doigts se soulevèrent, puis retombèrent.

— Où est Goron ? demanda Daidre. Et où est… ton père ?

— Le tien aussi, que ça te plaise ou non, répliqua Gwynder.

— Où sont-ils ?

— Où ils pourraient être ? Il fait jour.

— Au torrent ou dans la remise ?

— Je sais pas, moi. Ils sont où ils sont. Maman, il faut que tu boives ça. Ça te fera du bien.

Les doigts se soulevèrent et retombèrent encore. La tête se tourna légèrement, tentant de se plaquer contre le dossier de la banquette pour qu'on ne la voie plus.

— Ils ne t'aident pas à la soigner, Gwynder ? demanda Daidre.

— Je t'ai expliqué. On en est plus au stade des soins, mais de l'attente. Et là, tu peux agir.

Gwynder était assise au bout de la banquette, près de l'oreiller taché. Elle avait placé le verre sur le rebord d'une fenêtre dont les minces rideaux, tirés contre le jour, répandaient une lueur jaunâtre sur les traits de sa mère. Soulevant à la fois l'oreiller et la tête de Jen Udy, qu'elle reposa en appui sur ses genoux, elle récupéra le verre et l'approcha des lèvres de la malade tandis qu'elle lui ouvrait la bouche de force avec son autre main. Jen Udy ingéra un peu de liquide, dont elle recracha aussitôt la plus grande partie.

— Il faut la sortir d'ici, déclara Daidre. Cet endroit n'est pas bon pour elle. Et il n'est pas bon pour toi. Il est malsain, froid et misérable.

— Je le sais bien, dit Gwynder. C'est pour ça que je veux l'emmener…

— Tu ne crois quand même pas que ça peut servir à quelque chose…

— C'est ce qu'elle veut.

— Gwynder, elle n'est pas croyante. Les miracles, c'est pour les croyants. Regarde-la. Elle ne résisterait pas au voyage. Regarde-la, pour l'amour du ciel !

— Les miracles sont pour tout le monde. Et elle en a besoin. Si elle part pas, elle va mourir.

— Elle est déjà en train de mourir.

— C'est ce que tu veux ? Oh, sûrement. Toi et ton snobinard de petit ami… J'arrive pas à croire que t'aies osé l'amener ici.

— Ce n'est pas mon… C'est un policier.

À cette annonce, Gwynder agrippa le devant de son pull.

— Pourquoi tu l'as amené… ?

Puis à Lynley :

— On fait rien de mal. Vous pouvez pas nous obliger à partir. Le conseil municipal est au courant… On a les droits des gens du voyage. On dérange personne. Y en a d'autres dehors ? ajouta-t-elle à l'intention de Daidre. Vous êtes venus la chercher ? Elle partira pas sans se battre. Elle va se mettre à hurler. J'arrive pas à croire que tu lui fasses ça. Après tout ce qui…

— Après quoi exactement ? répliqua Daidre d'une voix pincée. Après tout ce qu'elle a fait pour moi ? Pour toi ? Pour nous trois ? Tu me sembles avoir la mémoire plutôt courte.

— Alors que la tienne remonte à la nuit des temps, c'est ça ?

Gwynder força sa mère à avaler une autre gorgée de liquide, avec le même résultat que précédemment. Ce qu'elle régurgita coula sur ses joues et sur l'oreiller. Gwynder essaya de limiter les dégâts en essuyant, sans grand succès.

— Elle peut aller dans un centre de soins palliatifs, dit Daidre.

— Pour qu'on la laisse toute seule ? Sans sa famille ? Pour attendre qu'ils nous préviennent qu'elle est partie ? Pas question. Et si t'es venue pour m'annoncer que c'est tout ce que t'es prête à faire pour elle, tu peux repartir avec ton jules. Parce qu'on ne me la fait pas, à moi. Les flics parlent pas comme ça.

— Gwynder, je t'en prie, ouvre les yeux.

— Va-t'en, Edrek. Je t'ai demandé ton aide et t'as refusé. Mais on se débrouillera.

— Je veux bien aider dans les limites du raisonnable, mais je ne vous enverrai pas tous à Lourdes, à

Medjugorje, à Knock ou ailleurs, parce que ça ne tient pas debout. Il n'y a pas de miracles…

— Si ! Et il pourrait y en avoir un pour elle.

— Elle est en train de mourir d'un cancer du pancréas. Personne n'en réchappe. Il lui reste quelques semaines, quelques jours ou peut-être même quelques heures… Tu veux qu'elle meure comme ça ? Dans ce taudis ? Sans air ni lumière ni même une fenêtre pour regarder la mer ?

— Avec des gens qui l'aiment.

— Il n'y a pas d'amour dans cet endroit. Il n'y en a jamais eu.

Gwynder se mit à pleurer.

— Je t'interdis de dire ça ! C'est pas parce que… parce que… Ne dis pas ça.

Daidre eut un mouvement vers elle, mais elle s'arrêta et porta une main à sa bouche. À travers ses lunettes, Lynley vit que ses yeux étaient pleins de larmes.

— Laisse-nous à nos semaines, nos jours ou nos heures, alors, reprit Gwynder. Va-t'en, c'est tout.

— Est-ce que tu as besoin…

— Va-t'en !

Lynley posa une main sur le bras de Daidre. Elle enleva ses lunettes et s'essuya les yeux avec la manche de sa parka.

— Venez, dit-il en la poussant doucement vers la porte.

— Espèce de salope, dit Gwynder dans leur dos. Tu m'entends, Edrek ? T'es qu'une salope. Garde ton fric. Garde ton jules. Garde ta vie. On n'a pas besoin de toi et on veut pas de toi, alors ne reviens pas. Tu m'entends, Edrek ? Je regrette même d'être allée te trouver. Surtout ne reviens pas.

Une fois sortis de la caravane, ils s'accordèrent une pause. Lynley remarqua que le corps de Daidre était agité de tremblements. Il passa un bras autour de ses épaules.

— Je suis désolé, dit-il, appuyant sa joue contre le sommet de sa tête.

— Vous êtes qui, vous ? beugla quelqu'un.

Lynley se retourna. Deux hommes avaient émergé de la remise, sans doute Goron et le père de Daidre. Ils rappliquèrent à toute allure.

— Qu'est-ce qui se passe ? demanda le plus âgé des deux.

Le plus jeune ne dit rien. Quelque chose semblait clocher chez lui. Il se gratta ostensiblement l'entrejambe, puis il renifla bruyamment et, comme sa jumelle, il plissa les yeux. Il leur adressa un signe de tête amical. Pas son père.

— Qu'est-ce que vous voulez ? demanda Udy.

Son regard passait de l'un à l'autre. Il semblait les jauger de la tête aux pieds, surtout leurs chaussures. Lynley comprit pourquoi en regardant les pieds d'Udy. Ses bottes avaient fait leur temps.

Daidre s'était soustraite à l'étreinte de Lynley.

— Une petite visite… commença-t-elle.

— On n'a pas besoin de bonnes âmes ici, reprit Udy. On s'en est toujours sortis tout seuls. Alors dégagez. C'est une propriété privée. Y a un écriteau qui le dit.

Lynley comprit que si les deux femmes dans la caravane savaient qui était Daidre, les hommes l'ignoraient. Gwynder ne les avait pas consultés avant de rechercher sa sœur, sachant peut-être inconsciemment que sa démarche était vaine. Udy ne soupçonnait pas qu'il était en train de parler à sa propre fille. Rien d'étonnant à cela : la gamine de treize ans dont il avait été séparé était devenue une femme accomplie et instruite. Lynley s'attendait à ce que Daidre divulgue son identité. Or, elle n'en fit rien.

Après avoir tripoté la fermeture éclair de son blouson, comme si elle avait besoin de s'occuper les mains, elle dit :

— Nous partons.

— C'est ça. On a du boulot et on n'aime pas trop que des intrus se pointent pendant la morte-saison. On ouvre en juin et y aura des tas de babioles à vendre à ce moment-là.

— Merci. Je m'en souviendrai.

— Faites gaffe à la pancarte, aussi. Si elle dit « Défense d'entrer », merde, c'est que c'est défendu d'entrer. Elle restera en place jusqu'à ce qu'on soit ouverts, compris ?

— Certainement.

Lynley n'avait vu aucun écriteau, que ce soit pour interdire d'entrer ou indiquer la présence d'une boutique dans ce lieu désolé, mais il s'abstint d'en faire la remarque à l'homme. Il lui semblait plus sage de décamper et d'oublier cet endroit et les gens qui y vivaient. Il réalisa soudain que c'était exactement ce que Daidre avait fait, et imagina les efforts titanesques qu'elle avait dû déployer pour y parvenir.

— Venez, répéta-t-il.

Passant de nouveau son bras autour de ses épaules, il l'entraîna vers la voiture. Il sentait les regards des deux hommes dans leur dos et, pour des raisons auxquelles il préférait ne pas réfléchir pour l'instant, il espéra qu'ils ne la reconnaîtraient pas. Il ignorait ce qui se passerait dans ce cas. Rien de dangereux, à coup sûr. Du moins, rien de dangereux au sens où on l'entendait d'habitude. Mais il y avait d'autres risques que la violence physique. Il y avait le champ de mines affectif qui s'étendait entre Daidre et ces gens, et Lynley sentait qu'il était urgent de l'en éloigner.

À la voiture, il annonça qu'il allait conduire. Daidre fit non de la tête, assurant qu'elle allait bien. Pourtant, elle ne démarra pas tout de suite. Elle attrapa quelques mouchoirs en papier dans la boîte à gants et se moucha. Puis elle s'appuya sur le volant et considéra la caravane de loin.

— Vous avez vu, dit-elle.

Il ne répondit pas. Les cheveux de la jeune femme tombaient à nouveau sur ses lunettes. À nouveau, il eut envie de lui dégager le visage. À nouveau, il s'abstint.

— Ils veulent l'emmener à Lourdes. Ils espèrent un miracle. Ils n'ont rien d'autre à quoi se raccrocher et pas d'argent pour financer ce projet, évidemment. C'est pour cette raison que Gwynder m'a retrouvée. Alors, dois-je faire ça pour eux ? Dois-je pardonner à ces gens ce qu'ils ont fait, la vie qu'ils ont menée, ce qu'ils n'ont pas pu être ? Suis-je responsable d'eux aujourd'hui ? Qu'est-ce que je leur dois, à part la vie elle-même ? Est-on redevable à quelqu'un sous prétexte qu'il vous a mis au monde ? Ce n'est pas la partie la plus difficile, pour des parents. Le reste, en tout cas, ils l'ont bel et bien foiré.

À ce moment-là, il osa la toucher. Il fit ce qu'il l'avait vue faire elle-même : repousser une mèche de cheveux. Les doigts de Lynley effleurèrent le lobe de son oreille. Il demanda :

— Pourquoi sont-ils revenus, vos frère et sœur ? Ils n'ont pas été adoptés ?

— Il y a eu... Leurs parents d'accueil ont appelé ça un accident. Ils ont raconté que Goron jouait avec un sac en plastique. En réalité, je pense qu'ils ont essayé de mettre au pas un petit garçon hyperactif et que ça a mal tourné. Toujours est-il qu'il a gardé des séquelles, si bien que personne ne voulait de lui. Gwynder aurait pu être adoptée, mais elle refusait d'être séparée de lui. Pendant des années, ils sont allés de foyer en foyer. Et quand ils ont eu l'âge, ils sont revenus ici.

Elle eut un sourire sans joie.

— Je parie que cet endroit et cette histoire ne ressemblent pas beaucoup à ce dont vous avez l'habitude. N'est-ce pas, Thomas ?

— Je ne suis pas certain que ça ait de l'importance.

Il aurait aimé en dire davantage mais il ne savait pas comment le formuler. Il se contenta de demander :

— Daidre, vous voulez bien m'appeler Tommy ? Ma famille et mes amis…

Elle le coupa.

— Non.

— À cause de ça ?

— Oui. Parce que pour moi ça a de l'importance.

Jago Reeth fit comprendre aux deux femmes qu'il souhaitait voir Ben Kerne seul, sans sa famille de parasites. Il suggéra la cabane de Hedra comme « théâtre de la rencontre » : ce fut le terme qu'il employa, comme s'il s'agissait d'une représentation.

Bea lui rétorqua qu'il était complètement idiot s'il s'imaginait qu'ils allaient tous se traîner jusqu'à ce vieux nid d'aigle.

Il répondit que si elle voulait qu'il coopère, elle devrait respecter ses droits.

Elle répliqua que ses droits ne lui permettaient pas de décider du lieu de la rencontre avec Ben Kerne.

Il sourit et s'excusa de ne pas partager son avis. Il ne s'agissait peut-être pas d'un « droit » à proprement parler, mais elle avait tout intérêt à lui fournir un cadre dans lequel il se sentirait à son aise. Et la cabane de Hedra lui convenait parfaitement. Ils y seraient à l'abri du froid et du vent, comme de vrais coqs en pâte.

— Il mijote quelque chose, affirma le sergent Havers tandis qu'elles suivaient la Defender de Jago Reeth en direction d'Alsperyl, Jago les ayant informées qu'ils attendraient Ben Kerne à l'église du village. On ferait mieux d'appeler le commissaire pour lui indiquer notre destination. Et à votre place, je demanderais des renforts. On devrait pouvoir planquer des types autour de la cabane.

— À condition de les déguiser en vaches, en moutons ou en mouettes, répondit Bea. Ce type a pensé à tout.

Lynley ne répondait pas sur son téléphone portable ; Bea le maudit en se demandant pourquoi elle avait pris la peine de lui en fournir un.

— Il est où, nom d'un chien ? s'exclama-t-elle. Remarquez, on se doute de la réponse…

À Alsperyl, ils demeurèrent dans leurs voitures respectives, garées devant l'église du village. Ben Kerne finit par les rejoindre au bout d'une demi-heure. Dans l'intervalle, Bea avait téléphoné au commissariat pour dire où elles se trouvaient, et elle avait fait de même avec Ray.

« Beatrice, tu es cinglée ou quoi ? s'était exclamé ce dernier. Cette procédure est parfaitement irrégulière !

— Je le sais, figure-toi. Je sais aussi que j'ai que dalle à me mettre sous la dent, à moins que ce type lâche quelque chose de solide.

« — Tu n'imagines quand même pas qu'il a l'intention…

— Je n'imagine rien. Mais on sera à trois contre un, et si on n'arrive pas à…

— Tu vérifieras qu'il n'est pas armé ?

— Je suis bête, mais pas à ce point.

— Je vais demander au flic qui patrouille dans ton secteur d'aller à Alsperyl.

— Ne fais pas ça. Si j'ai besoin de renforts, je peux toujours en demander au commissariat de Casvelyn.

— Je m'en fiche. Pense un peu à Pete, et à moi aussi. Je ne serai pas tranquille tant que je ne saurai pas que tu as des renforts. Bon Dieu, tout ça est totalement contraire au règlement.

— Tu l'as déjà dit.

— Qui est avec toi en ce moment ?

— Le sergent Havers.

— Une autre femme ? Merde, où est Lynley ? Et ton sergent Collins ? Pour l'amour du ciel, Bea…

— Ray, ce type a dans les soixante-dix ans. Il a un genre de Parkinson. Si à nous trois on n'arrive pas à le maîtriser, c'est qu'on est bons pour la casse.

— N'empêche…

— Au revoir, chéri », avait dit Bea avant de raccrocher.

Elle venait de téléphoner au poste de Casvelyn quand Ben Kerne arriva. Il sortit de sa voiture et remonta la fermeture éclair de son anorak jusqu'au menton. Il parut troublé quand il aperçut la Defender de Jago Reeth. Il se dirigea vers Bea et Havers, qui étaient garées le long du mur du cimetière. Les deux femmes descendirent de voiture, aussitôt imitées par Jago Reeth.

Ce dernier fixa un regard flamboyant sur le père de Santo. Il n'avait plus rien à voir avec l'aimable vieillard qui les avait accueillies à la Salthouse Inn. Bea supposa que les guerriers de l'ancien temps ressentaient la même chose quand ils voyaient leur ennemi à terre et lui enfonçaient leur épée dans la gorge.

Il leur désigna de la tête un portail étroit à l'extrémité du parking, à côté du panneau d'affichage de l'église.

— Si nous devons vous obéir, Mr Reeth, alors j'y mets moi aussi une condition, annonça Bea.

Le vieil homme haussa un sourcil.

— Mettez les mains sur le capot et écartez les jambes. Et, croyez-moi, c'est pas pour soupeser vos valseuses.

Jago s'exécuta. Havers et Bea le palpèrent. La seule arme qu'elles trouvèrent était un stylo à bille que Havers balança par-dessus le mur du cimetière.

— Vous pouvez y aller, indiqua Bea.

Jago Reeth se dirigea vers le portail sans vérifier que les autres le suivaient.

— Qu'est-ce qui se passe ? demanda Ben Kerne à Bea. Pourquoi m'avez-vous fait venir ? Qui est cet homme, inspecteur ?

— Vous n'avez jamais rencontré Mr Reeth ?

— C'est Jago Reeth ? Santo parlait de lui. Le vieux surfeur qui travaillait pour le père de Madlyn. Santo l'aimait beaucoup. Non. Je ne l'ai jamais rencontré.

— Je doute qu'il soit surfeur, même s'il parle le jargon. Vous êtes sûr de ne pas le connaître ?

— Je devrais ?

— Sous le nom de Jonathan Parsons, peut-être.

Ben ouvrit la bouche, mais il ne pipa mot. Il regarda Jago Reeth marcher d'un pas lourd vers la petite porte.

— Où va-t-il ?

— Là où il consentira à parler. À nous et à vous. Mais vous n'êtes pas obligé d'écouter. Vous n'êtes pas obligé de le suivre. La condition qu'il a posée pour coopérer était votre présence. J'ai conscience du danger. Mais il nous tient – la police, je veux dire – par les couilles, et pour le moment, le seul moyen d'obtenir qu'il passe à table, c'est de jouer son jeu.

— Au téléphone, vous ne m'avez pas cité le nom de Parsons.

— Pour éviter que vous rappliquiez en conduisant comme un malade. Je ne voudrais pas que vous commettiez une folie. On a déjà un fou sur les bras. Je ne vais pas vous expliquer à quel point la manœuvre est risquée. Êtes-vous capable d'écouter ce qu'il a à dire ? Mieux, êtes-vous disposé à le faire ?

— Est-ce qu'il… Est-ce qu'il a tué Santo ?

— C'est de ça que nous allons lui parler. Est-ce que vous tiendrez le coup ?

Ben Kerne enfonça les mains dans les poches de son anorak et indiqua d'un signe de tête qu'il était prêt. Ils se dirigèrent à leur tour vers le portail.

Le chemin menant à la mer traversait une prairie bordée de barbelés. Un tracteur avait creusé de profondes ornières dans la boue. Au bout d'un moment, ils franchirent un nouveau portail pour accéder à un autre pré, séparé du précédent par des barbelés. Ils marchèrent ensuite presque un kilomètre avant de rejoindre le sentier côtier du sud-ouest.

Un vent violent soufflait du large. Les oiseaux marins montaient et descendaient au gré des rafales incessantes. Les cris des mouettes tridactyles répondaient à ceux des goélands argentés. Un cormoran huppé, posé au bord de la falaise, s'envola à l'approche de Jago Reeth. L'oiseau piqua, se redressa et se mit à décrire des cercles au-dessus de l'eau, comme s'il guettait une proie.

Ils suivirent le sentier côtier vers le sud. Au bout d'une vingtaine de mètres, une brèche dans les ajoncs qui longeaient le précipice laissa apparaître un escalier très abrupt. Jago Reeth entreprit de descendre.

— Attendez un peu, lança Bea à ses deux compagnons avant de vérifier où conduisaient les marches.

Au lieu de rejoindre la plage, quelque soixante mètres plus bas, celles-ci débouchaient rapidement sur un sentier étroit, bordé d'ajoncs et de carex, menant à une cabane très ancienne, en partie encastrée dans la falaise. Jago Reeth venait d'atteindre la cabane. Quand il aperçut Bea sur les marches, il en ouvrit la porte et se baissa pour entrer.

Bea remonta et cria à ses compagnons, pour couvrir le vacarme du vent, de la mer et des mouettes :

— Il est juste en dessous, dans la cabane. Il peut très bien avoir planqué quelque chose dedans, alors je passe devant. Vous pourrez attendre sur le sentier, mais n'approchez pas tant que je ne vous aurai pas donné le feu vert.

Elle descendit l'escalier et suivit le sentier ; les ajoncs s'accrochaient à son pantalon. La cabane ne contenait pas d'armes. En revanche, Jago ou quelqu'un d'autre avait apporté un réchaud à alcool, une cruche d'eau et un petit carton de provisions. Si incroyable que cela puisse paraître, Bea trouva le vieil homme occupé à préparer du thé.

La cabane avait été construite avec du bois récupéré sur les épaves des innombrables navires qui avaient fait naufrage sur cette côte au fil des siècles. Tant de gens avaient gravé leurs initiales sur ses murs que ceux-ci évoquaient à présent une pierre de Rosette immédiatement déchiffrable.

Bea ordonna à Reeth de s'écarter du réchaud, et il obtempéra. Elle vérifia l'appareil ainsi que le contenu du carton : des gobelets en plastique, du sucre, du thé, des sachets de lait en poudre, une cuillère... Elle trouva étonnant que le vieil homme n'ait pas pensé aux petits gâteaux.

Elle ressortit et fit signe à Havers et Ben Kerne de la rejoindre. Quand ils furent tous entrés dans la cabane, ils n'avaient presque plus la place de bouger, mais Jago Reeth parvint quand même à faire du thé. Il en tendit d'autorité un gobelet à chacun, comme une parfaite maîtresse de maison. Puis il éteignit la flamme du réchaud et glissa celui-ci sous le banc de pierre, peut-être pour leur prouver qu'il n'avait pas l'intention de l'utiliser contre eux. Bea décida alors de le fouiller à nouveau – Dieu sait ce qu'il avait pu entreposer dans la cabane en plus du réchaud et du carton – mais il n'avait pas plus d'armes sur lui que la première fois.

La porte de la cabane une fois refermée, le bruit du vent et des mouettes leur parvint assourdi. L'atmosphère était étouffante.

— Nous sommes à votre disposition, Mr Reeth, dit Bea. Qu'avez-vous à nous dire ?

Jago Reeth tenait son gobelet à deux mains. Se tournant vers Ben Kerne, il lui dit d'un ton affable :

— Veuillez accepter mes condoléances. Perdre un fils, c'est le pire chagrin que puisse connaître un homme.

— Perdre un *enfant* est un coup terrible, répondit Kerne d'une voix lasse.

Le sergent Havers sortit son carnet. Bea crut que Reeth allait lui dire de le ranger, mais il n'en fit rien.

— Je n'y vois pas d'objection, dit-il. Et vous ?

Comme Ben secouait la tête, Jago ajouta :

— Si vous portez un micro sur vous, inspecteur, ça ne me dérange pas non plus. Dans une situation comme celle-ci, mieux vaut s'entourer de précautions.

Décidément, il semblait avoir réfléchi à tout. Mais il avait forcément négligé un détail. Bea se tint prête, tel un chasseur à l'affût.

— C'est pire quand on perd un fils, reprit Jago Reeth à l'adresse de Ben Kerne. Un fils perpétue votre nom, pas une fille. Il fait le lien entre le passé et l'avenir. Ça va plus loin que le nom. Un fils, c'est un peu la justification de tout ceci...

Il jeta un regard circulaire autour de la cabane, comme si elle renfermait le monde entier et les vies des milliards d'individus qui le peuplaient.

— Je ne fais pas de distinguo, dit Ben. La perte d'un enfant... de n'importe quel enfant...

Il ne put aller au bout de sa phrase. Jago Reeth, pour sa part, paraissait exulter.

— Mais l'horreur absolue, dit-il, c'est un fils assassiné. Surtout quand on sait qui est l'assassin et qu'on est impuissant à faire traduire le salopard en justice.

Kerne ne répondit pas. Les deux femmes non plus. Bea et Kerne n'avaient pas touché à leur gobelet. Le père de Santo reposa le sien avec précaution sur le sol. Bea sentit Havers s'agiter à ses côtés.

— Ça, c'est terrible, insista Jago. Ça, et le fait de ne pas savoir.

— Savoir quoi, Mr Reeth ? demanda Bea.

— Le pourquoi et le comment. Oui, le comment. Un homme peut passer le reste de sa vie à ruminer, à

730

s'interroger, et à espérer... C'est l'enfer sur terre, et il n'y a pas moyen d'y échapper. Je compatis, mon vieux. Pour ce que vous traversez maintenant, et pour ce qui vous attend.

— Merci, dit simplement Ben Kerne.

Bea admirait son sang-froid. Toutefois, il serrait si fort les poings que ses phalanges étaient blanches.

— Je connaissais votre fils, Santo. Un garçon formidable. Un peu imbu de lui-même, comme tous les garçons de cet âge, pas vrai, mais formidable. Et depuis que cette tragédie...

— Depuis qu'il a été assassiné, rectifia Bea.

— L'assassinat, répliqua Reeth, est une tragédie, inspecteur. Même si, vous autres, vous considérez un peu ça comme un jeu de piste. C'est une tragédie, et quand elle survient, le seul moyen de retrouver la paix, c'est de faire toute la lumière dessus. Si vous voyez ce que je veux dire... Comme je connaissais Santo, j'ai beaucoup réfléchi à ce qui lui était arrivé. Et je suis arrivé à la conclusion que si un vieux bonhomme comme moi pouvait vous apporter un peu de paix, Mr Kerne, alors je vous le devais.

— Vous ne me devez...

— Tout le monde doit quelque chose à quelqu'un, le coupa Jago. C'est quand on oublie ça que les tragédies surviennent.

Il marqua une pause comme pour enfoncer le clou, vida son gobelet d'un trait et le posa à côté de lui sur le banc.

— C'est pourquoi je vais vous expliquer comment, d'après moi, cette tragédie est arrivée. Parce que j'y ai réfléchi, voyez-vous. Vous aussi, j'en suis sûr, ainsi, évidemment, que les flics. Qui aurait fait une chose pareille à un gamin aussi formidable ? Je me pose tous les jours la question. Comment s'y est-on pris ? Et pourquoi ?

— Rien de tout cela ne fera revenir Santo, déclara Ben Kerne.

— Bien sûr que non. Mais le fait de savoir... La compréhension finale. Je parie qu'on peut y trouver une forme d'apaisement, et c'est ce que j'ai à vous offrir. Alors voilà ce qui, d'après moi...

— Non, Mr Reeth, dit Bea, croyant deviner les intentions du vieil homme.

Mais Ben Kerne s'interposa :

— Laissez-le poursuivre, je vous prie. Je veux l'entendre jusqu'au bout, inspecteur.

— Ça va lui permettre de...

— S'il vous plaît.

Reeth attendit que Bea donne son accord. Elle inclina sèchement la tête, mécontente.

— Voilà comment je vois les choses, reprit Jago. Quelqu'un a un compte à régler, et il décide de le faire en prenant la vie de votre fils. Un compte de quel genre ? vous demandez-vous. Ancien, récent, peu importe. Mais la vie de Santo constitue le moyen de le solder. Alors l'assassin – ça pourrait être un homme, ça pourrait être une femme, ça n'a pas beaucoup d'importance, au fond ; ce qui compte, c'est la mort du garçon –, l'assassin, donc, apprend à connaître votre gamin afin de gagner sa confiance. Ça n'est pas compliqué, parce que votre fils est du genre à se livrer facilement. Il parle beaucoup, de choses et d'autres, mais surtout de son père, comme font souvent les jeunes gens. Il dit que son père lui mène la vie dure pour plein de raisons, mais surtout parce qu'il court les filles, qu'il veut surfer et pas se caser. Qui l'en blâmerait ? Il n'a que dix-huit ans... Son père, d'un autre côté, nourrit des ambitions pour le garçon, ce qui délie la langue du gosse et le fait bouillir encore plus. Du coup, il recherche… Comment appeler ça ? Un père de remplacement… ?

— Un père de substitution, intervint Ben d'une voix ferme.

— Ça doit être ça. Ou une mère de substitution, qui sait ? Ou… quoi ? Un prêtre, un confesseur, une confidente, allez savoir… En tout cas, cette personne – homme ou femme, jeune ou vieille – voit une porte s'ouvrir et il ou elle s'y engouffre. Si vous voyez ce que je veux dire.

Il ne prenait aucun risque inconsidéré, constata Bea. L'homme était loin d'être bête, et cela faisait des années qu'il se préparait en vue de cet instant.

— Alors cette personne – appelons-la le Confesseur, faute d'un meilleur terme –, ce Confesseur, homme ou femme, prépare des tasses de thé et des tasses de chocolat, et encore des tasses de thé et encore des tasses de chocolat, il offre des biscuits, mais surtout, il offre à Santo un endroit où il peut faire ce qu'il veut et être qui il veut. Le Confesseur attend son heure. Jusqu'au jour où le garçon s'engueule une fois de trop avec son père. Une dispute qui ne mène nulle part, comme toujours, mais cette fois, le gamin a pris son matériel d'escalade – rangé jusque-là avec celui de son père – pour le planquer dans le coffre de sa voiture. Qu'est-ce qu'il a en tête ? Le truc classique : il va voir ce qu'il va voir ! Il me prend pour un minable, mais je vais lui montrer quel homme je suis. Et pour ça, quelle meilleure manière que de le surclasser dans son sport d'élection ? L'équipement se trouve donc à portée de main du Confesseur, et celui-ci entrevoit ce que nous appellerons la Solution.

Ben Kerne baissa la tête.

— Mr Kerne, dit Bea, je pense que c'est...

— Non, fit-il, relevant la tête avec effort. Poursuivez, Mr Reeth.

— Le Confesseur guette une occasion, qui ne tarde pas à se présenter, car le gamin est d'un naturel confiant. C'est un jeu d'enfant de s'introduire dans sa voiture, étant donné qu'il ne la ferme jamais à clé, et tout aussi simple d'ouvrir le coffre, qui contient le matériel. Il n'a plus qu'à faire son choix. Peut-être un coinceur à masselotte, ou un mousqueton. Ou une sangle. Même le baudrier ferait l'affaire. Les quatre, peut-être ? Non, ce serait, passez-moi l'expression, tirer un peu trop sur la corde. S'il choisit une sangle, ça ne posera pas l'ombre d'un problème : pour couper le nylon, il suffit d'un couteau bien affûté, ou d'un rasoir, peu importe. Si c'est un autre accessoire, l'affaire est un tantinet plus délicate. À part la corde – un choix par trop évident –, tout le reste est en métal, et il aura besoin d'un outil tranchant. Comment s'en procurer un ? En l'achetant ? Non. Il serait trop facile de remonter jusqu'à lui. En l'empruntant ? Là encore, quelqu'un s'en souviendrait. À moins de l'emprunter à l'insu de son propriétaire... Alors, qui ? Ami, associé, connaissance, employeur ? Quelqu'un dont on connaît intimement les allées et venues pour les avoir observées. Avec soin. Le moment venu, le Confesseur n'a plus qu'à passer à l'acte. Une entaille suffit. Mais, comme nous l'avons précisé, le Confesseur n'est pas un imbécile et il sait – ou elle sait – qu'il est essentiel de ne laisser aucune trace. Ce qui est magnifique, c'est que le gamin, ou son père, a marqué le matériel avec du ruban adhésif, comme les grimpeurs ont l'habitude de le faire. En plus, grâce à l'adhésif, il n'y a pratique-

734

ment aucun risque que quelqu'un d'autre que le gamin utilise cette sangle, ce mousqueton, ce baudrier... enfin, quelle que soit la pièce endommagée, car en ce qui me concerne, je l'ignore. Mais j'y ai réfléchi, et voilà ce que j'en ai déduit. La seule chose à laquelle le Confesseur doive faire attention, c'est l'adhésif employé pour identifier le matériel. S'il en achète, il y a des chances que le nouvel adhésif ne corresponde pas exactement à l'ancien, ou qu'on puisse remonter jusqu'à l'acheteur. La solution consiste à réutiliser l'adhésif qu'il aura précédemment décollé, en veillant à le repositionner à l'identique. Ce n'est pas une mince affaire, car le ruban est aussi costaud que du chatterton, mais il y parvient. Peut-être le ruban n'est-il pas aussi serré qu'avant, mais au moins, c'est le même. Le garçon ne devrait y voir que du feu, et s'il remarque quelque chose, au pire, il en rajoutera une couche par-dessus... Après, il n'y a plus qu'à remettre le matériel en place et attendre. Et quand ce qui doit arriver arrive – et c'est une vraie tragédie, personne n'en doute –, on ne trouve pas le moindre indice.

— On trouve toujours quelque chose, Mr Reeth, dit Bea.

Jago la regarda avec bienveillance.

— Des empreintes digitales sur le coffre de la voiture ? À l'intérieur ? Sur les clés de la voiture ? Dans le coffre ? Le Confesseur et le garçon ont passé des heures ensemble, peut-être même ont-ils travaillé ensemble, mettons, dans l'entreprise du père. Chacun montait dans la voiture de l'autre, ils étaient amis, père et fils de substitution, ou mère et fils de substitution, ou amants, ou... Ce que vous voulez. Ça n'a pas d'importance, parce que tout est explicable. Des cheveux dans le coffre de la voiture ? Ceux du Confesseur ? De quelqu'un d'autre ? C'est pareil. Le Confesseur y a placé ceux de quelqu'un d'autre, ou même les siens. Des fibres de vêtements sur l'adhésif qui marquait l'équipement ? Ce serait formidable, non ? Mais voilà, le Confesseur a aidé à enrouler l'adhésif en question, ou bien il ou elle a touché au matériel parce que... Parce que quoi ? Parce que le coffre servait aussi à transporter d'autres choses – une planche de surf, peut-être ? Et tout le monde avait accès au matériel du garçon, du moins tous les gens qui comptaient dans la vie de ce pauvre gosse. Le mobile ? Là aussi, tout le monde ou presque en avait un. Au bout du compte, il n'y a aucune réponse. Rien que des spéculations. L'assassin considère sans doute que c'est ce qui fait la beauté du crime, mais vous et moi savons bien, Mr Kerne, ce qu'il y a de plus horrible dans un crime, quel qu'il soit : que le coupable s'en tire. Tout le monde sait qui il est, tout le monde secoue la tête en soupirant : quelle tragédie ! Quelle abomination !

— Je pense que ça suffit, Mr Reeth, intervint Bea. Ou Mr Parsons.

— Oui, quelle abomination. Car l'assassin va s'en sortir, à présent qu'il ou elle a fait ce qu'il devait faire.

— J'ai dit : ça suffit.

— Et les flics ne peuvent rien contre lui. Il ne leur reste qu'à boire leur thé et à espérer qu'ils trouveront un jour quelque chose, quelque part... Seulement, ils sont débordés. Ils ont d'autres chats à fouetter. Ils vous rembarrent en disant : « N'appelez pas tous les jours, parce que ça ne sert à rien. C'est nous qui vous appellerons si nous avons une piste. » Mais bien sûr, ils n'appellent jamais. Alors, vous vous retrouvez seul avec une urne pleine de cendres. On aurait aussi bien pu brûler votre corps le jour où on a brûlé le sien, parce que votre âme est partie de toute façon.

Il semblait avoir terminé. À l'intérieur de la cabane, on n'entendait plus qu'une respiration laborieuse, celle de Jago Reeth, et, dehors, les cris des mouettes, le mugissement du vent et le grondement des vagues. Dans un téléfilm, Reeth se serait alors rué vers la porte avant de se précipiter du haut de la falaise, ayant perdu sa raison de vivre en même temps qu'il accomplissait sa vengeance. Il aurait fait le grand saut pour rejoindre son Jamie adoré dans la mort. Mais, malheureusement, on n'était pas dans un téléfilm.

Le visage du vieil homme semblait éclairé de l'intérieur. La salive s'était accumulée aux commissures de ses lèvres. Ses tremblements s'étaient aggravés. Bea comprit qu'il attendait la réaction de Ben, confronté à une vérité que personne ne pourrait plus jamais modifier.

Ben leva enfin la tête.

— Santo, dit-il, n'était pas mon fils.

29

Le cri des mouettes parut s'amplifier et, loin en contrebas, le battement des vagues sur les rochers indiquait que la marée était haute. D'excellentes conditions pour le surf, songea Ben avec ironie.

On n'entendait plus la respiration de Jago Reeth. Peut-être le vieillard retenait-il son souffle, se demandant s'il devait croire Ben. Celui-ci ne se souciait plus de ce que les gens croyaient ou non. Et, en définitive, le fait que Santo n'ait pas été son fils par le sang ne lui importait pas davantage. Car ils avaient été père et fils de la seule manière qui compte, celle qui se fondait sur une histoire partagée, non sur la rencontre aléatoire d'un spermatozoïde nageant à l'aveuglette et d'un ovule. Par conséquent, ses échecs lui étaient aussi douloureux que ceux d'un père biologique. Dans ses relations avec Santo, il s'était toujours laissé guider par la peur, et non par l'amour – la peur que le jeune garçon finisse par dévoiler ses véritables origines à travers son comportement. Depuis qu'ils étaient adultes, Ben n'avait jamais connu aucun des amants de sa femme. À force de guetter chez Santo l'émergence des traits de caractère les moins séduisants de Dellen, il avait pour ainsi dire modelé son fils à l'image de sa mère.

— Il n'était pas mon fils, répéta-t-il.

Et c'était la vérité, aussi pitoyable fût-elle.

— Vous êtes un foutu menteur, dit Jago Reeth. Vous l'avez toujours été.

— Si seulement c'était le cas…

Au même moment, une vérité se fit jour dans l'esprit de Ben. Une nouvelle pièce du puzzle se mit en place, dissipant une méprise.

— C'est à vous qu'elle a parlé, c'est ça ? Je croyais qu'elle voulait dire la police, mais non. C'est vous qu'elle est allée trouver.

L'inspecteur Hannaford intervint :

— Mr Kerne, vous n'êtes pas obligé de dire quoi que ce soit.

— Il faut qu'il sache la vérité, dit Ben. Je n'avais rien à voir avec ce qui est arrivé à Jamie. Je n'étais pas là.

Jago Reeth s'écria :

— Menteur !

— C'est la vérité. Je m'étais disputé avec lui. Il m'avait viré de la fête. Mais je suis rentré chez moi après avoir fait un tour. Quand Dellen vous a dit…

Il n'était pas sûr de pouvoir continuer. Pourtant, il le fallait. C'était tout ce qu'il pouvait faire pour venger la mort de Santo.

— Quoi que Dellen vous ait dit, elle l'a fait par jalousie. Votre fille et moi, on s'était un peu bécotés. Dellen nous avait vus, et il a fallu qu'elle se venge. C'était comme ça entre nous. Œil pour œil, dent pour dent. Ensemble puis séparés, l'amour puis la haine… On n'arrivait pas à se libérer de la chose qui nous liait.

— Vous mentez. Vous n'avez cessé de mentir.

— Alors elle est allée vous trouver et elle vous a dit… ce qu'elle a pu vous dire. Or, je n'en sais pas plus que vous sur ce qui s'est passé cette nuit-là : Jamie, votre fils, s'est rendu dans cette grotte pour une raison quelconque à l'issue de la fête, et il y est mort.

— Ne me racontez pas d'histoires, lança Reeth d'un ton féroce. Vous avez quitté Pengelly Cove et vous n'êtes jamais revenu. Vous aviez une bonne raison de fuir, et nous la connaissons tous les deux.

— C'est vrai, j'avais une raison. Malgré tout ce que j'ai pu lui dire, mon propre père me croyait coupable, tout comme vous.

— À juste titre, bordel !

— Libre à vous de le croire, Mr Parsons. Il n'empêche que je n'ai rien fait. Et vous, vous n'avez pas accompli votre mission. Parce que ce qu'elle vous a dit – c'est bien ce qu'elle vous a raconté, n'est-ce pas ? –, c'était un tissu de mensonges.

— Pourquoi aurait-elle fait ça ? Pourquoi quelqu'un ferait-il une chose pareille ?

Ben savait pourquoi. L'explication allait au-delà du désir de revanche, au-delà de l'amour et de la haine, au-delà des agressions et des ripostes qui avaient constitué le socle de leurs relations durant presque trente ans.

— Parce qu'elle est comme ça, dit-il. Parce que c'est sa façon d'agir.

Sur ce, il se leva. À la porte de la cabane, il s'arrêta. Un détail lui échappait. Il demanda :

— Est-ce que vous m'avez surveillé pendant toutes ces années, Mr Parsons ? C'est à ça que s'est résumée votre vie ? Vous avez juste attendu que mon garçon ait le même âge que Jamie à sa mort pour fondre sur votre proie ?

— Vous ne savez pas ce que c'est, dit Reeth. Mais vous le saurez un jour. Putain, oui, vous le saurez.

— Ou bien m'avez-vous retrouvé à cause de... A cause d'Adventures Unlimited ? Un jour, en ouvrant le journal, vous êtes tombé par hasard sur l'article que ce pauvre Alan avait eu tant de mal à obtenir dans le *Mail on Sunday*. C'est ça ? Alors, vous avez rappliqué ici et vous avez attendu, parce que vous étiez passé maître dans l'art de patienter, ça oui ! Parce qu'en me faisant subir ce que vous aviez subi, vous pensiez... quoi ? Trouver la paix ? Boucler la boucle ? Clore le chapitre une fois pour toutes ? Comment pouvez-vous croire ça ?

— Vous verrez ce que c'est, dit Reeth. Vous comprendrez. Parce que, tout ce que j'ai dit ici, ce ne sont que des conjectures. Je connais mes droits. J'ai étudié mes droits. Alors, quand je sortirai d'ici...

— Ça n'a pas d'importance, le coupa Ben. Parce que c'est moi qui vais sortir d'ici le premier.

Il referma la porte derrière lui et remonta le sentier en direction des marches. Sa gorge lui faisait mal à cause des émotions qu'il avait contenues durant toutes ces années, parfois à son insu. Il entendit qu'on l'appelait et il se retourna.

L'inspecteur Hannaford le rejoignit.

— Il a forcément commis une erreur, Mr Kerne. Tous les assassins en commettent. On finira par trouver. D'ici là, tenez bon.

Ben secoua la tête.

— Ça n'a pas d'importance, répéta-t-il. Ça ne fera pas revenir Santo.

— Il faut qu'il paie.

— Il paie déjà. Il ne trouvera pas la paix, malgré ce qu'il a fait. Il ne pourra pas effacer la douleur de son esprit. Personne ne le peut.

— Quand même, on ne laissera pas tomber.

— Si vous y êtes obligée… Mais ne le faites pas pour moi.

— Pour Santo, alors. On lui doit…

— On lui doit des choses. Ça c'est sûr, bon Dieu. Mais pas ça.

Ben s'éloigna le long du chemin et gravit les marches de pierre jusqu'au sommet de la falaise. Là, il suivit brièvement le sentier côtier du sud-ouest jusqu'aux pâturages qu'ils avaient traversés, puis il regagna sa voiture. La police pouvait bien faire ce qu'elle voulait de Jago Reeth/Jonathan Parsons (ou plutôt ce qu'elle pouvait, dans les limites de la loi et des droits que Reeth prétendait si bien connaître), cela ne suffirait pas à délivrer Ben du fardeau de sa responsabilité. Une responsabilité, il en était conscient, qui allait bien au-delà de la mort de Santo. Elle s'incarnait dans les choix qu'il avait faits, et les conséquences de ces choix sur les personnes qu'il prétendait aimer.

Dans les jours à venir, il savait qu'il pleurerait. Pour le moment, il n'y arrivait pas. Mais il était impossible d'échapper au chagrin causé par la perte, et il acceptait cet état de fait pour la première fois de sa vie.

Sitôt rentré, il se mit à la recherche de Dellen. Alan travaillait dans son bureau. Il était au téléphone, debout devant un panneau sur lequel il avait collé deux rangées de fiches. Ben reconnut le découpage de la vidéo sur Adventures Unlimited. Kerra discutait avec un grand jeune homme blond, sans doute un candidat. Ben ne dérangea ni l'un ni l'autre.

Il monta l'escalier. Dellen n'était pas dans l'appartement familial. Il la chercha en vain dans le reste de l'hôtel. Pris de palpitations, il ouvrit la penderie. Ses vêtements y étaient toujours, et le reste de ses affaires se trouvait dans la commode. Il finit par l'apercevoir par la fenêtre : une silhouette en noir sur la plage, qu'il aurait pu prendre pour un surfeur en combi s'il n'avait connu parfaitement la morphologie de cette femme et la texture de ses cheveux. Elle tournait le dos à l'hôtel. La plus grande partie de la plage était recouverte, et l'eau clapotait autour de ses chevilles. La mer était encore glaciale à cette époque de l'année, mais Dellen ne portait aucune protection.

Il alla la rejoindre. Il remarqua en approchant qu'elle tenait un paquet de photos. Elle avait l'air presque aussi hébétée que lui.

Il prononça son prénom.

— Je n'avais pas pensé à lui depuis des années. Mais aujourd'hui il était là, dans ma tête, comme s'il avait attendu d'y entrer pendant tout ce temps.

— Qui ?

— Hugo.

Ben n'avait jamais entendu ce prénom auparavant. Il ne dit rien. Au loin dans les vagues, cinq surfeurs attendaient leur tour. Une houle se leva derrière eux et Ben tenta de déterminer lequel était le mieux placé pour s'élancer. Aucun. La vague se brisa trop loin, et ils durent attendre la suivante.

Dellen poursuivit.

— J'étais son idole. Il en faisait des tonnes pour moi et il demandait à mes parents s'il pouvait m'emmener au cinéma. Voir les phoques sur la côte. À la pantomime de Noël. Il m'achetait des vêtements, parce que j'étais sa nièce préférée. Il y a quelque chose de spécial entre nous, disait-il. Je ne t'achèterais pas ces choses-là et je ne t'emmènerais pas dans tous ces endroits si tu n'étais pas spéciale.

Ben vit qu'un des surfeurs se lançait. Il dévala la vague et obliqua, cherchant ce que recherche tout surfeur, cette chambre verte dont les parois chatoyantes s'incurvent et ne cessent d'avancer, vous enfermant puis vous libérant. C'était une belle performance. À la fin, le surfeur se rallongea sur la planche et alla rejoindre les autres, accompagné par leurs cris. Pour rire, ils aboyaient comme des chiens. L'un d'eux frappa son poing contre le sien. Ben surprit ce geste et éprouva un pincement au cœur. Il se força à écouter Dellen.

— Ça me faisait bizarre, disait-elle, mais oncle Hugo répétait que c'était de l'amour. Ce que j'avais de spécial, c'était d'avoir été choisie, moi. Pas mon frère, pas mes cousins, mais moi. Alors, s'il me touchait ici et qu'il me demandait de le toucher là, est-ce que c'était mal ? Ou bien était-ce moi qui ne comprenais pas ?

Ben sentit son regard sur lui. Il aurait dû la regarder à son tour, lire la souffrance sur son visage et communier dans l'émotion avec elle. Mais il en était incapable. Un millier d'oncles Hugo n'y auraient rien changé. À supposer qu'il ait bien existé un oncle Hugo.

Elle remua à ses côtés. Il vit qu'elle passait en revue les photos qu'elle avait apportées. Il s'attendait à demi à ce qu'elle en produise une montrant oncle Hugo, mais non. Au lieu de ça, elle en choisit une qu'il reconnut. Un couple passant une semaine de vacances sur l'île de Wight avec ses deux enfants. Santo avait huit ans, Kerra douze.

Ils étaient assis autour d'une table de restaurant. Celle-ci était vide : ils avaient dû confier l'appareil photo au serveur en s'installant, lui demandant d'immortaliser leur joyeuse petite famille. Comme de juste, ils souriaient tous les quatre.

Les photos servaient à fixer les souvenirs heureux. Elles étaient aussi les instruments qui nous servaient après coup à fuir la vérité. Car sur le petit visage de Kerra, Ben pouvait lire à présent l'angoisse qui la hantait, le désir d'être sage pour empêcher la roue de tourner une fois encore. Celui de Santo exprimait la confusion, l'intuition enfantine d'une hypocrisie qui échappait à sa compréhension. Sur le sien, il lisait la résolution farouche d'arranger les choses. Et sur celui de Dellen... La même chose qu'à présent : lucidité et attente. Elle portait un foulard rouge entortillé dans ses cheveux.

Sur la photo, elle semblait les attirer tous comme un aimant. Il avait sa main sur la sienne, comme pour la retenir et l'empêcher d'aller là où elle rêvait sans doute d'aller.

Elle n'y peut rien, s'était-il dit à maintes reprises. Mais lui aurait pu faire quelque chose.

Il lui prit la photo et dit à sa femme :

— Il est temps que tu partes.

— Où ça ?

— St Ives. Plymouth. Truro. Pengelly Cove, peut-être. Ta famille y habite encore. Elle t'aidera si tu as besoin d'aide. Si c'est ce que tu veux.

Elle garda le silence. Ses yeux s'étaient assombris.

— Ben, comment peux-tu... ? Après ce qui s'est passé.

— Arrête. Il est temps que tu partes.

— S'il te plaît, insista-t-elle. Comment vais-je faire pour survivre ?

— Tu survivras. On le sait tous les deux.

— Et toi ? Et Kerra ? Et Adventures ?

— Alan est là. C'est quelqu'un de bien. Sinon, Kerra et moi, on se débrouillera. On a appris à le faire.

La visite de la police à la Salthouse Inn avait contraint Selevan à modifier ses projets. Il ne pouvait pas rallier égoïstement la frontière écossaise avec Tammy sans savoir ce qui se passait et, plus important, s'il pouvait faire quelque chose pour Jago. Aussi, il préféra rester dans les parages en attendant de plus amples renseignements.

Ceux-ci ne tardèrent pas. Se doutant que Jago ne repasserait pas par l'auberge, il rentra à Sea Dreams et tourna en rond dans la caravane, buvant une goutte de temps à autre à la flasque qu'il avait remplie pour tenir le coup jusqu'à la frontière. Il finit par ressortir et se diriger vers le mobile home de Jago.

Il n'entra pas. Il avait un double de la clé, mais ça le gênait de s'en servir, même si Jago n'y aurait probablement vu aucune objection. Il préféra l'attendre dehors, assis sur les marches. La plus haute, qui servait de palier, convenait parfaitement à son postérieur.

Jago apparut une dizaine de minutes plus tard. Les articulations de Selevan craquèrent quand il se releva. Fourrant ses mains dans les poches de sa veste, il s'avança vers le parking. Quand son ami fut descendu de voiture, il lui demanda :

— Alors ça va, mon vieux ? Ils t'ont pas fait trop de misères, au commissariat ?

— Pas du tout, répondit Jago. Avec les flics, suffit d'un minimum de préparation pour que les choses aillent dans le sens que tu veux, et pas dans celui qu'ils veulent. Ça les surprend un peu, mais c'est la vie. Une putain de surprise après l'autre.

— Sans doute, approuva Selevan.

Pourtant il ressentait un malaise indéfinissable. Quelque chose dans la manière dont s'exprimait l'homme qu'il avait devant lui ne collait pas avec le Jago qu'il connaissait. Il reprit d'un ton circonspect :

— Elles t'ont pas malmené, au moins ?

Jago pouffa.

— Ces deux connes ? Aucune chance ! On a juste eu une petite conversation, et puis basta. Ça a été long à venir, mais maintenant c'est fini.

— Qu'est-ce qui se passe, alors ?

— Rien, mon pote. Il s'est passé quelque chose il y a longtemps, mais tout est réglé. Mon boulot ici est terminé.

Jago dépassa Selevan et monta les marches qui menaient à la porte de la caravane. Il ne l'avait pas fermée à clé : Selevan aurait pu éviter d'attendre dehors. Il entra et Selevan le suivit. Mais il s'arrêta sur le seuil, ne comprenant pas ce qui se passait.

— T'as été congédié, Jago ? dit-il.

Jago était entré dans la chambre. Selevan ne pouvait le voir, mais il l'entendit ouvrir un placard et prendre quelque chose au-dessus de la penderie. Peu après, Jago surgit dans l'encadrement de la porte, un sac polochon à la main.

— Quoi ? fit-il.

— Je te demandais si t'avais été congédié. T'as dit que ton boulot était terminé. T'as été viré ?

Jago parut réfléchir à la question, ce qui étonna Selevan. On était licencié ou on ne l'était pas. On était viré ou on ne l'était pas. Pas besoin de réfléchir. Puis un sourire qui ne lui ressemblait pas se dessina lentement sur les lèvres de Jago.

— C'est ça, mon pote. J'ai été congédié… il y a longtemps de ça.

747

Il prit un air songeur et ajouta pour lui-même :

— Plus d'un quart de siècle... Ça a été long.

— Quoi donc ?

Selevan éprouvait le besoin de creuser, parce que ce Jago-ci était différent de celui avec qui il avait picolé au coin de la cheminée durant les six ou sept derniers mois, et qu'il préférait de beaucoup cet autre Jago, qui s'exprimait sans chichis et non en... en paraboles et en machins comme ça.

— Il s'est passé un truc avec les flics ? Ils t'ont fait quelque chose ? T'es plus toi-même.

Selevan pouvait imaginer ce dont les flics étaient capables. D'accord, c'étaient des femmes, mais Jago était un vieux croulant, et pas très en forme. Et puis, elles l'avaient emmené au poste, où d'autres flics – des hommes – avaient pu le malmener. Les flics avaient l'art de vous tabasser à des endroits où ça ne laissait pas de traces. Selevan le savait. Il regardait la télé, surtout les films américains sur Sky. Il avait vu comment ils s'y prenaient. Une petite pression sur les ongles des pouces. Quelques aiguilles enfoncées dans la peau. Il n'en faudrait pas beaucoup sur un type comme Jago. Sauf que voilà, il ne se comportait pas du tout comme un homme que les flics venaient de maltraiter.

Jago posa le sac sur son lit. Selevan, qui ne savait trop s'il devait s'asseoir ou rester debout, partir ou s'incruster, le vit ouvrir les tiroirs de la commode encastrée. Il comprit alors ce qu'il aurait dû comprendre dès qu'il avait vu le sac polochon dans les mains de Jago : son ami s'en allait.

— Où tu vas, Jago ?

Celui-ci se tourna vers la porte, tenant une pile de caleçons et de maillots de corps bien pliés.

— J'en ai terminé ici. Il est temps de décaniller. Je reste jamais longtemps en place, de toute façon. J'aime suivre le soleil, les vagues, les saisons…

— Mais la saison va bientôt commencer. Où trouverais-tu une meilleure saison que celle que t'aurais ici ?

Jago hésita. Apparemment, il n'avait pas réfléchi à sa destination. Selevan vit ses épaules s'affaisser. Il insista.

— Et puis, t'as des amis ici. Ça compte. Tu vois un médecin pour ta tremblote ? J'imagine que ça va pas aller en s'améliorant. Comment tu feras si tu t'embarques tout seul ?

Jago sembla peser l'argument.

— Ça n'a pas grande importance. Mon boulot est terminé. Maintenant il n'y a plus qu'à attendre.

— Attendre quoi ?

— Attendre… tu sais bien. Toi comme moi, on n'est pas des jeunots.

— Attendre la mort, tu veux dire ? C'est n'importe quoi. T'as des années devant toi. Qu'est-ce qu'ils t'ont fait, ces foutus flics ?

— Merde, rien du tout.

— Je te crois pas, Jago. Si tu parles de mourir…

— Il faut bien affronter la mort. Comme la vie, d'ailleurs. Elles sont imbriquées. Et l'une comme l'autre appartiennent à la nature.

Selevan éprouva un léger soulagement. Il n'aimait pas que Jago rumine des pensées morbides.

— Content de te l'entendre dire. Que la mort appartient à la nature.

— Parce que… ?

Jago comprit et il sourit en secouant la tête, comme un grand-père attendri par un mot d'enfant.

— Ah ! Ça… C'est vrai que je pourrais en finir, vu que j'ai terminé ici et que ça ne rime pas à grand-chose de continuer. Y a plein d'endroits où je pourrais le faire dans le coin. Ça aurait l'air d'un accident, et personne ne s'apercevrait de rien. Mais en faisant ça, je risquerais de mettre un terme à sa souffrance à lui, et il n'en est pas question. Non. Non, il n'y a pas de fin à une souffrance comme celle-là, mon pote. Pas si je peux l'empêcher.

Cadan venait d'arriver à LiquidEarth quand le téléphone sonna. Il entendait son père travailler dans l'atelier de shape et Jago était introuvable. Il décrocha donc. Un type demanda :

— Vous êtes Lewis Angarrack ?

Cadan répondit que non. L'homme ajouta :

— Allez le chercher, d'accord ? Faut que je lui parle.

Cadan savait qu'il valait mieux ne pas déranger Lew quand il shapait une planche. Mais le type insista, prétextant que ça ne pouvait pas attendre et que non, il ne voulait pas laisser de message.

Cadan alla donc frapper à la porte de l'atelier de façon à être entendu par-dessus le vacarme des outils. La ponceuse électrique se tut. Lew apparut sur le seuil, son masque baissé et ses lunettes de protection autour du cou.

Quand Cadan lui annonça que quelqu'un le demandait au téléphone, Lew jeta un coup d'œil dans la salle de glaçage.

— Jago est pas revenu ? dit-il.

— J'ai pas vu sa voiture dehors.

— Qu'est-ce que tu fais ici, alors ?

Cadan sentit son moral dégringoler. Il réprima un soupir.

— Téléphone, rappela-t-il à Lew.

Retirant ses gants en latex, Lew se dirigea à grandes enjambées vers la réception. N'ayant rien de mieux à faire, Cadan lui emboîta le pas, non sans un regard vers la salle de peinture. Il contempla l'alignement des planches en attente de décoration, ainsi que le kaléidoscope de couleurs vives testées sur les murs. Il entendit son père qui disait :

— Qu'est-ce que vous racontez ?... Non, bien sûr que non... Bon sang, où il est ? Vous pouvez me le passer ?

Cadan approcha d'un pas nonchalant. Lew se trouvait près de la table de jeu qui lui servait de bureau, sur laquelle le téléphone trônait parmi des montagnes de paperasses. Il décocha un coup d'œil à Cadan et se détourna aussitôt.

— Non, reprit-il. Je ne savais pas... Merde, j'aurais apprécié qu'il me prévienne... Je sais qu'il n'est pas en bonne santé. Tout ce que je peux vous dire, c'est qu'il devait aller à la Salthouse pour voir un pote qui avait des ennuis... C'était vous ? Alors vous en savez plus que moi...

Cadan comprit qu'ils parlaient de Jago. Le vieil homme s'était montré un employé modèle depuis son arrivée. Ponctuel, perfectionniste, jamais malade, bosseur acharné... En fait, Cadan avait souvent eu l'impression que les qualités de Jago faisaient ressortir ses défauts à lui. Son absence actuelle n'en paraissait que plus étonnante. Du coup, Cadan écouta plus attentivement la conversation de son père.

— Congédié ? Bon Dieu, non. Aucune raison pour ça. J'ai des tonnes de boulot... Qu'est-ce qu'il a dit ?... Terminé ? Terminé ?

Lew lança un regard au panneau sur lequel étaient affichées les commandes. Il y en avait une bonne épaisseur, ce qui témoignait de l'excellente réputation de LiquidEarth parmi les surfeurs. Pas de machine à shaper ici, mais du vrai de vrai, entièrement fabriqué à la main. Très peu d'artisans étaient capables de faire ce que faisait Lew. Ils appartenaient à une race en voie d'extinction, et leur travail appartiendrait bientôt à l'histoire du surf au même titre que les premiers long-boards en bois. Ce serait alors le règne des planches creuses, de la conception informatisée. Une machine recracherait un produit qui n'aurait pas été shapé avec amour par un virtuose pratiquant lui-même le surf.

— Parti, parti ? reprit Lew. Merde... Non. Je ne peux rien vous dire de plus. Vous avez l'air d'en savoir plus que moi de toute façon... J'étais très occupé de mon côté. Il ne m'a pas paru différent... Je ne peux pas dire que j'aie remarqué quoi que ce soit.

Après avoir raccroché, il passa un long moment à examiner le tableau des commandes.

— Jago est parti, dit-il enfin.

— Comment ça, parti ? Pour la journée ? Pour toujours ? Il lui est arrivé quelque chose ?

Lew secoua la tête.

— Il s'est fait la malle, c'est tout.

— Quoi ? De Casvelyn ?

— Exact.

— C'était qui ? demanda Cadan en désignant le téléphone, bien que son père lui tournât le dos.

— Le voisin de Jago, au camp de caravanes. Il l'a vu faire ses bagages, mais il n'a pas réussi à en tirer grand-chose.

Lew s'appuya contre le comptoir, la tête dans les mains, comme s'il étudiait le contenu de la vitrine pleine de dérives, de pains de wax et d'accessoires divers.

— En tout cas, ça nous fout dans la merde, dit-il.

Il s'écoula un instant durant lequel Cadan vit son père porter la main à sa nuque et la masser.

— C'est bien que je sois passé, alors.

— Pourquoi ?

— Je peux te donner un coup de main.

Lew releva la tête.

— Cade, je suis bien trop fatigué pour me disputer avec toi maintenant.

— Ce n'est pas ce que tu penses, protesta Cadan. Tu t'imagines que je veux profiter de l'occasion : maintenant, il sera bien obligé de me laisser peindre les planches… Mais il ne s'agit pas de ça.

— Il s'agit de quoi, alors ?

— Juste… de t'aider. Je pourrai shaper si tu veux. Pas aussi bien que toi, mais tu pourras me montrer. Ou je peux faire le glaçage. Ou l'aérographie. Ou le ponçage manuel. Ça m'est égal.

— Et pourquoi tu voudrais faire ça, Cadan ?

Cadan haussa les épaules.

— T'es mon père. La voix du sang… Tu vois, quoi.

— Et Adventures Unlimited ?

— Ça n'a pas marché.

Cadan s'empressa d'ajouter, voyant l'air résigné de son père :

— Je sais ce que tu penses, mais ils ne m'ont pas viré. C'est juste que j'aimerais mieux travailler pour toi. On tient quelque chose, là, et on devrait pas laisser ça… mourir.

« Mourir »… Jusqu'à cet instant, Cadan n'avait pas mesuré à quel point ce mot était effrayant. Il avait passé sa vie à se concentrer sur un autre mot : « partir ». Mais la fuite n'avait jamais empêché la perte. La Bougeotte continuait à bouger, et d'autres gens à s'éloigner. Comme Cadan l'avait fait maintes et maintes fois pour éviter qu'on ne le quitte, comme l'avait fait son père pour les mêmes raisons.

Toutefois, certaines choses subsistaient malgré la peur, et les liens du sang en faisaient partie.

— Je veux t'aider, répéta Cadan. J'ai été idiot. C'est toi le spécialiste, après tout. C'est toi qui sais comment on apprend le métier.

— Et c'est ce que tu veux faire ? Apprendre le métier ?

— Exactement.

— Et le vélo ? Les X Games ou je ne sais quoi ?

— Pour l'instant, l'atelier est plus important. Et je ferai mon possible pour qu'il le reste.

Cadan dévisagea son père avant d'ajouter :

— Ça te va, papa ?

— Je ne comprends pas. Pourquoi tu voudrais faire ça, Cade ?

— À cause du nom que je viens de te donner, pauvre cloche.

— Et c'était quoi, déjà ?

— Papa.

Selevan regarda la voiture de Jago s'éloigner. Il repensa à toutes les heures qu'il avait passées avec ce type, sans trouver de réponse aux questions qui lui tournaient dans la tête. Quel que soit l'angle sous lequel il considérait les choses, il n'arrivait pas à piger ce que Jago avait voulu dire, et quelque chose lui soufflait qu'il valait mieux ne pas trop s'interroger. Il téléphona quand même à LiquidEarth, dans l'espoir que l'employeur de Jago puisse l'éclairer, mais tout ce qu'il apprit, c'était que Jago ne parlait pas des planches de surf quand il avait dit que son travail était « terminé ». Peut-être était-ce de la lâcheté, mais Selevan décida que ce n'était pas ses oignons.

Tammy, par contre, c'était ses oignons. Il monta dans la voiture où il avait chargé toutes les affaires de la jeune fille, et roula jusqu'à la boutique de surf. Il n'alla pas la chercher tout de suite, car il avait du temps devant lui avant la fermeture. Il se gara sur le quai et, de là, il se rendit à pied chez Jill's Juices, où il acheta un café à emporter, un café très serré.

Il longea ensuite la rive nord du canal. Plusieurs bateaux de pêche se balançaient doucement au bout de leur amarre. Des canards nageaient tranquillement à côté – une famille entière avec papa et maman, mais aussi, chose incroyable, une douzaine de petits –, et un kayakiste les dépassa sans faire de bruit, ramant en direction de Launceston.

Cette fois, le printemps était bien là. Officiellement, il était commencé depuis déjà six semaines, mais jusque-là, il n'était visible que sur le calendrier. D'accord, le vent du large restait vif, mais il ne produisait plus la même impression. Un parfum de terre fraîchement retournée parvint à Selevan depuis un jardin proche, et il remarqua que les pétunias avaient remplacé les pensées dans les jardinières aux fenêtres de la bibliothèque municipale.

Au bout du quai, la vieille écluse était fermée. De là, il voyait la ville qui s'élevait au-dessus de lui au nord, et le vieux Promontory King George Hotel, devenu un complexe touristique, pareil à une porte ouvrant sur un autre monde.

Les choses changent, songea Selevan. Il l'avait déjà constaté par le passé, même quand il lui semblait que rien ne changerait jamais. Il avait rêvé de s'engager dans la Royal Navy pour échapper à ce qu'il considérait comme une vie de chien. Mais, à force de changements infimes, cette vie-là, si on y prêtait seulement attention, n'avait pas été qu'une longue suite de corvées. Ses enfants avaient grandi ; sa femme et lui avaient vieilli ; ils avaient acheté un taureau pour couvrir les vaches ; des veaux étaient nés ; le ciel était clair un jour et menaçant le suivant ; David s'était engagé dans l'armée ; Nan avait fui la maison pour se marier... On pouvait qualifier ces événements de bons ou de mauvais, ou on pouvait dire simplement qu'ils faisaient partie de la vie. Et celle-ci se poursuivait. On n'obtenait pas toujours ce qu'on voulait, et c'était comme ça. On pouvait maugréer ou on pouvait faire front. Un jour, il avait vu à la bibliothèque une affiche qui disait : « Quand la vie vous donne des citrons, faites de la citronnade. » Sur le coup, il avait trouvé ça idiot mais, dans le fond, ça ne l'était pas tant que ça.

Il respira à fond. L'air sentait l'iode. Plus qu'à Sea Dreams, car Sea Dreams se trouvait au sommet de la falaise, alors qu'ici, la mer était toute proche, et elle battait contre les récifs et les rongeait patiemment, obéissant aux règles de la nature, de la physique, des forces magnétiques ou Dieu sait quoi qu'il ignorait, mais ça n'avait pas d'importance.

Il finit de boire son café et écrasa le gobelet avant de le jeter dans une poubelle, puis il s'arrêta pour allumer une clope qu'il fuma tout en se dirigeant vers la Clean Barrel. Il trouva Tammy derrière le comptoir. Le tiroir-caisse était ouvert et elle comptait la recette du jour, seule dans la boutique. Elle ne l'avait pas entendu entrer.

Il l'observa en silence et trouva qu'elle ressemblait à Dot. Bizarrement, il ne l'avait pas remarqué jusque-là. Mais il y avait quelque chose dans la manière dont elle penchait la tête, laissant voir une oreille. Et la forme de cette oreille, ce petit creux dans le lobe... Oui, c'était bien Dot. Il s'en souvenait parce que... Le pire, c'est qu'il avait vu ce lobe d'oreille des centaines de fois, quand il la montait et la besognait sans amour. La pauvre femme ne devait pas y trouver le moindre plaisir. Il le regrettait à présent. Il ne l'avait pas aimée, mais ça n'avait pas été sa faute à elle, non, même s'il lui avait reproché de ne pas être ce que, selon lui, elle aurait dû être pour qu'il puisse l'aimer.

Il grogna parce qu'il se sentait tout noué de l'intérieur et qu'un bon grognement l'avait toujours aidé à se détendre. Tammy leva la tête. En voyant son grand-père, elle prit un air méfiant, et on ne pouvait pas lui en vouloir. Ils étaient un peu en délicatesse, tous les deux. Depuis qu'il avait trouvé cette lettre sous son matelas et la lui avait brandie sous le nez, elle ne s'était adressée à lui que pour répondre à ses questions.

— Tu devrais pas être ici toute seule, lui dit-il.

— Pourquoi donc ?

Elle posa les mains de chaque côté du tiroir-caisse. L'espace d'un instant, Selevan crut qu'elle faisait ce geste parce qu'elle s'imaginait qu'il allait bondir sur les billets et les fourrer sous sa chemise en flanelle. Mais elle attrapa le tiroir et l'emporta dans l'arrière-boutique qui, en plus du stock et des ustensiles de ménage, accueillait un énorme coffre-fort ancien. Elle rangea le tiroir-caisse à l'intérieur, rabattit la porte et fit tourner la molette. Après quoi elle ferma la porte de l'arrière-boutique et glissa la clé sous le téléphone.

— Tu ferais mieux d'appeler ton patron, petite, dit Selevan.

Il avait conscience que sa voix était bourrue, mais elle l'était toujours quand il parlait à sa petite-fille, il n'y pouvait rien.

— Pourquoi ? demanda-t-elle.

— Il est temps de partir d'ici.

Son expression ne changea pas, mais ses yeux, si. Exactement comme sa tante Nan, songea Selevan. Exactement comme la fois où il avait dit à Nan que, bordel, elle pouvait fiche le camp si elle aimait pas les règles de la maison, dont l'une, enfin merde, disait que c'était son père qui décidait qui sa fille voyait et quand, et crois-moi, ce sera pas ce loubard avec ses motos. Il en avait cinq, bon sang. Cinq putains de motos, et chaque fois il arrivait en pétaradant sur une nouvelle avec ses ongles crasseux. Qui aurait pu imaginer qu'il saurait en tirer profit et qu'il créerait ces... comment ça s'appelait déjà ? Des choppers ? Oui. Des choppers. Exactement comme en Amérique, où tout le monde était assez dingue et assez riche pour acheter quasiment n'importe quoi. C'est ça que tu veux ? avait-il beuglé. C'est ça ?

Mais Tammy ne protesta pas comme Nan l'aurait fait. Elle ne balança pas tout ce qui lui tombait sous la main pour faire une scène.

— Très bien, grand-père, dit-elle d'un ton résigné.

Puis elle ajouta :

— Mais je ne le retire pas.

— Quoi ?

— Ce que j'ai dit avant.

Selevan tenta de se rappeler leur dernière vraie conversation, pas simplement « passe-moi le sel », la moutarde ou le flacon de sauce piquante… Il revit sa réaction quand il lui avait brandi la lettre sous le nez.

— Ah, ça, dit-il. On n'y peut rien, hein.

— Si, on y peut quelque chose. Mais ça n'a plus d'importance maintenant. Ça ne changera rien, tu sais, quoi que tu penses.

— Quoi ?

— Que tu me renvoies. Papa et maman croyaient aussi que ça changerait quelque chose, quand ils m'ont obligée à quitter l'Afrique. Mais ça ne changera rien du tout.

— Tu crois ça ?

— Je le sais.

— Je ne veux pas dire : le fait de partir, mais ce que tu crois que je pense.

Elle parut troublée. Puis, comme souvent, son expression se modifia d'un coup. Est-ce que tous les adolescents étaient comme ça ?

— Suppose, reprit-il, que ton grand-père soit plus compliqué qu'il en a l'air. T'y as jamais pensé ? Je parie que non. Alors ramasse tes affaires et passe ce coup de fil à ton patron. Dis-lui où tu laisses la clé et fichons le camp.

Sur ce, il sortit de la boutique. Un flot de voitures remontait le Strand : les gens rentraient du boulot. Ils arrivaient de la zone industrielle, parfois de plus loin, jusqu'à Okehampton. Bientôt, Tammy le rejoignit et il se remit en marche. Elle le suivit avec une lenteur qu'il interpréta comme elle l'escomptait sans doute : comme un manque d'enthousiasme à l'égard des projets que son grand-père nourrissait pour elle.

— Il me semble que t'as ton passeport sur toi, lui dit-il. Quand l'as-tu récupéré ? Il était pourtant bien caché.

— Ça fait un bout de temps.

— Tu comptais en faire quoi ?

— J'en savais rien au début.

— Et maintenant, si ?

— J'économisais.

— Pour quoi faire ?

— Aller en France.

— En France, tiens donc ? Tu veux aller voir le gai Paris ?

— Lisieux, dit-elle.

— Lis quoi ?

— Lisieux. C'est là que… tu sais…

— Ah ! Un pèlerinage, c'est ça ? Ou autre chose.

— Ça n'a pas d'importance. Je n'ai pas encore assez d'argent de toute façon. Mais si je l'avais, je partirais d'ici. Ça n'a rien de personnel, grand-père.

— J'avais bien compris. Mais je suis content que t'aies pas mis les bouts. J'aurais eu du mal à expliquer ça à tes parents. Ben voilà, elle est partie en France, prier dans une espèce de lieu saint dont elle a entendu parler dans un de ces bouquins de bigote qu'elle est pas censée lire, mais que je l'ai laissée lire, me disant que ça changerait pas grand-chose dans un sens ou dans l'autre… Ils m'auraient fait la peau sur ce coup-là, tes parents. Tu le sais, pas vrai ?

— Oui, mais, grand-père, il y a des choses auxquelles on ne peut rien.

— Celle-là, c'en est une ?

— C'est comme ça.

— T'en es sûre, dis ? Parce que c'est ce que disent toutes les filles quand une secte leur met la main dessus et les envoie récolter un argent dont elles voient jamais la couleur. Après, elles se retrouvent piégées comme des rats sur un navire qui coule. Tu le sais, dis ? Un gourou qui sait repérer les nanas dans ton genre, qui leur fait des bébés, comme un cheik sous sa tente avec ses deux douzaines d'épouses. Ou bien un de ces… tu sais, un polygameur.

— Polygame. Tu ne crois quand même pas que ça se passe comme ça, grand-père. Tu plaisantes. Sauf que je ne trouve pas ça drôle, tu vois.

Ils étaient arrivés à la voiture. En montant, Tammy aperçut son sac à l'arrière. Elle fit une moue qui voulait dire « destination l'Afrique ». Retour chez papa-maman, en attendant qu'ils échafaudent un autre plan pour la décourager. Comme l'envoyer en Sibérie, ou dans le bush australien.

Elle boucla sa ceinture et croisa les bras, le regard obstinément fixé sur le canal devant elle. Son expression ne s'adoucit même pas à la vue des canetons qui agitaient frénétiquement leurs petites pattes palmées, tels des coureurs miniatures, pour suivre leur mère à la surface du canal ; tout à fait le genre de miracle que, selon son grand-père, elle aurait dû apprécier. Mais non. Elle se concentrait sur ce qu'elle pensait être son proche avenir : le trajet jusqu'à Heathrow ou Gatwick, un avion qui décollerait le soir même ou le lendemain pour l'Afrique. Probablement le lendemain, ce qui voulait dire une longue nuit à l'hôtel. Peut-être préparait-elle un plan d'évasion. Par la fenêtre de l'hôtel ou par l'escalier, puis direction la France, par tous les moyens.

Il se demanda s'il devait la laisser croire que c'était là qu'il l'emmenait. Mais ça paraissait cruel de laisser souffrir cette pauvre gamine. Elle avait assez souffert comme ça. Elle avait tenu bon, malgré tout ce qu'on lui avait fait subir, et cette persévérance signifiait forcément quelque chose, même si cette chose leur était insupportable à tous.

Il déclara en faisant démarrer la voiture :

— J'ai passé un coup de fil. Y a un jour ou deux.

— Il fallait bien, je suppose, répondit-elle d'un ton maussade.

— Pas faux. Ils voulaient te parler aussi, mais je leur ai dit que t'étais pas disponible…

— Merci, c'est toujours ça.

Tammy tourna la tête et examina le paysage. Ils traversaient Stratton et roulaient vers le nord sur l'A39. Il n'y avait pas d'itinéraire facile pour quitter la Cornouailles, mais ça faisait partie de son charme.

— Je n'ai pas tellement envie de leur parler, grand-père. On s'est déjà dit tout ce qu'on avait à se dire.

— Tu crois ça ?

— On en a discuté en long et en large. On s'est engueulés. J'ai essayé d'expliquer, mais ils ne comprennent pas. Ils ne veulent pas comprendre. Ils ont leurs projets, j'ai les miens, un point c'est tout.

— Je savais pas que tu leur avais parlé.

Selevan avait volontairement pris un ton pensif.

— Comment ça, tu ne savais pas ? s'exclama Tammy. On n'a fait que ça avant qu'ils m'envoient ici. J'ai parlé, maman a pleuré, papa a crié. D'après moi, il n'y avait pourtant pas de quoi se disputer. Soit on comprend, soit on ne comprend pas, et eux ne comprennent pas. D'ailleurs, comment le pourraient-ils ? Étant donné sa façon de vivre, j'aurais dû me douter que maman ne me soutiendrait jamais. Tout ce qui l'intéresse, c'est les magazines de mode et les journaux people, et d'essayer de jouer les Posh Spice dans un endroit où les boutiques de designers sont loin de grouiller, d'autant qu'elle pèse au moins cent kilos de plus que Posh Spice, ou quel que soit son nom aujourd'hui.

— Mais de qui tu parles ?

— Posh Spice. Tu sais bien ? Maman se fait livrer *Hello !* et *OK !* par camions entiers, sans parler de *Vogue* et de *Tatler* et de je ne sais quoi encore. Toute son ambition, c'est de ressembler à ces bonnes femmes et de vivre comme elles. Mais moi, ce n'est pas ce que j'attends de l'existence, grand-père, et ça ne changera jamais, même si tu me renvoies à la maison.

— Je ne savais pas que tu leur avais parlé, répéta Selevan. Elle m'a dit qu'ils ne t'avaient pas parlé.

Tammy se retourna sur son siège pour lui faire face.

— Qui ça, elle ?

— La mère je-ne-sais-quoi. La mère supérieure. C'est bien comme ça qu'on dit ?

Tammy resta sans voix, puis elle se mordit la lèvre inférieure et se mit à la téter comme une enfant prise en faute. Selevan sentit son cœur se serrer. Pour beaucoup de choses, elle était encore une petite fille. Il comprenait que ses parents ne supportent pas l'idée de la voir disparaître derrière les portes d'un couvent. Pas ce genre de couvent, en tout cas, dont on ne ressortait que les pieds devant. Ça n'avait aucun sens pour eux. C'était tellement… tellement contraire à ce qu'on attendait d'une jeune fille : qu'elle s'intéresse aux escarpins à talons hauts, au rouge à lèvres, aux extensions capillaires, aux jupes mini ou maxi, aux blousons, aux débardeurs, à la musique et aux garçons et aux stars de cinéma, et au moment où elle allait tomber sa culotte pour un mec. À dix-sept ans, on n'était pas censé se préoccuper de l'état du monde, de la guerre, de la faim, de la maladie, de la pauvreté et de l'ignorance. Surtout, on n'aspirait pas à se revêtir d'un sac et à se couvrir la tête de cendres, ni à passer sa vie dans une petite cellule meublée en tout et pour tout d'un lit, d'un prie-Dieu et d'une croix, à égrener un chapelet, à se lever à l'aube pour prier, prier et encore prier, et tout du long enfermée à l'écart du monde.

— Grand-père… commença Tammy.

— Voilà qui je suis, petite. Ton grand-père qui t'aime.

— Tu as téléphoné… ?

— Ben quoi, c'est ce que disait la lettre, non ? Téléphoner à la mère Machin pour convenir d'un rendez-vous. Certaines jeunes filles s'aperçoivent que c'est trop dur pour elles, elle m'a dit. Elles trouvent ce mode de vie romantique, et je vous assure qu'il n'en est rien, Mr Penrule. Mais nous proposons des retraites à des particuliers et à des groupes, et si votre petite-fille veut participer à une de ces retraites, nous voulons bien l'accueillir.

Les yeux de Tammy lui évoquèrent à nouveau ceux de Nan, mais les yeux de Nan tels qu'ils auraient dû être en regardant son père, non tels qu'ils étaient devenus à force de l'entendre fulminer.

— Grand-père, tu ne m'emmènes pas à l'aéroport ?

— Bien sûr que non, dit-il comme s'il trouvait parfaitement logique d'aller à l'encontre des souhaits des parents de Tammy, et de conduire celle-ci jusqu'à la frontière écossaise afin qu'elle passe une semaine dans un couvent de carmélites.

Il ajouta :

-— Tes parents n'en savent rien, et ils ne sauront pas.

— Mais si je décide de rester… Si je m'aperçois que c'est bien ce que je m'imaginais et que je recherchais… Il faudra bien le leur dire.

— Laisse-moi m'inquiéter de ça.

— Mais ils ne te pardonneront jamais. Si je décide… Ils ne l'accepteront jamais.

— Ma petite, dit Selevan, ils penseront ce qu'ils voudront.

Plongeant la main dans le vide-poche de sa portière, il en sortit un guide routier de la Grande-Bretagne qu'il tendit à Tammy.

— Si on doit rouler jusqu'en Écosse, il va me falloir une copilote qui assure. Tu penses être à la hauteur ?

Le sourire de sa petite-fille lui broya le cœur.

— Ah ça oui ! s'exclama-t-elle.

— Alors, cap vers l'Écosse.

Quand Bea Hannaford se repassa le film des événements qui avaient abouti à ce qu'un assassin échappe à une inculpation pour meurtre, elle commença par chercher un responsable. Son choix se fixa d'abord sur Ray. S'il lui avait envoyé l'équipe qu'elle réclamait, elle n'aurait pas été obligée de se reposer sur les hommes du TAG, qui n'avaient aucune idée des subtilités d'une enquête criminelle, ni sur le constable McNulty, qui avait stupidement divulgué des informations capitales à la famille de la victime. Le sergent Collins, au moins, n'avait jamais quitté le commissariat assez longtemps pour causer des problèmes. Quant au sergent Havers et à Thomas Lynley, Bea aurait bien voulu les accabler à leur tour, ne serait-ce qu'en raison

765

de leur exaspérante loyauté l'un envers l'autre, mais elle n'avait pas le cœur à le faire. Hormis lui avoir tu des renseignements au sujet de Daidre Trahair, qui s'étaient révélés sans rapport avec l'affaire qui les intéressait, ils avaient toujours plus ou moins respecté ses consignes.

En définitive, toute la faute retombait sur elle : c'était elle qui était chargée de l'enquête, et à plusieurs reprises elle avait montré un entêtement coupable, qu'il s'agisse de la supposée culpabilité de Daidre Trahair ou de son insistance à disposer d'une salle des opérations sur place. Et elle s'était cramponnée au désir de travailler à Casvelyn, et non ailleurs, où elle aurait disposé d'un personnel qualifié, pour la simple raison que Ray lui avait dit qu'elle avait tort.

Ce genre d'erreur mettait son avenir en jeu.

« Un dossier vide de preuves. » Existait-il une phrase plus horrible que celle-ci ? Peut-être « Notre mariage est terminé », et Dieu sait que beaucoup de flics l'entendaient, cette phrase, dans la bouche d'un conjoint qui ne pouvait plus supporter la vie de femme ou de mari de flic. Mais « un dossier vide de preuves », cela voulait dire laisser une famille dans la douleur, sans pouvoir traduire un coupable devant le tribunal. Malgré les longues heures de travail, les efforts fournis, les données passées au crible, les rapports de la police scientifique, les interrogatoires, les hypothèses, il n'y avait plus rien à faire, sinon tout reprendre depuis le début, ou laisser le dossier ouvert et le déclarer « non résolu ». Mais comment le considérer ainsi, alors qu'ils savaient pertinemment qui était le tueur et qu'il allait échapper à la justice ? Dans une affaire non résolue, il subsistait toujours l'espoir que survienne un élément nouveau, mais pas dans celle-ci.

Et au lieu de lui donner les moyens de faire redémarrer l'enquête, sa hiérarchie risquait de lui demander des comptes sur son lamentable échec.

Ray… C'était lui la cause de tout. Ray ne tenait pas à ce qu'elle réussisse. Il voulait sa peau depuis presque quinze ans, alors même qu'il était à l'origine de leur séparation.

Faute de pouvoir donner une nouvelle orientation à l'enquête, elle chargea son équipe de réexaminer tous les éléments, afin d'y trouver matière à inculper Jago Reeth, alias Jonathan Parsons, de meurtre. Il y avait forcément quelque chose. Ils s'attelleraient à la tâche après une bonne nuit de repos, car ils n'allaient pas beaucoup fermer l'œil tant que cette affaire ne serait pas réglée. Bea donna l'exemple en regagnant son domicile.

À peine arrivée, elle se rendit au placard dans lequel elle rangeait ses balais et ses serpillières, mais aussi ses bouteilles de vin. Elle en prit une au hasard et l'emporta dans la cuisine. Du rouge. Un shiraz. Un truc d'Afrique du Sud qui s'appelait *Goats Do Roam in Villages*[1]. Un programme intéressant… Elle avait oublié où et quand elle l'avait acheté, mais elle était à peu près certaine de l'avoir choisi uniquement à cause de son nom et de son étiquette.

Elle déboucha le vin, remplit un mug à ras bord et s'assit face au calendrier. Cette vision la déprima autant que le souvenir des six jours qui venaient de s'écouler. Elle se remémora son dernier rancard, presque un mois plus tôt. Un architecte. Il lui avait paru pas mal sur l'écran, puis au téléphone. Des propos

---

1. « Les chèvres errent dans les villages… » *(N.d.T.)*

banals, des petits rires nerveux et des âneries de ce genre, mais il fallait s'y attendre, non ? Après tout, ce n'était pas un mode de rencontre normal, pour autant qu'il existât encore une norme dans ce domaine. Ils avaient décidé de prendre un café, ou un verre. Le type s'était pointé avec des photos de sa maison de vacances, d'autres de son bateau, encore d'autres de ses vacances au ski, de sa voiture, qui était peut-être, ou peut-être pas, une Mercedes, car le temps d'y arriver, Bea avait déjà décroché. Moi, moi, moi, proclamait la conversation du bonhomme. Elle avait failli pleurer, ou s'endormir. Au cours de la soirée, elle avait bu deux Martini dry, ce qui aurait dû la dissuader de prendre le volant. Mais son désir de fuir avait triomphé de son bon sens, et elle avait roulé au pas en croisant les doigts pour ne pas se faire arrêter. Avant qu'ils se séparent, le type lui avait lancé avec un sourire affable : « Merde, j'ai parlé que de moi, on dirait. Enfin bon, la prochaine fois… » Y aura pas de prochaine fois, mon coco, avait-elle pensé, comme avec tous les autres.

Elle ne se rappelait pas le nom du type, juste le surnom qu'elle lui avait donné, Branleur à Bateau, ce qui le distinguait de tous les autres branleurs. Était-il possible de tomber sur un homme de sa génération qui n'ait pas de bagages, ou qui soit avant tout une personne, non un métier conduisant à l'acquisition d'une montagne de biens ? Elle commençait à croire que non, à moins de le chercher parmi tous ces divorcés qu'elle avait également rencontrés, des mecs qui ne possédaient plus qu'un tas de ferraille, un studio meublé et une montagne de factures à payer. Pourtant, il devait bien exister quelque chose entre ces deux extrêmes. Ou bien était-ce là l'unique horizon d'une femme seule quand elle atteignait ce qu'on appelait pudiquement « un certain âge » ?

Bea siffla son vin. Elle songea tout à coup qu'elle ferait mieux de l'accompagner de quelque chose, au moins une soupe en boîte. Ou peut-être quelques bâtonnets de bœuf séché ? Une pomme ? Du beurre de cacahuète ? Elle devait bien avoir une cochonnerie quelconque à étaler sur du pain moisi. On était en Angleterre, après tout.

Elle se força à se lever, ouvrit le réfrigérateur et explora du regard ses profondeurs glacées. Elle trouva un gâteau au caramel tout poisseux, un vieux friand à la viande et aux oignons qui pourrait tenir lieu de plat principal. Et comme hors-d'œuvre, des nouilles instantanées ? Pour les légumes, elle devait bien avoir une boîte de quelque chose… Des pois chiches ? Des carottes et des navets ? Bon Dieu, à quoi pensait-elle la dernière fois où elle avait fait les courses ? Probablement à rien. Elle avait sans doute poussé le chariot au hasard le long des allées. L'obligation de nourrir Pete convenablement l'avait incitée à faire un saut au supermarché mais, une fois sur place, elle avait dû être distraite par un appel sur son portable et le résultat final était… ça.

Elle attrapa le gâteau poisseux et décida de sauter le hors-d'œuvre, le plat de résistance et les légumes pour passer directement au dessert – le meilleur moment du repas, comme chacun sait. Pourquoi se serait-elle refusé ce plaisir, elle qui avait tant besoin de se remonter le moral ?

Elle était sur le point d'attaquer le gâteau quand on frappa à la porte avant d'introduire une clé dans la serrure. Elle reconnut la voix de Ray :

— … esprit de compromis, mon vieux.

À quoi Pete répondit :

— La pizza, c'est déjà un compromis, papa, quand on est fixé sur un McDo.

— Je t'interdis de lui acheter un Big Mac, cria Bea.

— Tu vois ? reprit Ray. Ta mère est tout à fait d'accord avec moi.

Ils entrèrent dans la cuisine. Ils portaient des casquettes de base-ball assorties, et Pete arborait son sweat-shirt d'Arsenal. Ray était en jean, avec un anorak taché de peinture. Le jean de Pete présentait un trou au genou.

— Où sont les chiens ? demanda Bea.

— À la maison, répondit Ray. On a…

— Maman, papa a trouvé un super club de paintball, annonça Pete. C'était extra !

Il fit semblant de tirer sur son père.

— Bim ! Bam ! Boum ! Faut mettre une combinaison, on te donne une arme et hop ! c'est parti. Je t'ai bien eu, hein, papa ? Je me suis ramené par-derrière…

— Je me suis glissé, rectifia patiemment Bea.

Elle ne put réprimer un sourire tandis que son fils mimait la façon dont il avait éliminé son père à grands jets de peinture. C'était exactement le genre de jeu auquel elle s'était toujours juré que son fils ne jouerait pas : un simulacre de guerre. Et pourtant, quoi qu'on fasse, les garçons adoraient ça.

— Tu pensais pas que je serais aussi bon, pas vrai ? demanda Pete à son père, lui donnant par jeu un coup de poing à l'épaule.

Ray passa un bras autour du cou de Pete et l'attira contre lui. Il planta un baiser sonore sur la tête de son fils et frotta ses phalanges sur son épaisse tignasse.

— Va récupérer ce que tu es venu chercher, le surdoué du paintball. Il faut qu'on s'occupe du dîner.

— Pizza !

— Curry ou chinois. C'est ce que j'ai à te proposer de mieux. Ou bien on peut manger du foie de veau aux oignons à la maison. Servi avec des choux de Bruxelles et des fèves.

Pete éclata de rire. Il sortit en trombe de la pièce et ils l'entendirent monter l'escalier quatre à quatre.

— Il voulait son lecteur de CD, expliqua Ray.

Il sourit en entendant le barouf dans la chambre de Pete.

— En fait, il rêve d'un iPod et il pense qu'en voyant le nombre de CD qu'il est obligé de trimballer alors qu'il pourrait avoir un engin de la taille de... Quelle taille font-ils ? Je n'arrive plus à suivre, avec la technologie.

— C'est à ça que servent les mômes, de nos jours. Je serais complètement larguée sans Pete.

Ray la regarda tandis qu'elle prenait une portion du gâteau au caramel. Elle le salua avec sa cuiller.

— Qu'est-ce qui me fait croire que c'est là tout ton dîner, Beatrice ?

— Ce doit être parce que tu es flic.

— Alors c'est bien le cas ?

— Hmm.

— À la bourre ?

— Si seulement...

Elle décida de tout lui dire. Il l'apprendrait tôt ou tard de toute façon, alors autant que ce soit de sa bouche. Elle lui donna tous les détails et attendit sa réaction.

— Merde ! s'exclama-t-il. C'est un vrai...

Comme il semblait chercher le terme, elle proposa :

— Un vrai fiasco ? Causé par bibi ?

— Ce n'est pas ce que j'allais dire.

— Mais tu le pensais.

— Pour le fiasco, oui. Mais tu n'y es pour rien.

Bea détourna la tête pour ne plus lire la compassion sur le visage de Ray. Elle regarda la fenêtre qui, de jour, aurait donné sur un bout de jardin, ou ce qui en tenait lieu. Ce jardin aurait dû être paillé à cette époque de l'année, au lieu de quoi il s'offrait à toutes les graines lâchées en vol par les linottes et les alouettes des champs. Ces graines sauvages étaient en train de germer, et d'ici un mois ou deux elle aurait un boulot du diable pour mettre de l'ordre dans cette pagaille.

— J'étais décidée à te faire des reproches, dit-elle.

— Pour ?

— Le fiasco. Une salle des opérations foireuse. Pas d'équipe digne de ce nom. Et moi, abandonnée à mon sort avec le constable McNulty, le sergent Collins et les quatre pelés que tu as daigné m'envoyer.

— Ça ne s'est pas passé comme ça.

— Oh, je le sais, fit-elle d'un ton las.

Elle avait l'impression d'avoir nagé contre le courant pendant trop longtemps.

— Et c'est moi qui avais envoyé le constable McNulty chez les Kerne le jour où il leur a annoncé qu'il s'agissait d'un meurtre. Je croyais qu'il ferait preuve de bon sens mais j'avais tort. Et je pensais qu'on finirait par découvrir quelque chose, un petit truc, un détail... N'importe quoi. Mais on n'a rien trouvé.

— C'est encore possible.

— J'en doute. À moins de compter une remarque erronée au sujet d'une affiche de surf, qui risque de ne pas peser lourd aux yeux du ministère public.

Elle reposa sa cuillerée de gâteau.

— J'ai longtemps cru que le meurtre parfait n'existait pas. La police scientifique avait fait trop de progrès. Plus personne ne pouvait tuer sans laisser une seule trace derrière soi. C'était tout bonnement impossible.

— Il y a du vrai là-dedans, Beatrice.

— Mais ce que je n'ai pas su voir, c'est que l'assassin avait tout loisir de planifier, organiser et commettre ce... ce meurtre ultime de telle manière que chaque détail possédait une explication. Jusqu'au plus infime élément médico-légal, qui pouvait relever de la vie quotidienne. Pourquoi est-ce que je ne m'en suis pas aperçue ?

— Peut-être que tu avais d'autres choses en tête.

— Par exemple ?

— Des choses de la vie, même si tu t'acharnes à le nier.

Elle voulut éluder.

— Ray...

— Tu n'es pas qu'un flic, Beatrice. Bon sang, tu n'es pas une machine !

— Parfois je me le demande.

— Eh bien pas moi.

De la musique retentit à pleins tubes à l'étage. Pete choisissait ses CD... Ils écoutèrent un moment les miaulements d'une guitare électrique. Pete aimait le rock des années 1970. Jimi Hendrix était son guitariste préféré, juste devant Duane Allman et son bottleneck improvisé avec un flacon de sirop.

— Bon Dieu ! s'écria Ray. On va lui acheter un iPod.

Bea sourit.

— C'est quelqu'un, ce gosse.

— Notre gosse, Beatrice, déclara-t-il tranquillement.

Elle ne fit pas de commentaire. Au lieu de ça, elle balança le gâteau visqueux à la poubelle, lava sa cuillère et la posa sur l'égouttoir.

— On peut en discuter ? demanda Ray.

— Tu as l'art de choisir ton moment, pas vrai ?

— Beatrice, ça fait une éternité que je veux qu'on en parle. Tu le sais.

— C'est vrai. Mais pour l'instant… Tu es un flic et un bon flic. Tu vois dans quel état je suis. Surprendre le suspect dans un moment de faiblesse. « Créer », si on peut, le moment de faiblesse… C'est une technique élémentaire, Ray.

— Non.

— Quoi ?

— Ce n'est pas élémentaire. Beatrice, de combien de façons un homme peut-il dire qu'il a eu tort ? Et de combien de façons peux-tu dire à un homme que le pardon ne fait pas partie de… quoi ? De ton répertoire ? Quand je pensais qu'il valait mieux que Pete…

— Tais-toi.

— Il faut que je le dise et il faut que tu écoutes. Quand je pensais qu'il valait mieux que Pete ne voie pas le jour… Que tu te fasses avorter…

— Tu disais que c'était ce que toi tu voulais.

— J'ai dit beaucoup de choses. Je dis beaucoup de choses. Et parfois, je parle sans réfléchir. Surtout quand…

— Quoi ?

— Je ne sais pas. Quand j'ai peur, je suppose.

— Peur d'un bébé ? On en avait déjà eu un.

— Non, pas de ça. Mais du changement. Du bouleversement que cette naissance allait apporter dans nos vies.

— Ce sont des choses qui arrivent.

— Je comprends. Et j'aurais fini par le comprendre, si tu m'avais laissé le temps de...

— On n'en a pas parlé qu'une fois, Ray.

— Je ne prétends pas le contraire. Je veux bien admettre que j'ai eu tort. J'avais tort, et je m'en suis mordu les doigts pendant des années. Quatorze, pour être exact. Plus, si tu comptes la grossesse elle-même. Je ne voulais pas que ça se passe comme ça. Je ne le veux toujours pas.

— Et tes... distractions ?

— Quoi ? Les femmes ? Pour l'amour de Dieu, Beatrice, je ne suis pas un moine ! Oui, il y a eu des femmes durant ces années. Janice et Sheri et Sharon et Linda et les autres, celles que j'ai oubliées. Et je les ai oubliées parce que je ne voulais pas d'elles. Je voulais effacer... ça.

Il eut un geste qui englobait la cuisine, la maison, les personnes qui l'habitaient.

— Alors ce que je te demande, c'est de me laisser revenir, parce que ma place est ici et on le sait tous les deux.

— Ah bon ?

— Oui. Pete le sait aussi. Tout comme ces foutus clébards.

Ç'aurait été tellement simple... Mais en même temps, non. Les relations homme-femme n'avaient jamais été simples.

— Maman ! cria Pete depuis l'étage. Où t'as mis mon CD de Led Zeppelin ?

— Seigneur, murmura Bea. Par pitié, quelqu'un, filez tout de suite un iPod à ce môme !

— Maman ! *Ma-man !*

— J'adore quand il m'appelle comme ça, confia-t-elle à Ray. Ça n'arrive plus très souvent. Il grandit tellement vite.

Elle cria en retour :

— Je sais pas, mon chéri. Vérifie sous ton lit. Et pendant que tu y es, mets les affaires que tu trouveras dessous dans le panier de linge sale. Et puis, descends les vieux sandwichs au fromage à la poubelle. En commençant par en détacher les souris.

— Très drôle ! brailla Pete. Papa ! Force-la à avouer. Elle sait où il est. Elle l'a en horreur et elle l'a caché.

Ray cria à Pete :

— Fils, ça fait un bout de temps que j'ai compris qu'on ne pouvait pas forcer ta folle de mère à faire quoi que ce soit ! N'est-ce pas, ma chère ? ajouta-t-il doucement à l'adresse de Bea. Parce que si je le pouvais, tu sais ce que ce serait.

— Mais tu ne peux pas.

— À mon éternel regret.

Elle réfléchit à ce qu'il venait de dire, et à ce qu'il avait dit auparavant.

— Pourquoi éternel ? Ce n'est pas obligé.

Elle l'entendit déglutir.

— Tu es sérieuse, Beatrice ?

— Je crois que oui.

La vitre derrière eux réfléchissait leurs deux silhouettes et le pas hésitant qu'ils firent l'un vers l'autre, tandis que Pete dévalait l'escalier en hurlant :

— Je l'ai retrouvé ! Je suis prêt, papa.

— Toi aussi ? demanda Ray à Bea.

— Pour le dîner ?

— Et pour ce qui suit le dîner.

Elle respira profondément.

— Oui, lui dit-elle.

30

Ils parlèrent peu sur le chemin du retour, et quand ils parlèrent, ce fut pour échanger des banalités. Daidre devait prendre de l'essence ; pour ça, ils devraient quitter la grand-route, si Lynley n'y voyait pas d'inconvénient.

Il n'en voyait aucun. Tant qu'à s'arrêter, désirait-elle une tasse de thé ? Ils devaient pouvoir trouver un hôtel, ou un salon de thé. Peut-être même pourraient-ils s'offrir un authentique goûter cornouaillais : scones, crème fraîche et confiture de fraises.

Daidre gardait le souvenir d'une époque où il était difficile de se procurer de la crème fraîche en dehors de la Cornouailles. Et lui ?

Oui. Et aussi des saucisses dignes de ce nom. Sans parler des pâtés en croûte… Il avait toujours aimé les bons pâtés en croûte, mais ils n'en mangeaient jamais à la maison parce que son père les trouvait… Il s'interrompit. « Communs » était le terme qui s'imposait. « Vulgaires », dans son usage le plus exact.

Daidre lui souffla le premier adjectif. Elle ajouta :

— Et votre famille n'avait rien de commun, n'est-ce pas ?

Il lui raconta que son frère était toxicomane, parce que c'était la vérité. Viré d'Oxford, sa petite amie retrouvée morte avec une seringue dans le bras, lui-même enchaînant les cures de désintoxication depuis lors. Il lui confia qu'il pensait avoir manqué à ses devoirs envers Peter. Chaque fois qu'il aurait dû être présent pour son jeune frère, il avait failli.

— Ce sont des choses qui arrivent, dit-elle. Et vous aviez votre vie.

— Comme vous avez la vôtre.

Elle se garda de dire ce qu'une autre, dans sa situation, aurait pu dire à la fin de la journée qu'ils venaient de passer ensemble : et vous croyez que ça nous met sur un pied d'égalité, Thomas ? Mais il savait qu'elle le pensait. Que pouvait-elle penser d'autre, alors qu'il avait évoqué Peter au milieu d'une conversation anodine ? Malgré cela, il avait envie de lui livrer d'autres détails sur sa vie, pour l'obliger à voir ce qui les rapprochait, et non ce qui les séparait. Il brûlait de lui parler de son beau-frère, assassiné une dizaine d'années plus tôt, de lui révéler qu'il avait été soupçonné du meurtre, au point d'être emprisonné et soumis à un interrogatoire poussé sous prétexte qu'il n'avait jamais fait mystère de son aversion pour Edward Davenport et pour ce que celui-ci avait fait subir à sa sœur. Mais, en lui faisant cette confidence, il aurait eu l'impression d'exiger d'elle quelque chose qu'elle ne pouvait pas lui donner.

Il regrettait profondément la position dans laquelle il l'avait mise, et ses protestations n'y changeraient rien. Il y avait entre eux un énorme fossé, dû d'abord à la naissance, ensuite à l'enfance, et enfin à l'expérience. Il ne pouvait pas lui expliquer que ce fossé n'existait que dans sa tête à elle, et non dans la sienne. C'était un peu facile : aux yeux de Daidre, ce fossé était tellement réel qu'elle ne comprendrait jamais qu'il ne le soit pas aussi pour lui.

Vous ne me connaissez pas vraiment, avait-il envie de lui dire. Qui je suis, les gens que je fréquente, les amours qui ont marqué ma vie... Mais comment le pourriez-vous ? Les articles de journaux – tabloïds, magazines, peu importe – ne mentionnent que les événements spectaculaires, poignants, sordides. Ils ne citent jamais ces pans d'existence composés de détails quotidiens, à la fois précieux et inoubliables. Pas assez dramatiques... Et pourtant, au bout du compte, ce sont ces moments-là qui nous définissent.

Non que ce qu'il était ait eu la moindre importance. Cela avait cessé d'en avoir à la mort de Helen.

En tout cas, c'est ce qu'il s'était dit alors. Sauf que ce qu'il ressentait à présent démentait cette impression. Qu'il puisse se préoccuper des souffrances d'un autre être humain traduisait... quoi ? Une renaissance ? Il ne voulait pas renaître. Une guérison ? Il n'était pas sûr de vouloir guérir. Mais son moi profond, caché derrière son moi apparent, l'inclinait à partager au moins en partie la sensation qu'éprouvait Daidre d'être prise sous le feu des projecteurs, nue comme un ver alors qu'elle s'était si longtemps acharnée à se créer des vêtements.

— J'aimerais revenir en arrière, lui avoua-t-il.

Elle le regarda et il comprit à son expression qu'elle se méprenait sur le sens de ses paroles.

— C'est bien naturel, dit-elle. Qui ne le voudrait pas, à votre place ?

— Je ne parlais pas de Helen, précisa-t-il, même si je donnerais tout pour qu'elle revienne.

— Alors, quoi ?

— Cette situation. Les problèmes que je vous ai causés.

— Ça fait partie de votre boulot, dit-elle.

Mais ce n'était pas son boulot. Il n'était plus flic. Il avait renoncé à cette partie de sa vie parce qu'il ne supportait plus ce métier qui l'avait tenu éloigné de Helen. S'il avait su que les heures de celle-ci étaient comptées, il aurait mis fin à tout cela beaucoup plus tôt.

— Non, répondit-il. Ça ne fait pas partie de mon boulot. Ce n'est pas pour cette raison que j'étais ici.

— Mais on vous a demandé de le faire. Je ne peux pas croire que vous ayez fait ça de votre propre chef.

— Si, dit-il d'un ton lourd de regrets. Mais je veux que vous sachiez que si j'avais su... Parce que, vous comprenez, vous n'avez pas l'air comme...

— Comme ces gens ? Je suis plus propre ? Plus cultivée ? Mieux habillée ? Je m'exprime mieux ? Eh bien, j'ai eu dix-huit ans pour les mettre... pour mettre tout ce... J'ai envie de dire ce terrible « épisode », mais ce n'était pas un épisode. C'était ma vie. C'est elle qui a fait de moi ce que je suis, quelle que soit la personne que j'essaie d'être aujourd'hui. Ce passé-là m'a définie, Thomas.

— Croire cela, c'est faire table rase des dix-huit dernières années. C'est faire table rase de vos parents, c'est nier ce qu'ils ont fait pour vous, la façon dont ils vous ont aimée et intégrée à leur famille.

— Vous avez rencontré mes parents. Vous avez vu ma famille.

— Je voulais parler de vos autres parents. Ceux qui ont été pour vous des parents au sens normal du terme.

— Les Trahair. Oui. Mais ils ne peuvent pas changer le reste. C'est impossible. Le reste est... le reste. Et il sera toujours là.

— Il n'y a pas de honte à cela.

Elle le regarda. Entre-temps, elle avait trouvé une station-service et ils s'étaient garés sur son parking. Elle avait coupé le contact et posé sa main sur la poignée. En bon gentleman, il en avait fait autant, voulant lui éviter d'avoir à manier le pistolet de la pompe.

— C'est comme ça, voyez-vous, dit-elle.

— Quoi ?

— Les gens comme vous...

— S'il vous plaît, non. Il n'y a pas de « gens comme moi ». Il y a seulement des gens. Il y a seulement l'expérience humaine, Daidre.

— Les gens comme vous, persista-t-elle, pensent que le problème, c'est la honte. Parce que c'est ce que vous ressentiriez dans des circonstances analogues. Le nomadisme. Le fait de vivre dans un dépotoir. De mal manger. De porter des vêtements usés. D'avoir les dents déchaussées et des os mal formés. Des yeux fuyants et des mains chapardeuses. Pourquoi apprendre à lire et à écrire quand on peut voler ? C'est ce que vous pensez, et vous n'avez pas tout à fait tort. Mais ce que je ressens, Thomas, n'a rien à voir avec la honte.

— Et c'est... ?

— Du chagrin. Du regret. Comme mon prénom.

— Nous sommes pareils, alors. Malgré les différences...

Elle eut un rire bref et las.

— Nous ne sommes pas pareils, répliqua-t-elle. Sans doute avez-vous joué aux bohémiens, vous, votre frère, votre sœur, vos copains. Vos parents vous avaient peut-être même trouvé une roulotte, qu'ils avaient garée dans un coin du parc. Vous pouviez vous déguiser et faire semblant, mais vous ne l'avez pas vraiment vécu.

Elle sortit de voiture. Il l'imita. Elle s'approcha des pompes et les considéra longuement, comme si elle hésitait sur le choix du carburant. Il prit le pistolet et entreprit de faire le plein.

— Je suis sûr que votre domestique s'en charge pour vous, dit-elle.

— Arrêtez.

— Je ne peux pas m'en empêcher. Je ne le pourrai jamais.

Elle secoua sèchement la tête, comme pour réduire à néant tout ce qui restait informulé entre eux. Elle remonta dans la voiture et ferma la portière. Il remarqua qu'elle regardait droit devant elle, comme si elle cherchait à graver dans sa mémoire la vitrine de la station-service.

Il alla payer. Quand il remonta en voiture, il vit qu'elle avait posé un petit tas de billets sur son siège pour le rembourser. Il les ramassa, les plia avec soin, et les rangea dans le cendrier vide, juste au-dessus du levier de vitesses.

— Je ne veux pas que vous payiez, Thomas, protesta-t-elle.

— Je sais. Mais j'espère que vous accepterez que je le fasse quand même.

Elle démarra. Ils regagnèrent la route. Ils roulèrent quelques minutes en silence. Le paysage défilait derrière les vitres, et le crépuscule les enveloppait tel un voile mouvant.

Comme ils s'engageaient sur le parking de la Salthouse Inn, il finit par lui dire la seule chose qui valait la peine d'être dite, la seule requête de sa part qu'elle exaucerait peut-être. Il avait déjà demandé et essuyé un refus. Il n'aurait su expliquer pourquoi, mais il lui semblait qu'elle se raviserait peut-être.

— Vous voulez bien m'appeler Tommy ? lui demanda-t-il à nouveau.

— Je ne crois pas que je pourrai, répondit-elle.

Il n'avait pas particulièrement faim, mais il savait qu'il devait manger quelque chose. Manger, c'était vivre, et apparemment, il était condamné à continuer à vivre, du moins pour le moment. Après avoir regardé la voiture de Daidre s'éloigner, il entra dans la Salthouse Inn. Il acceptait à la rigueur de dîner au bar, mais pas dans la salle de restaurant.

Il se baissa pour franchir la porte et constata que Barbara Havers avait eu la même idée. Elle était installée près de la cheminée, alors que les autres clients s'entassaient sur des tabourets autour des quelques tables balafrées du pub, et le long du comptoir derrière lequel Brian servait des pintes.

Lynley alla la rejoindre et prit place sur un tabouret en face de la banquette qu'elle occupait. Elle leva les yeux de son assiette. Il reconnut un *shepherd's pie*[1], avec sa garniture traditionnelle de carottes, de chou-fleur, de brocolis, de petits pois en boîte et de frites. Elle avait inondé le tout de ketchup, à part les carottes et les petits pois, qu'elle avait repoussés sur le bord.

1. Sorte de hachis Parmentier, plat traditionnel dans les pubs. *(N.d.T.)*

— Votre maman n'insistait pas pour que vous mangiez tous vos légumes ?

— C'est ça qui est bien quand on est grand, répondit-elle, mettant un peu de hachis sur sa fourchette. On a le droit de boycotter certains aliments.

Elle mâcha en l'observant d'un air songeur.

— Eh bien ? demanda-t-elle.

Il lui raconta sa journée. Ce faisant, il constata que, sans l'avoir prévu ni cherché, il était passé à une autre phase du voyage qu'il avait entrepris. Une semaine plus tôt, il n'aurait pas parlé. Ou, s'il l'avait fait, ç'aurait été pour lâcher une remarque destinée à abréger autant que possible la conversation.

Il dit en conclusion :

— Elle n'a pas voulu comprendre que ce genre de chose – le passé, sa famille, ou du moins les gens qui l'ont mise au monde – n'avait pas d'importance, au fond.

— Mais bien sûr ! s'exclama Havers d'un ton jovial. Ça change absolument rien. Surtout pour un rupin qui a jamais vécu ça.

— Havers, nous avons tous des choses dans notre passé...

— Très juste.

Elle piqua sur sa fourchette des brocolis inondés de ketchup, prenant soin de retirer l'unique petit pois qui s'y était insinué.

— Sauf qu'on n'a pas tous mangé dans de l'argenterie, si vous voyez ce que je veux dire. Et c'est quoi, le truc qui trône au milieu de la table de la salle à manger chez les gens comme vous ? Vous voyez de quoi je parle... Le machin en argent avec des animaux qui sautent dans tous les sens, ou encore des feuilles de vigne, des grappes de raisin ou je ne sais quoi.

— Ça s'appelle un surtout. Mais vous ne croyez quand même pas qu'une chose aussi insignifiante...

— Ce n'est pas l'objet, mais le mot. Vous comprenez ? Vous saviez comment ça s'appelle. Vous croyez qu'elle le sait ? Combien de gens dans le monde savent un truc pareil ?

— Ce n'est pas ça le problème.

— Au contraire. Il y a des endroits, monsieur, où la populace ne met jamais les pieds, et votre salle à manger en fait partie.

— Vous avez déjà dîné dans ma salle à manger...

— Je suis l'exception. Tous tant que vous êtes, vous trouvez mon ignorance charmante. Elle n'y peut rien, vous vous dites. C'est comme si vous disiez : « La pauvre fille, elle est américaine. Elle ne peut pas savoir. »

— Je n'ai jamais pensé...

— Peu importe, fit-elle en brandissant sa fourchette vers lui.

Des frites y étaient embrochées, mais on les devinait à peine sous le ketchup.

— Ça m'est égal, vous comprenez. Je m'en fiche.

— Alors...

— Mais elle, non. C'est ça qui complique tout. Si on s'en fiche, on peut se comporter en toute ignorance, ou du moins faire comme si. Dans le cas contraire, on devient maladroit et on s'emmêle avec les couverts. Seize couteaux et vingt-deux fourchettes, et voilà que ces gens-là mangent leurs asperges avec les doigts ?

Elle reprit une bouchée de hachis, qu'elle fit passer avec une gorgée de bière.

— Havers, dit Lynley, est-ce mon imagination, ou bien avez-vous bu un peu plus que d'habitude ce soir ?

— Pourquoi, j'articule mal ?

— Pas vraiment. Mais…

— Un petit remontant s'impose. Une quinzaine, s'il faut. Je prends pas le volant et je devrais arriver à monter l'escalier.

— Qu'est-ce qui se passe ?

Cela ne ressemblait pas à Havers d'abuser de l'alcool.

Alors elle lui raconta. Jago Reeth, Benesek Kerne, la cabane de Hedra – « Une espèce de cabane de dingue en bordure de la falaise, où on aurait tous pu mourir, je vous assure » –, Jonathan Parsons, Pengelly Cove, Santo Kerne, et…

— Vous voulez dire qu'il a avoué ? la coupa Lynley. C'est vraiment incroyable.

— Monsieur, vous ne comprenez pas. Il n'a pas avoué. Il a supposé. Il a supposé ceci et il a supposé cela, et, en fin de compte, il a pris le large.

— Et Hannaford, qu'est-ce qu'elle a fait ?

— Qu'est-ce qu'elle pouvait faire ? Qu'est-ce qu'on pouvait faire ? Si la pièce avait été écrite par les Grecs, j'imagine que Thor aurait foudroyé le bonhomme…

— Zeus.

— Quoi ?

— Thor est un dieu scandinave. C'est Zeus qui est grec.

— À votre guise, monsieur. J'appartiens, comme on sait, à la populace. Tout ce qui compte, c'est que le type s'en est tiré. Hannaford a pas l'intention de le lâcher, mais elle a que dalle contre lui, grâce à cet abruti de McNulty, dont l'unique contribution à l'enquête aura été de commenter une affiche de surf. Ça, et divulguer des infos confidentielles. C'est un foutu gâchis, et je suis contente de ne pas en être la cause.

— C'est terrible pour la famille, soupira Lynley.

— Ça, on peut le dire. Vous mangez un morceau, monsieur ?

— J'en avais l'intention. Comment est le hachis ?

— C'est du hachis, quoi. Faut pas être trop exigeant dans les pubs. Disons que Jamie Oliver a pas de souci à se faire.

Elle piqua un peu de hachis sur sa fourchette et le lui tendit.

Il enfourna la bouchée et mastiqua. Ça irait, songea-t-il. Il s'apprêtait à se lever pour passer commande au comptoir quand Havers l'arrêta :

— Monsieur, si ça ne vous ennuie pas…

Au ton qu'elle avait employé, il devina ce qui allait suivre.

— Oui ?

— Est-ce que vous allez rentrer à Londres avec moi ?

Il se rassit et dirigea son regard vers l'assiette de Havers : les restes de hachis, les petits pois et les carottes soigneusement mis de côté. Du pur Havers, songea-t-il. Le repas, les carottes, les petits pois, la conversation qu'ils avaient eue, et même cette question.

— Havers…

— S'il vous plaît.

Il leva les yeux vers elle. Visage ingrat, mal fagotée, mal coiffée : Havers telle qu'en elle-même. Derrière le masque d'indifférence qu'elle présentait au monde, il vit ce qu'il avait vu en elle dès le début : le sérieux et la sincérité d'une femme unique, sa collègue, son amie.

Il répondit :

— Plus tard. Pas tout de suite, mais plus tard.

— Quand ? insista-t-elle. Est-ce que vous pouvez au moins préciser quand ?

Il regarda vers la fenêtre, qui était orientée à l'ouest. Il réfléchit aux étapes qu'il avait franchies jusque-là et à toutes celles qui lui restaient à franchir.

— Il faut que je termine ma randonnée. Ensuite, on verra.

— C'est bien vrai ?

— Oui, Barbara. C'est bien vrai

Remerciements

J'aimerais exprimer toute ma reconnaissance aux personnes qui m'ont aidée à rassembler les informations nécessaires à la rédaction de ce roman, tant en Angleterre qu'aux États-Unis.

En Cornouailles, je tiens à remercier Nigel Moyle et Paul Stickney, de Zuma Jay's Surf Shop, à Bude, pour m'avoir aidée à comprendre le surf cornouaillais, si différent de celui qu'on pratique à Huntington Beach, en Californie, où j'ai vécu de longues années. J'aimerais aussi remercier Adrian Phillips, de FluidJuice Surfboards, à St Merryn, et Kevin White, de Beach Beat Surfboards, à St Agnes, pour m'avoir initiée à la confection (« shape ») des planches, aussi bien pour les planches fabriquées dans des pains de polystyrène que pour les planches creuses en carbone d'invention plus récente.

Juste au nord de Widemouth Bay, Rob Byron, de chez Outdoor Adventures, m'a tuyautée sur l'escalade et tout ce qui a trait à ce sport. J'ai recueilli des détails complémentaires auprès de Toni Carver à St Ives.

Alan Mobb a eu la bonté de me renseigner sur le fonctionnement de la police en Cornouailles, et ce à deux reprises, après que je me fus aperçue que mon magnétophone n'avait pas fonctionné la première fois.

J'ai recueilli d'autres renseignements à Geevor Tin Mine, Blue Hills Tin Streams, aux Lost Gardens of Heligan, à la Cornish Cyder Farm, à l'église paroissiale de Gwithian, à l'église de Zennor, et sous le toit de Des Sampson à Bude.

À Londres, Swati Gamble s'est révélée cette fois encore une source inestimable d'informations, en répondant de bonne grâce à mes questions sur une foule de sujets, ce dont je lui suis extrêmement reconnaissante.

Aux États-Unis, les excellents surfeurs Barbara et Lou Fryer ont été les premiers à me raconter la dernière sortie de Mark Foo. Ils m'ont également fourni des compléments d'information sur la technique du surf, afin que les passages de mon livre consacrés à ce sport présentent un minimum de vraisemblance. Le Dr Tom Ruben m'a fourni les détails médicaux. Susan Berner a une fois de plus gracieusement consenti à lire la deuxième version de mon texte, formulant comme toujours de précieuses critiques, et mon assistante Leslie Kelly a effectué de remarquables recherches sur plus de sujets que je ne pourrais en énumérer ici, du roller derby au vélo acrobatique.

Peut-être la faveur la plus grande m'a-t-elle été accordée par Lawrence Beck, qui a réussi à me dénicher LA photo de feu Jay Moriarty dont j'avais besoin pour terminer mon roman.

Les livres suivants m'ont été d'une grande utilité : *Inside Maverick's, Portrait of a Monster Wave*, édité par Bruce Jenkins et Grant Washburn ; *Tapping the Source*, de Kem Nunn ; *Surf UK*, de Wayne Alderson ; *Bude Past and Present*, de Bill Young et Bryan

Dudley Stamp ; ainsi que divers guides sur le sentier côtier du Sud-Ouest.

Enfin, je remercie mon mari, Thomas McCabe, pour son soutien sans faille, son enthousiasme constant et ses encouragements perpétuels ; mon assistante, Leslie Kelly, pour les innombrables services qu'elle me rend afin de me libérer du temps pour écrire ; mes éditeurs aux États-Unis et en Angleterre – Carolyn Marino et Sue Fletcher, respectivement –, qui ne m'ont jamais demandé d'écrire quelque chose qui ne corresponde pas à ma vision de l'ouvrage ; et mon agent littéraire, Robert Gottlieb, qui pilote l'embarcation et trace son itinéraire.

Sans oublier les autres personnes à l'intérieur de ma boîte de Petri. Elles sauront se reconnaître. B-----T-----. Nous ne formons qu'un.

Whidbey Island, Washington
2 août 2007

Collection Policier

Des livres qui laissent des traces !

Le crime n'a pas de frontières...
De Paris à Londres en passant par New York,
partez, en compagnie des auteurs réunis ici,
sur les traces de meurtriers qui rivalisent
d'imagination pour brouiller les pistes.

Vos enquêteurs favoris vous donnent
rendez-vous sur www.pocket.fr

Corps sans tête

ELIZABETH GEORGE

Enquête dans le brouillard

(Pocket n° 4056)

Disgracieuse et bourrue, le sergent Barbara Havers n'a pas l'intention de s'amender. Surtout depuis que lui est imposée une contrainte insupportable : elle doit faire équipe avec l'inspecteur Lynley, un aristocrate britannique qui a fait ses études à Eton. Mais les querelles de ce couple inattendu cessent vite devant l'atrocité du crime qu'ils sont chargés d'élucider : dans un village de Yorkshire a été retrouvé le corps décapité d'un paroissien modèle. À côté du cadavre, une hache ; et à côté de la hache, une grosse fille gémissante qui s'accuse du crime...

Il y a toujours un Pocket à découvrir

Le plus innocent
des coupables

ELIZABETH GEORGE

Pour solde de tout compte

(Pocket n° 4472)

Elena Weaver, jeune fille
atteinte de surdité, menait
de brillantes études à
Cambridge. En revanche,
sa vie sexuelle, parfois
dangereuse, était loin
d'être exemplaire.
Un jour, son cadavre
mutilé est découvert sur
une île mal famée en
bordure de la ville.
Une mort atroce pour
la belle étudiante, fille
d'un professeur respecté
du collège St Stephen.
Il faudra beaucoup de
subtilité et de courage aux
inspecteurs Havers et
Lynley pour identifier
le plus stupéfiant, le plus
invraisemblable des
coupables…

Il y a toujours un Pocket à découvrir

Le mystère de la lande

(Pocket n° 11267)

Calder Moor, une vaste lande au cœur du Derbyshire. En promenant son chien, une vieille dame tombe sur le cadavre d'un homme, puis sur celui d'une femme. Y a-t-il un lien entre les deux meurtres ? C'est ce que Linley et Havers, les deux agents de Scotland Yard, vont tenter de découvrir. Pour la première fois, ils travaillent séparément et vont devoir démêler seuls les fils d'une affaire qui les emmènera très loin des contrées paisibles et romantiques de la lande anglaise...

Il y a toujours un Pocket à découvrir

Mort suspecte

(Pocket n°4471)

Déprimée par ses fausses couches à répétition, Deborah Saint-James manque de sombrer devant le visage radieux de la Vierge à l'enfant peinte par Léonard de Vinci. Devant le tableau, elle fait la connaissance de Robin Sage, un pasteur qui tente de la réconforter avant de l'inviter à lui rendre visite. En arrivant chez lui, Deborah et son mari Simon apprennent que leur hôte vient de mourir empoisonné. Expert en sciences légales, Simon ne peut croire à la thèse de l'accident, et reprend l'enquête, bâclée par la police locale.

Il y a toujours un Pocket à découvrir

Imprimé en France par

à La Flèche (Sarthe)
en avril 2011

POCKET – 12, avenue d'Italie - 75627 Paris cedex 13

N° d'impression : 63704
Dépôt légal : octobre 2009
Suite du premier tirage : avril 2011
S20659/03